研究叢書38

ケルト　口承文化の水脈

中央大学人文科学研究所 編

中央大学出版部

序　文

本研究会は、「ケルト口承文化研究」を共同研究のテーマとして二〇〇一年度に発足した。ここでいうケルトとは、文化的構成要素が共通に見られるアイルランド、スコットランド、ウェールズ、ブルターニュのような文化集団を意味し、われわれの共同研究の見取り図は古典資料や言語を考慮しながらも、これまで論じられてきた土地固有の伝統もしくは風土に拠っている。そして、〈ケルト的〉とはケルトの稟質をもっていることを意味するものである。

ケルトの口承文化は途方もなく広がる沃野である。その水脈は太古の無文字社会に遡り、ケルト的な口承性を孕みながら書承の世界を生み出して現代まで綿々として流れている。共同社会がその内部で〈伝え〉を継承していく媒体は声であるが、声はある空間で発せられた瞬間に消える。一方、声は文字となって、物語や民間説話、聖人伝、詩、歌、バラッド、祈りなどのさまざまな形態で残り、多くのヴァリアントをかかえながらテクストとして定着し、共同体の記憶を貯蔵することになる。それはオーラリティからリタラシーへの変換である。

そこで、言語が大きな問題となる。たとえば、現地のすぐれたフォークロアの研究者でさえ、アイルランドの民間説話を採話するにあたり、方言と発音の聞き取りに苦労するという。いや、それだけではない。語りにはピッチ、ストレス、リズム、イントネーション、言いよどみ、身振りや手振り、表情といったノイズが充満し、さらに話し手と聞き手の距離によって場がつくられ、かくて多重な声の通路が開かれる。だが、文字に移し替えることによって、ノイズは跡形もなく消えてしまう。文字化したことによって語りの要素が抜け落ちてしまう反面、また新たに発見される意味もあるはずである。発声されたことばそのものに迫ろうと、採話を表音のみで記録した興味深い例もある。アメリカ先住民の民俗調査で知られるアメリカの民話採集家、ジェレマイア・カーティンは両親の故郷であるアイルランドをたびたび訪れ、とりわけマンスター地方南西部の神話、伝説、民間伝承、英雄譚などを通訳を介して蒐集した。こうしたカーティンの仕事がW・B・イェイツやジェイムズ・ジョイスの文学に少なからず影響を及ぼしていることは興味深い。これまで数多くの物語や民間伝承がケルト学者や民俗学者たちによって英訳されてきたが、われわれはそうした先行の英訳に多大な恩恵を受けているのである。

第一部では、比較的に古い物語や民間伝承、聖人伝について論じられている。口承文化は語りによって生命を与えられるが、それは〈聞くことば〉である。すぐれた語り手はすべての頃合いを心得て物語る。それはケルトの戦場における二輪戦車の御者のような手綱さばきで制御しながら、さまざまな登場人物を繰り出していき、聞き手を強く印象づける。聞き手を誘い入れる定型文句（runs）を唱え、反復し、周囲の微妙な動きを鋭敏に察知しながら地口を使い、声音に変化をつけ、色彩表現を加えながら場面を映像化し、気をもませる部分を織り込みながら、やがてやってくる大団円にそなえてそれをうまく堰き止め、繰り返しによって話を進め、終わりに余韻を残す。無論、すべての語りがこのような技をことごとく実現しているとは限らないだろうが、語りにみられる特徴は概ねこのようなことであろう。

第二部では、文学におけるケルト的な語りと口承性に焦点があてられている。文学的形式を反映する〈見ることば〉は、文学であり、そこに現れる語りは伝承性をもちながらも作者が創造した固有のものである。たとえば、イェイツの長い物語詩「アシーンの放浪」はアイルランドの英雄アシーンにまつわる民間伝承を下地にしているものの、その構想と主題、語彙、表現、語り口はイェイツ独自のものである。また、ケルト的な伝承はジョイスの短編から長編の物語に至るまで張りめぐらされているが、『若い芸術家の肖像』は「むかし、むかし、そのむかし」(Once upon a time) で始まり、いきなりストーリーテリングの場へ誘い込む。その手法はジョイス文学の基本であり、他の作品にも周到に仕組まれている。文学における語りは最終的には口承性に集約されるといえよう。

第三部では、〈語ること〉と〈口承〉のバリエーションが展開されている。ケルトおよびケルト的な口承文化の水脈は果てしない。われわれは月例研究会をベースに五年間にわたって共同研究を行ってきたが、そのささやかな成果が叢書の一冊として加えられることに感謝したい。刊行するにあたって中央大学人文科学研究所ならびに中央大学出版部の編集スタッフ、小川砂織氏に一方ならぬお世話になった。この場を借りて厚くお礼申し上げる。

二〇〇六年一月

共同研究チーム《ケルト口承文化研究》
文責　松　村　賢　一

目次

目次

目　次

第一部

第一章　巨人、この異様なるもの

――ゲーリック口承文化の源流をたどる――

松村賢一

一　口承の源流とストーリーテリング

初期アイルランド文学と呼ばれるものは元々は訓練を積んだ職業詩人（bard）や詩人（fili）たちによって語られたもので、ストーリーテラー（*seanchaithe*）たちによって口承され、それが後に、ときには意図的にエピソードを挿入しながら、書き留められたものである。多数の写本が残っているが、そのほとんどは作者不明である。中には終わりの部分が欠けて不完全なもの、あるいは断片的なものも少なくない。つまり、われわれは主に写本から古のストーリーテリングに関して知るわけである。アイルランドの物語の伝統は少なくとも七世紀中葉までは本質的には口頭である。そして、アイルランドやスコットランドの民間説話は過去二〇〇〇年にわたって口承されてきた。(1)

詩人たちは一七世紀の度重なる戦によってもたらされたアイルランドの貴族的社会体制の崩壊に悲嘆し、イングランドの入植者たちが異境に逃れた族長たちのかつての館に座すのを見て苦々しく思い、軽蔑するのだった。学問の庇護者であったゲールやノルマンの貴族たちは旧秩序の破滅によって姿を消した。また、詩人たちやストーリーテラー、それにゲールの学問の世界もこれに巻き込まれる運命にあった。やがて民間説話をたずさえた農民がゲール語学者の研究対象となり、その仕事は過去の栄光の記憶を蘇らせることにあった。

一〇〇〇年にわたる写本の伝統は農民の口頭伝承と並行して存在し、古い文化を担った詩人やストーリーテラーたちは一〇〇年前まで口頭伝承（*seanchas*）を保存してきた。中世アイルランドの〈書かれた文学〉は西ヨーロッパ文明の曙にいち早く発せられた声であった。ゲール語を話す農民の民間伝承にはさらに古い時代の面影が反映しているのである。こうした豊かな伝承は、一八四五年から四七年まで猛威をふるった大飢饉とそれに引き続く情け容赦のない「追い立て」と移民の時期まで、アイルランドのほとんどの地域で残存した。それまで数百万人が話していた母語のアイルランド語は衰退し、それに歯止めをかける努力はなされなかった。むしろ、アイルランドの学者や文人たちは、アイリッシュであれアングロ・アイリッシュであれ、アイルランド語に無知で、もっぱら英語で書いた。アイルランド語は軽蔑され、またそれを話す人も蔑視されたのである。アイルランド語は貧乏と無知のしるしとなり、その中で大切に保存された口碑は、机上学問の人びとにはおよそ知られることはなかった。アイルランド語が話される地域では、ストーリーテラーや歌い手がいて、貧苦にもめげない情感豊かな常民の生活があった。しかし、ほとんどの地域でアイルランド語は失われ、民間伝承が絶滅したのである。こうしてアイルランドの民間伝承の喪失は研究者に埋めようのないギャップをもたらした。

民間説話は口頭で保存された社会歴史的な伝承(seanchas)と区別されるが、その数篇の断片が悲惨な一九世紀のアイルランドの一部地域から採集され、保存された。これはパトリック・ケネディ(Patrick Kennedy, 1801–73)[2]がウェクスフォード（レンスター地方の東南）とカーロー（マンスター地方の北東）の州境から蒐集したものである。また地名についての文書の中に民話や伝説が収められている。しかし、ゲール語が日常語として話されていた「隠れたアイルランド」（“hidden Ireland”）[3]ともいわれるマンスター地方の豊富な民間伝承は知られぬままであった。それは一九世紀後半に、言語および文化の復興運動にたずさわった学者や文人たちによって初めて掘り起こされたのである。アイルランド語の復興運動を推進する目的で設立されたゲール語同盟の創始者のひとり、ダグラス・ハイド（Douglas Hyde, 1860-1949）は民間伝承の沃野を最初に踏査し、常民の歌や伝承にたいする関心を呼び覚ました。[4] 古代・中世の文学はストーリーテラーや歌い手によって息吹を与えられたのだが、文字化されると失われるものも多い。しかし、スコットランドではアイラ島のキャンベル（Joseph Francis Campbell, 1822-85）は早期にゲーリックの採話に着手し、蒐集した民間伝承や歌を英訳して『ウェスト・ハイランドの民間伝承』（*Popular Tales of the West Highlands*）[5] を著し、ストーリーテリングの模様を詳述している。さらにキャンベルの友人アレグザンダー・カーマイケル（Alexander Carmichael, 1832-1912）は『ゲール詞華集』（*Carmina Gadelica*）[6] を出版した。アイルランドでは民間伝承の蒐集が多くあったものの、トマース・オクロハン（Tomás Ó Criomhthain, 1856-1937）の『島民』（*An t-Oileánach*, 1929）[7] やロビン・フラワー（Robin Flower, 1881-1946）の『西の島』（*The Western Island*, 1945）[8] を除いて、本格的な研究は二〇世紀の後半になってようやく始まったのである。

ゲーリック・ストーリーテラーはシュケーリー（*sgéalaí*）とよばれた。一方、もっぱらローカルの民話、一族の歴史や系譜、社会歴史的な伝承を語り、妖精や幽霊、超自然の存在を語る人はシャナヒー（seanchaí）とよばれ、多くの語り手が存在していた。今日、ストーリーテリングを職業とする人は皆無であり、ストーリーテリングは地方の村落共同体においても消滅している。昔、語りはふつう夜に行われ、収穫の終わる冬から三月中旬まで続く。昼間に英雄譚を語るのは禁じられ、フェニアンの英雄譚の語りはおよそ例外なく男性に限られていた。一方、世間話や家系の話、音楽、祈りなどは女性があたり、男性よりすぐれていたという。女性がストーリーテリングをすることはないが、近親者や親しい友人のストーリーテリングを聞いていて、言い落としたり、口ごもったりすると、その場でさえぎって訂正を促したというくらい語りに精通していたという。

旅芸人のようなトラベリング・ストーリーテラーは乞食や浮浪者でもある。(9) 彼らはある意味では伝承の担い手でもあったといってもよく、二〇世紀半ば頃まで見かけられた。家のない貧しい人たちであるが、多くは大飢饉のときに「追い立て」られた借農で、袋を背負って杖を握り、範囲を限定して農家から農家へと渡り歩いた。彼らは炉隅あるいは納屋や屋根裏乾草置場に寝る場所を与えられ、貧しい農家のつましい夕食にあずかった。一夜の宿の返礼に、市や定期市についての最新情報や片田舎のうわさ話で家族や近所の人たちを楽しませ、話題がなくなると旅で得たバラッドや歌、ストーリーを披露した。もし一夜の宿を求めた旅人がストーリーテラーとしてその名が知られている場合、彼の泊まる家は近所の人たちで戸口まであふれ、中にはかなり遠くからやってくる人もいた。あるストーリーテラーは語る、「乞食が村にやってくると、隣近所の連中と一緒にストーリーテリングを聞いたもんだ。わたしは一度だけ聞けば、もうその話を語れるのさ。誰が最初にこんな古い物語をつくったのかわからないけど。語ったり聞いたりして一夜を過ごすには、みんないい物語だよ。特に英雄の戦いぶりを語るのは躍動感があっていい。」(10)

ここにストーリーテラーのすぐれた記憶力の一面をみることができる。民俗学者のJ・H・デラージーがクレア州のドゥーリン地域(11)に民話の蒐集に出かけた時に、ストーリーテラーの記憶力について経験した興味深い話がある。当時、その地域でアイルランド語を話していたのは老人や中年の人たちだった。そして彼らにとってストーリーテリングはもはや記憶のかなたのものに過ぎなかった。採集の見込みがないことは明らかであったが、それでもこの蒐集家は短期間に数百の民話や逸話をそれほどの困難もなく記録できた。中でも、最高の語り手であった七〇歳くらいの老人が、その訪問の目的をすぐ察知し、翌日また会うことになった。翌日、蒐集家が家を訪れると、老人は不在で、長い時間待つことになった。ようやく彼は帰宅し、その晩に語りをして、蒐集家はそれを書き留めた。数ヶ月後に老人の妻の話でわかったことだが、長時間不在だった日、この老人は家の裏山の洞窟に入り、四〇年ほど前にアラン島生まれの人から聞いた民話を懸命に思い出そうとしていたのである。それはまさに記憶との闘いだったといってよい。その結果、三話を記憶に蘇らすことができ、意気揚々と帰宅したのであった。[12] 語られない話は消える運命にある。聴衆のいないストーリーテラーは気力を失い、話はともに消滅する。民間伝承の芸術性は語りの行為そのものにあり、書かれたり読まれたりすることとは無縁だからである。それは語り手の口から吐き出される精気であり、それに反応する炉辺の聞き手たちである。

長い民間伝承以外には口碑に興味をもたない老ストーリーテラーがケリーにいた。アイルランド語と英語を読むことのできる希有の人で、ローカルの伝承を語ってもらうよう頼むのは無駄なことであったが、この語り手から非常に多くの民話を蒐集したテーグ・オムルフ（Tadhg Ó Murchú）はこの老人のことを回想している。「彼は鋭い目でわたしを見つめ、手足は震え、物語に没頭し、語りに集中した。そして、その語りの気迫から身振りが繰り出され、体や手は頭の動きによって、憎悪や怒り、恐怖やユーモアを伝えようとした。それは芝居の役者のようだった。ある箇所にくると声高になり、あるいは囁きとなる。口調は早いが、発声ははっきりしている。この老ストーリーテラーほどすぐれた芸術的な技巧と効果をもったストーリーテラーに会ったことがない。彼のストーリーテリングはアイルランド語を知らない若い人たちに英語で話すよう強いられてだめになってきた、と彼はいう。そんな風にして、実践の場を欠き、アイルランド語を話すよき聴衆がいなかったため、[13] 彼は厖大な量の話を自在に語る力を失った。彼はエディフォンの録音機に向かって民間説話を語るのを好まない。語りの効果を高めるのに重要な動きが妨げられてしまうからである。一度、彼は疲れきって、話の途中で止めてしまったことがあるが、なだめすかして続けさせた。[14]」

民間伝承の保存に重要な役割を果たしたのがケーリー（Céilidhe）とよばれる、歌やダンスやストーリーテリングの夕べで、かつてゲールの世界の至るところで盛んであった。例えば、ドニゴール州、テイリオンの各村落共同体には文学愛好家の常連が冬の夜（たいてい九月中旬から聖パトリック祭の三月一七日まで）に寄り集まる家が少なくても一軒あった。しかし、ストーリーテリングはサウンの前夜（一〇月三一日）にならないと始まらなかった。年老いたストーリーテラーたちは自宅で民話を語るのを嫌い、家族の前で語るよりはむしろタフ・アーィルナーィル（*toigh áirneáil*）へ出かけて行った。タフ・アーィルナーィルというのは、夜間にダンスや歌やストーリーテリングを楽しむために地域の人たちが足繁く訪れる個人の家のことで、いわばケーリー・ハウスであった。タフ・アーィルナーィルの快適な雰囲気で、やかましくおしゃべりする子どもたちに邪魔されずに、彼らの繊細な技は主に大人の男性に味わってもらえるからである。もてなしの返礼に、客たちは泥炭を運び入れ、井戸から水を汲み上げ、家の中をきれいするのを手伝った。やがてステージが設えられ、泥炭の燃える炎が明かりとなり、暖炉脇にストーリーテラーの座るスツールか椅子が置かれた。あとは、ストーリーテラーは参加者が到着するのを待つだけである。中には、夜のエンタテインメントのために何時間も前から準備してきた老人もいた。道は悪く、タフ・アーィルナーィルに通じるでこぼこの小道はリューマチで足を引きずる年寄りにはきつかったという。来訪者が家の戸口まであふれると、家長がパイプにたばこを詰めて、最も敬意をはらう客に手渡す。それを受けた人はしばらくの間たばこを喫い、それから持ち主に返す。そのあと、パイプは全員に回され、最後の人が喫い終わる頃には談義も一通り終わり、それからストーリーテリングが始まるのであった。テイリオンの地では長い物語を語ることができる者、民話や伝説を得意とする者、歌い手もしくは非常に多くの歌詞を知っている者、という三通りのシャナヒーがいた。ケーリー・ハウスでは各々が夜のエンタテインメントの出番になる。フィンの物語や英雄譚は最も重んじられ、短い現実的な話より人気があった。

ストーリーテリングは祭祀や礼拝のあと、通夜、あるいは洗礼のときに個人の家で行われ、女性だけが集まるキルト作りではときには歌が歌われることもあるが、世間話や民話が話されることが多い。漁師はストーリーテラーの語りを聞きながら網の修繕作業したことが知られている。ケリーのヴァレンシア島の石切り工たちは、見回りにくる現場監督者を警戒して見張りを置き、ストーリーを聞いてたのしく過ごし、それが労働作業の息抜きとなった。聖泉の側では夜を徹して野外礼拝と祝祭（パターン）[15]が行われ、合間にストーリーテリングや歌があったり、土地によってはテントに数十人が入ってごった返し、黒ビールを飲んだり、ダンスや歌に興じることもあった[16]。また、ドニゴールの南西、スリーヴ・リーグ[17]の海岸沖で鮭漁をする漁師たちは網の引き上げを待っている間、夕べの祈祷をし、そのあとストーリーテリングが行われるのが常だった。記録によると、あるとき漁師たちがストーリーテリングに熱中し、見張り番も聞き入っていたため、危うく汽船に激突されるところだった。

数夜かかるゲーリック・ストーリーテリングがある。物語とか英雄譚、あるいはフィンやフィアナ戦士団のよく知られた話などで、『赤帯の英雄』（*The Hero of the Red Belt*）や『白島の王の娘』（*The Daughter of the King of the White Island*）、『ケーダフ』（*Céadach*）、『コーナル・ガルバン』（*Conall Gulban*）などはそうである。ストーリーテリングの途中、ある男が暖炉のそばで眠りこけ、翌朝目が覚めるとストーリーテリングがまだ続いていたという話もそう珍しくはない。ケリーの南部のある村で、ひとりの旅乞食が七夜かけて一つの物語を語ったという話もある。ドニゴールのマック・ギラ・ハラ（Mac Giolla Chearra）というストーリーテラーは一八八〇年頃、冬の初めから聖パトリック祭（三月一七日）までずっと話を続けたとされるが、これと似通ったことが中世アイルランドの詩人・ストーリーテラー（*fili*）に見られる。

Bói Mongán hi Ráith Móir Maige Lini ina rígu. Dolluid Forgoll fili a dochum. Bói leis for cúi ilar lánommæ no-dó. Inféded in fili scél cacha aidche do Mongán[18]. Ba sí a chomsoæ a m-both samlaid ó samuin co béltaine. Seóit ocus bíad hó Mongán.

モンガーンは王としてモイリニーのラスモアにいた。王のところに詩人フォゴールが赴いた。フォゴールを通して多くの夫婦がモンガーンに不平不満を申し立てていた。毎夜この詩人・ストーリーテラーはモンガーンに語りをした。話がとてつもなくおもしろかったために、サヴァンからベルテーンまで続けられた。フォゴールはモンガーンから贈り物と食べ物を授かった。

引用の中の"ó samuin co beltaine"のサヴァンは冬の初めであり、ベルテーンは五月一日にあたる。[19] この「サヴァンからベルテーンまで」という表現は、アイルランド語を日常語とするゲールタハト（Gaeltacht）の地域では「ストーリーテリング」を指していた。[20]

アイルランドとスコットランド西部の民間伝承は紛れもなく一つのまとまりを構成している。古代および中世のアイルランドとゲーリック・スコットランドの書かれた物語は瓜二つだったが、この文化の一体性はイングランド人のアルスターの入植によって崩れた。アウターヘブリディーズ諸島のサウス・ユイスト島などの遠隔地域では一八世紀初めまで詩人を育成する学校が存続していたといわれる。[21] かくて、アイルランドのマンスター地方あるいはコナハト地方の民間伝承は、スコットランドのハイランドあるいはヘブリディーズ諸島のストーリーテラーたちによって語られていたのである。

初期アイルランドの散文の特徴は巧みな対話形式にあったが、それが近代ゲーリックの民間伝承に現れている。四行連による対話は書承と口承において何百年にもわたって知られてきたが、口頭伝承の対話形式はゲーリックにもその名残りをとどめている。すぐれたストーリーテラーというのは一度目の語りには直接話法を用い、しばらく時間を置いて同じ語りを二度目にする場合はたいてい間接話法に変えたといわれている。近代のアイルランドの民間伝承、とりわけ英雄譚や不思議な話において、対話は重要な形式であった。

二　初期アイルランドの説話群

初期および中世に行われた語りの多くは後に文字によって記録されたが、当然のことながら、同じ主題の物語でも写本によって多様なヴァージョンがあり、断片的な写本も残存し、物語のすじにもかなりの変化が見られる。さらに、書き留めるという行為が語りの中で展開する場合もある。

Adfét íarisin Bran a imthechta uli ó thossuch cotici sin do lucht ind airechtais, ocus scríbais inna rundu so tré ogum. Ocus celebrais dóib íarsin, ocus ní fessa a imthechta ónd úair sin.

ブランは漂泊の始まりからその時までのことを衆人に語った。そしてこれらの四行連をオガム文字(22)で記して、彼らに別れを告げた。その後の彼の漂泊を知る者はいない。(23)

これは『ブランの航海』（*Imram Brain*）の結びだが、語ったことを文字に記すという行為は伝承を促すもので、すこぶる示唆に富んでいる。

また、『古老たちの対話』（*Acallam na Senórech*）ではガヴラの戦いでフィアナ戦士団が壊滅した後、生き残ったアシーンとクィールタが英雄フィン・マクールの行状および地名の由来をディンシャナハス風に聖パトリックに語るが、そこでも写字僧に「書き留めよ」という聖パトリックの指示がある。

Adrae buaid ocus bennachtain a Chā́ilte ar Pā́traic : is maith in scḗl di'innisis.[24] ocus cā́idhe Brocā́n scribnaide. sunna ar Brocā́n. scrī́btar lat gach ar chan Cā́ilte. ocus do scrī́badh.

「クィールタよ、お見事、祝福あれ」とパトリックは言った。「汝が語った話はじつによい。写字僧のブロガーンはどこにおるのか?」「ここにおります」とブロガーンは言った。「クィールタが語ったことを残らず書き留めよ」そしてそれは書き留められた。

これとほぼ同様の節が聖パトリックの「書き留めよ」ということばと共に『古老たちの対話』の中で頻繁に繰り返される。

さらに、『スウィヴニの狂気』(*Buile Suibhne*)では、スウィヴニが鳥のようにアイルランド中を放浪して聖モリングの修道院にたどり着いたとき、モリングは彼を迎えて言うのであった。

'As mochen ḗimh do t[h]echt sonn, a Ṡuibhne,' ar Moling, 'ar atā́ a ndā́n duit bheith annso 7 do ṡā́ogal do thecht ann, do sgḗla 7 th'imthechta d'fhā́gbā́il sunn 7 th'adhnacal i reilicc fíreṓin, 7 naisgim-si fort,' ar Moling,[25] 'gidh mor ṡire gach lā́oi d'Ḗrinn techt gacha hespurtan chugum-sa go rosgriobh*thar* do sgḗla lium.'

「よくぞここに来られた、スウィヴニよ」とモリングは言った、「なぜなら、お前はここに来て、ここで生涯を終え、ここにお前の冒険のいきさつを残し、心正しい者たちの教会墓地に埋葬される運命なのだから。

アイルランドを毎日どれほど飛び回るにしても、わたしがお前の話を書き留めることができるように毎晩わたしのところに来ることを約束してもらう」

このように、語りの中で文字化する行為や指示が見られる。これは話の信憑性を保証しようとする合図であり、あとあとまで語り継がれることを意図した、いわば伝承装置なるものを組み込んでいると考えられる。

初期アイルランドの説話群は主題と内容からいくつかのジャンルに分かれている。

アルスター説話群（The Ulster Cycle）。アルスター（Ulaid）の王と戦士を中心に織りなされる物語で、中でも群を抜いて長く、有名なのが『クーリーの牛捕り合戦』（*Táin Bó Cúailnge*）で、一般的には『トイン』と呼ばれている。アルスター王国のクーリーに並はずれた巨体の雄牛がいて、この名高い雄牛を略奪するためにコナハト王国のメーヴ女王とアリル王の率いる軍勢がアルスターに攻め入るが、アルスターの若き剛勇無双の英雄クーフーリンが大軍を相手に一人で戦うという物語である。他に『マック・ダホーの豚の物語』（*Scéla Mucce Meic Dathó*）、『ブリクリューの宴』（*Fled Bricrenn*）、『アルスター人の酒浸り』（*Mesca Ulad*）、それにデアドラの悲劇としてゲーリックの世界にあまねく知れわたる『ウシュナの息子たちの逃亡』（*Longas mac nUislenn*）などがある。これらの物語の舞台となるアルスターはアイルランド全土を敵に回すことができるほどの強力な王国であった。

フェニアン説話群（The Fenian Cycle）。あるいは、ジェイムズ・マクファースンの『オシアン』（オシアンはアシーンの英語名）を受けて、オシアン説話群（The Ossianic Cycle）と呼ばれることもある。コン王配下の強力な戦士団（フィアナ）の宿将フィン・マクール（Finn mac Cumaill）を中心とした説話群で、フィンの息子アシーン（Oisín）やアシーンの息子オスカー（Oscar）、戦士のディアミッド（Diarmait）やクィールタ（Cailte）などが登場する物語で、これまでフィンをめぐる多数の民間伝承がストーリーテラーたちによって伝えられてきた。『ディアミッドとグラーニャの追跡』(*Tóraigheacht Dhiarmada agus Ghráinne*)はフェニアン説話群の中でよく知られ、グラーニャがフィン・マクールとの結婚をきらい、フィアナ戦士団の美貌の戦士ディアミッドと共に駆け落ち、逃亡する物語である。

神話・伝説群(The Mythological Cycle)。『エーダンの求婚』(*Tochmarc Étaine*)、神話・伝説・系譜を含みさまざま手による擬似歴史的なテクストを集大成した『アイルランド侵攻の書』(*Leabhar Gabhala Eireann*)、これに含まれた「モイトゥーラの戦い」(Cath maige Tured)は有名である。

王の説話群(The Cycle of Kings)。王をめぐる物語は多数あるが、『スウィヴニの狂気』はよく知られている。(聖ローナンはモイラの戦いに出向き、弟子の僧たちと一緒に両軍勢に聖水をふりかけた。スウィヴニにふりかけたとき、彼は怒って僧の一人を槍で殺し、次に聖ローナンめがけて槍を投げたが、首に掛かっていた鐘にあたり、柄が宙に飛んだ。激怒した聖ローナンはスウィヴニが槍の柄のように空中を飛び、槍に突き刺されて死ぬよう呪った。戦いが始まると、両軍から鬨の声が三度あがり、轟く声におののいたスウィヴニの手から武器が落ち、体が震え、狂乱して足はほとんど地面にふれずに鳥のように逃げた。スウィヴニは狂人たちの住むグレン・ボルカーンで休息し、長い間アイルランドを飛び回って聖モリングの修道院にたどり着いた。ある晩、スウィヴニが牛糞の溝にみたされたミルクを飲んでいると、ローナンの呪い通り、槍で左胸を刺され、息をひきとり、モリングはスウィヴニを手厚く埋葬した。)

冒険譚(The Adventures)。異界や約束の地を訪れる物語である。王子が妖精に誘われて此岸を離れ、異界に赴くという冒険譚の原型ともいえる『コンラの冒険』(*Echtrae Condla*)、『アルトの息子コルマックの約束の地への冒険』(*Echtrae Cormaic maic Airt i tir taimgiri*)、『クリハンの息子レヘリの冒険』(*Echtrae Laegairi maic Crimthan*)、『ネリの冒険』(*Echtrae Nerai*)、『コンの息子アルトの冒険』(*Echtrae Airt maic Cuinn*)などがある。

航海譚（The Voyages）。これに属するのは冒険譚に類似した異界行の物語である。『ブランの航海』（*Immram Brain maic Febail*）や『マールドゥーンの航海』（*Immram Curaig Maíle Dúin*）がとりわけよく知られているが、『セネーフサとリーラの息子の航海』（*Immram Snedgusa ocus Maic Riagla*）や『コラの息子たちの航海』（*Immram Curaig Ua Cora*）などがある。

夢・幻の物語（The Visions）。『アダムナーンの夢』（*Fís Adamnáin*）や対話形式からなるアシュリング（*aisling, aislinge*）の詩[26]の原型になった『アンガスの夢』（*Aislinge Óengusso*）がある。『アンガスの夢』は、夢の中に現れた美しい女性を忘れられないアンガス・オーグは一年間彼女をさがしまわったが見つからず、やがてマンスターの妖精王ボヴ・デルグが、その女性はトゥアハ・デ・ダナーン族のコナハトの長エハル・アンビューアルの娘カイルであることをつきとめたため、アンガスは白鳥に変身したカイルをある湖で見つけ、自ら白鳥となり、二人してブルー・ナ・ボーニャへ飛び立つという話である。他によく知られているものに『マック・コン・グリンニの夢』（*Aisling Meic Con Glinne*）がある。

このような物語が語られた古代・中世のアイルランドはどのような社会構成になっていたのであろうか。古代アイルランドは、ウェールズやスコットランド、ブルターニュのケルトと同じように、国家を形成していなかった。五つの王国が存在し、それぞれ戦士を基盤として貴族社会をつくっていた。五人の上王がそれぞれ五つの王国に君臨し、一上王の下に領主のような諸王侯がいくつかの領地を治め、そして各王の下に一領地を治める小王がいた。このように、それぞれ上王を頂点としたピラミッド型のヒエラルキーが形成されていた。小王の下は上級貴族、下級貴族、非貴族の自由民、非自由民という階層になっていた。自由民は主に土地所有者であるが、武器を造る職人や呪術をなす者もこの階層に入る。非自由民は拘束された身で、精神的圧迫を受けた特別な庇護のない階層であり、武器の所有が許されなかった。彼らは財産のない小作人や労働者や下級の職人などである。自由民と王との間には基本的な同意に基づいた主従の関係が保たれていた。つまり臣下が王から資本を借り受け、利子をもって返済したり、戦にすすんで出向き、公共の場では従者として仕えたのである。一方、王は臣下の利害、特に法的な利害の面倒をみたり、困ったときには擁護するという賠償制度によって保護されていた。そして臣下の数が王の勢力を左右していた。こうした社会の最小単位がトゥアとよばれるものである。

王侯の大広間での宴が物語の背景になることがある。大広間は下見張りの木の骨組みで造られ、シングルで屋根をふき、彫りと装飾のほどこされた柱で屋根が支えられていた。床には炉があり、屋根には煙りを逃す通風孔があった。壁の周りには床から高目に幕などで仕切られた席（imdai）がそれぞれあり、宴では主だった英雄たちと従者がそこに座り、大広間と客たちを見渡すことができた。宴の後、彼らはそこで就寝したと考えられている。邸の外側の上部には、『ブリクリューの宴』の場面に現れるようにバルコニーのようなもの（grianan「陽のあたる場所」の意）が張り出していて、女たちが座って編物をしたり、要塞の彼方を眺めていたらしい。他にもいろいろと建物があって、全体が防御柵、大門、守衛所などのある塁壁で囲まれていて、塁壁の外には閲兵場のような空地があった。

このようなアイルランドの古代社会は五世紀前半に始まるキリスト教の宣教によって大きなインパクトを受け、変貌していった。宣教は古代アイルランド固有の社会構造にその根を下ろし、浸透し、キリスト教精神をその古い土壌に植えつける周到なものであり、六世紀以降の修道院共同体を礎とする教会制度はアイルランドの伝統的な社会の仕組みや制度に組み込まれていった。かくて修道院制度はアイルランドの初期キリスト教において重要な役割を果したが、聖ケヴィンによって創設されたグレンダロッホや聖キアランのクロンマクノイズのような大修道院は文化と学問の中心地となり、また修道院で制作された装飾写本は修道院文化の輝かしい成果として結実した。六世紀から九世紀にかけて花開いた修道院文化は歴史上しばしばアイルランドの黄金時代とみなされているが、この時期に冒険譚（echtrai エフトリ）や航海譚（immrama イムラヴァ）をはじめ、多くの伝承物語が文字化されていき、写本となって残ったのである。

三　フィン・マクール

フィン・マクール（Ang. *Finn Mac Cool*）は戦士団（Ang. *fiana*）を率いる長であり、不思議な知恵をそなえ、すぐれた詩を朗誦する詩人としてアイルランドの神話・伝説の中でひときわ光彩を放つ人物である。*Fiana* の単数形は *fian*（フィーアン）[27]で、元々の意味は「駆ること」「（獲物の）追跡」「狩り」であった。しかし、ラテン語でその意味が「追跡」に制限されたため、アイルランド語では「戦の行為」にあてられるようになり、古い抽象的な意味合いが消えて「征途につく戦士の一団」を意味するようになった。厳密な意味で、*fian* は大小問わず、放浪の戦士団で、自ら戦に加わった者たちのことをいう。彼らは単なる盗賊とか匪賊ではなかった。実際彼らの戦の流儀は道義を心得て法にかなったものであり、法律でもそのように認められていた。[28]彼らは氏族（*éclaind*）から追放された者たちであり、土地をもたない者たち（*díthir*）、王である父親と仲違いした息子たち、罪人と布告された者たち、勝手に制裁が加えられて、私的権利が侵害されたことに対して報復的行為を行う者たちであった。こうした戦士団に出くわすのはときには不快感をともなうものの、決して忌み嫌われることはなかったという。彼らの立ち振る舞いや冒険は歌や語りでもてはやされ、彼らの存在は戦には欠かすことができないと考えられていた。[29]かくて、戦士団は尊大や傲慢とは無縁である。『二人の賢人の対話』（*Immacallam in Dá Thuarad*）では、「フィアナの消滅」（"cumsunnud fiansa"）は悪い時代がやってくるひとつの兆しであると語られている。しばしば異邦人であった傭兵とは別に、*fian* はアイルランドにおける唯一の職業的な兵士たちであった。まさにこの理由で、*fian* は広く「戦隊」を意味する語として詩に現れる。さまざまな *fiana* が存在したが、ある種の組織をもっていて、大きな戦士団は五人あるいは九人の隊に分けられていた。また、戦で勝利した後は石柱を立て、略奪した地には石塚をつくるといった特有の習慣があった。より上の戦士団に入りたい者は武芸と勇気が試された。そして、戦士は *fénid*、首領は *rígfénid* とよばれ、さまざまな戦士団の名称は首領の名からとられている。(30)

こうした戦士団やその首領は、放浪の生活、冒険、手柄など、かなり初期からストーリーテリングの話題なっていたはずであるが、ほとんど残っていない。今日、アイルランドの民間伝承において *fiana* といえば、フィン・ウア・バイスクニ（Finn úa Báiscni)、後にフィン・マクーヴァル（Finn mac Cumhail）――英語ではフィン・マクール――とよばれた英雄の率いる戦士団である。アイルランドの伝説が生成されていく中で、フィン・マクールは他の戦士団の面影をすべて消し去るほどの勢いであった。(31) 大衆の間でフィンの人気は英雄クーフリンや赤枝騎士団をしのぎ、さまざまな顔をもつフィンの民間伝承が人びとを引きつけるようになり、その人気が定着するとアイルランドのいたるところでフィンの足跡がつくり出され、誇張されていった。その結果、フィンの系図や来歴が仕立てられ、フィンとの結びつきを主張する土地が雨後の竹の子ように増え、さらに王族やターラとの関係が説かれた。かくてフィンはアイルランドの英雄となり、フィンの率いるアイルランド戦士団（fiana Érenn）は数多くの民間伝承に登場する。

さまざまな顔をもつフィンの特性については『フィンの少年期の行ない』（*Macgnimartha Finn*）(32) によって、大方知ることができる。それは怪童セタンタが赤枝騎士団のクーフリンへと変貌する過程によく似ている。(33)

フィンは最初の訓練を女ドルイドの叔母ボヴマルとリアルーフラから受けた。母はモルナ一族にたいする恐怖からフィンを自分の手元に置いておくことができなかったからである。モルナの息子たちは、彼女の夫ウアルからアイルランド戦士団の首領の座を奪おうと長きにわたって策謀、戦いを繰り返し、ついにウアルを殺したのである。

フィンの母はミレンといい、トゥアハ・デ・ダナーンの王ヌーアの息子テーグを父とした。ウアルの死後、ミレンはケリーの王と再婚し、フィンはボヴマルとリアルーフラに預けられた。そしてフィンはスリーヴ・ブルームの山中に運ばれ、そこで秘かに育てられた。金髪で容姿端麗であったため、後にフィンとよばれるようになった。しかし、子どもの時は、デヴナという名であった。彼は鳥と遊び、森に棲むすべての生き物が彼の仲間で、いろいろな鳥の鳴き声と交わり、季節毎に吹く風の音をよく知っていた。

フィンが六つの時に母親のミレンが会いに来た。モルナの息子たちを怖れ、人影のない寂しい道を歩いてはるばる森の中の小屋にやってきた時、フィンはぐっすり眠っていた。フィンは異常な、聞き慣れない声をとらえる片方の耳、眠いときでも目を開けている片方の目をもっていたので、すぐに目が覚めた。母親に抱かれたフィンは歌を聞きながら、また眠ってしまった。そして目が覚めると、母の姿はなかった。母親は恐ろしいモルナの息子たちの目を避けるために暗い森をそっと通り抜け、寂しい道を歩いてケリーの王のところへ帰っていった。

二人の女ドルイドや護衛者たちのもとで、フィンはアイルランド戦士団の首長であり名将であった父親ウアル・マック・バイスクニのことを聞いて育った。その勇壮な戦士の気迫と美貌、寛大な心、名将にふさわしい戦士の風格はあまねく知れわたっていた。ウアル・マック・バイスクニを失ったアイルランドはいまや衰退の一途にあった。

自然の中で激しい訓練を受けたフィンは離れ業のように走ったり、跳んだり、泳ぐことができるようになった。時が流れ、フィンは成長して若木のように強靱で背丈がまっすぐ伸び、柳のようにしなやかで、鳥のようにひらりと動いたり、急に跳んだりすることのできる体になった。

　ある朝、詩の学校での訓練を終えて故郷に向かう詩人たちの一行が通り過ぎようとしていた。二人の女ドルイドは彼らにフィンを預けた。モルナの息子たちがフィンを嗅ぎつけたからである。ウアルの息子のフィンが生きている限り、アイルランド戦士団の地位を奪還されかねないので、モルナ一門はおちおちしていられなかった。フィンの隠れ場所がとうとう見つかってしまったことを護衛者たちは知った。やがてモルナの息子たちが来た。寂しい小屋にいた二人のドルイドが出迎えたが、彼らはあたりかまわずフィンを捜した。

　モルナの息子たちから逃れたフィンはやがて恐ろしい山賊のような者に出会った。が、偉大な首長の息子であることがわかると、この男はフィンを肩にのせて喜び勇んで家に連れ帰った。それもそのはず、この男はフィーキール・マックコナといい、フィンの叔母ボヴマルの夫であった。バイスクニの一門が破れてからというもの、彼は荒野に逃げ込み、首領を殺した者たちとの戦をひそかにねらっていたのである。茫漠とした冷たい沼地の隠れ家でフィンの生活が始まり、沼でフィーキールからさまざまな武術を教わり、多くの知識を得た。やがてフィンの護衛者たちがやって来て、フィンをスリーヴ・ブルームの森に連れ帰った。モルナの息子たちの追跡の手はいったんはゆるんだものの、フィンの武勇と離れ業をやってのける腕前が外に洩れるにつれ、モルナ一族も不安にかられて徹底的なフィン捜しに乗り出した。そこである日、護衛者たちはフィンに旅に出るようすすめた。

　フィンは森を去り、一人になった。孤独を求めるのではなく、教えを人の群に求めた。モイリフィーで、男の子たちが淵で泳いでいるのに出くわした。彼らはさまざま泳ぎでフィンと競ったが、離れ業の泳ぎをするフィンの相手ではなかった。一人が言った、「あいつは美男でかっこいい。」それからというもの、デヴナはフィン[34]とよばれるようになったのである。走ったり、跳んだりすることでもフィンははるかに彼らを凌いだ。それからフィンはロックレーンに行ってフィントレーの王の所で働いた。鹿狩りでフィンに勝る者はなく、逃げようとする鹿もなく、鹿の方がフィンに寄ってきた。評判を聞いた王は言った、「バイスクニの息子ウアルに息子がいれば、お前はまさにその息子であろう。」フィンは間もなくそこをやめて南に向かい、母と結婚したケリーの王のところに雇われた。チェスで王を容赦なく負かし、身の上を継父の王に見抜かれ、「わしの庇護のもとで、お前が殺されることになったらこまる」と言われ、フィンはまた旅に出た。

この旅ではモルナ一族を怖れてフィンの名を伏せ、自らをデヴナと呼んだ。やがてボイン川の岸辺に暮らす詩人フィネガスのところにやってきた。どうしてボイン川を選んだか、とフィンがフィネガスに尋ねると、「ボイン川で知恵の鮭を捕まえるべし」という予言があったからだという返答。フィンはこの知恵者から多くのことを学び、お礼にこの師の手伝いをした。水を汲み、火を起こし、床や寝床に敷く藺草を運びながら、フィンは詩人が教えてくれたあらゆることを思いめぐらしていた。大いなる学問と詩の技巧、優しさ、辛抱強さ、教え方、その他数え切れないほどの理由で、フィンはこの詩人を崇拝した。そして、知恵の鮭のことがフィンの頭から離れなかった。

「鮭は知恵をどんなふうにして体に入れるの?」とフィンが聞いた。

「秘密の場所の秘密の池に榛の灌木が垂れている。その聖なる灌木から知恵の実が池に落ち、浮いているところを鮭が口に入れ、食べるのだよ」

「それなら、聖なる榛の灌木を見つけて、そのまま実を食べればいいのに」

「そんな簡単なことではないよ。その灌木は知恵によってしか見つからないんだ。ましてその知恵は実を食べなければ得ることができない。それに、その実は鮭を食べなければ得ることができないんだよ」

「鮭を待たなければいけないんですね」とフィンはあきらめの表情で言った。

ある日、フィネガスが腕に柳の枝で編んだざるを抱えてフィンのところにやってきた。意気揚々とした表情だが、ふさぎこんだふうにも見えた。なんと、ざるには鮭が入っていた。フィネガスは、すぐ戻るからその間に鮭を焼いておくようフィンに言った。フィンが鮭を焼いていると表面に大きな火膨れができたので、それを潰そうとフィンは親指で押したが、熱くておもわず親指を口に入れた。「鮭はバイスクニの息子ウアルの息子、フィンに与えられたものであるから、さあ食べなさい」と詩人は促した。そこでフィンは知恵の鮭を食べた。

フィンはフィネガスからさまざまな教えを受け、それを試すときがきた。詩人に別れを告げ、王たちが集まるターラに向かった。サヴァンの時期であり、アイルランドの賢人や匠、名門の御歴々がターラに集まって盛大な祝祭が催されていた。ターラには防備を固めた王の宮殿、四つの地方の上王のために四つの小さな宮殿があり、防塁がめぐらされていた。また、宴のための大広間があり、広大な丘の外側に塁壁がめぐらされていた。アイルランドの中心であるターラから東西南北に道がのび、各沿道にはサヴァンの祭りの何週間も前から人の流れが絶えなかった。にぎやかな雰囲気の中で、フィンは名士たちに加わってターラに向かった。フィンが到着したのはちょうど祭りの初日で、歓迎の大宴会が開かれるところだった。

アイルランドの貴族と魅力的な夫人たち、法などにかかわる学者たち、芸術的な職業に携わる者たちが勢揃いした。ターラの王、百戦のコンが大広間を一望できる上座に腰を下ろしていた。右には息子のアルトが座り、左には、フィンの父を殺害してアイルランド戦士団の首領におさまったゴル・マックモルナが座った。王の後ろには式部官が控えていた。コンが合図をすると、客人たちは着席した。それから従者が主人の後ろについた。すると、席がなくて立ったままの若者がコンの目に入った。大広間に一瞬沈黙がただよい、王は儀式用の角を使って「ターラへよくぞ来られた」とこの見知らぬ者に語りかけた。若者は前に進み出た。居ならったどの屈強な者よりもがっしりとした肩、長い手足、すらりとした体付きは参列者の目を引いた。金髪の巻き毛が髭のない顔に垂れてゆれていた。

「お前の名はなんと申す?」と王はやさしく問うた。

「バイスクニの息子ウアルの息子、フィンです」と若者は言った。

その名は参列者の間を閃光のようにはしり、誰もが震えあがった。王の隣に座すゴル・マックモルナがびっくりしてまばたきするのを若者は見た。「お前はわが友の息子」と高潔な王は言って、息子アルトの右隣にフィンを座らせた。

サヴァンの祝祭の夜には現世と異界を分ける扉が開き、両世界の住民は心のおもむくままに往来できる。黄泉の国の王ダグダ・モールに孫息子がいた。名をアルイェン・マックミズゲナといい、ターラとアイルランドに君臨するターラの王にたいして執念深い憎しみをもっていた。コン王は魔術師たちの長でもあり、黄泉の国に赴いてアルイェンやその家族になにか怒りを買うようなことをしたのであろう。アルイェンは激しい復讐の念に燃えて毎年この時期にターラを破壊しに来るのだった。これまで七回の来襲があったが、王や魔術師たちによる防御によってターラの破壊はまぬがれた。

宴が始まり、コン王は言った、「おのおの方、今夜、ミズゲナの息子アルイェンが恐ろしい魔の火でターラを破壊しにくる。ターラとターラの王を愛する者よ、此奴から守ってくれる者はおらぬか。」大広間はたんに静まり、不気味で沈痛な雰囲気につつまれた。誰一人として名乗り出る者はいなかった。震えおののく沈黙の中で、王は立ち上がった。その高貴なやさしい顔は憂慮の色を浮かべた表情に変わり、それからいかめしい顔付きになった。王自らが挑まねばならないという窮地に立たされたのである。この身の毛もよだつ沈黙の最中、「わたしがターラと王を守ります」とフィンは立ち上がって言った。参列者たちはおそらくは生きて帰れぬフィンを無言のうちに憐れんだ。

フィンはいくつかの防御壁を通り抜けてターラ宮殿の外に出た。四方には広大な平野が広がり、人影もなかった。サヴァンの祭りの夜は狂人を除いて外に出る者はいなかった。大広間のやかましい音は外まで聞こえず、風が暗闇に吹いているだけだった。暗い森に育ち、風のそよぎ、茂みや葉ずれの音、兎や狐の動きや場所を敏感にとらえる耳の訓練を受けたフィンにとって、暗黒の夜は少しも怖くはなかった。

周囲の気配に注意していたフィンは、一人の男が歩いてくるのに気づいた。沼地でフィンを訓練したフィーキール・マックコナだった。フィーキールは妖精の塚の帝王についてフィンに警告した。「これは恐ろしい男だ。誰も奴に近づいたり離れたりすることはできない。ティンパニと笛で美しく低い調べを奏でながら妖精の塚から出てくるのだが、この音を聞いた者は誰もが眠ってしまうのだ。みんな眠ると、アルイェン・マックミズゲナはものすごい勢いで口から火を吐いて、ふれるものすべてを破壊してしまう。とてつもなく遠くまで火を飛ばし、どんな方向へ吹きまくるんだ」

それからフィーキールはアルイェンの倒し方をフィンに伝授した。それはフィンの父親がアルイェンの妖精の塚からとってきた毒槍のビルガを使うことであった。「奴が出てくる音を聞いたら、槍先の覆いをはずして、そこに顔をかがめるんだ。槍の熱と毒と異臭で、眠らないようにできる。アルイェンが調べを奏でるのをやめて火を吹き始めるとき、みんな眠ったと思って油断するから、その時に攻撃するのだ」と言って、ビルガの槍をマントから取り出してフィンに渡した。フィーキールは不気味で恐ろしい気配を闇の中に感じ、妖精のアルイェンがいまにも現れて甘い調べを奏でるのを察知してその場を去った。

沈黙の闇に変化があった。野生の目をもったフィンは暗闇にある動きを見た。闇よりもさらに黒々とした何かがぼんやりと不気味に現れた。生き物ではなく、忍び寄る霊気のようであった。この大いなる存在のゆっくりとした足取りを聞き、フィンは槍にかがみこんで覆いをゆるめた。すると、闇からまた音が聞こえた。甘く低い音色がかすかに響いた。それは人間を魅惑して眠りに誘う楽の音で、異界の美しい調べであった。フィンは槍から覆いをはずし、槍の先に接するくらいに眉をあて、全神経を集中させた。

楽が止み、アルイェンが恐ろしい青い炎を稲妻のように吐いた。フィンはすばやく房飾りの付いたマントを広げ、火をとらえて消した。再びアルイェンは全力をふりしぼって火を吹いたが、青い炎はまたもや消え失せた。アルイェンは恐怖におののいて逃げ出した。フィンは追跡し、妖精の塚の入り口付近で、槍の紐に指を入れてアルイェンめがけて投げた。アルイェンの目は瞬く間に見えなくなり、頭がくらくらして、動かなくなった。ビルガの槍が肩甲骨に囁くと、アルイェンは萎えてよろめき、息絶えた。フィンはアルイェンの首をはね、夜を通してターラに戻って行った。

フィンは日が昇るとき宮殿に着いた。朝早くから起きていたターラの人たちは、身の毛もよだつアルイェンの首をぶらさげてやって来るフィンを見た。ターラの王から褒美として何を望むかと問われ、フィンは「わたしが望むのはアイルランド戦士団の指揮です」と言った。そこで王は、ゴル・マックモルナにアイルランドを去るか、フィンを首領とするアイルランド戦士団の一員になるか、どちらかを選ぶように命じた。ゴルはフィンに従うことを選んだ。

こうしてアイルランド戦士団を率いるフィン・マクールが誕生した。

中世におけるフィンとフィアナ戦士団[36]をめぐる口承文芸の広がりは中世アイルランドの文化的、政治的な思潮と密接に結びついている。修道院制度の発展にともない、一二世紀から一三世紀にかけてフィンの民間説話は群を抜いて多くなり、入念につくられていった。中でも、一一七五年から一二〇〇年にかけて成立し、『リズモアの書』（*The Book of Lismore*）などの一五世紀の写本に保存された『古老たちの対話』（*Acallam na Senórach*）はフィンの説話を多く生み出す大きな原動力になったと考えられる。一六世紀になると、フィンはゲーリックの物語の中で最も卓越した人物となり、初期のストーリーテリングの序列で上位を占めていたルーやクーフリン、コナーラを凌いだのである。

四　巨人、この異様なるもの

アイルランドやスコットランド西部のゲーリック世界のストーリーテリングにはしばしば巨人たちが登場するが、その光景はときには異様で、ときには滑稽味がある。[37] イェイツ（W. B. Yeats, 1865-1939）は『アイルランド農民の妖精譚と民話』（*Fairy and Folk Tales of the Irish Peasantry*, 1888）の「巨人たち」（"Giants"）でT・クロフトン・クローカーとウィリアム・カールトンの話を収録しているが、巨人について記している。「アイルランドの異教の神々――トゥアハ・デ・ダナーン――が崇拝や供物を剥ぎ取られて、大衆の想像の中でしだいしだいに小さくなり、しまいに妖精になってしまったとき、異教の英雄たちはしだいしだいに大きくなり、しまいには巨人になったのである」[38] フィン・マクールは母方が妖精であるが、人間的な魅力をもった英雄で話によっては巨人になったりもする。ときには親指を口に入れて知恵を得、[39] 魔術を使って変幻自在の行動を見せる。

1　巨人を怖れる巨人

ウィリアム・カールトン（William Carleton, 1794-1868）の「ノックメニーの伝説」（"A Legend of Knock-many"）[40] はフィンにまつわる民間伝承の中でもよく知られているが、ストーリーテリングの場所によってかなりのヴァリアントがある。簡単に筋を記して、親指を口に入れる巨人フィンと右手の中指をぽきぽき鳴らす巨人クーフリンの対決を覗いてみる。[41]

アイルランドの大人や子どもたちの中で、アイルランドのヘラクレスなる偉大なフィン・マクールを聞いたことがないものはいないだろう。北端のジャイアンツ・コーズウェイから南端のケープクリアまで、アイルランド中にその名が知れわたっている。ところで、このジャイアンツ・コーズウェイ[42]が話の糸口になる。

フィンと彼の一族の巨人たちがスコットランドへ踏んで渡れる頑丈な岩道を造るのに精を出していた。ふとフィンは留守中かわいそうな妻のウーナがどうしているか見に帰ろうと思い立った。が、本当のところは、もう一人の巨人クーフリンがフィンと力だめしをするために土手道の方へやってくるということを耳にしたからである。クーフリンの名は知れわたり、その怪力でアイルランド中の巨人たちが打ちのめされてきた。クーフリンはフィンのあとをつけまわしていたが、フィンはクーフリンと顔をあわせないように逃れてきたのである。強風が吹くノックメニー丘の天辺に家を造ったのも、じつはクーフリンが家にやってくるのがよく見えるようにするためだった。フィンが家に着くと、妻ウーナはフィンの早い帰宅にけげんな顔をしたが、その理由がまもなくわかった。

「クーフリンのやつだ。やつがやってくる。いまダンガノンの下にいる。やつが怒ると、足を踏み鳴らして町中を揺るがすんだ」と言いながらフィンは親指を口の中に突っ込んだ。「どうしたらいいのか、わしにはわからん。逃げたりしたら、わしの面よごしだからな。遅かれ早かれ、やつにまみえにゃなるまい。わしの親指がそう言ってる」

「いつごろここにくるのかしら」

「あしたの二時ごろだ」

「だいじょうぶ、わたしにまかせて」

ウーナはこの身にふりかかった困難をどうすればよいか、谷を挟んだ向いの丘に住む妹のグラヌーアにノックメニー丘から声をかけて相談した。それからウーナの機知で、クーフリンをむかえる支度ができた。

翌日、クーフリンが谷を越えてやって来るのが見えた。そこでウーナは作戦を開始した。揺りかごを作り、フィンに中で横になり衣類をかぶるよう言った。

「あなたはフィンの子で通さなくちゃいけませんよ。中でここちよく横になって、何も言わずに、わたしの言うとおりにしてちょうだい」

フィンは妻に言われたとおり、揺りかごの中にもぐりこんで横になった。すると、フィンが予想したように、クーフリンは二時頃「偉大なフィン・マクールの家はこちらかな」と言って家の中に入ってきた。

「フィンはアイルランドでいちばん強く、いちばん勇気のある男だという評判だ。ちょっともんでやろうとおもって来た男がおまえさんの前にいるんだ。おかみさん、フィンはうちかい?」

「いませんよ。怒り狂って家を飛び出た男がいるとしたら、それはわたしの夫です。クーフリンとかいう頭の鈍いのがフィンをさがしに土手道をやってくるって、誰かが知らせたらしい。フィンはこれをひっつかまえに出かけたんです。かわいそうな巨人、フィンに出会わなければいいのですが。出会ったら最後、フィンはその男をいきなり糊のようにぺちゃんこにしてしまうでしょうから」

「クーフリンとはこのわしだ。わしはこの一二ヶ月というもの、あいつをさがしていたんだが、いつもうまくかわされてしまった。ひっつかまえるまでは、腹の虫がおさまらない」

ウーナはこの巨人の大力をためそうと、強風が戸口のドアに吹きつけるので家の向きを変えてほしいと言うと、巨人は外へ出て家に手をかけ、ウーナの望みどおり家の向きを変えた。さらに、岩の下に泉があるのだけれど、その岩を取り外してほしいと言うと、巨人は岩をおもいっきり引っ張り上げて、深さ四〇〇フィート、長さ四分の一マイルの裂け目をつくった。これには揺りかごの中のフィンは冷汗をかいた。

そこでウーナは次の作戦に出た。クーフリンを家に招き入れ、敵同士であってももてなしをしないとフィンは快く思わないと言って、鉄鍋を入れたパンケーキを半ダースに、バターを一缶か二缶、煮たベーコンと山盛りのキャベツを付け合わせて出した。巨人はパンケーキを一つがぶりと食べた。ものすごい音がして、巨人の歯が二本折れた。これにたいして、「フィンとあの揺りかごにいる子がふだん食べているパンですよ」とウーナはけろりと言った。ウーナが別のをすすめると、空腹だった巨人は二番目のパンケーキをまたがぶりと食べた。わめき声がして、またもや二本の歯が折れた。この悲鳴で目を覚ましてしまった子どものフィンは、「おかあちゃん、おなかがすいたよ。なにか食べ物ないの？」と言うと、ウーナは鉄鍋の入っていないパンケーキをあげた。フィンはそれをすぐに平らげてしまった。これを見たクーフリンは肝をつぶしてしまい、フィンに会わなかったことに秘かに感謝した。

「おじちゃん、強いの？」と子どものフィンに言われ、クーフリンは白い石から水を絞り出すという挑戦を受けたが、骨折ったあげく、力が及ばなくてあきらめた。そこでフィンは言った、「おじちゃん、かわいそう。それでも巨人なの？　その石、ぼくにかしてよ。ぼくができたら、おとうちゃんがどんな人かわかるでしょ？」フィンはその白い石と凝乳をこっそり取り替えて、水のように澄んだ乳漿が手からしみ出るまで絞った。「おとうちゃんが帰ってこないうちに、ここから出ていったほうがいいよ」と言って、フィンは揺りかごに戻った。

いまやフィンを怖れて膝をがたがた震わせるクーフリンは、もう二度とこの場所には近寄らないとウーナに告げた。そして鉄板入りのパンを食べるあの子はいったいどんな歯をしているのか、触ってみてもいいかときいた。「どうぞ、ただ、歯はずっと奥の方にあるから、指を中まで充分に突っ込まないとだめですよ」とウーナは言った。クーフリンはこんな幼い子に強力な臼歯があるのに驚いたが、もっと驚いたのは大力の源である中指を口の中に置いてきたことであった。巨人は大きなうめき声をあげると、力が弱り、その場に倒れた。フィンは揺りかごからとび出した。長い間フィンや仲間のみんなが怖れていた巨人クーフリンは死体となって横たわっていた。

この話のヴァリアントは一八六〇年代にヘブリディーズ諸島や一九一三年にアルスターで記録されているといわれるが、口頭と文字化されたもののどちらが先行するのかは不明である。それよりもノックメニーのストーリーが他の英雄ではなくてフィン・マクールを中心に織りなされていることの方が重要であろう。一八世紀後半と一九世紀前半にはフェニアンの伝説は口頭で存続していたためにフィン・マクールを当然のように登場させることになったのではないかと考えられる。

これに類似したストーリーが一八三三年の『ダブリン・ペニー・ジャーナル』（*The Dublin Penny Journal*, March 30）に載った。「フィン・マクールの伝説」（“A Legend of Fin-Mac-Cool”）というタイトルで、ストーリーの最後に〝Q〟というイニシャルがあるだけで、作者不明である。場所はティローン州のノックメニーからキルデア州のアレンの丘に変わり、スコットランドの巨人はフィンの息子アシーンとなっている。

One day after he had been out hunting on the Curragh of Kildare, he came home to his house on the Hill of Allen, in mighty low spirits, and his wife axed him what was the matther? ‘Why, thin,’ says he, 'there's enough the matther ; for there's the great giant Ussheen, (Ossian), is come over from Scotland to thry my strength, and if he finds he's able to bate me, he'll murdher me intirely.'

ある日、キルデアのカラーに狩猟に出かけたあと、彼（フィン）はたいへんふさぎこんでアレンの丘の家に帰ってきたので、妻はどうかしたのかと聞いた。「どうも、こうもない。こまったことになった。偉大な巨人アシーン（オシアン）がわしの力をためしにスコットランドから来たんじゃ。わしを負かすことができるとわかったら、わしはこてんぱんにやっつけられるだろう。

アレンの丘は伝統的にフィン・マクールの本拠地だが、スコットランドからやってくる巨人をアシーンにしたのは、ジェイムズ・マクファースンのオシアンを登場させる意図によるものかどうかはわからない。しかし、"Oisín"の発音をそのまま綴った"Ussheen"から判断すると、父と子の衝突で、「フィンとアシーンの口論」（"The Quarrel between Finn and Oisín"）の異なった形での再現ではないかと考えられる。[43]

2　英雄と巨人との戦い

『青春の国のアシーンの物語詩』（*Laoidh Oisín ar Thír na nÓg*）[44]では、アシーンが妖精のニーアヴと白馬に乗って海底の不老不死の国であるティール・ナ・ノーグへの途上、巨人の城に幽閉された姫を救うためにアシーンが巨人と戦う。

岸辺でアシーンは馬を止めた。父親を抱きしめ、それからフィアナ戦士たちに別れを告げた。アシーンは涙を流し、そのうるむ目は岸辺に立つ一行にそそがれた。父親の困惑と悲嘆、そして仲間の戦士たちの悲しみが目に映った。彼はともに狩猟をし、ともに戦場に赴いた日々のことを思い出した。そのとき白馬がたてがみを振り、三回いななくと、前へ跳ねて海中に突き進んでいった。ニーアヴとアシーンの前方の波が開き、彼らが通り過ぎると閉じた。

二人が海をわたっていくと、すばらしい光景が四方に現れた。二人は町や王宮、城、要塞、白波に洗われる防備を固めた居住地、色塗りのあずまや、威厳のある宮殿を過ぎていった。子鹿が疾走して通り過ぎると、そのあと緋色の耳をした白い犬が追いかけていった。鹿毛の馬に乗った美しい女性が、右手に黄金の林檎をもって波頭の上を駆けていった。白馬にまたがったその女の後方から、黄金の剣を手にした着飾った若い王子が馬を走らせていた。アシーンはこの二人を畏敬の念をもって眺め、どのような者たちかとニーアヴに尋ねたが、青春の国の民に比べたら大した者たちではない、とニーアヴは言った。

彼らの前方はるか遠くに輝く宮殿が見えてきた。優美な大理石の破風が太陽の陽をあびて輝いている。「あれほどの美しい宮殿を見たことがない」とアシーンは感嘆の声をあげた。「ここはどこなのか。あそこの王は誰か。」

「ここは善の国で、あれは巨人フォヴォールの宮殿です」とニーアヴは言った。「生者の国の王の娘がここの女王です。王宮にいた彼女はフォヴォールに誘拐されて、ここに囚われているのです。勇士と一騎打ちの闘いをするまでは彼女と結婚することができないというゲッシュがありました。でもこの巨人と闘おうとするものが誰もいないため、彼女はいぜんとして幽閉の身なのです。」

「ニーアヴ、あなたの声はわたしの耳には音楽のようにうるわしいが、その話はあまりに悲しい。わたしは要塞に行って巨人を倒し、女王を自由にしてあげよう」とアシーンは言った。

二人は白い宮殿に向かった。宮殿に到着するとニーアヴほどの美しい女性に迎えられた。二人は部屋に案内され、黄金の椅子に座り、最高の食べ物と酒のもてなしを受けた。宴が終わると、女王は囚われの身の境遇を話し、巨人が誰かに倒されないと故郷に戻れないと涙を頬まで流して語った。

「さあ、涙をふいて。わたしが巨人と闘おう。わたしは恐れない。わたしが彼を殺すか、彼に殺されるまで闘うかどちらかである」とアシーンは言った。

そのときフォヴォールが城に向かってきた。巨体で醜く、多量の鹿皮を背負い、手には鉄棒を握っていた。アシーンとニーアヴが目に入ったが、巨人は気にとめず、じっと女王の顔を見た。彼女が客人に幽閉の話をしたことがすぐにわかった。怒り狂った巨人は大声を出してアシーンに闘いを挑んだ。三日三晩、闘いが続き、最後にアシーンが巨人を倒して首をはねた。巨人が倒れたとき、ニーアヴと女王は三度勝鬨をあげた。アシーンの負傷はひどく、疲れはてて歩くこともできないほどで、彼は二人に支えられて要塞に戻った。女王がアシーンの傷口に塗り薬をつけて薬草を貼ると、間もなくアシーンは元気を回復した。彼らは巨人を埋葬し、墓の上に旗を立てて、オガム文字で彼の名を石に刻んだ。彼らは祝宴をあげ、それから夜明けまで羽毛の床に寝た。

朝日で彼らは目覚め、ニーアヴはティィール・ナ・ノーグへの旅を続けようとアシーンを促した。「生者の国」の女王は二人が去るのを悲しみ、二人もまた彼女と別れるのを悲しんだ。だが、いまや女王は自由となって故郷に帰ることができる。二人は彼女に別れを告げた。ニーアヴとアシーンは白馬にまたがり、山頂からうなって吹く五月の疾風のようにすさまじい早さで駆けていった。

城や塔で英雄が巨人と戦って姫を救出する話は多くの伝承に見られるが、アイルランドの口頭伝承で特徴的なのは、ゲッシュ（誓約）が下されることである。これは破ることができない。もし破ると思わぬ運命、破局が待ちかまえている。アシーンはニーアヴと一緒にティール・ナ・ノーグに行くようゲッシュを下され、巨人は勇士と一騎打ちの闘いをするまでは彼女と結婚することができないというゲッシュが下されていたのである。ゲッシュはストーリーが展開するモメントとして機能していると考えられる。

3　海を歩く巨人

巨人の異様な光景が中世のロマンス『コーナル・ガルバンの冒険』（*Echtrae Chonaill Ghulban*）に現れる。この冒険物語はドニゴールの口承を元に一二世紀に文字になったという説がある。また、そのヴァリアントとしてジェレマイア・カーティン（Jeremiah Curtin, 1838–1906）がケリー南部で採話した「ソーダン・オーグとスペイン王の娘、あるいはコーナルと黄色い王の娘」（"Saudan Og and the Daughter of the King of Spain ; Young Conal and the Yellow King's Daughter"）[45]があるが、このケリーの口承がドニゴールへもたらされたという可能性もある。[46]そこで、ここでは「ソーダン・オーグとスペイン王の娘、あるいはコーナルと黄色い王の娘」の筋を記すことにする。

トルコの王リーナド・ルカックはエリン（アイルランドの古称）に長年暮らしていた。ソーダン・オーグという彼の一人息子が二〇歳になったとき、王はどこかの王の娘と結婚させたいと思ったが、なかなか見つからない。一年後、城門の前を通りかかったある老船長が王に告げた、「スペインの王女をおいては他にいません。」王はすぐさま、「もう知らせにはおよばぬ」という立て札を大道に出した。翌朝、ソーダン・オーグはあでやかな衣裳をまとい、風よりも早く白馬を駆っていった。やがて海辺につきあたってしまう。見回すと、近くの森にトネリコの大木を見つけ、それを根こそぎもぎとって、根についている土をはらい落とし、それからこのトネリコの大木を海に放り投げた。彼はそれに乗ってずっとスペインまで行った。

スペインの王は賓客を歓待し、国中をあげて七日七夜の祝宴を続けた。七日目にソーダン・オーグはスペイン王に言った、「あなたの美しいお嬢さんを、妻にほしい。もしダメだというなら、力づくでも、わたしのものにする。」そこで、王はリー・フィーン、リー・ライアン、それにコーナル・ガルバンに使者を送って加勢を頼んだ。三人の王はスペインに赴いたが、コーナル・ガルバンは二人の息子をともなって出かける時、一番下の息子コーナルに王国を守るように言って、一二人の側近者たちを相談相手として残していった。

一年と一日が過ぎたが、父親も二人の兄弟も戻ってこない。その最後の日、明日コーナルがある王女の娘と結婚式をあげることになっていると一二人の側近たちから告げられ、コーナルはびっくりして金切り声を三度あげた。古い城壁から四方何マイルにも石が飛び散るほどの叫び声だった。金切り声を耳にしたドルイド――このドルイドは二〇年前に父親に仕えていた――は胸騒ぎがして、エリンの北からひとっ跳びで山を越え、ひとっ跳びで谷を越え、ひとっ跳びで一二マイルを駆けて、日が沈もうとしているときにコーナルの館に着いた。そしてコーナルに忠告する、「その娘はあなたにふさわしくありません。あなたに最もふさわしい結婚相手は黄色の王（イエロー・キング）の娘です。」

翌日、一二人と一緒に出かけたコーナルは十字路でとっさに彼らをまいて、また十字路に引き戻って一番信頼のおける側近に、「城に戻って、わたしが帰るまで王国を安泰に治めよ」と命じて城の鍵を預けた。それからコーナルは黄色い王の城に向かった。

ガルバンの息子、若きコーナルが黄色い王の首をはねることがずっと前に予言されていた。城には七重の壁がめぐらされ、それぞれに一つの門があって厳重に防備されていた。最初の門には七〇〇人の盲人たちが入口を護り、第二の門に七〇〇人の耳の聞こえない者たち、第三の門に七〇〇人の不具者、第四の門に七〇〇人の分別のある女たち、第五の門に七〇〇人の間抜けな者たち、弟六の門に七〇〇人のどうでもよい者たち、第七の門に七〇〇人の最強の戦士たちが防備を固めていた。すべては王女が連れ去られるのを防ぐためだった。

黄色い王の娘は城の最上階に居て、一二人の侍女が彼女に仕えていた。王女は閉じこめられた状態で、囚人のようだった。「若い王子様がやってきて、一緒に逃ることができればいいのに」と思った。コーナルは馬に拍車をかけて七重の壁をひとっ跳びした。侍女たちが中庭にいるコーナルを見つけると、「すてきな若い戦士がきた」とすぐに王女に伝えた。窓から下方のコーナルを見た王女はうっとりとし、恋に落ちてしまった。コーナルは剣を地面に突き刺し、それからはるか頭上にひとっ跳びして窓から中に入り、二人は抱き合った。

コーナルは再び中庭に跳び下りて、城と周りの地面を揺らした。寝ていた王は仰天して起きあがりざま転んで、ドルイドを呼んだ。すばらしい容姿をした戦士が侵入したことがわかると、王は若きコーナルに会って挨拶を交し、帰った方が身のためだと言った。コーナルはこれを拒否して闘いが始まった。次から次へと王の戦士を倒し、日没には一山の屍と一山の首、それに一山の武器ができた。瀕死の傷を負って横たわっていたコーナルは、王女の窓辺の下方まで這っていった。彼はそこからひと蹴りして窓にいくと、王女が受け止めて部屋の中に入れた。コーナルが城にある魔法の泉につかると、もとの身体に戻った。次の日、コーナルは黄色い王と七日間の闘いの末、王の首をはね、王女と馬に乗って帰路についた。さびしい山の麓の近くを通ったとき、コーナルは眠気におそわれた。

コーナルは岸辺の堤に横になって王女の膝枕で三日間眠った。三日目の夜、王女は今まで見たこともない巨人が籠を背負い、海を歩いてこちらにやってくるのを見た。海はその大男の膝下にあった。大男の頭と空の隙間は盾を一枚通すことができないほどだった。この男は「世界の大王」だった。大男がコーナルと花嫁に迫り、王女の手に三度接吻をした。大男が王女を連れ去ろうとすると、「この人が起きれば、そうはさせないわ」と王女は抵抗したが、大男はコーナルの剣帯に指を突っ込んで、放り投げた。コーナルが三マイル離れた所に落ちたとき、波が押し寄せるように三度血を吐いた。王女は「もう一度やってみなさい」と大男をけしかけたが、三度目のときもコーナルは目を覚ますことはなかった。王女はその間この状況を伝える手紙をすばやくコーナルに書き残した。大王は腕に彼女をかかえ、捕まえた魚を籠に放り入れながら、海を歩いていった。

コーナルは七日七夜眠り、花嫁が連れ去られた後の四日目に目を覚まして、花嫁も馬もいないのに気づいた。近くに遊んでいた子どもから状況を知らされ、コーナルは帯に挟まれていた王女の手紙を読んだ。大男との闘いを決意したコーナルは、入り江に打ち上げられた老朽舟を子どもたちの助けを借りて進水させたが、水漏れがひどくなんとかしなければならなかった。そこで、コーナルは子どもたちが乗っていた牛を殺して皮を剥ぎ、それを舟にしっかりと張り付けて水が通らないようにした。

舟は風を受けて海上を進んだ。三日目の午後、コーナルは三つの島を見つけ、真ん中の島の浜に人だかりが見えた。海上に舟を固定して、七マイル先の浜辺にひとっ跳びした。浜には島の大男の一二倍もある大男が座っていた。三人の兄弟が三つの島をもっていたが、その所有権をかけて人びとがハーリングで勝負をすることになった。そして、コーナルはすべてを向こうに回して対戦することになり、すごい勢いでボールをそこかしこに打った。その魔球に恐れをなして浜には人っ子一人いなくなった。兄弟たちは、三つの島の全島民が殺されると悲嘆し、これを案じた妹がコーナルのところに行き、許しを請い、城に招き入れた。城には大男の古老がいた。「ようこそ、エリンの若きコーナル」と歓迎を受けたコーナルは、なぜ自分のことを知っているのか不思議に思った。この古老は、その昔コーナルの館にもきたことのあるドルイドだった。彼は嵐でこの島に漂流してからずっとここで暮らしているが、もう老いてしまったのでエリンの地で死にたいと言った。

コーナルは、老いたドルイドと二人の兄弟、それに妹と共にエリンに向けて出帆した。四日目に大きな島が見えた。近づいて見ると、不思議なことに、三人の戦士が剣と槍をもって同時に対決していた。コーナルはドルイドを抱いてひとっ跳びして七マイル先の浜に降り立った。三人に訳をきくと、三人とも、ここから七マイル離れた城に住む世にも美しい女性を愛し、彼女は一番すぐれた者の愛を受けると言ったので、こうして闘っているが、なかなか勝負がつかないと言った。そこで、コーナルは三人と対決することになった。コーナルは二人の首を切り落として、ひとり残ったショート・ダンを倒した。ショート・ダンは苦しみから逃れるためにコーナルに語った。

「数ケ月前に大海原で舟を進めていますと、これまで見たこともない巨人を見ました。手にはそれは美しい女性が乗っていました。彼女を見た瞬間、恋してしまいました。そこで世界の大王のところへ向かって舟を走らせました。すると、この巨人はわたしの舟の帆に風をはらませて両脚の間を通過させて、別の方向へ歩いていきました。わたしは舟の向きを変えて彼を追いました。マストの天辺に登って、そこで立って待ちました。風と波が立ち、世界の大王のそばに行き着き、女性が乗った手の平の高さまできたとき、彼女をつかんで三回接吻しました。巨人は怒って、わたしを強い麻の紐で縛り、指をわたしの体の下において海に放り上げました。舟は風の吹くままに漂流しました。わたしは魔法を使ったので、溺れ死ぬことはありませんでした。小魚を呑み込んで食べ物にしました。何日もこんな状態でいるうちに、麻紐が朽ちはじめ、脆くなりました。そして、この島に打ち上げられたのです。高い断崖の巣から二羽の鳥が降りてきてわたしをつかみ、飛び上がり、空中でわたしを落しました。わたしは岸辺に落ちて気絶し、打ち寄せる波と引く波に身をまかせました。鳥たちが二回目にやってきたとき、わたしが死んだふりをしていると、飛び去っていきました。」

この女性がコーナルの花嫁だと知ると、ショート・ダンはおののいた。コナールは彼を大王のところまで案内させることにした。海上に出て五日目に「世界の大王」の城が見えてきた。城は毒をまきながら回転し、一滴の毒が体にあたれば肉が溶けてしまう。しかし、明日は花嫁を盗み取った日から一年と一日になるので、大王は城にいない。戦士ショート・ダンは浜に飛び降りて一気に黄色い王の娘のいる城まで行った。魔法で毒を遠ざけて中に入り、王女を見つけ、持っていた魔法のクロークで彼女を包み、救い出して、浜辺からひとっ跳びして舟に戻った。

王女がコーナルを見るや、叫び声をあげた。この叫び声は、結婚式に大いなる人たちを招こうと西の国に行っていた大王の耳に届いた。籠から魚を放り出すのもままならず、彼は急いで海を渡って城に向かった。王女がいないのがわかり、浜に出ると、コーナルの舟を見つけた。コーナルは一マイル離れた浜に飛び降りて、両者の闘いが始まった。コーナルが大王の両脚を膝から切り落とすと、大王は倒れ、ドルイドがすぐさま固い魔法の紐で縛った。次にコーナルが指笛を鳴らすと、ショート・ダンが底荷から現れた。コーナルは剣を抜いて、一気に大王の首を切り落とした。

それから三人はスペインの海岸に沿って帰路についた。途中でかたまって立つ三つの大きな城と牛の群が遠くに見えた。なぜ三つの城がかたまって立っているのか、尋ねてくるように近くにいた島の兄弟たちに頼んだ。兄の方が行って牛飼いに尋ねると、彼は魔法の杖で打たれて石になってしまった。次に弟が行った。彼も同じ運命に会ってしまった。黄色い王の娘や、ドルイドやショート・ダンが止めるのをふりきって、コーナルは牛飼いのところに行った。コーナルは魔法の杖の一打をかわして、剣を抜き、城が三つかたまってたっている理由を問いただした。この牛飼いはコーナルの兄だった。それから二人の兄弟は元の姿に戻った。

ソーダン・オーグは彼らよりも前にスペインに着いて、王国の三分の一を奪取した。スペインの王はここに城を持っていた。父親とレンスターの王が第二の城を近くに建て、ソーダン・オーグが第三の城をこの二つの城の近くに建てた。それ以来、彼らに紛争が絶えなかった。

コーナルは翌朝ソーダンの城に行き、ソーダンとすべての部下を殺した。コーナルの一番上の兄がスペインの王女と結婚し、二番目の兄は島の兄弟たちの妹と結婚し、コーナルは彼に三つの島を与えた。コーナルは故郷に帰り、黄色い王の王国を戦士ショート・ダンに与え、二人の島の兄弟たちをエリンの王の娘たちと結婚させた。そして、みんな幸福に暮らした。

巨人は籠を肩にかついで海を歩くが、海は膝までつからない。頭と空の間を盾がすりぬけることができないほどの巨体である。これが巨人、「世界の大王」の海を歩く姿である。論理的には、この巨人を乗せる舟がないから、海を歩くということになるかもしれないが、ストーリーテリングでは巨人が海を歩くのは、それほど大きいので、舟を必要としないというだけのことである。

海を歩く巨人は地誌、『ディンシャナハス』(*Dindshenchas*)にも語られている。エドワード・グウィン(Edward Gwynn)は"Dun Gabail"の注で「これらの巨人たちは船を必要としなく、ガリヴァーがリリパットの対岸の島へ歩いて行くように、海を歩いて行ったのである」と記している。(47) これはリフィー川沿いのコトレーグの地域にあるドゥーン・ガヴァルについての詩である。

Cethrur tancatar anair
im Goll is imma ingin,
im Lutur thanic cen luing,
im Lurgnech mac Calatruimm.(48)

彼ら四人は東から来た
ゴルとその娘（カヴァル）
それにルトゥール、みんな船に乗らないでやって来た
そしてカラトロムの息子ルールニャ。

海を歩いて渡る巨人の異様な光景は、『コーナル・ガルバンの冒険』にみられるアイルランドの巨人伝説の影響をうけたとも考えられるウェールズの物語『マビノギオン』（*Y Mabinogi*）の第二枝話「スィールの娘ブランウェン」（"Branwen Uerch Llyr"）にも現れる。(49) その箇所を簡略に記しておこう。

アイルランドのマソルッフ王に嫁いだウェールズのブランウェンが冷遇されていることを知るや、兄のベンディゲイドブラン王は船団を率いてアイルランドへ向かった。ベンディゲイドブランは巨人で、楽人た

ちを背負いながら海を歩いて渡った。ある日のこと、浜に出て豚の世話をしていたアイルランドの豚飼いたちが海上に異様な光景を見て、それをマソルッフ王に知らせた。以前には一本の木もなかった海上に森が見え、そのわきには大きな山、てっぺんには赤い尾根、その両側に湖があり、森も山も湖も、みんな動いている、と豚飼いたちは言った。王は、これがなんであるかブランウェンを除いてわかる者はいないと言って、彼らをブランウェンのところへやった。ブランウェンに対するむごい仕打ちや恥辱を耳にしたブランウェンの兄とその軍勢がやってきたことがブランウェンから告げられる。海上に見える森は船の帆桁と帆柱、船のわきに見える山は巨人のベンディゲイドブラン、高い尾根は鼻、その両側にある湖は目で、立腹してこちらを睨んでいる、とブランウェンは言った。

巨人の出現は王国の支配に関わらない豚飼いたち、いわば第三者によって最初に目撃され、不思議な光景が報告されるわけだが、そこにはストーリーテリングの張りつめた展開を孕んでゆくための重要な仕掛けをみることができる。

アシーンが戦った巨人は多量の鹿皮を背負い、「ソーダン・オーグとスペイン王の娘、あるいはコーナルと黄色い王の娘」では「世界の大王」という巨人が籠を背負って海を歩き、「スィールの娘ブランウェン」では巨人のベンディゲイドブラン王が楽人たちを背負いながら海を歩いて渡る。巨人のかつぐ荷はときには象徴的な意味を帯びることもあるだろうが、それがなんであれ、荷は巨人をさらに異様のものに仕立て、ストーリーテリングにおいて感興と視覚化を図るすぐれた装置になっている。

（1） J. H. Delargy, "The Gaelic Story-Teller. With Some Notes on Gaelic Folk-Tales", *Proceedings of the British*

Academy 31（1945）, pp. 177–221. 一九四五年一一月二八日に行われたThe Sir John Rhŷs Lectureの講演録だが、民間伝承の採集の経験を通してアイルランドの口承文芸と歴史について具体的に語った貴重な資料。本節は主にこれに基づいている。

（2）グリム兄弟の採集した民間伝承がヨーロッパで流行したのを受けて、アイルランドで民間伝承の研究が本格的に始まったのは一九世紀であるが、その先鞭をつけたパトリック・ケネディはウェクスフォード州に生まれ、同州のボロー に城を構える領主カルー家で教育を受けた。*Dublin University Magazine*に寄稿したものが、*Legendary Fictions of the Irish Celts*として一八六六年に出版された。他に*The Banks of the Boro*（1867）, *Fireside Stories of Ireland*（1870）, *Bardic Stories of Ireland*（1871）などがある。

（3）Daniel Corkery, *The Hidden Ireland : A Study of Gaelic Munster in the Eighteenth Century*（1924）は特にアングロ・アイリッシュの作家たちに影響を与えた古典で、このタイトルがいわば普通名詞として使われるようになった。イーガン・オラヒリ（Aodhagán Ó Rathaille）、オーン・オサラヴァーン（Eoghan Rua Ó Súilleabháin）、ブライアン・メリマン（Brian Merryman）をはじめ多数の作家の作品や彼らの置かれた社会的状況を描き出し、職業詩人（bard）の詩の伝統がパブや自宅で催される「詩の法廷」（cúirt éigse）で存続し、一八世紀のジャコバイト派の詩人たちのアシュリング（aisling）という特有な詩の形が創られたことについて詳述している。

（4）*Leabhar Sgéaluigheachtas*（1889）はアイルランドの民間伝承を集めた最初の著作であるが、その後*Beside the Fire : A Collection of Irish Gaelic Folk Stories*（1890）, *Love Songs of Connacht*（1893）, *Religious Songs of Connacht*（1905–6）が出版された。*A Literary History of Ireland*（1899）はアイルランド語で書かれた文学を古代から一九世紀まで概観した大著。また、W・B・イェイツの「縄ない」（'The Twisiting of the Rope', *Stories of Red Hanrahan,* 1987）を下敷きにして、ハイドが書いた*Casadh an tSúgáin*（『縄ない』）はフェイ兄弟の演出でゲーエティ座で上演され、ダブリンにおける初めてのアイルランド語による劇となった。

（5）J. F. Campbell, *Popular Tales of the West Highlands*（Edinburgh : Edmonston and Douglas）, Vols. I–II（1860）, Vols. III–IV（1862）.

（6）Alexander Carmichael, *Carmina Gadelica*, Vols. I–II（1900）, Vol. III（1940）, Vol. IV（1941）, Vol. V（1954）, Vol. VI（1971）. この『ゲール詞華集』は祈りや四季の賛歌、日々の仕事の祝福、呪文などの多様な資料からなり、大部分が韻文の形で書かれている。第一巻と第二巻はカーマイケルの編纂・英訳による。第六巻は索引。

（7）Robin Flower による英訳 *The Islandman*（Oxford University Press, 1934）がある。

（8）Robin Flower, *The Western Island*（Oxford University Press, 1944）には、グレート・ブラスケット島の最もすぐれたストーリーテラーであるペイグ・セイヤーズ（Peig Sayers）について一章があてられている。

（9）トラベリング・ストーリーテラーの英語は "travelling men" や "travelling storytellers" であるが、アイルランド語の *bacaigh*（浮浪者、乞食）あるいは *lucht siubhail*（旅人）にあたる。時には "beggar-man" も同じような意味で使われる。Frank Delaney, *Ireland : A Novel*（London : Time Warner Books, 2004）の冒頭で、"a travelling storyteller" の様子が描かれている。黒いコートを着た背の高い一人のトラベリング・ストーリーテラーが、まさしく語りに最も適した時期であるハロウィーン（サウン）に、ある家のノッカーを叩く。家の主人は彼を招き入れ、やがて近所から人が集まり、その夜、暖炉の前でそのストーリーテラーはウィスキーを飲み、パイプをくゆらして、ニューグレンジの造営にまつわるストーリーを語り始める。

（10）J. H. Delargy, pp. 185–186.

（11）Doolin は荒涼としたバレン地域にあり、モハーの断崖から北東へ下ったところに位置する漁村である。小さな港からフェリーでアラン諸島（Inisheer, Inishmaan, Inishmore）へ渡ることができる。現在、トラディショナル・ミュージックの息づいている地域である。二〇〇万年が経っているといわれる洞窟があり、バレンの地下深く続いている。

（12）J. H. Delargy, p. 188.

（13）エディフォン（Ediphone）はエジソン・レコード会社の商標。一種の口述筆記用具で、簡易録音機として使われた。送話口を口元に近づけて音声をワックス・シリンダー（蝋管）に音溝として記録し録音される。録音したワックス・シリンダーを再生用の機械に移し、ヘッドホーンのような物で聞きながら筆記するか、もしくはタイプライターで打ち出す。不必要になったワックス・シリンダーはシェイヴァーという機械で表面の音溝をそり落として、再び使用する。なお、類似の機械Dictaphoneはコロンビア・グラフォフォン社の商標。

（14）J. H. Delargy, p. 190.

（15）英語では"pattern"と綴り、アイルランド語では*pátrún*（Eng. *patron*）で守護聖人の祭祀を意味する。地元の守護聖人を祝う行事がアイルランドのおよそどの教区でも一九世紀半ばまで行われた。

（16）T. Crofton Croker, *Researches in the South of Ireland*（Dublin : Irish Academic Press, 1981）, pp. 277–283. 著者は一八一三年六月二三日にケリー州ゴーゴーンで行われたパターンに参加し、その模様を記述している。

（17）スリーヴ・リーグ山（Sleeve League）の南斜面は大西洋の荒波から三〇三メートルの高さに屹立した絶壁である。岩壁が幽遠な色に染まり、その風光はたえず変幻する。淡青色の空と海が青みがかった灰色の通り雨に隠れると、やがて光が射し込み、薄雲が立ち昇って、黄金色のまだらな模様の海が映し出される。

（18）Kuno Meyer, *The Voyage of Bran*, Vol. I（London : David Nutt, 1895）, pp. 45–46.

（19）詳しくは松村賢一「ケルト入門　3、ケルトの暦」、『英語教育』一二月号（大修館書店、二〇〇一年）、四八－五一頁。

（20）Patrick Dinneen, *Focloir Gaedhilge agus Bearla/An Irish-English Dictionary*（Dublin : Irish Text Society, 1996）に"sé an scéal ó Shamhain go Bealtaine é, it is a very long story"という慣用句が載っている。

（21）詩の技巧をマスターするには"bardic school"に入って、七年間の特訓を受けなければならなかった。昼間でも戸や窓は閉められ、腹に石をのせて仰向けになり、目隠しをし、頭脳から賛辞のレトリックを絞り出す。暗闇でなされるこのような徹底した訓練は、光や物によって精神の集中が乱されるのを防ぐためであろう。こうした環境の中では、能力は最大限に生かされ、記憶力の増強がなされるという。

（22）アイルランドやウェールズで四世紀頃から七世紀頃まで、オガム文字を刻んで墓標や碑をたてる慣習があった。その多くがアイルランドの南部や南西部に残っている。オガム文字は、ルーン文字のようなローマ字に基づいた一種の暗号文字である。縦軸のいずれかの側か、あるいは交叉して線が刻まれている。石碑の場合はふつう鋭い角が縦線の役目をした。オガムは五つのグループから構成されている。四つの記号グループはそれぞれ五つの母音と子音からなる。五番目の記号グループは十字（一重、二重、四重）、円もしくは菱形、それに半渦巻で二重母音を表し、神秘的な中心を表しているといえよう。また、詩人にオガムの書字板（Tabhall-Lorg ; Taibhli Filidh）の使用が許されていた。詩人はたいていブナやカバの木の棒にオガム文字を刻んだようだが、ドルイドやオラヴ（最高位の詩人）は詩や系図や歴史をこのように記録した。ブランは扇形に重なった書字板を用い、それにオガム文字を刻んで岸辺に向けて浮かべたのだろう。

（23）松村賢一『ケルトの古歌「ブランの航海」序説』（中央大学出版部、一九九七年）、七六頁。

（24）Standish H. O'Grady, *Silva Gadelica : Irish Text* (London : Williams and Norgate, 1892), p. 113.

（25）J. G. O'Keeffe, *Buile Suibhne* (London : Irish Texts Society, 1913/1996), p. 142.

（26）一三世紀から一七世紀にかけての時代、つまり音節詩でうたう職業詩人の時代には、彼らを抱える多数の貴族がアイルランドにいた。しかし一六〇一年、キンセールの戦いでアイルランド軍が敗れてイングランドによる支配が明白になったとき、アイルランド語による詩は深い外傷を負った。一〇〇年間のうちに全土のおよそ八五パーセントが新イングランド入植者の手にわたり、古来の貴族的社会が崩壊、それにともない詩人寵遇の伝統も消滅した。そして一七世紀初頭にアイルランド語の音の強弱をリズムの基礎とする、新しい形のアクセント詩が現れ、しばしば社会や政治の激変が格調高くうたわれ、一八世紀には精緻な韻律で夢幻をうたう詩形式、アシュリング（aisling）がオーン・ルア・オースーラヴァン（Eoghan Rua Ó Súilleabháin）を中心に展開された。アシュリングは民衆を底流としてアイルランドの過去の栄光と現在の悲惨を主題としている。このような格調高い、音楽的な韻律を凝らした幻視的な詩は、読むのではなく、むしろ聞くことを主眼としていたのである。アシュリングは主題を変えながらヌーラ・ニー・ゴーノル（Nuala Ní Dhomhnail, 1952– ）やポール・マルドゥーン（Paul Muldoon, 1955– ）といった今日の詩人たちにも脈々と息づいているのである。

（27）資料によっては *fian* とか *fiann* などさまざまな綴りが見られるが、最も古い形は *fian* である（女性形の語幹 a、単数属格が *féine*、複数主格・対格・呼格は *fiana*）。*fian* の綴りは九世紀の二つの写本、『アーマーの書』と『聖パウロ古写本』に初出し、*fiann* は複数形として早くから現れている。

(28) *Ancient Laws of Ireland*, Vol. I (Dublin, 1865), p. 206. *fenid* は合法な侵略行為をする限りにおいて、賠償が認められる。

(29) Whitley Stokes, "The Colloquy of the two Sages", *Revue Celtique*, xxvi (1905), pp. 8–64.

(30) 例えば、fían maicc Maicc Cais, fíana Maic Con, fíanna Luigne hui Dedaid, fíanna Foilinge, fían Aeda Duib, fíanna Fothaid Canainne, fíanna Ailella Flainne Bic.

(31) レンスター地方の他の有名な戦士団の名（fíanna Find, fíanna Foilnge, fíanna Fothaid Canainne）が Flann mac Máilmáedóc の詩に記されている。Kuno Meyer, *Fianaigecht* (Dublin: Dublin Institute for Advanced Studies, 1993), xv.

(32) Kuno Meyer's edition, "Macgnimartha Find", *Revue Celtique*, V（pp. 195–204）を元にした英訳に Kuno Meyer, "The Boyish Exploits of Finn", *Ériu*, Vol. I, Part II, Reprinted 1974（pp. 180–190）と Joseph Falaky Nagy, "The Boyhood Deeds of Finn", *The Widsom of the Outlaw*, Berkley: University of California Press, 1985（pp. 209–221）がある。ここでは James Stephens, "The Boyhood of Fionn", *Irish Fairy Tales* (New York: Macmillan, 1920) を全面的に参考にした。スティーヴンズはフィンの生い立ちから説き起こし、「知恵の鮭」の話を挿入し、アイルランド戦士団を率いるに至る過程を、事柄の背景をもさりげなく描写に取り込みながら、フィンの特性を鮮やかに語っている。なお、スティーヴンズは"Fionn"の綴りを用い、「フューン」の発音を示唆しているが、ここではフィンに統一する。ちなみに、アーサー・ラッカムの挿画はストーリーの視覚化のすぐれた一助になっている。

(33) Standish O'Grady, *The Coming of Cuculain* (London: Methuen, 1894) は "Cuculain was seventeen years of age when he did these feats" で終わっている。『クーフリンの登場』は作家スタンディッシュ・ジェイムズ・オグレイディの語り口調がにじみ出た物語で、マーレイ・スミスによる挿画がほどこされている。オグレイディはアイルランド文芸復興運動の火付け役ともなった *History of Ireland: The Heroic Period*（1878）の著者でもある。

(34) Finn (white, bright, fair, handsome) クノ・マイアーのバージョンでは、フィンは湖で泳いでいる同年代の子どもたちから「やれるもんなら溺れさせてみろ」と挑戦を受ける、という内容になっている «*Cia ro baid in macraid?*» *ol*

cach «Finn» ol siat. Comad assin no lenad Finn é.（"Macgnimartha Find", *Revue Celtique*, V, p. 200）（「誰が子どもたちを溺れさせたのか?」とみんなが尋ねる。「フィン」と彼らは言う。こうしてフィンという名が付けられた。）

（35）Ulad（Ulster）, Connacht（Connacht）, Laigin（Leinster）, Muma（Munster）.

（36）「フィアナ戦士団」は冗語だが、全体の流れを考慮してこのように記す。

（37）日本にも巨人伝説が伝えられているが、そのひとつにダイダラ法師がある。ダイラボッチ、ダイダボウ、デイラボウ、ダイダラボウなどと呼ばれる巨人が沼や山をつくったという伝説が関東・中部に分布し、柳田國男の「ダイダラ坊の足跡」や「大太法師」に詳述されている。東京都国分寺市在住のある女性いわく、「デーダラボッチっていう大男がいてね、そしてそれが歩いたんだそうですよね。そしてその足のついたところが窪みになっているっていうのはね、私父親から聞きましたよ、子どもの頃。足をついたところが窪みになっているというだから、デコボコが多いのはね、そのデーダラボッチが歩いたって言うんです。」（『国分寺市の民俗　二』国分寺市教育委員会、平成四年刊）。また、近隣の地域に恋ヶ窪とか柳窪、天神窪、平安窪などの地名があるが、それは弘法大師の足跡であるという伝承もある。窪地や沼地は巨人が山をかついだり引っ張ったときに足を踏ん張った跡とされる。志摩にはダンダラボッチが村人の術中に陥るという民話があり、「ノックメニーの伝説」を彷彿とさせる。あるとき海で寝ていたダンボラボッチが魔女の大風で起きあがり、いつものように大暴れをしに波切の里へやってきた。ダンダラボッチは、村人が編んだ巨大なわらじが浜に置かれているのを見て仰天し、「何だ、これは?」と村人に尋ねた。ダンダラボッチは自分よりも巨大な者が山に住んでいることを知らされると、恐れをなして退散し、二度とこの里に現れることはなかった。

（38）W. B. Yeats, ed., *Irish Fairy and Folk Tales*（New York : The Modern Library, n.d.）, p. 279.

（39）例えば、「今日、王は市に行った」（"Oenach in-diu luid in ri", *Book of Leinster*, 206b）の話ではフィンが不思議な存在に対峙する。フィン、アシーン、キウィールタがコークのバリヴァーニー（Ballyvourney）の奇妙な家に入る。灰色の髪の巨人、三頭の老女、胸に一つ目ある、頭のない男、九つの体と分離した九つの頭に一晩中悩まされるが、夜明けに消えて、三人の身には何事もなかった。フィンはこれら苦痛を与えたものの正体を発見する。不思議な知識の歯の下に親指を入れて *teinm laeda* のおまじないを唱える。"*Teinm laeda*, therefore, means literally 'the chewing (or breaking open) of the pith', and originally, I suggest, had reference to the way in which Finn was believed to have chewed his thumb for divinatory purposes. So when Finn is described. . . as chewing his thumb 'from the bone to the marrow（*smior*）, from the marrow to the inmost core（*smúsach*）, we may justly see in this folk-tale formula a traditional paraphrase of the original *teinm laeda*." Thomas F. O'Rahilly, *Early Irish History and Mythology*（Dublin: Dublin Institute for Advanced Studies, 1946/1976）, pp. 338-339.

（40）W. B. Yeats, pp. 285-299.　なお、Knockmany（Co. Tyrone）のアイルランド語地名は「修道士の丘」を意味する *Cnoc-manaigh*.

（41）赤枝騎士団の英雄クーフリンがこのように変貌したのかどうか不明である。クーフリンとフィンを同時に登場させたストーリーテリングはさぞかしおもしろかったであろう。ある伝説に登場する巨人の名はこれとは異なっている。フィンがスコットランドの巨人ベナンドナーと戦うためにスコットランドに渡る道を造り始めたが、ふと策略を思いついた。ベナンドナーがこちらにやってくるのを耳にしたフィンは、赤ん坊の衣に身をくるんで乳母車の中に入った。ベナンドナーが岸辺に来たとき、「会いたいのはこの子の父親でしょ」とフィンの妻が言うと、この巨体の赤子を見たベナンドナーは仰天し、岩の道を粉々にしながら逃げ去った。だから岩があまり残っていないという話である。

（42）アントリム州の沿岸にある土手道。現在、「巨人の道」の出鼻は波の浸食を受けて、グランド・コーズウェイ、ミドル・コーズウェイ、リトル・コーズウェイの三つに分かれている。柱状玄武岩の群は崖のふもとから不規則な段をなして海中に没する。およそ四万本の石柱が密集し、ほとんどが六辺形であるが、三〇パーセントは五辺形だという。最も高い石柱は一二メートルに及び、溶岩の厚さは所によっては二七メートルあるといわれている。イギリスの作家、W・M・サッカレーは一八四二年に四ヶ月をかけてアイルランドを旅したが、その終わり近くにジャイアンツ・コーズウェイにやってきた。この光景を目の前にしたサッカレーは、「この寂寥たる眺めは恐ろしい。……はたして、ここに日が射すことがあるのだろうか。……世界が無形の混沌から形を成したとき、これは混沌の残骸だったに違いない」（W. M. Thackeray, *The Irish Sketchbook*, Dublin: Gill and Macmillan, 1990, pp. 326-327）と、その荒涼感を記している。また、ある伝説によると、フィンはヘブリディーズに浮かぶスタファ島の巨人の女と恋に落ち、アルスターに連れてくるために海にこの広い道を造ったという。

(43) 父子の争いの伝説はオシアン説話群のストーリーテリングにある種の影響を及ぼしているものの、悲劇的ではなく、それは父と息子の言い争いである。フィンと息子はおしなべて仲が良く、手柄や冒険において協力的であったため、語り手がフィンとアシーンの言い争いを創り出すのに困難であったことがうかがえる。「フィンとアシーンの口論」ではアシーンはまる一年留守にするという背景が設定され、むしろ滑稽で戯作的な面が特徴となっている。ここでは、戦いは悪ふざけというか口論である。フィンは息子のアシーンをアイルランド中捜しまわっていた。アシーンの居所を知る者はいなく、アシーンは一年姿を消していた。彼は父親に腹を立てていた。とそのとき、フィンは原野でアシーンを見つけた。アシーンは豚を料理していた。フィンは突然彼に一撃を加えた。アシーンは武器を取り、身構えた。アシーンは彼が父親であることはすぐには気づかなかった。そこでフィンは、若い戦士が年老いた者と戦うのは愚かなことであると言った。それから、二人の風刺をこめた詩がやりとりされる。終わり近くに、フィンが「まさしく、わが息子よ、お前の言うことはおかしい」と父であることを明かす直前に、フィンとアシーンの間で交わされる言葉がある。「……原野の木々の上の狂人。戦では若い連中はよく枝先にとまるものだ」とフィンが言うと、「西方に逃げる狂人は若者ではない、それは老人だ」とアシーンが切り返す。(Kuno Meyer, *Fianaigecht* pp. 22-27)

(44) Bryan O'Looney, "Laoidh Oisín ar Thír na nÓg", *Transactions of the Ossianic Society*, IV (Dublin : The Ossianic Society, 1859), pp. 234-279.

(45) Jeremiah Curtin, *Hero-Tales of Ireland* (London : Macmillan, 1894), pp. 58-92.

(46) Alan Bruford, *Gaelic Folktales and Mediaeval Romances* (Dublin : The Folklore of Ireland Society, 1969), p. 72. *Béaloideas* 34, (1966 [1969]). なお、ブルーフォードは "Eachtra Chonaill Gulban", *Béaloideas* 31, 1963 [1965] (pp. 1-50) において、『コーナル・ガルバンの冒険』のヴァリアントについて精緻な比較研究を展開している。

(47) Edward Gwynn, *The Metrical Dindshenchas*, Part III (Dublin: Dublin Institute for Advanced Studies, 1991), p. 491.

(48) Ibid., p.78. ちなみに、この地名の起こりとなった Gabal は彼女の求婚者 Lutur と両者の父親 Goll Glass と Lurg-

nechと一緒にスペインからやって来たのだが、みな巨人である。散文の『ディンシャナハス』によると、Luturは「背丈が常人のおよそ一七倍で、どんなオークの木よりも高く、腕の長さはおよそ二六メートル、肩幅はおよそ一三メートル」となっている。（Whitely Stokes, "The Rennes Dindsenchas" *Revue Celtique*, Tome XV, 1894, p. 323）

（49）Gwyn Jones and Thomas Jones, trans., *The Mabinogion* (London : Dent, 1974), pp.25-40. 中野節子訳『マビノギオン』（JURA出版、二〇〇〇年）五三頁―七六頁を参照。

第二章　コロンバ伝承の展開と歴史的背景

盛　節　子

七世紀後半から一二世紀中葉までに、アイルランドの修道院・教会創設者を「聖人」と位置付け、その聖性と活動を基軸に著される一連の「アイルランド聖人伝」は、その時代的背景と共に、口承文化の性格を留める重要なジャンルの一つである。いずれも各修道院教会の要請によって、創設聖人の霊的・物的遺産の継承者として自らの教会の権威を表明し、その裁治権を教会と社会に位置付けることを目的としている。その意味で、「聖人伝」から聖人の時代状況を史実的に捉えることはできないが、著作時代までの教会の系譜・発展動向、教会と王権の関係、あるいは権力の所在、社会制度、法の運用、知識階層の機能等の歴史・社会・経済的諸要素が投影されている。一方、伝統的聖人伝叙述の要素―聖性を象徴する奇跡・予言・天使の顕示や厳しい贖罪苦行の実践―と過去を現在に語り継ぐ土着の伝承文学（英雄伝、民話）のモチーフが重なり、アイルランド独特の聖人像が描き出されてくる。

そのなかでも、スコットランド西端の小島アイオナ（Iona）の修道院創設者コロンバ＝コロムキル（Columba = Columcill, 521-597）は「アイルランドの司教」パトリックと共に、時代と地域を超えて聖人伝承を展開させていく。本章では、コロンバ伝承の基盤となるアイオナ九代目修道院長アダムナーン（Adamnán, 697-704）の『聖コロンバ伝』(*Vita Sancti Columbae*, 697/700)[1]について、著作の背景と構想及び挿話の伝承性と歴史性を中心に吟味し、更に時代を隔てた一二世紀中葉(1150/1164)にコロンバ系修道院の本拠地となるデリー(Derry, Co. Derry)修道院で著わされるアイルランド語版『聖コロムキル伝』(*Betha Coluim Cille*)[2]を取り上げ、それまでの歴史的背景と共に、その時代的変遷に伴う伝承の展開とその性格を考察してみる。

一　アダムナーンの『聖コロンバ伝』——伝承性と歴史性

1　歴史的背景

(一)　コロンバとアイオナ修道院

「ここは小さく貧しい島だが、アイルランド中の諸王と人々だけでなく、異邦人の王侯臣民、他の教会の聖人達も特別な敬意を払うだろう」と、コロンバは死を前に、アイオナの小高い丘から聖堂を見下ろして予言する。それから一世紀後、アダムナーンはその予言が成就したことを伝え、聖人伝を締め括る。「大洋の端の小さな島にかつて住んだ聖コロンバの記憶と名声は、アイルランド、ブリタニアと大洋の島々だけでなく、スペイン・ガリア、更にアルプスを越えてイタリア、ローマまでも遍く広がっている」(Ⅲ・23)。

コロンバの時代、アイルランドのキリスト教は、五世紀前半に始まる宣教時代を経て、六世紀中葉以降、山間や湖上・海上の孤島等人里離れた地に禁欲的修道生活と使徒的・司牧的活動を両軸とする修道院教会の創設が波及してくる。その波動は、ウェールズの修道院教会運動の推進者ギルダス(Gildas, 497-570)の影響を受けたクロナード修道院(Clonard, Co. Meath)創設者フィニアン(Finnian = Vinnianus, d. 549)を先駆に、五四八―四九年の大疫病蔓延を挟んで、彼の直接・間接の弟子達を通してアイルランド内外に連鎖的波及となって表れてくる。コロンバはフィニアンの弟子達と共に大疫病後の修道院創設第一波の時期に属している。彼は北イー・ネール系王族（Uí Néill）コナル・ゴルバン（Conall Gulban）を共通の祖とし、ドニゴール（Donegal）一帯を地盤とする最大勢力ケネール・ゴニル（Cenél Conaill）王家の出身者として同時代の王権動向と深く関わっていく。ただアイルランドでの活動については不明な点が多い。アダムナーンによると、コロンバは、「クール・ドレヴネ（Cúl Dreimne, AU 561）の戦いの二年後」、四一歳で「キリストのための巡礼者」として一二人の弟子と共にブリタニアに渡り、アイオナ島に共同体を構えて三四年間、断食と徹夜祈禱の贖罪苦行、祈り・学問・聖書写本と福音伝達・司牧の日々を過し（序文２）、五九七年六月九日当地で歿す。(3)

コロンバのアイルランド出国二年前に勃発する「クール・ドレヴネの戦い」は、アルスター年代記五六一年によると、北イー・ネール系二大王族ケネール・ゴニルとケネール・ノーギン（Cenél nEógain）連合軍が、「コロンバの祈禱によって」南イー・ネール系「ターラ王」ディアルミド・マック・ケルバル（Diarmait mac Cerbaill, 544–565）に勝利するが、同族から多数の戦死者を出した激戦として記される。またアダムナーンは、その翌年のタルトゥ（Tailtiu, Co. Meath）の集会で、コロンバは「ごく些細な許容し得る罪」のために破門を宣告されるが、ビル（Birr, Co. Offaly）修道院創設者聖ブレンダン（Brendan, d. 565/572）の証言で判決は撤回され、コロンバへの尊敬と名誉が回復される挿話を述べている（Ⅲ・３）。いずれもコロンバにブリタニアへの出国を促した出来事として憶測を呼び、後世に伝説化されていく。(4)

アダムナーンは、コロンバがブリタニアに到着後、スコットランドのダール・リアダ（Dál Riata）王コナル・マック・コヴガル（Conall mac Comgaill, 559–574）と面会した時、同時間にアイルランド北東部で勃発した「オンデヴモネ（Ondemmone）の戦い」の勝敗について王に予見した挿話を述べている（Ⅰ・７）。それは、五六三年

（AU）に勃発した「モーイン・ダレ・ロサル戦場（Mōin Daire Lothair, Coleraine付近）の戦い」を指すと推測される。年代記によると、その戦闘はアイルランド北東部ウリズ（Ulaid）連合王国の上王権をめぐるクルスィン（Cruthin）王族間の内部抗争が主因だが、北イー・ネール両王族はダール・フィアタッフ王（Dāl Fiatach, Baetan mac Cinn, d. 581）から領土報酬の約束の下に介入を要請されたことを示唆している。その戦いで、イー・ネールのケネール・ゴニル王（Ainmire mac Setna, 566–569）とケネール・ノーギン王（Mac Ercae＝Muirchertach mac Muiredaig, ob. 536）の息子達（Domnall, Forgus, ob. 566）の連合軍がウリズ連合軍を破り、バン川の東部クルスィン領域まで支配を広げる。勝利したケネール・ゴニル王はコロンバの第一従弟にあたり、クール・ドレヴネの戦いにも参戦している。またケネール・ノーギン王の二人の息子達は五六五年ターラ王ディアルミド・マック・ケルバルの没後ターラ王権を一年間共同統治するが、五六六年二人の死後ケネール・ゴニル王がターラ王権を継承する。(5)

コロンバと会見したダール・リアダ王コナルは、年代記五七四年（AU）に治世一五年後の死去と共に、彼がコロンバにアイオナを寄進したと記載されている。アダムナーンは寄進の件には触れていないが、コロンバのコナル王訪問の時期をモーイン・ダレ・ロサル戦との同時性によって示し、またケネール・ゴニル王権のクルスィンに対する勝利によって、アイルランド北東端ダール・リアダ領（Co. Antrim）の防衛を保障することを担保に、王がコロンバ共同体のためにアイオナを寄進したことを暗示している。(6) アダムナーンはケネール・ゴニルとダール・リアダ両王権を仲介するアイオナ修道院長の政治的役割を充分に認識し、双方の王権動向に対応する叙述をしたものと思われる。

（二）　アイオナ修道院長

アイオナ修道院長は創設者コロンバからアダムナーンまで、四代目（Fergnae, 605–623）と六代目（Suibne moccu Urthri, 652–657）を除いて、ケネール・ゴニル王家出身者に踏襲され、アイオナ共同体の発展は北イー・ネール王権を背景にその動向と密接に結びついていく。(7) 二代目バセーネ（Bathéne, 597–600）はコロンバの従弟、三代目ラスレーン（(Lasrén mac Feradaig, 600–605）はコロンバの従弟の息子で、双方ともブリタニアに同伴し、コロンバの生存中は彼の補佐として、バセーネはヒンバ（Hinba, Argyll）及びティレー島（Tiree）、ラスレーンはドロウ（Durrow, Co. Offaly）の共同体管理を分担している。

五代目シェゲーネ（Segéne, 623–652）は、コロンバの第二従弟で三代目修道院長ラスレーンの甥にあたる。六二八年（AU）にケネール・ゴニル王ドヴナル・マック・アーイド（Domnal mac Áedo, 628–642）がイー・ネール系諸王の最高位「アイルランド王」（年代記に称号として最初の使用）に就任したのを機に、アイオナ修道院は王権との関係を背景にアイルランドとブリタニア双方に教勢を強める。ノーサンブリア王オズワルド（Oswald, 634–642）は父王エセルフリス（Aethelfrith, d. 617）を殺害して王位についた前王エドウィン（Edwin, d. 633）によって弟オズウィユ（Oswui, 655–670）と共に六一七年から一六年間「アイルランド人とピクト人の中」に追放されていたが、六三三年エドウィン王を倒したブリントン王カドワロン（Cadwallon, d. 634）の支配下で異教化していた同王国のキリスト教再興のためにシェゲーネに司教の派遣を要請する。それに応えて、六三五年アイダン（Aedan, d. 651）が司教として派遣され、リンディスファーン（Lindisfarne）修道院を司教座に、北イングランドの福音活動が再開され、三代に亘るアイオナ出身の司教・修道院長時代を通じてその成果を挙げていく。(8)

六五二年シェゲーネ没後、六代目修道院長はケネール・ゴニル王族外から就任するが、六五七年シェゲーネの甥クメーネ（Cumméne Ailbe, 657–669）が第七代修道院長に就く。クメーネ修道院長時代に、ノーサンブリアへの司教・修道士の派遣を通してアイオナの影響は拡大していくが、その過程で、七世紀前半からアイルランド・アイオナ・ノーサンブリアに及んだ復活祭日付のアイルランドとローマ方式の相違をめぐるいわゆる「復活祭論争」に直面し、厳しい対応を迫られる。アイルランド教会は七世紀中葉にはローマ方式に統一されるが、アイオナ修道院はアイルランド方式を固持し、ノーサンブリアがオズウィユ治世六六四年のウィトビィ（Whitby）会議でローマ方式採用後、アイオナ出身の司教コルマーン（Colmán）はイングランド人も含めたアイルランド伝統派の修道士達と共にノーサンブリアを撤退し、アイオナの直接的影響の後退を余儀なくされる。[9]

しかし、アダムナーンも年代記もウィットビィ会議には触れていない。復活祭日付問題について、アダムナーンは、コロンバのクロンマクノイズ（Clonmacnoise, Co. Offaly）修道院訪問時に、「復活祭日付の相違についてアイルランド教会の中で大論争が起る」（I・3）ことを予言として言及しているが、彼の修道院長時代を通じてアイオナ共同体が抱えるその問題に積極的に対応したという形跡は認められない。[10] むしろ六六四年五月一日の皆既日食に続いて、同年夏から六六八年まで、ブリタニア南部からノーサンブリア及びアイルランド一帯に疫病が蔓延し、甚大な被害を受けたことを深刻な問題として捉えている。[11] その沈静直後に歿したクメーネの後継者ファルベ（Failbe, 669–679）は、六七三年から六七六年まで災害の荒廃から復興に向かうアイルランドに滞在している。その間彼は、コロンバ系修道院共同体（ファミリア）の再建と共に、それらを統括するアイオナ修道院長の後継者としてアダムナーンに期待を寄せていたと思われる。

(三)　アダムナーン

六七九年ファルベの没後アダムナーンが第九代修道院長に就任する。彼はケネール・ゴニル王権の主軸となるコロンバの叔父（Sétna mac Fergus）の家系出身で、その強力な王権を背景に創設者コロンバの霊的・物的遺産継承者として、世俗権力の動向に呼応してアイオナ修道院の裁治権を強化し、コロンバ系共同体の発展を図っていくと共に、アイルランドとブリタニアの教会・政治・文化の掛け橋として教会行政及び外交・法令制定にその手腕を発揮する。[12]

『聖コロンバ伝』及び年代記によると、アダムナーンは修道院長就任以来アイルランドを三度（686, 692, 697）、ノーサンブリアを二度（685/6、687/8）訪ねている（Ⅱ・46）。六八五年ノーサンブリア王エグフリス（Ecgfrith, 671-685）がピクトとダール・リアダ連合軍との戦いで戦死した後、彼の異母兄弟アルドフリス（Aldfrith, 685-705）が兄によって追放されていたダール・リアダから戻りノーサンブリア王に就任する。[13] 彼は北イー・ネール王族ケネール・ノーギン王の娘を母とし、父オズィユが追放されていたダール・リアダで幼少期を過しており、アダムナーンとは友人関係にある。[14] 六八六年アダムナーンは、六八〇年から六八六年の間にアイルランドとブリタニアを再度襲った疫病蔓延の最中に新王を訪問し（Ⅱ・46）、六八四年に前王エグフリスによるターラ一帯のブレーガ（Brega, Co. Meath）侵攻で捕えられた捕虜六〇人の解放を交渉して、彼等をブレーガに帰還させる。[15][16] その二年後アルドフリス王を再訪するが、六八六年又は六八八年のいずれかの訪問で、フランクの司教アルクルフ（Arculf）から聖地訪問について直接聞いた話を基に書き下ろした著書『聖地について』（*De Locis Sanctis*）の写本を王に献呈している。[17]

六九二年のアイルランド訪問の目的は不明だが、六九六年ケネール・ゴニル王リングシェフ（Loingsech Mac Oengus, 695-704）が三七年ぶりにターラ王権を南イー・ネール系王族から奪還し、アイオナ修道院を取り巻く政治的基盤が強化されたのを受けて、アダムナーンは、コロンバ没後一〇〇年にあたる翌六九七年にビル修道院に会議を召集する。そこで聖職者・修道士・女性・子供の殺傷に対して賠償規定に基づいて厳罰を課す『無垢の法』（*Lex Innocentium*）、通称『アダムナーン法』（*Cain Adamnain*）を発布し、アイオナ修道院長を法の裁定者及び賠償の受益者として、アイルランドの主要な教会・王権及びピクトとダール・リアダ王を含む九一人から法令を批准する保証を受ける。[18]

法令はケネール・ゴニルの「ターラ王」復権を背景に、コロンバ系修道院共同体の統領としてアイオナ修道院長の権限をアイルランド及びブリタニアの教会と社会に向かって示した示威表明と捉えることができる。法令の九一人の保証人リストには、「王と賢者、司教と学僧・聴罪師等聖俗双方の高貴なる身分の者」として、アイルランドをはじめダール・リアダとピクトの諸王・修道院長・司教の名が連ねられ、アイオナを本拠とするコロンバ系共同体の権威の確立を狙った法令発布の意図が窺える。[19]その際、教会側からはアーマーの司教、また世俗側からはターラ王が法令保証人の筆頭に名を連ねており、教会と世俗権が共にコロンバ系共同体におけるアイオナ修道院長の法的裁治権を容認したことが認められる。『聖コロンバ伝』執筆の背景にも、ターラ王権の政治的影響の下に、創設聖人の権威を通して『アダムナーン法』を補強する意図があったことは確かである。

2　『聖コロンバ伝』の構想と叙述規範

(一)　構　想

『聖コロンバ伝』の著作時期は明確ではない。ただ、アダムナーンが一七年前に修道院長としてアイオナで体験した聖人の奇蹟―雨乞いの祈りが叶ったという挿話(Ⅱ・44)から、執筆を始めたのは修道院長就任一七年後の六九六年頃になる。また聖人の御業によって航行のために風向きが奇蹟的に変わった三回の挿話(Ⅱ・45)のうち、最近の例としてアダムナーンがアイルランドでの教会会議後、聖人の大祝日のために急いで帰島した時にも起ったとする記述は、六九七年のビル教会会議とコロンバ没後一〇〇周年の大祝日(六月九日)を指していると考えられる。それらの記述から、『聖コロンバ伝』はコロンバ没後一〇〇周年と法令発布を機に六九七年前後に著述されたと推測される。[20]コロンバについては七代目修道院長クメーネの『聖コロンバの奇蹟譚』(*Liber de virtutibus sancti Columbae*）がアダムナーンの『聖コロンバ伝』に引用されており（Ⅲ・5）、アイオナ及びコロンバ系共同体でも親しまれていたと思われるが、『聖コロンバ伝』はそれに代わる正規の聖人伝として、通常及び祝日の説教、更に法令公布の巡回時にコロンバの聖遺物と共に持参されて広く読まれたと考えられる。その対象は、アイオナ共同体及びアイオナを母修道院とする（*De Locis Sanctis*, ii 5）アイルランドとブリタニアのコロンバ系共同体、更に外部の修道院教会と世俗社会に向けられている。[21]

そこには、創設聖人コロンバの聖性と名声と共に、王族・王権との歴史的関係を強調することによって、その遺産継承者としてのアイオナ修道院長の地位と権限を確立する意図が窺われる。それは、ブリジットを創設聖人とするキルデア教会及びパトリックの使徒的権威を掲げるアーマー教会と同様に、創設者の聖人伝を通してその霊的・物的遺産継承に基づく裁治権を教会と社会に主張していく七世紀後半のアイルランド教会動向と連動している。[22] アダムナーンの『聖コロンバ伝』の原本は現存しないが、七一三年に修道院長（primatu）を五ヶ月務めた後没したドルベーネ（Dorbbene, d. 713）による『アダムナーンの聖コロンバ伝』が最古の現存写本として残されている。[23] 彼はおそらくアダムナーン修道院長時代のアイオナで、クメーネ書も含めたコロンバ伝承を共有していたと思われる。

アダムナーンは『聖コロンバ伝』著作にあたり、同時代のアイルランド教会学者が修得している聖書学及びキリスト教ラテン学に加え、著名な先行聖人伝の構想と規範を参考にしている。全体は「序文」（Ⅰ、Ⅱ）と第一巻「予言」（五〇章）、第二巻「奇蹟」（四六章）、第三巻「天使の顕示」（二三章）の三巻から構成され、内容的には聖人の時系列的な生涯や活動の行跡ではなく、各テーマ別に個別の挿話が断片的に描述されている。それはスルピキウス・セヴェルス（Sulpicius Severu）の『聖マルティヌス伝』（*Vita Martinus*）の奇蹟・霊性・教説の三部構成に準じたものと思われる。[24]「序文」では、聖人伝冒頭の常套句となるセヴェルスの表現を踏襲し、「アイオナの兄弟達の要請に応えて、神の助力の下に、聖父の記憶について記録や語り伝えられている数多くの挿話からいくつかを簡潔に記す（*Vita Martinus*, i: 8）」と述べる。ただ、外国の読者にアイルランド語の人名・地名について読解困難だろうことを詫び、ブリタニアをはじめ海外の幅広い読者も想定されている。

第一巻の「予言」は、聖霊において神の意思として語られるが、同時に神によって与えられた時と空間を超えた予見・透視の能力も含む（Ⅰ・1）。この予見・透視の能力は「神が特別の人に与える能力で、天と地と海の全体が太陽の光に一度に照らされたようにその状況を見透せる」（Ⅰ・43）と説明し、教皇グレゴリウス一世（Gregorius I, 590-604）の『対話』（*Dialoguemi*）所収「聖ベネディクトゥス伝」の記述に依拠したと考えられる。[25] 第二巻「奇蹟」では、キリストの助力によって水をワインに変え、死者を蘇生する等福音書の適用、あるいは預言者や使徒達と同様にコロンバに働く聖霊の恩寵が強調される。第三巻「天使の顕現」では、天使による神のメッセージの伝達だけでなく、コロンバ自身を天上の光を分かち合う「神と共にいる人」として聖人を栄光化していく。

（二）　叙述規範

全三巻を通して個々の挿話のテーマを類型的に見ると、①コロンバの誕生・家系・教育、②王権及び他の修道院教会創設者との関わり、③アイオナ修道院共同体の環境・生活、④コロンバと「聖書写本」、⑤他の地域との関係、⑥教説、に分類される。アダムナーンは、それらの多様な情報が、記述資料あるいは信頼と学識ある長老・修道士達を通して彼自身に伝達されてきた証言に基づいており、いずれも詳細に検証した信憑性の高いことを強調する。特に信頼できる証人の目撃証言がアダムナーンまで口承伝達されること（Ⅰ・1－3、20、49、Ⅲ・19、23）、あるいは彼自身が聖人の死後の奇蹟を証人として目撃していること（Ⅱ・44、45、46）を挙げ、「証人」の目撃証言と伝聞を含めた口承伝達過程を明らかにしながら、読者・聴衆に聖人の所業が多くの人々に語り伝えられ、記憶されてきたことを証明していく手法を用いている。[26]

証人は名前が特定されている場合と、「長老達から聞いた」（Ⅰ・1）、「学識者達がそう述べた」（Ⅰ・38）、「その話は学識者達によって我々に伝えられてきた」（Ⅲ・4）、「我々が学識者達から聞いた」（Ⅲ・23）、あるいは「方々の地域でその事実を知った人々から報告された。……信仰において模範的な人々がそれを目撃した」（Ⅱ・9）、「神に選ばれてその場に一緒に居合わせ、それを見た人々から聞いた」（Ⅲ・23）など、証人を集合的に設定する場合がある。「長老者」「学識者」をより厳密な意味で「習熟した者」（experti）と捉える場合、彼等は過去から語り継がれた「伝承」（senchus）、特に氏族・王族・教会共同体の歴史や系図について特別な知識を持つ専門的な「伝承の保持者」を指し、その意味ではアダムナーンの聖人伝は口承文化の伝統的一面を残していると言える。[27] ただアダムナーンはコロンバ伝承を単に筆述するのではなく、法的意味における「証人」の目撃証言を重視し、それを自らも直接見聞した証人の一人として、自らの言葉で読者・聴衆に伝えることにこだわる。

またアダムナーンの叙述規範で注目されるのは、王権継承問題あるいは戦いの勝敗の「予言と成就」を通してコロンバを歴史の証人としていることである（Ⅰ・1、7－8、9－15、Ⅲ・5）。その個々の歴史的事実についての時期や背景には触れていないが、戦いの勝敗や王権継承に関わる「予言」はその「成就」として著述までに起った歴史的事実を前提にしており、「予言」からその「成就」、更にアダムナーンに伝えられるまでの時間的経過の中で、その事実を証明するために、時・場所・人物を示す歴史的情報と複数の証人が設定される。そこには、王権を背景とするコロンバの歴史的位置付けと同時に、アダムナーン時代のアイオナ共同体の政治的・社会的位置付けが反映されており、その意味で「予言とその成就」の叙述規範は挿話の歴史性を捉える上で重要な鍵を提供している。

一方、参考にしたと思われる聖書、先行聖人伝あるいはコロンバに関する記述資料については同時代の叙述法として、その出典を明記せず、基本的に記述資料を文面通り筆写引用することを避けて自らの言葉で挿話を再構築していく。ただ現存最古のドルベーネ写本では、例外的に、ダール・リアダ王の子孫に対するコロンバの予言の内容を、クメーネの『聖コロンバの奇蹟譚』を明記して引用し、予言の意味と背景を注釈的に補強している（Ⅲ・5）。クメーネ書自体の原本・写本は現存しないが、コロンバ伝承としてアイオナ及びコロンバ系共同体で広く読まれ、語り継がれた周知の記述資料であり、アダムナーンが挿話とその記述規範の参考としたことが想定される。(28) ただ彼は、その序文で、記述又は口承情報が信頼に値するか否かを詳細に検証し、疑いや不確かなことは書いていないことを強調している。その情報の選択において誤解や議論の対象になることは避け、アイオナ共同体がアダムナーン時代までに歴史的に関わってきたアイルランドとブリタニアの幅広い地域の読者・聴衆に対して、創設者コロンバの聖性とその権威が肯定的に受容されることに充分な配慮を傾けたことは確かである。

アダムナーンは『聖コロンバ伝』執筆終了にあたり、同書が多くの人々に幅広く読まれるために写本が数多く作成されることを期待し、その文末に「同書の写本作成を望む人達に」写本作成に関する規範を提示している。まず原本を注意深く筆写した後、筆写人は原本と写本を綿密に照合して過ちを校正し、最後に筆写人の名前を記して読者に神への祈りを願う結文を銘記することが指示され、ドルベーネによる『アダムナーンの聖コロンバ伝』写本はその規定に準じている（Ⅲ・23）。この写本規定は、写本とそのテキストとの照合が、それまでテキストを読み上げる側とそれを聞きながら写本をチェックする側の二人で行われていた方法を改め（Ⅰ・23）、筆写人がテキストとの照合と校正を一人で行うことを示唆している。この方法は、当時アイルランドにも流布している教父著作の写本基準を適用したものと思われるが、(29) 署名を含む結文の記述は筆写人自身の写本に対する責任を明示する点で重要である。アダムナーンは写本規定を指示するにあたり、写本の需用と供給が多くなるにつれ、また時代の経過と共に写本が直接原本から筆写されることが殆ど不可能となることを想定して、写本作成に確実性を求めたものと思われる。ドルベーネはアダムナーンの聖人伝執筆時期にもアイオナにおり、写本作成もアダムナーンの生存中か、または遅くても死後数年内に始めたと推定される。その点で、彼の写本は写本規定に基づいて原本から直接筆写された最古の現存写本として希少な例である。

3　挿話に見るコロンバの機能と権威

（一）　王権との関わり――「予言とその成就」

宗教的側面におけるコロンバの聖性と共に、王権の継承と存続あるいは戦いの勝敗の歴史的事実をコロンバの「予言とその成就」に帰す聖人伝的叙述規範は、聖人の権威と影響力を過去から現在に語り継ぐ口承文化の表現様式を色濃く残している。いずれも個々の歴史的事実についての脈絡や背景、その具体的情報を提供するものではないが、その歴史的文脈には、コロンバからアダムナーン時代までの歴代修道院長と王権との関係、アイオナ共同体の政治的・社会的位置付けが投影されている。特にアイオナ共同体と王権との関わりは、「予言と成就」の歴史性と口承性において、「ダール・リアダ王アイダーンとその子孫の王権継承」（Ⅲ・５）及び「ノーサンブリア王オズワルドのヴィジョン」（Ⅰ・１）の挿話に端的に見られる。

「ダール・リアダ王アイダーンと子孫の王権継承」

スコットランドのダール・リアダ王国は、アイオナ修道院創設からアダムナーンの死去（七〇四年）までに、ケネール・コヴガルとケネール・ガブラーン（Cenel Gabrain）及びケネール・ロアルン（Cenel Loairn）の三王家によって王権が交代している。[30] その間のアイオナ修道院長とダール・リアダ王権との関係を捉える上で特に注目されるのは、五六三年コロンバがブリタニアに渡った直後に面会したコナル・コヴガル王没後（五七四年）、甥のケネール・ガブラーン王家のアイダーン・マック・ガブラーン（Aedān mac Gabrain, 574-608）の王位継承に際し、コロンバによる「聖別」（ordinatio）と彼の子孫の王位継承に関する「予言」、及びクメーネ書の「予言と成就」の引用文を付した挿話（Ⅲ・5）である。

聖コロンバがヒンバ島に滞在していたある夜、ヴィジョンの中に主から遣わされた天使が現れ、王の聖別（ordinatio）に関するガラスの書を聖人に渡して読ませた。その書にはアイダーンを王として聖別するように神の言葉が記してあった。しかし聖人は、アイダーンよりも弟のイオーゲナーン（Iógenān）を王に相応しいと考えていたのでそれを拒否すると、天使は聖人を鞭で強く打ち、その鞭の傷跡が生涯残った。天使は書に記された神の言葉に従ってアイダーンに祝福を授けるように更に迫り、三晩に亘って現れる。聖コロンバは最終的に主の命に従って、ヒンバからアイオナに戻り、丁度そこに到着したアイダーンを聖別する。まず彼の息子と孫、子孫代々について予言した後、アイダーンの頭に按手して彼を祝福した。

クメーネは、聖コロンバの奇蹟について書いた本の中で、アイダーンと彼の息子・子孫及び王国の将来に関する聖人の予言を伝えている。

「過ちを犯してはならない。私又は私の後継者に対して裏切り行為をしない限り、あなたの敵はあなたに歯向かう力はないことを信じなさい。悪の忠告に従って王権を失わないように、このことをあなたの息子達にも警告し、彼等もまたその息子と孫、子孫代々に伝えるように命じなさい。彼等が私又はアイルランドの私の一族に対して害を加えるならば、私があなたがたのために天使から打たれた鞭は、今度は神の手によって重い罰として彼等に振り下ろされることになる。人々からは覇気が抜き取られ、敵は彼等を強大な力で叩きのめすだろう」。

この予言は、我々の時代にマグ・ロスの戦い(Mag Roth, Co. Down, 637)で成就した。アイダーンの孫ドヴナル・ブレック(Domnall Brecc, 629–642)がアンヴィレッフの孫ドヴナル(Domnall Ua Ainmirech, 628–642)の領土を理由もなく侵略し、その時から今日まで、アイダーン一族は異邦人に支配されている。悲しいことだ。(31)

以上の挿話は、アダムナーンの挿話とクメーネ書の引用文に分けられ、後者は一行を置いて、硬質の鵞ペンで小さい文字で書かれている。(32) クメーネ書引用文はドルベーネ写本と九世紀のメッツ写本(Metz MS)に挿入されているが、その中の「私があなたがたのために天使に打たれた鞭は、……」の一文によって、天使の顕現と「聖別」を含むアダムナーンの挿話がクメーネ書を記述資料としていることと共に、同書の存在を示す唯一の個所である。(33) またその引用文予言が「我々の時代にマグ・ロスの戦いで成就した」と記していることから、クメーネが七代目修道院長(657–669)に就任する前の六三七年以降、当時の五代目修道院長シェゲーネの要請で奇蹟伝承の収集と執筆がなされたものと推測される。双方の関係及び内容の解釈と歴史的背景をめぐっては主に三つの問題が提起される。第一に、アイダーンの「聖別」(ordinatio)の解釈。第二に、クメーネ書引用文の「予言とその成就」の歴史的背景。第三に、クメーネ書引用文挿入の意図である。

アイダーンの王位承認を表象するコロンバの「聖別」については、従来からその執行の史実性の是非が問われてきたが、王権理念及び王権と教会の相互関係において解釈の余地を残している。(34) 特に、「聖別」を旧約聖書的王権理念の観点から着目したM・J・エンライト(Michael J. Enright)の考察は注目される。(35) 彼はコロンバによる聖別執行の「史実性」を否定し、天使の顕現を含むその挿話は、預言者サムエルが「主が王として選んだ」サウルに「油を注いで祝福した」（サムエル記上9－10）旧約聖書の王権理念を表象したものと解釈する。それを示す鍵として、「天使が持ってきた書」が、預言者サムエルがサウルへの塗油後、イスラエルの民に「王の権能について話し、それを記して主の御前に納めた書」（サムエル記上10－25）を暗示していると指摘する。[36]

エンライトによると、「聖別」挿話におけるアダムナーンの意図は、まずコロンバを預言者サムエルの権能に重ねて王権に対する彼の権能と権威を示すこと、更に「コロンバの遺産継承者」として彼の聖性と権威を継承するアイオナ修道院長とダール・リアダ王権との間に、理想的な「教会と国家（王国）」の関係を築くことにある。神がコロンバに託したダール・リアダ王の選任と聖別授与は、王権の保護者と同時に裁判官としての権利を意味するが、それはコロンバの権威を継承するアダムナーン自身が王権に対する権利を主張したものであり、それを旧約聖書の王権理念によって正当化したものと捉える。[37]

アダムナーンは、五六一年のクール・ドレヴネの戦いでケネール・ゴニル王と対決した南イー・ネール系ターラ王ディアルミド・マック・ケルバルに対しても、「神によって任命された全てのアイルランド人の王」（totius Scotiae regnatorem deo auctore ordinatum. I 14）と表し、六三四年以降ダール・リアダ及びピクトを支配圏に入れたノーサンブリア王オズワルドを「神によって任命された全ブリタニアの皇帝」（totius Britaniae imperator a deo ordinatus. I 1）と最高王の称号を付しているが、いずれも「神によって任命される」旧約聖書的王権観を反映させたものと捉えられる。[38] また八世紀初頭に、ダリニシ（Darinis, Co. Waterford）修道院長ルーベン（Ruben, d. 725）と共にアイオナの学者クー・フヴネ（Cú Chumne, d. 747）も編纂に関わる『アイルランド教会法令集』（*Collectio Canonum Hibernensis*）の「王権について」（De regno）では、〈ordinatio〉を「サムエル記上」に基づいて説明している点についても、アダムナーンが聖人伝で暗示した旧約聖書の王権理念が共有されている。[39]

特に「聖別」における王権理念は、「サムエル記上」の王権観によると、サウルとダビデは神の意思によって王に選ばれ、神の意を受けた預言者サムエルの聖別（塗油）を受けて即位するが、同時にサウルが神の命に不従順であったために退位させられたように、王権の存続は王が預言者を通して語る神の命に従順か否かで神が裁決する。この旧約聖書の王権理念は、コロンバによるアイダーンの聖別式の「按手と祝福」の行為に表象されている。按手は神が選んだ者（王）に祝福を伝達・授与する行為であるが、「祝福」には王国（王権）の繁栄をもたらす神の「約束」と同時に、神の命に背く場合は王権の失墜又は王国の滅亡と裁きがあることを告知又は勧告（予言）するという、神の意思の両面性を含んでいる。[40]その神の意思を伝達する役割が預言者に託される。

しかし聖別時のコロンバの予言では「王の息子と孫、子孫代々の将来について」の具体的内容については触れず、注解的に挿入されるクメーネ書引用文に委ねられている。引用文では、アイダーンに対して、アイオナ修道院長とケネール・ゴニル王族に対する「反逆」と「侵害」を警告し、それを神の意思として彼の息子及び子孫代々に伝えて遵守させる「契約的」性格を持っている。だが六三七年、アイダーンの孫ドヴナル・ブレックがその「契約」に背き、ウリズの上王コンガル・カイフ（Congal Caech, 627–637）の支援要請を受けて北イー・ネール領に侵攻し、ケネール・ゴニル王家のタ－ラ王ドヴナル・マック・ア－イド（Domnall mac Áedo, 628–642）と南イー・ネールのブレーガ王の息子達との連合軍に追撃され、マグ・ロスの戦いでウリズ王は戦死する。ドヴナル・ブレックはダール・リアダに敗走するが、王権は祖父アイダーンの伯父コヴガル一族に分有され、六四二年ブリトンとの戦いで戦死後、六六〇年頃までアイダーン一族はダール・リアダ王権の座を失う。クメーネ書引用文はその歴史的結果をコロンバの予言の成就と見なし、旧約的王権理念との関係を明らかにしている。その意味で、引用文はアダムナーンの「聖別」挿話を補完する上で連続性があり、その歴史的背景を捉える上でも重要である。[41]

コロンバによって示されたその「契約」に関する勧告の主旨については、「ドロイヴ・ケッド会議」(Druim Cett, AU 575) との関連が指摘される。アダムナーンは、ケネール・ゴニル王アイズ・マック・アンヴィレッフ (Aed mac Ainmirech, 569–598) とダール・リアダ王アイダーン・マック・ガブラーン、及びコロンバの出席の下に開催された会議として五回挙げ、その際にコロンバが王族・修道院長に語った「予言」と地元の人々からの歓待、教説と癒しの挿話 (I・10、11、49、50、II・6) を述べて、その会議の重要性を印象付けている。またアルスター年代記五七五年には「アイズ・マック・アンヴィレッフとコロンバが出席した大会議」と記載されるが、アダムナーンと同様にその内容については触れていない。だが会議の出席者から判断して、北イー・ネールとスコットランドのダール・リアダ両王権の関係について、双方に影響力を持つコロンバを仲介として何らかの「合意」を得ることが主たる目的と思われる。その合意内容については、後の政治・軍事的状況から判断して、ウリズ王国に対してケネール・ゴニルとダール・リアダ両王権の間で、アイルランドのダール・リアダ領防衛を含めた軍事的同盟関係が築かれたことが推測される。クメーネ書引用文は、ダール・リアダ王ドヴナル・ブレックが「ドロイヴ・ケッド会議」以来のケネール・ゴニル王権との同盟関係を反古にしたことを指していると捉えられる。(42)

一方ドヴナル・マック・アーイドは、六二九年「ターラ王」を殺害したコンガルに対して「ドーン・ケスィルンの戦い」(Dún Cethirn) でも勝利し、更に「マグ・ロスの戦い」の勝利でアイルランド北半分の支配を確立して、年代記六四二年 (AU) に初めて「アイルランド王」の称号を冠して彼の死が銘記される。アダムナーンは、コロンバがドロイヴ・ケッド会議出席の際に、少年ドヴナルに会い、彼を祝福して将来王位を継承することを告げ、「兄弟の中で唯一人生き残り、著名な王として平安の中に年老い、家族に見守られて自邸の寝床で死を迎える」と予言し、それが成就したと述べる (I・10)。

王権継承、戦いの勝敗あるいは王国存続の歴史的事実をコロンバの「予言とその成就」に帰す聖人伝的叙述規範は、聖人の権威を過去から現在に語り継ぐ口承文化の表現形態でもあるが、「アイダーン王の聖別（按手と祝福）」の挿話は、聖別執行の史実性の是非に関わらず、本質的にはダール・リアダ王権に旧約聖書の王権理念に対応した「神の意思による」正当性と権威を認めると同時に、王としての義務の履行を課すことによって、その是非が王権の安泰か衰退かの事由として強調される。アダムナーンがその挿話をクメーネ書から選択した意図もまた、預言者サムエルに対応するコロンバの権能と権威を示すことによって、その権威を継承する修道院長と王権の相互関係を構築することにあったものと捉えられる。アイダーン一族ケネール・ガブラーン王家は六五〇年頃ダール・リアダ王権に復帰するが、「ロスの戦いから今日まで」アイダーン一族は「異邦人に支配されている」という歴史的状況について想定されるのは同時代の北イングランド・ノーサンブリア王権の動向である。

「ノーサンブリア王オズワルドのヴィジョン」

アダムナーンは、本文の初頭に神が聖霊を通して特別にコロンバに与えた予言・奇蹟の権能、神の御旨を伝える天使の顕示について要約した後、後世においてもコロンバの権能が時間と空間を超えて体現される凡例として、ノーサンブリア王オズワルトの夢に現れ、ノーサンブリアを支配しているブリトン人王カドワロンとの戦いの勝利を予言する挿話を挙げている。

戦いを前に野営していたオズワルドの夢に天使のように美しく、雲をつくほど背の高い方が野営地の真中に立って、コロンバであることを名乗り、彼の勝利を予言し、主がモーセの後継者ヨシュアに語ったように王を勇気付けた。「強く雄々しくなりなさい。あなたの神、主はあなたと共にいる」（ヨシュア記１・９）。更に加えて言う。「今夜ここを出て戦いに向かいなさい。あなたの敵軍は逃亡し、首領カドワロン王は殺されて、あなたは凱旋後安泰のうちに王国を治めるだろう」。王は目覚めるとすぐ集会でこの夢のことを話す。この予言によって皆は勇気を得、戦いから帰還後、全ての人々が洗礼を受けることを約束する。何故なら、それまでオズワルド王と一二人の随伴者だけは「アイルランド人とピクト人の中」に追放されていた時に既に洗礼を受けていたが、イングランドはいまだ異教と無知の闇に覆われていたからだ。

聖コロンバの予言通り、カドワロンは殺されて戦いは勝利に終わり、凱旋後オズワルドは神によって「全ブリタニアの皇帝」となる。このヴィジョンについて、私アダムナーンは前任修道院長ファルベから直接聞いたが、ファルベは五代目修道院長シェゲーネがオズワルド王から直接聞いた話として伝えているので、その信憑性を疑う余地はない。(I・1)

オズワルドは六三四年の「ヘックスハム(Hexham)の戦い」でカドワロンに勝利をおさめて名実共にノーサンブリアの支配を確実にする。アダムナーンはその勝利を、修道院長シェゲーネ時代にノーサンブリアのキリスト教化におけるアイオナ共同体の先駆的役割を印す歴史的転機と捉え、夢の中でコロンバとの接点を持たせる口承逸話を、特に聖人伝本文の最初に挿入したと思われる。ベーダはオズワルドが「キリスト教の信仰において強健な」小隊を編成したと述べ、キリスト教徒の軍隊による勝利を強調しているが、アダムナーンはオズワルドの軍隊に勝利の後に受洗を約束させている。前述のように、オズワルドはカドワロン征伐後、彼の支配下で異教化していたノーサンブリアのキリスト教再興と発展のために、六三五年アイオナ修道院長シェゲーネに司教の派遣を要請し、アイオナ共同体の修道士・聖職者による福音活動が誘致されるが、そこにオズワルドと修道院長シェゲーネとの接点が強調される。(43)

ベーダによると、六三四年の勝利を機に、オズワルドはノーサンブリアの支配を確実にすると共に、ブリタニアのブリトン・ピクト・スコッツ（ダール・リアダ）に支配を拡大して彼等に上王権を認められる[44]。アダムナーンもまた彼に「ブリタニアの皇帝」の称号を付している（Ⅰ・1）。六四二年、オズワルドは異教徒のメルシア王ペンダ（Penda, d. 655）との戦い（Oswestry 付近）で殺害されるが、六五五年ペンダを倒して王位に就いたオズワルドの弟オズウィユはその治世中にピクトランドとダール・リアダの大部分を支配下に治め、彼等を貢納者として従属させる[45]。同時代のクメーネが「マグ・ロスの戦い」後のアイダーン一族の衰退と関連させ、その間のダール・リアダ王国の状況を文字通り「異邦人に支配されている」と指摘した可能性は高い。

オズワルドの死後、彼の遺骨による多くの奇蹟伝承がオズウェストリィ（Oswestry）近くの戦場から広まり、ベーダもまた彼を「聖オズワルド」として記述している（Bede, *HE* iii 12）。六八〇年代にはアイルランドでも彼の信仰と徳と共に、奇蹟伝承が流布し、「聖王オズワルド」として名声を高めていく[46]。アダムナーンは、六八五年「友人」のアルドフリス王の就任を機に、六六四年のウィットビー会議以来疎遠となっているノーサンブリアの教会と人々にアイオナ共同体との交流再興を期待し、当地で敬愛されるオズワルドのヴィジョンの挿話を通して両者の関係の原点を想起させる意図があったものと考えられる。

（二）　ピクトランドの福音活動

ベーダは、ピクトランドを東西に走るマウンス山脈（Mounth／Granpians）を分岐線に南北に分け、南ピクトは、五世紀初めローマで勉学後ガロウエイ（Galloway）の（ホイットホーン通称カンディダ・カーサ）（Whithorn／Candita Casa）を拠点にしたブリトン人司教ニニアン（Ninian／Nynia）の宣教活動を通して、キリスト教化されていると記すが、北ピクトの宣教はアイオナ修道院創設者コロンバに帰す[47]。

アダムナーンは、七世紀後半にブリタニアとアイルランドを二度襲った疫病（六六四―六六八、六八三―六八四年）でダール・リアダのアイルランド人とピクト人はコロンバの恩恵により被害を免れたと述べ（Ⅱ・46）、当時ピクトランドはコロンバ以来のアイオナ修道院の福音活動によってキリスト教化されていることを示唆する。また六九七年に発布された『アダムナーン法』の保証人九一人にダール・リアダ王と共にピクト王（Bruide macc Derilei, 697-706）も名を連ねており、アイオナ修道院長と王権との相互関係も確立している。[48] ダール・リアダとピクト両王国は政治的にはノーサンブリア王オズワルド以来六八五年エグフリスがピクトとダール・リアダ連合軍に敗死して解放されるまで、五〇年間に亘ってノーサンブリア王権下に置かれている。アダムナーンは修道院長として同時代のアイオナ共同体を取巻く教会と政治の動向を踏まえて、ピクトランドにおけるコロンバの福音活動を挿話に照射している（Ⅰ・37、Ⅱ・11、32-35）。

コロンバは「ドロイヴ・アルバン（Druim Alban）の向う側」のピクトランドに福音を伝えるにあたり、まずピクト王ブレデイ（Bredei mac Maelchon）に面会し、宣教のために王領内の通行許可とオークニィ島（Orkneys）に赴く修道士の安全を当地域の属王に保障してもらうよう願う（Ⅱ・35）。ある夫婦は通訳を介してコロンバから福音の「生命の言葉」を聞き、それを信じて夫婦と子供、召使の家族ぐるみで洗礼を受けるが、更に聖人は急死した彼等の子供を蘇生させてキリスト教の神の全能を人々に示す（Ⅱ・32）。また臨終にある老農夫に神の言葉を教え、家族と共に洗礼を授けて天国に見送る。あるいは皮膚病や身体障害を引き起こすために神の業と畏れられる井戸水を、キリストの名において祝福し、病いの癒しの井戸に変える（Ⅱ・11）。

このような民衆の改宗の挿話には、生と死、井戸水と癒しなどの伝統的な民間信心との接点から、キリスト教の神の全能、救いや復活の信仰へと導く宣教のありかたが垣間見られる。コロンバは随伴者と共に度々ピクトランドに赴き数日旅を続けるが、宣教及び司牧の拠点となる常設の修道院共同体の所在については言及されていない。コロンバと修道士達は「福音書を携える旅人」として人々に接し、信徒達を巡回するアイルランドの伝統的宣教・司牧方法が踏襲されている。アイオナは六三五年から三〇年間ノーサンブリア王の要請で異教化したキリスト教再興のために司教・修道士を派遣して中心的役割を果すが、その間に隣接する南ピクトランドにも影響を及ぼしたことは推測される。

コロンバ共同体の本拠地アイオナには囲い内に居住する修道院長・修道士・修練者の他に、各地から訪れる学生・巡礼者・旅人・来客が一定期間滞在している。特に聖書・典礼書等の写本制作・教育・学問・キリスト教文化のセンターとして開かれ、同時に各地に文化を発進する機能を果している。また、聖堂建築・典礼用具・埋葬のために、各地の伝統的石工・金属工芸等の要素と技術を適用し、専門職人を育成して製作・建造にあたる。ピクト人もキリスト教伝来と共に文字文化を導入したと想定されるが、自らの歴史・文化を留める書や写本等は残されていない。だがシンボル・ストーンに代表される独自のピクト石工図像様式はアイルランド・サクソン装飾様式と共に装飾福音写本、金属工芸等の文化遺産に投影されている(49)。その点で、六–七世紀にキリスト教伝来の流れを共有したアイルランド、ダール・リアダ、ピクトランド及びノーサンブリアは多様性を持った一つのキリスト教文化圏を構成していたと言える。

アダムナーンの『聖コロンバ伝』は伝統的口承文化と外来記述文化の接点と融合性を内包した六–七世紀の文化的背景を投影している。同時に、各挿話の描述には、その信憑性を証明する証人の目撃証言と口承伝達の連鎖を通して歴史的背景に時代を超えた臨場感を与えると同時に、更に語り継がれていく広まりと時代的展開を予測させる。その点で、アダムナーンは聖人の予言・奇蹟・天使の顕現を枠組みとした伝統的聖人伝叙述に、過去・現在・未来の時間的往来の中で聖人の権威継承と歴史を語り継ぐアイルランド独自の「聖人伝的口承規範」を残したと言える。

二　コロンバ系共同体の歴史的変遷――アイオナからケルズ、デリーへ

1　アイオナ共同体の盛衰

七〇四年アダムナーン没後二〇年間にアイオナ共同体を取巻く環境も変化し、新たな転換期を迎える。アイオナ修道院長の在任期間に部分的に重複が見られるが、その背景にアイオナ修道院が抱える復活祭祝日問題についてアダムナーン路線を踏襲する改革派と保守派の対立が指摘されてきた。[50] ただ修道院長在任期間の重複は、老年・病気・巡回中において後任の指名者との職務分担あるいは代理の可能性もあるため、共同体の内部対立については確証はない。しかし七一〇年から七一七年にかけて、復活祭祝日問題をめぐってピクトとアイオナ共同体の関係に重大な変化が現れる。ベーダによると、七一〇年にピクト王ネフタン（Nechtan mac Derile, 706-732）はベーダが属すジャロウ修道院長（Geolfrith）に復活祭問題について忠告を求め、それを受けて復活祭祝日及び聖職者・修道士の剃髪をローマ式に統一し、ローマ様式の石造教会建築の導入を決定する等、アイオナとは一線を画してピクト教会を「聖ペトロの座」の権威の下に再構築する方針を出す（Bede, *HE* v 21）。この時点でアイオナ修道院長はピクトランド在住修道士達の撤退も含め、復活祭問題に現実的対応を迫られたものと思われる。[51]

アイオナ共同体は七一六年の復活祭祝日（四月一九日）以降ローマ方式に統一する。ベーダはその事実を、ドナハズ（Dúnchad, 707-717）修道院長時代に、若年からアイルランドで過したイングランド人修道士エグベルト（Egbert, d. 729）の説得の下に受け入れたと述べる（Bede, *HE* v 22）。だがアルスター年代記によると、アイオナ共同体が復活祭祝日問題を解決した翌七一七年に、ネフタン王は「ドロイヴ・アルバン」を超えたピクト領内

のアイオナ修道士達に退去を命ずる。その理由は定かではないが、復活祭祝日の統一決定に従わない修道士達か、あるいは未解決の剃髪様式が問題になったとも考えられる。複数の年代記によると、アイオナ共同体はその翌年の七一八年にローマ様式の剃髪を受け入れる。七一〇年の改革段階で、既にアイオナ共同体はピクト教会から退去を余儀なくされ、代わってノーサンブリアの聖職者がネフタン王のローマ化政策の推進を担っていたと想定される。(52) 結果的にアイオナ共同体は六六四年のノーサンブリアに続いてピクトランドからも撤退を余儀なくされるが、それを転機にアイルランドにおけるコロンバ系共同体との連携を強めていく。

七二七年、修道院長キレーネ（Cillēne Droichtech, 726-752）によって『アダムナーン法』がアダムナーンの聖遺骨と共にアイルランドにもたらされて更新される。七三〇年に聖遺骨はアイオナに戻るが、以後八世紀を通じてアダムナーン以来のアイルランド巡回が再開され、その機会にアダムナーンの『聖コロンバ伝』も広く伝えられたと思われる。七五四年にはキレーネの後継者スレーベーネ（Slēbēne, 752-767）、七六六年に次期修道院長に指名されたスイヴネ（Suibne, 767-772）、七七八年にはブレサル（Bresal, 772-801）と各修道院長の巡回が実践されていく。その巡回の目的は通常コロンバ系共同体内外に創設聖人コロンバの後継者となったことを認知させ、同時に各コロンバ系共同体からの租税徴収にあるが、七二七年のキレーネ修道院長の巡回では、北イー・ネール王族ケネール・ゴニルとその対抗勢力ケネール・ノーガンとの戦いにおいて和平を仲介する政治的役割も負っている。特に七一〇年代以降アイオナ修道院長の選出において、ターラ王権をめぐる南北イー・ネール王族内のそれぞれ二大勢力による覇権動向は重要な要素となる。(53)

ケネール・ゴニル王族のターラ王リングシェフは、ケネール・ノーガンがデリーから南下して中央部アルヒアラ（Airgialla, 現アーマー州 Co. Armagh）を勢力下に置き、ケネール・ゴニルの地盤ドニゴールを包囲してくるのを打開するためにコナハト遠征を企て、アダムナーンが歿した七〇四年に戦死する。その後継者で従弟のコンガル（Congal Cenmagair, 704-710）が七一〇年に歿した後、ターラ王権はケネール・ノーガン王（Fergal mac Maele Duin, 710-722）、南イー・ネール系アイズ・スラーネ王族（Sil nAed Slaine）の二代（Fogartach mac Neill, 722-724；Cinaed mac Irgalaig, 724-728）を経て、七二八年ケネール・ゴニル王フリスベルタッフ（Flaithbertach mac Loingsig, 728-734, d. 765）がターラ王権に就く。だが彼は、七三四年ケネール・ノーガン王アイズ・アラーン（Aed Allán, 734-743）がトーリー島のコロンバ共同体を襲撃したのを機に、スコットランドのダール・リアダ戦艦の支援を受けて対戦したバン川口沖の海戦に敗れてターラ王権をアイズ・アラーンに奪取され、アルヒアラのアーマー修道院に身を託されて三〇年後に没する。当初からアイオナ修道院長を輩出してコロンバ系共同体を支えてきたケネール・ゴニル王族は、それ以降「ターラ王権」をめぐる覇権競争から脱落し、勢力地盤であるドニゴール領域内に留まることになる。[54]

一方ターラ王アイズ・アラーンは、パトリックを創設者としてアイルランド教会の首位性を主張するアーマー教会と提携し、七三四年アーマー修道院長は『アダムナーン法』に対抗して「ペトロとパウロ及びパトリックの聖遺骨と法と共に巡回」、更に七三七年には、アイズとマンスター王（Cathal mac Finguine, d. 742）との会議で、聖職者殺傷に関する『パトリックの法』を全土に亘って発布する。その間アイオナ修道院長はターラ王権の後ろ盾を失うが、七四三年アイズ・アラーンが南イー・ネール系クラン・コルマーン王（Clann Cholmáin）ドヴナル・ミーズ（Domnall Midi, 743-763）との戦いで戦死後、アイオナ及びコロンバ系共同体はコルマーン王家出身のターラ王権の支援を受けることになる。[55]

ターラ王ドヴナルは七五三年に「コロムキルの法」（Lex Coluim Cille）を発布し、翌七五四年にケネール・ゴニル出身のアイオナ修道院長スレーベーネはアイルランド巡回を再開して七五七年に同法令を更新する。後任のケネール・ノーガン王家出身のターラ王ニアル・フロサフ（Nial Frossach mac Fergaile, 763-770, d. 778）は、「コロムキルの法」に対抗して「パトリックの法」を再公布するが、七七〇年に彼をアイオナに引退させてタ一ラ王位に就いたコルマーン王ドヴナルの息子ドナハズ・ミーズ（Dónchad Midi, 770-797）は、七七八年アイオナ修道院長ブレサルの巡回中に「コロムキルの法」を再発布する(56)（八世紀以降、コロンバの呼称はアイルランド名コロムキルが一般的に使われる）。

同法令の内容は不明だが、八世紀に度々襲われる不作・飢饉・疫病・災害の社会的不安と緊迫の時期に公布されており、それに対処して『アダムナーン法』を前例とした平和と社会的安定を講じる法的対策が取られたものと思われる。当時他の修道院教会においても、保護聖人の名の下に世俗権との連帯で同種の法令を発布しているが、いずれも賠償制度を導入した罰則規定によって法の実効を求め、教会共同体の経済的基盤の確立にも繋がる。特に「パトリックの法」と「コロムキルの法」は『アダムナーン法』と同様に共同体を統括する修道院長と彼を支持する「タ一ラ王権」との連携によって競合して発布され、教会と世俗双方の権限を示す一大デモンストレーションとなっていく。

アイルランドにおけるコロンバ系共同体の中、ドロウ修道院はコルマーン王家の埋葬地として王権と継続的繋がりを持ち、富と権力を増大させて大修道院領に発展していく。年代記は七六四年（AU）に、それに対抗する大修道院クロンマクノイズとの戦闘でドロウ側に二〇〇人の戦死者を出し、また七七六年（AU）にはマンスター王と対戦したタ一ラ王ドナハズに軍隊を提供したと記している。文化的側面においても、『アイルランド教会法令集』の編纂、七四〇年頃にはアイオナ年代記に基づいて「アルスター年代記」の作成を開始し、更にアイオナ修道院長目録を含む『アイルランド聖人暦』編纂が行われ、八世紀のコルマーン王家のタ一ラ王権による支援の下に、アイオナ修道院長に統轄されたコロンバ系共同体はアイルランドにおいて最も強い影響力を示した時期と言える。しかし八世紀末から九世紀前半の王権動向、更にヴァイキング襲撃によって、コロンバ系共同体における母修道院としてのアイオナの機能は弱体化を余儀なくされる。

七九七年ターラ王ドナハズ没後、コルマーン王家からターラ王権を奪取したケネール・ノーガン王アイズ（Aed Oirdnide, 797-819）はミーズをドナハズの息子達の間で二分し、コロンバ系共同体を支援するコルマーン王家の政治的・経済的力を弱めると共に、アーマー教会との連携を掲げてアイルランドにおける教会と世俗双方の最高権力の確立を図る。八〇四年（AU）アーマー修道院長（Conmmach）はイー・ネール王族との教会会議（Dun Cuair）を召集してターラ王アイズに祝福を授けると共に、王権もまた教会法に準じてアイルランドの聖職者を戦闘参加の義務から解放して相互関係を醸成していく。(57)

一方、七九五年のラスリン島（Rathlin / Rechru, Co. Antrim）コロンバ共同体襲撃に始まるヴァイキング来寇は、八〇二年（AU）のアイオナ修道院襲撃、更に八〇六年（AU）には六八人の修道士殺害へと激化していくが、その翌年クラン・コルマーン王領ミーズのケルズ（Kells = Cenannas, Co. Meath）に新たに建造を始めた修道院に修道院長及び修道士達が聖遺物と共に一時避難する。年代記によると、ケルズの土地は八〇四年にコロンバ共同体のためにコルマーン王族から寄進されており、おそらく同年の教会会議で承認されたものと思われる。当初修道院長と修道士の一部がコロンバの聖遺物を携えて一時的に避難するが、八一四年に修道院建築完成と共にアイオナ共同体の避難と移住の拠点となってくる。八二五年アイオナ修道院長ブラマック（Blamac m. Flainn）がコロンバの聖遺物の所在を秘匿したために殺害されるが、その後聖遺物は八三一年と八四九年にアイオナ修道院長によってアイルランドに運ばれ、八七八年にはコロンバの聖遺骨と聖遺物函がヴァイキングの掠奪を逃れてケルズに移管される。(58)一方、ヴァイキングがヘブリーズ諸島を支配するに及んで、八四〇年代にダール・リアダ王ケネス・マック・アルピン（Kenneth mac Alpin）はピクト王国を併合し、王権の所在地と共に教会の中心をコロンバの聖遺物を含めてアイオナから本土のダンケルド（Dunkeld）に移す。それに伴い、アイオナはアイルランドとスコットランド双方にとって周縁的存在になっていったことは否めない。[59]

2 「コロムキルの遺産継承者」

年代記は八五四年（AU）に、「コロムキルの遺産継承者」（heres Coluim Cille）で「秀逸な学者」（sapiens optimus）がサクソン人の中で殺害されたと記しているが、彼は八四九年に聖遺物と共にアイルランドを訪れたアイオナ修道院長と思われる。「創設聖人の遺産継承者（heres, comarba）」の概念は、修道院共同体を継承する修道院長の位置付けとその権威を示す重要な要素であり、七世紀後半以来の「アイルランド聖人伝」の基軸となっている。年代記は、八五一年以降アーマー修道院長に「パトリックの遺産継承者」を冠してアイルランド教会の首位性を強調し（AU 851, 852, 859, 874）、また八五四年を端緒にコロンバ系共同体を統括する首位修道院長を「コロムキルの遺産継承者」として銘記するようになる。[60]

しかし、九二七年に（AU）アーマー修道院長マーイル・ブリクデ（Māel Brigte mac Tornain）が「パトリックとコロムキルの遺産継承者」（comurba Patraic 7 Coluim Cille）としてその死去が銘記される。彼は歴代アイオナ修道院長が踏襲してきたコロムキルの一族ケネール・ゴニル王族に属しており、その一族としては異例なことだが八八八年にアーマー修道院長に就任し、八九一年にアイオナ修道院長職の空位に際して兼務で任じられる。ただ彼は終始アーマーを拠点にしており、それ以後アイオナはコロムキル系共同体の本山として保持してきた「コロムキルの遺産継承者」の座を再び取り戻すことはない。[61]

九世紀前半から一〇世紀前半に、コロムキル系共同体において、修道院長が複数の共同体を兼務する例が年代記に頻繁に認められる。アルスター年代記では八三二年にヴァイキングに囚われ八五〇年に歿したラムベイ（Lambay / Rechru, Co. Dublin）兼ドロウ修道院長、八六五年には「キルデア（Kildare = Cell Dare）兼アイオナ修道院長ケラッフ（Cellach mac Ailill）」がピクト王国で歿したとし、八八二年にはデリー（Derry = Daire Calcaich）と周辺の共同体、九二一年にはデリーとドラムホーム（Drumhome = Druim Thuama, Co. Donegal）、九二三年にはドラムクリッフ（Drumcliff, Co. Sligo）とアードストロウ（Ardstraw, Co. Tyrone）の修道院長兼任の例が挙げられる。このような傾向は、何らかの理由で共同体内の後任選出に問題があるか、あるいは意図的に共同体を吸収合併するかの状況を示唆している。(62)

アーマーとアイオナの修道院長兼務は、九二七年マーイル・ブリクデの死で終わる。彼の没後、アーマーの後継者（Ioseph）は九三六年に「パトリック遺産の継承者」として歿し、また九三八年にマーイル・ブリクデの従弟ドヴサフ（Dubthach）と九五四年にその後継者（Robartach）が「コロムキルとアダムナーンの遺産継承者」として銘記されている。年代記はその「遺産継承者」の座を占める共同体の所在を示していないが、歴史的にその本山となってきたアイオナ、あるいはアイルランドの代表的なコロムキル系共同体ドロウ、デリー、ドラムクリッフは、九二七年と九五四年の間にそれぞれの修道院長を擁しており、唯一想定されるのは、ヴァイキング襲撃時に聖書写本及び聖人伝を含むコロムキルの聖遺物がアイオナから移管されているケルズ修道院である。この時期に、『アダムナーン法』を「女性のための法」と位置付けた「法令前文」及び教説的な『アダムナーン伝』が執筆されたものと推定される。(63)

それを転機にコロムキル系共同体はケルズ修道院長を「コロムキルの遺産継承者」として新たな時代に入る。年代記（AU）は九五九年と九六四年のケルズ修道院長（Dubduin, Dubscuile）双方の没年に「コロムキルの遺産継承者」、更に九八〇年のケルズ修道院長（Mugron）没年には「アイルランドとスコットランド双方におけるコロムキルの遺産継承者」と銘記し、ケルズがアイオナを含む全コロムキル系共同体の首位座であることを示唆している。一方アイオナ共同体は以後もスコットランド王族の埋葬地及び聖コロムキル崇敬の巡礼地として存続し、アイルランドとの繋がりを継続していく。アルスター年代記は九八六年クリスマス前夜にアイオナ修道院長と長老一四人がヴァイキングに殺害された惨事を記しているが、他の年代記は同年「コロムキルの遺産継承者」(Mael Ciarain ua Maigne) がデーン人によってダブリンで殉教したことを伝え、彼の後任修道院長 (Dunchad un Robocan) にも九八九年 (AU) の没年に「コロムキルの遺産継承者」と銘記して、ケルズ修道院長の位置付けがアイオナ修道院長とは区別されている。(64)

しかし、九八九年の後継者選出に際し、アーマーの「パトリックの遺産継承者」(Dubdaleithe, AU 965-998) が、「アイルランドとスコットランドの人々の合意」の下に、ケルズの「コロムキルの遺産継承者」を兼任する。この合併は八九一年から九二七年迄のアーマー修道院長によるアイオナ修道院長兼任に次いで二度目になる。その背景には、南北イー・ネール王族間で交互に踏襲されてきたタ一ラ王権とアーマーあるいはコロムキル系共同体それぞれとの政治的関係がある。当時ターラ王権は、アーマー教会と提携し、中央部ミーズにも支配拡大を図った北イー・ネール系ケネール・ノーガン王ドヴナル (Domnall ua Neill, 956-980) の長期治世の後、九八〇年に八世紀中葉以来コルムキル系共同体を支持する南イー・ネール系クラン・コルマーン王家のマーイル・シェフニル (Máel Sechnaill mac Domnaill, 980-1022) に代わる。彼は、アーマー教会に対して、その首位性も広く認知され、また前ターラ王権時代に得たミーズの諸教会に対する既得権を考慮して、九八五年「パトリックの遺産継承者」に接待と租税徴収を含むミーズへの巡回を許可し、九八九年には「コロムキルの遺産継承者」の兼任を容認する。この対応はコロムキル系共同体にとっても利害を共有するものとして同意を得たものと思われる。ケルズに現存する三基の石造十字架 (ハイクロス) のうち、「聖パトリックと聖コロンバの十字架」と刻銘される十字架はこのアーマーとケルズ合同の時期を象徴している。(65)

九九八年にアーマー・ケルズ修道院長の没後、アーマーとケルズはそれぞれ「パトリックの遺産継承者」

（Muirecan, 998–1001）と「コロムキルの遺産継承者」（Muiredach mac Crichain, 998–1007）の下に独立するが、後者はアーマー修道院学校長でもあり、アーマーの影響下にあることに変わりはない。だが一〇〇七年（AU）、彼は「神のために」観想生活に入ることを理由にケルズ修道院長を引退し、同年ターラ王が八〇年ぶりに召集・開催するイー・ネールの集会「タルトゥの祭り」で、ターラ王の意を受けた「コロムキルの遺産継承者」（Ferdomnach）が「アイルランドの人々の合意」によって新たに選任される。ここでコロムキル系共同体はアーマーの影響から脱し、クラン・コルマーン王族との緊密な関係が復活する。

その背景には、マンスター西部（Co. Clare）の小王国ダール・ガシ一族（Dál Cais）から新興勢力として台頭してきた「マンスター王」ブリアン・ボルーワ（Brian Borúma, 976–1014）の覇権動向が影響している。ブリアンは一〇世紀末以降レンスター・ミーズに侵攻してターラ王権に対峙してくるが、九九七年両王権の間で勢力折半の調停が取り交わされる。マーイル・シェフニルは北半分（Leth Chuinn）の王、ブリアンは南半分（Leth Mhogha）の支配者として承認され、南北アイルランドの二区分概念が政治的に構築される。しかし、ブリアンは九九九年のレンスター蜂起を契機にその協定を反古にし、全アイルランド支配を目指して北半分の侵攻に乗り出す。まずミーズに侵攻してターラ王とコナハト連合軍を降伏させた後、一〇〇五年に北イー・ネール領に進撃し、アーマー教会に赴いてその首位性を認めて金二〇オンスを献納し、「パトリックの遺産継承者」から「アイルランド王」の承認を得る。次いで北部地域を巡行し、「アイルランド王」への服従として人質と租税の提供を命ずる。(66)

この段階で、歴代イー・ネール王権がアイルランド最高王権として構築・継承してきた「ターラ王権」の権威の座が、マンスター王ブリアンの武力制圧とアーマー教会の承認によって、初めてイー・ネール以外の地方王権に奪取されることになる。だがブリアンの北半分の支配も諸王権によって名実共に容認されたわけではない。一〇〇七年のタルトウの集会は直面するブリアン覇権の現状を打開するために、コロムキル系共同体の中心ケルズをアーマーから分離させることもその目的の一つと考えられる。[67] 一〇一四年四月二三日のボイン川流域クロンターフの戦いは、北部諸王権の利害が交錯する中で、北イー・ネール諸王権は参戦せず、ミーズは直前にブリアン陣営から撤退し、最終的にマンスター・南コナハト勢力とレンスター及びノース・ダブリン連合軍との対決となるが、ブリアンとレンスター王の戦死で両陣営共に大きな打撃を受ける。[68]

ブリアン・ボルーワはアーマー教会に荘厳に埋葬され、『アーマーの書』には彼を「アイルランド皇帝」（Imperator Scotorum）と銘記されるが、それは一〇〇五年にアーマーとブリアンが「アイルランド王」と「首位教会」を相互に承認した象徴的関係を反映している。[69] ブリアン戦死後、マーイル・シェフニルはターラ王に復位し、ケルズもまた南イー・ネール系ターラ王権の支持を背景にコロムキル系共同体の首位の地位を確立していく。しかし一〇二二年ターラ王没以降一二世紀中葉までの間に、諸王権の抗争・同盟・従属を通して勢力構造の再編が一段と進み、マンスター、レンスター、南北イー・ネール及びコナハトの各地方王権との間で「アイルランド王権」をめぐる覇権抗争の時代を迎える。覇権の最終目標は伝統的にターラ王権の拠点である豊穣の地ミーズを制することであるが、その間ケルズ共同体もまたドロウと共に政治的騒乱に翻弄され、襲撃と破壊を繰り返し受ける。[70]

年代記はタルトゥの集会が再開された一〇〇七年（AU）に、ケルズの石造大聖堂から貴重な聖遺物「コロムキルの大福音書」が盗まれ、二ヶ月と二〇日後に貴金属製のカバーが剥ぎ取られて発見されたと記している。これが現存する装飾福音写本『ケルズの書』と推測されているが、同書に追記されるケルズ共同体に関する文書は同時代の重要な資料を提供している。その中にアーマー修道院長から独立した一〇〇七年以降の「コロムキルの遺産継承者」一〇名の目録が記載されているが、その最後の修道院長（Muiredach ua Clucain, 1128-1154）の任期中の一一五〇年、デリー修道院長（Flaithbertach Ua Brolchain）が「コロムキルの遺産継承者」としてフォー・マスター年代記に記録される。この時点で、コロムキル系共同体を統括する機能はケルズを経て、一二世紀アイルランド教会・修道院改革及び北イー・ネール王権動向を背景に台頭するデリーへと移されていく。(71)

3　一二世紀教会・修道院改革とデリー

一二世紀アイルランド教会改革は、一一世紀以来教皇権の下に教会組織の統合と規律の画一化を求める西方教会改革の一環として推進されるが、一二世紀中葉までに、教会・王権合同の一連の改革会議を通して、世俗権からの教会の解放を掲げた改革命題の提起（一一〇一年、キャシェル Cashel 会議）、司教区を軸にした教会体制の構造的改革（一一一一年、ラース・ブレサル Rāth Breasail 会議及び一一五二年、ケルズ会議）を遂行し、同時に海外の修道院規則と修道会の導入による修道院改革に着手していく。改革には教皇の代行として改革会議を召集し、改革推進のために現地の有力司教を教皇特使に任命する制度が導入され、改革を支援する王権と共に改革動向の展開に重要な役割を担っていく。(72)

改革は当初キャシェル会議を召集したミーズ司教でアイルランド最初の教皇特使ドナン（Mael Muire Ua Dunain, 1101-1111）とマンスター王ムルヘルタッフ（Muirchertach Ua Brian, 1086-1124）の下にアイルランド南半分（Leath Mogha）を中心に推進される。キャシェル会議で発布された八ヶ条の改革法令は、王・領主への租税免除（二条）、修道院長（エレナッフ erenagh = airchinnech、修道院領の管轄者）の座に在俗者又は既婚者を登用する慣行の禁則（三・五条）、一つの教会を複数の修道院共同体が所有することの禁止、結婚制度における教会法の適用等、修道院長の一族支配や世俗権介入の排除を主眼とするアイルランド独自の問題に対処している。いずれも八―九世紀の霊性刷新運動以来大修道院教会の世俗化に対して繰り返し問われてきた問題であるが、そこには教会と世俗権相互の利害が絡む政治的・社会的側面が深く関わっており、キャシェル会議法令も容易に実効を期待できる状況にない。特にアーマーは、九六六年以降「パトリックの遺産継承者」に北イー・ネール系王族クラン・シナッフ（Clann Sinaich）の一族支配が根強く、教会に対する世俗権介入排除を意図する改革動向においてはマンスターとは対照的に保守性が色濃く残る。また八二三年にマンスターが聖職者殺傷に関する罰則規定『パトリックの法令』を受諾して以降、その伝統的職権としてマンスターへの租税徴収を目的とした巡回を継続しており、教会改革の擁護者を自認するマンスター王ムルヘルタッフは、アーマーに代表される修道院長の王族支配と富と権力の増長を教会に対する世俗権介入の悪弊の根幹と見なしたものと考えられる(73)。

　しかし、キャシェル会議後の一一〇五年、祖父からアーマー修道院長職を継いだケラッフ（Cellach = Celsus, 1105–1129）が改革規定に沿って司祭叙階を受け、翌一一〇六年マンスター巡回の際に、同年死去したアーマー司教の後継者として教皇特使ドナンからキャシェルで司教に叙階され、マンスター中心に推進されてきた改革運動はアーマーを含めた新たな展開を見せる。その過程で、改革法令の遵守のために、司教の権限強化とその司令系統に実効性を持たせる教会組織の再編が要請されてくる。一一一一年のラース・ブレサル会議は、リムリック司教兼教皇特使ギルベルト（Gilbert = Gille Easpuig, 1111–1140）の召集により、「アイルランド王」（マンスター王）ムルヘルタッフ、「マンスターの首位司教」（キャシェル司教）ドーナーン（Mael Muir Ua Dúnáin）、「パトリックの遺産継承者」（アーマー司教）ケラッフの参列の下に、司教・司祭・修道院長の他、王侯貴族・信徒が一堂に会した「全アイルランドの大集会」と位置付けられる。ただ年代記は会議の目的について、「信徒と聖職者全てに良き規則と指導を与えるために開催された」（AU）と記述するに止まり、その具体的内容については触れていない。しかし、一六三五年頃にG・キーティング（Geoffrey Keating, d. c. 1644）が著書『アイルランド史』（*Foras Feasa Ar Eirinn*）に、後に紛失したレンスターのクロネナッフ教会（Clonenagh = Cluain Eidhneach, Co. Leix）の年代記から

筆写したラース・ブレサル会議の司教区編成について記している。(74)

それによると、全体を北半分（アルスター・ミーズ・コナハト）と南半分（マンスター・レンスター）の二大司教区に分け、それぞれアーマーとキャシェルの大司教座の管轄下に一二と一一司教座を配置して二三属司教区を設定している。教皇特使ギルベルトは、同会議に際して、全アイルランドの司教・司祭の要請に応じて書いた教会組織に関する著書『教会の構成』（*De Statu ecclesie*）において、ピラミッド型の教皇――司教教会体制を説明している。だが会議で設定された司教区構想は、直接には、南半分をカンタベリー、北半分をヨークの各大司教座の下にそれぞれ一二司教区を配したイングランド教会組織に準拠していることが付記される。ただダブリン司教は、一一世紀前半の初代以来代々カンタベリー大司教から叙階され、「服従の誓約」をしていることを理由にキャシェル大司教区の属司教座から除外され、アーマーとカンタベリー両大司教との間に問題を残す。

キーティングは、ラース・ブレサル会議を転機に「全アイルランド教会は完全に司教の権威に服し、王権とその租税の義務から解放された」と述べ、伝統的修道院教会から司教裁治権下の教区制度への改編を教会改革の最大の成果として捉えている。しかし、各司教座はいずれも従来の修道院教会を基盤に構築されており、「司教教会」が新たに創設されたわけではない。年代記は会議の出席司教を五〇～五八人と記載しているが、司教座の選択と教区領域の配分にあたり、修道院教会の管轄領域の併合・変更・削減を要したことは確かであり、出席司教・司祭から異論・不満・反対があったことも当然想定され、更なる教区改編と管轄領域変更の可能性を残している。

ラース・ブレサル会議体制は、教会と王権動向を背景に、司教座及び司教区の統合と再分割を経て更に変動し、(75)一一五二年のケルズ会議ではアーマーを首位司教座に四大司教区と三四属司教区に改編される。その間、改革の軸はアーマー大司教区に移されていく。アーマー大司教ケラッフは、一一二一年ダブリン司教没後、ノース系ダブリン住民がカンタベリーに推挙した司教候補に対抗し、アイルランド系住民の要望を受けて、キャシェル大司教との合意の上でダブリン司教を兼任し、その司教区をアーマー大司教区に編入する。[76]ケラッフと共にアーマーの「聖ペトロとパウロ修道院」出身のマラキー（Malachy＝Malachias, Maol Maedhog Ua Morgair, 1096-1148）が教会及び修道院改革の推進に手腕を発揮する。彼は一一一九年にケラッフから司祭叙階を受け、ケラッフの下でアーマー大司教補佐（1121-1122）、一一二四年以来コナー（Connor, Co. Antrim）司教及びバンゴール修道院長（Bangor, Co. Down）兼ダウン（Down, Co. Down）司教を歴任し、将来ケラッフの後継者に望まれる。だが一一二九年ケラッフがマンスター巡回中に歿した後、「パトリックの遺産継承者」の座に彼の前任者の息子達（Muirchertach, 1129-1134；Neill 1134-1137）が相次いで就任し、一族支配の問題が再燃する。その状況に対してマンスターの司教・諸王がケラッフの生前の希望を受けてマンスター滞在中のマラキーを後継者に推し、キャシェル大司教の推挙と支持の下に一一三二年マラキーはアーマー大司教を受諾するが、保守派擁立の「パトリックの遺産継承者」との軋轢は継続していく。

マラキーはアーマーの対立構造を収拾するために、一一三七年アーマー大司教からダウン司教に退き、その後任にコロンバ系共同体の改革派デリー修道院長ギラ・マック・リグ＝ゲラシウス（Gilla Mac Liag＝Gelasius, 1121-1137）を「パトリックの遺産継承者」としてアーマー大司教に指名する。その時点で、王権支持基盤の劣勢なネールは退任し、「パトリックの遺産継承」をめぐる一族支配に終止符が打たれる。[77]デリー修道院長は八世紀以降年代記に記録されてくるが、一二世紀までは修道院についての具体的情報は殆どない。しかしイニシオウエン（Inishowen）出身のケネール・ノーガン王ドヴナル・マックロフリン（Domnall Mac Lochlainn, 1083-1121）がデリーを拠点に北イーー・ネール諸王国の支配確立を目指し、ラース・ブレサル会議ではケネール・ゴニル領のコロムキル系共同体ラフォー（Raphoe＝Raith Both）を合併してデリー共同体をデリー・ラフォー司教区の司教座に据える。彼はマンスター王ムルヘルタッフの「対立アイルランド王」として覇権抗争を展開するが、一一一九年マンスター王の死後「アイルランド王」となり、一一二一年にデリーで歿する。その後ケネール・ノーガン王族の権勢は王権継承をめぐる内紛によって弱体化するが、一一四五年以降ドゥナルの孫ムルヘルタッフ・マックロフリン王権（Muirchertach Mac Lochlainn, 1145-1166）の下で北部全域からミーズ・レンスターへと支配を拡大し、コナハト王タルロッフ・オコンナー（Tairlough O Connor = Tairrdelbach Ua Conchbair, 1121-1156）の対立王として「アイルランド王」をめぐる新たな覇権抗争を展開する。

その間デリーは、強力なケネール・ノーガン王権とアーマー大司教座との密接な関係を通してコロムキル系共同体における中心的存在となっていく。アルスター年代記は、一一五〇年に就任したデリー修道院長フリスヴェルタッフ・オブロルハーン（Flaithbertach Ua Brolcháin, d. 1175）に、それまでケルズ修道院長に付してきた「コロムキルの遺産継承者」の称号を冠し、コロムキル系共同体におけるデリー修道院長の首位的地位を示唆している。その背景に、一一五二年のケルズ会議までに、デリーとケルズの教会における位置付けの変動が挙げられる。ラース・ブレサル会議設定のデリー・ラフォー司教区からラフォー司教区が独立し、またデリーとアードストロウ（Ardstraw = Ard Stratha, Co. Tyrone）司教区が合併して、司教座をデリーから司教の出身地マゲーラ（Maghera = Rath Luraig）に移している。それに伴いデリーは改革修道院として修道生活及び聖職者養成の場となるが、一方ケルズ共同体は新たに司教座に設定され、その機能も司教区内に限定されてくる。[78]

そこにはマックロフリン王とアーマー大司教の強い意向があったことも間違いない。一一五〇年にフリスヴェルタッフの前任修道院長死去直後の空位の間、アーマー大司教ギラ・マクリグはデリー修道院長兼務としてケネール・ノーガン領内を巡回し、租税を徴収している。フリスヴェルタッフもまた修道院長就任後の一一五〇年から五三年にかけて、北部の大部分を占めるマックロフリン王の支配地域に巡回に赴いており、その権限の基盤として「コロムキルの遺産継承者」を表明したものと思われる。一一五七年、マラキーが修道院改革の一環として一一四二年にフランスのクレルヴォー（Clairvaux）からメリフォント（Mellifont, Co. Louth）に導入したアイルランド最初のシトー会修道院の献堂式において、マックロフリンは「アイルランド王」として認知される。(79)マックロフリンの権勢はデリー修道院長の権限の確立にも繋がる。一一五八年（AU）アーマー大司教と教皇特使、二五人の司教及び聖職者が参加したミーズの教会会議では、デリー修道院長フリスヴェルタッフに、「コロムキルの遺産継承者」として、アイルランドにおける全コロムキル系共同体の首位修道院長の権限と共に、司教と同等の地位が与えられる。一一六一年（AU）にデリー修道院長は、マックロフリン王のミーズ・レンスター遠征に伴い、オソリー（Ossory, Co. Kilkenny）まで巡回を進め、「雄牛一四〇頭分の純銀四二〇オンス」の租税を徴収する。遠征の帰路王が召集したミーズの集会では、ミーズとレンスターのコロムキル系共同体は世俗領主の租税から解放され、それまで世俗権が有していた租税徴収権をデリー修道院長に与えることを宣言する。一一六二年王と修道院長はデリーに帰還後、「アイルランド王権」とコロムキル系共同体の拠点デリーの中心に双方の権限と繁栄を象徴する壮大な教会建築に着手する。年代記によると、教会周辺の一般信徒の家を撤去し、高い石壁によって彼等の居住区を完全に分断したと記している。それは、聖堂を中心に一般信徒の居住区・大農場が広がる伝統的な大修道院共同体様式から、聖職者・修道士・一般信徒を明確に区分する教会改革の教会構造理念に準じたものである。(80)

デリー修道院は王権と教権双方の権益を共有しながら最高潮の時期を迎える。その最中の一一六四年、アイオナ修道院の司祭・学僧・ケーリ・デ（Céli Dé、神の僕）の長を含む代表団がデリーを訪れ、アイオナ再興のために修道院長フリスヴェルタッフにアイオナ修道院長就任（兼任）を要請する。だがアーマー大司教及びケネール・ノーガン王族・貴族からの反対で実現には至らない。アイオナ修道院は、アルスター年代記一〇九九年に修道院長の永眠が記録されて以来、教会改革の変動の中でその情報は途絶えており、司教区再編の過程でアーマー首位教会の裁治権外に置かれて、アイルランドのコロムキル系共同体との公的接触もこれが最後となる。(81)

アダムナーン没以降のコロムキル系共同体の歴史的変遷に伴い、アイオナを拠点に据えてアイオナ修道院長の権限の確立を意図したアダムナーンの『聖コロンバ伝』にも、時代に即した新たな伝承の構築が要請されたことは確かである。アイルランド語版の『聖コロムキル伝』には、一二世紀教会・修道院改革のアイルランド教会再編と王権動向を背景に台頭してくるデリー修道院の位置付けが強く反映されている。

三　一二世紀アイルランド語版『聖コロムキル伝』――伝承の受容と変容

『聖コロムキル伝』はアダムナンの『聖コロンバ伝』を基本資料としているが、その構成と内容からみて、教会改革期の一一五〇年頃にコロムキル系共同体の新たな本拠地となるデリー修道院で、一一五〇年代から遅くても一一六二、三年以前に作成され、聖コロムキルの祝日（六月九日）あるいはコロムキル系共同体への巡回時に説教として広く読まれたものと思われる。

アダムナーンの『聖コロンバ伝』が予言・奇蹟・天使の顕現の主題で挿話を集めた三部作で構成されているのに対して、『聖コロムキル伝』は序文・文末の説教と生涯・活動の挿話全六五章の伝記形式に再構築している。①序文の教説（一―一一）②コロンキルの出自―イー・ネールの祖ニアル・ニーギアラッフ（Niall Noígiallach）の息子コナル・ゴルヴァン直系ケネール・ゴニル王家（一二、二〇）、誕生についての予言（一三―一七）とレンスター王族出身の母エスネ（Eithne）のヴィジョン（一八―一九）③誕生―一二月七日木曜日、ドニゴールのゴルタン（Gortan, Co. Donegall）（二〇）④養教育（二一―三一）⑤アイルランドにおける修道院創設（三二―五〇）⑥アイオナへの旅立と到着（五〇－五二）⑦アイオナでの生活（五三－六〇）⑧晩年と最期（六一－四）⑨教説（六五）からなる。

『聖コロムキル伝』著作の意図は、同時代までに発展的に創設されたコロムキル系修道院教会におけるデリーの指導的位置付けを表明し、同時にその裁治権の下に修道院改革理念を浸透させることにある。内容的には、アダムナーンの『聖コロンバ伝』において主題別に分散していた挿話が時系列的に再構築され、またコロムキル系共同体の発展過程に応じた伝承の変容又は改変が認められる。その編著に関しては、記述あるいは口承資料・情報の収集と選択、あるいはアイルランド語翻訳と叙述表現において、その時代背景となる一二世紀教会・修道院改革の教会組織及び改革理念や霊性に適用するように周到に企画・検討されたものと考えられる。

1　『聖コロムキル伝』の独自性

コロムキルがイー・ネール王族ケネール・ゴニル王家出身であることは、コロムキル系教会の位置付けにとって『聖コロンバ伝』と同様最も重視される。だが七三四年北イー・ネール内の覇権がケネール・ゴニルからケネール・ノーガン王家に交代して以降、「創設聖人の遺産継承者」にはコロムキル一族との血縁的関係を越えて、「ターラ王権」の支持とアーマー教会との連携が重要性を持ってくる。

まず、コロムキルの誕生をパトリック、ブリジットをはじめアイルランド教会創設者・長老達の予言に託し、また聖人の教育を通して修道院教会創草期の主要創設者とコロンバとの接点を強調し、聖人の司祭・教会学者としての聖性を強調する挿話が選択される。若年から詩編の知識に長け（二二）、献身愛・叡智・巡礼の徳を神に願う（二三）。また、ミサのために水を葡萄酒に変え（二四）、パンと葡萄酒の聖変化の時、コロンバの頭上に火の柱が顕示する（四二）等の挿話には、教会改革に対応した教会典礼・規律と霊的側面が重視される。更に、

『聖コロンバ伝』に見られるように、クール・ドレベーネの戦い、ダール・リアダ王の聖別、ドロイヴ・ケッド会議、王権継承や戦争の勝敗等、王権との関わりにおいて政治的関与を示す聖人像は影をひそめ、世俗権の影響の排除を掲げる教会改革運動の理念が反映されている。

その点で、聖人伝は過去の出来事を単に「伝承」として無批判になぞることはしない。七世紀末のアダムナーンがケネール・ゴニル王権とアイオナ共同体との同時代の関係を背景に記述したように、『聖コロムキル伝』の第一目的は、変化する政治と教会状況の中で、コロムキル系共同体におけるデリーの指導的位置付けを創設者との関係において内外に認知させることである。それは二つの側面で構築される。第一にデリーを基点とするアイルランドにおけるコロムキル系修道院創設、第二にブリタニアへの出航をそれまで培われた伝統的「巡礼」理念として示すことである。

（一）　アイルランドのコロムキル系修道院

アダムナーンはブリタニア出航前のコロンバの修道院創設活動については言及していない。それに対してアイルランド語版では、一二世紀半ばの著作時代までに発展的に創設されてくるアイルランド内のコロムキル系修道院教会を、聖人がブリタニア出航以前に創設した共同体としてその行跡を辿っている（三二一―五二）。

最初の共同体デリーからラフォー（Raphoe, 三二一―三六）、更に南下してドロウとケルズ（三七―四〇）、その東クロンモア（Cluain Mor = Clonmore, Co. Louth）に創設（四一）。ブイデ（Buite）創設のモナスターボイス（Monasterboice, Co. Louth）を訪問後（四一）、東部沿岸を下り、ダブリン沖の島ランベイ＝レフラ（Lambay = Rechra）とスワーズ（Swords, Co. Dublin）（四二―五）、更にレンスターの内陸に進んで、ドロイヴ・モナク（Druim Monach）とムーン（Moone, Co. Kildare）に創設。更にキアラン創設のクロンマクノイズの訪問を経てコナハトに入り、アシュリン（Assylin＝Ess mac nEircc, Co. Roscommon）とドラムクリッフ＝ドロ・クリアヴに共同体創設（四六–四八）。その後北上して北イー・ネール王族ケネール・ゴニルとケネール・ノーギン王国領をめぐり、トーリー島（四九）をはじめ「多くの教会を創設」した後、デリーからブリタニアへ出航し、アイオナに共同体を構える。

デリーから始まりデリーに戻るアイルランドでの行程の記述は、デリー修道院長が一一五〇年以降コロムキル系共同体の首位修道院長として行った租税徴収を主とする巡回行程に対応したものと思われる。特にデリーはコロムキルが「わが愛するデリー、その静けさと輝き、天使たちで満ち溢れる」と詠んで特別な思いを込めた修道院として描かれる（三五）。またデリー修道院には、アイルランド修道院教会が「西方修道院制の父」として特に崇敬するトゥールの聖マルタンの墓にコロムキルが巡礼した時、聖人の聖遺骨の上に一〇〇年間置かれていた福音書を持ち帰ったという『聖マルタンの福音書』が保存されている（三五）。その福音書にまつわる伝説は、コロムキル系共同体の首位修道院長に冠される「コロムキルの遺産継承者」の権威の象徴とされている。

このようなデリーとコロムキルとの特別な関係は、七世紀後半のムルフーの『聖パトリック伝』をはじめ、パトリックとアーマー教会との関係を描く一連のパトリック伝承にも認められる。一〇世紀のアイルランド語版『聖パトリック三部作伝記』では、全土に亘るパトリックの宣教過程を示した後、最後にパトリックがアーマーで死を迎えることを望んで、「わが愛するアーマー、心なごむ田園、懐かしき丘……」と詠んでアーマーへの心情的繋がりを訴える。またアーマーの司教・修道院長は「パトリックの遺産継承者」の権威を象徴する聖遺物として、パトリックが聖地で「アイルランド人を牧する使徒」としてイエスから預った杖を一老人から受取ったという「イエスの杖」（Bachall Isa＝Staff of Jesus）、「パトリックのベル」、『アーマーの書』を保有する。[82]

アルスター年代記は、一一六六年「アイルランド王」ムルヘルタッフ・マックロフリンがアーマー教会の仲介でウリズ王国との間に結んだ平和協約を破ってウリズ王を捕縛・盲目にしたことで、コナハト王率いる反マックロフリン軍勢に壊滅させられたことについて、「聖パトリックの後継者とイエスの杖、聖コロムキルの後継者と聖マルタンの福音書を侮辱した」ことの報いとして記している。そこには、首位教会アーマーのパトリック伝承に対応して、一二世紀教会改革とケネール・ノーギン王権を背景にコロムキル系共同体の首位修道院となるデリー共同体の新たな位置付けを内外に表明する意図が窺われる。

（二）　巡礼理念の継承

アダムナーンはコロンバのブリタニアへの旅立ちを「キリストのための巡礼」（序文1）と位置付けるが、『聖コロムキル伝』ではその巡礼理念をキリスト教霊性とアイルランド修道院創設の原点として教説の中に示す（一一一二）。

「私のためにあなたの父の地を離れ、家族と財産を捨て、わたしが示す地に行きなさい」との神の命に従い、アブラハムは行き先も知らずに「約束の地」に向けて旅立った。その従順こそが、神への完全な信頼と信仰の証しである。そして、全ての信仰者の父であるアブラハムの教えに従い「巡礼」に生きることを勧め、巡礼者の三つの生きかたを提示する。まず、旧約の民や初期キリスト教時代の「巡礼の型」として、第一に、砂漠の隠者パウロやアントニウスのように、神のために自己の愛着するものを全て断ち切る者。第二に、異教徒の使徒パウロのように、故郷・家族を離れて神の福音を伝える者。第三に、イスラエルの民のように、厳しい罪の償いと生命の危険の中で神に従う者。更に、巡礼の実践について三つのパターンを挙げて進言する。第一に、身体だけは父の地を出るが、罪・悪徳を断ち切らず、徳・善行を実践しない場合は、神の報いもない。第二に、故国にいながら、精神的には国を離れ、愛着や願望を断ち切ること。第三に、使徒達やコロムキルのように、完全な巡礼者として心身共に故国を離れ、この世の愛着を断つこと。

巡礼実践の第一はアイルランド人の巡礼熱に警告しているが、第二、第三は修道者の二つの生き方を表している。この「巡礼」の三類型は、八〇〇年頃の「カンブライの説教」に示される「白・赤・緑の殉教」の類型に対応している。そこでも、信仰生活の実践基準として、マタイ福音書の一節「わたしについて来たい者は、自分を捨て、自分の十字架を背負って、わたしに従いなさい」（マタイ一六・二四）を取り上げ、次のような解釈を与える。「自分を捨てるとは、欲に溺れず、罪を断つこと。自分の十字架をとるとは、キリストのために全てを失い、殉教の苦しみを甘んじて受けること。そして難儀、貧困、虚弱の中にある者の苦しみも自分の十字架として背負うこと。何故なら、皆がキリストの身体の肢体なのだから」。次いで、この「十字架を背負う」意味を、「白・緑・赤」の殉教観で示す。「白の殉教」は、キリストのために自己の愛着するものを全て断ち切ること。「緑の殉教」は厳しい罪の罰と償い、贖罪苦行の辛苦において自己の欲望を断つこと。「赤の殉教」は、キリストのために生命そのものを与えることである。(83)

修道生活を一種の殉教と見なす捉え方は、四・五世紀には広く知られているが、「緑の殉教」はアイルランド教会に適用された独特のカテゴリーとして注目される。R・フラワー（R. Flower）は、『聖コロムキル伝』の巡礼者の三つのタイプから説明を引き出し、「白の殉教」は修道者が故国を心身共に離れて異郷の地へ「完全な巡礼者」として赴くこと、「緑の殉教」は修道者が故国にいながら精神的には国を離れ、愛着や願望を断ち切ることであると捉える。またJ・ライアン（J. Ryan）、C・スタンクリッフ（C. Stancliffe）等は、「白の殉教」は、愛着するものを断つ禁欲生活での日々の殉教を指し、「緑の殉教」は、緑（glás）即ち「厳格な」の語意が示すよう

に、「贖罪規定」に基づく罪の償いの厳格な実践を意味すると解釈する。(84)

その底流には、五九一年頃バンゴール修道院（Bangor, Co. Down）から大陸に赴いたコロンバヌス（Columbanus, 542–615）がその書簡・説教で述べる「エグザイル・巡礼・殉教観」に共通する霊性と信仰生活の実践が認められる。コロンバヌスにとって「巡礼者」とは、全ての現世的絆と物欲から離れ、何も持たず、望まない「貧しさ」の中で、ひとえに神を求めて生きる者である。彼自身を「この世を断念した巡礼者」「キリストと共に十字架の苦しみを分かち合う殉教者」と捉え、その原点を「わたしの後に従いたい者は、自分を捨て、自分の十字架を背負って、わたしに従いなさい」（マルコ八・三四）という救いの招きとその道標に置く。彼において「巡礼」は、この世の死から真の生への「エグザイル」の道を「キリストに導かれ、キリストに従って、キリストと共に歩む生き方」として、その霊性の核心に置かれる。(85)その「救い」を根本原理とする「巡礼と殉教」の理念は、「カンブライの説教」の背景にある八－九世紀の「ケーリ・デ」霊性刷新運動を経て、(86)一二世紀教会・修道院改革を背景とする『聖コロムキル伝』に、信仰生活の基調として継承され、アイルランド・キリスト教の霊性に一貫して流れる中心テーマとして捉えられる。

2　挿話に見る伝承の展開

『聖コロムキル伝』（以下略記ＣＣ）の挿話はアダムナーンの『聖コロンバ伝』（以下略記ＶＣ）を基本資料としているが、各挿話には時代的変遷に伴う伝承の変容、あるいはコロンバ系共同体の発展過程に対応した時と場所等の改変及び追加が認められる。両者の対照を通して、その代表的な凡例を挙げてみる。

誕生・養教育・助祭時代

コロムキル誕生の予言（CC 13–17／VC Pref. 2）。一世紀も前からアイルランド教会の五人の先人達、モフタ

(Mochta)、パトリック、ブリジッド、司教エオガン（Eogan, Ard Sratha)、ヴィデ（Buite, Monasterboice）による祝福が詠まれる。VCでは、誕生のはるか前に、パトリックの弟子でブリタニアからの巡礼者モフタが、この世の最後の時、大洋の島々にコロンバの名は轟き、光輝くだろうと予言（序文2）。

母の夢で、息子コロムキルの誕生と彼の役割を色彩豊かな外套で顕示（CC 18／VC III 1)。母は夢で色彩豊かな衣を与えられるが、白衣の青年が現れてその衣を取り上げ宙に舞い上げる。悲しむ母に彼は言う。「外套は、あなたに息子が産まれること、アイルランドとスコットランド中が彼の教えで満たされることを意味している」と。VCでは、天使が外套を持ってくるが、間もなく衣は空高く舞い上がり、ますます大きくなって野を覆い、山や森を越えていく。母は声を聞く。「悲しむことはない。あなたは夫の息子を産むが、彼は神の御力によって予言者の一人となり、多くの魂を天国に導くようになるだろう」と。この言葉を聞いて、母は目覚めた。

コロムキルの誕生――一二月七日木曜日、ドニゴールのゴルタン（Gortan, Co. Donegall）(CC 20)。

養教育――司祭クルスネファーン（Cruithnechán）(CC 21-23)、モヴィレのフィニアン（Finnian, Moville. CC 24)、レンスターの学僧へマーン（Gemmán. CC 25／VC II 25)、クロナードのフィニアン（Finnian, Clonard. CC 26-28／VC II 1）の下で養教育と修道養成を受け、グラスネヴィンのモビ（Mo Bii, Glasnevin）から司祭の叙階を受ける（CC 29-31)。

水から葡萄酒の変容（CC 24／VC II 1)。モヴィレ修道院長フィニアンの下で助祭時代、ミサで使う葡萄酒がなくなり、急遽井戸の水から変容。VCでは司教フィニアンと述べるが、クロナード修道院長を示唆。

レンスターの学僧へマーンの下で助祭時代、若い女性を暴力で殺害した男が聖人の呪いによって死ぬ（CC 25／VC II 25)。VCではコロンバの処罰が全アイルランドに知れ渡ったとし、いずれも『アダムナーン法』における女性殺害の厳しい罰則と重ねる。

アイルランドとブリタニアでの活動

ドロウ教会増築の建築用木材伐採の代償に土地所有者に大麦の種を与える。六月の種まきにも拘わらず、二ヶ月後に麦が大収穫（CC 33）。VCではアイオナ共同体の客室建築用にモル島での木材伐採を示唆する（VC II 3）。

デリーに洗礼のために連れてこられた少年のために、聖人の祈りと十字架の印によって岩から水が湧き出る（CC 34）。VCではダール・リアダでの巡回中に行われた奇蹟。子供は青年時代に世俗的生活を過すが、その後回心して「キリストの兵士」として末永く神に仕える。岩から湧き出る井戸はアダムナーン時代にもあった（VC II 10）。

コロムキルはブレーガで数多くの教会を創設し、多数の本を書いたが、彼の本は水の中でも一字も消えず何時までも残る（CC 41）。VCではレンスター地方でのクリスマス、少年がコロンバの書いた詩編写本を入れた皮製カバンをかついで橋を渡った時川にすべり落す。カバンは翌年の復活祭に通りがかりの数人の女性達が見付け、ピクト出身の司祭に引き渡す。カバンはかなり損傷していたが、中の写本は白く無傷で汚れてもいなかった。コロンバが書いた聖書写本について他にも多くの奇蹟が伝えられているが、水だけではなく火の中でも無傷であったのを見たという人からの話もある（VC II 9）。

ダブリン沖ランベイ島の教会でコムガル、カネフが同席してコロムキルがミサを捧げている時、彼の頭上に火の玉が降り、炎の柱が高く上がる（CC 42）。VCでは、コロンバがヒンバ島に滞在中、アイルランドから四人の修道院創設者（Comgall, Cainnech, Brendan, Cormac）が訪問した際にコロンバがミサを捧げている時の挿話（VC III 17）。

ピクトランドでコロムキルが群集に福音を説いている時、神の言葉を聞くのを避けて近くの河を渡ろうとした男が蛇に殺される。聖人は男の胸に杖で十字をきり蘇らせる（CC 55）。VCでは、聖人一行がピクトランド滞在中、ネス川で男を殺した水獣を聖人が神の力で退治し、人々にキリスト教の神を認めさせる挿話（VC II 27）。

アイオナでコロムキルが顔を紅潮させ、イタリアの三つの都市に天から火が下り、三、〇〇〇人が殺されたが、その中には女性と子供はいないと述べる（CC 58）。VCでは、イタリアのある都市が猛火に包まれ大勢の人々が死んでいるのを透視。年内にガリア地方からアイオナに来る船乗りがそのことを話すだろうと予言（VC I 28）。

アイオナの港から（渡航者を告げる）叫び声を聴いてコロムキルは言う。杖を手にした訪問者が聖人に挨拶しようとして机上のインク壷を落とし、インクを全部こぼしてしまうだろうと予言。その通りになる（CC 59／VC I 25）。

コロムキルの最期について（CC 61, 62, 64／VC III 23）

復活祭が終わった五月の初め、島の北（VCは島の西）で労働中の修道士達に説教の後、間もなく神の許に赴くことを告げる。皆は悲嘆にくれるが、数日後の主日のミサの時、コロンバは聖堂の壁に天使が迎えにくるのを見上げ喜びに溢れる。その週末（Sabbath）、彼は倉庫に入り、修道士達のための穀物が十分貯蔵されていることを確認。聖堂に戻る途中七七歳の聖人は座って休む。（以下VCのみ）そこに今十字架が建立されている。彼は丘に上り、眼下に見える聖堂を祝福して言う。「ここは小さく貧しい島だが、アイルランド中の王と人々だけでなく、異邦人の王と臣下、他の教会の聖人達も特別な敬意を払うだろう」。庵に戻り、詩編の写本を書くが、第三三篇「主に求める人には良いものの欠けることがない」（詩編三四・一一）で終わり、「子らよ、わたしに聞き従え。主を畏れることを教えよう」から後継者となるバセーネ（Baithene）に書くように残す。聖堂で晩課の後、庵に戻り石の枕と寝床で休む。寝床の石は今も聖人の墓の側にある。弟子達に最後の説教として、お互いに愛と平和のうちに、上長の教えと模範に従うように、神の掟を守る人々にはその報いとして永遠の生命が与えられることを説く（以下CCとVC共通）。

その夜、聖人は聖務日課のベルと共に逸早く聖堂に駈け行き、祭壇の前で祈る。その時、弟子ディアルミドは聖堂が彼を取り巻く天使の光で照らされるのを見る。右手をディアルミドに支えられながら、最後の力を振り絞り弟子達を祝福した後、平安と喜びのうちに彼の霊魂は天国に赴く（以下VCのみ）。聖人の遺体は聖堂から彼の庵に運ばれ、彼の誉れと栄光のために、三日三晩荘厳な葬儀が教会の慣例に従って執り行われ、純白の麻布に包まれて、彼のために選ばれた墓に埋葬される。「大洋の端の小さな島にかつて住んだ聖コロンバの祝福された生涯への記憶、その栄光と名声は、アイルランド・ブリタニア・大洋の島々だけでなく、スペイン・ガリア、更にアルプスを越えてイタリア、そしてローマまでも遍く届いている」。

『聖コロムキル伝』では、その終章にコロムキルの一致の象徴性を謳歌し、コロムキルの祝日の説教として締め括っている。「彼の聖なる身体はこの地にあって、その数々の奇蹟と驚嘆すべき働きにおいて神と人々から大いなる尊敬と名誉を受けた。だが最後の審判の時、彼の身体と魂は太陽のように輝きわたり（マタイ一三・四三参照）、その栄光と誉れは更に偉大なものとなるだろう。天国の九階層の一致、イエス・キリストの使徒と弟子達の一致、神の御子の神性と人性の至上の一致である聖父と聖子と聖霊の三位一体の一致において、彼はその偉大な栄誉を得るだろう」（CC65）。

それは、パトリックの『三部作伝記』が三月一七日の命日に際し、その三日間の祝日の説教に、彼をアイルランド教会と人々の一致の象徴として語る内容を踏襲している。[87] そこにも、アーマー教会の首位性に対応して、デリー教会の全コロムキル系修道院教会の頭としての位置付けが強調されている。『聖コロムキル伝』はアダムナーンの『聖コロンバ伝』を記述資料としているが、それ以外にも聖人にまつわる数多の伝承を聖人伝著作の時代的意図に対応して取捨選択し、あるいは同じ挿話の素材を取り上げながらその内容の変容が認められる。その意味で、聖人伝には時代の要望に適応し、同時にその影響を与えるために新たな伝承が創生されていく広がりが予測される。しかし、聖人伝がその目的及び使用において同時代の教会動向とその機能に対応するという意味において、『聖コロムキル伝』はデリー修道院の権威と権限をその時代に主張できた最後の「アイルランド聖人伝」と言える。

一一六五年のウリズの反乱を転機に、マックロフリン王権とデリー修道院の状況は一変する。反乱制圧でウリズ王（Mac Duinn Slebe）が捕囚されるが、アーマー大司教の仲介の下にウリズからの人質及び租税徴収と交換に解放され、和議が締結される。だが翌一一六六年、マックロフリンは和平協定を反古にし、再度ウリズ王を捕縛して盲目にする。この事態を受け、コナハト王ルアドリ（Ruadri Ua Conchobair, 1166–1198）は諸王権連合を結集して父王の仇敵マックロフリンに蜂起する。「アイルランド王」は同盟者からも見放され、反撃する間もなく小規模の会戦で殺害される。デリー修道院長と共同体は、保護者である強力な王権を失い、また期待に反してマックロフリンがアーマーに埋葬されたこと、更に新築のデリー修道院が同年焼失したことで大きな打撃を受ける。一一六七年ケネール・ノーギン領はコナハト王ルアドリによって武力制覇され、翌一一六八年デリー修道院長とマックロフリンの息子がアスローン（Athlone）に赴いてコナハト王を「アイルランド王」として認める。(88)

しかし、マックロフリンと同盟を結び、コナハト王との抗争に敗れて追放されたレンスター王ディアルミド（Diarmait Mac Muirhada, 1111–1171）が王権奪還のためにブリタニアで要請したノルマン傭兵援軍が、一一六九―一一七一年にアイルランドへ到来したのを転機に、アイルランドにおけるアングロ・ノルマン諸侯の統制及び教会改革の大義と絡んだヘンリー二世（Henry II, 1154–1189）のアイルランド支配とそれを承認した教皇政策によって、アイルランドはイングランド王権統治の支配と被支配の構造を鮮明にしていく。それに伴い、アイルランド教会はイングランド王権と教会の関係及びその教会政策の路線を歩むことになる。[89]その過程で、「コロムキルの遺産継承者」に統括されてきたコロムキル系共同体の連帯もまた崩壊を余儀なくされる。一一七四年デリー修道院長出自のアーマー大司教ギラ・マックリグが歿し、翌年「コロムキルの遺産継承者」フリスヴェルタッフも永眠するが、二人の死と共に、アーマー教会と伝統的コロムキル系修道院との共存の時代も終わりを遂げる。年代記（AU）は一一七五年、フリスヴェルタッフの後継者（Gilla Mac Liac Ua Branain）に「コロムキルの継承者」の称号を付しているが、実質的には「デリー修道院長」を意味するに過ぎない。ケルズは一一七六年（AU）にノルマン侵攻によって破壊され、そこにはノルマン式城郭が建造される。また一一七九年、コロムキル系共同体のラムベイとスワード両修道院はダブリン大司教座に、ムーン修道院はグレンダロック司教座にその所有権が移され、教皇アレクサンドル三世（Alexandre, 1159-1181）によって承認される。[90]

アングロ・ノルマン統治下のイングランド教会政策において、創設聖人に霊的・物的遺産継承の根拠を求めるアイルランド修道院教会の伝統は消え、一連の「アイルランド聖人伝」著作の時代は終わる。しかし一五三二年、それまでのコロンバ伝承を網羅したマヌス・オドンネル（Manus O'Donnell）による『聖コロムキル伝』（*Beatha Colaim Chille*）[91]が作成され、更に近・現代を通してコロンバ＝コロムキル伝承の収集と編纂が復興する。時代の変遷の中で、コロンバ伝承はどのように受容と変容を展開していくのか。それぞれの時代背景と共に検討を重ねたい。

（1） *Adomnán's Life of Columba*, ed. & trans. Alan Orr Anderson & Marjorie Ogilvie Anderson（London, 1961；revised by M. O. Anderson, Oxford Medieval Texts, 1991）：本文に挿入したテキスト巻章（例Ⅰ3）はAndersonの一九九一年版を使用。Richard Sharpe（trans. & notes）, *Adomnan of Iona, Life of St Columba*（Penguin Books, 1995）.

Dorbbene, *Adamnain, Vita S Columba* 写本（713）; Dallan Forgaill, *Amra Coluimb Chille* 597 ; ed. & trans., W. Stokes, 'The Amra Choluimb Chille', *Reveu celtique*, 20 [1899] & 21 [1900]). John Colgan, *Triadis Thaumturgae Acta* (1647). 'Adamnans Vita Columbae,' *Codex Salmanticensis* , ed., W. W. Heist (Subsidia Hagiographica 28) (Brussels, 1963). W. Reeves (ed.), *The Life of Columba Written by Adamnán* (Dublin, 1857). J. T. Fowler, *Adomnani Vita S Columbae* (Oxford, 1894) ; *Prophecies, Miracles, and Visions of St Columba* (London, 1895).

（2） *Betha Coluim Cille*, ed. & trans., M. Herbert, *Iona, Kells, and Derry The History and Hagiograpy of the Monastic Familia of Columba* (Oxford, 1988), pp. 211-286.

（3） 聖コロンバの命日(祝日)――Anderson, Columba, pp. xxxv-xxxvi. W. Stokes, *The Martyrology of Oengus the Culdee* (London, 1905), p. 139. Herbert, Iona, p.251 (cc.11).

（4） Herbert, *Iona.*, pp. 27-30. F. J. Byrne, *Irish Kings and High-Kings* (London, 1973), pp. 95-97. D. A. Binchy, 'The Fair of Tailtiu and the Feast of Tara', *Ériu*, 18 (1958), pp. 113-138 ; 'Patrick and His Biographers : Ancient and Modern', *Studia Hibernica* 2 (Dublin, 1962), pp. 7-173 (pp. 82-83, 85-86). *The Annals of Ulster* (AU) part 1, Ed. & trans., Sean mac Airt/Gearoid Mac Niocaill (Dublin, 1983). *The Annals of Tigernach* (AT), Whitley Stokes (trans), Facsimile reprint 2 vols. (Dublin, 1993) ; *Review Celtic* (Dublin, 1895-1897), pp. 16-188.

（5） Byrne, *Irish Kings*, pp. 109-111. Sharpe, *Columba*, p. 267 n. 78.

（6） Sharpe, *ibid.*, pp. 16-20. A. P. Smyth, *Warlord and Holy Men : Scotland 80-1000* (London, 1984), p. 100. Anderson, *Columba* (1991), pp. xxxi. M. O. Anderson, *Kings and Kingship* (Edinburgh, 2nd edn. 1980), pp. 20-21.

（7） Byrne, *Irish Kings*, p. 258 (Table 'Abbots of Iona and Cenél Conaill Kings of Tara'). Anderson, *Columba*, xxxviii-xxxix. Herbert, *Iona*, pp. 36-46. Sharpe, *Columba*, pp. 34-43. P. O Riain, 'Towards a methodology in early Irish hagiography', *Peritia* 1 (1982), pp. 146-159 (pp. 146-147).

（8） シェゲーネ創設 'Rechru' 共同体（Ⅱ41. Rathlin Island, Co. Antrim）: Sharp, *Columba*, p. 264 n. 71. Herbert, *Iona*, p. 42. シェゲーネのアイダン派遣とノーサンブリアとの関係 : Bede, *Historica Ecclesiastica* (*HE*), iii. 3, 5 ;

Bede's Ecclesiastical History of the English People, ed. B. Colgrave and R. A. B. Mynors (Oxford, 1969/1979). Herman Moisl, 'The Bernisian Royal Dynasty and the Irish in the Seventh Century' , *Peritia* 2 (1983), pp. 103-126. J. M. Picard, 'Bede, Adomnân, and the Writing of History', *Peritia* 3 (1984), pp. 50-70. Herbert, *Iona*, pp. 41-42.

(9) Bede, *HE* ii. 19. Cummian's Pascal Letter 'De Controversia Pascali' and the 'De Ratione Conputandi' , ed. M. Walsh & D. O Croinin, *Studies and Texts*, lxxxvi (Toronto, 1988). Kenneth Harrison, 'A Letters from Rome to the Irish Clergy, AD 640' , *Peritia* 3 (1984), pp. 222-229. Herbert, *Iona*, pp. 41-44. Kathleen Hughes, *The Church in Early Irish Society* (London, 1966), pp. 103-110. D. Ó Croinin, 'A Seventh-Century Irish Computus from Circle of Cumminianus', *PRIA* 82 C (1982), pp. 405-430. R. Sharp, 'Some problems concerning the organization of the church in early medieval Ireland', *Peritia* 3 (1984), pp. 230-70. K. Hughes, 'Evidence for Contacts between the Churches of the Irish and the English from the Synod of Whitby to the Viking Age', in P. Clemoes & K. Hughes (edd.), *England before the Conquest* (Cambridge, 1971), pp. 49-67. J. F. Kelly, 'Irish Influence in England after the Synod of Whitby : Some new literary evidence', *Eire-Ireland* 10 (1975), pp. 35-47. 盛節子『アイルランドの宗教と文化―キリスト教受容の歴史』（日本基督教団出版局、一九九一年）、一八二―一九一頁。

(10) Bede, *HE* iii. 3, 17, 22-23, 26.

(11) Bede, *HE* iii 27. G. Mac Niocail, *Ireland before the Viking* (Dublin, 1972), pp. 101-106.

(12) Anderson, *Adomnân's Life of Columba*, xxxix-xliii. Herbert, *Iona*, pp. 47-56 ; 'The World of Adomnân', in Thomas O'Loughlin (ed.), *Adomnân at Birr AD 697, Essays in Commemoration of the Law of the Innocents* (Dublin, 2001), pp. 33-40. Mairín Ní Dhonnchadha, 'Birr and the Law of the Innocents', in O'Loughlin (ed.), *ibid.*, pp. 13-32.

(13) AU 686 (AD 685). Sharp, *Columba*, pp. 45-46, n. 349.

(14) Sharp, *Columba*, pp. 45-46, n. 350.

(15) AU 685 (AD 684). Bede, *HE*, iv 26. Sharp, *Columba*, pp. 45–46, n. 350.

(16) AU 687 (AD 686). Bede, *HE*, v 15, 21. Sharp, *Columba*, pp. 45–46, n. 350.

(17) Bede, *HE*, v 15. D. Meehan (ed. & transl,), *Adamnán's De Locis Sanctis*, Scriptores Latini Hiberniae III (Dublin, 1958).

(18) Kuno Meyer ((ed. & transl.), *Cáin Adomnain : An Old-Irish Tratise on the Law of Adamnan* (Oxford, 1905). G. Markus (transl.), *Adomnán's 'Law of Innocents'* (Glasgow, 1997). Mairín Ní Dhonnchadha, 'The Law of Adomnan : A Translation', in O'Loughlin (ed.), *Adomnán at Birr AD 697*, pp. 53–68. 盛 節子「中世アイルランド女性(上)―『アダムナン法令』を通して」『人文研紀要』(中央大学人文科学研究所) 一一二七頁参照。

(19) Ní Dhonnchadha, 'The Law of Adomnán A Translation', pp. 57–59 ; 'The guarantor–list of Cain Adomnán', 697', *Peritia* 1 (1982), pp. 178–215.

(20) J. M. Picard, 'The Purpose of Adomanán's *Vita Columbae', Peritia* 1 (1982), pp. 160–177 (pp. 167–169).

(21) *Ibid.*, p. 176. ピカルドはアイルランドとノーサンブリアに加え大陸も対象に入れる。

(22) Cogitosus, 'Vita S. Brigidae,' *Acta Sanctorum* (Bolandist) Feb. 1, pp. 135–141, trans. S. Conolly and J. M. Picard, *Journal of the Royal Society of Antiquaries of Ireland*, 117 (1987), pp. 11–27. Muirchú, 'Vita S. Patricii,' ed. & trs. L. Bieler, *Patrician Texts in the Book of Armagh*, Scriptores Latini Hiberniae, 10 (1979), pp. 62–122. Tirechan, 'Collectanea,' ed. & trans. Bieler, *Patrician texts*, pp. 122–162.

(23) Anderson, *Columba*, pp. liv–lx. Sharpe, *Columba*, pp. 235–238. ドルベーネ写本は、一六二一年 Dillingen 大学教授のアイルランド人イエズス会士 Stephen White が Reichenau 修道院で発見。彼の写本を通してアダムナーンの『聖コロンバ伝』が一七世紀の学者間に知られるようになる。ドルベーネ写本は一八世紀以来 Shaffhausen 公立図書館所蔵。Anderson のテクスト編纂に使用。

(24) Sulpicius Severus, *Vita Martinus*, ed. J. Fontaineine, Sources Chretiennes 133 (Paris, 1967) ; trans. F. R. Hoare, *The Western Fathers* (London, 1954).

(25) Gregorius I, 'Vita S. Benedictus', in *Dialogues*, ed. PL, lxxvii (1840), cols. 149-429.

(26) Herbert, *Iona*, pp. 13-17, 138-142. Padraig O Riain, 'Towards a Methodology in Early Irish Hagiography', *Peritia* 1 (1982), pp. 146-159 (pp. 146-148, 158-159).

(27) Herbert, *Iona*, pp. 18-19.

(28) Anderson, *Columba*, pp. lxiii-lxv. 聖書以外の資料リスト：G. Bruning, 'Adamnans Vita Columbae und ihre Ableitungen', *Z Celt Philol* 11 (1917), pp. 213-304 (pp. 244-254).

(29) Anderson, *Columba*, p. 235, nn. 263, 264.

(30) *Ibid.*, pp. xiv-xviii, xliv. Sharpe, *Columba*, Genealogical table 4.

(31) Anderson, *Columba.*, p. 188. Sharpe, *Columba.*, pp. 208-209.

(32) Anderson, *Columba.*, p. lxi. W. M. Linsday, *Early Irish Minuscule Script* (Oxford, 1910), pp. 2-3.

(33) Sharpe, *Columba*, pp. 357-358. Anderson, *Colaumba*, pp. xxiv, lxi, lxv. Herbert, *Iona*, pp. 18, 134.

(34) Sharpe, *Columba*, pp. 355-357. 史実説：John Bannerman, *Studies in the History of Dalriada* (Edinburgh and London, 1974). Byrne, *Irish Kings*, pp. 159, 255. M. O. Anderson, *Kings and Kingship in early Scotland* (Edinburgh, 1973), pp. 10, 132, 145, 149. Bart Jaski, *Early Irish Kingship and Succession* (Dublin, 2000), pp. 57-72. 田中美穂「中世初期アイオナ修道院とダール・リアダ王権―『聖コルンバ伝』における王の聖別の叙述をめぐる一考察」（研究ノート）『史學雜誌』第一一〇編第七号（二〇〇一年）、四八―七〇頁――アダムナーンの挿話とクメーネ書の予言との関係、及び「聖別」における旧約聖書的王権理念について充分に吟味されていない。盛 節子「アダムナーンの『聖コロンバ伝』再考―アイオナ修道院長とダール・リアダ王権との関係をめぐって―」『エール』第二四号、二〇〇四年、一二四―一四五頁。

(35) M. J. Enright, *Tara and Soissons : the origin of the royal anointing ritual* (Berlin, 1985) ; 'The Royal Succession and Abbatial Prerogative in Adomnan's *Vita Columbae'*, *Peritia* 4 (1985), pp. 83-103 ; 'Further reflections on roiyal ordinations in the *Vita Columbae'*, M. Richter & J.-M. Picard (eds.), *OGMA* (Dublin, 2002), pp. 20-35.

(36) Enright, 'The Royal Succession', pp. 84–90.

(37) *Ibid.*, pp. 88, 90–91, 101.

(38) *Ibid.*, pp. 95, 99.

(39) *Collectio Canonum Hibernennsis*, ed. H. Wasserchleben (Leipzig, 1885). Enright, *Tara and Soissons*.

(40) 大貫隆他編『岩波キリスト教辞典』（岩波書店、二〇〇二年）、五七、五四〇、六六一、八五八頁。『聖コロンバ伝』と聖書に関しては、Fennifer O'Reilly, 'Reading the Scriptures in the Life of Columba', in Cormac Bourke (ed.), *Studies in the Cult of Saint Columba* (Dublin, 1997), pp. 80–106.

(41) Sharpe, *Columba*, nn. 86, 360, 362. Herbert, *Iona*, pp. 24, 43, 135. 49) Anderson, *Columba*, p. lxi；引用部分は写本と同一人の手による。Picard, 'The Purpose of Adomnan's Vita Columbae', p. 167, n. 2.

(42) Sharpe, *Columba.*, pp. 27, 36, 62, 90 ; nn. 84, 86, 88, 204. Herbert, *Iona.*, p. 29. J. Bannerman, 'The Convention of Druim Cett', *Studies*, pp. 157–170. F. J. Byrne, 'The Ireland of St. Columba', *Historical Studies* 5 (1965), pp. 37–58 (pp. 45–6)；軍事同盟の目的は強力なウリズ王国上位王（Baetan mac Gabrain）からアイダーンの保護と解釈。

(43) Sharpe, *Columba*, nn. 38, 41, 42.

(44) Bede, *HE*, iii 3, 5–6. Anderson, *Columba*, pp. xxv–xxvi. Herbert, *Iona*, pp. 18, 41–2. Sharpe, *Columba*, pp. 38–40, 62 ; nn. 38, 41, 42, 349.

(45) Sharpe, *Columba*, n. 349.

(46) *Ibid.*, pp. n. 350.

(47) Bede, *HE.*, iii 4. Kathleen Hughes, *Celtic Britain in the Early Middle Ages, ed.*, D. Dumville (Woodbridge 1980), pp. 38–52.

(48) Anderson, *Columba*, pp. xxiv–xxviii ; *Kings and Kingship*, pp. 155–156.

(49) Hughes, 'Early christianity in Pictland', in *Celtic Britain*, pp. 38–52. Isabel Henderson, *The picts* (London, 1967). George and Isabel Henserson, *The Art of the Picts* (London, 2004).

(50) Anderson, *Columba*, pp. xliii (Adomnan's Successors), xliv. Anderson, Alan Orr, *Early Sources of Scottish History A.D. 500 to 1286*, 2 vols. (Edinburgh and London, 1922), pp. 211, 215-216. A. A. M. Duncan, 'Bede, Iona and the Picts', in R. H. C. Davis and J. M. Wallance-Hardrill (eds.), *The Writing of History in the Middle Ages* (Oxford, 1981). pp. 1-42, pp. 26-27. Herbert, *Iona*, pp. 57-60.

(51) Henderson, *The Picts*, p. 76. Hughes, 'Early christianity in Pictland', pp. 38-45.

(52) Herbert, *Iona*, pp. 59-60. Hughes, *Celtic Britain*, p. 10.

(53) Herbert, *Iona.*, pp. 61-67.

(54) Byrne, *Irish Kings*, pp. 254-265.

(55) Herbert, *Iona*, pp. 63-65.

(56) *Ibid.*, p. 66. G. Mac Niocaill, *Ireland before Viking* (Dublin, 1972), p. 140.

(57) Byrne, *Irish Kings*, p. 5, 160.

(58) Herbert, *Iona*, pp. 68-77.

(59) Hughes, *Celtic Britain*, pp. 13-14. Anderson, Kings and Kingship, p. 250.

(60) Herbert, *Iona*, pp. 74-75.

(61) *Ibid.*, pp. 78-87.

(62) *Ibid.*, pp. 78-79.

(63) *Ibid.*, p. 79.

(64) *Ibid.*, pp. 83-84.

(65) Sharpe, *Columba*, pp. 78-81.

(66) Byrne, *Irish Kings*, pp. 266-267, 269-270.

(67) D. A. Binchy, 'The Fair of Tailtiu and the Feast of Tara', *Eriu* 18 (1958), pp. 113-138. 盛 節子『アイルランドの宗教と文化―キリスト教受容の歴史』(日本基督教団出版局、一九九一年)、八七―九二頁。

(68) Byrne, *Irish Kings*, pp. 165-166, 243, 268.
(69) *Ibid.*, p. 267.
(70) Herbert, *Iona*, pp. 106-107.
(71) *Ibid.*, p. 108.
(72) 盛 節子「一二世紀アイルランド教会改革(1)—修道院教会制度の改編をめぐって」『エール』第一六号、一九九六年二二—四四頁参照。
(73) 同論文、二三—二九頁参照。
(74) 盛 節子「一二世紀アイルランド教会改革(2)—司教区再編（一一一一—一一五二）とその性格」『エール』第一七号、一九九七年、一—二四頁、一一—一五頁参照。
(75) 同論文、一一—一六頁参照。
(76) 盛「一二世紀アイルランド教会改革(1)」三〇—三三頁参照。
(77) 盛「一二世紀アイルランド教会改革(2)」五—一一頁参照。
(78) 同論文、一二—一三頁参照。
(79) 盛 節子「アイルランド教会改革とシトー修道会—イングランド王権統治下の改革政策をめぐって—」『エール』第一九号、一九九九年、一—二二頁参照。
(80) 盛 節子「初期中世アイルランド教会制度の再考(2)—『修道院教会』の経済的機能について—」『エール』第二三号、二〇〇三年、四四—六五頁参照。
(81) Herbert, *Iona*, p. 120.
(82) Kathleen Mulchrone (ed.), *Betha Phatraic, The Tripartile Life of Patrick* (Dublin, 1939), p. 252. 盛『アイルランドの宗教と文化』、一一七頁参照。七世紀後半のパトリック伝承については注(22)を参照。
(83) 盛、同書、一五二—一五四頁参照。
(84) C. Stancliffe, 'Red, white and blue martyrdom,' in *Ireland in Early Medieval Europe*, ed. D Whitelock and others

(London, 1982), pp. 27-36.　J. Ryan, *Irish Monasticism, its origins and early development* (London, 1931), p. 198.

(85) 盛『アイルランドの宗教と文化』、一四八―一五二頁参照。

(86) 同書、二三四―二四四頁参照。

(87) 同書、一二四頁参照。

(88) AFM 1167, 1168, 1169 ; Annals of the Kingdom of Ireland by the four Masters, ed. John O'Donovan (Dublin, 1856).

(89) 盛 節子「一二世紀アイルランド教会改革(3)―アングロ・ノルマン征服との関係をめぐって―」『エール』第一八号、一九九八年、八六―一一八頁参照。

(90) *Pontificia Hibernica*, i. 27, 30.

(91) A. O'Kelleher and G. Schoepperle, *Betha Colaim Chille, Life of Columcille Compilod by Maghnas Ó Domhnaill in 1532* (Urbana, 1918 / reprint Dublin, 1994).

第三章 「キルフッフとオルウェン」における語りの構造と様式

木村正俊

口頭によって伝承されてきた物語が文字を媒体として表現されるようになったのは、ウェールズ社会では中世初期であったと考えられる。ウェールズ語によって口伝されてきた詩が文字によって書き留められた事実を九世紀以前に遡って確認することはかなり難しく、一〇世紀を一つの境に文字による物語の記述が進んだと言ってよいであろう。

ウェールズ中世の代表的な散文物語『マビノギ』(*Y Mabinogi*)[1]は『フラゼルフの白書』(*Llyfr Gwyn Rhydderch*)――一三〇〇年から一三二五年頃に成立――と『ヘルゲストの赤書』(*Llyfr Coch Hergest*)――一三七五年から一四二五年頃に成立――の中に二つの写本として今に残されているが、断片的な物語の手稿はさらに一〇〇年ほど古いと推定される。これらの現存する写本がウェールズ語の話し言葉による物語を文字化した最初期のテキストであるかどうかは不明である。しかし、S・デイヴィス(Sioned Davies)が言うように、『マビノギ』が一一世紀末から一四世紀当初までの間に文字で書き留められていたことは疑いのないところである。[2]『マビノギ』と並んでウェールズ固有の土着的な物語として価値の高い「キルフッフとオルウェン」(*Culhwch ac Olwen*)は『マビノギ』よりさらに古い時代から口頭で伝承されていた物語とされる。言語の特徴からみて、「キルフッフとオルウェン」はおそらく一一世紀の半ばには文字形態で表現されたと判断される。「キルフッフとオルウェン」に先立つ文字文芸は失われてしまったか、あるいは実際に存在しなかったとすれば、それはウェールズ最古の散文物語ということになろう。「キルフッフとオルウェン」は『マビノギ』同様『フラゼルフの白書』と『ヘルゲストの赤書』の中に含まれているが、前者は物語の最初の三分の二しか記述がなく、かなりの部分が欠落しているため、物語の全体の展開は後者による補完に頼らざるをえない。時代状況から「キルフッフとオルウェン」のテキストの成立については不分明な点が多いが、『ヘルゲストの赤書』はグラモルガンの一貴族の依頼で三人の職業的な写本筆写者による協同作業によって完成したと言われる。これら三人のうちの一人はその筆跡から『フラゼルフの白書』の筆写にもかかわったことが確認されている。(3)

ウェールズ社会では、アイルランド社会などと同様、古くから詩や物語は専門的な職業詩人たちによって伝承され、伝播されてきた。一口に詩人と言っても、詩人集団には複雑な階層と役割・機能があり、詩人たちの身を置いた時代や地域環境によって多様な実態が認められるのである。

『マビノギ』や「キルフッフとオルウェン」のような物語は職業的なストーリー・テラーである詩人「カヴァルウィズ」(cyfarwydd、複数形 cyfarwyddiaid)によって語られた。カヴァルウィズはパトロンである王侯・貴族の館をはじめ諸所を巡歴する芸能的な詩人で、階層は決して高くなかった。彼らは詩や物語を自分の想像力で創作することなく、他人のテキストにある素材からストーリーを借り、それを適当にアレンジして散文で語るのが普通であった。アイルランドの詩人「シャナヒー」(seanchai)にも似て、さまざまなタイプの伝統的な物語(レパートリー)を数百も記憶していたとされる。王侯に直属し、宮廷で最高位の詩人として特権的な地位を誇った「ペンケルズ」(pencerdd)は王侯・貴族の系図や業績などを称える機能に徹していたため、表現も高度に技巧的で、特定の聞き手にしか享受できなかったと言われる。ペンケルズはたしかに口承文化の重要な専掌・管理者ではあっても、その語りの場が限定されていたために一般民衆との接点はあまりなかったようである。しかし、「カヴァルウィズ」の方は語り方のわかりやすさから人気が高く、王侯・貴族との関係しだいではペンケルズや、ペンケルズより下層のお抱え詩人「バルズ・タイル」(barddu teulu) の義務を果たした者もおり、重用されたらしい。彼らはウェールズの神話や英雄伝説、アーサー王物語などを聞き手の意向や動向に合わせて適宜ストーリーを変容させ物語った。語り手は物語の始めから終わりまで目前の聴衆の注意を引かねばならず、聴衆が理解できなかったり、退屈したりしないよう多大の工夫を要した。彼らには、要所要所をおさえて、語りの場を劇的に盛り上げる確実な演技力も求められた。語りの中では対話を用意し、人物に合わせて声音を変えたりして聴衆を感動させたと言う(4)。

「キルフッフとオルウェン」などが筆記された時期のウェールズ社会は変容が激しかった。ウェールズの社会、経済、教会のありようを大きく変えることになったアングロ・ノルマン征服の影響から自らの独自性を守ろうとウェールズ人が必死になっていた時期である。ウェールズの宮廷は近隣諸国・諸民族の文化との接触の場になり、外交交渉の会場ともなった。アイルランドやイングランド、ヴァイキング、さらには大陸、ことにフランスとの文化交流は大きな意味を持った。ウェールズの詩人たちの視野は広まり、語りの声も多様化したと考えられる。一方で聞き手の知的レヴェルも高まり、語りの場は緊張した雰囲気があったことも想像される。「キルフッフとオルウェン」の中に持ち込まれた多彩な民話のエピソードや人名・地名の羅列、修辞的な表現には口承文化の高まりの痕跡が読み取れる。詩人たちは語りの素材を対象化し、客観化することで、表現に余裕と笑いをもたらすことを意図しているようにさえ見える(5)。

口承で語り継がれた「キルフッフとオルウェン」は文字化されたことで、口承の持つ力を大幅に失ったとは思われない。一般に口承伝達は文字伝達よりもはるかに感動的であり、大きな影響を与えるものと思われている。

だが、口舌で表現され、耳で享受される口頭伝承のメカニズムは、表現する主体である語り手の能力や個性、また受け手の側の反応や意向によって左右され変容することが多い。記憶の限界をいかに乗り越えるかの工夫が大切な決め手となる。それに対し、文字による表現はより冷静な心理状況で語りの修正・補正が可能である。「キルフッフとオルウェン」は口承による物語の特質を多分に留め、語りの場の盛り上がりが実感できるような表現が見事に記録されている。本章ではこの貴重なウェールズ中世の物語を中心に取り上げ、作者・記録者が口承伝統をどのように受け止めていたか、口承文芸の特徴的な構想や主題は何か、また口承に特有の表現はどのようなものかなどを明らかにしたい。

一　物語の構想と展開

「キルフッフとオルウェン」は口承による物語の伝統的な特徴を濃厚に留めていることで重要であるが、特に目立つのは各種の民話のモチーフが組み込まれていることである。パトリック・K・フォード（Patrick K. Ford）は「キルフッフとオルウェン」に神話の核が残っていることを認めたうえで、民話レヴェルでもよく知られた「巨人の娘」の類型に属すると述べる。フォードによれば、「嫉妬深い継母」「見も知らぬ乙女への恋心」「最古の動物」「動物の人助け」「達成不可能な課題」など国際的に有名なモチーフがこの物語の中に集中していると言う。[6]メインプロットをなす「巨人の娘」（「六人が渡る世の中」の別タイトルもある）の中で、主人公は幾つかの貴重な品物を手に入れるため苦難に満ちた探求の旅をする。超自然的な能力を持った男たちの援助を得て、彼は難題を課した敵対的な人物の娘に求愛し、二人は結ばれる。キルフッフが巨人アスバザデン（Ysbaddaden）の娘オルウェンと結婚するために、アスバザデンがキルフッフに課した難題をアーサー[7]（Arthur）王たちの援助で解決し結婚にいたる「キルフッフとオルウェン」は明らかに民話のストーリーと重なっている。

この種の民話では、娘が結婚するとき自らは死ぬ運命にあることを知っている巨人によって課された達成不能なはずの数々の難題を、主人公が見事に解決して結婚を果たすのが定型である。この物語の中核にギリシァ神話の中で英雄イアーソン（Jason）に従って「金の羊毛」を探しに遠征した勇士アルゴナウテース（Arogonaut）の物語があることは定説であるが、(8) もう一つケルト文化圏の素材として中世アイルランドの英雄物語「エマーの求婚」（*Tochmarc Emire*）との関連も指摘されている。「キルフッフとオルウェン」の作者・編集者が広範な領域に物語の材を求めていたことは明らかである。

しかしながら、「キルフッフとオルウェン」を仔細に吟味すれば、この作品が民話の表層的な域に留まらず、神話や英雄伝説の古典的なテーマや歴史的な出来事の史実まで扱い、さまざまなサブ・プロットで物語を複雑化していることがわかる。例えば、生後三日にして行方がわからなくなり、幽閉されていたモドロン（Modron）の息子マボン（Mabon）を救出するエピソードは古い神話のテーマであり、また最後にゴレイ（Goreu）がアスバザデンの城砦と領土を引き継ぐことは王権とからんでいる。キルフッフがケルト民族のトーテム動物である豚とかかわる人物に造型されていることにも深い意味があり、さらにまた、神に変身させられた異様な破壊性を持つ猪の長トゥルッフ・トゥルウィス（Twrch Trwyth）退治にも大きなテーマ性が込められていよう。だが、何よりもこの物語が民話の次元を超え、ただならぬ構想の雄大さと語りの多様さを持った作品になりえているのは、アーサー王の英雄的事績を核心にすえているからである。「キルフッフとオルウェン」がアーサー王伝説の初期のテキストとして最も重要なものであることは言うまでもない。大陸のロマンス性に染まらない原初の根源的な記述がそこにはある。さらにアイルランドの物語との親近性や、アーサーの宮殿や人物の誇張された描写などはケルト的な語りの解明の糸口になるはずのものである。

キルフッフはオルウェン獲得のために、父親の指示により、いとこであるアーサー王に助力を頼まなければならない。「キルフッフとオルウェン」の中でアーサーはすでにブリテンの全体を支配する英雄であり、彼の宮廷には臣下であるたくさんの英雄的騎士たちがいた。アーサーの指揮下、彼らは一丸となって無類の力を発揮し、その業績はアーサーの宮廷に多大の名声と誇りをもたらしたのである。ウェールズではアーサーはあらゆる危難に対して国を守る治者として尊崇された。敵対者を倒すこと、例えば巨人や魔女を退治し、怪物的な動物を殺戮することだけでなく、この物語に見られるように囚われた者を解放することもアーサーにとっての崇高な責務であった。マボンの救出、トゥルッフ・トゥルウィスの退治のテーマはアーサーにこそふさわしいものであったと言うべきであろう。こうした英雄の概念は中世の詩や、「三題歌」(the Triad)、聖人伝、歴史書などから取られたであろうが、一〇世紀にはアーサー自身の戦いをめぐる英雄行為は相当広く伝播していたと考えられ、吟遊詩人たちは当然ながらアーサー伝説を格好の語りの素材に仕上げたのであった。

しかしながら、「キルフッフとオルウェン」の主役はやはりアーサーではない。たしかにアーサーの手助けがあって、というよりアーサーの陣頭指揮のもと、キルフッフはアスバザデンによって課せられた難題を処理できた。アーサーの功績は大きく、アーサーなしでは物語が成り立たない構成であり、その意味で「キルフッフとオルウェン」は紛れもなくもう一つの「アーサー物語」にほかならない。アーサーの宮廷での堂々たる存在ぶり、ウルナッハ(Wrnach)の大釜獲得のためのアイルランド遠征、そして何よりも猪の長アスバザデン狩りに見せた武人アーサーの功績は、アーサーならではの力を表してあまりある。物語の終末でアスバザデンがキルフッフに「アーサーに礼を言うがよい」と言って息を引き取るのはアーサーの存在の重みを示している。だがそれにしても、この物語は構成の根幹にキルフッフがすえられており、あくまでもキルフッフの成長物語、英雄キルフッフ誕生の物語なのである。キルフッフは豚とかかわる人物として誕生し、後述するように、その名前 Cuilhwch

(「豚の飼育場」を意味する)には重要な象徴性が付与されている。豚は異界から持ち込まれたと信じられ、ケルト民族にとって最も神聖なトーテム動物であり、「豚飼い」は知者・賢者の意味を内包する崇敬すべき存在であった。シャーマン的な能力のある豚飼いは、ときにはドルイドの役割に近い任務を担っていた可能性がある。この物語は主人公キルフッフが豚飼いたちがいる豚小屋の前で誕生し、豚飼いたちによって宮殿に届けられたという事実から語りが始まるが、彼が成長し、豚と同一視される猪を退治することで結婚が実現するという結末は、この物語が、死を潜り抜けてより高次元の生を獲得する、一種の英雄誕生の物語、さらには豊饒と再生、王権の安定を祈願する物語の性格をおびていることを暗示している。このようにキルフッフが豚とかかわるという点で、彼が「トリスタン伝説」の原型となるドリスタン(Drystan)と同類であるということも見逃せない。ドリスタンの母もドリスタンを出産するとき、正気ではなかった。

『マビノギ』でプラデリ(Pryderi)が主人公であるのと同じ意味でも、「キルフッフとオルウェン」の主人公はキルフッフであると言うことができよう。『マビノギ』では四つの物語を通じて名前が出るのはプラデリしかおらず、彼だけがその誕生から死までの一生を物語られる。つまり、プラデリは第一話で誕生し、立派で美しい、そしてあらゆる技芸に秀でた若者に成長、第二話ではアイルランドでの戦争に従軍、第三話では砦に踏み入って閉じ込められる異界体験をし、第四話ではわずかに登場するだけだが、豚をめぐってグウィディオン(Gwydyon)と戦争し、死んでしまう。『マビノギ』にはプラデリ以上に重要なテーマ性を持った人物が登場し、さまざまなエピソードが織り込まれているが、その根底にはプラデリという存在の生の軌跡が一本の筋として通っている。「キルフッフとオルウェン」でも、キルフッフの誕生から結婚へいたる、その成長ぶりが一貫して物語られているという点で、キルフッフを主人公とみなしてよい。ここで、キルフッフ、ドリスタン、プラデリの三人の若者は一つのつながりを持つことになる。さらにまた、「キルフッフとオルウェン」で、マボンは長い間幽閉されていたのを救出されるが、プラデリもまた『マビノギ』第三話で一時砦に幽閉される。プラデリの母親である馬の女神フリアンノン（Rhiannon）、マボンの母親である地母神モドロンのことを合わせ考えれば、プラデリとマボンもつながりを持ってくる。そもそも『マビノギ』の「マブ」（'mab'）は、ウェールズ語で「若者」「少年」であるから、『マビノギ』は「若者の物語」である。若者の神とされる「マボン」は若者たち『マビノギ』とかかわりうる要素を本来的に持っている。「キルフッフとオルウェン」はその構想において『マビノギ』と重なるところがある。

この物語が示す語りのスタイルの多様さは口承による語り手の技巧に多くを負っている。冒頭部の短くて簡潔な語り、足の不自由な蟻のエピソードや、エイドエル（Eiddoel）とマボン救出のエピソードなどに見られる、かいつまんだ、要を得た語りの手法は、古いアイルランドの物語と共通するものであろう。物語の開始部分のキルフッフ出生や親子の関係などの語りはきわめてきびきびと進行するが、キルフッフが成長してアーサーの宮廷に向け出発する部分では、語りの調子が一変し、荘重な英雄叙事詩のスタイルとなり、律動的な、修辞的な語りの様相を呈する。物語の展開は、一般に近代的な小説などに期待できる首尾一貫した、均整の取れたものでは決してない。繰り返し、誇大な修辞、装飾的なヴィジョン、人名・地名や事項の列挙など、口承文芸らしい様式的な表現スタイルが随所にちりばめられ、その特異な様式にこそ語りの眼目があるかと思わせる。もし近代人の基準をもってきまじめに「キルフッフとオルウェン」の語りに対峙するならば、そこには雑多な素材の組み合わせ、無用な説明と逸脱、長大で滑稽きわまる項目の羅列、誇張された美辞麗句、不均等で矛盾したストーリーの流れ——など、批判材料が限りなく出てくるであろう。語り部カヴァルウィズ、あるいは作者・編集者の手法に疑問を投げかけ、異議を唱える人があらわれてもおかしくはない。

実際、語り手のいい加減さ、能力のなさを指摘する意見がないわけではない。だが、逆にこうした欠点と思われる語りの特徴に口承文芸の美質を見出し、そこにこそ聞き手を魅了し、喜ばせる価値を認めようとする鑑賞者もいる。ジョウン・N・ラドナー（Joan N. Radner）は、「キルフッフとオルウェン」は知的な語り手たちが自己認識を持って仕上げたもので、彼らは主題を客観化し距離を置いて扱うことで、意図的に語りの中にユーモア、笑いをもたらそうとしているのだと主張する。(9) 一見欠点と思われるものは、決してそうではなく、ケルト社会の伝統的語りの手法を表出しているのだと言う。ラドナーによれば、語り手が忘却していることからくると見える矛盾や不統一、途方もなく誇大な比喩、喜劇的な描写はみな、語り手の「遊び」ということになる。ラドナーの現代的な読みをそのまま受け入れることはできないが、ケルト文化の語りの伝統を把握するには欠かせない視点を提示していると思われる。

二　トーテムの持つ聖性

古代ケルト社会で自然の事物が崇拝され、アニミズムが支配的であったことはさまざまな遺跡・遺構や文献から立証できる。動物や植物が異界とかかわったり、聖性を付与されて崇拝や尊敬の対象となる事例は具体的に造型化されたもの（例えば、石像や彫刻）、神話・伝説などの物語、さらに各種絵図などから明らかに見てとれる。ウェールズで口頭で伝承され、現にテキストとして残っている『マビノギ』をはじめ、中世ウェールズの代表的な物語群にはケルト民族のトーテミズムが濃厚に写し出されており、いかに人々の信仰にトーテムが深くかかわっていたかが鮮明に示されている。「キルフッフとオルウェン」の語りの解明にはトーテムの分析が欠かせない。

トーテムは特定の社会集団が生活の中で神秘的に、儀式的に特別に深くかかわることからくる崇敬の対象物であるが、通常は動物、植物が対象物となる。個人的に好意を抱くレヴェル、あるいはシンボルとして飾っておく程度を超え、魂の根源から対象物と交流し同化する次元へ高まっている場合にトーテミズムは発生する。しかも、集団の中で祖先から永続的に引き継がれたものでなければトーテムでありえない。民族や集団の生活の中で、ある動物や植物が重要であればあるほど、それらに霊性を認め、崇敬することになる。人間が人間としての個別性を確信できず、神と人間と自然物との区分を差異化できなかった、というよりむしろ三者が混然と一体化していた時代には、現代人が思う超自然的な交流が自然であったであろう。そしてまた、霊の概念を媒体に、生の世界と死の世界、この世とあの世も交錯し、互いの世界への往還も可能と信じられたと思われる。口承文化の中心にこうした霊性の存在が及ぼす不思議な作用への信仰がある。

カトリン・マシューズ（Catlin Mattews）は、トーテム動物は異界（the Otherworld）のパワーをもたらすもので、祖先から伝えられた知恵を分け与える役目を持つと解釈する。[10]「キルフッフとオルウェン」で、囚われているマボンの居場所をキルフッフたちが探すとき、最古の動物たちが登場、最後に鮭が居場所へ案内し救出に成功するが、人間より古くから存在し、人間の知識の限度を超えた動物たちの能力＝知恵が語られる。マシューズはこの例を挙げ、さらに「三題歌」などの例を引き合いに出しながら、トーテムが物語においていかに重きをなしているか説き明かしている。

ガリアやブリテンで古い時代には、多様な動物がトーテムとされたことはよく知られている。例えば、神聖視され崇敬された動物の名称を挙げれば、牛は「タルヴォス」（tarvos）、豚は「モッコス／モックス」（moccos/moccus）、馬の女神は「エポナ」（epōna）、羊は「ダモナ」（damōna）、驢馬は「ムロ」（mullo）、そして熊は「アルティオ」（artio）などである。これらの動物のほか、カエサルによれば、古代ブリトン人は雌鳥、家鴨、野兎なども特別に尊重し、ていねいに扱っていたと言う。こうした現象はある集団の成員はこれらの動物のいずれかから生まれたと信じていたことを示唆しているであろう。さらに重要なことは、エドワード・アンウィル（Edward Anwil）が認めるように、動物そのものを家畜化することはその動物の性質を習慣的に思考の中に取り込むことであり、タブーをつくることによって動物を危険や死から守ろうとすることであるかもしれない。[11] 動物たちは経済的面からみて人間にとって重要であっただけでなく、精神面でも人間を強く支配していたのである。

キルフッフが豚とかかわる人物として造型されていることはすでに述べたが、語りの冒頭でキルフッフの母親が彼を出産する場面は異常である。母親はキルフッフを妊娠している間精神に異常をきたし、出産の時が近づくと正気を取り戻す。そして母親は、豚飼いたちが豚の一群を飼っているところで豚を見て恐れをなし、その瞬間産気づいて出産する。それから赤子を捨てて逃げ去る。その子は豚飼いたちによって宮殿の両親に届けられる。この異常な誕生の状況設定が英雄物語には必要なのであろう。生まれた子はキルフッフ（「豚の飼育場」pig-run の意味）というトーテムの名を付けられる。彼はやがて豚と同種のトーテム、猪のトゥルッフ・トゥルウィスを退治する宿命を担うことになる。キルフッフの誕生の状況は『マビノギ』の第一話「ダヴェドの王子、プイス」（Pwyll Pendefig Dyfed）の中のプラデリ誕生の場面に類似している。プラデリは異界性を持ったプイスとフリアンノンの子として誕生するが、産まれてすぐ姿を消し、テイルノン（Teirnon）の馬小屋で雌馬と産まれたばかりの仔馬がいるところで発見され、後にテイルノンによって宮殿に届けられる。プラデリの場合、母親フリアンノンがケルトの馬の女神エポナを体現した異界の女性であることから、プラデリは馬のトーテム性を内包することになる。[12] プラデリと同様、キルフッフの誕生と豚との関連は超自然の力の作用を示している。

豚がケルト社会で重んじられたのは主としてその肉が食用に供され、重要な蛋白源となったからであるが、同時に猪も含め、森林や原野を開墾・開発する際に密生した草木を踏み倒してくれる有用性もあったからである。豚も野生の猪も森のどんぐりを食し、成長が早く、繁殖率も高かったから、日常の食生活ではその肉は必須のものであった。そこから当然豚・猪に対する崇敬の念が湧き、神聖な動物としてあがめることになったと思われる。豚は生殖・豊饒を司る動物神の主役たりうる資格があったわけである。同時に豚は森でどんぐりを食糧に肥え太ることから、どんぐりと関連する穀物神、あるいは地霊の信仰が加味されたと考えることもできる。

ケルト社会に実際どのようにして豚が持ち込まれたかははっきりしないが、『マビノギ』の第四話「マソウヌイの息子マース」(Math fab Mathonwy)の中では、豚は異界からもたらされたことになっている。プラデリが異界アンヌウヴン(Annwfn)、またはアンヌウン(Annwn)の王アラウン(Arawn)から贈り物として手に入れた豚が初めてブリテンに移入された豚とされている。プラデリはこの豚が二倍に殖えるまでは外に決して出さない契約で飼育に力を入れていた。ところがその貴重な豚を手に入れようと欲した魔術師グウィディオンが、魔法で創りだした一二頭の種馬と一二匹の猟犬と引き換えにプラデリから豚を騙し取ったために二人の間に戦争が起こり、結局プラデリは死んでしまう。豚がどれほど希少価値の高い動物であったか、このストーリーから知ることができる。『マビノギ』の語り手は、おそらく口頭で語られるときの手法であろうが、ここで豚にかかわる実在する固有の地名にふれ、語りを享受する側の関心を高めようとする。グウィディオンが豚を連れて立ち寄った土地が「豚の町」を意味する「モホトレヴ」(Mochdrev)であったり、「豚の川」を意味する「モホナント」(Mochnant)であったりする。

ケルト社会では豚は魔法とかかわるとみなされたが、魔術とかかわる最も典型的な猪は「キルフッフとオルウェン」の巨大で破壊的な猪の長トゥルッフ・トゥルウィスである。この猪は、九世紀の『ブリテンの歴史』(*Historia Brittonum*)を通じてよく知られており、アイルランドの神話に登場する猪の王トルク・トリア(Torc Tríath)、あるいはオルク・トレイ(Orc-Tréith)に相当する。アイルランドの『侵略の書』(*Leabhar Gabhála*)によれば、トルク・トリアは豊饒の女神ブリギッド(Brigit)に所有されており、略奪と破壊を象徴する豚である。

「キルフッフとオルウェン」はこの大猪狩りの場面が劇的な山場になっている。トゥルッフ・トゥルウィスは罪を犯したために神の罰を受け、猪に変身させられた王様であった。彼は七匹の仔猪を引き連れて略奪と破壊の生活を送っているが、その両耳の間に、アスバザデンがキルフッフに課題として手に入れることを求めた剃刀と鋏、それに櫛を挟んで持っているために、アーサーやキルフッフたちに追跡される。猪の持ち運ぶそれらのものはアスパザデンが婚礼の日に髪を切り、鬚をそるために必要なものである。アーサーたちの必死の追跡を受け、互いに犠牲者の出る血みどろの殺戮合戦を繰り広げながら、猪たちはアイルランドから西南ウェールズ、コーンウォールへと逃走をつづけ、ついには海の中へ消えてしまう。キルフッフはアーサーの助力でトゥルッフ・トゥルウィス狩りを成功させ、オルウェンとめでたく結婚する。彼は課題を達成したことで一種の通過儀礼を終え、英雄としての名声を得ることになる。

三 英雄伝説の伝統

最古のアーサー王物語である「キルフッフとオルウェン」には、伝統的な英雄叙事詩(heroic epic)の持つ語りの要素が多分に盛り込まれている。英雄の誕生と死、主君と家臣の関係、探求の旅と成功、巨人や魔女など超自然的なものの退治、王権の継続と安定などのテーマが、口承文芸の様式にそって包括的に語られている。その語りのテーマと技法はアイルランドの物語に見られるものと共通点が多いが、それは大西洋を挟んだ両側で、語りの伝統を担った職業的詩人たちの機能が同様のものであったからであろう。彼らは貴族的、知的環境の中での長年の訓練を経て、賛辞に徹した詩文の創作術を会得していただけでなく、あらゆる面での伝統的な民間伝承の管理・保管者でもあった。歴史や系図、法律・法令、地域言語や地名、伝説、古諺などに通暁していた。詩人たちはこうした知識を語りの場で総動員し、語りの内容と手法を豊かに、そして魅力深いものにしたのである。それに加え、詩人たちは知的な批判精神のもたらす風刺や皮肉、戯画化、ユーモアを巧みに用い、語りの表現に彩りを加えた。さらには記憶力を過剰なまでに誇示するかのように、事項を列挙するカタログ的な手法も使用した。語りの場で詩人たちは記憶と霊感を武器に、思いのまま、自在に語りを楽しんでいるかにさえ見える。アーサーをめぐる英雄物語「キルフッフとオルウェン」を検証すれば、ケルト文化圏の口承文芸に典型的な語りの口調が明らかになる。

「キルフッフとオルウェン」のアーサーはブリテン島の最高君主で、その絶大な権力はほかの王侯からも認知されている。キルフッフはアーサーの甥であり、その血族関係をたよりに彼はアーサーのところに赴き、オルウェン獲得のためにアーサーの援助を懇願する。アーサーの宮殿を目指して出立するキルフッフの馬上の姿は、

若者は、つやつやした淡い灰色の頭をした、四年の冬を越した馬に乗って出発した。馬はがっしりした脚と、くぼんだひづめを持ち、黄金の管状の轡《くつわ》をはめていた。彼は高価な黄金の鞍にまたがり、手には二本の鋭く磨かれた銀の槍を握っていた。別の手には、刃渡りが大人の前腕の長さもあるような戦斧を持っていた。その斧は空中から鮮血を降らせ、そのすばやさときたら、露がいちばんたっぷりたまる六月に、茎から地面へその露が落下する速さよりも速いだろう。腰には、柄と刃が黄金でできた剣をたずさえていた。黄金の打ち出し模様をあしらった丸盾を持ち、それには稲妻のような色彩で施された、象牙の浮き出し飾りがついていた。……若者の乗る馬の四つのひづめが蹴上げる四つの土くれは、まるで四羽の燕が若者の頭上の空中で、前や後ろへと舞い飛ぶようだった。若者は、四つの隅のある紫色の絹のマントを身につけていた。それぞれの隅には、赤金の林檎が刺繡され、その林檎はどの一つをとっても、雌牛一〇〇頭分の値打ちがあっ

た。靴と鐙《あぶみ》がねは、若者の腿の付け根から爪先まで、雌牛三〇〇頭分の値打ちのある貴重な黄金でできていた[13]。

と描写され、壮麗で絢爛このうえないイメージにあふれている。まだ見たこともない娘オルウェンへの思いで頬を紅潮させた若者の初心な様子はもはやここにはなく、かわりに完璧な装備の英雄然とした若者の、圧倒的な勇ましい雰囲気がある。物語冒頭の、簡潔で引き締まった語り方は消え、律動的な語や頭韻の頻用による修辞的な語りが目立つ。比喩的で装飾的な、そして誇大なケルト的語りの特徴が濃厚である。ここで引用部分の最初の文をウェールズ語原文と英語訳文で例示しておく。'Munet a oruc y mab ar orwyd penlluchywyt pedwar gayaf gaulgygwng carngragen, a frwyn eur kymibiawc yn y penn.'：'Off went the boy on a steed with light-grey head, four winters old, with well-knit fork, hollow-hoofed, and a gold tubular bridle-bit in its mouth.'ことばの音楽的な響きが視覚的なイメージと合致して、いかに相乗的な効果をあげているかがわかるであろう。この審美的な語りのスタイルはオルウェンの姿かたちの紹介のときにも用いられる。キルフッフの眼前に現れたオルウェンは次のように語られる。

炎のように赤い絹のローブを身にまとい、首には高価な真珠とルビーで飾られた、赤金のトルクを着けていた。髪はエニシダの花よりも濃い黄色で、肌は波の泡よりも白かった。手と指は、湧き出る泉のこまかな砂に咲く、ミツガシワの若芽よりも白かった。目は、羽毛を脱ぎかえた鷹の目、三度羽毛を脱ぎかえた隼の目よりも輝いていた。胸は白鳥のそれよりも白く、頬は真っ赤なジギタリスの花にも増して赤かった。この乙女をひと目見たものはだれしも、たちまち恋に落ちてしまうだろう。乙女が歩んでいくところはどこで

も、その足もとから、四つの白いクローバーの花が咲き出てきた。(14)

人物をこのように色彩ゆたかに、燦然とかがやくようにとらえ、そのイメージを超現実的に、比喩的に語る技法は『マビノギ』でも顕著に用いられており、ケルト口承文学の特質の一つをなすものである。アーサーの宮殿に着いたキルフッフが門番と対話をする場面では、様式化された繰り返しの手法が用いられており、語り手の笑いをもたらそうとする意図と余裕がありありと感じ取られる。例を挙げれば、キルフッフが「門番はおられるか」と尋ねると、門番は「そんなことを訊くとは、貴公の頭はちゃんとついておるのか」と答えるが、これと同じせりふはキルフッフの一行がアスバザデンの城砦に向かうとき、アスバザデンの門番役カステンヒン（Custinhin）の「貴公の頭はどこについておるのだ」と言うせりふ、さらにキルフッフたちが巨人ウルナッハの城砦を訪ねるとき、ウルナッハの門番の言う「貴公には、頭がついておらんのか、そんなふうに訊くとは」のせりふに対応する。アーサーが「何か、門からの知らせがあるか」と問うが、このせりふも、ウルナッハが「何か、門からの知らせがあるのか」と訊くのに対応する。さらに、アーサーの門番が宮殿の内部を説明するとき「ナイフはすでに肉に入れられ、酒は鹿の角杯に注がれ、アーサーさまの大広間は客人でいっぱいだ。しかるべき領地を持つ王の息子か、特別の技の持ち主でもない限り、中に入れることはできない」と述べるが、それはウルナッハの門番の「ナイフは肉に入れられ、飲み物は角の杯に注がれ、ウルナッハさまの大広間には客人がいっぱい集まっている。何か技を持った者でなければ、門を開けてあげるわけにはいかない」という説明と同一である。アーサーの宮殿へ入ることを要求し、門番にいったん拒絶されると、キルフッフはアーサー王に不名誉を、門番には恥辱をもたらし、さらには大声をあげて王国中の身ごもっている女性を流産させ、ほかの身ごもっていない女性を不妊にしてしまうと脅す。王権の基盤である豊饒の世界を揺るがそうとするこの威嚇は衝撃を与えるものであったろう。この威嚇によってキルフッフは中に入ることを許される。一方、ウルナッハの城砦の場合は、アーサーの臣下カイ（Kei）が、ウルナッハが緊急に必要としている技術を持っていると主張して入城を果たす。この入城場面はアイルランドの初期のサガ「モイトゥーラの戦い」（*Battle of Moytura*）の場面に類似している。そこでは、独自の技術を持った人でなければ入ることが認められないタラの城に、さまざまな技術を合わせ持つルグ神（Lug）が、技術を認められるやすぐ入城を許される様子が語られる。

門番がアーサーにキルフッフの来訪を報告する口上はアーサーと行動を共にした立派な戦歴の長々しい列挙から始まる。門番はインドやノルウェー、アフリカやギリシャで異国の王たちを見てきたと誇り高く語った後、キルフッフを「いま門のところに来ている人ほど立派で、気高い感じのお方を見たことがありません」とほめたたえる。その話の運びのうまさはみごとと言うほかはなく、まことに技巧的である。アーサーは「歩いてここに入ってきたのなら、走って出てゆかれよ」と言葉遊びを交えて応じ、キルフッフを積極的に招じ入れる。アーサーはキルフッフがまだ何者か知らないのに、歓待し特権を与えることを約束する。これは見ず知らずの人にご馳走をふるまう古代ケルト人の慣習とされる「ブリクリウの饗応」（Fled Bricrenn）の伝統にそったものであろうか。門番との鋭い言葉のやり取りも、宮廷での応対の言葉もことごとく修辞的で、装飾的で、大げさである。ときには不要なまでの美辞麗句や、物語と無関係な事項の羅列が付け加えられさえする。さすが有力な廷臣のカイが、英雄物語にありがちな嫉妬心もあったであろうか、あまりに大げさなアーサーの応対に、しきたりを破ることになると意見すると、アーサーは「われらは高貴にふるまわなければならぬ。大きな寛大を示せば示すほど、われらの名声や信望や栄光もまた大きくなる」と言って、英雄精神の真髄を説く。気宇雄大なアーサーのイメージが一番具体的に、直接的に語られる箇所である。一方のキルフッフは、ほかの人がするのとはちがって、英雄然と馬に乗ったまま宮廷の中に入る。アーサーが妻と武器を除いて「望むものは、なんでも差し上げよう、さあ、言ってみよ」と言うと、キルフッフはまず髪を整えてほしいと頼み、アーサーは黄金の櫛と銀のループのついた大鋏でキルフッフの髪を切ってあげる。この儀式的な理髪行為は、キルフッフが出立するときの、父親の儀式的な理髪行為と当然対応するが、それにとどまらずさらに、アスバザデンから与えられる課題の一つ、トゥルッフ・トゥルウィスの両耳の間に挟まれた櫛と大鋏の探求にかかわっているのは明らかである。この物語が多層で複雑な構造を持っていることがこのことからも裏付けられるであろう。ラドナーは「キルフッフとオルウェン」を世界で最初の「理髪をあつかった擬似叙事詩」(tonsorial mock-epic)として位置づける。[15] 実際、アーサーがキルフッフの髪を切った場面から以降、理髪は主要なテーマとなって後半のストーリーに織り込まれている。キルフッフたちはトゥルッフ・トゥルウィスから剃刀を奪い取り、大鋏をひったくり、最後に櫛を奪い取る。そして、アスバザデンの館に近づき、プリダインのカウが「アスバザデンの髯を剃った。さらに、骨に届くまでその肉と皮膚とを剃り、両耳もすっかり剃り落としてしまった」のである。この物語で髪や髯などの刈り込み、あるいは身だしなみが極度に重要視され、強調されていることは、髪に宿る力への信仰が民族の文化伝統として根強いことを表しているであろう。キルフッフはブリテン王アーサーによる「理髪の儀式」を経ることによって「英雄の殿堂入り」を確実に果たしたことになる。

キルフッフがアーサーを前に、アーサーの戦士たちの名前を延々と並べ立てる、いわゆる「カタログ的手法」はケルト的な英雄物語に特有な語り口になっている。「キルフッフとオルウェン」の物語の構成が極度に破綻したかの様相を呈し、著しく「変異性」を増殖させる部分である。おそらくこのカタログ部分は、この物語の根本的構造からみて、ストーリーの展開とはほとんど関連がないものであろう。それは分離可能な、むしろ一個の独立したストーリー性を持つ、語りのブロック体と言ってよい。総体で二五〇人以上の多様なタイプの名前が列挙され、全部ではないがそれぞれ名前の属性・特徴が興味深く説明される。戦士たちの名前の目録は、アスバザデンのキルフッフに課する難題の一覧表と並んで、不思議な語りの魅力を放っていることに注目したい。アーサーの名だたる勇士たちの名は、同じくアーサーをめぐる物語「フロナブイの夢」(*Breuddwyt Rhonabwy*) の中でも四一人列挙されるが、そのうち三分の二は「キルフッフとオルウェン」と重複する。また別のアーサーの宮廷をめぐるロマンス「エルビンの息子ゲライント」(*Gereint Uab Erbin*) では一九人の戦士たちの名が羅列され、そのうち半分は「キルフッフとオルウェン」と共通である。この時代の英雄物語においては人名や事項のカタログ的羅列が常套的な語りの技法であったことは明らかであろう。(16)

アーサーの宮殿での氏名呼称だけに、カイとベドウィル (Bedwyr) を先頭に実に二二〇もの多くの軍団から選ばれた有能な戦士たちの名が挙げ連ねられる。ブリテンの北方からウェールズ、南西部の戦士たちに加え、アイルランドの英雄伝説の名前まで出てくる。アーサーの親戚、宮廷の高官、使用人まで名を挙げられ、現実味と親愛感を際立たせる。古い時代の資料や原典から引用した歴史上の人物や神話的人物まで動員され、カタログの次元は際限もなく広がり、増大していくのである。だが、その列挙は決して完璧ではない。当然含まれてしかるべき名前が脱落する一方で、繰り返しがあったりする。アーサーの宮殿にいるはずのない人の名前、例えば、スィールの息子マナウィダン (Manawydan fab Llŷr) まで含まれている。しかし、そのことをもって語り手であるカヴァルウィズの記憶力を貶めたり、語りの術の拙さを責めることはできまい。カヴァルウィズは広くて深い知識と語りの精妙な技術を駆使し、きわめて知的な、手の込んだ興行をしているのである。古今の知識だけでなく、語りの行われている土地の周辺の知識をもって、能力のおもむくまま自由自在に語り、聴衆を楽しませているると考えた方がいい。カタログの中だけに限っても、その合間合間にユーモアを交え、芝居っ気たっぷりに存分に手腕を発揮している。例えば、「百の柄を持つキリッズ、百の手を持つカンハステル、百の爪を持つコルス」のような比喩的繰り返し。「テギドの息子モルブラン (カムランでは、だれ一人彼と戦いを交えなかった。あまりにも醜かったので、だれもがこの男は悪魔に手助けされていると考えたからだ。顔には牡鹿のような毛が生えていた)」といった物語性をもったコメント。「ソルは一本足で一日中立っていることができた。グワディン・オソルは、世界最高峰に立っても、その足もとでは、そこが平地同然となるという男だった。グワディン・オダイスは、足が何か固い物にあたると足の裏から閃光を発し、その光は、溶鉱炉から取り出した熱い槌矛のように輝いた」に見られる対比のみごとな発想と誇大な表現。これらのほんのわずかな例証にさえ明らかな語り手の巧みな言葉の遊びは、熟練からくる余裕の産物にちがいない。ドリス・エデル(Doris Edel)は「幻想的で戯画的な性質を持ったおびただしい数の人物を(「キルフッフとオルウェン」の)カタログに登場させることは、ブリテンのケルト社会で知的伝統として受け継がれてきたさまざまな方法から想を得たと思われる。それらの方法――語源的な意味の思いつき、多様な意味と多様な名前の混ぜ合わせなど――は、自由気ままな想像力を持って、ひたすら聴衆を楽しませ、喜ばせ、煙に巻くためにカヴァルウィズが用いた手なのである」と述べている。[17] 語りの場が知的な遊びの宇宙を形成していたと考えてよい。

カタログの中で名前が列挙されることだけでなく、あだ名が好まれること、さらに名前に属性の説明をつけることを、ケルト的な英雄物語の一つの特徴として認めることができるかもしれない。名前は人間の精神的中核(魂)であり、それなしでは人間の本質的な重要部分を失ってしまうとケルト社会では広く信じられていたと見られる。名前の特質には「個人的な才能や能力を示す側面、生活や自然の一部に対して及ぼす魔術的な力にも似た支配力がある。そこから名前やあだ名には魔術的・象徴的な価値が伴う」とP・L・ヘンリー(P. L. Henry)は述べている。[18]『マビノギ』の第四話「マソヌウイの息子マース」で、グウィディオンとアリアンフロド(Arianrhod)の息子は母親の呪いで名前をつけてもらえない宿命を授けられる。少年になってスェウ・スァウ・ゲフェス(Llew Llaw Gyffes)の名を得るが、そのことはケルト社会で母親が命名権を持っていたことだけでなく、名前の持つ人格的な重要さをも示している。名前を持つことでゲフェスは成人となり、後に王権を担うことのできる資格を手に入れるからである。「キルフッフとオルウェン」のカタログは、ケルト社会での名前の本来的にもつ属性への信仰、あるいは名前によるアイデンティティ確立の重要さを例証している。

四　通過儀礼としての「課題」

キルフッフはアーサーとアーサーの戦士たちの強力な支援を得てオルウェンを獲得する探求に出立するが、これはキルフッフが若者から成人に達する通過儀礼としてとらえることができる。アーサーの宮殿で、高らかに点呼を行ったキルフッフは巨人の長アスバザデン・ペンカウルの砦に乗り込んで、オルウェンと結婚したいと申し入れる。アスバザデンが巨人であるということは、彼が異界の人物で、超自然的な異能の持ち主であることを示すが、それにしても彼の人物造型は度肝をぬく意外性を持っている。アスバザデンはアイルランド神話の悪魔的な巨人バロル（Balor）のウェールズ版異形で、これら二人には共通の特徴がある、すなわち、彼らは非常に大きな、重い瞼を持っているため、物を見るにはその瞼を熊手で持ち上げてもらわなければならない。アスバザデンは名だたる殺人鬼で、羊飼いカステンヒンの妻は、二四人の子供を産んだがそのうち二三人をアスバザデンに殺されたことを明かし、危険だからアスバザデンの砦へ行くことを断念するよう忠告する。アスバザデンは不死身の強さを持っており、キルフッフたちは彼を容易には殺すことができない。キルフッフがオルウェンとの結婚を申し込むと、アスバザデンは毒を塗った石槍をいきなりキルフッフの一行に背後から投げつける。ベドウィルがそれを受け止めて巨人に投げ返し、巨人の膝に命中すると「貴様は、なんという野蛮な婿どのだ！　これから先わしは、上り道を歩くのに苦労することになるだろう。この毒を塗った鉄のために、牛虻に刺されたみたいに痛む。この槍をつくった鍛冶と鉄床は呪われるがいい。」と言う。二日目にも巨人は一行の背後から第二の槍を投げつける。メヌウ（Menw）がそれを投げ返し、今度は巨人の胸の真ん中に命中すると、巨人はまたしても同じように「この固い鉄のために、大きな頭の蛭に噛まれたみたいに痛む。これが鋳られた炉は呪われるがよい。これから先わしは、丘を登るとき、胸が苦しくなり、腹が痛くなり、しばしば食欲もなくなるだろう」と言う。三日目も同じように背後から一行に第三の槍を投げつけ、キルフッフがそれを投げ返し、今度は巨人の目に命中、うなじまで突き刺さるが、巨人は「生きている限り、わしの視力は衰える一方になるだろう。風が顔に当たると、涙が出て、頭が痛くなり、新月がめぐってくるごとに目まいがすることだろう。これが熱せられた炉は呪われるがいい。毒を塗った鉄のために、狂犬に噛まれたように痛む」と言う。三回とも同じ行為とせりふが様式的に（一部だけ置換されて）繰り返され、危うい致命的な場面が、ユーモラスな雰囲気の場に様変わりしてしまうのは、語りの妙というものであろう。巨人のせりふに見られる、余裕たっぷりのワード・プレイはまことに傑作である。この笑いをもたらす反復・繰り返しの効果こそ口承文芸にとって必須のものにちがいない。

アスバザデンは二人の結婚を認める条件として、事実上達成が困難と思われる四〇の課題（*anoethau*）の解決をキルフッフに求める。課題はアーサーの宮殿でキルフッフが一挙に並べ連ねたカタログとはちがって、キルフッフとアスバザデンの対話の中で順次追加され累積されていくが、それらの要求項目を簡略化すれば結果としてカタログ的な一覧表となる。[19] アスバザデンが口に出す課題に、キルフッフが「できないと思うかも知れませんが、私にとっては、それを手に入れるのは簡単なことです」と答えれば、アスパザデンはきまって「たとえそれは手に入れられるとしても、決して手に入れられないものがあるぞ」と言って次の課題を出す、というパターンを繰り返す。二人は同じせりふを交互に繰り返しながらアスバザデンの課題部分が次第に増えていくしくみである。連鎖状に結合した長々しい対話の展開は、宮廷での人名列挙とはまたちがう形式のカタログ手法であり、語り手カヴァルウィズの言葉遊びの才がここでも存分に発揮されている。数字の九や三が執拗なまでに形容語として使われる。「あそこに九枷の種をまいておいた」「九倍も甘い蜜」「一度に九の三倍の者」「九倍も無法な男」などがその例である。さらに「三つの輝くきらめきは彼らの楯、三つの尖った切り裂きは彼らの三本の槍、三つの鋭い刃は彼らの三本の短剣、グラスとグレシクとグライサットは彼らの三匹の犬たち、カスとクアスとカヴァスは彼らの三頭の馬たち、ホイル・ディドゥクとドゥルゥク・ディドゥクとスウィル・ディドゥクは彼らの三人の妻たち、オッホトガリムとディアスパトは彼らの三人の孫たち、スヘトとネヴェトとエイシウェドは彼らの三人の娘たち、……」の例を挙げれば、カヴァルウィズがいかに語りの形式に執着していたか察することができよう。徹底した修辞的な様式化と数字の多用を生かした語りの美学はここに極まった感さえする。

課題はアスバザデンがオルウェンの婚礼の宴の準備として必要なものがほとんどであるが、ほかに初期の詩や、三題歌、伝説などに名を残す人物・動物の探索もあり、課題の種類は多岐多様で、奥が深い。実に壮大な構想と言うべきであろう。ここで課題の具体例を挙げれば、婚礼の客に出す食糧を生み出す土地から始まって、それを耕作する農夫アマエソン、二頭の牡牛、亜麻、ブラゴッドを作るための甘い蜜、強い酒を入れるスウィルの杯、グウィズネの大籠、角でできた酒器、タイルトゥの竪琴、フリアンノンの小鳥、ディウルナッハの大釜、猪の長エスキスエルウィンの牙、魔女の血、その血を入れておく小人グウィドルウィンの瓶、巨大な猪トゥルッフ・トゥルウィスの両耳の間にある櫛と大鋏、その猪を狩るための猟犬ドゥルトウィン、その犬をつなぎとめる皮ひも、その皮ひもを繋ぎとめる首輪、その首輪を繋ぎとめる鎖、生後三日で姿を消したモドロンの息子マボン、駿馬グウィン・メグドゥン、マボン探しに必要な行方不明のエイドエル、首席狩人ガルセリト、巨人ウルナッハの短剣などである。課題の中にはエスキスエルウィンとトゥルッフ・トゥルウィスの猪狩り、囚われ人マボンとエイドエルの救出のように、対になった課題があり、さらには猟犬ドゥルトウィンを繋ぎとめる皮ひも・

首輪・鎖のように三つでグループをなす課題もある。全体で四〇に上るこれらの無理難題はキルフッフとアーサー、アーサーの戦士たちの一丸となった集団によって解決され、キルフッフとオルウェンは結婚することになるが、物語の中ですべてが語られることはなく、まったく言及されない課題が一八残る。逆に、レムヒの二匹の仔犬のように、要求されなかったのに獲得されたものもある。アスバザデンの要求はそれなりに論理的に順序だてられているが、物語では達成の順序が異なり、最後の要求であった巨人ウルナッハの短剣がウルナッハ退治によって真っ先に入手される。語りの中で最も矛盾していて奇異なのは、ウルナッハの短剣を入手した後でアーサーが「アスバザデンの要求する不思議な探索物のうち、どれを最初に手がけたらよいであろう？」と言っていることである。この矛盾はどのように説明できるだろうか。おそらくウルナッハの退治のエピソードは一番後で追加されたものであったかもしれないと考えれば説明がつく。また、宮殿のリストに挙がった人物で実際に課題の達成に参加したのは一一人くらいにとどまり、しかもあまり重要な役割を果たしていないのも全体の構想からすると期待外れである。しかし、アーサーの戦士たちのうちリストに挙げられた最初の二人、つまりカイとベドウィルはじめ、通訳のグイルヒル、タイルグワエドの息子メヌーなどはキルフッフを助けてアスバザデンの砦へ同行し、最後の重要な課題を遂行したことで、物語の太い筋を着実に貫いている。

課題の中には、ドーンの息子アマエソン、モドロンの息子マボン、フリアンノンの小鳥たち、アイルランド人ディウルナッハの大釜など、すでに失われてしまった伝説的、神話的人物や事物の探索までも含まれている。これらの中でもとりわけ、マボンの救出はこまかに語られ、救出のあとマボンがトゥルッフ・トゥルウィス狩りに加わり、トゥルッフ・トゥルウィスの両耳の間から課題のものを取って大活躍することから、この物語の重要なエピソードとなっている。モドロンの息子マボンは、ウェールズの神話では生後三日で母親のもとから姿を消し、異界とみなされる砦カエル・ロイウ（Caer Loyw）に囚われの身となる。これは『マビノギ』の第一話で主人公プラデリが生後三日で母親フリアンノンの前からいなくなり、テイルノンの馬小屋で発見されるのに類似している。このマボン消失のミステリーは古くからガリアやブリテンに伝わり、マボンは「マポヌス」（Maponus）となって神格化され、広く信じられた。おそらくはローマ人のブリテン侵入のあと、ローマ人たちの神と土地の神々が混交・融合し、アポロ神がマポノス神と同一視されたにちがいない。また、マボンの母モドロンはガリアの地母神マトロナ（Matrona）と同一の形態の神とみなされる。[20] マボンが崇拝されるのは、その消失がもはや人々の記憶にとどめることができないほど大昔に起こり、それも異界とかかわることと思われたからであろう。マポノスの名をとどめる地名が北ブリテンやスコットランドに残る（例えば、ダンフリースシャーにある村の名ロッホマーベン Lochmaben）ことから見て、ハドリアヌスの防壁の北方で信仰が強かったと想定される。「キルフッフとオルウェン」の語り手はこの「マポノス・カルト」の主役、聖なる存在のマボンをアーサーの部下たちの軍団に救出させることで、物語を活劇化し、英雄叙事詩的なテーマ性を高めるのに成功している。

マボンを救出するにはそれに先立ってもう一人の囚われ人アエルの息子エイドエル（マボンの第一の従兄弟）を探し出さなければならない。アスバザデンの課題の条件では、マボンを解放するには探索にエイドエルの同行が必要とされているからである。グリヴィの城に囚われているエイドエルの身はアーサーに寄せるグリヴィの信頼で即時釈放されるが、マボンの所在は誰一人知る者がなく、結局トーテム動物である「最古の動物たち」（the Oldest Animals）[21] のリレーによる援助によって明らかになり、カイをリーダーにマボンの幽閉されている砦カエル・ロイワへ向かい、マボンは自由の身となる。「キルフッフとオルウェン」での「最古の動物たち」は、キルグウリの黒鶫《くろつぐみ》、レディンブレの牡鹿、クウム・カウルウィトの梟、グウェルン・アブヴィの鷲、そしてスィン・スェウの鮭である。これらの動物たちに言葉の通訳者グルヒルが動物語で話しマボンの所在を知っているか確かめるが、最後の鮭だけが知っていて、カイとグルヒルが鮭の背中に乗ってマボン幽閉の地まで案内してもらう。

人間の力が動物の知恵に及ばず、動物の存在がいかに偉大であるかが寓話的に強調されている。人間よりはるかに古い時代から生きていた動物たちは、それぞれが初めてその場所に来たころからの長い時間の経過をグルヒルに語って聞かせるが、それらは実にみごとな比喩表現、美的な修飾語に満ちている。黒鶫は「ここには鍛冶屋の鉄床があった。その頃私はほんの若鳥だった。いまは毎晩私がくちばしを載せるほかは、鉄床の上でなんの仕事もされていない。その鉄床が、いまでは、一粒の木の実を載せるのがやっとの大きさにすり減ってしまった」と語り、牡鹿は「私の頭の両側の角は、まだ枝分かれもしていなかった。ここにはオークの若木だけが生えていた。それが百の枝を持つ大きなオークの木となり、やがて倒れ、いまや赤い切り株が残るばかり」と語る。また梟は「いま目の前にひらけるあの深い谷は、まだ木々が茂る峡谷だった。それから人間たちがやって来て、荒れ果ててしまった。そしてまた第二の森が育ち、いまの森は第三の森だ。私はといえば、年老いて羽の先が折れ、付け根しかない」と言い、さらに鷲の場合は「ここには一つの大石があった。私は石の天辺から、毎晩星をついばんだものだった。石の高さは、いまでは手の幅ほどしかない」と表現される。マボンの消失はそのように人間の記憶の及ばない古い時代に遡る話である。人間の存在以前に動物が存在し、動物以前に木や岩が存在していたのであり、最古の動物たちは人間の持ち得ない記憶とそれに基づく知識をもっていたことがここで語られている。物語の語り手の深い宇宙認識、あるいは自然理解が伝わってくる。

「最古の動物たち」は古くからさまざまな国で、さまざまな形で物語られる国際的民話のモチーフである。古くから存在し、永続的な記憶を持つと信じられるトーテム動物たちの代表例は詩や伝説、民話に名をとどめるが、カトリン・マシューズによれば、スコットランド・ゲール人の諺には、人間より古い時間相を持つものとして、鹿、鷲、オークの木が言及されており、同じくスコットランドの『リズモアの書』（*The Book of the Dean of Lismore*）では、牡鹿、黒鶫、鷲、鮭が最古の動物で、さらに鮭より古いものとしてイチイの木が挙げられている。[22] ウェールズの「三題歌」（九二）では、クウム・カウルイトの峡谷の梟、グウェルン・アブイの鷲、ケッスイ・ガダルンの黒鶫だけが選ばれている。最古の動物は多くの場合地名と密接にかかわりを持っていることも注目される。「キルフッフとオルウェン」の語り手は幅広く各地の伝説や民話に通じていて、その知識を物語の中に巧みに取り入れていることがわかる。

「キルフッフとオルウェン」には「最古の動物たち」のモチーフに加え、「ありがたい動物たち」（Grateful Animals）のモチーフも取り込まれている。足の不自由な蟻が命の恩返しに課題の一つを解決してくれるエピソードは明らかに「ありがたい動物たち」の民話モチーフのタイプに属している。グライダウルの息子グウィシルが山の上を旅しているとき、火炎に包まれた蟻塚から悲しい叫び声を聞いて、蟻たちを救ってあげたところ、後にこの蟻たちがアスバザデンから与えられた課題の一つ、「九枷の亜麻の種を一粒残らず持ってこい」という難題を解決してくれる。中でも一匹の足の不自由な蟻が、たった一粒残った最後の種を運んだことが語られる。一匹の蟻の涙ぐましい必死の努力がアーサーの軍勢を救ったことになり、この挿話は短いながらも感動を呼ぶ。巨人アスバザデンと足の悪い蟻との対比――語り手の話運びは妙技と言うほかない。

神話的な課題の達成で具体的に語られるものにもう一つ、ディウルナッハの大釜がある。アーサーの軍勢がアイルランドに渡り、ディウルナッハの家を訪ねて大釜を求めると、断られたため、アーサーたちはディウルナッハとその軍勢をみな殺しにして、大釜を持ち帰る。大釜はケルトの神話に繰り返しあらわれるテーマで、アイルランド神話ではダグダ（Daghda）が無尽蔵に食べ物を出す魔法の大釜をもっていたとされる。ミール、またはミジル（Midhir）もまた魔法の大釜を持っていた。『マビノギ』第二話「スィールの娘ブランウェン」（Branwen ferch Llŷr）では、巨人ベンディゲイドブラン（Bendigeidfran）がアイルランドから手に入れた魔法の大釜をアイルランド王マソルッフ（Matholwch）に送るが、この釜は負傷したり、死んだりした戦士を生き返らせる力を持つ「再生の大釜」であった。ディウルナッハの大釜がアイルランドのもので、それを残虐きわまる暴力で奪い取るエピソードには、ブリテンとアイルランドとの間に大釜をめぐる激しい確執、ないしは戦闘があり、それがここで持ち出されているかもしれない。『タリエシンの書』(*Llyfr Taliesin*)の中にある詩「アンヌウヴンの戦利品」('Preiddiau Annwfn')の中で、アーサーは異界の王の持つ大釜を手に入れるため、彼の船「プラドウェン」(Prydwen)に乗り異界へ探検に出かけたことが記されている。この大釜は縁が真珠で飾られ、九人の娘たちによって熱せられるが、臆病者の食べ物は決して煮えることがないとされる。しかし、アーサーの探検は悲惨な結果に終わり、七人だけ生き残って帰還する。この探検は「キルフッフとオルウェン」のディウルナッハの大釜を取得するエピソードと関連しているのではないだろうか。『マビノギ』では、ブランはアイルランドに遠征した戦争で、アイルランドの「再生の大釜」の力によって敗れ、七人だけが生き残る。ブランの「切られた首」によって時間を超えた永遠の世界への参入することを可能にする物語は、アーサー王が妖精の島「アヴァロン」(Avalon)で永遠に「眠る」伝説と通じるところがあるように思える。「キルフッフとオルウェン」で大釜を奪取できたエピソードは、アーサーの英雄性をたたえるための、語り手による一種の潤色であるとする見解も成り立ちうるかもしれない。

だが、「キルフッフとオルウェン」での課題である、フリアンノンの小鳥の探求はなぜか具体的に語られないまま終る。『マビノギ』の第四話に登場するフリアンノンの小鳥たちは異界の鳥で、ブランの部下で生き残った七人の戦士たちを美しい歌で楽しませてくれる。ここにも「アヴァロン」のヴィジョンが投影されているように思われる。

五　魔的なものたちの宿命

アスバザデンによってキルフッフに与えられた課題の中で最も大事なのは、トゥルッフ・トゥルウィスの両耳の間の櫛と剃刀、それに大鋏の獲得であり、その語りは「キルフッフとオルウェン」全体のかなりの部分を占めている。実際、キルフッフたちがこれらの貴重品を凶暴なトゥルッフ・トゥルウィスから奪い取るには、多大の犠牲を払い困難をきわめる。ブリテンの勇士を集めたアーサーの軍勢と、巨大で破壊的なトゥルッフ・トゥルウィスおよびその子である若猪七頭との熾烈な戦闘は、スケールが壮大で、物語の圧巻となっている。追いかけ、追い詰めながらも、アーサー勢にはトゥルッフ・トゥルウィスに殺される戦士も多く出て、物語の終局部は血塗られた、残虐な戦闘の展開となる。この一大戦闘絵巻は、ロマンス的な他のアーサー物語には見られない荒々しさ、野蛮さを持っており、「キルフッフとオルウェン」に特異な価値を与えている。

「猪はケルト人にとって最も重要な獣形神の（zoomorphic）の象徴である。猪は一方で戦争と狩猟を、他方では歓待と饗宴を表徴した。……猪は獰猛で、不屈な動物であり、そのイメージは猪が攻撃するときの背中の突き立った剛毛をしばしば強調するものであることは重要である。首筋に突き出た針のような毛を持った猪の姿はケルトのコインによく見られるが、それは戦争のモチーフであろう。猪の頭部をかたどったトランペットが戦争で用いられ、ヘルメットが猪の小立像で装飾される」[23]――ミランダ・J・グリーン（Mirand J. Green）が説明するように、ケルト社会で猪はその獰猛さが尊崇され、戦争と深く関連づけられる。アイルランドでもウェールズでも、猪は神話や伝説にしばしば登場し、重要な役割を果たす。ウェールズの猪物語の古い出典としては、『アネイリンの書』（*The Book of Aneirin*）とネンニウス（Nennius）の『ブリテンの歴史』（*Historia Brittonum*）などを挙げることができる。後者の記述の中には、アーサーの猪狩りのとき、ビルス（Builth）の近くでアーサー自身の猟犬カヴァス（Cavall）が足跡を残したという石についての言及がある。「キルフッフとオルウェン」は猪物語の伝統にそうものであるが、同時に異界の猪を退治することでアーサーの、そしてキルフッフの英雄性を高める狙いを持っているであろう。この物語の二つの猪狩り、つまり猪の長エスキスエルウィン（Ysgithrwyn）狩りと、トルイス狩りのエピソードは、元来は一つのものの複製、ないしは繰り返しにちがいないが、そのことは、語り手の猪狩り物語への高潮したこだわりを示すものにほかならない。エスキスエルウェン狩りと、トゥルッフ・トゥルウィス狩りの間に、ディウルナッハの大釜獲得のエピソードが介在するのは、囚われ人エイドエル救出と、同じく囚われの身マボン救出の間に、最古の動物たちの語りが介在するのと類似している。いずれの場合も前者は短くて単純なストーリーで、副次的な、より小規模なエピソードとなっており、後者の大がかりな本番のエピソードを導き、引き立てる役割を担っている。それによってたしかに語りは重層感を増している。しかしながら、エスキスエルウェン狩りがウェールズ固有の本来のエピソードで、それに有名なトゥルッフ・トゥルウィス狩りの物語が結びつけられ発展したと分析する見解もある。アーサーの名声が大きかっただけに、その偉業を語り伝えるために、元来の「キルフッフとオルウェン」物語はトゥルッフ・トゥルウィス退治のストーリーを取り込み、拡大し増殖しながら、一大猪物語に変容を遂げていった可能性は否定できない。囚われ人解放のエピソードについても、古来有名なマボンの活躍がアーサーの仲間たちの偉業に必要だったという意味で、エイドエルのエピソードに、神話的存在のマボン伝説が継ぎ足されていった可能性もある。いずれにしても、語り手の想像力は膨らみ、語りの場を盛り立てるために、途方もない奇想の世界を現出させたのではなかったかと思われる。

「キルフッフとオルウェン」で、トゥルッフ・トゥルウィスとその子である七頭の若猪たちは、まずアイルランドに登場する。エスカエル・オイルヴェルに暮らしていることを知ったアーサーの軍勢はアイルランドに渡り、彼らを追跡する激しい戦闘を繰り広げる。トゥルッフ・トゥルウィスは海を越え、南ウェールズへ逃亡、そこで若猪を失いながらもさらにコーンウォールへと生き延び、そこで最後に海へ消える。その攻防の足取りをたどれば、戦闘の行われた地域はきわめて広範囲に及び、物語空間がとてつもなく拡大されていることが明瞭になる。アーサーの軍団の編成の規模と巨大な魔物としての猪たちの血みどろの戦闘を対比してみるとき、この物語の語り手・作者の想像力の飛翔ぶりがいかに大きいかわかる。トゥルッフ・トゥルウィス Twrch Trwyth という名はアイルランドの Orc Tréith (または Torc Tréith) に対応し、これらは同等のものであることを示している。その名の意味は「王の猪」(=「猪の王」) である。彼はその名のとおり、猪の王者であり、このうえなく獰猛で、破壊的で、残忍である。彼はかつて (人間の) 王だったが、罪を犯したために神に罰せられ、猪に変身させられたことがアーサーによって明らかにされる。これは中世ウェールズやアイルランドの物語ではよく用いられるモチーフである。

アーサーとその部下たちはアイルランドで九日と九夜トゥルッフ・トゥルウィスと戦うが、若猪を一頭殺しただけで戦果を挙げることができず、トゥルッフ・トゥルウィスはウェールズのダヴェド地方のポルス・クライスに上陸、彼はそこからすさまじいまでの攻撃性を発揮、アーサー軍の勇士や土地の人、動物までも容赦なく少なからず殺してしまう。トゥルッフ・トゥルウィスに殺されたアーサー側の犠牲者名がここでもカタログ風に列挙される。「そのとき彼 (トゥルッフ・トゥルウィス) はアーサーの四人の勇者たち、カウの息子グワルセキト、タラウク・アスト・クルウィト、エリ・アトゥエルの息子ライドゥン、そして寛大なるイスコヴァンを殺した。……アーサーの息子グウィドレ、イウェルゾンびとガルセリト、イスカウトの息子グレウ、そしてパノンの息子イスカウィンを殺した。……彼はタイスィオンの息子マダウク、ネヴェトの息子とリンガとの息子グウィン、そしてエイリアウン・ペンスォランを殺した。」この長々しく並べ立てられる犠牲者名は、おそらく語りの場の状況、聴衆の顔ぶれしだいで、興味を持たれそうな名に適当に入れ替えられたかもしれない。ここで付言すれば、語り手はアイルランドでの戦いですでに一頭の若猪が死んでいるのを忘れたのであろうか、南ウェールズで五頭が死んだのに、グルギンとスウィダウク・ゴヴィンニヤトの二頭を除き、若猪は一頭もいなくなったとしており、計算が合わない。グルギンもスウィダウクも殺され、ますます追い込まれたトゥルッフ・トゥルウィスはウェールズからコーンウォールへ敗走をつづけ、ケルニュウで海へ入ってしまう。両耳に挟まれた宝物の剃刀と大鋏はハヴレン川で、櫛はケルニュウでアーサーの部下たちに奪い取られる。ハヴレン川でトゥルッフ・トゥルウィスから宝物を取り上げる場面はきわめて劇的に語られる。

グウェドゥの駿馬、グウィン・メグドゥンに乗ったモドロンの息子マボンが、彼を追ってハヴレン川へ乗り入れた。カステンヒンの息子ゴレイとタイルグワエドの息子メヌウたちもまたスィン・スイワンとアベル・グウィのあいだで川に入って待ちかまえた。アーサーがトゥルッフ・トゥルウィスに襲いかかり、プリデインの隊長たちも彼と行動を共にした。大ナイフを持つオスラ、スィールの息子マナウィダン、アーサーの従者カカムリとグインゲスィが包囲網を狭め、接近した。最初に彼らがトゥルッフ・トゥルウィスの足をつかみ、川の水が彼をおおってしまうまでハヴレン川に浸した。片側ではモドロンの息子マボンが馬に拍車をあて、彼から剃刀を奪い取った。もう一方ではべつの馬に乗った野生児ケレデルが、彼とともにハヴレン川へ飛びこんで、大鋏をひったくった。(24)

戦闘の一番の舞台となった南ウェールズの地名はその足跡をほとんど確認できるほど現実的で具体性をおびた

ものである。語り手・作者は意識的に聴衆と知識を共有できる地名を選んだであろうか。ジョン・フリース(John Rhŷs)は、「キルフッフとオルウェン」の語り手の目的の一つは地名を説明することであったと指摘する。[25] 実際この物語で、猪たちが殺された場所は地名として名を幾つか残している。すでに繰り返し述べたように、ケルト社会では猪・豚は聖性を持つと信じられていたから、猪・豚とゆかりがあることを地名にとどめようとすることは心性として当然である。J・A・マカロック(J. A. MacCulloch)はその著『古代ケルト民族の宗教』(*The Religion of the Ancient Celts, 1991*)の中でトゥルッフ・トゥルウィスに言及したあと、「地名はまた豚への信仰を示す」と述べ、豚の神聖さへの信仰が魔法の豚を扱った多くの物語の根底にあると説明する。[26] ジョン・フリースによれば、「ガルス・グルギン」は銀の剛毛の猪グルギンが殺されたところであり、グイスという猪が殺された場所の近くには「グイス川」が、またトゥルッフ・スァウィンが殺された場所の近くには「トゥルフ川」が流れている。「アマヌウ」はバヌウが殺されたところで、近くの「アマン山」「アマン渓谷」はバヌウの名をとどめたものと考えられると言う。[27]

『マビノギ』の第四話で、プラデリから騙し取った豚を連れたグウィディオンが、「モホトレヴ」(「豚の町」の意)や「モホナント」(「豚の川」の意)を通るのは、こうした豚と地名との関連の深さを象徴する例である。地名へ執着し、地名を語源的に説明すること、それによって聴衆との連帯性を高めることが語り手の重大な任務・使命であったであろう。

トゥルッフ・トゥルウィスの宝物を手に入れたあと、アーサーたちは課題の一つである魔女の血を採る旅へ出かけ、魔女を退治する。魔女の血はアスバザデンの髪を整えるために必要なもので、魔女は地獄の高地にある悲しみの谷の洞窟に住んでいる、白い魔女の娘である黒い魔女の血でなければならない。魔女によって部下四人が半殺しの状態に痛めつけられたのを見てアーサーは、短剣カルンウェンハン(エクスカリバー)を魔女に投げつけ、二つの切り株のように切ってしまう。課題の達成を終えたアーサーたちはアスバザデンの館へ向かい、プリダインのカウがアスバザデンの髯を剃る。つまり、「骨に届くまでその肉と皮膚とを剃り、両耳も剃り落としてしまう」のである。さらに、カステンヒンの息子ゴレイが「彼の頭の毛をつかんで丘の上に引きずっていき、首を切り落として城壁の杭の上に掲げた」と語られる。

ゴレイがアスバザデンの首を取ることによって、アスバザデンの砦と領地を獲得、王位につく。ゴレイの母親は二四人の子供を産むが、そのうち二三人をアスバザデンに殺されており、彼女は最後のゴレイを長びつに隠しておく。彼女はその子をキルフッフとの戦士たちに見せるが、その子は黄色い髪の毛をしており、名前を与えられていなかった。そのことは『マビノギ』第四話で、アリアンフロドが産んだ子供に呪いをかけ、名前を与えなかったスェウ・スァウ・ゲフェスの場合に似ている。ゲフェスは不思議な「死」の体験を経て、立派な王となる。ゴレイは巨人ウルナッハの城に攻め入ったとき、一番みごとに壁を破り中に入ったので、そのときから「最高」を意味する「ゴレイ」(Goreu)と呼ばれる。彼はアイルランドの物語で巨人バロルを殺したルー、またはルグ(Lugh)に相当する人物である。「キルフッフとオルウェン」で、結局ゴレウとキルフッフの二人が、王権を握る資格を獲得する。

猪の王トゥルッフ・トゥルウィスも、魔女も、巨人アスバザデンもみな異界の存在である。猪の場合は、死ぬことによって宝物を体から出すことができ、魔女は切られることで血を出す。巨人も課題の達成を自分の目で確かめ、死を迎えることでようやく、娘の結婚を認めることになる。娘の結婚式に必要とされた課題の数々の不思議なものは、自分の死出の旅に必要なものであったことになる。物語は終結部にいたり、「死」を送り出し、「生」を迎える、永劫回帰のテーマが主調音のように高鳴って聞こえてくる。キルフッフが死の直前のアスバザデンに、「今や、娘御は私のものですね」と問うのに対し、アスバザデンは「おまえのものだ。……さて、そろそろわしの命も奪われる時がきたようだ」と答えるが、そこには死の恐怖や悲嘆はもはやない。次代をキルフッフたちに託そうとする余裕さえ感じられる。アーサーたちはこうした異界の存在を一掃することで、王権の力を固め、維持できるのである。アーサーが地下世界の象徴であるディウルナッハの大釜を入手したことは、彼が異界の王としての力を確保したことにほかならない。キルフッフもオルウェンと結婚し、アーサーの跡を継いで次なる王になることが暗示される。「キルフッフとオルウェン」は、異界を経巡ることによって英雄性を高め、そして王権を活力あるものにする「循環的な力」を称えている物語なのかもしれない。

ウェールズ社会では九世紀から一二世紀は変動の大きい時代で、広い意味でのナショナリズムが高まった。口承されてきた神話的な物語だけでなく、歴史的な、というより擬似歴史的な物語を、文字の形で書き留める作業が進んだ。「英雄時代」を代表する人物が、主としてウェールズの国民的アイデンティティを高めるためにも必要であったであろう、物語の中で理想化され、またほかの英雄的な人物たちもそれなりに誇りを持って語られる。『マビノギ』も、ロマンスの範疇には入らないアーサー王関連の物語、つまり「キルフッフとオルウェン」や「フロナブイの夢」も、そうしたナショナリズム高揚の国民意識とかかわって書き留められたにちがいない。ジェフリー・オブ・モンマス（Geoffrey of Monmouth）の著作は、このようにして書き留められた物語の究極的な総体と考えられる。

九世紀から一二世紀の散文物語作家たちは、その時代の現実の諸相を語るよりはむしろ、遠い過去の出来事、あるいは夢や空想の非現実世界に、語りの喜びと支えを求めたように見える。おそらく同時代の大陸で新しく起こっていた思潮や文学的嗜好に触発され、自分たちの伝統的な語りを変容させていたかもしれない。物語の作家・語り手は、ウェールズやアイルランドに固有の神話や伝説群にとどまらず、当時広く流布していた民話や古典的な逸話、さらには歴史、地理や宗教にいたるまで、幅広い知識と情報を持っていたとされる。「キルフッフとオルウェン」の語りの世界はそのことを十分に裏書している。その例として、アーサーの宮殿でのキルフッフによる、異常に長大な人名の「カタログ」を挙げれば十分であろう。そこには作者・語部の知の体系が網羅されている。広範囲に及ぶ地名や人名の恐るべき確実な記憶とそれらの披瀝、それも余裕のある披瀝こそ、語りのおもしろさの真骨頂なのである。

「神話的なテーマとモチーフにすっかり凝り固まった物語伝統だけでなく、散文のリズムの非常にこまかな、熟達した技巧に対しても、（ウェールズの）人々の好みが合致した」とボビ・ジョーンズ（Bobi Jones）は述べている。[28]「キルフッフとオルウェン」だけに限ってみても、文字テキストには口承の伝統の特徴が濃厚にとどめられている。文字化されたからと言って、口承の伝統はさほど失われてはいない。語りはリズミカルで、韻を踏み、比喩表現に富んでおり、それがどれほど聞き手を喜ばせ、感嘆させたか容易に察しがつく。ストーリーを熟知し、語りの場の雰囲気になれた語り手が、聴衆の心を操るように突き動かし、その場に釘付けしたであろうさまは、文字テキストの字面からでも想像できる。語り手はストーリーの内容に距離を置き、客観化しながら、その対象を皮肉のこもった声で語りさえしている。「キルフッフとオルウェン」のユーモアに満ちた、喜劇的な語りを高く評価しなければならない。不統一や矛盾に満ち、途方もなく誇張された語りの部分があるとしても、そこには「語りのいのち」とでも言うべき伝統の固守があったと認めるべきであろう。しかし、この散文の語りの伝統もやがて弱体化し、ウェールズ文学の地平には、あらたに詩の隆盛の時代がやってくる。

（1）*Y Mabinogi* は正式には *Pedeir Ceinc y Mabinogi*（*The Four Branches of the Mabinogi*）で、日本語では『マビノギの四枝』となるが、本章では『マビノギ』の表記を用いた。四枝は四つの物語から成り立つので、それぞれ第一話、第二話、第三話、そして第四話とした。『マビノギオン』（*The Mabinogion*）は、シャーロット・ゲスト夫人（Lady Charlotte Guest が『マビノギの四枝』とほかのウェールズ中世の散文物語を英訳して一八三八―一八三九年に刊行した書名（全部で一二編の物語を収載）。

（2）Pryce, Huw (ed.), *Literacy in Medieval Celtic Societies*, Cambridge University Press, 1988. の第七章 Sioned Davies 'Written Text as Performance' を参照されたい。

（3）Bromwich, Rachel and Evans, D. Simon（eds.）, *Culhwch and Olwen*, University of Wales Press, Cardiff, 1992, Introduction.

（4）Ifans, Alun（retold）, *Pedair Cainc y Mabinogi*, Gwasg y Dref Wen, 1982, Introduction.

（5）Radner, Joan N., 'Interpreting Irony in Medieval Celtic Narrative : The Case of *Culhwch and Olwen*', *Cambridge Medieval Celtic Studies*, 16, 1988. は「キルフッフとオルウェン」の語り手が知的なことばの遊びとして語っているとの視座から論じている。

（6）Ford, Patrick K., *The Mabinogi and Other Medieval Welsh Stories*, Univ. of California, 1977, Introduction, p. 1.

（7）「アーサー」の記述については、*Culhwch ac Olwen* では Arthur となっており、ウェールズ語読みで「アルスル」の方が適切かもしれない。だが、日本語表記では「アーサー」が固定しているため、ここでは以下慣用に従い「アーサー」と記す。

（8）Foster, Idris Llewelyn, '*Culhwch and Olwen* and *Rhonabwy's Dream*', R. S. Roomis（ed.）, *Arthurian Literature in the Middle Ages*, Oxford, 1959, p. 32.

（9）Joan N. Radner, *op. cit.*, pp. 46–47.

（10）Matthews, Catlin, *Mabon and the Mysteries of Britain : Exploration of the Mabinogion*, Arkana, 1987, p. 11.

（11）Anwil, Edward, *Celtic Religion in Pre-Christian Times*, Archbald Constable, 1906. はケルト民族とトーテミズムとの関連を論じて示唆するところが多い。

（12）『マビノギ』第一話のフリアンノンおよびプラデリと馬の神話的かかわりについては、中央大学人文科学研究所編

『ケルト　生と死の変容』、中央大学出版部刊、一九九六年、所載の拙稿（同書の一一九―一二〇頁）を参照されたい。

（13） Bromwich, Rachel and Evans, D. Simon（eds.）, *op. cit.,* p. 3. ; Geffrey Gantz（trans.）, *The Mabinogion,* Penguin Books, 1976, pp. 137–8.

（14） Bromwich, Rachel and Evans, D. Simon（eds.）, *ibid.,* p. 18. ; Geffrey Gantz（trans.）*ibid.,* pp. 151–152.

（15） Radner, Joan N., *op. cit.,* p. 32.

（16）「カタログ手法」については、Edel, Doris, *The Celtic West and Europe : Studies in Celtic Literarure and the Early Irish Church,* Four Courts Press, 2001 の第一八章　'The Catalogues in *Culhwch ac Olwen* and Insular-Celtic Learning' の中で、アーサーの宮廷でキルフッフが並べ立てるカタログと、アスバザデンがキルフッフに与える課題のカタログがこまかに考察されている。

（17） Edel, Doris, *ibid.,* p. 257.

（18） Henry, P. L., '*Culhwch and Olwen* ; Some Aspects of Style and Structure', *Studia Celtica,* 1968, p. 36.

（19） Bromwich, Rachel and Evans, D. Simon, *op. cit.,* Introduction V.

（20） Ross, Anne, *Pagan Celtic Britain : Studies in Iconography and Tradition,* Routledge and Kegan Paul, 1967, pp. 368–370.

（21） Bromwich, Rachel and Evans, D. Simon, *op. cit.,* Introduction VII.

（22） Matthews, Caítlin, *op. cit.,* pp. 133–134.

（23） Green, Miranda J., *Dictionary of Celtic Myth and Legend,* Thames and Hudson, 1997, p. 44.

（24） Bromwich, Rachel and Evans, D. Simon, *op. cit.,* pp. 40–41. ; Gantz Geffrey（trans.）, *op. cit.,* p. 174.

（25） Rhŷs, John, 'Notes on The Hunting of Twrch Trwyth', *Transactions of the Honou rable society of Ctmmrodorion,* 1894–1895, p. 9

（26） MacCulloch, J. A., *The Religion of the Ancient Celts,* Constable, 1991, p. 211.

（27） Rhŷs, John, *op. cit.,* p. 9.

（28）Jones, Bobi and Thomas, Gwyn *The Dragon's Pen*, Gomer Press, 1986, p. 24.

〔使用テキストについて〕

本章では「キルフッフとオルウェン」のテキストとして、Bromwich, Rachel and Evans, D. Simon, *Culhwch and Olwen*, University of Wales Press, Cardiff, 1992,（*Culhwch ac Olwen* のウェールズ語テキストとNotes）のほか、次の英訳版および日本語版を使用した。

Jones, Gwyn and Thomas, Gwyn（trans.）, *The Mabinogion*, Evryman's Library, 1975.

Gantz, Geffrey（trans.）, *The Mabinogion*, Penguin Books, 1976.

Ford, Patrick K.（trans.）, *The Mabinogion and Other Medieval Welsh Tales*, University of California Press, 1977.

中野節子訳『マビノギオン　中世ウェールズ幻想物語集』、JULA出版、二〇〇〇年。（本章を執筆するにあたり、この書を多く参照・利用させていただいたので、ここに記して謝意を表する。）

第四章　「ブルターニュの短詩」に見られる「口承性」をめぐる考察

渡邉浩司

中世の英仏フランス語圏では、一二世紀中葉から、ラテン語ではなく俗語（古フランス語）により、「ロマン」（roman）と呼ばれる虚構作品が作られるようになった。中でも一二世紀後半から人気を博した「アーサー王物語」と「トリスタン物語」の伝播は注目に値する。この文学ジャンルは、「聖者伝」や「武勲詩」のように朗誦のために作られたものでも、個人的な読書（黙読）を意図したものでもなく、文字を読むことのできる者が宮廷内での集まり（サークルあるいはサロンのような場）で朗読する形で受容されていたと考えられている。そのため長編ロマンは一日一回で全編を朗読するのは難しく、挿話ごとに分割して披露された可能性が高い。この観点から一二世紀後半に韻文で著されたクレチアン・ド・トロワ（Chrétien de Troyes, c.1135–c.1185）、ベルール（Béroul, 一二世紀後半）、トマ（Thomas, 一二世紀後半）らの作品を検討すると、一篇の「ロマン」は元来複数の「短詩」で構成されていたとの推測が可能である。(1)

「短詩」に対応するフランス語の「レ」（lai）は、鳥（つぐみ）の囀りを比喩的に意味するアイルランド語の「ロイズ」（loíd）に由来するとされる。(2)現代ドイツ語で歌を意味する「リート」（Lied）も、同系列の語と考えられる。「レ」は、中世の英仏フランス語圏では、ブルターニュのジョングルールたちが弦楽器の調べに合わせて歌った作品を指す言葉から、短い韻文物語詩を指す言葉に変化した。[3] 作品としては、一二世紀から一三世紀にかけて創作されたと推定される作者不詳の作品群と、マリ・ド・フランス（Marie de France, 一二世紀中葉に活躍）が著した一二編の短詩が現存している。ここでは、大英博物館のハーレイ旧蔵九七八番写本（一三世紀後半、以下H写本と略記）に収録されたマリの一二作品を、慣例に従って『短詩集』（*Lais*, c.1160-c.1180）[4] と呼ぶことにする。

マリおよび作者不詳の作品群の大半は愛と冒険の小話であり、ケルト起源の民間伝承に取材した個々の作者が超自然的なモチーフを用いて、恋愛の隠された真実を語っている。[5] 騎士と恋する妖精との出会い、恋人との逢瀬を重ねるために鳥に変身する騎士、周期的に狼に変身する男など、作品に見られるモチーフは多岐にわたる。本稿では「ブルターニュの短詩」と総称されるこれらの作品群を、主として『短詩集』に焦点を当てながら、「口承性」の観点から分析する。ここでいう「ブルターニュ」とは、大ブリテン島とフランスのブルターニュ（古名はアルモリカ）の両方を含む呼称である。

一　翻案者としてのマリ・ド・フランス

「短詩（レ）」が、ジョングルールのレパートリーとして歌謡のみならず短い韻文物語詩をも指すようになったのは、フランス文学史上最初の女流詩人マリ・ド・フランスの功績によるものである。しかしながら、マリについての伝記的な情報は皆無に等しい。[6] H写本の伝える『短詩集』の最初の作品『ギジュマール』（*Guigemar*）の冒頭第三行目、「世にある限り務めを怠らぬ、私マリの語るところをお聞き下さるよう」[7] には、ファーストネームのみが現れる。マリの名は、九世紀のアルフレッド大王（Alfred the Great, 849-899）が編述したとされる英語版寓話集のフランス語訳『イゾペ』（*Fables*, c.1167-c.1185）のエピローグにも、「私がフランス語で物語ってきたこの著作を終えるにあたり、記憶のよすがとして名乗らせていただきます。私の名はマリ、フランスの出身です。」[8]という件に登場する。さらには、ソールトレーのH（H. de Saltrey, 慣例でヘンリーと呼ばれる）が一一八五年頃に著したラテン語作品のフランス語訳『聖パトリックの煉獄』（*Espurgatoire Saint Patrice*, c. 1189）のエピローグでは、「私マリは、俗人に理解され近づきやすいように俗語に翻訳することで、『煉獄』の書を忘却から救ったのです」[9]という件にも第三のマリの名が認められる。

一二世紀後半に著された以上三作品の作者マリは、イングランドとの密接な繋がりを見せている。『聖パトリックの煉獄』原典の作者はイギリスのシトー会修道士であるし、『イゾペ』の被献呈者ギヨーム（Guillaume）は一説によると、ヘンリー王子の養育係にして、後にペンブルック伯となったウィリアム・マーシャル（William Marshal, 1146-1219）と目されている。[10]「プロローグ」第四三行によると、マリは『短詩集』を「高貴なる王様」（nobles reis）に献呈しているが、被献呈者は明らかにヘンリー二世（Henry II Plantagenet, 1133-1189）と考えられる。『イゾペ』のエピローグで敢えて「フランスの出身」、つまりイル＝ド＝フランス地方の出身と述べているのは、マリがイングランドで生計を立て、おそらくヘンリー二世とアリエノール・ダキテーヌ（Aliénor d'Aquitaine, c.1122-1204）の宮廷で活躍したことの傍証となるのである。

三作品の創作過程で作者マリが翻案者としての立場を取っていることは、三人の作者が同一人物である仮説を支持してくれる。『イゾペ』が英語から、『聖パトリックの煉獄』がラテン語からフランス語への翻案であるのと同様に、『短詩集』もブルターニュの口承作品をフランス語の韻文作品に仕立て上げる試みである。マリがブルトン語を十分に理解したか否かは謎に包まれたままであるが、少なくともマリが英語・フランス語（アングロ＝ノルマン語）・ブルトン語という三つの言語共同体の交差路にいたことは、『短詩集』に見られる、題名となるキーワードの多言語併記が証明している。

『狼男』（*Bisclavret*）冒頭では題名が「ブルトン語ではビスクラヴレット、ノルマン人にはガールワーフと呼ばれている。[11]」と二ヶ国語で、『夜鳴き鶯』（*Le Rossignol*）冒頭では「私の知る限り、その題名はラウスティック、ブルトン人の間ではそう呼ばれているが、フランス語ならロシニョール、英語であればナイチンゲールという。[12]」と三ヶ国語で書かれている。トリスタン伝説に取材した『すいかずら』（*Le Chèvrefeuille*）の題名についても、「手短にその題名を申し上げよう。英語ではゴウト・リーフ、フランス人からはシェヴルフイユと呼ばれている。[13]」と二ヶ国語併記になっている。複数言語による題名の提示は、マリによる博識の誇示とは考えられず、むしろ当該作品の真実性を保証する手段であったと考えられる。[14]

二 「短詩」の朗読

ヨハヒム・ブムケ（Joachim Bumke）の『中世の騎士文化』によると、中世ドイツの文芸作品を一人の朗読者が一時間あたり朗読できる詩句は約千行であるという。[15]この計算によると、ハルトマン・フォン・アウエ（Hartmann von Aue, c.1165–c.1210）の『イーヴェイン』（*Iwein*, c.1205）、ゴットフリート・フォン・シュトラースブルク（Gottfried von Strassburg, c.1170–c.1210）の『トリスタンとイゾルデ』（*Tristan und Isolde*, 1200–c.1210）、ヴォルフラム・フォン・エッシェンバハ（Wolfram von Eschenbach, c.1170–c.1220）の『パルチヴァール』（*Parzival*, c.1210）の全編を読み上げるにはそれぞれ八時間、一九時間半、二四時間要したことになる。言語と韻律の違いはありながらも、この物理的な問題がフランスの中世盛期にも当てはまると考えれば、仮に長大な宮廷風騎士道物語（roman courtois）の朗読会を行う場合は、何日間かに分割して行う必要があったはずである。クレチアン・ド・トロワが古フランス語で著した「アーサー王物語」は、一編あたり約八、〇〇〇行であるが、現実的には各作品の全貌に通じた者は限られていたと思われる。仮に標準的な韻文長編ロマンの長さを八、〇〇〇行と考えた場合、韻文物語詩としての「短詩」の行数を相対化することができる。

H写本は、現存五つの写本中唯一[16]、マリの一二の作品を収めた写本であるが、そこに収められた作品名を行数とともに列挙すると次の通りである。『ギジュマール』八八六行、『エキタン』（*Équitan*）三一四行、『とねりこ』（*Le Frêne*）五一八行、『狼男』三一八行、『ランヴァル』（*Lanval*）六四六行、『二人の恋人』（*Les Deux Amants*）二四四行、『ヨネック』（*Yonec*）五五四行、『夜鳴き鶯』一六〇行、『ミロン』（*Milon*）五三六行、『不幸な男』（*Le Pauvre Malheureux*）二四〇行、『すいかずら』一一八行、『エリデュック』（*Éliduc*）一一八四行。詩句の総数を一二で割ると、一編あたりの平均は四七六・五行となる。従って一編の朗読は一時間以内に十分収まったものと推測できる。この事情は、マリ・ド・フランスの『短詩集』の威光の影に隠れ、その焼き直しや剽窃という否定的な評価をされてきた、作者不詳の作品群についても当てはまる。

プリュダンス＝マリ・オハラ＝トーバン[17]（Prudence Mary O'Hara Tobin）の編纂した『一二世紀と一三世紀の作者不詳の短詩』は一一作品を収録しているが、その題名を行数、推定創作年代とともに列挙すると、次の通りである。『グラエラント』七三二行（*Lai de Graelent*, 1178-1230, c.1189）、『ガンガモール』六七八行（*Lai de Guingamor*, 一二世紀末）、『デジレ』七六四行（*Lai de Désiré*, 1190-1230 ou c.1208）、『ティドレル』四九〇行（*Lai de Tydorel*, 1170-1230 ou 1210）、『ティオレ』七〇五行（*Lai de Tyolet*, 一三世紀第一・四半世紀）、『エピーヌ』五一三行（*Lai de l'Aubépine*, 一二世紀末）、『メリオン』五九四行（*Lai de Mélion*, 1190-1204）、『ドーン』二八六行（*Lai de Doon*, 1178-1230, après 1200）、『トロット』三〇五行（*Lai du Trot*, 1184-1220）、『放蕩者』一二二行（*Lai du libertin*, 1178-1230）、『ナバレ』四八行（*Lai de Nabaret*, 1178-1230）。内容の点からみて「ファブリオ」に近い最後の二作品を別にすれば、作品の規模はマリと大差がない。

『ギジュマール』の冒頭でマリ自身が、短詩のいくつかを「手短かに」披露すると述べているように、「短詩」の特徴はその簡潔さにある。一編の作品の短さは当然、「ロマン」と「短詩」という二つの文学ジャンルを支配する文学的技法の相違をも決定する。「短詩」は、滑らかな語りの進行にとって大きな障害となる「描写」とも「分析」とも無縁である。クレチアン・ド・トロワの長編ロマンには、主人公が辛い試練の果てに、恋愛と勇武の調和のうちに幸福を見出すという教訓が認められるが、宮廷風騎士道物語の作者ではないマリは決して特定の教訓を擁護しようとはしない。『ミロン』のエピローグでマリは「彼らの恋と幸せについて、昔の人たちは短詩を作った。これを文字に記し、物語りできるのは、私としても喜ばしい次第。[18]」と述べているが、ここに見られる語り手としての喜びこそが作品誕生の契機となっているのである。

三　「忘却」と「記憶」

『短詩集』執筆の過程でマリは、伝承採集者の立場に甘んじた訳ではない。口承物語を、王侯貴族の趣味にあった韻文物語詩に仕立て上げるには、修辞学的な技巧が必要であったばかりか、民間伝承に加えて、オウィディウス（Ovidius, BC43–AD c.17）に代表されるラテン文学を参照する必要もあった。フランス王ルイ七世と離婚した後、英国宮廷に嫁いだアリエノールは、最初のトルバドゥールを祖父に持っていた。そのためマリには、英国宮廷との関連も、南仏で生まれた「至純愛」（fine amor）を謳う抒情詩も無視できなかったはずである。マリが採用した形式は平韻八音綴詩句であるが、これについては一二世紀の中葉から登場した『テーベ物語』（*Roman de Thèbes* c. 1150–c.1155）や『エネアス物語』（*Roman d'Eneas* c.1155）に代表される「古代模倣の物語」（romans antiques）がモデルとなったはずである。修辞学については、『短詩集』の序に名前が挙がるプリスキアヌス（Priscianus, 六世紀のラテン語の文法家）らの影響が指摘できる。
このように『短詩集』は、書承による文学の伝統に多くを負っているが、あくまでもその着想源は、ブルターニュに流布していた口承物語である。また口承物語の淵源は、登場人物の名前を検討すると、フランスの側に求められるように思われる。[19]『エリデュック』の序で、もとになった話の題名が「エリデュック」から、二人の女性の名を冠した「ギルデリュエックとギリアドン」（Guideluec ha Gualadun）（第二二行）に変更されたと明かされる件で、後者の題名中の等位接続詞がブルトン語の ha であることは、ブルトン語による先行作品の存在を明らかにしている。[20]

プロローグでマリは、「数多くの短詩を聞きましたが、忘れ去られてゆくのがしのびなく、韻を踏んでこれを韻文に作り、そのためにしばしば夜を徹した」[21]という。「忘却」に抗い「記憶」に留める姿勢が、作品を生み出す契機となっている。メアリー・カラザース（Mary Carruthers）が指摘した通り、中世文化の固有の「属性」である「記憶」が、「反芻」により公共のテクストを自らのうちに「刻印」する作業として、道徳的かつ倫理的判断力の形成に寄与したことを考えれば、[22]「記憶」に対するマリのこだわりも納得されよう。

作品の典拠は、マリ自身が知っているか、かつて聞いたことのある口承物語とされ、個々の作品ではその存在が繰り返し明らかにされている。『ギジュマール』冒頭でマリは、「ブルトン人が想を得て短詩を作った、確かに真実である物語をいくつか、これから皆さまに手短にお話ししよう。[23]」と述べる。続く『エキタン』の冒頭では、「ブルターニュのブルトン人の貴族は、いかにも気高い人々であった。彼らはその昔、武勲と雅びと心ばえを重んじ、多くの人の身の上に生じた、冒険の物語を耳にすると、忘れさられてしまわぬよう、記憶のよすがに短詩を作った。その一つは、私も聞いたことがある、決して忘れるわけにゆかぬものです。[24]」と述べて「エキタン王の短詩」の存在に触れ、本題に入っていく。

『とねりこ』では、「私の知っている筋立てに従い、皆さまにとねりこの短詩を語ろう。」[25]、『不幸な男』では、「かつて耳にしたある短詩のことを、お心に留めてほしいと考えたので、皆さまにその物語をお話ししよう。」[26]、『エリデュック』では、「大層古くから伝わるブルターニュのある短詩の、その物語と話の筋を、皆さまにお話ししよう。」[27]という語り出しになっている。儀礼がパフォーマンスによって神話を現出させる如くに、「短詩」は「ブルトン人」が作った先行作品に回帰し、遥か昔に起きた一回限りの不思議な出来事を繰り返すのである。[28]

先述した『ギジュマール』で、本題に入る直前に「文字に書き記されたところに従い、……ある冒険の話をすることにしよう。」[29]と述べられている箇所や、トリスタン伝説に基づく『すいかずら』冒頭で「すでに多くの人が私に語り聞かせ、また書物の中で私自身が読んだ。」[30]という証言が見られることから、典拠の中には書物が存在したことも窺える。典拠が口承・書承のいずれであれ、マリの基本的な姿勢は、一二世紀のすべての著作家たちと同様に、作品を自ら創り出すのではなく、入手し得た素材をフランス語に翻案するところにあったのである。

四　「短詩」の創作過程

どのような状況で「短詩」が作られたかという説明をマリの『短詩集』に求めると、その唯一の情報は先述した『エキタン』の冒頭部分にある。「短詩」が作られるプロセスについては、作者不詳の短詩のうちの二編が、貴重な証言をもたらしてくれる。

『ティオレ』は、騎士に憧れた同名の主人公がアーサー王宮廷に赴き、そこに現れたローグルの王女が所望する牡鹿の白い足首をめぐる冒険に挑み、王女を妻に迎えるという筋書を辿る短詩である。ここで注目すべきは本編に先立つプロローグの部分である。アーサー王を頂点とするいにしえの騎士道の賞賛に続く部分に、短詩が作られるプロセスが述べられる。それによると、(一)出立した騎士が、暗き夜に素晴らしい冒険に出会った場合には、これを人々に語り聞かせる。(二)宮廷で冒険談がそのままに語られる。(三)その場に居合わせた賢き学僧がこれをすべて書き留め、ラテン語に移しかえ、羊皮紙に書き込む。(四)この冒険談が今、ラテン語からフランス語に移されて語られている。(五)祖先たちの話では、ブルトン人がこれらをもとに複数の短詩を作った。(六)そのうちの一編で、ティオレについての短詩をこれから披露する。このプロセス中、(一)と(二)の原話がブルトン語によるものとすれば、それをフランス語に翻案する前に、ラテン語への翻案を経る。冒険譚が文字化されていく過程にラテン語が介在するのは、マリの『短詩集』には類例がなく奇異に思われるが、それでも興味深い証言である。

『放蕩者』は、祝祭に参加していた奥方の一人の提案により、女性の局部を主題にした短詩を作るという内容のため、分量と内容の点からむしろ「ファブリオ」に近い作品である。しかしながら三六行も費やされたプロローグは、短詩が作られる現場の証言として重要である。そのプロセスは次の通りである。(一)ブルトン人の話によると、かつて医師の守護聖人である聖パンタレオンの祭り(七月二七日)には、大勢の人々が集まった。(二)そこでは恋愛、情事、勇ましい手柄など話題の種が尽きなかった。誰もが称える出色の冒険談が人々に記憶され、ことあるごとに繰り返され、語り継がれていく。(三)その話をもとに短詩を作るのが人々の慣例であった。(四)冒険を体験した者が自らの名を短詩に付け、作品はその名で呼ばれるようになった。(五)ヴィエル、ハープ、ロッタで調べを奏でる人たちがその短詩を他国に広め、行く先々の国々に伝えた。

『ティオレ』と『放蕩者』のプロローグは、不思議な冒険談が書き留められて、メロディーを伴う物語詩に変貌していくさまを見事に要約している。[31] これに対し、短詩生成のプロセスを遡及的に明らかにしてくれる例も見られる。それは、大団円にいにしえの冒険の証拠が登場し、作品自体がその縁起譚となる短詩である。『グラエラント』は、同名の主人公が愛する乙女と異界へ旅立つという結末を迎えるが、その結果残された馬は、主人公が姿を消した季節になると、恋しさのあまりいななないていたという。また『ガンガモール』は、異界で三日過ごした同名の主人公が故郷へ戻ると三〇〇年経過していたという浦島伝説を思わせる話であるが、主人公は、森にいた炭焼きに異界での冒険を語り、その証拠に持ち帰った白猪の頭を渡す。炭焼きは猪の頭を王に献上すると、王は祝宴でこれを披露し、冒険談を語るために短詩を作らせる。以上の二作品では、馬と猪の頭が、不思議な事件を物語る証拠の品として、短詩を生み出す契機となっている。(32)

この観点でマリの『短詩集』を再読すれば、妻による夫の裏切りを描く『狼男』の結末も同じ範疇に属することが分かる。狼に鼻を噛み切られた不実の奥方は、再婚相手の騎士との間に多くの子供をもうけたが、皆「鼻を欠いて生まれ、鼻なしのまま一生をおくった。」(33)と言われ、恥辱の印が世代を超えて伝えられたことが生々しく語られている。また『二人の恋人』は、ノルマンディーはピートルという町の近くにある高い山が、「二人の恋人の山」と名付けられることになった経緯を物語っており、作品自体がこの山の名の注釈となっている。

五　「短詩」の実演

「短詩」は、音楽と切り離すことができないジャンルである。マリ・ド・フランスに着想を与えた著作の一つで、アングロ＝ノルマン語による『ブリタニア列王史』（*Historia regum Britanniae*, c.1136）の翻案であるロベール・ワース（Robert Wace, c.1110–c.1175）の『ブリュ物語』（*Roman de Brut*, 1155）によると、ジョングルール、歌手、楽器演奏者で一杯のアーサー王宮廷では、数々の演目に混じって「調べを伴った短詩、ヴィエル伴奏の短詩にロッタ伴奏の短詩、ハープ伴奏の短詩にフルート伴奏の短詩」[34]が流れていたという。クレチアン・ド・トロワの現存第二作『クリジェス』（*Cligès*, c.1176）では、主人公がザクセン公と一騎討ちする場面で語り手が「二人は剣を兜の上にうちすえて響かせ、短詩を奏でた」[35]と述べるが、この用例も「短詩」が音楽作品であることを前提としている。スニード写本（一）断片が伝えるトマの『トリスタン物語』（*Roman de Tristan*, c.1172-c.1176）には、ギロン（Guiron）殿が愛する貴婦人ゆえに殺され、その夫がギロンの心臓を妻に食べさせたという筋書きを辿る愛の短詩をイズー（Yseut）が作り、それを甘美な声で歌い、その声が楽器と見事に合ったと書かれている。[36]

作者不詳の『放蕩者』のプロローグは、作られた短詩が弦楽奏者たちによって広められていく過程を述べている。親戚一同を前にして嫉妬深い夫ナバレを揶揄する妻を取り上げた『ナバレ』は、四八行という短さと内容から「ファブリオ」に近い作品であるが、妻の当意即妙の言葉が語り草となり、「短詩の技法を教える者たちが、ナバレの短詩に曲をつけ、歌に彼の名をつけた。」[37]とされるのは示唆的な注記である。

泉で妖精に出会い、やがてはともに異界に旅立っていく騎士の冒険を歌った『グラエラント』のプロローグには、「その短詩は耳に心地よく、調べは記憶に値しよう。」[38]とあるがこの一節は、マリの『ギジュマール』を締めくくる四行、「皆さまお聞きのこの物語から、ギジュマールの短詩は作られ、ハープでもロッタでも奏でられる。その調べは耳に心地よい。」[39]に呼応している。同じ『短詩集』の最短作品である『すいかずら』では、「ハープに長じた」（ki bien saveit harper）（第一二行）トリスタン（Tristan）が、森の中での王妃イズーとの久しぶりの逢瀬を主題にして一つの短詩を作り、それをマリが再現したということになっている。しかしながら『短詩集』を伝える写本には、トルバドゥールの作品の一部に見られるようなメロディーが伝えられていない。ハープとの関連では、作者不詳の短詩の一つ『ドーン』冒頭の、「素晴らしきハープの奏者で、この詩の調べを奏でることのできぬ者はいない」[40]という詩句も想起される。

「短詩」が弦楽器の伴奏で披露されたことは、作者不詳の短詩の一つ『エピーヌ』からも窺い知ることができる。『エピーヌ』は、ブルターニュ王が妾からもうけた息子と、王妃が前の夫からもうけた娘が相思相愛になり、離れ離れにされるが、聖ヨハネの祝日の夜に起こる一つの不思議な冒険を介して再会し、結婚に至るという筋書きを辿る。若者がサンザシの浅瀬で起きたこの冒険に挑んだのは、騎士に叙任された年のことで、聖ヨハネの祝日の一週間前に王宮で、ある乙女が冒険の話をしたことに端を発する。王宮では夕食後、王が息子と大勢の立派な騎士に囲まれて寛いでいたが、その場で、一人のアイルランド人がリュートに合わせて「アエリスの短詩」(Lai d'Aëlis) を歌う。続いて別の短詩が始まり、誰一人物音もたてず、しゃべりもせずに、「オルフェウスの短詩」(Lai d'Orphée) に耳をすませたというのである。

六　民話のモチーフ

「ブルターニュの短詩」が口承物語を典拠としている以上、そこに民話のモチーフが認められるとしても驚くにあたらない[41]。ここではマリの『短詩集』に含まれた複数の作品に注目してみよう。最初の作品『ギジュマール』には、「白い鹿狩り」と「魔法の舟」という、二つの重要なモチーフが登場する。女性に恋したことのなかった美貌の騎士ギジュマールがある朝、森で狩りをしていると、白い牝鹿を見つけ、矢を放つとそれが跳ね返り、ギジュマールの腿にささり、怪我を負わせる。頭に牡鹿のごとき角をいただいた牝鹿は、性を超越した大女神の化身に他ならず、ギジュマールに対し、相思相愛の仲となる女性に介抱されぬ限り怪我が治らぬと予言する。主人公の前に姿を見せる鹿のモチーフは聖者伝でも用いられ、例えばトラヤヌス (Trajanus) 帝 (在位九七年―一一七年) の将軍であったエウスタキウス (Eustachius) は狩りの最中に、両角の間に十字架をはやした牡鹿に

出会ってキリスト教に改宗したとされる。(42)

ギジュマールは、中央に寝台の置かれた無人の舟に乗ると、やがて傷を癒してくれる麗しの奥方の住む王国へ辿りつくのである。既婚女性との道ならぬ恋が発覚するとギジュマールは自国に戻るが、それに先立ち、奥方は彼の上衣の裾に結び目を作り、ギジュマールは奥方の体に帯を締める。切り裂かずに裾をほどくことと、留め金を壊すことなく帯をほどくことが、最終的に二人の再会をお膳立てするが、この裾と帯も民話のモチーフである。

『狼男』は、週に三日狼に変身する宿命にあった騎士が、自分を裏切った妻に復讐を果たす話である。『狼男』の骨組みとなっているのは、ロランス・アルフ＝ランクネル（Laurence Harf-Lancner）が指摘するように、アンティ・アールネ（Antti Aarne）とスティス・トンプソン（Stith Thompson）による国際話型 AT449 である。(43) ポール・ドラリュ（Paul Delarue）とマリ＝ルイーズ・トゥネーズ（Marie-Louise Tenèze）の『フランスの民話』が AT449 の例として挙げているニヴェルネ版「吸血鬼をお嫁さんにした男」(44) によると、夜中に墓場で死体を貪り食うのを咎められた妻が、夫を犬に変える。(45)『狼男』は、夫が夜中に姿を消すというこの話型の異本に近い。作者不詳の短詩の一つ『メリオン』も、同じモチーフを用いた人狼変身譚で、こちらは主人公がアーサー王宮廷の一員のメリオン、彼を裏切ることになる妻はアイルランドの王女となっている。

人間と異界の住人が出会って愛し合うものの、やがて人間が禁忌を犯し、異界の住人が姿を消すという筋書きも民話に特有のものである。『短詩集』中、唯一アーサー王世界を舞台とする『ランヴァル』が、この民話の形式を踏まえている。妖精に他ならない美しい乙女と相思相愛になり、羽振りのよくなった騎士ランヴァルが、ある時王妃の恋の申し出を拒み、少年愛をあげて非難されたために、勢いで秘密にしておくべきであった恋人の存在を明らかにしてしまう。ランヴァルは恋人の侍女のうち、最も卑しい者でも王妃より優れていると述べて王妃を侮辱したため、やがて宮廷で裁判となる。そこへ姿を消したはずの乙女が侍女たちを伴って登場し、ランヴァルは無罪放免となり、二人はアヴァロンの島へ向かっていく。アヴァロンとは不老不死のケルト的異界であるが、そこへ赴くというのは俗界から見れば、死者の仲間入りをするというのに等しい。

これに対し異界の住人が男性で、人間女性と逢瀬を重ねるのが『ヨネック』である。年老いた富裕の老代官が若い女性を娶るものの、嫉妬深いために妻を幽閉する。この状態が七年続くが、ある時、妻の部屋の窓に大鷹が飛んできて、中に入ると立派な騎士に変身する。騎士の名はモルドマレック（Muldumarec）といった。二人は恋仲となり密会が続けられるが、これが老夫の知るところとなり、鳥騎士は窓に仕掛けられた罠で致命傷を負う。(46) やがて、奥方がモルドマレックの子ヨネックを生む。ヨネックが成長して立派な騎士となり、ある年の聖アロンの祝日に、招きを受けた老代官と妻に同行する途中で一行は大きな墓碑を認める。墓碑がモルドマレックのものと分かると奥方はヨネックに、実の父をめぐる事の真相を話し、そのまま息絶える。ヨネックは老代官の首をはねて復讐を遂げる。『ランヴァル』では愛し合う二人が異界に赴くのに対し、『ヨネック』では奥方の亡骸が、モルドマレックの亡骸の傍らに葬られる以上、二人は文字通り死において結ばれる形となる。またヨネックの誕生以前の経緯については、夫婦が子宝に恵まれないという民話によく見られるモチーフが用いられている。

民間伝承から題材を得たペロー（Charles Perrault, 1628-1703）の『童話集』(47)を念頭に置けば、別の女性を娶ることになったゴロン（Goron）に対し、以前と変わらぬもてなしをし、その婚儀の日には、大切にしていた絹布を新婦の寝台に掛ける「とねりこ」（Le Frêne）の献身的な姿は、夫の課す試練に耐え続けて幸福を勝ち取るグリゼリディス（Grisélidis）を思わせる。また、愛するエリデュックが既婚者であることを知り意識を失った王女ギリアドン（Guilladon）が、エリデュックの妻により薬草の力で意識を取り戻すという件を含む『エリデュック』は、「眠れる森の美女」（AT410）の中世版と言えるだろう。さらに相思相愛の男女が悲劇的な結末を迎える『二人の恋人』の背景には、「ろばの皮」（AT510B「金の衣、銀の衣、星の衣」に対応）のテーマが見え隠れしている。町の領主は一人娘を溺愛するあまり、娘の求婚者に対し、「彼女を両腕にかき抱き町を出て山の頂まで、休みなしに運び上げる」という無理難題を課した。娘の提案で強壮剤を手にした若者は、娘を腕に抱く喜びで薬のことを忘れたまま、山の頂上まで辿り着くものの、そこで息絶え、娘も恋人の亡骸の横で息絶える。

七　象徴への仮託

その簡潔さゆえに、冗漫な描写や心理分析を十分に行うことのできない「短詩」が聴衆にとって魅力あるものとなるようマリは、イメージの喚起力をうまく利用している。『短詩集』を構成する一二の作品はそれぞれ、多義的な一つあるいは複数のイメージを配された小宇宙であると言えるだろう。

イメージとしては、植物と動物が使われている。植物の中では、『とねりこ』に登場する双子の姉妹に付けられた、「とねりこ」と「はしばみ」（Le Coudrier）という名前が印象的である。素性の分からない「とねりこ」を恋人として傍におき、家柄のよい婦人を娶る気がない領主ゴロンを臣下たちは難詰し、「とねりこの木は棄ておいて、かわりにはしばみの木をお取り下さい。はしばみには実がなり娯しみがありますが、とねりこは実を結びません。」[48]と述べて、「はしばみ」という女性との結婚を勧める。ここにははしばみが豊穣をもたらすという民間伝承が認められる。[49]『すいかずら』では、同じはしばみの木からトリスタンが杖を作り文字を彫る場面は、作品を仕上げる過程を予告するばかりか、彫られたメッセージに託された、はしばみの木に絡みつくすいかずらのイメージは、不朽のものとなった、逢瀬のもたらす幸福の瞬間を象徴している。絡み合う植物は抱擁し合う恋人たちを指すだけでなく、作品に使われた文字の絡み合いとして、短詩自身の象徴ともなっている。

『短詩集』で植物以上に印象的なのは、動物のイメージである。『ギジュマール』の白い鹿は、主人公が経験することになる恋愛を予告するし、『ヨネック』に登場する大鷹は、幽閉された奥方の心をいとも簡単に捉えてしまう。『エリデュック』の結末近くで、仮死状態にあったギリアドンを生き返らせるのに手を貸すのはいたちである。『狼男』の主人公が週に三日取る狼の姿は、恋愛に潜む陰の部分を炙り出しているかの如くである。『ミロン』の中で、とある領主と無理に結婚させられた女性と、その恋人である主人公が、二〇年にわたり逢瀬を重ねる中で伝書鳩のように使われた白鳥は、恋人たちの欲望と忠誠の象徴である。

数あるイメージの中でも『夜鳴き鶯』のそれは、『短詩集』全体の象徴と言えるだろう。ある騎士が隣人の既婚女性に恋し、しきりと懇願するうち、二人は恋仲になり、逢瀬を重ねた。小鳥が囀る季節になると、夫が寝静まったあと奥方は窓辺に行き、恋人と姿を見交わしていた。夫は、夜中に妻が起き出すことに気づく。夫に問い質された妻は、夜鳴き鶯の囀りに耳を傾けているのだと言う。夫は家来たちに命じて夜鳴き鶯を捕らえさせると、これを殺めて、奥方に投げつける。奥方は心変わりの疑いを払拭すべく、事の次第を絹布に金糸で縫い、小鳥の亡骸を包んで騎士に届ける。騎士はこれを高価な宝石のちりばめられた小箱に納める。この作品では、嫉妬深い夫は夜鳴き鶯の囀りに無頓着であるが、囀りは恋する二人にとっては高雅な愛の象徴である。鳥の亡骸を伝言とともに封印された小箱は、悲しい結末を迎えた恋愛の記念碑であるばかりか、実体を獲得した作品自体の象徴となっているのである。

八 「短詩」から「ロマン」へ

中世に人気を博した『狐物語』(*Roman de Renart*)——初期の枝篇は一一七五年頃から一二〇五年頃に成立

——の中に、ジョングルールになりすました狐ルナール（Renart）が狼イザングラン（Isengrin）に出会い、短詩のレパートリーを知らせる場面がある。

「……マーリンの話にノトンの話、アーサー王の話にトリスタン卿の話、すいかずらの話に聖ブランダンの話など、ブルターニュの短詩を聞かせてあげられるよ」「イズーの短詩は知ってるのか」「ええ、ええ、神かけて、どんな話でも歌えるよ」[50]

一二世紀末に成立したと推定される第一b枝篇[51]が伝えるこの一節が、中世盛期の文芸生活の一端を映し出しているとすれば、王侯貴族の宮廷での「アーサー王物語」や「トリスタン物語」の受容のあり方は、本章で検討した「短詩」の「口承性」に多くを負っていることが分かるだろう。ここに名前が挙げられた「すいかずらの話」とはおそらく、マリ・ド・フランスの手になる短詩である。

マリ・ド・フランスがイングランドで「短詩」というジャンルを確立した同時期に、大陸ではシャンパーニュの宮廷でクレチアン・ド・トロワが、アリエノールの娘マリ（シャンパーニュ伯夫人）（Marie de Champagne, 1145-1198）の求めに応じて「アーサー王物語」を著していた。クレチアンの現存第一作『エレックとエニッド』（*Erec et Enide*, c.1170）は、恋愛と結婚が両立することを例証した物語であるが、エレックが「宮廷の喜び」と言われる最後の冒険を完遂した後に、これを目撃した奥方たちが短詩を作り、「喜びの短詩」（Lai de Joie）と名付けたという件は示唆的である。[52]この短詩は忘れさられてしまったと物語は直ちに述べるが、文字通り「音楽」と不可分で、分量的にも行数の少ない「短詩」こそ、「ロマン」の生成における基本単位だったと推測できるのである。

（1）拙稿「〈短詩〉から〈ロマン〉へ―〈ブルターニュの素材〉における口承性をめぐって―」（中央大学人文科学研究所『人文研紀要』第五〇号、二〇〇四年、七三―一〇〇頁）。なおクレチアン・ド・トロワの作品については、拙著『クレチアン・ド・トロワ研究序説　修辞学的研究から神話学的研究へ』（中央大学出版部、二〇〇二年）を、西欧中世の「アーサー王物語」全般については、拙稿「アーサー王物語の淵源をケルトに探る」（ジャン・マルカル著、金光仁三郎・渡邉浩司訳『ケルト文化事典』、大修館書店、二〇〇二年、一九一―二〇九頁）を参照。

（2）H. d'Arbois de Jubainville, «Lai», *Romania*, 8, 1899, pp. 422-425.

（3）堀田京子「Marie de France の作品を中心としての lai の概念」（『フランス語フランス文学研究』第七号、一九六五年、一―六頁）。

（4）本章で引用するマリ・ド・フランスのテクストは、Marie de France, *Lais*, Edition bilingue de Philippe Walter, Paris, Gallimard, 2000 による。邦訳には原則として月村辰雄訳『一二の恋の物語　マリー・ド・フランスのレー』（岩波文庫、一九八八年）を用い、文脈に合わせて適宜訳語を変更させていただいた。なお月村訳に先行する訳業としては、森本英夫・本田忠雄訳『中世フランス文学Ｉ　レ』（東洋文化社、一九八一年）がある。

（5）Jean Frappier, «Remarques sur la structure du lai. Essai de définition et de classement», *La littérature narrative d'imagination des genres littéraires aux techniques d'expression*, Paris, Presses Universitaires de France, 1961, pp. 23-39.「ブルターニュの短詩」がケルトの遺産に多くを負っていることは、例えば作者不詳の短詩の一つ『トロット』に登場する騎馬行列の分析からも明らかである。詳しくは拙稿「『速歩の短詩』に現れる死者の騎馬行列」（中央大学人文科学研究所『人文研紀要』第三五号、一九九九年、一九―五三頁）を参照。

（6）マリの名が登場する唯一の同時代資料は、ドニ・ピラミュス（Denis Piramus）が一一七〇年代に著した『聖王エドモンド伝』（*La vie de seint Edmund*）であり、その冒頭には、マリが全く真実ではない短詩を韻文に仕上げ、世間で評判を得ていたと書かれている。マリの出自に関する仮説としては、（一）ルイ七世とアリエノール・ダキテーヌの娘、マリ・ド・シャンパーニュ説、（二）ヘンリー二世の父ジョフロワ・ダンジューの私生児、従ってヘンリー二世の義妹にして後のシャフツベリの女子大修道院長説、（三）レディングの女子大修道院長説、（四）エティエンヌ・ド・ブロワとマティルド・ド・ブーローニュの娘で、ロンゼの女子大修道院長となったマリ・ド・ブーローニュ説、（五）ムーラン伯ガルラン・ド・ボーモンとアニェス・ド・モンフォールの娘で、ユーグ・ド・タルボの妻説などがある。

（7） 'Oëz, seignurs, ke dit Marie, / Ki en sun tens pas ne s'oblie.'（*Guigemar*, vv. 3-4）

（8） 'Al finement de cest escrit / que en romanz ai treité e dit, / me numerai pur remembrance : / Marie ai nun, si sui de France.' *Les Fables*, Epilogue, vv. 1-4, éd. Charles Brucker, Paris-Louvain, Peeters, 1998.

（9） 'Jo(e), Marie, ai mis, en memoire, / le livre de l'Espurgatoire / en romanz, k'il seit entendables / a laie genz e covenables.', *L'Espurgatoire Seint Patriz*, vv. 2297-2300, éd. Yolande de Pontfarcy, Paris-Louvain, Peeters, 1995. マリの『聖パトリックの煉獄』を伝える唯一の写本は、フランス国立図書館所蔵第二五四〇七番写本である。なおソールトレーのHがラテン語で著した『聖パトリキウスの煉獄』については、ジャック・ル・ゴッフ（渡辺香根夫・内田洋訳）『煉獄の誕生』（法政大学出版局、一九八八年）、二八六—三〇〇頁を参照。

（10） ウィリアム・マーシャルはヘンリー王子の死後、王子の誓いを受け継いで十字軍に参加し帰還後、ヘンリー二世の寵愛を受けたと言われている（富沢霊岸『イギリス中世文化史　社会・文化・アイデンティティー』ミネルヴァ書房、一九九六年、七八—八五頁）。

（11） 'Bisclavret ad nun en bretan, / Garwaf l'apelent li Norman.'（*Bisclavret*, vv. 3-4）

（12） 'Laüstic ad nun, ceo m'est vis, / Si l'apelent en lur païs ; / Ceo est russignol en franceis / E nihtegale en dreit engleis.'（*Le Rossignol*, vv. 3-6）

（13） 'Asez briefment le numerai : / Gotelef l'apelent en engleis, / Chevrefoil le nument Franceis.'（*Le Chèvrefeuille*, vv. 114-116）

（14） 横山安由美「マリ・ド・フランスの『レー』における〈題名〉論」（名古屋仏文学会論集『フランス語フランス文学研究plume』第四号、一九九九年、二四—三一頁）。

（15） ヨアヒム・ブムケ（平尾浩三ほか訳）『中世の騎士文化』（白水社、一九九五年）、六七〇—六七一頁。

（16） フランス国立図書館所蔵新収第一一〇四番写本（S写本、フランシアン方言、一三世紀末）には九作品が次の順で収録されている（『ギジュマール』『ランヴァル』『ヨネック』『すいかずら』『二人の恋人』『狼男』『ミロン』『とねりこ』『エキタン』）。同図書館二一六八番写本（P写本、ピカルディー方言、一三世紀後半）には『ヨネック』の結末と、『ギジュマール』『ランヴァル』が、同図書館二四四三二番写本（Q写本、フランシアン方言、一四世紀）には『ヨネック』のみが収められている。大英博物館のコットン・ヴェスペイジャン旧蔵写本B. XIV（C写本、アングロ・ノルマン方言、一三世紀末）は『ランヴァル』のみを伝える。大英博物館の写本をめぐる状況については、高木眞佐子氏（杏林大学）から貴重なご指摘をいただきました。ここに記して感謝致します。

(17) Prudence Mary O'Hara Tobin, *Les lais anonymes des XIIe et XIIIe siècles*, Genève, Droz, 1976.「作者不詳の短詩」の邦訳は、『中世ブルターニュ妖精譚』（関西古フランス語研究会、一九九八年）を参照。トーバンの編集した一一の作者不詳の短詩は、八つの写本に残されている。そのうち五写本は一三世紀末から一四世紀初、一写本は一五世紀初、一写本は一八世紀のもので、さらに一三世紀初のフランス写本からのノルウェー語訳が一点存在する。

(18) 'De lur amur e de lur bien / Firent un lai li aunciën ; / E jeo que le ai mis en escrit / Al recunter mut me delit.'（*Milon*, vv. 533-536）

(19) Léon Fleuriot, «Les lais bretons», *Histoire littéraire et culturelle de la Bretagne*, sous la direction de Jean Balcou et Yves Le Gallo, Paris-Spezed, Champion-Coop Breizh, 1997, pp. 131-138.

(20) Ernest Hœpffner, «The Bretons Lais», in *Arthurian Literature in the Middle Ages. A Collaborative History*, edited by Roger Sherman Loomis, Oxford, Clarendon Press, 1959, pp. 112-121（ここでは p. 113).

(21) 'Plusurs en ai oï conter, / Ne[s] voil laisser në oblïer ; / Rimez en ai e fait ditié,'（Prologue, vv. 39-41）

(22) メアリー・カラザース（別宮貞徳監訳）『記憶術と書物―中世ヨーロッパの情報文化』（工作舎、一九九七年）、特に第五章「記憶と読書の倫理」を参照。

(23) 'Les contes ke jo sai verrais, / Dunt li Bretun unt fait les lais, / Vos conterai assez briefment.'（*Guigemar*, vv. 19-21）

(24) 'Mut unt esté noble barun / Cil de Bretaine, li Bretun. / Jadis suleient par prüesce, / Par curteisie e par nob-

lesce / Des aventures que oiëent, / Ki a plusur gent aveneient, / Fere les lais pur remembrance, / Que [hum] nes meïst en ubliance. / Un en firent, ceo oi cunter, / Ki ne fet mie a ublier,'（*Equitan*, vv. 1-10）

(25) 'Le lai del Freisne vus dirai / Sulunc le cunte que jeo sai.'（*Le Frêne*, vv. 1-2）

(26) 'Talent me prist de remembrer / Un lai dunt jo oï parler.'（*Le Pauvre Malheureux*, vv. 1-2）

(27) 'De un mut ancïen lai bretun / Le cunte e tute la reisun / Vus dirai（…）;'（*Eliduc*, vv. 1-3）

(28) Herman Braet, «Les lais 'bretons', enfants de la mémoire», *BBSIA*, 37, 1985, pp. 283-291.

(29) 'Sulunc la lettre e l'escriture, / Vos mosterai un'aventure'（*Guigemar*, vv. 23-24）

(30) 'Plusurs le me unt cunté e dit / E jeo l'ai trové en escrit'（*Le Chèvrefeuille*, vv. 5-6）

(31) 「短詩」の生成過程については、中世英国ロマンスの一つ『オーフェオ卿』の冒頭も示唆的である。「私たちが度々読み、また書かれたのを目にする詩は、学ある人々が私たちに教えてくれます通り、竪琴に乗せて歌われ、優れた素材を用いて作られたものです。幸せの詩もあれば、悲しみの詩もあり、また喜びや楽しみの詩もあり、裏切りの詩もあれば、嘆きの詩もあり、また時折起こる思わぬ出来事の詩もあり、滑稽な話の詩もあれば、淫らな話の詩もあり、また妖精たちについての詩もあります。人が目にし得る凡てのものの中で、それらの詩こそは本当に一番賞讃さるべきものです。こういった詩はブルターニュで書かれ、最初に作られ、世に出されたのですが、それは昔々に起こった出来事を扱うもので、ブルターニュの人たちが詩に作ったものなのです。起こった出来事をどこであれ耳にすることがあると、彼らは喜んで竪琴を取り、詩を作って、それに題名を付けたのです。」（中世英国ロマンス研究会訳『中世英国ロマンス集第二集』篠崎書林、一九八六年、四四頁）

(32) Roger Dubuis, «Un jeu de la vérité dans les les bretons anonymes», *Razo*, 15, 1998, pp. 45-58（ここでは p. 57）.

(33) '(…), senz nes sunt nees / E si viveient esnasees.'（*Bisclavret*, vv. 313-314）

(34) '(…), lais de note, / lais de vïeles, lais de rotes, / lais de harpes, lais de frestels,'（vv. 1721-1723）, *Roman de Brut*, in *La geste du roi Arthur*, éd. par Emmanuèlle Baumgartner et Ian Short, Paris, Union générale d'Editions, 1993, pp. 116-119.

(35) 'As espees notent un lai / Sor les hiaumes qui retantissent,'（vv. 4054-4055）*Cligès*, in Chrétien de Troyes, *Œuvres complètes*, sous la direction de Daniel Poirion, Paris, Gallimard, 1994.

(36) トマ（新倉俊一訳）『トリスタン物語』（『フランス中世文学集一』白水社、一九九〇年）二九二頁。オクスフォード本『トリスタン佯狂』によると、狂人に扮したトリスタンがイズーを前に話をする中で、「わたしはあなたに教えてさしあげた、竪琴で弾き語る美しいレーを、生まれた国ブルターニュのレーを。」（第三六一～二行）（『フランス中世文学集二』所収新倉俊一訳、三六六頁）という一節が見られることから、一回目のアイルランド行きの折に、トリスタンがイズーにハープの弾き方と短詩の作り方を伝授したことが窺える。なお『ギロンの短詩』については、岡田真知夫「〈心臓を食べる話〉―『イニョール短詩』の場合」（東京都立大学人文学部『人文学報』第一三九号、一九八〇年、一―二三頁）を参照。

(37) 'Cil ki de lais tindrent l'escole / de Nabarez un lai noterent / e de sun nun le lai nomerent.'（*Lai de Nabaret*, vv. 46-48）

(38) 'bon en sont li lai a oïr, / e les notes a retenir,'（*Lai de Graelent*, vv. 3-4）

(39) 'De cest cunte ke oï avez / Fu Guigemar le lai trovez, / Quë hum fait en harpe e en rote: / Bonë est a oïr la note.'（*Guigemar*, vv. 883-886）

(40) 'n'i a gueres bon harpëor / ne sache les notes harper ;'（*Lai de Doon*, vv. 2-3）

(41) Mary H. Ferguson, «Folklore in the *Lais* of Marie de France», *Romanic Review*, 57, 1966, pp. 3-24.

(42) ヤコブス・デ・ウォラギネ（前田敬作・山中知子訳）『黄金伝説 四』（人文書院、一九八七年）一四七―一五九頁（「聖エウスタキウス」）を参照。牝鹿のエピソードは、狩猟の守護聖人とされる聖フベルト Hubert（七二七年没）の伝説にも見られる（ドナルド・アットウォーター、キャサリン・レイチェル・ジョン著、山岡健訳『聖人事典』三交社、一九九八年、三一九頁）。

(43) Laurence Harf-Lancner, «La métamorphose illusoire : des théories chrétiennes de la métamorphose aux images médiévales du loup-garou», *Annales Economies Sociétés Civilisations*, 40, 1985, pp. 208-226.

（44）Paul Delarue et Marie-Louise Tenèze, *Le conte populaire français*, t. 2, Paris, 1964, n. 449 (L'homme qui a épousé une femme vampire).

（45）毎日ひと匙のスープしか食べず、夜中に姿を消す妻を怪しんだ夫が、妻の跡をつけ、墓の死体を貪り食っていることを突き止める。これを咎められた妻は夫を犬に変える。代母は犬を元の姿に戻し、男の妻を牝馬に変える。やがて人間に戻った妻は、夫を小蝿に変える。男は再度代母に助けられ、男の妻は暖炉の煙突に変えられる。

（46）オーノワ夫人が一六九八年に出版した『新妖精物語』に収められた「青い鳥」は、「ヨネック」と同じ鳥男のモチーフを用いた話である。邦訳は上村くにこ訳『フランス童話集Ⅱ　ロゼット姫』（東洋文化社、一九八一年）所収「青い鳥」を参照。

（47）邦訳は新倉朗子訳『完訳ペロー童話集』（岩波文庫、一九八二年）を参照。『ペロー童話集』は、韻文による三篇と、散文による八篇からなる。「グリゼリディス」と「ろばの皮」は前者に、「眠れる森の美女」は後者に属する。

（48）'Pur le Freisne, que vus larrez, / En eschange le Codre av[r]ez. / En la Codre ad noiz e deduiz ; Freisne ne portë unke fruiz.'（*Le Frêne*, vv. 337-340）

（49）民間伝承では、豊穣と結びついた「はしばみ」の方が「とねりこ」よりも象徴的意味が優勢であるが、マリは、とねりこの木を「生と死の木」とすることで独自の象徴的意味を創り出し、「とねりこ」が大団円を用意する筋書きとしている（François Suard, «L'utilisation des éléments folkloriques dans le lai du *Frêne*», *Cahiers de civilisation médiévale*, 21, 1978, pp. 43-52)。

（50）'(«. . .Je suel savoir bien lë breton/Et de Merlin et de Noton, / Dou roi Artu et dan Tristan, / De chavrefuel, de saint Brandan. / - Et ses tu le lais dam Iset ? / - Ya! Ya! Gordatouet ! / Jou les savrai bien voir trestous.»,' dans : *Le Roman de Renart*, édition publiée sous la direction d'Armand Strubel（Paris : Gallimard, 1998）, p. 65.

（51）リュシアン・フーレは、第一a枝篇の成立推定年代を一一九〇年から九五年と特定しているが、第一b枝篇については特定が難しく「一二世紀後半」としている（Lucien Foulet, *Le Roman de Renard*, Paris, Honoré Champion, 1914, p. 358)。『狐物語』の各枝篇の成立推定年代については、原野昇氏（広島大学）から貴重なご指摘をいただきました。

ここに記して感謝致します。

(52) 'Et les dames un lai troverent / Que le Lai de Joie apelerent, / Mes n'est gueres li lai saüz.' (*Erec et Enide*, vv. 6183-6185, in Chrétien de Troyes, *Œuvres complètes, op. cit.*)

第二部

第五章　初期スコットランド小説と複数の声

松井優子

一　スコットランドにおけるさまざまな声

ゲール語詩の伝統やスコッツ語のバラッドの伝統に代表されるように、スコットランドにはさまざまな声やそれによる芸術が存在する。これらさまざまな「声」は、この国の初期の小説においてどのように表現され、「話しことば」と「書きことば」、換言すれば、声と文字とはどのような関係を取り結んできたのだろうか。

この問題について本章で考察を進める出発点として、啓蒙の文人のひとりエリザベス・ハミルトン（Elizabeth Hamilton, 1756 / 8–1816）の『現代の哲学者の言行録』（*Memoirs of Modern Philosophers*, 1800）から、ある場面を引いてみよう。ハミルトンのこの小説は、フランス革命後の一七九〇年代に数多く出版されたいわゆる「反ジャコバン小説」のひとつとされ、ハミルトンとも親しかった作家メアリ・ヘイズをモデルに、急進思想家ウィリアム・ゴドウィンの著作から引用を繰り返すブリジッティーナ・ボザリムの人物造型でよく知られている。以下は、登場人物のひとり、医師のヘンリー・シドニーがスコットランド旅行のようすを話して聞かせる章からである。聞き手には、ブリジッティーナやその母ミセス・ボザリム、牧師のオーウェル博士らがいる。

「徒歩での旅行でしたから、この国のロマンティックな景色を観察する機会にもそれだけ多く恵まれました。馬車の車輪のこだまなど響いたことがない丘からの崇高な眺めをどれほど楽しんだことでしょう。森のなかの急峻なグレンでは、じつに驚くべきピクチャレスクな美の光景にいったい何回出くわしたことか。こうした場所は、馬にも乗り手にも危険だったでしょうにね。ときには透き通った流れの縁に沿って植物を採集したり、あるいは鉱物を調査したりして、『自然』という雄大な『博物館』の標本を楽しむこともありました。けれども、私がおもに注意を引かれたのは、土地の人たちの風俗や気質でした。

「道中、エディンバラの友人たちから近隣に地所をもつカントリー・ジェントルマンに宛てた紹介状を何通もあずかっていましたが、ひとつも使いませんでした、そこの借地人たちのもてなしに期待したのですよ、そして、それは裏切られませんでした」。

「まあ」、とミセス・ボザリムは叫んだ。「スコットランドの未開人たちを信用するなんて、いったいどうしてそんなことがおできになられたものか、びっくり仰天ですわ、もしやつらの手にかかって命を落とされていたとしても不思議には思わなかったことでございましょう。なんでも、今は亡き宅が断言しておりましたが、スコットランドの長老派たちは世界一恐ろしく、いやらしい人々だそうで。それに、貧乏人ときたらこれはまたとんでもなく貧乏で、裸体を覆うぼろきれにさえ事欠くという話じゃございませんか、まったく！　どうしたらあのぷんぷん臭う家に足を踏み入れる気におなりになれたことやら。」(1)

ミセス・ボザリムのこの発言（後述のように、どうやらここには反スコットランド言説の構成要素のほとんどが網羅されているようなのだけれども）にたいして、シドニーがロンドンではそれ以上に貧しい人々を見かけると返答すると、オーウェル博士とのあいだで暫時、話題は富と貧しさ、なかでも都市の貧民の惨状に移っていく。シドニーは「スコットランドの農民たちは、この点［清潔さ・勤勉・知性］においてどれほど［イングランドの農民たちに］まさっていることでしょう！」（二一〇頁）と述べて、彼らが聖書から多くのことを学んでいることにふれたあと、教会で出くわしたひとりの少女のエピソードを披露する。


「どなたのお子ですか、美しいお嬢さん？　と、ある日私はひとりの女の子に話しかけました。その子は、礼拝の合間の時間、教会墓地の墓石の上に座っていたのです」。

「私は神の子でございます」とその子は答えました、じつに素朴にね。

「それで、どのようにして神の子となったのですか」と、私はたずねました。

「私は、受け入れと再生によって神の子となりました」と、その子はじつに荘重な調子で、胸の前で腕を交差させ、私に向かってじつに上手にひざを曲げたお辞儀をしながら答えました。

「だが、神のほかにお父上はいないのですか？」と、私は言いました。

「もちろん、おりますよ、私はジェイミー・タムソンの子供です」

「ここで私は自分のまちがいをさとり、この子の素朴さに笑みを誘われましたが、一方で、この子に教えを授けている者たちの愚かな行為を不思議に思わずにはいられませんでした。彼らときたら、この子の能力をはるかに超えた教義を教え込もうとむだに試みたあげく、この子が教わったのは、自分では何ひとつ意味がわからないことばを繰り返すことだったのですからね」。（二一一頁）

シドニーの話は、これを受けたオーウェル博士とともに宗教の教えをめぐって再び脱線するものの、ほどなくスコットランドの農民の生活の描写に戻る。そして、そこでは、ロバート・バーンズ（Robert Burns, 1759-1796）

の「小作人の土曜日の夜」（"The Cotter's Saturday Night", 1785.『言行録』出版の一八〇〇年にはバーンズの詩や歌謡の初の選集が、編者ジェイムズ・カリーによる長文の序論や伝記付きで出版された）の第一六・七連の引用もまじえながら、彼らがいかに敬虔で、その小屋がいかに清潔で居心地がよいかが賞賛される。

少女をめぐる右のエピソードは、今度は『抒情歌謡集』（*Lyrical Ballads*, 1798）に収められたウィリアム・ワーズワース（William Wordsworth, 1770-1850）の「全部で七人」（"We Are Seven"）を想起させるが、右の場合、「誤解」の源はシドニーの最初の問いかけ、"Whose child are you, my pretty maid?" のなかの'child'と、少女の最後の答え、"I am Jamie Thamson's *bairn*" のなかの'bairn'という語のちがいにある。シドニー自身は、少女の融通性を欠いた答えを暗記優先の教授法の悪弊として批判（これは著者のハミルトン自身の立場でもあった）している。とはいえ、ことはこれら二語のたんなる「意味」の問題だけでもなさそうなのだ。

たとえば、英語長篇詩『ミンストレル』（*The Minstrel*, 1771, 1774）の著者でも知られるジェイムズ・ビーティ（James Beattie, 1735-1803）の『スコットランド語法集』（*Scoticisms*, 1787）を参照してみよう。この『語法集』には、'mortification'（この語は、北では「寄付」や「財団」を意味する）という語をめぐってアバディーンの基金管財人とイングランド紳士とのあいだで、また、'mind'（おなじく「記憶している」を意味する）をめぐってスコットランド人連隊旗手とイングランド人司令官とのあいだでそれぞれ誤解が生じている例が、右の少女のエピソードと似た小話のかたちをとって挙げられている。ビーティによれば、いずれの場合もかわりに'donation'ないし'foundation'、あるいは'remember'を用いれば問題解決というわけで、ビジネスの場や軍隊においてスコットランド語法を避け、円滑な意思疎通を図る重要性が説得力をもって示されるわけである。(2)

これでいけば、先の少女との会話も「まちがい」をさとったシドニーがそれを正し、'child'を'bairn'に言いかえればそれですみそうにみえるのだが、ただ、ビーティの例は語の意味をめぐっての局所的な誤解であるのにたいし、シドニーの場合はかならずしも二つの語の「意味」じたいがちがっているわけではない。それよりもむしろ、おなじ少女によるこの両者の使い分けからうかがえるのは、この国で英訳聖書の普及が始まった宗教改革の時代から、'child' とは教理問答に代表される、書きことばに基づいた知識を習得したり、それを問うやりとりの場で用いられる語だったとすると、'bairn' のほうは家族や近所の人々との日常生活のやりとりにおいて用いられてきた語であるということだろう。これらの二語は、言わばそれぞれによって生じる磁場がちがっている、あるいはそれぞれ異なる言説空間に属しているのである。礼拝の合間に教会の境内で、見知らぬシドニーから 'child' という語をまじえつつ話しかけられたときには、少女はこの語が属する言説のなかで応答し、最後になって、ようやくこの世の父親の名を答える日常の会話にいたったと言えるかもしれない。

その後ハミルトンは、『言行録』のこの章を内部から裏返しにしたような小説を書くことになったが、そこには、スコットランドにおけるこうした言語的な差異を活用しつつ、『スコッツ・マガジン』（*The Scots Magazine*）誌の書評によれば、「これまで印刷されたなかでおそらく最もまじりけのない口語スコッツ語」[3]が重要な構成要素として組み込まれていた。一方、シドニーによる「ロマンティックな景色」、「崇高な眺め」、「ピクチャレスクな美の光景」、「グレン」という表現には、今ひとつべつの口承の伝統、当時の美学用語や特定の語彙による風景描写に「翻訳」されて英語文学の一部になったゲール圏の影響も感知できる。

そこで、本章では、ゲールの伝統に基づいたジェイムズ・マクファースン（James Macpherson, 1736–1796）の『オシアン詩篇』（*The Works of Ossian*, 1765）や、バーンズのスコッツ語詩の位置づけを再確認しながら、一八世紀半ばのトバイアス・スモレット（Tobias Smollett, 1721–1771）、一九世紀前半のハミルトンやウォルター・スコット（Walter Scott, 1771–1832）らロマン主義時代の小説を中心に、標準英語で書かれた初期スコットランド小説のなかでこの国における複数の声がどのように提示され、どのような役割を担ってきたか、考察を進めていくことにしたい。

二　スモレットの二作品——標準英語とその偏差

スコットランドの最初期の小説としては、王政復古以前の政治状況をアレゴリー的にあつかったジョージ・マッケンジー（George Mackenzie, 1636–1691）の『アレティーナ』（*Aretina*, 1660）の存在が指摘されているが、[4]ここでは、複数の作品の「序」で小説論を展開し、一八世紀に新しく主流になりつつあったこの文学形式に意識的であった作家の作品として、トバイアス・スモレットの『ロデリック・ランダムの冒険』（*The Adventures of Roderick Random*, 1748）と『ハンフリー・クリンカーの旅』（*The Expedition of Humphry Clinker*, 1771）を取り上げよう。この二作品にはスコットランド人やスコットランドが直接登場しているほか、標準英語やそれによる「語り」と、そこからの偏差の問題が提起されているからである。

スモレットの小説第一作『ロデリック・ランダムの冒険』は「序」と「寓話」を経て、主人公ロデリックが「私はこの連合王国北部の祖父の家で生まれた」[5]と語り出して幕を開ける。ロバート・クローフォード（Robert Crawford）はこの作品を「スコットランド人を主人公にもつ最初の重要な英語小説」[6]と評したが、この主人公は祖父から冷遇されながらも伯父に助けられて教育を受け、イングランド、西インド諸島、ヨーロッパ大陸、西アフリカ、南米と、海外の戦地や植民地を渡り歩き、ついには失われた父と再会してこの帝国建設の旅を終え、新しく地主として認められて花嫁とともに故郷に帰還する。その点で、一八世紀ブリテンにおけるスコットランド人の活動の一端を体現した小説になっている。が、このロデリックは同時に、一人称小説の語り手として、標準英語の散文の書き手にしてスコティッシュ・アクセントの話し手という、文字と声とが乖離する言語的な多重性を潜ませた主人公でもあった。そして、この問題は彼が連合王国北部の大学に進み、ギリシア語や道徳哲学を学ぶ一方で、なによりも「文学（*Belle Lettre*［原綴のまま］）における自分のテイストや詩の才能を誇りに思って」（二一〇頁）いたことによって、一層先鋭に意識化されることになったはずである。

というのも、アダム・スミス（Adam Smith 1723-1790）の「修辞学・文学講義」がエディンバラでの公開講座やスモレットの母校であるグラースゴウ大学で開催されたのは一七四〇年代後半から六〇年代にかけて、ヒュー・ブレア（Hugh Blair, 1718-1800）がブリテンで初の「修辞学・文学」教授に就任したのは一七六二年、また、「会話や筆記上の誤用矯正を目的として」という副題が付され、高雅な文語からスコットランド語法を排除しようとした先のビーティの『スコットランド語法集』の出版はそれよりさらに遅れてのこととはいえ、ちょうどスコットランドではこの『ロデリック・ランダム』の出版を追いかけるようにして、標準英語の習得を目的とした活動が加速化していたからである。なかでも、一七五四年に設立された「エディンバラ・セレクト・ソサエティ」の小委員会には「文学と批評」部会があったほか、一七六一年頃からは「スコットランドにおける英語の読解ならびに会話普及を目的とした」分科会も活動していた。英語の文法や綴りを教授する参考書がスコットランド人によって数多く著されたのもこの時期だった。(7)

これらの部会や分科会にはスミスやブレア、哲学者のデイヴィド・ヒューム（David Hume, 1711-1776）らが所属し、英語の詩や散文の批評基準やテイストを論じたり、それらにしたがって自分たちの文章や会話からスコットランド語法やアクセントを取り除こうと心を砕いていたが、スモレット自身、こうした流れの促進者のひとりだった。たとえば、ジェイムズ・G・バスカー（James G. Basker）は、スモレット編集（一七五六年創刊）による『クリティカル・レヴュー』（*Critical Review*）誌の優先事項のひとつは、「書評の対象となっている文献の言語の誤りや変格を正すこと――とくに、スコットランド語法の検出にあったことが多かったようだ」として、スモレットがこの雑誌で指摘したスコットランド語法の一覧を付録として挙げ、さらに『ロデリック・ランダム』出版後も、作家が後続の版からスコットランド語法を除去しようと苦心したことを指摘している。(8)

その一方、おなじ『ロデリック・ランダム』では、「北部ブリテン人」を主人公に選んだ理由がわざわざ「序」で列挙されるとともに、本篇の書き出しでも「連合王国北部」の生まれが銘記され、この一人称の語り手によってスコットランド人の視点の焦点化が試みられている。とするとこの試みは、「文学」における自身のテイストを誇りとするロデリックが綴り、標準英語を志向する散文と、いまだスコティッシュ・アクセントを残す彼の声との乖離、言いかえれば、規範と「写実的な」記述とにどう架橋するかという問題を作家に提示することになったはずである。そして、おそらくその手段のひとつとしてスモレットがとったのが、ロデリックらの声の一部を他の登場人物の耳を媒介にして読者に届けるという方法だった。とくに物語の前半において、ロデリックと友人のストラップが行く先々で出会う人物たちは、「私たちの方言から私たちが何者であるかを理解し」(六五頁)たり、「おことばからすると、スコットランドのご出身ですね」(六九頁)と声をかけられたりする。これによって、直接「読む」ことはできなくても、読者にロデリックのアクセントの違いが伝わることになるからである。

先述のクローフォードは、『ロデリック・ランダム』は反スコットランド的な偏見を取り除くとともに、読者を一八世紀のスコティッシュ・ネットワークの内部に引き入れる作品であるとし、右のような手法は「スコッツ語話者以外の読者をロデリックの味方につけるための、スモレットによる周到な策」であり、「イングランド人が多数を占めるブリテンの読者のあいだに予想される偏見への対抗戦略の一部」(五八頁)であると論じている。確かに、この作品にはロデリックらが反スコットランド的な偏見に遭遇する場面も多いうえ、その出版も一七四五年のジャコバイト蜂起の記憶がまだ新しい時期だった。さらに、のちにスコットランド出身のビュート伯が勢力をふるい、反スコットランド的偏見が一層強まったあとに執筆されたおなじスモレットの『ハンフリー・クリンカーの旅』でも、高地人の衣装、虱やのみの蔓延、悪臭や不潔さなどの要素から構成される反スコットランド的言説を、作品が中和しようとする展開になっていることが指摘されてもいる。[9]が、同時にこの手法は、一人称小説の語り手ロデリックに潜む言語的な分裂、ないしは多重性の直接的な表出を避ける戦略にして策としても、じゅうぶん機能していたはずである。

かわって、とくに物語の中盤においてスコティッシュ・アクセントの言わば「代弁者」の役割を引き受けたのが、ロデリックが軍医助手として乗り組む軍艦「サンダー号」の第一助手でウェールズ人のモーガンだろう。というのも、ロデリックのアクセントこそ直接耳にはできないものの、ラテン語やフランス語の語句に加えてロデリックの伯父ボウリング船長の海事用語など言語的な多様性はこの作品の特徴のひとつだが、標準英語からの偏差を記しているという点ではこのモーガンの発言にまさるものはないからである。なによりも、モーガンは作中、ウェルシュ・アクセントを強く響かせた「声」としてまず登場する。さらに、「古代ブリトン人の有名な王カラクタクスの直系の子孫」（一四七頁）として、ロデリックによって「ウェールズ人代表」（一四八頁）と形容される。そしてモーガン自身、「古代スコット人とブリトン人はおそらく同一民族だった」（一五六頁）と述べて、古代「ケルト」という民族的起源を媒介としてロデリックとの親縁性を表現し、その後もロデリックのよき友人として彼に誠実に寄り添っていく。そして、途中、西インド諸島でやむなく別れるものの、物語の最後で思わぬ再会を果たし、西インドでの別れ際に交換したカフスボタンを見せあって互いの無事を喜ぶまで、モーガンのアクセントは弱まることはない。

つまり、『ロデリック・ランダム』でのスモレットは、スコットランド人の語り手が自身の声としては表記しかねる標準英語以外のアクセントを、古代「ケルト」という共通の民族的起源を経由することで、言わばウェールズ人の「分身」に託して届けていくのである。ただ、スコットランド人の語り手が抱えるこの「語り」の多重性の問題も一因だったのだろうか、スモレットはその後スコットランド人を主人公とすることはなかった。そのかわり、最後の小説『ハンフリー・クリンカーの旅』では、再びスコットランドを主要な舞台として登場させる。そして、ロデリックとモーガンとのあいだの、言わば古代「ケルト」的な連帯は、この最後の小説においても一作めと類似した役割を果たすことになったようだ。

スモレット最晩年の作である『ハンフリー・クリンカーの旅』は、やはり彼の手になる『完全版イングランド史』(*A Complete History of England*, 1757-1758)や『諸国民の現状』(*The Present State of All Nations*, 1768-1769)と同様の関心を兼ね備えた作品で、ウェールズの地主一行がバースやロンドンを経てスコットランドを訪れ、再び南下する旅をとおしてブリテンの歴史や現状批判が記され、その将来像も示唆される。この旅はまた、ジャマイカ出身の奴隷監督、クレオールの紳士に連れられた二人の黒人、カリブ海東部の島の出身で白黒混血児の女性相続人らに加え、東インドで財をなし、故郷に工場を建設しようとする孝行息子や、北米で「インディアン」虜囚を経験した退役軍人のスコットランド人リズマヘイゴー中尉ら、一層多様さを増した文化の体現者にブリテン島内部で遭遇する旅でもある。また、ウェールズ人一行が語り手の役割を果たすこの作品では、スコットランド人やその文化が対象化され、「南部ブリテン人」の規範的で批判的な視点と一緒に古代「ケルト」民族を経由したウェールズ人の共感をもって、それらが記録されていく。

それと同時に、この小説はウェールズ人の地主マシュー・ブランブル、その妹タビサ、タビサの侍女ウィニフレッド、マシューらの甥のジェリー、姪のリディアという複数の主要な書き手による書簡体小説という形式をとることで、そこには標準英語とともにその偏差が綴られ、多様な「声」が記されることになった。そして、これらの声は、一行がロンドンへ向かう途中、馬車の転覆事故がきっかけで一行に御者として加わるハンフリー・クリンカーを題名にいただきながらも、ハンフリー自身は書簡の書き手ではないことで、いずれかが優勢になることなく均衡を保つかたちになっている。

じっさい、この作品の五人の書き手の書簡は、たんに同一の事象にたいする個々人の反応の差異を記録するだけでなく、その文体や内容、郵送手段までふくめ、「書きことば」の差異をとおして書き手の個性や社会における位置に等しく読み手の注意を喚起していく。たとえば、マシューやその甥でオックスフォードの学生ジェリーは標準英語を自在に使いこなした書簡を公の郵便を利用して送るけれども、タビサやウィニフレッドはスペリングも覚束ない、あるいは発音そのままに綴られた単語が目立つ手紙を、たまたま便があったときにそれに託して送る。寄宿学校で学んでいたリディアの場合は、文章はきちんとした英語だが、送付はやはり私信に頼っている。一方、マシューやジェリーにとって、手紙を書く行為はそれぞれ「座しての楽しみ」や「日誌」[10]と形容されているのにたいし、「声」そのもののような文字を記すウィニフレッドは言うにおよばず、ウェールズの屋敷で留守をあずかる使用人たちに手紙で指示を出すタビサや、友人を自分のもとに呼び出そうとするリディアの場合、書く行為は身体性や行動とより密接に結びついており、彼女たちは生身の声の痕跡を組み入れた書簡の書き手となっている。こうして、この小説のそれぞれの書簡は標準英語とそこからずれる英語の話し手／書き手の存在を対比的に浮かび上がらせ、階級やジェンダーの差異による公私の領域と標準英語との関係を顕在化させる。

その点からいっても、一行が旅先で遭遇する標準英語からの偏差や逸脱に最も敏感で、かつそれをじっさいに記録として残していく人物がいるとすれば、ジェリーをおいてほかにないだろう。事実、先述のブリテン島内の多様な文化の記録係もジェリーであることが多いのだが、そのジェリーの書簡には、アイリッシュ・アクセントとならんで複数のスコティッシュ・アクセントも記されている。では、それらはどのように提示されているのだろうか。

作中、スコッツ語のアクセントを響かせる主なスコットランド人の登場人物としては、一行が最初に出会う弁護士のミックルフィッメン氏、次に、退役軍人のリズマヘイゴー中尉、最後にエディンバラで「使い走り」(これには怪しげな裏の仕事もふくまれているらしい)をするフレイザーの三人が挙げられるが、スコッツ語が登場する頻度はリズマヘイゴー、ミックルウィッメン、フレイザーの順に高くなっていく。かつてはやはり法律を修めたという中尉の場合、一七〇七年のイングランドとスコットランドの連合論議など硬い内容になると標準英語で語り、弁護士の場合も日常的な会話ではスコッツ語が出てきても、難解な話になるにつれ英語に近づく。一方、フレイザーが登場するのは、常とは逆に使用人たちが貴族をもてなすパーティの席で、一同を代表して乾杯の音頭をとる場面である。このように、この三人の登場人物にみられるスコティッシュ・アクセントは、前二者においては話題によっては徐々に標準英語にシフトしていくずれとしての、フレイザーにおいては、隠語や卑語がまじる都会の「使い走り」の裏の世界や、階級が一時的に逆転した集まりとの連想によって、むしろそこからの逸脱としての印象を喚起する提示のされかたとなっていると言えるだろう。

ところが、じつはこれらとはべつに、直接その会話が記録されているわけではないものの、どうやらスコティッシュ・アクセントで話す人物がほかにもいそうなのだ。リズマヘイゴーがアラン・ラムジー(Allan Ramsay, 1684-1758)編の『エヴァー・グリーン』(*The Ever Green*, 1724)やラムジーの詩集をスコッツ語のユーモア作品として薦めると、エディンバラに着いたらこれらを入手しようという意思を示し(一九九頁)、いざ到着すると「もし僕がもっと長くエディンバラに滞在したら、まったくのカレドニア人になってしまうことだろう――伯父貴が言うには、僕はすでにこの国のアクセントを少しばかり身につけてしまっているそうだからね」(二三二頁)とオックスフォードの友人フィリップスに書き送る、ほかならぬジェリーである。ジェリーはさらに続けて「僕の耳はすっかりスコットランドのアクセントに調子が合って、美人が口にすると好ましく思うくらいだ――ギリシア語のドーリス方言のようなもので、やさしく素朴な印象を与えるのだよ」（同）と述べる。

おそらく、ブリテンの現状を「記録」する行為の一環としてのリズマヘイゴーやフレイザーのアクセントの表記に加え、じつはアラン・ラムジーへの言及やジェリーのこうした感想も、一九世紀のスコットランド小説のなかでスコッツ語がひとつの別個の「声」として機能していく兆しをうかがわせている。あわせて、このジェリーは、次の滞在先アーガイルシャーからは「オシアンがよく歩いた茶色のヒースを眺め、草をなびかせながら風が吹きわたるのを耳にすると、熱い喜びを感じる――主人宅の広間に入れば、この天来のバードの竪琴がかけられているのを目で探し、その尊い魂が奏でるえもいわれぬ調べが聞こえてきはしないかと耳をすますのだ」（二四〇頁）と書き送り[11]、この国におけるゲールの伝統にも熱心に言及する。そこで、次節では、ともに標準英語を使いこなす一方で、スコットランドにおける二つの口承の伝統を基盤とした作品を発表し、この時期に大変な人気を博した二人のバードとその受容について今一度確認しておこう。

三　「オシアン」とバーンズ――二人のバード

一八世紀後半のスコットランドには、それぞれゲール語の伝統とスコッツ語の共同体を基盤とした二人の詩人が登場した。もちろん、ジェイムズ・マクファーソンとロバート・バーンズである。標準英語の書きことばの世界が普及していくなかで、この二人の詩人はどのように自己を位置づけ、そしてその作品はどのように享受されたのだろうか。

先の『ハンフリー・クリンカーの旅』の地主マシューは友人の装飾的な庭園を有用な農地に変えたり、マシューの旧友デニソンは農業の実験用地をもっていたり、ともに農業改良者としての側面もあった。もちろん北部ブリテンでも、農業資本主義の原理にしたがって社会構造の変容、あるいは、これを促進した側からすると「改良」(Improvement) が急速に進んでいた。たとえば、ある歴史家は、ゲール圏の指導者たちはすでにジャコバイト蜂起以前から、一族にたいして伝統的な保護の義務を担うクランの長から市場経済のなかで活動する地主へと自ら移行しつつあったと述べている。[12] こうした高地社会の商業経済への取り込みは、やがて牧羊業のために住民をよそへ移動させる大規模なクリアランスへとつながっていったが、低地地方でも、経営効率の向上のために個々の農場規模を拡大する方向で農地が整理・統合されて、小作人の追い立てや小作人用の小屋の取り壊しなど農村の再編成が着々と進んでいた。[13]

こうした「改良」の精神によって社会構造が変容していくなかで、ジェイムズ・マクファースンは啓蒙の文人たちの後押しを受けながら、ゲール社会に伝わる三世紀の詩人オシアンの詩をもとに、『スコットランド高地地方で収集され、ゲール語またはアース語から翻訳された、古詩断章』(*Fragments of Ancient Poetry*, 1760)、『フィンガル』(*Fingal*, 1761)、『テモラ』(*Temora*, 1763) と立て続けに作品を発表する。いずれも、口承の伝統の「翻訳」が可能にしたリズミカルな語りの調子で書かれ、ゲール文化を同時代向けに文字通り翻訳してみせた作品だったが、これらをまとめた『オシアン詩篇』(一七六五) は、「古典および現代の文学的権威から引き出され、社会・歴史的、人類学的な性格の議論をまじえた批評的視座」[14] からその鑑賞の手引きをした、ヒュー・ブレアの「評論」が付されていたことでも知られている。

一方、ラテン語の知識や英詩のじゅうぶんな素養も備えていたロバート・バーンズは、「序」で「自分自身や周囲の田舎の仲間のあいだで抱いた感情や目にした風俗を、自分と彼らの生まれながらの言語で歌う」と述べて「名もないバード」を自称し、[15] 民間伝承や歌謡の伝統もふまえつつ『主にスコットランド方言による、詩集』(*Poems, Chiefly in the Scottish Dialect*, 1786) を出版した。当時エディンバラの文壇を率いていたヘンリー・マッケンジー（Henry Mackenzie, 1745–1831）は彼のこのことばをそのまま受けとめ、『ラウンジャー』（*The Lounger*）誌上の有名な書評で「天から学んだ農民詩人」[16]と呼んで賞賛し、エディンバラの文人たちのあいだでこちらも大歓迎を受けている。

ニコラス・ロウ（Nicholas Roe）はバーンズの詩の受容と「原始性」との関連について論じつつ、「ジョンソン風の、都会の文化的な価値観に暗に対抗する力として、原始性は快い素朴さ、人間として欠かせない感情、田舎、地方、遠距離、古代などさまざまなものと同一視された」として、『オシアン』やビーティの『ミンストレル』、ジェイムズ・ホッグ（James Hogg, 1770–1835）らを例に挙げている。また、トマス・R・プレストン（Thomas R. Preston）も、エディンバラの文人たちにとってバーンズのスコッツ語は「古来の、『未開の』スコットランドが、オシアン作とされる叙事詩を生み出すことのできた、他の民族の未開の時代と文化的に同列に位置することを示す生きた証拠」だったと述べる。[17]

一八世紀後半における批評の語彙が総動員されていると言えばそれまでかもしれないのだが、『オシアン詩篇』とバーンズの詩を評することばづかいは確かに驚くほど共通している。一例としてジェイムズ・カリー（James Currie, 1756–1805）の「バーンズの著作についての批評」から引いてみよう。カリーは一八〇〇年出版の選集に付したこの文章で、「天才とはみなそういうものだが、彼［バーンズ］は献身的な性格、この場合は心の感受性と連動した記憶力、および熱烈な想像力の持ち主である。『小作人の土曜日の夜』は、やさしくて道徳的、厳粛で献身的であり、ついには壮大な崇高の極みに達しており、現代の詩でこれを越えるものはまだない。詩をしめくくる愛国心という気高い感情は、詩の残りの部分と調和している」[18]と書く。「天才」、「心の感受性」、「記憶力」、「熱烈な想像力」、「やさしくて道徳的」、「壮大な崇高」、「愛国心という気高い感情」など、ブレアが『オシアン詩篇』に付した「評論」にそのまま移しかえることができそうな語句である。

そのブレアはこの評論で、「オシアンの詩篇には古代的な性格がじつにはっきりと表れているため、それが古代の作品であることを裏付ける外的な証拠はないものの、判断力とテイストを備えた読み手であれば、ほとんどの場合この作品がきわめて遠い昔に属するとすることにためらいをおぼえたりはしないだろう。人間社会は四つの大きな段階を経て進歩する。最も初期の第一段階は狩人の生活である。これに牧畜の時代が続き、所有の概念が定着しはじめる。次が農業で、最後に商業が来る」と述べ、『オシアン詩篇』の内的証拠からこの詩が古代の作であることを証拠立てていく。(19)

その妥当性はさておき、この進歩四段階説にしたがえば、ブリテン島全体に拡大する商業とその媒体としての標準英語の書きことばの世界は、それとは異なる言語を商業という最終段階にいたる以前の言語として位置づける可能性を内包している。『オシアン』やバーンズの詩がエディンバラの文人たちから熱心に支持され賞賛されたのも、ひとつには当の作者によってそれらがあらかじめ「古代ケルト」の詩人の翻訳や「農民詩人」の作として提示され、彼らのゲール語やスコッツ語が啓蒙期のこうした理論や思想の枠に、それぞれ狩人や牧畜、農業の時代の言語としてすんなりおさまったからだろう。あわせて、英語という「標準」や「普遍」としての言語の存在は、逆にそれとは異なる言語を用いる特定の共同体を画定し、その個別性や具体性を際立たせると同時に、詩人とその共同体は互いを参照しつつ、その真正さを保証しあう関係にもおかれる。『オシアン』の場合、「外的証拠」としてのゲール語の草稿があれほど探し求められ、また、詩の批評の一部として古代カレドニア社会の考察が付されるゆえんかもしれない。

あるいは、バーンズをめぐってはそのスコッツ語の用法そのものよりも、ロウが論じるように、むしろバーンズが(「自分と彼らの生まれながらの」という先の「序」のことばづかいではっきりと)主張した「詩人の社会的環境と詩作との絆の確立」(一六五頁)が急務となり、カリーによる最初のバーンズ選集にはバーンズの伝記とならんで

「スコットランドの農民の気質と状況をめぐる所見」が付されて、その「生まれ」、つまり、出生と出身の詳細が繰り返し記される一因でもあるだろう。スコッツ語詩人としてのバーンズにとって農民出身という伝記的背景の重要性は、彼が先輩詩人と仰ぎ、代表作「小作人の土曜日の夜」の着想源となった「農夫の炉」（"Farmer's Ingle", 1773）を書いたロバート・ファーガスン（Robert Fergusson, 1750-1774）と比較するとさらに明確になるかもしれない。セント・アンドルーズ大学に学んだのちエディンバラに戻って書記の職に就き、おもにこの都市の風俗をスコッツ語で歌ったファーガスンは、それこそ標準英語や書きことばの世界に隣接し、あるいはそれに真っ向からぶつかる詩人ではあっても、出生や個人的な体験において、彼を支える言わば「ルーツ」としての土着のスコッツ語共同体を代表するバードにはなりえなかったからである。

こうして、「オシアン」／マクファースンと「農民詩人」バーンズは、スコットランドにおける神話的な過去や土地との結びつきを代表するバードとして、あるいはゲール語とスコッツ語という、それぞれ古代の伝統や土着の直接的な人間関係に基盤をもつ共同体の詩人として受容され、享受された。『オシアン』の場合は「これによって、印象的なゲールの伝統という概念、およびグレンや霧や滝といった英雄的でロマンティックな風景をともに促進することでスコットランドの評判」(20)を高めることになったようだ。つまり、ゲール語という、英語にとって異質な言語文化は古代と「翻訳」という幾重もの距離化を経たうえで、その景色が「崇高」な光景として畏怖の対象になるか、「ロマンティック」や「ピクチャレスク」という美的領域の枠内に収められていったのである。そして、こうした語彙や美学に基づいた風景の構図が普及するにつれて、ときに具体的な記述を必要とすることなく、小説においてスコットランドを代表する「高地地方」という場を設定することを可能にしていった。ただ、『オシアン』の英雄が古代カレドニア人であるかぎり、どれほど印象的でもそこに同時代の高地人が住むわけにはいかなかったようだ。小説における高地の景色に「勇猛な兵士」の末裔やゲールの歌の歌い手が姿を現すには、べつの関心をもった書き手が必要だったのである。

書きことばの世界に土着の声としてのスコッツ語をはっきりと響かせたバーンズの場合、詩人と共同体とが互いに支えあう関係はその後も強まりをみせ、その口承的な性格を増していったようである。[21] バーンズやその作品は「スコットランド農民の代表」や「原型」として認識され、鑑賞されるとともに、ロマン主義的な民衆の概念とも連動しつつ、民族を代表する表象としての機能も担うようになる。そして、スコットランドの「国民詩人」として、バーンズの詩や歌は、彼の誕生日を祝う「バーンズ・サパー」をふくめさまざまな場で折にふれて暗唱・愛誦されて日常の生活に還流し、そこに生きる人々の声の一部となっていったからである。他の文学作品においてもスコッツ語と日常や民衆、口語との連携が深まり、この一環として一九世紀の小説においてはスコッツ語が、たとえば都市の住民よりも「農民」の言語として用いられる傾向もみられた。冒頭のハミルトンの『現代の哲学者の言行録』における農民の表象や「小作人の土曜日の夜」の引用は、彼をめぐるこうした受容のありようを示す好例と言えるだろう。

一方、こうした「典型」や生身の声とスコッツ語との連想は、スコットランドという民族の声や文化の記号としては有効だったにちがいないけれども、おそらく反面では、かつての宮廷用語としての身分や中世詩人の伝統をはじめ、文語としてのスコッツ語の歴史や庶民以外の話し手の記憶を背景に追いやりかねない性格をもっていたようだ。たとえば、アラン・ラムジーの『高貴な羊飼い』（*The Gentle Shepherd*, 1725）やファーガスンの「農夫の炉」も田園詩として農民の生活を描いていたし、ラムジーはまた中世以来のスコッツ語の民衆詩「芝生のキリスト教会」の伝統を受けつぎながら、田舎の庶民の生活を口語やユーモアまじりに歌ってもいた。[22] けれども、それらはあくまでもテクスト上の一定のコンヴェンションにしたがって書かれた、詩人個人の作品として受けとめられるものだった。これにたいし、「天から学んだ農民詩人」の登場は、そうした先行テクストとの関係をじっさいには保持していても、表面的にはむしろ生身の、直接的な共同体とのつながりの強さを印刷されたスコッツ語の世界にもちこみ、この言語の通時性よりも現在における共時的な関係を強調する傾向が強かったからである。先述の、口承の「国民詩人」としてのバーンズ受容のありようには、標準英語の普及がすでに促進しつつあったスコッツ語の先行テクストとの、つまり、文語スコッツ語の歴史との中絶を助長する契機も潜んでいたのかもしれない。

と同時に、この一八世紀後半スコットランド社会の二人のバードは、同時代のべつの要請にも応答していたようだ。たとえば、ジョン・ドゥワイヤー（John Dwyer）は「マクファースンの英雄たちは、原始的な過去の理想型というよりは、センティメントを重視する現在の象徴的なモデル」であり、『オシアン詩篇』は、「むしろ、来たる世代のスコットランドの男性たちに道徳的な伝説ないし寓話を提供したのだ」とする。[23] 一方、クリストファー・ホワイト（Christopher Whyte）は、「小作人の土曜日の夜」をファーガスンの「農夫の炉」と比較しつつ、ファーガスンとはちがってバーンズの詩では労働は人を気高くするものではないうえ、そこにみられる「外の厳しい世界と家庭じたいとの二項対立」は「ヴィクトリア時代的な感性を予期させ」ており、さらに、この作品の価値体系は「たとえその『代表的身分』に揺るぎはないとしても、産業化が進んでやがて農業労働者が少数派の水準に落ち込むだろう社会の変化」を予示していると述べる。そして、この詩によって、中流階級が自分たちの価値観をそれとはわからずに普及させることができたと論じている。[24]

じっさい、六日間の労働に疲れたからだでひとりとぼとぼと家路につき、家庭で家族に囲まれて「くつろぐ」小作人を描いたこの詩やその受容には、ホワイトの論じる中流階級的な価値観の普及とはまたべつに、おそらくバーンズと同時代に農業社会で起きていた変化それじたいも関係していたのだろう。というのも、先にも少しふれたように、T・M・ドゥヴィーン（T.M. Devire）によれば、低地地方ではこのころ農地の整理・統合が進み、ハイランド・クリアランスとよく似たかたちで小作人が追いたての対象となっていた。その結果、小農として狭いながらも自らの土地を耕していた身分から、その多くがひとりの大地主に雇われ現物支給をふくむ賃金を受けとって働く、言わば農業にたずさわる賃金労働者へと変貌しつつあったからである。[25] 農業従事者にとってこうした土地からの疎外は労働からの疎外も意味するとすれば、バーンズの詩の「小作人」はたんに農業労働者にとどまらず、これと相同する状況に置かれた労働者のモデルとしても機能したことだろう。ファーガスンの農夫の表象が田園詩の伝統の枠内に収まっているとすれば、バーンズの小作人は確かに、農民詩人にしてバードの手になる人物像だったのかもしれない。

マクファースンの「英雄」にバーンズの「農民」、そして彼らを賞賛したブレアやマッケンジー。標準英語の世界が推進する「改良」や産業化のただなかにいたスコットランドの男性にとって、従来の共同体との連続性の感覚を維持しつつ現在と将来に適応するモデルとしては、ゲール語やスコッツ語のバードによって媒介された作品こそ有効だったのだろうか。一方、次にみるエリザベス・ハミルトンの『グレンバーニーの村人たち――農夫の炉辺向けのお話』(*The Cottagers of Glenburnie*, 1808) は、その題名からして高地地方と「農夫の炉」や「小作人の土曜日の夜」との両方を想起させる小説だが、その主人公ミセス・メイスンは、農業改革推進者にも通じる「改良」の精神をもってグレンバーニー村の改革を実行する人物だった。そして、彼女のよき好敵手こそ、グレンバーニーの村人のひとりでその名もミセス・マクラーティ、もちろんスコッツ語の巧みな使い手であり、先の『スコッツ・マガジン』誌によれば、私たちが小説中ではじめて出会う「最もまじりけのない口語スコッツ語」の話し手である。

四　『グレンバーニーの村人たち』――スコッツ語と共同体

『グレンバーニーの村人たち――農夫の炉辺向けのお話』は、小説においてスコッツ語の会話を使用した先例として重要な位置を占める作品だが、この場合のスコッツ語はハミルトンの考える改良／啓蒙を推進する企図の一部として用いられ、標準英語との対比のうえでその連想や属性の活用に重点がおかれている。一方、この対比的な使用法は、逆にそれじたい民衆や特定の集団の言語としてスコッツ語を位置づけ、小説におけるひとつの声としての確立に貢献もしたようだ。

エリザベス・ハミルトン（一七五六／八―一八一六）はベルファストに生まれたが、早くに両親を亡くし、スターリングシャーで農場を経営する叔母夫妻の手で育てられた。東インド会社に勤務し東洋語を研究していた兄チャールズの影響もあって、文筆に興味をもちはじめ、マッケンジーの『ラウンジャー』誌へ投稿もしている。チャールズがイスラム法典の翻訳の仕事のため帰国すると、一七八八年から二年間ロンドンに滞在した。一八〇四年、エディンバラに落ち着き、貧窮に苦しむ下層階級の女性の救済支援施設「精励の家」などの活動や執筆に精力的な日々を送った。死去のさいには、ハミルトンと交流のあった作家のマライア・エッジワース（Maria Edgeworth, 1767–1849）が『ジェントルマンズ・マガジン』（*Gentleman's Magazine*）誌に追悼記事を寄せている。[26]

ケイムズ卿（Lord Kames, 1696–1782）の『批評要論』（*Elements of Criticism*, 1762）の読者でもあったハミルトンは、『父から娘に遺すことば』（*A Father's Legacy to His Daughters*, 1774）の著者ジョン・グレゴリー（John Gregory, 1724–1773）博士夫妻を理想と慕い、哲学者のドゥガルド・スチュワート（Dugald Stewart, 1753–1828）らと文通するなど、啓蒙期の思想や文化的環境のなかで活動した作家だった。『教育原理をめぐる書簡』（*Letters on the El-*

ementary Principles of Education, 1801）をはじめ教育をめぐる著作でも知られ、エッジワースや後出のハンナ・モア（Hannah More, 1745-1833）の関心と重なる点も多い。あわせて、『宗教知識の習練』（*Exercises in Religious Knowledge*, 1809）、『幼児期の知性を刺激し、訓練するための問題例』（*Examples of Questions*, 1815）などには、母親が子供たちにためになる話をして聞かせる『ホリコットでの気晴らし、または母の思考の術』（*Diversions of Hollycot*, 1828）等を著したクリスチャン・イソベル・ジョンストン（Christian Isobel Johnstone, 1781-1857）との共通点もみられる。ただ、ハミルトンより一世代下で、『テイト・エディンバラ・マガジン』（*Tait's Edinburgh Magazine*）誌の編集主幹を務めたり、救貧法委員会の報告書から抜粋した『本人たちの証言による、アイルランド農民の真実の物語』（*True Tales of the Irish Peasantry*, 1839）といった著作もあるジョンストンの場合、当然ながらジャーナリスティックな関心が強い。それにたいしてハミルトンの著作は、あいだに重要な画期としてフランス革命をはさみつつ、基本的には啓蒙期の学問的な言説空間に位置していると言えるだろう。

小説家としては、亡き兄とのやりとりをもとに執筆した第一作『英訳版ヒンドゥーのラージャの手紙』（*Translutions of the Letters of a Hindoo Rajah*, 1796）で成功を収めた。おもにイングランドを訪れたインド人の書簡を英訳したことになっているばかりか、本文の前には「ヒンドゥー人の歴史・宗教・風習をめぐる序論」が付されているあたり、マクファーソンの『オシアン詩篇』の趣向を想起させる。[27]二作めが冒頭で引用した『現代の哲学者の言行録』である。ここにも、ピカレスク小説や感傷小説など、スモレットやマッケンジーが得意とした作品の手法がハミルトン風にアレンジされて取り入れられていた。最後が、エディンバラに居を定めてから書かれた『グレンバーニーの村人たち』で、右手に「小作人の土曜日の夜」の聖書を、左手に先のジョンストンの『料理人および主婦の手引き』（*The Cook and Housewife's Manual*, 1826. ウォルター・スコットの現代小説『聖ロウナンの泉』（*Saint Ronan's Well*, 1823）に登場する宿屋の女将「ミセス・マーガレット・ドッズ」の筆名で出版）を掲げているような作品だった。ハミルトンの伝記を著した友人のエリザベス・ベンジャー（Elizabeth Benger）によると、この作品はスコットランド人のプライドをユーモア交じりに刺激して「素晴らしい改良精神」を吹きこみ、普及版が多く出回って「ミセス・マクラーティのお手本は多くのスコットランド人主婦を挑発して清潔さと秩序へと仕向けたという（一巻、一八〇頁）。その後も版を重ね、一八二二年の時点で七版を数えて「大衆的な古典」となった。[28]

『グレンバーニーの村人たち』は、ヒル・カースルのロングランズ家、ガウアン・ブレイのスチュワート家、およびグレンバーニー村をめぐるエピソードを、母親から「神への愛と畏れのなかで、服従への唯一の真の道」[29]を教えられて育った主人公のミセス・メイスンの存在が緩やかにまとめる構成をとる。物語は、一七八八年の夏、このミセス・メイスンが昔なじみでロングランズ卿の差配人をしているスチュワート家を最初に訪れ、次女メアリに身の上話をして聞かせるところから始まる。それによると、ミセス・メイスンは母と二人困窮生活を送っていたが、母の死後、地元のヒル・カースルでの奉公に続き、イングランドで乳母、ついでガヴァネスとしてロングランズ家に献身的に仕える。卿夫妻の死去により代替わりしたときには、公債一五〇ポンド他を蓄え、先代の次男らから年金も約束されていた。そこで、ヒル・カースルの空き小屋に隠居できないかと現ロングランズ卿に打診したところ、卿は地所の小作人を追い出して小屋も取り壊すことにしており、これを断られる。かわりに、グレンバーニーに住むいとこのマクラーティ家の下宿人になることにしたのだった。

ミセス・メイスンはやがてグレンバーニーへと向かうが、その入り口では、修理を怠った橋の崩壊で馬車が転覆している事故に出迎えられ、いざ住み込んでみれば、マクラーティ家に代表されるとてつもない汚れや不潔さ（「クラーティ」とはスコッツ語で泥まみれや汚れた状態を意味する）、怠惰、子供のしつけの欠如、頑迷固陋、迷信等に驚き、早速その「改革」（二〇七頁）に乗り出す。これにたいし、ミセス・マクラーティをはじめとする村人たちは、「そんな面倒、まっぴらごめんだね（*'We cou'dna be fashed'*）」、「だいじょうぶ、今んとこはこれでじゅうぶんいけるよ（'I'se warrant *it'll do weel eneugh'*）」、「そこにはそこのやりかたってもんがあるんだよ（'Ilka place has just its ain gait'）」を連発し、ミセス・メイスンは「私の考えでは、この『面倒はまっぴらごめんだね病』は、あらゆる改良への大きな障害ですわ」（二〇四頁）と嘆く。とはいえ、村の牧師ややはりよそから移ってきたモリスン夫妻の協力もあって、マクラーティ家を例外として、ミセス・メイスンは徐々に村人たちの理解を得ていく。最後には「秩序と清潔さ」（三八〇頁）を旨とし（ハミルトンが推奨する教育理念に基づい）た村の学校も開校し、モリスン氏が英語の読み、書き、算数を教えるとともに、ミセス・メイスンも少女たちの教育にあたる。やがて、グレンバーニーは「こぎれいさと快適さを絵に描いたような村」（三九五頁）へと変貌を遂げるのである。

こうして、自助と忠誠心の見本のようなミセス・メイスンの生涯が発する（矛盾を内在させた）メッセージやグレンバーニーの変容が示す身体的・精神的規律の提唱に加え、ロングランズ家のエピソードでは慈悲や誠実さ、前もっての配慮の重要性が、スチュワート家ではとくに若い女性たちにたいして奢侈や上品ぶった虚栄や偽善の批判が説かれる。こうした教訓はさらに、それぞれロングランズ卿のわがままな長男と心やさしい次男、スチュワート家の派手なベルと敬虔なメアリといったように、言わば「よい例」と「悪い例」を対比的に示すことでわかりやすく伝えられている。そして、じつは、スコッツ語もこの対比構造の一部として用いられ、重要な役割を果たしているのである。

『グレンバーニーの村人たち』は、屋内外の汚れや不潔さの描写などはひとつひとつ細かく写実的だし、現ロングランズ卿のふるまいや、村を出てモスリン製造にたずさわるマクラーティ家の娘たちのその後などには当時の社会状況も反映されている。が、登場人物の命名法や対比的な例の提示のしかたが示しているように、作品の構成原理じたいはリアリズムというより寓話的である。事実、ハミルトン自身、この作品に小説家・詩人のヘクター・マクニール（Hector Macneill, 1746-1818）に宛てた「序」を寄せ、最初はハンナ・モアの『徳得冊子』

物となったと述べているほか、ジャニス・サディウス（Janice Thaddeus）もこの作品を「拡大版『徳得冊子』(*Cheap Repository*)」のような形態での出版を考えていたが、より幅広い層の読者に届けるために現在のような書物となったと述べているほか、ジャニス・サディウス（Janice Thaddeus）もこの作品を「拡大版『徳得冊子』」と評している。[30] そこで、スコッツ語の用法についてみるまえに、この小説の執筆意図について確認しておこう。

まず、この作品の出版直後、ハミルトンがドゥガルド・スチュワートに宛てた書簡では、この本は「もっぱら、わが同国人たちが自ら恥じて清潔さに一層気をつけるようにすること、下層階級の人々の堕落の種にたいして彼らの注意を喚起するために書かれたものです。エディンバラ精励奨励協会や関連の学校で活動してまいりましたが、そのおかげで貧民の習慣や道徳の状態について、これまで長年にわたって知る機会に恵まれたよりももっと詳細な知識を得ることができました」（一八〇八年六月一二日付）と述べられている。じっさいにも、この作品の執筆は「精励の家」の活動と平行して進められていたようだ。[31]

一方、『グレンバーニー』の「序」では、もう少し抽象的なことばづかいで、祖国の一層の改良の重要性に言及している。さらに、帝国の拡大に寄与するかどうかで国益を計ったり、富と幸福とを同一視し、富の増大のみを重視したりする人々の目には「大多数の人間は機械を動かす歯車の歯同然に映っている」けれども、それとはちがう考えかたをする人々にとっては「国の幸福とは個人の幸福や個人の徳の総計とみなされます。彼らは自分たちを同胞として結びつける絆の力を感じていて、その絆は、貧民層ないし富裕層のいずれかだけとつながっているのではなく、全員の利害を包含しているのです」（ix、x頁）と述べる。続けて、どれほど国が繁栄しようともその繁栄を享受していない階層のことを忘れるべきではなく、下層階級にたいしては物質的な援助だけでは不十分だと考える人々は「階級にかかわらず、自分たちの同胞の道徳的な習慣や家庭の快適さを大きく損なったり、または促進したりする事柄には無関心ではいられません。彼らの目には貧者の小屋を照らす喜びのほのかな輝きは尊く、そこを統べる平安は神聖に映りますが、その平安を確立し、確実にしうる唯一の手段である徳によってその神聖さは倍加するのです」（xi頁）と書き、ここでも、自国における清潔さの推進と下層階級の習慣や道徳にたいする国全体の配慮が念頭にあったことをうかがわせている。それは、より広い文脈では、ピーター・ガーサイド（Peter Garside）が「フランス革命後のネイションの道徳的・文化的な再建」（二七八頁）と称する試みの一環でもあっただろう。

　ハミルトンはこうした目的をもった小説を執筆するにあたって、スコットランドをめぐる既存の言説を十二分に活用した。エディンバラという都市の貧民層から多くを学びながら、「貧者の小屋」というやや唐突な右の表現が想起させるのはむしろ田舎の住居である。一方の極には、冒頭での引用でミセス・ボザリムが口にした「ぷんぷん臭う家」という反スコットランド的言説があり、これは同時に作中で「大都市のごみごみした通りにある風通しの悪い貧しい住居」とおなじ不便をもつ「田舎の家」[32]としても提示されて、清潔さ推進の格好の動機や対象になりうるものだった。他方、より直接的かつ具体的には、バーンズの小作人の小屋を連想させて、スコットランドの家庭の一典型をめぐる話という枠組を提示することになった。イアン・キャンベル（Ian Campbell）は「現実の姿をよく知っているはずのスコットランドの読者が、このきわめて部分的な表象を明らかな熱意をもって」、「スコットランドの農村の生活の像として無批判に受け入れたこと」が『グレンバーニー』の最も注目すべき特徴だと述べている[33]が、それもひとつにはこうした先行テクストの引用があったからだろう。

　あわせて、『月刊評論』（*Monthly Review*）誌が、「この物語の副題をみれば、作品中にスコットランド方言が大量に混ざっていることがあらかじめ予想できる」[34]と述べたように、この農民とスコッツ語の使用とはおのずと裏表の関係にあり、そして、このスコッツ語も複数の点で、ナショナルな改良というハミルトンの企図を支持する重要な装置となった。ひとつにはもちろん、これによって、グレンバーニーの改革がスコットランドという特定のネイションを念頭においた試みでもあることを容易に示すことが可能になったことである。また、「農夫の炉辺」という副題の語句がじつは明らかにしているように、マクラーティ家をはじめ、グレンバーニーの村人たちにはじっさいには使用人を雇うような農夫たちもいて、彼らの生活様式は下層とはいえ中流階級に属している。その家の汚れも怠惰や手順の悪さによるもので、貧困が原因ではない。そうした農夫階級が小作人の話すような「最もまじりけのない口語スコッツ語」を話すことで、都市や農村の下層階級の言語と中流階級の生活が重なりあい、清潔さという徳を言わば階級横断的に伝えることになる。さらに、スコッツ語と日常生活との連想も、ハミルトンの改良における家庭という場の重要性を明示し、その変容を描くのに効果的だったはずである。

加えて、このスコッツ語がミセス・メイスンらの標準英語と明確に対比され、一個の集団の声として用いられていることにも注目すべきだろう。というのも、じつはスコッツ語の話し手はグレンバーニーの村人たちに限られているのだ。たとえば、作品の冒頭、ガウアン・ブレイの使用人は主人のスチュワート氏にミセス・メイスンのことを「イングランド風の話しかたをする」(一頁)人物として取り次ぐが、アクセントの記述はないものの、じつは彼自身きちんとした英語を話している。その後、作品の三分の一近くまでは、ミセス・メイスンの身の上話が中心になる。ここには当然幼いころのミセス・メイスン自身や他の使用人の会話も出てくるのだが、現在の彼女が語る話としてすべて標準英語で提示され、スコッツ語の会話はない。さらに、その後の経緯の叙述は、ときに聖書的なことばづかいをまじえながら、ミセス・メイスンの信念や内面に寄り添う三人称の標準英語の語り手によって進み、ヒル・カースルとガウアン・ブレイをめぐる副筋にもスコッツ語を話す人物は登場しない。あわせて、地の文や脚註には南の読者を意識したスコッツ語の説明がふくまれ、両者の「独自性」ないし「異質性」の感覚を増す。

むろん、先の「イングランド風の話しかた」とは、ミセス・メイスンがイングランド帰りであることを示す記号でもある。ミセス・メイスンは、地元出身ながら異文化または一歩進んだ文化を経験し、内部にして外来の力として村の改革を進める人物として設定されているからである。なにかといえばイングランドとの比較をもちだす彼女に、ミセス・マクラーティが「あんまり長いことイングランド人と暮らしてたせいで、変わった考えをたんとおもちのことだろうよ」(一四九頁)と嫌味を口にする場面もあるくらいだ。一方、村での協力者である牧師やはりよそから越してきたモリソン一家は、標準英語か、それがまじった会話を交わし、ミセス・メイスンと言語的にも連携を示す。

結果として、「グレンバーニーの村人たち」には明確な言語的境界線が引かれ、一個の共同体として区切られた集団を演出している。加えて、ミセス・メイスンらがグレンバーニーに出入りするさいには、風景を鑑賞する旅行者と改良に思いをめぐらす改革者の両方の視線が銘記されつつ、岩やら滝やら野生的な景色を賞賛する場面が入る。これによって、グレンバーニーは距離感をともなったひとつのパースペクティヴに収められると同時に、さらに大文字で「グレン」と略記されて、スコットランド的でありつつ抽象性を備えた場所になっている(ちなみに、この「グレンに住むみんな['a' folk in the Glen' 一三〇頁]」のなかには、意味深いことにゲール語話者も、あるいは、たとえばバッグパイパーもいない。)

サディウスは、この作品でハミルトンが示しているのは「女性たちがその道徳的な偉大さを失わずにどのようにして力を引き受け、その力をもって、まず町を、ひいてはおそらく社会全体を変化させることができるか」という「家庭のポリティクス」(35)だと論じている。これにしたがうなら、ミセス・メイスンの改革の対象としての「グレンバーニー」が、日常と家庭の連想をともなうスコッツ語、および右の「グレン」という呼称によって一個の共同体のモデルとして示されていることは、個々の家庭の日常レヴェルでの変化こそ社会全体の変化であり、個人の徳や幸福が国全体のそれらと連動しているというハミルトンの主張、その「家庭のポリティクス」を演じる場として機能するうえできわめて有効だったと考えられる。たとえば、『クリティカル・レヴュー』誌は南の優越感を多分に漂わせつつスコットランドの風習の論評に紙幅を費やす一方で、この問題にも敏感に反応し、その家庭の（女性の）徳をはかる基準として個人の家庭の清潔さや運営に言及したうえで、「国といっても家族の集まりにすぎない」と述べ、ハミルトンの小説が「清潔さと勤勉、個人の快適さと国の文明の増大」に貢献していることを賞賛している。

一方、『スコッツ・マガジン』誌と『エディンバラ・レヴュー』（*Edinburgh Review*）誌は、それぞれ、この作品のスコットランド農民像に留保や距離を示すかたわら、ともに作品中のスコッツ語の「純粋さ」に言及する。また、このスコットランドの二誌は、グレンバーニーのエピソードを特権化し、残りの副筋を積極的に軽視する点でも共通していて、『エディンバラ』は後者部分の縮約さえ勧めている。じつは、『エディンバラ』のこの姿勢は、この作品のその後の受容の方向性のひとつを示していて、たとえば、のちのジーン・ワトスン編の版では、ミセス・メイスンの身の上話が事実縮約され、かわりに『ブラックウッズ・エディンバラ・マガジン』（*Blackwood's Edinburgh Magazine*）誌に連載されたジョン・ウィルソン（John Wilson, 1785-1854）の『スコットランド生活の光と影』（*Lights and Shadows of Scottish Life*, 1822）からの抜粋が載せられている。ここからは、一九世紀末の菜園派小説につながる動きもはっきりとうかがえる。[36]

このスコットランド二誌の評言は、『グレンバーニー』の対比構造におけるスコッツ語について少なくとも二つの重要な示唆をふくんでいる。ひとつには、おそらくはこの対比をより効果的に実現するために、逆にミセス・マクラーティらが思う存分スコッツ語を話せたことである。それが役割の一部である以上当然かもしれないが、だからこそ、『エディンバラ・レヴュー』いわく「最近の著作でわれわれが目にしたなかで最も純粋で最も特徴的なスコッツ語の見本」（四〇二頁）を呈することが可能になったはずなのだ。加えて、この対比はスコッツ語がもつ民衆の言語としての連想や、一個の明確な集団の「声」としての印象や性格をさらに強めることにもなった。グレンバーニーの村人たちの「そんな面倒、ごめんだね」、「そこにはそこのやりかたってもんがあるんだよ」というスコッツ語の声は、啓蒙／改良の対象とされ、そしてそれゆえにそれに対抗する民衆の声であり、「改良」の精神が一律にならしていく文化の平準化への抵抗でもある。ちなみにベンジャーによれば、イングランドではこの「そんな面倒、ごめんだね」は流行語になったらしい（一巻、一七〇頁）。むろん多分にもの珍しさが手伝ってのことにしても、これは、それこそまるでことわざのように、民衆の対抗的な「知恵」を伝える口承の領域に踏みこんだかのような受容のされかたと言っていいかもしれない。

このように、ハミルトンは作品の趣旨とそれを具体化する対比構造の一部として、スコッツ語の属性や連想を効果的に用いながらグレンバーニーの改革を説き、それによってこの小説はスコッツ語の会話を使用した重要な先例となったわけだが、ただ、この対比の論理でいくと、改革完遂の暁には当のスコッツ語の衰退も暗に含意されていることになる。ところが、じつはこれはスコッツ語にたいするハミルトン自身の態度とは若干のずれがあった。たとえば、彼女は「わが家の炉辺」（"My Ain Fireside"）と題され、バーンズらとはちがって、家族ではなく気のおけない友人たちとの団欒を歌ったスコッツ語交じりの詩も書いているし、マクニールへの書簡では、カリーの『バーンズ伝』に魅せられ、バーンズや彼の詩を読むと心が和み、目には涙があふれることなどに言及している。さらに、「素朴なスコットランド方言のほうが、冷たくて洗練された現代語に比べてはるかに「自然の」描写に適していることは確かですし、それが真実であることは、見る目を備えた人々には、バーンズやラムジーの作品に加え、ご高著によってじゅうぶん明白になるのは間違いないでしょうから、『まんまのよきスコッツ語』の学習が教養人の教育の一部として取り入れられる日が来ることをあきらめてはおりません。わが国において自分の『母』語をすらすらと、あるいは正しく読める人間がきわめて少ないのは残念なこと」だ（一八〇一年一一月二四日付）とも述べていた。(37)

その意味で、ミセス・マクラーティが最後まで改革組には加わらないまま結末を迎えるのは示唆的だと言えるだろう。が、じつはそれだけでなく、彼女の声が意外にしぶといことをハミルトン自身がさらに示してみせるのだ。というのも、初版と同年出版の第二版では、読者のひとりからの「お便り」が付録として添えられ、いとこと結婚して今や第二のミセス・マクラーティとなったマクラーティ家の次女、ジーンが経営する宿屋の惨状が報告されているからである（四〇一―八頁）。すでに本篇でも、清潔さと手順のよさによってチーズ造りの利益が増加したエピソードがふくまれ、ミセス・メイスンの改革に内在する家事のプロ化と商業経済への志向が示されていたが、ここでは、それが家庭から宿屋の経営に移されて顕在化している。が、同時に、ジーンはあいかわらず旧態依然とした秩序のなさや不潔さのまま宿屋を切り盛りし、この架空の読者は親切にもその将来を憂慮しつつ、その手紙を結ぶのである。あるいはこの「付録」には、スコッツ語をめぐってハミルトン自身が直面したかもしれない矛盾の痕跡もまた記されているのかもしれない。

そのハミルトンが劇作家・詩人のジョアンナ・ベイリー（Joanna Baillie, 1762-1851）に宛てた書簡には「トゥイード河のこちらには想像力が働いていないなんて誰にも言わせません！『修養』をどうお思いになる？――『ウェイヴァリー』は？――『ガイ・マナリング』は？」という一節がある。[38] そこで、次節では、このスコットや彼と同時期の作家たちの小説へと移っていくことにしよう。

五　ウォルター・スコットと「スコットランド小説の読書」

ウォルター・スコットは、小説第一作の『ウェイヴァリー――六〇年前のできごと』（*Waverley*, 1814）の「前書きであるべきだった後書き」で、エッジワースの作品とならび、「ミセス・ハミルトンの『グレンバーニー』

とラガンのミセス・グラントの『高地の迷信をめぐって』[39]」を先達と仰いでいる。ボーダーズ地方のバラッドの編纂者から転じてブリテンの「吟遊詩人」となり、さらに小説に向かったスコットは、こうして低地と高地の両方の文化を組み入れながら、スコットランドの文化的な差異を書きこみ、近代ブリテンの物語を語っていく。文化比較や国民意識と連動したこうした試みはスモレットの関心を引き継ぐと同時に、スコットと同時期に作品を発表した作家たちにも共通していたが、その過程で、小説におけるスコットランドの口承の伝統のあつかいや複数の声の存在に、さらなる力点や関心が加わったのがうかがえる。オシアンやバーンズ、ハミルトン、それにスコット自身の『スコットランド・ボーダーズ地方バラッド集』(*The Minstrelsy of the Scottish Border*, 1802–1803)や、伝承や高地氏族の風俗に材をとった物語詩を経て、これらの小説では、ゲール語やスコッツ語がそれぞれスコットランド固有の、別個の「声」として機能しているからである。

スコットは先と同じ後書きで「本書の目的は［高地人たちや低地人たち］を、国民的方言を戯画化し誇張して用いるのではなくて、その風俗・習慣や感情によって描くことだった」(三四一頁)と述べているが、戯画化や誇張的な使用についてはひとまずおくとして、ゲール語やスコッツ語はこの「風俗・習慣や感情」の、そして登場人物の属性の一部としても重要な役割を担っていた。たとえば、『ウェイヴァリー』の一節には、「高地人には、故郷の荒れた山地から出ないで、せいぜい得意がって、そうしたければ月の端めがけてボンネットをほうりあげていただこう。だが、いったい何の用があってズボンをはき、理解可能な言語を話している人間のところへやってこなきゃいけないのかね――つまり、理解可能といっても、まったくちんぷんかんぷんな彼らのことばに比べての話だが。なにせ、低地人だってジャマイカの黒人と大して変わらない英語しか話さないのだからな」(二六二―三頁)という発言がある。主人公エドワード・ウェイヴァリーの友人で典型的なイングランド人のトルボット大佐のことばである。この発言からすると、大佐は相当の偏見の持ち主のようだが、少なくとも高地人や低地人にじっさいに接し、そのちがいをとくに服装や言語の差異として認識し表現していることがわかる。ただ、この両者では当然ながら小説中での提示のしかたに相違も生じている。

大佐いわく「理解不能な」ゲール語の場合、おのずと「翻訳」のプロセスが必要となってくる。たとえば、エドワードは「高地と低地とをつなぐ身震いさせるような峠」（七六頁）を越えて、ディープな高地地方へと進んでいくが、この道中は道案内を務めるマッキーヴァー一族のエヴァン・デューによってゲール語と英語の単語が併記されてちりばめられ、たえまない翻訳と学習の道のりになっていた。さらに、高地地方にある一族の居処グレンナクオイッヒでは、今度はバードがゲール語の歌で出迎える。なかでも興味深いのは、エドワードからこの歌の翻訳を頼まれた一族の長ファーガスの妹、フローラが、遠くの滝の音が聞こえる岩まで彼を案内し、「わざわざここまで足をお運びいただいたのは、この景色に興味がおありだろうと思いましたし、それに、もし高地特有の野生的な伴奏なしにここの歌を歌いましたら、ただでさえ下手な私の翻訳がますますひどいことになると考えたからですわ」（一〇七頁）と前置きをして歌いはじめる場面である。ここには明らかに「演出」を意識した不自然さがあるものの、他方、風景を伴奏に歌われるフローラの歌は、これがあくまでもゲール文化の「翻訳」であることをはっきりと読み手に伝える手段にもなっていると言えるだろう。

この翻訳者や歌い手としての高地人は、『ウェイヴァリー』と同時期に執筆が進められていたというジョンストンの『クラン・アルビン』（*Clan-Albin*, 1815）でもみられる。主人公ノーマンは孤児として高地のアルビン一族に引き取られるが、一族を仕切るレイディ・オーガスタの方針で、母語とともに英語でも育てられ、「幼いノーマンは今や英語とゲール語をおなじくらい流暢に話し、たいていは、ばあやがゲール語で話してくれたおとぎ話を、今度は英語でレイディに繰り返した」[40]。これはこうした小説の語り手についても同様で、文脈から意味が類推可能なことが多いスコッツ語と比べ、ゲール語の場合は語の翻訳や説明が括弧内や註で添えられて、文化の紹介や学習という性格が前面に出ることも多い。たとえば、右の引用中の「ばあや（'Moome'）」も、初回登場時に脚注で意味を説明されたうえで、以後はずっとゲール語で表記されている。さらに、この「ばあや」の小屋には夜になるとみなが集って物語や歌を楽しむ習慣があって、語り手は、「順番が来ると、メアリもバラッドを歌ったが、それはそのときの気分に合ったもので――素朴なゲールの歌で、グレン生まれの女性が数年前にとてもメランコリックな席で作ったものだった。以下の詩行は、その歌の翻訳というよりは模倣である。というのも、ゲール語の『生きた考え』は、この山地の言語のあざやかで絵画的な語によってこそ真に伝えることができるからだ」（一巻、七〇―七一頁）と断ってから、ゲールの歌を引用していく。

興味深いのは、スーザン・フェリア（Susan Ferrier, 1782-1854）の『結婚』（*Marriage*, 1818）でイングランド出身のミセス・ダグラスが一曲を所望される以下の場面かもしれない。つまり、

　ミセス・ダグラスは気さくにこれに応じた。とはいえ、一座の全員のお気に召す歌を選ぶのは微妙な問題であるのもわかっていた。地主は外国の音楽、つまりスコットランド以外の音楽はどれも耳の毒だと考えていたし、ミセス・ダグラスも、自分のイングリッシュ・アクセントでスコッツ語の歌を台無しにするほど趣味が悪いわけではなかった。そこで、できるかぎり中間をとって、自分の母語の衣をまとった高地の歌を選ぶことにし、かなりの哀感と素朴さをもってレイデンの「マクレガーの没落」を歌った。(41)

と、ここでも英語での歌の引用が続く。右の場面は風刺や戯画を得意とするフェリアらしくやや奇異な印象を与えはするものの、スコットランドの作家たちが複数の声の存在に敏感であることを示す証左となっている。さらにこの複数の声と関連して、これも『ウェイヴァリー』と同時期の執筆のメアリ・ブラントン（Mary Brunton,

1778-1818）の『修養』（*Discipline*, 1815）の一節を参照してみよう。語り手はブルームズベリーに住んでいた、西インド貿易の商人の娘エレン・パーシーで、父の破産にともないエディンバラで職を得て、さらに高地地方を訪ねる。父の破産後は自己の再教育に励むエレンだが、エディンバラで知り合った高地兵の妻セシルからゲール語を習いはじめ、少しずつ上達していく。が、エレンによれば、

もしセシルの方言が彼女と同じ身分の低地人の方言と同じように私を困惑させるものだったら、私のこの上達もおぼつかなかったことだろう。だが、彼女のことばは正確には英語とはいいかねたけれど、けしてスコッツ語ではなかった。それは田舎風というよりは外国風だった。変に思うことは多くても、意味がわからないことはめったになかった。一度このことで彼女をほめると、「本で勉強したのですよ」と言って、「英語はかなりできたんです。ただ、ここの教養のない人たちと話しているうちに、忘れてしまったものもありますけど」(42)。

そして、エレンもやはり、原曲の素朴さや曲の調子は「私の下手な翻訳では伝えられないけれど、直訳すると」（三六二頁）と言って、高地で聞きおぼえた歌を引用していくのである。

右の多くの引用も示すように、スコットをはじめ、こうした南北にわたる読者を意識し、文化を比較・紹介、ないしは記録するという性格を備えた小説では、風景描写に加えて「素朴さ」や「哀感」の説明という「伴奏」をともないながら、ゲールの歌が作品を構成する重要な要素になっている。また、伝統的にはバードは男性でも、これらの歌の歌い手には女性が多く、口承の伝統と女性とがはっきりと結びつけられて提示されている。これは、この時代、ナショナルな文化遺産として民話やバラッドに注目が集まっていたことも背景のひとつに、ス

コッツ語の口承の伝統をめぐっても同様で、とくにバラッドの編纂者でもあったスコットの小説ではバラッドの引用の頻度も高く、女性とのつながりも強い。加えて、最後に引用した『修養』の一節では、「田舎風」なスコッツ語と高地人が話す「外国風」の英語とが対比され（後者が優位に置かれ）ているのも注目される。ここには明らかに三つの声が響いているばかりでなく、英語を介してスコッツ語話者とゲール語話者の声が比較され、洗練さや、ひいてはおそらくスコットランドの声としての身分さえ競っているからだ。

この「田舎風の」声と関連して、スコットの『好古家』（*The Antiquary*, 1816）の「告」には興味深い発言がある。すなわち、スコットはここで、「異なる民族の風俗を一律に洗練し同化していく力の影響を最も受けにくい階級」に主要人物を設定して自国の風俗を描いてきた経緯について説明し、ついで、強い感情を表現するのに適した自国の農民の「言語がもつ古来の力と素朴さ」にふれているのである。[43] 彼のこの試みは農民出身の女性を主人公とした代表作『ミドロージャンの心臓』（*The Heart of Mid-Lothian*, 1818）でひとつの極に達したと考えられるが、あわせて、そこでは「スコットランドの声」としてのスコッツ語のべつの用法も演じられているのが見出される。

周知のように、この小説は一七三六年のポーティアス暴動や実在のモデルに材をとりつつ、前半部では、牛飼いの娘ジーニー・ディーンズが嬰児殺しの罪で死刑を宣告された妹の助命嘆願のため、ロンドンまで赴く。このジーニーの両脇には、バラッドなど口承の伝統を体現するマッジ・ワイルドファイアとその母、および、やがて貴族の夫人として優雅な書きことばを操る妹エフィーが配されている。ジーニーはマッジに付き添われて首都に到着するが、そのロンドンでは、彼女が直接恩赦を訴える王妃キャロラインの耳を介してジーニーの声が描写される。それによると、王妃ははじめ、ジーニーの「強い北のアクセント」に思わず笑みをもらすが、生来の低くてやさしい声に加え、妹の助命を「大変心を打つ調子で嘆願したので、生まれ故郷の歌にそういう調べがあるように、田舎風の粗野な感じは哀感のなかに紛れてしまっていた」[44]らしい。スコットによれば、ジーニーの声は洗練や同化の力の影響を受けていないからこそスコットランド独自の声として機能するわけだが、それは、「洗練」の極致にあるはずの王妃の耳には当然「田舎風の粗野な感じ」に聞こえてしまう。語り手は素朴で強い感情を喚起する力に言及し、故郷の歌を援用することで、それをなお魅力的に届け、この声に最大限の価値を与えようとしているようだ。

一方、作品の後半部では、農業改革や商業経済へと向かう動きが演じられる。ジーニーの出身地ミドロージャンと、彼女がロンドンで助力を乞うアーガイル公爵の地所はそれぞれ低地と高地地方とは言わば改革の先進地域だった。[45]その意味で、ジーニーの父デイヴィドが公爵の「実験農場」で畜産の管理を任されるのは、まさに適任だったのだろう。じっさい、この小説は馬車の転覆事故で幕を開けるとはいえ、ジーニーはまさに例のミセス・メイスンの教えのままに育ったようなヒロインで、チーズ造りの極意を心得て「服装と同じく、ミルク桶もきちんと整え」（三四五頁）、やがて牧師の妻となると、その「炉辺はきれいに掃除され、居間は清潔で、本の塵もしっかり払って」（四一二頁）あり、家事全般を順序だてて見事にこなす。とはいえ、この牧師館のジーニーのもとにはマッジの母の末期を記し、エフィーの子供の行方の手がかりとなるブロードサイドが思いがけず届けられ、口承の伝統が彼女の出自を今一度思い出させる。さらに「カウゲイトやゴーバルズで話されている荒くて粗野なスコッツ語」とはちがって、「今では使われなくなった純粋な宮廷スコッツ語を話す」（四二四頁）と公爵に（誤解されて）評されるエフィーが配され、農民の素朴な言語としてのジーニーの声が再確認されるのである。

さらに、高地人にして貴族の公爵と低地人にして農民のジーニーとのこの連携は、言わば将来を先取りしたスコットランド像を提示しているのだが、じつは作中、農業をめぐる専門的・経験的な知識のほかに、この二人を情緒的に結びつけるのが公爵（および作者）が意図的に用いるスコッツ語なのだ。というのも、公爵は、初対面のときに「私に話があるのかな、かわいい娘さん（'my bonnie lass'）」と「すぐに同国人とわかり、相手を促し励ます呼び名で」（三二九頁）ジーニーに話しかけるからである。もしジーニーが本章の冒頭の少女のように「美しいお嬢さん」と呼びかけられていたら、二人のあいだの共感や連帯の成立には確かに遅れが生じていたことだろう。が、一方で、こうした例は、スコットランドの声を意識したスコッツ語の使用が、一面では作為的な演出やステレオタイプに陥りかねない弊も示唆している。

その意味で、サラ・グリーン（Sarah Green）の『スコットランド小説の読書——現代のいかさま』（*Scotch Novel Reading*, 1824）は、こうした一面もふくめ、スコットの小説の受容や、文学作品において存在感を増していたスコットランドの声にたいする反応として注目される。これは、ラムジー、バーンズ、スコット、ジェイムズ・ホッグ、ジョン・ゴールト（John Golt, 1779-1839）らの作品に言及しつつ、小説におけるスコッツ語の氾濫や流通しているスコットランド人の表象を戯画化した作品だが、じつは匿名の「コックニー著」として出版された。スコッツ語の声の隆盛が逆に首都の声の個別性の意識を促したようで興味深いが、当時はちょうど『ブラックウッズ』誌にJ・G・ロックハート（J. G. Lockhart, 1794-1854）による「コックニー派詩論」（"On the Cockney School of Poetry"）が連載中だった。それを考えると、エディンバラとロンドンの文壇の覇権争いの副産物でもあったのだろう。事実、小説中には『ブラックウッズ』や『エディンバラ・レヴュー』誌への皮肉交じりの言及もあるし、槍玉に上がっているホッグやゴールトも『ブラックウッズ』と縁が深かった作家である。

この小説の主人公で魅力的なアリス・フェネルは引退した外科医の娘で、「ハムステッドやハイゲイトから北へは行ったことはない」[46]、ちゃきちゃきのロンドンっ子である。が、「ウェイヴァリー叢書」（なかでもお気に入りは『海賊』［*The Pirate*, 1821］らしい）に夢中で、使用人のひとりを「ジェニー・ディーンズ」と呼び、その会話は「スコットランド方言の引用や語句やまずい発音の見本の寄せ集め」（一巻、四七頁）で、父や姉をはじめ周囲の者から嫌がられ、「母語を話しなさい」とたしなめられ続ける。スコットの小説の読者にふさわしく、服装にも気を配り、スコットの『モントローズ綺譚』（*A Legend of Montrose*, 1819）のヒロイン、アノット・ライルらの衣装を真似たり、シルクのタータンにセント・アンドルーズの十字架をかけ、薊の刺繍を施したり、スコティッシュネスの記号を身にまとう。一方、アリスの父フェネル氏の親友の息子ロバート・バトラーは、世の中で最も嫌いな方言があるとしたら、それはスコットランド方言で「たとえ美人が口にしても、その粗野な感じには耐えられない」（二巻、四八頁）。が、父親どうしはじつはこの二人の縁組をもくろんでいて、物語はこの二人の行く末と、ロマンス小説の迷妄から目覚めるヒロインをあつかった多くの小説（グリーン自身にもこうした作品がある）にならって、アリスがスコットランド小説の「いかさま」的な誘惑から脱するまでを追おうとする。

その途中、詩や小説から抜け出てきたようなスコットランド人も登場する。そのひとりが、乗っていた馬車がフェネル家の前で壊れ、アリスが生まれてはじめて出会う本物のスコッツ語の話し手、レイディ・マクベインで、彼女のロンドンでの滞在先のようすはかのマクラーティ家にまさるとも劣らない。かと思えば、その義理の娘マーガレットは「まるで湖上の美人のよう」（一巻、一八八頁）で、ゲール語話者だが英語を学び、かすかなスコティッシュ・アクセントを交えた美しい音楽のような声をしている。アリスはマーガレットのアクセントを真似たり、レイディにスコッツ語で話しかけたりするのだが、彼女からも「母語を話しなさい」と相手にしてもらえない。

極めつけは、ロブ・ロイの直系の子孫を名乗る、赤毛で第四二連隊所属のキルト姿のダンカン・マクレガーだろう。これは、じつはロバートの変装である。自ら「眠れる美女」と名づけて密かに憧れていた肖像画のモデルがじつはアリスだったと知って、フェネル氏とともに一計を案じ、フェネル氏が決めたアリスの婚約者と称して高地人に扮して、アリスの「スコットランドの英雄」熱を冷まそうとしたのだった。したがって、ダンカン／ロバートはステージ・スコッツマンの行き過ぎたカリカチュアといった趣を呈している。むろん「マイ・ボニー・アリス」と話しかけ（バーンズ風から徐々にオシアン風にシフトしていくものの、じつはロバートも「ウェイヴァリー叢書」をかなり読みこんでいるらしく、なかなかのスコッツ語の使い手である）、その反動でアリスの会話はやっと「母語」の英語に切り替わる。このダンカンからもスコットランド熱を批判され、やがてアリスは「スコットランド生まれでない者がそこで生まれ育った人間のように話そうとしても、滑稽に思われるだけなのね」（三巻、一〇五頁）と思いはじめるのである。

批判がてらスコットらの小説の批評が入り、書名どおりスコットランド小説の案内書としても使えそうな作品なのだが、それらを「スコッツ語会話教本」として用いているようなアリスのふるまいを通して、スコッツ語がもつ「異国情緒」的な魅力への嗜好にたいする揶揄がうかがわれる。また、ここでも、やはり話し手の「生まれ」が問題にされている。英語という標準に近づくのは自然な行為でも、そこからずれるには、やはりそれを自然化する根拠が必要なのだ。裏返せば、この小説の語り手の苛立ちの一番の対象は、小説中のスコッツ語の「いかさま」や不自然さにあるようである。なかでも、スコットの『ナイジェルの運命』（*The Fortunes of Nigel*, 1822）に登場するジェイムズ一世は「じっさいには学識ある君主だったのに、まるでスコットランドの山地民のような方言を彼に話させるのは馬鹿げて」（二巻、八八頁）いて、フランス人に囲まれて育ち、イングランドの宮廷に移ったジェイムズが強いスコティッシュ・アクセントのままで話すはずがないと再三批判の矛先が向かう。とはいえ、語り手にとって問題は、ジェイムズ六世の「スコッツ語詩法論」（'Reulis and Clautelis', 1584）にひしめいていたスコッツ語が、一六二〇年代のジェイムズ一世の声にどれくらい残っていたかなどといった時代考証の詳細よりは、そのスコットランド出自を示す「記号」としての使用が目につくということだろう。あわせて、この語り手の反応からは、スコッツ語をめぐってその歴史的な認識よりも同時代における特定の階級との連想のほうがすでに優勢であることや、さらには、アリスの「母語」を侵食する口語スコッツ語の蔓延にたいする危惧もうかがわれる。

文化的な差異の分節化を試みようとするスコットランドの作家たちの英語小説における実践には、当然ながら、一方で差異をわかりやすく単純化したり、強調して提示したりする危険も付随している。グリーンの作品に登場するステレオタイプ的なスコットランド人はそれを雄弁に物語っているが、その一環としての言語の表記や使用についても同様のことが言える。翻訳や説明をともなうゲール語の場合、なかば必然的に登場する語彙の数も限られるけれども、スコッツ語の会話においても、英語読者にも読みやすいようにスコッツ語を制限したうえで、例の「ボニー」をはじめ、一語でも強力な磁場の発生が可能な代表的な語や表現が選択されて用いられることも多い。なかでも、スコットの小説にはその傾向があり、それが一定の効果をあげていることは、アリスの「スコットランド人らしい」会話をみれば一目瞭然だが、それだけにかえって作為的な印象を与えかねないのも事実だろう。

一方、スコットランド内部での異なる声を届けようとしたホッグやゴールトのスコッツ語は、またべつの問題を提起している。ボーダーズ地方の口承の伝統とともに育ち、「エトリックの羊飼い」を自任したホッグは、ロンドンのみならずエディンバラの都市文化からも一定の距離を保っていた。そのぶん、作品中に口承の伝統やスコッツ語が使用される必然性も頻度も高い。一方、エアシャー生まれのゴールトはおもに西海岸を舞台とし、地域や人物によって異なるスコッツ語を書き分けつつ、作品を発表した。ゴールトのこの試みも作品中のスコッツ語の頻度を増すことになったけれども、これは、こうした細かな使い分けの価値を正しく評価しない読者にとっては無用かつ過重な負担に思えたことだろう。さらに、ホッグやゴールトの個々の意図とはべつに、党派性の強い『ブラックウッズ』との関係は彼らのスコッツ語を一個のマスにまとめてしまい、その量としての存在感のみが、相手によっては対抗的に際立つ結果になったかもしれない。

それを思うと、一九世紀前半までのスコットランド小説は、言わば語り手の「分身」としてのウェールズ人や複数の書き手の書簡をとおして、標準英語の書きことばの世界にスコティッシュ・アクセントを取り入れる工夫をしたスモレットの実践に、じつに多くのさまざまな声をつけくわえてきたようである。「オシアン」／マクファーソンとバーンズがゲールの風景とスコッツ語の共同体の声を刻むと、啓蒙の文人のひとりハミルトンは自身の企図のなかでそれらを利用しつつ、小説における口語スコッツ語の使用の先例となる作品を著した。さらに、スコットをはじめロマン主義時代の小説では、ゲール語やスコッツ語の口承の伝統や会話が重要な構成要素となっている。その一方、スコットランドの声のプレゼンスが増すにつれて、逆にこうした試みに潜在するステレオタイプ化や作為的な「演出」の問題が顕在化してきたこともうかがわれる。これは、この国の作家が小説のなかにさまざまな固有の声を記そうとする営みにおいて、こののちもずっと取り組むべき課題になっていくだろう。

とはいえ、先の『スコットランド小説の読書』は、ロバートがアリスに『海賊』からの一節を歌うよう促し、アノット・ライル風の衣装をまとったアリスが「また元の熱中に戻るのではないかと心配させるほどの哀感をもって」（三巻、二四三頁）これを歌う場面で閉じられる。これは、その詩行を耳にするたびに「眠れる美女」を想起しつつ、ダンカン／ロバートがアリスに教えた思い出の一曲だというから、ここだけは「いかさま」から転じて、読み手によって生きられた本物の歌になっているということかもしれない。あるいは、これもまたスコットランド小説が喚起した、もうひとつべつの声ということだろうか。

（1） Hamilton, Elizabeth, *Memoirs of Modern Philosophers*, Claire Grogan ed., Peterborough, Ontario : Broadview

Press, 2000, p. 109.　以降、同一著者による同一文献については、いずれも本文中の括弧内に頁数を示す。

（２）Beattie, James, *Scoticisms: arranged in alphabetical order: designed to correct improprieties of speech and writing*, Edinburgh: William Creech, 1787, pp. 56-58.　ただし、ビーティは、この文献では'bairn'のように一見してちがいがわかる語は除いていることを最初に断り、語義よりも前置詞の用法など細かなちがいのほうを多く収録している。

（３）*Review II, The Cottagers of Glenburnie, Scots Magazine*, September 1808, pp. 678-682（p. 679）.

（４）Spiller, M. R. G., "The First Scots Novel: Sir George Mackenzie's *Aretina*（1660）", *Scottish Literary Journal*, 11, 1979, pp. 5-18; Beesemyer, Irene Basey, "Sir George Mackenzie's *Aretina* of 1660: A Scot's Assault on Restoration Politics", *Scottish Studies Review*, Spring 2003, pp. 41-68を参照。

（５）Smollett, Tobias, *The Adventures of Roderick Random*, Oxford: Oxford University Press, The World's Classics, 1981, p. 1.

（６）Crawford, Robert, *Devolving English Literature*, Oxford, Oxford University Press, 1992, p. 60.

（７）セレクト・ソサエティをはじめとしたこうした活動については、Bator, Paul G., "The Formation of the Regius Chair of Rhetoric and Belles Lettres at the University of Edinburgh", *Quarterly Journal of Speech*, Vol. 75, 1989, pp. 40-64, Jones, Charles, "Scottish Standard English in the Late Eighteenth Century", *Transactions of the Philological Society*, Vol. 91, No. 1, 1993, pp. 95-131 他を参照。ちなみにジョーンズは、ロンドンを基準としない、スコットランド独自の標準英語を促進しようとする重要な動きについて指摘している。また、一九世紀のスコットランド小説における口承性やスコッツ語を中心にあつかった文献としては、Fielding, Penny, *Writing and Orality: Nationality, Culture, and Nineteenth-Century Scottish Ficiton*, Oxford: Clarendon Press, 1996; Letley, Emma, *From Galt to Douglas Brown: Nineteenth Century Fiction and Scots Language*, Edinburgh: Edinburgh Academic Press, 1988 他を参照。

（８）Basker, James G., "Scotticisms and the Problems of Cultural Identity in Eighteenth-Century Britain", *Eighteenth-Century Life*, 15, February and May 1991, pp. 81-95（pp. 87, 89）.

（９）Rothstein, Eric, "Scotophilia and *Humphry Clinker*: The Politics of Beggary, Bugs, and Buttocks", *University of*

Toronto Quarterly, Vol. 52, No. 1, Fall 1982, pp. 63–78.

(10) それぞれ、Tobias Smollett, *The Expedition of Humphry Clinker,* Oxford : Oxford University Press, p. 351, p. 244. また、エドワード・シュワルツワルドはタビサとウィニフレッドの手紙は、彼女たちをとりまくシステムへの批判であると述べ、さらにリディアの「感性」について触れている。Schwarzschild, Edward L., "'I Will Take the Whole Upon My Own Shoulders' : Collections and Corporality in *Humphry Clinker*", *Criticism,* Fall 1994, Vol. XXXVI, No. 4, pp. 541–568 (p. 558).

(11) ただし、ジェリーはここで、ゲール語をとおして、「サセナッハ」としての低地人とイングランド人、および古代ブリトン人としての高地人とウェールズ人とを区分し、それによって自己の内部にスコットランドにおける内的分裂をもちこんでもいる。

(12) T. M. Devine, *The Scottish Nation 1700–2000,* London : Penguin Books, 2000 ; first published by Allen Lane The Penguin Press, 1999, p. 125 ; Macinnes, Allan, "Scottish Gaeldom : The First Phase of Clearance", T. M. Devine and Rosalind Mitchison, eds., *People and Society in Scotland, Volume 1, 1760–1830,* Edinburgh : John Donald, 1988, pp. 70–90 (p. 72). また、ゲール社会の変容については、他にDodgshon, Robert A., *From Chiefs to Landlords : Social and Economic Change in the Western Highlands and Islands, c. 1493–1820,* Edinburgh, 1998 ; Devine, T. M., *Clanship to Crofters' War : the social transformation of the Scottish Highlands,* Manchester : Manchester University Press, 1994 等を参照。

(13) Devine, T. M., *The Transformation of Rural Scotland : Social Change and the Agrarian Economy, 1660–1815,* Edinburgh : John Donald, 1999 ; Gray, Malcolm, "The Social Impact of Agrarian Change in the Rural Lowlands, in Devine and Mitchison eds., *op. cit,* pp. 53–69 ; Devien, T. M. ed., *Farm Servants and Labour in Lowland Scotland 1770–1914,* Edinburgh : John Donald, 1984 他を参照。

(14) Rizza, Steve, A Bulky and Foolish Treatise ? Hugh Blair's *Critical Dissertation* Reconsidered, Howard Gaskill, ed., *Ossian Revisited,* Edinburgh : Edinburgh University Press, 1991, pp. 129–146 (p. 132).

(15) Burns, Robert, *Poems, Chiefly in the Scottish Dialect*, Kilmarnock, 1786, pp. iii, v, reprinted by Fairdram Books in 1977. バーンズの詩については、Crawford, Robert, ed., *Robert Burns and Cultural Authority*, Iowa City: University of Iowa Press, 1997; Simpson, Kenneth, ed., *Love and Liberty: Robert Burns: A Bicentenary Celebration*. East Linton: Tuckwell Press, 1997; McGuirk, Carol, *Robert Burns and the Sentimental Era* 他を参照。また、バーンズによる「バード」ないし「バーディ」の用法については、Crawford, *Devolving English Literature*, pp. 92-102 を参照。

(16) Mackenzie, Henry, unsigned essay in *Lounger*, Donald A. Low, ed., *Robert Burns: The Critical Heritage*. London and Boston: Routledge & Kegan Paul, 1974, pp. 67-71 (p. 70).

(17) それぞれ、Roe, Nicholas, "Authenticating Robert Burns", in Crawford, *Robert Burns and Cultural Authority*, pp. 159-179 (p. 163); Preston, Thomas R., "Contrary Scriptings: Implied National Narratives in Burns and Smollett", in Simpson, ed., *op. cit.*, pp. 198-216 (p. 209).

(18) Currie, James, *The Works of Robert Burns: with an account of his life, and a criticism on his writings. To which are prefixed some observation on the character and condition of the Scottish peasantry*, second edition, London: T. Cadell and W. Davies, 1801, vol. I, p. 307.

(19) Blair, Hugh, "A Critical Dissertation on the Poems of Ossian, the Son of Fingal", Macpherson, James, *The Poems of Ossian and Related Works*, Howard Gaskill ed., Edinburgh: Edinburgh University Press, 1996, p. 353. また、この段階進歩説については Berry, Christopher, J. *Social Theory of the Scottish Enlightenment*, Edinburgh: Edinburgh University Press, 1997 (とくに pp. 93-94) を、マクファーソンについては、Stafford, Fiona. *The Sublime Savage: James Macpherson and the Poems of Ossian*, Edinburgh: Edinburgh University Press, 1988 他を参照。

(20) Glendening, John, *The High Road: Romantic Tourism, Scotland, and Literature, 1720-1820*, Basingstoke, Macmillan, 1997, p. 11.『オシアン詩篇』と高地の風景については、他に Andrews, Malcolm, *The Search for the Picturesque*, Stanford: Stanford University Press, 1989, Chap. 8; Morrison, John, *Painting the Nation: Identity and Nationalism in Scottish Painting, 1800–1920*, Edinburgh: Edinburgh University Press, 2003, Chaps. 3, 4; Womack,

Peter, *Improvement and Romance : Constructing the Myth of the Highlands,* Basingstoke : Macmilan, 1989 等を参照。

(21) それぞれ、Currie, *op. cit.,* p. 2 ; Bold, Valentina, "Inmate of the Hamlet : Burns as Peasant Poet" in Simpson, *op. cit.,* pp. 43–52 (p. 47).

(22) Maclachlan, Christopher. *Before Burns : Eighteenth-Century Scottish Poetry,* Edinburgh : Canongate Classics, 2002.

(23) Dwyer, John, "The Melancholy Savage : Text and Context in the *Poems of Ossian*", in Gaskill, ed., *Ossian Revisited,* pp. 164–206 (p. 170).

(24) Whyte, Christopher, "Competing Idylls : Fergusson and Burns", in *Scottish Studies Review,* Winter 2000, No. 1, pp. 47–62 (pp. 51, 55, 59, 60.).

(25) Devine, T. M., *The Transformation of Rural Scotland* (とくに 7 : Disposesssion : The Tenant Experience, pp. 111–135 ; 8 : Disposession : Subtenants and Cottar, pp. 136–164).

(26) [Maria Edgeworth], "Character and Writings of Mrs Elizabeth Hamilton", *Gentleman's Magazine,* Supplement 86, 2, 1816, pp. 623–643. ハミルトンやその作品については、他に Benger, Elizabeth, *Memoirs of the late Mrs. Elizabeth Hamilton with a selection from her correspondence, and other unpublished writings,* 2 vols, London : Longman, Hurst, Rees, Orme & Brown, 1818 ; reprinted by Thoemmes Press in 2003 ; Garside, Peter, *Women, Writing, and Revolution 1790–1827.* Oxford : Clarendon Press, 1993 ; Thaddeus, Janice Farrar, "Elizabeth Hamilton's Domestic Politics", *Studies in Eighteenth-Century Culture,* vol. 23, 1994, pp. 265–284 ; Anderson, Carol and Aileen M. Riddell, "The Other Great Unknowns ; Women Ficiton Writers of the Early Nineteenth Century", in Gifford, Douglas and Dorothy Mcmillan, eds., *A History of Scottish Women's Writing,* Edinburgh : Edinburgh University Press, 1997 等を参照。

(27) Hamilton, Elizabeth. *Translation of the Letters of a Hindoo Rajah ; Written Previous to, and during the Period of his Residence in England. To Which is Prefixed a Preliminary Dissertation on the History, Religion and Manners of the Hindoos,* London : G. G. and J. Robertson, 1796. ただし、著者名は 'Eliza Hamilton' と表記されている。

(28) Garside, *op. cit.*, p. 301.

(29) Hamilton, Elizabeth, *The Cottagers of Glenburnie ; A Tale for the Farmer's Ingle-Nook*, second edition, Edinburgh : Manners and Miller, et al., 1808 ; first published in 1808, p. 25.　この版では初版の第二章の末尾が縮約され、さらに「付録」が付されている。

(30) それぞれ、Hamilton, *ibid.*, pp. v-vi ; Thaddeues, *op. cit*, p. 273.　また、ガーサイドによれば、この作品には、標準英語の使用やプロット進行など、多くの点において子供や下層階級向けの教訓的な当時の読物と共通する特徴がみられる。Garside, *op. cit.*, p. 280.

(31) それぞれ、Benger, *op. cit.*, vol. II, p. 73 ; vol. I, p. 169.

(32) Hamilton, *The Cottagers of Glenburnie*, p. 190.

(33) Campbell, Ian, *Kailyard*, Edinburgh : Ramsay Head Press, 1981, p. 60.

(34) *Monthly Review*, enlarged ser. Vol. 60, October 1809, pp. 217-218（p. 217）.

(35) Thaddeus, *op. cit*, p. 280.　また、啓蒙期の思想と「家庭」についてはMoore, Lindy, "Education for the 'woman's sphere' : Domestic Training Versus Intellectual Discipline", Breitenbach, Esther and Eleanor Gordon, eds., *Out of Bounds : Women in Scottish Society 1800-1945*, Edinburgh : Edinburgh University Press, 1992, pp. 10-41 等を参照。

(36) それぞれ、*Critical Review*, 3rd ser. 15, December 1808, pp. 421-430（p. 430）; *Scots Magazine*, September 1808 ; *Edinburgh Review*, July 1808, pp. 401-410 ; Hamilton, Elizabeth, *The Cottagers of Glenburnie*, Jean L. Watson, ed., Glasgow［1872?］.　これにはワトスンによる「前書き」の末尾に、後述の「わが家の炉辺」も収められている。

(37) それぞれ、Hamilton, Elizabeth, "My Ain Fireside", Maclachlan ed., Before Burns, p. 294 ; Benger, *op. cit.*, vol. II, pp. 19-20.

(38) Benger, *ibid.*, p. 186.

(39) Scott, Walter, *Waverley ; or, 'Tis Sixty Years Since*, Clare Lamont, ed., Oxford : The World's Classics, 1986, p. 341.　ミセス・グラントの著作名は、正式にはMrs. Ann Grant of Laggan, *Essays on the Superstitions of the High-*

landers of Scotland（1811）である。

（40） Johnstone, Christian Isobel, *Clan-Albin : A National Tale,* 4 vols, London : Longman, Hurst, Rees, Orme & Brown, 1815, vol. I, p. 68.　ノーマンは一方ではバーンズの詩から低地地方の農民の風習や感情を学び、彼らへの敬意や共感をはぐくむ（第二巻、二四六頁）。ただし、この小説じたいは、むしろ高地地方とアイルランドとの類縁性を示す展開になっている。

（41） Ferrier, Susan, *Marriage,* Herbert Foltinek, ed., Oxford : The World's Classics, 1986, p. 22.

（42） Brunton, Mary, *Discipline,* London : Pandora Press, 1986, p. 246.

（43） Scott, Walter, *The Antiquary,* David Hewitt, ed., Edinburgh : Edinburgh University Press, 1995, p. 3.

（44） Scott, Walter, *The Heart of Mid-Lothian,* David Hewitt and Alison Lumsden, eds., Edinburgh : Edinburgh University Press, 2004, p. 338.

（45） Devine, T. M., *The Scottish Nation,* pp. 124-151 ; Gray, *op. cit.,* Macinnes, *op. cit.,* Cregeen, Eric, "The Changing Role of the House of Argyll in the Scottish Highlands", N. T. Phillipson and R. Mitchison, eds., *Scotland in the Age of Improvement,* Edinburgh : Edinburgh University Press, 1996, pp. 5-23 他を参照。

（46） Green, Sarah, *Scotch Novel Reading ; or, Modern Quackery. A Novel Really Founded on Facts,* by a cockney, 3 vols., London : A. K. Newman and Co., 1824, vol. I, p. 12.　ちなみに、ロックハートの「コックニー派詩論」は、一八一七年一〇月号から一八二五年八月号にかけて不定期に計八回掲載された。

第六章　語りなおされたフォークロア

――『奔放なアイルランド娘』と楽園幻想――

北　文美子

一　「楽園」の希求

気高い文化が保たれ、安らぎが支配する楽園。そのイメージは時代や場所によって異なるものの、私たちを旅へと誘ってきた。日常から遠く隔たった世界に、厳しい現実があたえてくれることのない幸福感や癒しを求める。楽園の憧憬は、人々の心を捉え、その幻想は、あくことなく語り続けられている。「地上の楽園」「最後の楽園」、情報網がこれだけ発達した現代社会にあってもなお、その言葉の魅力は完全には失われてはいないのであろう。旅人が実際に現地に赴くか、サイバー世界で満足するかは別として、楽園に寄せる想いは、私たちの想像力を掻き立てずにはおかない。

作家モーガン夫人（Lady Morgan, c.1776–1859）は、一九世紀初頭のアイルランドのうちに、そのような楽園を描き出そうとした。彼女の代表作ともいえる小説『奔放なアイルランド娘』（*The Wild Irish Girl*, 1806）は、アイルランドを訪れたイングランドの伯爵次男であるホレイショ・モーティマが彼の友人に宛てた手紙によって物語が構成されている。それは、一八世紀から一九世紀にかけて流行した典型的な書簡体形式であるが、ロンドンから船出し、ダブリンに到着した後、アイルランドの西の果てへと旅を続ける若者の興奮がうまくその形式に合致し、物語に迫真性をあたえている。書簡では、まず経済的な繁栄の影で、多くの人々が貧困にあえぐロンドンの風景が、絢爛豪華な宮殿とジンを山積みする薄汚い運搬船という鮮やかなコントラストとともに活写されている。出港した船は、テムズ川を抜け、アイリッシュ海を越え、ダブリンに入港するが、ダブリンの街は、ロンドンに匹敵するような豪奢な建物が立ち並んではいるものの、生き馬の目をぬくような都市の喧騒はそこには感じられない。モーティマは、あくまでもダブリンの繁栄の中に、貧しさや豊かさが人の心を疲弊させることのない、調和のある素朴な社会を見ようとする。王侯貴族の宮殿さながら意匠をこらした近代的な建築物も庶民を疎外することなく、訪れるものの目を悦ばす「心地よい秩序」が社会全体を支配している。ロンドンとダブリンとの対照的な風景は、憧れの楽園に到達したいという若者の性急な願いを見事に反映していて興味深い。

とはいえ、この旅はもともとモーティマ自らが望んだものではなかった。ロンドンで自由を謳歌するばかりに、自堕落な生活をしていた息子をなんとか更正させようとした父である伯爵の意図がその背後にある。伯爵は、クロムウェル時代に地元の領主から没収したアイルランドの土地を継承していたが、不在地主であったため、その地を視察してくることを名目に、息子をアイルランドへと旅立たせたのである。父親の意図は功を奏し、イングランドでの怠惰な日常を振り返ることもなくモーティマは、アイルランドの人々、風景の中に楽園の似姿を見ることになる。そして、その最たる経験として、アイルランド西部の人里離れた古城での生活が語られるのである。古城には、モーティマの祖先によって土地を奪われてしまった領主の子孫が、娘とともにひっそりと暮らしていた。森の彼方に過去の亡霊さながら過酷な運命に耐えるかのようにたたずむイニシュモア城に、モーティマの好奇心はいやがおうにも掻き立てられる。ほんの一目見るだけのつもりで訪れた古城で足を滑らせ、彼は領主とその娘に城館で看病される身になるのである。

イニシュモア城にはかつての栄華を感じさせる夢幻的な雰囲気が漂っており、また領主と娘のグロービィナは、文明から遠く隔たった土地には似つかわしくないほど、高い教養を身につけている。城での生活を報告するモーティマの書簡は、ひどい怪我を負った病人の言葉とは思えないほど、俄然雄弁である。彼は、時の侵蝕を受け、廃墟同然と思われる城館に、意外にも洗練された趣味、重厚な伝統を見出し、それが過去の災禍に耐えながら、かろうじて保たれてきたゲール文化、つまりアイルランド固有の文化に由来するものであると理解する。加えて、そのアイルランド独自の精神性を、イニシュモア城の領主、そして何よりも彼の薫陶を受けた娘グロービィナのうちに認め、彼女のけがれのない純真さ、飾らぬ気品を讃えるのである。植民の歴史に蹂躙されながらも、なお自然の生命力が横溢し、馥郁たる文化を備えるイニシュモア城は、人知れず存在する楽園さながらにモーティマの目には映るのである。

ところで、失意を乗り越えながら、ひっそりと暮らすこの「気高い」親子の姿には、絶海の孤島で、復讐の機会を虎視眈々と狙うプロスペローと彼の愛情を一身に受け成長する娘ミランダの姿が重なり合うことであろう。処女作である『セント・クレア、あるいはデズモンド家の跡継ぎ娘』(*St. Clair, or the Heiress of Desmond*, 1803)を執筆する際に、ゲーテの『若きウェルテルの悩み』を下敷きにするなど、古今の文学作品に親しんでいた作家モーガン夫人である。シェイクスピアの戯曲『テンペスト』が彼女の頭の中になかったとは考えにくい。『テンペスト』においては、プロスペローがミラノ公爵としての名誉を回復し、ミランダがナポリ王子と婚姻関係を結ぶという大団円を迎えるが、『奔放なアイルランド娘』でもまた、イニシュモア領主の正統性が認められ、出会った若い二人は恋に落ちるというパターンがそのまま踏襲されている。もちろん、シェイクスピアの戯曲にうかがえる物語の緊張感や言葉の躍動感は、モーガン夫人の小説には望むべくもないが、古典の枠組みを借用しながら、「楽園」としてのアイルランドを巧みに描出し、アイルランド幻想を構築した点は見逃してはならないであろう。島に上陸したナポリ王子フェルディナンドがプロスペローの魔法に翻弄されたように、モーティマはイニシュモア城に魅了され、発見した「楽園」アイルランドについて陶酔的な手紙を書き続けることになるのである。もちろん、彼の語るアイルランドは、彼に向かって語りかける少女グローヴィナの話として私たちに伝えられるのであるが、そのグローヴィナの語りは、とりもなおさず、その著者である作家モーガン夫人が子供の頃から慣れ親しんだアイルランドの口承文化がもとになっているのである。

二　父の「物語」

モーガン夫人の結婚以前の名は、シドニー・オーエンソンであり、父はアイルランド西部メイヨー州出身の役者であった。彼はシドニーと彼女の妹が幼いときから、しばしばアイルランドの伝承を子供たちに聞かせていたようである。『奔放なアイルランド娘』を発表し、小説家として頭角をあらわしたシドニーは、ほどなくして外科医であったモーガン卿と婚姻関係を結ぶが、作家として自分自身の作品に言及するにあたっては、父親が子供時代に語り聞かせたアイルランドの民話・伝承・詩歌などの語りの伝統から、とりわけ強い影響を受けたと述懐している。(1)

モーガン夫人の父親ロバート・オーエンソンは、若くして故郷の地主に従い、メイヨーからロンドンに赴き、ロンドンで役者としての地位を確立した。話のうまさは、モーガン夫人の『追憶』(*Memoir*, 1863)によると、生来のものらしく、加えて見かけの良さ、明朗な性格が幸いし、ロンドンの舞台で当時はやっていた道化役のアイルランド人、ステージ・アイリッシュマン(Stage Irishman)を見事に演じたようである。ステージ・アイリッシュマンは、テリー・イーグルトンの凱切な表現を借りれば、「子どもっぽくて疑い深く、愛想が良くて攻撃的、ウイットに富んでいながらもぼんやり、機敏で鈍重、雄弁にして間抜け、気楽でいてかっとしやすく、夢見がちで現実的、嘘つきで忠実」[2]な役柄であり、アイルランド人に対する深刻な偏見を生む温床となる一方で、喜劇の舞台には欠くことのできない存在であった。そして、ロバートはこの役割を果たすため、数々の舞台で必要とされたのであった。ロンドンでの成功を収めた彼は、彼の役者としての魅力に惹かれたイングランド出身の女性、ジェイン・ヒルと結婚するが、結婚後、故郷アイルランドの首都ダブリンで、俳優業だけでなく劇場経営にも乗り出すことになる。

ダブリンでのロバートは、それから一世紀以上のちに現実となるアビー劇場と同じような国立劇場を完成させることを目指し劇場経営を始めた。バンシー、レプラコンといった妖精が登場する民話から、セント・パトリック、ストロングボーなどを扱った歴史的な伝承まで、アイルランドを題材とした戯曲がそこでは上演されるはずであった。しかしながら、結果を先に言ってしまえば、彼の試みは失敗に帰することになる。原因としては、まずひとつには観客の問題があった。アイルランドでは、イングランドあるいはヨーロッパで一般的であった教会を中心とした演劇の伝統が、カトリックを対象とした刑罰諸法の導入により、断絶してしまったということがあげられる[3]。つまり、豊かな市民層を別とすると、民衆の間に成熟した観客層がいまだ形成されておらず、一方、裕福な層が想定する演劇は古典を志向していたため、ロバートの思惑はむしろかれらの嘲笑の対象であった。当時の劇評には、主題として選ばれた「アイルランド」に対して悪意に満ちたコメントが寄せられ、上演された作品は田舎芝居と一笑にふされてしまう。

このような観客の問題に加えて、一八世紀末の社会の趨勢もロバートには不利に働いた。ナショナリストであったロバートは、ジェイムズ・ナッパー・タンディ（James Napper Tandy, c.1737-1803）を含めた愛国的な活動家を劇場のパトロンとして迎え入れていた。一七八四年一二月二〇日に行われた柿落としには、タンディが率いていた義勇軍（Volunteers）のメンバーも観客の中に見受けられたのであるが、このことによって、彼の劇場はアイルランドにおける反体制の活動拠点のひとつとして当局に目をつけられることになってしまう。愛国的な主題を演目に掲げることにも、さまざまな規制が敷かれた。これだけでも、劇場経営が立ち行かなくなる理由としては十分であるのだが、さらに、役者としての力量は誰もが認めていたものの、経営に関しては、ロバートは全くの素人であった。役者への賃金の支払い方といったことから適切な処理をすることができず、劇場の運営は当初から暗礁に乗り上げてしまう。

このような波瀾に満ちたダブリンでの生活であったが、父親ロバートの芝居にかける情熱は、彼の娘にも大きな影響をあたえることになる。彼は、劇場で上演しようとしていた物語を仕事の合間を縫って子供たちに熱心に聞かせたという。モーガン夫人は、父親が語り聞かせた話をアイルランドに古くからある語りの伝統、「シャンノス」と捉えているが、(4) それが実際にシャンノスの伝統を担うだけの口承文芸であったかはともかくとして、父親を通してアイルランド文化に並々ならぬ関心を寄せることになったことは確かである。『奔放なアイルランド娘』の出版に先立つこと一年、シドニーは『アイルランドに伝わる一二曲』（*Twelve Original Hibernian Melodies*, 1805）を上梓するが、それはアイルランドに残る歌曲、正確にいうのであれば、アイルランドに残る旋律に英語の歌詞を付した曲をまとめたものであった。この作品は、一七九二年ベルファストで開催されたハープフェスティバルで演奏された曲を採録したエドワード・バンティングによる先駆的な作品『古代アイルランド音楽集』（*General Collections of Ancient Irish Music*, 1796）とあわせて、のちに国民詩人としてもてはやされたトマス・ムア（Thomas Moore, 1779-1852）に大きな影響をあたえ、『アイルランドの旋律』（*Irish Melodies*, 1808）をまとめるきっかけをつくったといわれている。父親を介して芽生えたアイルランドの語りの伝統への愛着はさらに年を重ねるごとに深まっていったのであろう。『奔放なアイルランド娘』では、この『アイルランドに伝わる一二曲』で依拠した音楽の伝統はもちろんのこと、アイルランドの詩歌、民話から風俗、習慣のたぐいにいたるまで、人を瞠目させるような知識が披瀝されている。モーガン夫人の小説の場合、『奔放なアイルランド娘』に限ったことではないが、話の筋はきわめて単純であるのだが、その単純な話の展開さえも阻害しかねないほど、アイルランドの文学、音楽、歴史に関する挿話が執拗なまでに盛り込まれている。

たとえば、『奔放なアイルランド娘』においては、体力が回復してきたモーティマが、アイルランド文化を理解するためにアイルランド語の知識を身につけようとする。ゲール語に通暁するクロービィナは喜んで彼の手ほどきを引き受けるのであるが、彼女は単にアイルランド語の習得を手助けするだけではない。まず、古い歴史をもった最も美しい言語のひとつであるアイルランド語がなぜ衰退しつつあるのか、その原因について彼に「講義」することから始めるのである。結果として、ヘンリー二世から開始されるアイルランド植民の歴史が延々とモーティマに語られることになる。その内容を追っていくと、それはまるで想像力に負った小説であるというよりも、むしろ擬似的な論文であるかのような錯覚さえ感じるほどである。歴史的な省察に加えて、さらには、アイルランド語の文化を担った詩人たちの系譜が教授されていく。ハープの演奏にあわせて甘美な抒情詩を詠った盲目の詩人ターロッホ・カロラン（Turloch Carolan, 1670-1739）が、いかにアイルランドの「正統」な文化を発展させていったのかがモーティマの書簡、小説の一節として叙述される。「現代アイルランドの詩人たちの中で、最も才能に恵まれた詩人がターロッホ・カロランでした。彼の朗誦では、イタリアの詩人アリオストに勝るとも劣らぬ気品ある言葉の響きと、アイルランド独自の悲哀に満ちた美しい旋律が融合され、至純とでも言うほかない音楽が奏でられておりました」(5)。カロランの詩の妙なる音色が言葉を尽くして表現されるのだが、それでもまだ飽きたらないかのように、彼の詩の英語訳が数頁にわたって引用される。ここまでの解説と作品紹介だけでも物語の流れを止めるには十分すぎるといわざるをえないが、しかしながら、さらに追い討ちをかけるかのように、小説の本文とは別に、彼の人生に関する注釈が付け加えられるのである。

ターロッホ・カロランは一六七〇年、ウエストミーズ州ノバー村で誕生し、一七三九年に没した。彼は視力を失ってしまったことを、決して恨めしく思うことはなかった。「私の眼は単に私の耳となってしまっただけだ」と、よく陽気に人々に語ったものであった。カロランの詩の読者は、彼の奏でる音楽と同じ印象をその詩から受けることになるであろう。著名な歴史家であり、カロランの知己でもあったオコーナーは、彼の芸術は人々を高揚させ、懐疑的な人をも感動させ、彼に一度も会ったことのない巨匠さえかれの才能を認めずにはいられなかった、と述懐している。(6)

蛇足といわれても不思議でないほど、カロランの偉業がこの後にも詳細をきわめて記述されている。もちろん、小説にこのような注釈が付録されることは、当時決して稀なことではなかった。(7)散文芸術において、「場の感覚」が加わったのは比較的最近、近代に入ってからのことであったと、デイヴィッド・ロッジは『小説の技巧』の中で述べているが、まさにその「場の感覚」を最大限に活用し、「地域小説」(regional novel)を確立した作家が、モーガン夫人と同じくアイルランド出身のマライア・エッジワースであった。彼女はモーガン夫人とほぼ同時代の作家であり、小説、特に『ラックレント城』では、アイルランドという「場」を説明する意味もあって、土地の習慣、風俗に関して小説そのものとほぼ同じ長さの注釈、用語解説を付した。また、エッジワースの影響を受けたといわれているウォルター・スコットの小説でも、注釈や用語解説が巻末にまとめられてはいる。しかしながら、アイルランド語をめぐる一場面に象徴されるように、モーガン夫人の小説の場合、注釈や用語解説の量においては、エッジワース、スコットばかりでなく、当時のいかなる小説家をもはるかに凌駕している。事あるごとにアイルランドに残る詩歌、伝説、昔話、民話、習慣などの語りの伝統を小説のテキストに挿入するその力の入れようは、並大抵のものではなく、小説家というよりも、むしろ民話学者、民俗学者、文学研究者さえも彷彿させ、読み方によってはアイルランドの語りの伝統を紹介するために、小説という形式を採用したのではないかと勘ぐりたくなるほどなのである。

もっとも、それでもモーガン夫人はあくまでも小説家であり、のちのワイルド夫人やグレゴリー夫人のように口承伝統を蒐集したわけではなかった。彼女はもっぱら前世代、一八世紀後半に活動した好古主義者（antiquarians）によるアイルランド語の伝承を英語に翻訳した作品、あるいは英語で解説した文献を渉猟し、小説空間を構築するうえで大いに活用しているのである。中でも、ジョゼフ・クーパー・ウォーカー（Joseph Cooper Walker, 1761–1810）による『アイルランド吟遊詩人の歴史的回想』（*Historical Memoirs of the Irish Bards*, 1786）、並らびにシャルロット・ブルック（Charlotte Brooke, c.1740–1793）による『アイルランド詩拾遺』（*Reliques of Irish Poetry*, 1789）は再三にわたって小説本文および注釈において言及されている。[8]『奔放なアイルランド娘』の冒頭の場面でも、アイルランドに到着したばかりのモーティマが目にした光景を描写するにあたって、まずクーパーの『アイルランド吟遊詩人の歴史的回想』の一部が抜粋される。それは、リズミカルな歌をうたいながら畑仕事をしているアイルランドの農民たちの姿を描いた場面であるのだが、牧歌的な異国情緒に満ちた語りは、「クーパー氏は」という言葉によってさえぎられ、前述したカロランのときと同じように、衒学的な知識が開陳されることになる。「ゲール語の歌は、従来の和声法に対する大胆な挑戦とも呼べるような素朴な旋律から成り立っているが、その響きは筆舌しがたいほど甘美なものである、と彼の著作『アイルランド吟遊詩人の歴史的回想』において述べています」[9]。モーガン夫人は、小説という散文形式を通して伝承文化を「保存」し、かつその文化の高さを礼賛し、アルカディアさながらの「楽園」のイメージをアイルランドに付しているのである。

ところで、結果として『奔放なアイルランド娘』にさまざまな材料を提供した好古主義者たちはいかなる立場にあったのであろうか。単純化を恐れずにいえば、かれらは植民主義ならびに近代化によってもたらされる、アイルランドの伝統の喪失に対して強い危機意識をもち、残存する文化の保存を急務と考えていた人々であった。ウォーカー自身が設置に携わり、言語文化、歴史遺産の蒐集、保存に着手したロイヤル・アイリッシュ・アカデミー（Royal Irish Academy, 1785）の成立は、そのような意味できわめて象徴的である。一八世紀後半、いわゆる「オシアン論争」に端を発し、文化の起源がにわかに注目を集めるようになると、アイルランドではダブリンを中心にさまざまな文化機関が創設される。ロイヤル・アイリッシュ・アカデミーは、それらの諸組織を統括する重要な役割を担うことになるのだが、アカデミーそのものは政治から距離を取るものの、併合法へと収斂していく植民地化の道を歩み続けていたアイルランド社会において、文化の起源を辿る試みは、体系的な学問研究のみに留まるのではなく、きわめて意識的な文化的アイデンティティの模索へと繋がっていった。好古主義者であったウォーカーによる『アイルランド吟遊詩人の歴史的回想』にしても、シャルロット・ブルックの『アイルランド詩拾遺』にしても、このような時代の要請に応じるべく、ゲール語詩の伝統を紹介するが、その伝統を形容するにあたっては、たえず「国の（national）」という表現が用いられていることからもわかるように、文化の帰属性がことさら強調されている。つまり、ロイヤル・アイリッシュ・アカデミーを中心とした文化の「保存」は、併合法前夜のアイルランドにとって、国としての「誇り」や「矜持」を取り戻すためのひとつの手段として注目されたと考えることができるのである。

このような好古主義者たちの意識は、かれらの業績を活用したモーガン夫人の『奔放なアイルランド娘』にも色濃く反映されている。アイルランド文化、とりわけ語りの伝統の高さを強調し、あまねく至高の価値を認めていく展開は、併合法以後に執筆された作品であるためか、『奔放なアイルランド娘』では、さらに切迫感をともない激越な調子を帯びている。好古主義者たちが好んで用いた「国の」という表現もまた、『奔放なアイルランド娘』では、その題名に含まれている「奔放な」(wild)という言葉とともに、ほとんどパターン化した表現といっても誇張でないほど作品全体に頻出している。カロランの詩にしても、農民たちの歌にしても、小説の慣習的な流れを逸脱するほど冗長な解説が付け加えられているのにもかかわらず、個々の作品や語り手の気配が幾分稀薄なのは、あらかじめ決まった言葉の組み合わせ、たとえば、「奔放な」というもののほか、「純粋な」(pure)「自然な」(natural)といった一定の表現を通して称賛されたうえで、最終的には「国の」ものであるという帰結にいたるからであろう。アイルランドの文化を表現する語彙の貧弱さは、逆説的ではあるが、その文化の質の高さを示そうとする強い願望と結びついている。父親を介して出会ったアイルランドの語りの伝統は、好古主義者たちの作品を経由し、モーガン夫人の想像力のうちで、植民地体験と結びつきながら、脆弱になりつつある文化的アイデンティティを救済しようとする試みとなっており、その甘美な楽園幻想は、革命前夜を思わせるような闘争的なナルシシズムから生成されているのである。

三　母の「教育」

『奔放なアイルランド娘』における、決まった修辞を用いたアイルランド讃美には、飛躍した解釈といっても差し支えないような文化理解がうかがえる。文明がもたらす繁栄や豊饒には居傲を、自然にあらがわない衰退や荒廃には逆に高邁な精神を認める。徹底した合理主義の放擲は、近代ロマン主義を培った理念のひとつであるが、『奔放なアイルランド娘』においては、その精神風土は、小説の欠くべからざる要素となっている。見るべきものはほとんど残っていないアイルランドの現実のうちに、あえて理想的なユートピアを認める論拠として、アイルランドに伝わる口承伝統をはじめとした文化の「起源」が繰り返し問われている。廃墟にひとしいイニシュモア城に、自然に逆らうことのない「純粋」な文明の姿を見、また城館での「純粋」で「自然」な営みは「太古」の偉大なる文明に遡及することのできる伝統を維持していると表現される。その記述には当時のロマン主義思想や古典教養が散見できるのであるが、それは、モーガン夫人が当時の女性としては、きわめて稀であった学校教育の機会に恵まれたことと関係しており、背後に教育熱心であった彼女の母親の存在がうかがえるのである。

モーガン夫人の母親、ジェイン・ヒルは、イングランド中西部シュロップシァー（Shropshire）の裕福な資産家の娘として誕生する。彼女の両親は敬虔なメソジストであり、彼女自身も厳格な教育を受けていた。しかしながら、一方で、寛容さの乏しい生活環境に行き詰まりを感じていたのであろう。ジェインは、俳優として活躍していたロバートと出会い、彼の自由奔放な性格に惹かれ、結婚を決意するのである。当然のことながら、役者であり、しかもよそ者のアイルランド人であったロバートとの結婚に、両親は大反対であった。これにたいして、二人は駆け落ちを企て、最終的に根負けした両親がしぶしぶ結婚を認めたのであった。二人の結婚後、ジェインの父親は亡くなり、彼女は多額の遺産を相続することになる。そして、彼女のこの遺産をもとにロバートはダブリンでの劇場経営に乗り出したのであった。

しかしながら、新天地ダブリンでの生活はジェインにとって決して楽なものではなかった。前述した夫の仕事の不首尾に加えて、イングランドの裕福な家庭に育ったジェインにとって、当時のダブリンの街は、薄汚いスラムであり、ダブリンの社交界の人々でさえ、礼儀作法にかける、おしゃべり好きな粗野な連中にすぎなかった。不満が日々募る生活の中で、周囲のカトリックにたいしても偏見を抱いていた。品位に欠け、勤労意欲もなく、酒におぼれ、怠惰な生活に興じている。ちょうど、ステージ・アイリッシュマンが演じていたようなステレオタイプなアイルランド人像を、彼女は、ロバートの仲間、友人の中に見ていたのである。失望感に打ちひしがれ、家にこもりがちであった妻を慰めるため、ロバートは、ダブリン郊外の山々を見渡すことのできる長閑な土地に居宅を構え、召使を雇い入れた。しかしながら、夫の努力にもかかわらず、アイルランドは彼女にとって、終生相容れぬ場所であった。やがて体調を崩し、胃の疾患が原因で二人の子供を残してあっけなくこの世を去ってしまう。

このような不運な境遇にもかかわらず、モーガン夫人の自伝『追憶』では、父親ロバートとは対照的に、母親ジェインに関しては、きわめて冷めた調子で語られている。物語好きな父親にたいして、母親は子供たちに厳格であったのであろう。規律と礼儀を重んじ、教育の重要性を説いていたジェインをモーガン夫人はこう回顧している。

母はイングランドで同じ階級のいかなる女性よりも、高い教育を受けていました。社交上の心得や芸術的な才能にこそ恵まれませんでしたが、良きイングランドの「学者」でした。(10)

ここで言う「学者」とは、もちろん「学究心のある人」という程度の意味であるが、『追憶』では子供たちの教育を何よりも優先し、自分にも他人にも厳しく、夫の携わる演劇を含め、趣味、娯楽を快く思わなかった母親の姿を垣間見ることができる。彼女の死後、夫、ロバートは教育に熱心であった妻の遺志を受け継ぎ、二人の娘をクロンターフにある女子の寄宿学校に入れる。それは、当時の女子教育としては最も恵まれた環境であったが、この取り決めは、そもそも妻の希望を尊重することと同時に、事業に失敗した結果、旅回りの役者になることを決意していた父親にとっても、都合のよいものであった。

シドニー、そして妹のオリヴィアが入学したクロンターフの学校は、ユグノー系の名門校であった。同級生には、自治政府の首相を務めたヘンリー・グラッタン（Henry Grattan, 1746–1820）の子女も含まれていた。授業では、聖書、古典文学の講読から、地理、数学、音楽、美術から行儀作法にいたるまで、厳しい教育が授けられており、日常生活においても、フランス語を話すことが義務づけられていた。『奔放なアイルランド娘』をはじめとして、モーガン夫人の作品においては、俗物主義と批判されてもしかたがないほど、フランス語の文章が挿入されているが、それはこの寄宿学校での経験が反映されているとみて間違いないであろう。

寄宿学校での教育は、シドニーのその後の人生の方向性を決定づけることになる。いわゆる名門校で学んだとはいえ、父は破産し、生活は逼迫していた。彼女は家計を助けるため、当時教育を受けた女性が就くことができた唯一の職業、家庭教師「ガヴァネス」になることを決める。「ガヴァネス」といえば、ロンドンのヴィクトリア&アルバート美術館に所蔵されたR・レッドグレイブによって描かれた絵画「カヴァネス」によって、広くその存在を知られているが、上流階級の家庭に住み込み、子弟の教育にあたった女性たちを意味した。雇用主である優雅な家族とは対照的に、薄暗い部屋の隅にひっそりとたたずむガヴァネス。レッドグレイブの絵画の構図からも想像することができるように、ガヴァネスは知性に恵まれた女性が就く、はなやかな職業であったわけではなかった。結婚することがかなわなかった女性、あるいはシドニーのように家族の生活を支えるために働く必要があった女性が携わる仕事であり、住み込み先の家族次第では、召使とさして変わらぬ処遇であることも、決して稀ではなかった。しかしながら、シドニーに関していえば、アバコーン家での待遇はきわめて好ましいものであり、シドニーを家族の一員として受け入れ、家族のかかりつけの医師であったモーガン卿との婚姻を用意したほどであった。『奔放なアイルランド娘』は、シドニーがこのガヴァネスとして働いていた時期と前後して執筆されており、彼女の受けた教育がガヴァネスとしての仕事を可能にした一方で、その文学にも、先ほど触れたフランス語の頻繁な借用を含め、その痕跡を見て取ることができる。小説においてアイルランドの口承文化、伝統の価値を評価する根拠として、彼女は当時の教養教育を通して身近であったフランス啓蒙思想、特にルソーに言及し、またアイルランド文化の「正統性」を主張するに及んで、ギリシャ・ローマといった古典文化との比較をたえず試みているのである。

ルソーに関しては、教育熱心なリチャード・エッジワースの娘であるマライア・エッジワースも父親の影響から、ルソーの教育理念を敷衍し、父と共著『実践教育』（*Practical Education*, 1798）を出版している。また、彼女の小説では、ルソーの女子教育にたいする考え方には批判的ではあるものの、ルソーによって提唱された啓蒙思想を含意した物語が語られている。エッジワースの作品『不在地主』（*The Absentee*, 1812）では、当時のアイルランドで最も深刻な社会問題であった不在地主を取り上げ、地主が不在であることによって生じる社会的な不正を卓抜な風刺精神をもって描き出した。一方で、その根本的な原因である地主階級に見られる道徳観、正義感、責任感の欠如を、作品の登場人物の言葉を通して暗に批判することも忘れない。同時代の問題を分析しながら、エッジワースは、理性が支配する秩序ある社会をヴィジョンとして示しているが、自ら地主階級であったこと、またフランス革命後の混乱した社会を実際に目の当たりにしていたことから、社会全体の枠組みを変えることは望んでいなかったのであろう。地主階級を頂点とした、支配する側が義務をまっとうする、節度を保った社会像を提示することに留まっている。その保守的な思想は、もはや私たちの関心を引くことはないかもしれないが、にもかかわらず、エッジワースの登場人物や物語にいまだ生彩が失われていないのは、軽妙なユーモアと、鋭い人間にたいする観察眼のためにほかならない。モーガン夫人同様に、当時の女性としては例外的に高い教育を受けていたエッジワースであるが、彼女の場合、ルソーは主に地主階級の啓蒙という側面にその影響を見て取ることができる。

一方、モーガン夫人の場合には、エッジワースとは異なり、ルソーの啓蒙思想よりも、むしろ彼の文明観の影響が強い。もちろん、ルソーの哲学において、そもそも両者はべつべつに存在していたわけではなく、人間性を疎外する文明社会への痛烈な批判が、結果として、準拠すべき新たなる規矩となるはずの啓蒙思想を導き出したと捉えるべきであろう。しかし、モーガン夫人の『奔放なアイルランド娘』では、アイルランドの辺境に残る文化を分節化する上で、とりわけ啓蒙思想に先立ったルソーの文化観が重要な役割を果たしており、その概念を構成するロジックが、彼女の小説では大いに活用されているのである。

ルソーの文明観を俯瞰するうえで、『人間不平等起源論』はきわめて示唆に富んでいる。ルソーは、社会の腐敗と堕落の原因は文明化の歩みにあると考え、「純粋自然状態」の回復を追求し、文明を担った「社会人」にたいして、自然状態を維持する「未開人」という概念を構想した。ビュッフォンの『博物誌』、テルトル神父の『フランス人の住むアンチル諸島全史』、コルペンの『旅行記総攬』など、同時代の博物学者、宣教師、旅行者によってもたらされたヨーロッパの外に存在する「未開人」に関する多くの情報に言及しながら、ルソーは「未開人」を「自然人」と定義し、理性に先立つ原理、換言すれば、自然で生得的な「本能」をもっていると推測している。加えて、純粋で自然な状態で暮らす「自然人」の営みは豊饒であり、ビュッフォンの『博物誌』の「この数世紀の間に発見されたほとんどすべての無人島があらゆる種類の多数の草木で蔽われていた」(11)という報告を根拠に、彼の推論の正しさを主張している。その情報の客観性は、現代の私たちからみればとうてい承服できるたぐいのものではないが、ルソーの描いた文明観が当時の知識人、教養人にあたえた影響の大きさは決して無視することはできない。ルソーの文明観の所産ともいえるこの感傷的な人間像は、ロマン主義の言説の中で営々と再生産される表象「高潔なる野人」(noble savages)を生み出すことになるのである。

『奔放なアイルランド娘』も書簡体形式の小説とはいえ、もともとはアイルランド見聞録という体裁をとっており、クローヴィナを代表とした人間像、イニシュモア城を中心としたアイルランドの風景は、ビュッフォンの報告を扱うルソーの手法と類似している。「天使のような少女」と評判の高いクローヴィナを、わずか一瞬目にしたモーティマは、彼女にもう一度会いたいと切に望んではいるものの、友人の憶測を牽制するかのように、書簡でその理由をこう告げる。

愛、とんでもない。僕はある哲学的原理から、この少女に興味をもっているだけなのだ。アイルランドの女性の純粋な、国固有の、自然な性格を研究したいと思っている。つまり、「自然」本来が創りあげた女性の気質、性質、感情の襞を考察したいと思っているのだ。(12)

一目惚れした男性の言葉としては、まことに鼻持ちならないセリフであるのだが、わずか数行の引用中に反復されている「自然」という言葉の使い方からも明らかなように、モーティマの関心は、グローヴィナそのものよりも、グローヴィナが象徴している概念にあるといっていい。事実、引用に先立ち、城館で働く使用人を通して、人間から動物、植物にいたるまで深い愛情を注ぐグローヴィナの人となりについて触れ、その美徳を讃える表現が見られるものの、モーティマの書簡に見られる彼女の容貌や姿態といった肖像は、きわめて漠然としている。「純粋なグローヴィナ」、「自然なグローヴィナ」ではなく、具体化への期待をはぐらかそうとしているかのように、グローヴィナの「純粋さ」や「自然さ」が語られているのである。「社会がもたらす優れた利点を享受することなく、岩、樹木、山々に覆われた土地で育った彼女の気品はいったいどこからくるのだろう。その表情は天真爛漫で奔放なまでに素朴であるといっても構わない」。グローヴィナをあらわす言葉は、あくまでも抽象的な感性を表現する語彙から成り立っている。口承文化に関する情報が、物語の一貫性を阻害していたのと似て、人物描写では、思念的な表現によって視覚的情報が大いに犠牲にされている。ここでは、人間存在に先立ち、まずは楽園を演出するに足る理念が問題となっているのであり、グローヴィナの身体は、語り手の期待に沿ったイメージをたえず投影し、確認する場となっているにすぎない。それは、純粋自然状態を理想とし、「未開人」を「発見」したルソーの視点をなぞるものであり、その意味においてグローヴィナは、ルソーの思想が生んだロマン主義の「高潔なる野人」のひとりとして捉えることができるのである。そして、この表現形式は人物描写のみに留まらず、イニシュモア城を含むアイルランドの風景を描き出すときにも採用されている。

漁師が私に示した地図（カールト・デュ・ペイ）に従い、浜辺をあとにした。山の頂を越え、一時間ほど登っていくと、ほぼ垂直な下り坂が、荒々しい岩に覆われた海岸へ続いていた。その地は半島のはずれであり、半マイルほど先には大海原が広がっていた。この半島の西の突端は、筆舌しがたいほど、素朴かつ浪漫的であり、巨大でグロテスクな岩の塊が、最も高貴な廃墟を取り囲む要塞となっているのを目にした。荒涼とした中にも威厳があり、衰微の中にも荘厳さが揺曳する。それがイニシュモア城であった。(13)

モーティマの眼前に現われたイニシュモア城は、文明から遠く隔たり、謎めいていて、異質であるがゆえに、荘厳で威厳があるのだといっていい。グローヴィナのときと同じように細部の描写は巧みに回避され、全体の印象が逆説的な発想から捉えられている。イニシュモア城の廃墟は、ルソーが微睡を覚えた未開の土地とさしてかわらない。それは、あくまでも異邦人である語り手の眼差しが映し出したユートピアであり、探求すべき理念が前提として仕組まれている世界である。現実と理想の辻褄合わせとして、モーガン夫人はルソーの文化観を呼び覚ましながら、人物、風景に意味づけをほどこしている。ルソーから発したロマン主義の影響は、このように人文描写、風景描写のいずれにも深く刻みつけられているのだが、さらに、『奔放なアイルランド娘』では、あえてルソーの文章が引用されたり、また主人公であるモーティマ、グローヴィナの愛読書がルソーの著作であったり、ルソーづくしとなっている。影響と呼ぶこと自体が躊躇されるほど、作品全体にルソーの存在がこだましているのである。

ルソーを通したアイルランド幻想は、アイルランドあるいはアイルランド人が原初の記憶を留めている、という観点に沿ってイメージが構築されているが、一方、その楽園幻想をさらに強固にするかのように、古代ギリシャ文化との繋がりが強調されている。フランスの啓蒙思想と並び、古典教養としてギリシャ・ラテン文化にも親しんでいたモーガン夫人は、アイルランドの「血統」を示すために、古代ギリシャ文化とアイルランド文化の近似を指摘するのである。

第一九書簡では、時はすでに初春から初夏にかわり、城館に滞在して久しいモーティマがイニシュモア城の領内にある谷間を散策したときのようすが語られている。彼は、降りそそぐ陽光のもと、美しい野生の花々が咲き乱れているこの眩い敷地を「エデン」と呼び、道すがら偶然出くわしたグローヴィナを「イブ」、自分自身を「アダム」と表現する。見方によっては、わざとらしいまでに創世記の楽園を思い起こさせる場面であるが、このあと城館の入口と小道に、緑色の旗、イグサ、野生のクロッカスが美しく飾られているという光景が現われる。重厚な玄関の扉には花輪がかけられ、周囲には花が活けてある情景を目にしたモーティマは、「まぎれもなく、あなたの洗練された趣味が反映されているのですね」と、グローヴィナにたずねる。それにたいして彼女は「いいえ。これは、古くから伝わる民衆のしきたりなのです」と答えている。そして、そのコメントをさらに引き受けるかのように、その場に現われた領主がつぎのように語るのである。

「おそらく、それはフェニキア人を通して古代ギリシャにもたらされた習慣でしょう。アエネイスによると、若いギリシャ人は五月の初めに好意を寄せる女性の家の扉を花輪で飾ったものであった、と伝えていますし、またローマ人の習慣も私たちのものとさほど異なるものではなかったようです」[14]

さらに、いかにもモーガン夫人らしく、この会話に加えて「五月の初めに扉を花で飾るという習慣は古代ギリシャやラテンの詩人たちの作品に散見される描写である、とド・ゲイ氏は著書『ギリシャからの手紙』の中で言及していますす」という注釈を付け加えている。ここでは、玄関に花を飾るという単なる生活風習が、文化の起源と巧みに結びつけられているのがわかる。アイルランドの文化は、起源を古代ギリシャ・ローマにさかのぼることができ、かつ現在もその文明の名残を忠実に留めていることが示唆されている。[15]もちろん、この解釈を支える背景には、古代ギリシャ、アルカディアにこそ最高の文化が繁栄したという理解、あるいは信念があるのであって、ギリシャとの繋がりは無条件に文化の高さを暗示している。[16]「自然」の状態を保持しているはずのアイルランド文化が、そのうえなおギリシャとの連続性が問われるはこのためであって、廃墟の中にたたずみ異国情緒溢れる世界であっても、イニュシュモア城は、古代ギリシャを継承する崇高な文化の担い手でなければならないのである。

風習、風景、伝統の描写は、モーガン夫人の作品中では、ことごとくアイルランド文化の優越性を意味づけることと関連しており、さまざまな風習、風景、伝統が語れているのにもかかわらず、それぞれはあまりに類型的で、画一的な印象を読者にあたえる。美辞麗句を多用した風景は、「アイルランド」という特定の場から離脱し、それは繰り返しになるが、牧歌的な楽園のイメージを喚起する概念あるいは理念としてのみ存在している。それは、ルソーの思想を下敷にしながら描かれた人物、風景描写の例に見てきたように、実体化をともなうことのない抽象的な思念からイメージが構成され、楽園が演出されているためである。ルソーの啓蒙思想、そしてギリシャ・ラテン文化に関する古典教養は、モーガン夫人が身近に接していたアイルランドにおける口承伝統、風俗風習の分節化を背後から支え、その作品世界の方向性を決定づけているのである。

四　楽園の行方

モーガン夫人の『奔放なアイルランド娘』では、これまで見てきたように、まるでアイルランドの口承伝統をカタログ化するかのように、筋を大いに犠牲にし、さまざまな事例が物語全体に散りばめられている。そして、その例証は、当時の啓蒙思想あるいは古典教養のロジックを用いながら、文化の価値を確定し、楽園幻想を生み出すことに一役かった。小説という新しい文学媒体の中で語りなおされたこの「口承文化」は、結果として、単なる過去を再話したものではなく、アイルランドの過去に意味づけし、植民地となった当時のアイルランドを救済するという政治的な役割さえ引き受けることになる。『奔放なアイルランド娘』が出版されてほどなく起った、クローカー（John Wilson Croker, 1780–1857）を中心とするダブリン城からの神経質なまでの作品非難は、まさにこのことを象徴的に示しているといっていいだろう。

しかし一方、皮肉なことに、この騒動が『奔放なアイルランド娘』の知名度を引き上げるきっかけとなり、当時としては異例のことで、わずか二年間で七版を記録することになる。また作品の売り上げに加えて、主人公グローヴィナが身に着けていたといわれたブローチやネックレスがダブリンで販売され、当時大いに流行したと伝えられている。『奔放なアイルランド娘』にうかがえる実体の乏しいアイルランド幻想は、このブローチやネックレスと同じように消費されたと想像するのはさほどむつかしいことではない。伝統への過剰な執着は、伝統のうえに成立したものではなくて、むしろ伝統が消滅してしまったあとに成立しているといっていい。語りなおされたフォークロアは、小説を通して、商品として流通し、生き延びていくことになる。現代においては、『奔放なアイルランド娘』にうかがえるロジックは古色蒼然たる時代遅れなものではあるが、にもかかわらず、その楽園幻想は、口承伝統が共同体を離れて成立するうえでの、普遍的な文化現象の陰影を興味深く示しているのである。

(1) Mary Campbell, *Lady Morgan : The Life and Times of Sydney Owenson*, Pandora, 1988, p. 20.

(2) テリー・イーグルトン『とびきり可笑しなアイルランド百科』(小林章夫訳、筑摩書房、二〇〇二年、一七頁)。

(3) Mary Campbell, *Lady Morgan, op. cit.*, p. 27.

(4) *Ibid.*, p. 18.

(5) Lady Morgan, *The Wild Irish Girl*, Pandora, 1980, p. 80.

(6) *Ibid.*, p. 80.

(7) デイヴィット・ロッジ『小説の技巧』(白水社、一九九七年、五六頁)。

(8) 佐藤亨「アイルランドを翻訳する—シャーロット・ブルックをめぐって」(青山学院大学『論集』第四三号、二〇〇二年。考古主義者の思想、当時の組織のあり方を広く論じている。

(9) Lady Morgan, *The Wild Irish Girl, op. cit.*, p. 15.

(10) Mary Campbell, p. 22.

(11) ジャン・ジャック・ルソー『不平等起源論』(本田喜代治、平岡昇訳(岩波文庫、一九五七年、一三八頁)。

(12) Lady Morgan, The Wild Irish Girl, *op. cit.*, p. 56.

(13) *Ibid.*, p. 60.

(14) *Ibid*, p. 140.

(15) 原　聖『〈民族起源〉の精神史　ブルターニュとフランス近代』(岩波書店、二〇〇三年)の中で論じられている「ケルトマニア」にも同様の傾向がうかがえる。

(16) 小宮正安『オペラ　楽園紀行』(集英社新書、二〇〇一年、一二頁)を参照のこと。ギリシャ神話、ギリシャ世界の幻影が当時の近代芸術、特にオペラにもたらした影響を詳しく論じている。

第七章　語る音楽、うたう音楽
――「死者たち」再読――

真鍋晶子

一　雪の音楽

吉松隆作曲『三つの白い風景』（一九九一年）というフルート、ハープ、ファゴットのための曲がある。これを初めて聞いたときジェイムズ・ジョイス（James Joyce, 1882–1942）の『ダブリン市民』（*Dubliners*, 1914）の最後に位置する中編「死者たち」（"The Dead"）の最終段落の雪の風景が心に渦巻いた。[1] 最初にフルートの音が流れ出た途端に、風、空気、ふうわりと舞う雪が、そして続くハープにより水、liquidity がなめらかに広がっていく。管楽器が英語で wind instrument と言われることを納得させられる演奏であった。雪は風や空気を含む水であり、露になり流れることもある。吉松氏の作品は新潟県南魚沼市にあるトミオカホワイト美術館の絵に刺激を受けて創られたものである。新潟とはいえ必ずしも「白」は雪とは限らないかもしれないが、この音楽からわたしにはふうわりと空気のなかを漂いまた流れる雪のイメージがおしよせてきた。わたしが初めてこの曲に接したのは、一九九六年一二月二一日桐生市で行われたクリスマスコンサートの録音であった。[2] このコンサートでは、企画・プロデュースのフルート奏者大嶋義実氏が、三つの絵に刺激されて創られた『三つの白い風景』を児童文学作家で詩人の工藤直子氏に絵を見ない状態で聞いてもらい、そこからイメージする童話を書くよう委嘱したものを女優岸田今日子氏が朗読するという、絵画―音楽―物語の秀逸なコラボレーションが繰り広げられた。音楽からイメージされた童話『三つの白い風景~天と地のあいだに~』は三編とも雪をテーマにしたものになっていたこともつけ加えておきたい。

二　死者と生者

わたしがなぜ「死者たち」の最終段落を連想したのか。“A few light taps upon the pane made him turn to the window (p. 198)”、とf音とl音で雪の感触と音を、さらにp音で窓にあたる音を喚起する文で始まる最終段落には、雪の静寂の音楽が奏でられる。実際吹雪、突風の場合は別として、概して雪の夜は、つもる雪に音が吸い取られて静寂があたりをおおいつくすものである。この中編、さらにはこの作品集全体をまとめ上げるこの最終段落の繊細で微妙な美しさは、f音、l音を中心とした音の繰り返し（頻度は減るがs音も多い）の奏でるものに起因し、f音は雪の軽さと空気や風をイメージさせる音、つまり上記の曲でフルートが展開していた世界を、l音はliquidity、なめらかな水気とまた同時に地につく安定性を感じさせ、ハープが繰り出していたものを展開する。f音が上の歯と下唇の間から出るときのやわらかめの風、s音が歯の間から出るときのするどめの風、またナボコフを待つまでもなく、l音を出す際の舌が上口蓋の歯と歯肉のあたりにあたる湿度ある感覚が、この段落にみちている。さらにより大きな固まりである語のレベルでは、f、l、s音を含む“falling softly”、“falling faintly”の繰り返しの変奏にも同じ効果が感じられる。（蛇足かもしれないが、工藤氏の童話でも雪の音には「ひらり、ふわり、はらり、しんしん」と日本語でもf、l、s音に類するものが用いられている。またfluteという楽器がその名のなかにｆとｌを含んでいるのは偶然とすましがたい。）ジョイスは、この絵―音楽―童話のすばらしいコラボレーションによるコンサートが繰り広げたような世界を、さまざまな「声」「語り」「音」「音楽」によって、「死者たち」で展開している。「死者たち」にみちるさまざまな声と音(楽)のイメージを追うことで、このジョイス初期の作品の統合性が見えてくる。また、フルートの音やｆ音が空気のなかに漂いいくように、また雪が溶けてしまうように、「音」「音楽」は発せられた瞬間に消え、次々と記憶の領域に入っていく。死者たちを今に生かしているのは生者の記憶・思い出、および、生者が死者たちから受け継ぎ生かしている伝統のなかにおいてである。本作品は音(楽)を横糸に記憶・思い出が縦糸に織りなされている。

「死者たち」には、死者と生者の相互関係が一貫して流れる。作品の前半部においては生者が命をかけて生きていない「死んだ」状態、まさにジョイスが『ダブリン市民』で描くとしていた、精神が停滞し麻痺した"paralysis"状態にあり、それに対して過去に生きていた人々の方が生き生きとよみがえっている。[3]これは『ダブリン市民』に一貫して描かれてきた状態に共通しているが、二つの面でこれ以外の短編には見られない新しい視点が展開され、それがまさに最終段落にジョイスの言う"epiphany"、突然の精神的顕現の瞬間の最たるものとして示される。まず、他の作品と共通する「死んだ」状態がどう描かれているかを見てみたい。「死者たち」のタイトルのもとになったトマス・ムア（Thomas Moore, 1779-1852）の歌「ああ汝死者たちよ」（"Oh, Ye Dead"）は、死者と生者のあいだの対話で、死者が生者に対して「嫉妬し、なつかしく憧れている」が、「死者たち」の前半部には、生者が死者をなつかしみ憧れるという逆の構図が見られる。[4]前半部のこの構図のなかでは生者と死者の交歓というより、「死んでいる」生者が、彼らより生をまっとうしていた死者たちに一方的に「憧れている」。それは食事中に活発に交わされる会話に如実に現れる。そこでの話題も音楽で、オペラについてであるが、過去のオペラ歌手について生き生きと語られることで、死者たちが再生して参加しているかのようになり、場所と時の設定から、アイルランドにクリスマスの時に語られる幽霊譚をも彷彿とさせる。「イタリアの歌劇団がダブリンを訪れ」、「ダブリンでも歌のようなものを聞くことのできた」時代について、過去を表す助動詞"used to"や"would"を用いて語られる。対比的に現在は歌える「声」がないと断言される。つまり生者は生きていないのである。過去のオペラ歌手の名前が羅列されることで食卓についている人々に共通の了解が得られ、活発な会話が交わされて、過去が共有されるかに思われる。ある意味それは正しい。過去の音楽を共有することで生者のあいだの交歓が行われている。音楽は人々の心に共有の場を提供することができるのである。ただし、共有されているかに思われる記憶や思い出があくまでも個人的なものにすぎないことが、ケートおばが心を奪われていた歌手を回想する際に、他の誰もそれを共有できないところに示唆されて、本作品の最大のアンティ・クライマックスであるゲイブリエルとグレタの思い出のすれちがいへの布石がしかれている。

この作品の中心人物で、「アイルランドたるもの」に背を向け、「大陸」に知性が向かっている、ジョイスの分身的なゲイブリエル・コンロイは、「アイルランドたるもの」と結びつく土地である西部のゴールウェイ出身の妻グレタが若い頃にその地で深く関わった死者マイケル・フュアリーに「嫉妬」する。少女であった妻がつきあっていて、彼女が原因で彼女のために死んでしまった（と彼女が説明する）マイケルに対して、実体はないのに自身に対して悪意をもつ対象としての死者マイケルが彼に対抗してくるように死者に恐怖と脅威を感じる。

実体を感じることはできない、悪意にみちた存在が、なにかはっきりとはわからない世界で力を結集して彼に向かってきているかのように、ゲイブリエルは漠とした恐怖にとらわれた。

A vague terror seized Gabriel. . . as if, . . . some impalpable and vindictive being was coming against him, gathering forces against him in its vague world. p.195.

彼がグレタとの思い出に心を奪われていた間に、グレタの心にはある音楽をきっかけに、記憶のなかにおさめられていた死者マイケルに対する思い出がよみがえっていた。音楽の共有性と個人性を如実に表した例であるので、ここで説明しておきたい。声の調子が良くないのでパーティのあいだは歌わなかったテナー歌手のバーテル・ダーシィが、静かになった夜更けにひとりで歌っていた *The Lass of Aughrim* という古いアイルランド音楽の調性をもつかなしい調子の音楽をきっかけに、グレタの記憶のなかにおさめられていた死者に対する思い出がよみがえっていた。音楽は共通の場で人々に共有されるが、現前する場から空気のなかを漂って、個々の心のなかに消え入ってしまえば、絶対的に個人的なものになることのあかしのような例である。ここの音楽にも最終段落の雪に用いられるのと同じ faintly の語が用いられて、息(風)の生み出す音楽がかすかな音をたてて、消え行くものである印象がつよく与えられる。ここで曲を表す英語に "air" が用いられていることも注目に値する。歌は空気を漂い消えるものなのである。

歌が空に漂い消えたように、嫉妬も昇華される過程を経て、ゲイブリエルは死者も生者も受け入れるにいたる。

寛容の涙がゲイブリエルの目を満たした。どんな女性に対してもこんな風に感じたことはなかったが、この感情こそ愛にちがいないとわかっていた。涙がますます彼の眼に満たされていき、なかばぼんやり暗くなってきたなかで、彼は木からそぼ降り落ちる雨のもと若い男が立っている姿を目にしたように想った。他の姿も近くに。彼の魂は、ものすごくたくさんの死者たちが住まうところに近づいていた。彼はそのきまぐれで明滅する存在を意識していたが、しっかりととらえることはできなかった。自分自身の実態も灰色で実体のない世界へと消え入りつつあった。死者たちがかつては存在し、生きていた堅固な世界も溶けいき、次第に消えいきつつあった。

Generous tears filled Gabriel's eyes. He had never felt like that himself towards any woman but he knew that such a feeling must be love. The tears gathered more thickly in his eyes and in partial darkness he imagined he saw the form of a young man standing under a dripping tree. Other forms were near. His soul had approached that region where dwell the vast hosts of the dead. He was conscious of, but could not apprehend, their wayward and flickering existence. His own identity was fading out into a grey impalpable world : the solid world itself, which these dead had one time reared and lived in, was dissolving and dwindling. pp. 197–199.

生者が「死んでいて」、死者が「生きている」特徴は『ダブリン市民』のすべての作品に共通するものであるが、他の作品では、失敗やアンティ・クライマックスを経て、作品末に無気力さが漂うのに対して、この過程を経て、すべてを受け入れることで、「死んでいた」生者も死者もおなじところに立っている点で、この作品のスタンスは他と異なる。ここの心の状態の描写は音が心に入りくる過程にも似た表現がされているが、ここで彼の個は消え行きつつ、生者も死者も境界線がなくなり、すべてを受け入れる心の状態になりつつある。d音をもつ語が頭韻として多用されていることも指摘しておきたい。ジョイスは“Dear Dirty Dublin”とdを頭韻にして、停滞しているのはわかっているが、愛着を感じずにはいられない彼のダブリンに対する基本的な姿勢を示すことがあり、『ダブリン市民』のなかでは、d音は往々にして停滞したダブリンを示すのに用いられる音でもあるが、ここではダブリンのみならず、さらに死者の領域を示している。

さらに、他の作品と異なるのは、死者が「生きていて」生者が「死んでいる」実情、日々変化がない繰り返しには、停滞性やアイルランドの「麻痺」に結びつけられる面はあるが、その一面だけではなく、変化しないということをアイルランドの変化しないよき価値、すなわちは良き伝統、しかも“hospitality, common everyday politeness, humour, humanity”といった日々の生活に結びついた伝統と結びつけて再評価している点であり、ここに他の作品には見られなかった視点が導入されている。この作品の場を提供するのは、ゲイブリエルのおばたちであるモーカン姉妹が「年一度（“annual”）」開くダンスパーティで、それは「いつも（“always”）」すばらしい大行事で、彼女たちを知っている人は「皆（“Everybody”）」（おそらく死者も含めてであろう）やってきて、「一度たりとも（“Never once”）」失敗に終わったことがなく、「誰もが覚えている限り（“as long as anyone could remember”）」、「何年にもわたり、来る年来る年（“For years and years”）」みごとなスタイルで繰り広げられていると、かわらぬ価値が存続していることが、作品の冒頭から述べられる。こういった価値は死者たちから生者に伝えられていくものである。伝統とは死者が生者のなかで生きていくことに他ならないのである。ジョイスをはじめとして、T・S・エリオット（T. S. Eliot, 1888-1965）、W・B・イェイツ（W. B. Yeats, 1865-1939）、エズラ・パウンド（Ezra Pound, 1885-1972）などハイモダニストは「伝統主義者」であるが、彼らが共通して求めていたのは、ここでのジョイスの定義するような非常にすなおに自然なものなのである。

作品内には、死、生、死と生の融合のモチーフが、音と結びつけてみごとにちりばめられている。最後のシーンでは音楽と雪のイメージが溶け合って、美しく静かな雪の音楽が奏されることで、死者と生者の交歓が見事に提示される。白く風と水を含んだ雪はすべてを包み込む。雪の音楽には視覚的な雪のイメージと、頭韻や母音の組み合わせによる聴覚的なものとが組み合わされる。雪を受け入れ、生者と死者の境界もなくなり、雪の音楽に包まれて、すべてが一つに融合していく。先程引用した、最終段落の直前の段落で、ゲイブリエルの精神が生者の精神が恐れる死者の世界へと溶けゆく過程がd音の頭韻で示されていたが、そこから-ingの繰り返しで静かで美しいフィナーレへと一気に流れ込む。

窓ガラスに一、二度軽くあたる音がしたので、彼は窓の方をふり向いた。また、雪が降り始めたのだ。眠気を感じながら、雪のひらめきを見つめた——銀色のや黒いのが街灯の光を背景に斜めに降りいく。西への旅に出かける時がやって来た。そう、新聞は正しかった。アイルランド中に雪が降りしきっている。暗い中央の平地のすみずみまで、そして木のはえていない数々の丘に降りしきり、アレンの泥炭地にやさしく降り、さらに西の方、荒いシャノン川の波の上にもやさしく降りしきる。雪はマイケル・フュアリーが葬られている丘の淋しい墓場のすみずみにも降りしきっている。雪は曲がった十字架や墓石の上、小さな門のとがった柵、やせたさんざしの土地に吹雪きしっかりつもっている。彼の魂はゆっくりと意識を失っていった。雪が宇宙をかすかに降りつのり、最後の時の訪れのように、すべての生者と死者の上へかすかに降りつのっていくのを聞きながら、

A few light taps upon the pane made him turn to the window. It had begun to snow again. He watch-ed sleepily the flakes, silver and dark, falling obliquely against the lamplight. The time has come for him to set out on his journey westward. Yes, the newspapers were right: snow was general all over Ireland. It was falling on every part of the dark central plain, on the treeless hills, falling softly upon the Bog of Allen and, farther westward, softly falling into the dark mutinous Shannon waves. It was falling, too, upon every part of the lonely churchyard on the hill where Michael Furey lay buried. It lay thickly drifted on the crooked crosses and headstones, on the spears of the little gate, on the barren thorns. His soul swooned slowly as he heard the snow falling faintly through the universe and faintly falling, like the descent of their last end upon all the living and the dead. p. 198.

三　語る音

「西」というアイルランドのなかでは、アイルランド的なものが色濃く残る場所を指すと同時に、死者の国をも示唆する西の国への旅の可能性が示されている。雪がアイルランド全体、さらには全世界、宇宙に降りしきり、すべてを区別することなく、真っ白に覆い尽くしていくことが強調されている。雪の白におおわれて生者と死者の区別もなくなる。何度も繰り返すが、ここのfとlの音、そして、上から下へと動き続けることが感じさせられる -ing の展開する静寂の音楽と白い画の世界こそがジョイスが描き出したことばによるもっとも美しい epiphany の一つである。

さてこの作品は、"Lily, caretaker's daugher was literally run off her feet. (p. 158)" と二音節中にl音が二回繰り返される名前で始まる。lily は葬式の際に死と再生のシンボルである花の名であるところにも最初と最後に枠組みがくまれている巧みさを感じさせる。さらにゆりは大天使ガブリエルの象徴であり、また、ジョイスはアイルランドの西の果ての島アラン島に関する随筆で、グレタ（そしてジョイス自身の妻ノラ）の出身地である西部のゴールウェイをゆりにたとえていた。冒頭から名前の意味の重層性が巧みに用いられている。最終段落でl

音が回帰され、円環が描かれるが、この後の『フィネガンズ・ウェイク（*Finnegans Wake*）』のように作品が循環し続けるわけではない。最後の語が、まさにタイトルそのものの the “dead” であるが、これは非常に強く深いd音を語の最初と最後にもつ語で、この音が強く発せられることで、曲が終るように終る。ここで d. . . d の強い音でなければ、円環も連想させうるが、この語が有無を言わせぬ強い音で終了を宣言している。メアリー・ジェインが演奏で堂々と曲を終らせた「低音部の最後のオクターブ」のなり方に似ている。

冒頭と結末部の「音」、言葉の繰り返しと回帰ということについて言えば、“-ing” も注目に値する。結末部分では雪の f 音と l 音により静かに降り続ける様子が、-ing でしんしんと現前し進行させられる。また最終段落に入る直前の段落はゲイブリエルの意識世界、この世に属する堅固な意識世界が、溶けいき生者と死者の境がなくなる領域に入っていく状態が “dissolving” と “dwindling” と -ing が繰り返されることで、最終段落へと流れこむように示される。他方冒頭では死を象徴する名前 Lily が出てくるとはいえ、生の活気にみちたパーティの準備でおおわらわの様子が、例えば “Miss Kate and Miss Julia were there, gossip*ing* and laugh*ing* and fuss*ing*, walk*ing* after each other to the head of stairs, peer*ing* down over the banisters and call*ing* down to Lily. . . p. 158（イタリック体は筆者）” と -ing の多様により示される。生き生き動き回る様子が示される -ing は、生と死の対置が一つのモチーフになっている本作品で生を強調している部分である。“the living and the dead” に明らかなように “living” そのもののなかに -ing が存在していることにも注意しておきたい。（姉妹が動き回るほほえましい姿が、食事という生に結びつく場面である夕食のテーブルでも -ing の同様の用法で用いられている。“Aunt Kate and Aunt Julia were still toddl*ing* round the table, walk*ing* on each other’s heels, gett*ing* in each other’s way and giv*ing* each other unheeded orders. p. 176. イタリック体は筆者。）

さて語り手、あるいは声について検討したい。語り手は、基本的には中心的な登場人物であるゲイブリエルに最も近い視点をもつが、時にはそこに描かれている人物と同一化したり、その一部になったり、外から客観的に状況を見たりとこれまた幽霊のように変幻自在で、さまざまな「声」で語る。例えば先ほど引用した冒頭の一文は、「(比喩的に) 足がちぎれるよう」のはずなのに「文字通り足がちぎれる」と矛盾を含んだ文だが、これは、リリーの動きを表すために、標準英語の基準を逸脱した英語を話す管理人の娘リリーの語彙を語り手が地の文に用いている、あるいはリリーが心のなかでほんとに足がちぎれると感じていたことを表そうとしていると言える。リリーの英語がそのようなものであるという実際の特徴は、直後の直接話法での会話で明らかにされる。さらに音の点でも、"literally" は "Lily" を含むばかりか、l音が繰り返される効果を生む。また、語りのなかだけではなく、「死者たち」を通じて、さまざまな声がみごとに再生されて、生と結びつく生き生きした音、食事の音、人々の会話の声、ダンスの音楽、ジュリアおばが歌うベリーニのオペラからのアリア、メアリー・ジェインのピアノなど、さまざまな声、音がみちている。

語り手の点でこの作品に個性的なのは、音(楽)自体が語り手になっている場合があることである。例えば、人々の足音がゲイブリエルに彼らの文化程度を「思いおこさせ」たり ("The indelicate clacking of the men's heels and the shuffling of their soles *reminded him* that their grade of culture differed from his." p. 161)、拍手とピアノの派手なパッセージがワルツの終わりをゲイブリエルに「語る」("... the clapping of hands and a fiinal flourish of the pianist *told* that the waltz had ended." p. 163. 両方ともイタリック体は筆者) などである。ジュリアおばがベリーニ (Vincenzo Bellini, 1801-1835) のオペラ『清教徒 (*I Puritani*, 1835)』のなかのアリアを歌う部分は、音の語りがみごとに示されるので引用したい。

A murmur in the room attracted his attention. Mr Browne was advancing from the door, gallantly escorting Aunt Julia, who leaned upon his arm, smiling and hanging her head. An irregular musketry of applause escorted her also as far as the piano and then, as Mary Jane seated herself on the stool, and Aunt Julia, no longer smiling, half turned so as to pitch her voice fairly into the room, gradually ceased. Gabriel recognized the prelude. It was that of an old song of Aung Julia's –*Arrayed for the Bridal.* Her voice, strong and clear in tone, attacked with great spirit the runs which embellish the air and though she sang very rapidly she did not miss even the smallest of the grace notes. To follow the voice, without looking at the singer's face, was to feel and share the excitement of swift and secure flight. Gabriel applauded loudly with all the others at the close of the song and loud applause was borne in from the invisible supper-table. It sounded so genuine that a little colour struggled into Aunt Julia's face. . . . p. 172.

まず、人々の「ささやき声」によって状況が示されゲイブリエルはおばが歌うことに気づく。ブラウン氏が紳士然と父親が花嫁にするようにおば自体を「エスコート」するのに続くのが、彼女を「ピアノまでエスコートする次々に発せられる賞賛の拍手の砲撃」の音。そしてそれも彼女が声の調整をすると徐々に消えていく……という具合に状況が主に音で示されている。曲もゲイブリエルの耳に前奏が聞こえることで紹介されるという自然な導入の仕方である。また、彼女の声と歌がみごとに力強く美しく正確であることに関しては、言葉による説明で喚起できる限りの説明がされている。（この部分はジョン・ヒューストン（John Huston）のこの短編を映画化したもののなかで、アリアが感動的に流れるなか映像的に非常に美しい部分であるが、老女の弱い声が歌っていることを印象づけている点で、ジョイスの原文と離れたものになっていたという印象を私は受けた。[5]）そして、なによりも強く語る音は、歌のあとの拍手の音である。拍手の音があまりに「純粋に」賞賛を示していたのでおばの顔が紅潮してくるのである。ゲイブリエルも大喜びして拍手していることがわかり、また、他の部屋からさえも拍手が聞こえてくることが実感される。拍手の音に人々の心を語らせている。ゲイブリエルのスピーチの始まることも、「会話がやみ」「沈黙が続き、その静寂はワインを注ぐ音といすをうごかす音だけに破られた……一、二度咳が聞こえ、それから数人の男性が黙るようにとの合図として、テーブルがやさしくぽんぽんとたたかれた。静かになりゲイブリエルがいすをおして立ち上がった。たちまちスピーチをうながすようにテーブルをたたく音が、大きくなり、そしてそれから完全にやんだ（一八〇頁）」と同様に「音」が語っている。

語りとしての声を特徴づける一つは、直接話法の会話の際にsaidに対して、"abruptly, bluntly, frankly, lamely, shortly, awkwardly, suddenly, warmly, moodily, coldly, placidly, pacifically, sharply, defiantly, politely, candidly, firmly, archly, sadly, compassionately, softly, cordially" "in a soft friendly tone" など、口調に内面を反映できるさまざまな副詞や副詞句が伏せられることである。また、語彙だけの問題ではあるが、ここにもあげた "tone" や "pitch" など音（楽）を表す名詞も、"high key" で心から笑う、"musical echo" で笑う、"chorus of voices" がうながすという具合に多用される。ゲイブリエルにとってグレタの体に初めて触れた時の記憶ですら、彼女の体は "musical" であったとまさに音楽そのものの語が用いられて形容される。

個々の登場人物の用いる語彙や言い回しや方言など登場人物の語りの特徴――ブラウンは「非常に下品なダブリン訛り」を話し、フレディは「声がつかえる」ことがよくあり、フレディの母も同じ特徴を持っているなど――によって、個性が表される。フレディの母のことばを地の文で再現している際に異常に "beautiful" の頻度が高いのにも、彼女の語彙が反映されていて、彼女が複雑なことをあつかわない単純な老婆であることが示唆されている。

ゲイブリエルはアイルランドよりも大陸に心が向いてはいるが、最終的には検討したように、アイルランドをふくみすべてのものを受容するようになるが、既に夕食のスピーチに彼がその認識を持つ可能性が見えていた。特にアイルランドに昔ながらに綿々と続く伝統、しかも日常的な生きた伝統への敬意の点は、彼自身が実際にどう考えているかということを度外視してもみまごうことなくそこにあり、このスピーチはそのまま額面通りにとればアイルランドに対するオマージュに他ならない。彼はおば姉妹たちの心から人々を歓迎してもてなすあたたかい心を"hospitable" "hospitality" の語で表し、最初の三〇秒以内に四度もこの語を繰り返すことで人々の心に印象づけ、それが綿々と受け継がれてきていることを、今宵が初めてなのではないと繰り返すことでそれを体験している列席者の心に同意を求め、これを過去から繰り返されていることと今後の未来に受け継がれていくべきアイルランドの伝統と言い切る。それを受けて客たちは高揚状態で "For they are jolly gay fellows. . . (p. 180)" の歌を合唱し、歌により気持ちの共有が行われるのである。実際のスピーチでは彼の生の声が人々の耳に達するのと同じものを我々読者は耳にしたのであるが、小説ならではの体験として、我々は以前に彼が頭のなかでリハーサルをしている時に、既に心のなかの声を聞いてしまっていて、彼のスピーチの原理は知っていたのである。現代を定義して「思想に苛まれた音楽を聴いてるような気がする "One feels that one is listening to a thought-tormented music."」「現在我々のまわりで成長しつつある新しく、まじめで、教育を受けすぎた世代（"the new and very serious and hypereducated generation that is growing up around us"）」が「もてなし、ユーモア、人間性という資質（"certain qualities of hospitality, of humour, of humanity"）p. 181」を欠いているように思えるというのはスピーチにおけるおばたちという具体的な人間を通じてのアイルランドへのオマージュの原理が簡潔に述べているのと同時に、新世代を体現している彼自身のことをみずから定義することになっている。

この場は、まるで劇の台本のように、実際に口にされることばが並列されることで構成されていき、読者はテーブルの列席者のように、最終的に聞こえる共有の場を提供する音楽の例である合唱、それに続く拍手の広がりまでを含めてことばと音を耳にしていく。

実際の音楽や音が効果的に用いられているだけではなく、彼は自分たち世代を定義する際に「思想に苛まれた音楽」と音楽を比喩的に用いて定義しているが、正規の音楽教育を受けて、現在も音楽教師をしているメアリー・ジェインのピアノ演奏を聴いた時の彼の印象はまさにこのことを体現していた。

ゲイブリエルは、メアリー・ジェインが音階を駆け巡るパッセージやむずかしいパッセージに満ちた、音楽院向きの曲を静まり返った客間に演奏している時に、その音楽を聴くことができなかった。彼は音楽が好きだが、彼女が演奏している音楽は彼にメロディを感じさせなかった。そしてみなメアリー・ジェインにぜひ弾いてくれと頼んだけれど、他の聞き手にとってメロディが感じられるんだろうかといぶかった。

Gabriel could not listen while Mary Jane was playing her Academy piece, full of runs and difficult passages, to the hushed drawing-room. He liked music but the piece she was playing had no melody for him and he doubted whether it had any melody for the other listeners, though they had begged Mary Jane to play something. pp. 165-167.

曲を理解しているのは、巫女のようなようすで演じている彼女自身と譜めくりをしているおばのみのようである。他の客の文化程度を自分より劣ったもので、スピーチにしてもムアの *Melodies* くらいから引用しておけばよかったと馬鹿にしていた彼であるが、皮肉にもここでまさに彼は、"thought-tormented music" の対極にあ

るものとして "melody" の語そのものを用いて、心に語りかけるはずの音楽に思いをはせている。
このように音楽の可能性を駆使して描かれた中編を皮切りに、後ジョイスはさらに音の可能性を追求したより規模の大きな音楽世界を『ユリシーズ（*Ulysses*）』（一九二二年）と『フィネガンズウェイク（*Finnegans Wake*）』（一九三九年）で構築していくが、「死者たち」は、自然なことばでいかに音楽が繰り出されうるかということを、最大限に見せてくれた作品である。

（1） James Joyce, *James Joyce's Dubliners : An Annotated Edition* annotated by John Wyse Jackson & Pernard Mc-ginley, London, Sinclair-Stevenson, 1993.

（2） このコンサートをライブ録音されたものは、発売されていないが、フルート奏者大嶋義実氏のご厚意により、録音したCDをいただいた。第三回クリスマス・ファミリーコンサート「雪のファンタジー・星のファンタジー」、一九九六年一二月二一日（土）桐生市文化センター、出演・岸田今日子（朗読）、大嶋義実（フルート）、水谷上総（ファゴット）、早川りさこ（ハープ）、工藤直子（物語新作委嘱）。

（3） Letter to Grant Richards dated May 5, 1906 in *Letters of James Joyce*, Vol. II, edited by Richard Ellmann, New York, Viking Press, 1966.

（4） Thomas Moore, "Oh, Ye Dead" in *The James Joyce Songbook* edited and with a commentary by Ruth Baurerle (New York & London, Garland Publishing, INC., 1982), 169-171.

（5） John Huston, *The Dead*, 1987.

第八章　「多声」によるアイルランド文学の創成
――ジョン・モンタギューの長編連作詩『荒蕪地』をめぐって――

栩木伸明

一　「わたし（たち）」の声に耳を澄ます

ジョン・モンタギュー（John Montague, 1929‐　）の詩集『荒蕪地』（*The Rough Field*, 1972）は、詩人自身が一九六〇年に受けたという啓示的な「幻《ヴィジョン》」を機縁として、それからの一〇年間をかけて練り上げられた長編連作詩である。ブックレット形式で散発的に発表された詩群は一九七二年に集められ、再編集されて、一〇のパートとエピローグからなる一巻として刊行された。そして同年十二月にダブリンで、翌年七月にはロンドンで、連作全編を通読する大がかりな朗読会がおこなわれた。当時のポスター（ロンドン公演）をみると、『荒蕪地』（The Rough Field）というタイトルの上に「アルスターの叙事詩《エピック》」（An Ulster Epic）という見出しがつけられ、モンタギュー自身をはじめとして当時新鋭だったシェイマス・ヒーニー（Seamus Heaney, 1939‐　）をふくむ五人の朗読者の名前がみえる。ポスターの下部中央には大きな活字で、アイルランド伝統音楽ルネサンスの先頭を走っていたバンド、ザ・チーフテンズの名がみえて、彼らが朗読に合わせて演奏したことがわかる。ロンドンのザ・ラウンドハウスでおこなわれた朗読会の一部始終は、モンタギューがディレクターをしていたダブリンの伝統音楽専門レコード・レーベル、クラダ・レコードが録音していたが、その音源は長らくお蔵入りしたままであった。ところが、この録音が二〇〇一年に二枚組CDとしてようやく発売され、幻の朗読会の様子を耳で聞くことができるようになった。

モンタギューはそのCDに寄せたライナーノーツを「それは驚くべき夕べだった。ついに夢がかなったのだ」と興奮した調子で書き起こし、次のように回顧している。すこし長くなるが、演奏者と朗読者の紹介をふくむあたりをまるごと読んでみよう。

『荒蕪地』は多声的《ポリフォニック》な作品――たがいに対照し合うたくさんの声からなる長詩――であると、わたしはいつも考えてきた。そして、この詩に深い影響を与えたのはいうまでもなく、作曲家ショーン・オー・リアダとわたしのあいだに結ばれた友情と、クラダ・レコードでの経験であった。アイルランド伝統音楽はこの作品の底流にずっと流れ続けているが、このCDに収録されたザ・ラウンドハウスでの驚くべき演奏はザ・チーフテンズによるものである。彼らはバンド名をわたしの本のタイトル、『ある族長《チーフテン》の死』からとっている。パディ・モローニーの指揮による彼らの演奏は、わたしの詩を読むアルスター出身の朗読者たちのさまざまな声音を織り合わせるようにして、忘れがたい音楽を奏でた。彼らはこうして十分すぎる返礼を名付け親にもたらしてくれた。朗読者は、まず、わたしと同じティローン州出身の小説家で短編小説作家でもあるベネディクト・カイリー。ゆたかな朗々たる声で主要なパートを担当したうえに、地元のバラッド「グレンカルの岸」まで歌ってくれた。次に、パトリック・マギーのざらざらした声。極端なプロテスタントの、というか英国の官吏を描く彼の声音は、ほとんど咆哮に近い。このしゃがれ声を聞いていただけば、サミュエル・ベケットがこの声をいたく気に入っていた理由にも得心がゆくであろう。シェイマス・ヒーニーの蜜のような声の調子は、いまではノーベル文学賞受賞詩人の声として世界中に知れ渡っているが、ここではザ・チーフテンズと共演する若き日の声を聞いていただこう。それから、トム・マガークの声。現在ジャーナリスト兼テレビのスポーツコメンテーターとして活躍中の彼は、私的な内容をふくむパートを朗読して、会場を一気にしんみりさせた。それからわたし自身の声。家族にまつわるいくつかの個人的な詩を読んでいる。長詩全体をみると、私的なことがらと公的なことがら、政治と個人、歴史と現在といったもののあいだを行き来して、最後には、詩「ドルメンのように」に登場したひとりの老女がレイプされそうになるところでしめくくられる。

パディ・モローニーが胸にこたえる数々のアイルランド伝統曲をタペストリーにして演奏することで一晩の朗読会を見事に飾ってくれたように、いまでは故人となったドルメン・プレスのかけがえなき編集人、リアム・ミラーの厳粛な声が公演の開幕を告げる。彼こそはこの詩集がまとまるまでの長い期間、わたしの奮闘をささえてくれた人物である。(1)

モンタギューの文章は三〇年の星霜を隔てた旧友たちの声質について、委曲をつくして語っている。彼の言う「多声」は、第一には『荒蕪地』の手法上の問題、すなわちこの連作詩編がさまざまな語り手がしゃべる声の断片を接ぎ合わせた作品であることをさしている。彼がザ・チーフテンズの演奏を評して言った表現を借りて、この連作詩は多声によって織り上げられた「タペストリー」であると言い換えてもいいだろう。彼は連作詩のひとつひとつを「詩」と呼ぶと同時に、それらの集合体を「長詩」と呼んで、「タペストリー」の全体としてのまとまりを強調している。第二に、「多声的《ポリフォニック》」という形容詞は、モンタギューとショーン・オー・リアダ(Seán Ó Riada, 1931-71)の深い親交を思い合わせれば「対位法」による音楽の構造を暗示していたとしてもおかしくない。作曲家であるとともにハープシコード奏者であったオー・リアダは、アイルランド伝統音楽をヨーロッパのクラシック音楽につなぐことによって復興しようと試みたが、志なかばで若死にした人物だったからである。第三に、この詩集にまとめられる詩群が、友人リアム・ミラーが立ち上げた小出版社ドルメンプレスから装丁、挿絵、タイポグラフィに工夫をこらしたパンフレットとして散発的に出版されたことも「多声」的な作業だったと言えなくはないだろう。となれば、もう一歩踏み込んで、長大で複雑な構成をもつ『荒蕪地』をささえている詩法や影響源がからみ合う様態を「多声」ととらえて整理することさえ、許されるかもしれない。なぜなら、それらの要素はどれも「声」そのものや「語ること／書くこと」にかかわっているからである。以下、本章ではそういった「多声」のひとつひとつに耳を傾けてみることにしたい。

『荒蕪地』の朗読会の録音をじっさいに聞いてみると、朗読者の声が入れ替わり立ち替わりしてリレーのように進行し、朗読の合間に伝統音楽の演奏がからんでゆくこの作品が、さまざまな声のタペストリーになっていることがよくわかる。

「故郷ふたたび」（'Home Again'）と題された第一部からみてみよう。前半は乗り合いバスでベルファストから詩人の故郷ティローンへ向かう道行きをうたう。その道中はソネット七編のシークエンスによって語られている。最初のうち、ソネットどうしは合間に挟まれる欄外注でたがいに隔てられているが、終わりに近づくにつれて詩の区切り目が癒着してひとつづきになってしまう。このバス道中はモンタギューの実体験がもとになっていて、彼自身の回顧によれば、「ドルメンのようにわたしの子供時代をめぐり」の詩が「ちいさな賞を受けたので」授賞式に出かけたベルファストからの帰途、バスのなかで「わたしは、自分の故郷の地域、その不幸な歴史的運命に関する幻《ヴィジョン》にみまわれた。それは中世的な意味における幻《ヴィジョン》であった」(2)。また、あるインタビューではこう回顧する――「ベルファストから帰るバスのなかでこの詩全体のヴィジョンをノートに書き記しました。さまざまなセクションをかたちにするには時間がかかりました。わたしにはさまざまなセクションどうしが一種の対話をしているようにおもえるのです……」(3)。「中世的な意味における幻《ヴィジョン》」とは寓意的な夢《アシュリング》のことであろう。だとすれば、この詩の着想はそもそも物語を語る幻の声が詩人の魂を訪れたことによって与えられた、と言うことができる。

　第一部の後半には、北アイルランド、ティローン州のガルヴァヒーにルーツをもつモンタギュー一族の家族史を語る詩が続き、村の老人たちの個性的なポートレイトを描いた先述の詩「ドルメンのようにわたしの子供時代をめぐり」でしめくくられる。これらのうち、とくにダンテ風の三韻句法《テルツァ・リマ》で書かれた前者の詩に注目したい。この作品は連作のなかでは無題だが、詩集『選ばれた光』（*A Chosen Light*, 1967）に初出したときには「田舎のフィドラー」（'The Country Fiddler'）というタイトルがつけられていた。冒頭三連を引用する。

ぼくの叔父さんはフィドル弾き、お上品にいえばヴァイオリン奏者で、
納屋やら十字路でダンスの催しがあるときにはひっぱりだこ、
「暁の星」や「オニールの哀歌」などを弾いたものだった。

叔父さんは女きょうだいばかりの一家の家長で、
競馬に賭ければ負けてばかりの道楽者、
すねの古傷がうずいたもので、新世界へとんずらこいた。

愛用のフィドルは屋根裏に置き去り、

叔父さんが弾くことは二度となかった。
ブルックリンの喧噪のなかじゃ、田舎の音楽が出る幕はなかったから。

My uncle played the fiddle —— more elegantly, the violin ——
A favorite at barn and cross roads dance,
He knew *The Morning Star* and *O'Neill's Lament.*

Bachelor head of a house full of sisters,
Runner of poor racehorses, spendthrift,
He left for the New World in an old disgrace.

He left his fiddle in the rafters
When he sailed, never played afterwards,
A rural art silenced in the discord of Brooklyn.(4)

この詩にはモンタギューの名付け親である叔父の半生が語られている。禁酒法時代のニューヨークに渡ってもぐり酒場の経営に手を出した「叔父さん」は、あぶない橋を渡ったのが原因で死ぬことになる。この詩の末尾のところで、語り手は叔父との特別な絆を、こんなふうに確認する——

二〇年の後、叔父さんの葬式がおこなわれた教会を再訪して、心に決めた。
ぼくに名前をつけてくれたあのたくましい叔父さんを忘れない、
そして叔父さんの田舎特有の手わざをぼくなりに受け継いでいくのだ、と。
そう、継承ってのはおよそありえなさそうな手によっておこなわれるのだ。

Twenty years afterwards, I saw the church again,
And promised to remember my burly godfather
And his rural craft, after this fashion:

So succession passes, through strangest hands.（p. 14）

かくして、モンタギューによく似た語り手は、彼とおなじジョンという名をもつ叔父がアメリカへ移民するために放棄したフィドル演奏という「手わざ」（craft）を、詩作というかたちで受け継ぐのである。この詩に描かれた「手わざ」の継承のありかたは、ほぼ時をおなじうして書かれたシェイマス・ヒーニーの有名な詩「掘る」（'Digging'）に描かれたそれとよく似ている。だが、父祖代々の家業である農業における「掘る」営みを、アイルランドの歴史や人間の内面を「掘る」詩作として引き継いでいこうとするヒーニーと比較すると、同じ北アイルランドの共同体を背景としてはいるものの、モンタギューにおける継承は色濃い不安におおわれている。だいいち、彼の家には農業のような安定した家業はない。父が不在だから叔父の「手わざ」を引き継ぐほかないし、移民という不可避な変数が介入してくるおかげで、継承のしかたには屈折の度がいっそうくわえられているのだ。

モンタギュー自身は、叔父が移民したのとおなじニューヨークのブルックリンで生まれたが、父の過度の飲酒と怠業が引き金となって、少年が四歳のときに両親の夫婦関係は破綻し、母と三人の息子はティローンへ逆移民した。そのさい、母と二人の兄たちは母の実家に身を寄せたが、モンタギュー少年はひとりだけ父ゆかりの土地へ里子に出された。母と兄たちが住む家から七マイル離れた土地で雑貨商・郵便局・地域図書館を兼業する、父方の未婚の姉妹のところへ預けられたのである。この土地の名はアイルランド語で「荒蕪地」を意味する「ガルヴァヒー」であった。彼はこの荒れ地で少年期を過ごすことになる。[5] 零落した父の実家は地元ではちょっと知られた名家だったので、モンタギュー少年はその家の衰えゆく栄光を継ぐ者の役割を強引にあてがわれたというわけだ。こうした事情のため、彼にとってはアメリカもティローンも不在の様相をおびていた。どちらの場所にも父の濃い面影があるにもかかわらず、生き別れになった父本人は決して姿をあらわさない。それらふたつの不在のあいだで、彼は「わたし」自身とおなじ名前をもつ叔父の「手わざ」にみずからの存在を接ぎ木していくことによって、アイデンティティのポジショニングをくりかえし試みるだろう。そして、「わたし」とは誰か、「わたし」(の詩)とはどんな声をしているのかを発見し終えたかつての少年は、ようやくその声の出所を再確認するであろう。「クイーンズの墓地」(‘A Graveyard in Queens’)という、墓石のあいだを縫って歩くように活字を組んだ詩には、「わたしはふたたび／神妙に／／自分自身の名前が／刻まれた墓石を／／じっと見つめ／かすかなフィドルのきしる音を聞く」[6] という一節がある。これは、『荒蕪地』の次に出た詩集『スロウ・ダンス』(*A Slow Dance*, 1975) におさめられた作品である。

いささか話を先回りしてしまったが、少年の自己形成のプロセスをいま一度たどりなおすことにしよう。「わたし」の発見は「わたし」の住む土地やそこの人々と「わたし」との関係の発見を促す。したがって、「「ルーツの土地／わたしたち」はどんな声をもっているのか?」というのが次の段階で発せられるべき問いとなる。モンタギューはニューヨークからティローンの「荒蕪地」に逆移民させられた少年時代を回顧して、こんな逸話を語っている。

そういうわけで、四歳にしてわたしはアルスターの心臓部ティローンの、衰微しつつある農場に帰還した自分自身をみいだすこととなったが、知らないうちに三つの国籍をさずかっていた。というのも、郵便局だったこの家に毎朝やってくるヴァンは、鮮やかな赤に塗られたロイヤルメールの車だったからだ。はたして少年の運命やいかに。伯母のフリーダは、わたしがお隣のプロテスタントの家へ行くのを「となりのブロックへいってきまあす」と言っていたのをよく語りぐさにした。ニッカーボッカーをはいたこの少年のことをお隣のクラークさん一家がどう思っていたかは知るよしもないが、ある日、いつもより遅く帰宅したこの男の子は、「雌牛をとっつかめえてたんだ」と言ったのだ。[7]

「三つの国籍」とはもちろん、生まれた国としてのアメリカ合衆国と、ティローンの土地が現在帰属する英国と、家庭的背景としてのカトリック的で土地に根ざした文化を重んじるアイルランドのことである。モンタギューは、一街区を「ブロック」と呼ぶブルックリン英語と、遊びに行った隣家で聞き覚えて帰ってきた北イングランド／スコットランド英語「とっつかめえてた」（been kepping）が幼少時の自分のなかに矛盾なく混在していたことを冗談まじりに語る一方で、詩「花咲く不在」（'A Flowering Absence'）のなかでは次のような思い出を書いている。

「さあて、この子がクラス一番の秀才かしら。

外地の訛りはどこでもらってきたのかな。
お父さんもお母さんもいなくて、アメリカのスラムから
送り返されてきたのだもの、無理もないわね。
みなさんはこんなふうに話してはいけませんよ。」

'So this is our brightest infant?
Where did he get that outlandish accent?
What do you expect, with no parents,
sent back from some American slum:
none of you are to speak like him!'(8)

「外地の訛り」を小学校の先生にいびられたのがきっかけで、モンタギューには長いこと吃音の後遺症が残ったという。この先生は、郷党への帰属意識があまりに強かったために「外地」からやってきた少年がしゃべる異語を受け入れることができなかったのだが、ティローンの「荒蕪地」に住むひとびとを総体としてとらえたばあい、彼らは英国主流の英語文化にたいして、根深い違和感を抱いていた。

モンタギューは、「荒蕪地」の住人が英文学の主流カノンに属する詩の言語をどのように受け止めていたかをしめす卓抜な挿話を語っている。少年時代、身近にこんな人物がいたという――「彼のことは『キーディーからきた男』と仮に呼ぶことにしておこう。その男が、わたしたちが詩とやらいうがらくたをあつかわなければならないときの嫌悪感を代弁してくれた。ロマン派はとくに笑えた」(9)。この男は、キーツやシェリーの有名な詩をア

ルスター訛りで暗唱して座興とするのを得意にしており、あるときは鼻声で、またあるときは機関銃のように繰り出されるその男の暗唱を聞くと、教科書で勉強させられた薫り高いはずの詩句が、野卑な「便所の落書き」のように聞こえたというのである。詩句をメインストリームの安泰なコンテクストから引きずりおろしてみせるこの男のパフォーマンスを、モンタギューはこう意義づける――「キーディーからきた男はパロディというやりかたで大事なことを言おうとしていたとわたしは思う。彼は、ある種の英語の話し言葉を茶化すことで、それら一切合切は自分とはまるで関係ないということ、また、わたしたちの英語教科書のなかにはわたしたち自身と直接関係のあることなんて何も書いてないということを、露骨に言ってのけたのだ」[10]、と。なるほど、キーツやシェリーの詩の言語は、ティローンのひとびとの生活の現実とは見事なくらい関係がない。「キーディーからきた男」が代弁する「わたしたち」の間では、ヒーニーが詩「恐怖省」（'Ministry of Fear'）の末尾で述べた「アルスターは英領なのに、英国叙情詩へのアクセス権はなかった」という共通認識が、がっちり確認されている[11]。この認識から出発した『荒蕪地』にはじまるモンタギューの詩作の独自な展開は、ほぼ一〇歳年下であるヒーニーの世代に自信と手本を与え、結果的にキアラン・カーソン（Ciaran Carson, 1948-）、ポール・マルドゥーン（Paul Muldoon, 1951-）、メーヴ・マガキアン（Medbh McGuckian, 1950-）へと連なる、現代北アイルランド英語詩の隆盛が築かれる土壌の地固めとなった。

じつは「キーディーからきた男」の挿話は、モンタギューが一九九八年におこなった初代アイルランド詩学教授就任講演「袋前掛け、または詩人とその共同体について」のなかで、語られたものである。「アイルランド詩学教授」というポストの創設には、長い歴史と伝統を誇る英国の「オックスフォード詩学教授」の向こうを張るような意気込みが感じられるが、それも偶然ではない。まず第一にこの名誉職設置の背景には、九〇年代後半に「ケルティックタイガー」の異名をとったアイルランド共和国の経済躍進と、同時期における北アイルランド問題の沈静化にともなう南北アイルランドの文化的アイデンティティの統合と補強への要請がある。さらに、八〇年代末以降、「オックスフォード詩学教授」にヒーニーとマルドゥーンがたてつづけに就任したことで、北アイルランドが英国の詩の中心を乗っ取ったかのような様相を呈した時期があったことも忘れてはならないだろう。いまや、アイルランドの現代詩は英国のそれを凌駕する自信と実績をもつにいたったのである。その出発点に、六十年代以降のモンタギューの詩的業績があったことを考えれば、「キーディーからきた男」の挿話からはモンタギュー自身の達成感と大きな誇りを読み取れるはずだ。彼は、英国詩への「アクセス権」獲得を懇願するのとは正反対に、お仕着せの学校教育によって浸透した英国主流の英語文化カノンの桎梏から自由になろうと模索し続けた。そして、そのプロセスから生み出された詩群によって、彼はアイルランド詩を同時代的な意義をもつ存在へと変貌させてきたからである。

二　吟唱詩人のとぎれた環をアメリカ現代詩でつなぐ

まだ若かったモンタギューが詩を書こうとしたとき、手本にできる「わたしたち」の詩は見つからなかった。さきほど引用した詩「花咲く不在」の末尾によれば、吃音に悩む彼の言語をなめらかに癒してくれたのは「詩という甘美な油」（the sweet oils of poetry）であった。ところが、分裂した出自を抱え込んだ若者がいざ自分自身で詩を書こうとしても、彼には頼るべき伝統がなかったのである。彼は五〇年代を回想して、自分自身の内面の混沌とは対照的に、アイルランドの状況は「北」も「南」も偽りの静けさをたたえた「よどんだ水のたまった沼」のようだったと言い、「国境のすぐ南側から出た、歴史を超越した天才パトリック・カヴァナを除けば、カトリックの背景をもつアルスターの詩人は一八世紀のゲール語詩人たち以来誰もいなかったので、わたしが自分自身を〈アルスター詩のミッシングリンク〉と呼ぶのはまんざら冗談ではない」[12]、と語る。

さて、モンタギューはアルスター・カトリック自前の詩的伝統が長らくとぎれていることに気づいたが、決して代替となる手本を英国に求めようとはしなかった。そのかわりに、彼は大西洋の反対側に目を転じた。そして、第二次大戦後のアメリカ文学が強烈な魅力を放っているのを発見した。彼は戦後いち早く一九五〇年に、ザルツブルグで約一ヶ月間開催されたアメリカ文学セミナーに参加して、戦場となって疲弊したヨーロッパに紹介されたE・E・カミングズ（E.E. Cummings, 1894-1962）やエズラ・パウンド（Ezra Pound, 1885-1972）の詩が放つ「風変わりで突飛であくどいくらいに同時代的な魅力」[13]に衝撃を受けると同時に、彼らがやった大胆な韻律の無視をイギリスやアイルランドでもできるかどうかについては、さっそく疑念を抱いてもいる。とはいえ、アメリカの現代文学は抗いがたい自由を体現していた。モンタギューはその自由を追いかけて、五三年から翌年の春にかけてイェール大学の大学院に学んでロバート・ペン・ウォーレン（Robert Penn Warren, 1905-89）の「新批評」の洗礼を受け、W・H・オーデン（W.H. Auden, 1907-73）とロバート・ローウェル（Robert Lowell, 1917-77）に出会った。その夏にはインディアナ大学のサマースクールでリチャード・ブラックマー（Richard Blackmur, 1904-65）、ウィリアム・エンプソン（William Empson, 1906-84）、ジョン・クロウ・ランサム（John Crowe Ransom, 1888-1974）、リチャード・ウィルバー（Richard Wilbur, 1921- ）に出会い、ランサムの推薦を首尾よくもらったモンタギューは、秋からすぐに非常勤講師としてアイオワ大学のライターズ・ワークショップで教えるようになった。ルイ・マクニース（Louis MacNiece, 1907-63）、ウィリアム・カーロス・ウィリアムズ（William Carlos Williams, 1883-1963）、ジョン・ベリマン（John Berryman, 1914-72）といった大物たちともここで知遇を得た。こうしてモンタギューは、英国詩との紐帯を段階的に断ち切りつつ、英語圏文学のなかで圧倒的な存在感と文化的牽引力を発揮していくことになる戦後アメリカ現代詩の急速な生成期を、当事者たちとすれすれのところから目撃し、腰を据えた観察を開始したのであった。

五五年九月に到着し、翌年まで滞在したカリフォルニア大学バークレー校での経験は、詩人になろうとしていた若いアイルランド人に決定的な影響を残す。彼は、一〇月にサンフランシスコのシックス・ギャラリーでおこなわれ、のちに伝説的に語り継がれることになる朗読会の聴衆のなかにいた。[14] この晩、彼は「キーディからきた男」には想像つかなかったであろうタイプの詩に出くわした。英国詩とは似ても似つかないリズムと語法と内容を爆発させたアレン・ギンズバーグ（Allen Ginsberg, 1926-1997）の『吠える』（*Howl*）をはじめとする詩の朗読に遭遇したのである。その晩をきっかけに、ロバート・ダンカン（Robert Duncan, 1919-88）、マイケル・マクルーア（Michael McClure, 1932- ）、ゲーリー・スナイダー（Gary Snyder, 1930- ）、ジャック・ケルアック（Jack Kerouac, 1922-69）などが集結し、二〇世紀後半のアメリカ詩における最も重要な動きのひとつであるサンフランシスコ・ルネッサンスが産声をあげた――、と文学史の本を開けば書いてある。モンタギューはその文学史的「事件」の現場に居合わせ、運動の進展を間近に観察する幸運に恵まれたのであった。

バークレーからダブリンへ帰ってきた後の五九年、モンタギューはいみじくも「アメリカ詩の天馬」（'American Pegasus'）というタイトルをつけたエッセイにおいて、ヨーロッパの学芸がアメリカから多大な影響を受けるようになった時代の到来を告げ、その現状をこう報告する――「ついにアメリカ詩は成熟の域に達したのです。フロストやウィリアムズやパウンドのような現存する大家から、ハーバードやアイオワやサンフランシスコから出てくる新進気鋭の詩人たちにいたる勢揃いをごらんなさい。一九五九年の現在、ヨーロッパ詣ではもはや不必要になったのです」。[15] さらに、モンタギューは、「大西洋のこちら側」ではそういったアメリカ詩の活況が理解されていないばかりか、ハート・クレイン（Hart Crane, 1899-1932）やカミングズやウィリアムズの詩集すら出版されていないことを憂いている。アメリカの同時代詩に対するこれほど積極的な評価の表明は、イギリスとアイルランドにおいてほとんど最初といっていいくらいだったから、リアルタイムな影響力はほとんど持ち得なかった。しかし、敏感なアンテナを活用しながらアメリカ詩を咀嚼し、みずからのスタイルを鍛えていったモンタギューは、やがて同世代の盟友であるトマス・キンセラ（Thomas Kinsella, 1928- ）の詩について、「彼は新しい主題を発見したが、それに力を与えるべき韻律はまだ見つけていないように思う」(16)、と鋭く批判さえできるようになる。この批判の根底には、モンタギュー自身は自分の詩のために新しい音楽性を開発したという自負がある。彼は戦後アメリカ文化の実験現場を足繁く訪れてそこに身を置く経験の中で、自分自身が語りたい／歌いたい内容を「どう語るか」という詩法について重大なヒントをつかんだのである。

だが、「どう語るか」の細部を検討するまえに、モンタギューがいったい「何を語りたかったのか」について整理しておかなければならない。『荒蕪地』の第四部「はねられた首」（'A Severed Head'）のなかにこんな一節がある。

風景すべてがわたしたちには
もはや読むすべのない写本、
相続権を奪われた過去の一部。
だから、視力が失われた人のように
本能の指先でたどるほかなかった。

あるとき、日曜日のミサのあと
学校で習ったフレーズをどもりどもりしゃべったら、

教区に住んでいたゲール語のできる最後の古老が
満面にしわを寄せて褒めてくれた。
「オヤ、げーる語ガ帰ッテキタヨ。」

ティローン。オーエンの土地《ティール》……
オニール一族の領地。

The whole landscape a manuscript
We had lost the skill to read,
A part of our past disinherited ;
But fumbled, like a blind man,
Along the fingertips of instinct.

The last Gaelic speaker in the parish
When I stammered my school Irish
One Sunday after mass, crinkled
A rusty litany of praise :
Tá an Ghaeilge againn arís . . .

Tír Eoghain: Land of Owen,
Province of the O'Niall；（p. 35）

モンタギューが故郷の地名を冠した連作を書こうとした背景には、読めなくなってしまった写本のような風景をなんとかしてふたたび読み解きたいという強い動機があった。『荒蕪地』の序文のなかで、詩人は次のように宣言する。自分は「オニール一族の最後の吟唱詩人が語り残したところ」から引き継ぎ、「人間は故郷からはじめなければならないのだから、この詩はわたしが自分自身の人生をはじめた場所、すなわち、英領アルスターのティローン州ガルヴァヒー小区の一カトリック信徒の家から語り起こされることになる」（p. vii）、と。

オニール一族は、この土地をかつて治めていたが英国との戦に敗れて、歴史の闇に消えていったひとびとである。その中断された歴史を語る語り部の仕事を引き継ごう、というモンタギューの大志は、じつは少年時代の実体験に由来したのだという。八〇年代末になって彼はこう回想する——「ガルヴァヒーの養家にはワーズワースの詩集とならんでティローンとドニゴールの伯爵たちのことを書いた緑色の大冊があって、ウンベルト・エーコと復元された中世版アリストテレスの喜劇論同様、読んだ記憶はないが、幼かったわたしはその本の存在が気になってしかたがなかった」[17]。この話が記憶の捏造でないという保証はどこにもないが、なんと都合のよいことに、この逸話には歴史が読めない本そのものとして登場しているのである。

モンタギューがみずから任じた詩人／語り部の作業は、「地名伝承《ディンシャナハス》」を収集・編集して「詩の本《ドゥアナラ》」をつくるという、ゲール語で書く詩人たちが代々得意としてきた作業の変形とみることができる。こうすることで、文字で書かれているのに読めなかった歴史書にかわる『荒蕪地』をつくりあげようとしたのだが、注目すべきは、モンタギューの場合、土地と歴史をつなぐ構想が熟していくプロセスで、スナイダーのエッセイ集『地球家族』(*Earth Household*, 1969)を経由して知ったアメリカ先住民の、「神は自然を通じて語る」という思想の刺激を受けていることである。[18] 彼は、『荒蕪地』にひき続いてまとめた詩集『スロウ・ダンス』についてこんなふうに解説する――「ゲール語文化の背景をもつアイルランド人はある意味で白い肌をしたネイティヴ・アメリカンと言ってもよいくらいで、アメリカ先住民と共通する自然との親和感を詩集『スロウ・ダンス』冒頭の連作詩で褒め称えたことがある。鳥に変身させられた詩人・王であるスウィーニーは、ハイダ族の伝説中にあらわれるカラスであってもおかしくないのだ」[19]、と。モンタギューのなかでまどろんでいたヴァナキュラーなゲール語文化は、アメリカ先住民の価値観と出会うことでにわかに活性化し、両者が合わさって力強いシンクレティズムを形成した。こうして、ティローンの土地を詩的発想の起点に据えることによって、過去と現在を自在に行き来することと、異なる場所の異なる声どうしを対話させる詩法が可能になった。モンタギューが詩において「なにを語るか」を練り上げていくプロセスでも、アメリカとの出会いが触媒となったのである。

三　「叙事詩《エピック》」をいかにして更新するか

オニール一族の吟唱詩人のしごとを継承したいという大志は、それにふさわしい形式をともなわなければ表現にまでいたることができない。モンタギューはいわば、魂においてはティローンの土を受け継ぐヴァナキュラーな吟唱詩人をもってみずから任じ、詩的スタイルにおいてはアメリカ現代詩の系譜に連なる詩人である。これから、語り部としてのモンタギューが、自分たちの物語を語るさいに、アメリカ現代詩の方法をどのようにとりいれたのか具体的にみていきたいと思う。

『荒蕪地』をさまざまな声が綴り込まれたタペストリーとみたばあい、それらの声をほぐしてみると、新聞記事、手紙、古文書・古記録、歴史書、演説、自分自身がかつて書いた詩など、「書かれたもの」の断片がいたるところに引用されているのがわかる。たとえば、すでにふれた第一部冒頭近くのベルファストから故郷へ下るバス道中を語るソネットのひとつとそれに続く部分の欄外注を読んでみよう。

ひなびた風情とは無縁の、堅実一点張りな英国ふうの町々、
リズバーン、ラーガン、ポータダウンを過ぎ、
王道《ロイヤルロード》が走るアルスターの半分を抜けてゆく。
シートには、スカーフをかぶり、もっさりした花模様の
スカートはいて、買い物かごを抱えた市場帰りの奥さんたち。
英国支配地《ペイル》が終わりオニールの領地となる
ティローンの州境まで近づいたとはいえ、この奥さんたちは
よそ者のまえでにっこりしてみせる、
一本調子のアルスターことばで政治のことを話しながら。
黄昏れてゆく街道を揺られながら、カトリック市民軍《エンシェントオーダー》と
プロテスタント市民軍《アルスターズ・ボランティアーズ》の話が聞こえてくるのは場違いだが、
その対立を生み出したのは狭い土地のせいで、
その狭い土地にも日が暮れて、宵の明星が昇り、
わたしを故郷まで見送ってくれるのだ。

ヒュー・オニールは、猛々しい家来どものらっぱの音に目を覚まされることもなき彼方、テヴェレ河畔で熟睡しておった。此方、ストルーラ川のほとりではマカートの砦は伝説にすぎなかった。もはや赤き手は永遠なりのスローガンのエコーも北の丘々から消えて久しきゆえ、マウントジョイ閣下は容易に駒を進めることができたのであった……。

「ティローンの名誉は砕け、
クラナボイは征服された。」

『アルスターヘラルド』紙

Through half of Ulster that Royal Road ran
Through Lisburn, Lurgan, Portadown,
Solid British towns, lacking local grace.
Headscarved housewives in bulky floral skirts
Hugged market baskets on the rexine seats
Although it was near the borders of Tyrone —
End of a Pale, beginning of O'Neill —
Before a stranger turned a friendly face,
Yarning politics in Ulster monotone.

Bathos as we bumped all that twilight road,
Tales of the ancient Order, Ulster's Volunteers:
Narrow fields wrought such division,
And narrow they were, though as darkness fell
Ruled by the evening star, which saw me home

Hugh O'Neill was soundly asleep by the banks of the Tiber, where no bugle blast of his fiery clansmen could ever reach or rouse him. McArt's stronghold was a mere tradition by the banks of the Strule. His Lordship could ride easily for the echoes of Lamh Dearg Abus had long since faded away among the hills of the north . . . .
'Broken was Tirowan's pride
And vanquished Clanaboy.'
Ulster Herald (pp. 10-11)

語り手がバスに揺られてたどるのは英領北アイルランドの街道だが、語り手は、ベルファストのあるアントリム州からダウン州、アーマー州を経由してティローン州に入る街道筋の町々の名前を次々に唱えることで英国色のつよいこの地域のローカルカラーを喚起するとともに、ティローン州への入り口には「オニールの領地」をしめすみえない境界線があることを物語る。そして、その土地の昔からの住人であるカトリック信徒――「奥さん」たち――の闊達さが描写されたあと、入り組んだみえない境界線が狭い土地にはりめぐらされていることが暗示されて、ソネットがしめくくられる。次に置かれた欄外注には、自分の土地から逃げ出してはるばるローマまでたどりついて安眠を得た元領主オニールと、主のいなくなった領地へゆうゆうと侵攻してゆく英国人マウントジョイ卿の明暗が対置され、最後に、新聞記事の切り抜きとおぼしき胸を突くような二行が添えられている。目の前にみえている風景のなかに、共同体の対立がつくりだす境界線や、それを生み出した歴史的経緯を読み取ろうとするこのシークエンスは、「もはや読むすべのない写本」としての風景を、読むことが可能な書物に置き換えていこうとする、モンタギューの詩学の実践をしめす好例といえるだろう。

もう一ヶ所、こんどは手紙と詩を並置《ジャクスタポジション》したところを読んでみよう。

「重要」と書かれた白封筒のなかに入っていた紙片――
　　パンがすなわち神である
　悪魔は都合のよいときにキリストをもってくる
腕に抱かれたいたいけな嬰児　十字架にかけられて死んだキリスト
ローマ・カトリックの信仰行為の中心にあるのは聖体のウエハース！
　　偶像崇拝　その偶像は天の下で最悪
鼻も目も耳もなければ救いもない、口さえないのだそいつには。

ミサに来る群衆、重たいコートに黒いショールをまとい

混み合った波になって、市のたつ日にひしめく家畜、
祭壇の長四角の欄干めがけて押し寄せるところには
聖体をいれる聖櫃の金の扉に
赤い実つけたヒイラギ映えて
辛抱強き、信心深き、善男善女がひしめいて、静寂のなか
目をとじて、口をひらいて、キリストの肉体による恵みを受けた
ことばがわが舌のうえに到来するのを待っているところ。

親愛なる兄弟よ！
教会一致主義《エキュメニズム》とは
七つの丘にしゃがんで脱糞する
淫婦バビロンの新しき別名である
一国一教会にして
教皇はその国家元首である
教会の再一致というときローマが意味するのは吸収であり
統一とは抑圧を意味する
教皇派《ペイピスト》は サル《エイピスト》 のごとし
だがしかし神は多様性を喜ぶ
おなじ木の葉は二枚なし！

礼拝堂から退出するや
粗皮靴に重い上着の

男たちはもういつもの
オークの木の下にあつまって、
たばこの火を風からかばいながら
女たちを見つめている。

政党のまわし者がやってきて
墓地の石塀のてっぺんに上って
演説をはじめると
みな一様な素直さで耳を澄ます。
下り棟みたいな帽子のつばの
下でしずかな目をして。

濡れた木の幹には、
ピアス軍対ヒベルニア軍
のサッカー対戦、とか
教会基金のためのモンスターカーニバルに
ファレルのバンド来る、とか
ポスターが釘付けになっている。

In a plain envelope marked : IMPORTANT

THE BREAD GOD

the DEVIL *has* CHRIST *where he wants* HIM

A HELPLESS INFANT IN ARMS : A DEAD CHRIST ON THE CROSS

ROME'S CENTRAL ACT OF WORSHIP IS THE EUCHARISTIC WAFER !

IDOLATRY : THE WORST IDOL UNDER HEAVEN

NOSELESS, EYELESS, HELPLESS, SPEECHLESS.

The crowds for communion, heavy coat and black shawl,
Surge in thick waves, cattle thronged in a fair,
To the oblong of alter rails, and there
Where red berried holly shines against gold
In the door of the tabernacle, wait patient
And prayerful and crowded, for each moment
Of silence, eyes closed, mouth raised
For the advent of the flesh-graced Word.

DEAR BROTHER !

ECUMENISM *is* THE NEW NAME *of the* WHORE OF BABYLON

SHE *who* SHITS *on the* SEVEN HILLS

ONE CHURCH, ONE STATE

WITH THE POPE THE HEAD OF THE STATE : BY RE-UNION

ROME MEANS ABSORPTION
UNIFORMITY MEANS TYRANNY
APISTS = PAPISTS
But GOD DELIGHTS IN VARIETY
NO *two leaves are* EXACTLY *alike !*

Coming out of the chapel
The men were already assembled
Around the oak-tree,
Solid brogues, thick coats,
Staring at the women,
Sheltering cigarettes.

Once a politician came
Climbed on the graveyard wall
And they listened to all
His plans with the same docility ;
Eyes quiet, under caps
Like sloped eaves.

Nailed to the wet bark
The notice of a football match;
Pearses *v* Hibernians
Or a Monster Carnival
In aid of Church Funds
Featuring Farrel's Band.　(pp. 26–27)

二ヶ所に挿入された檄文めいた文章は、詩集の巻末につけられた注釈によれば、教会の現代化と教会一致をめざして一九六二年に開会された第二回ヴァティカン公会議に対する「オレンジ党の反駁」(八九頁)である。この激烈なカトリック教会批判と向かい合わせに、善良なカトリック信徒のようすを描いた詩が対置されている。この対置は前半の一組だけ読むとカトリックを礼賛しているようにみえるが、じつはそれほど単純ではない。引用後半に置かれた詩は深いアイロニーをおびている。教会が主導する男女間のきびしい性倫理は、女たちをじっと見つめる男たちの内側に抑圧をくすぶらせ、「家畜」の群れに似た善良な信徒たちはともすると無知やだまされやすさをさらけだした衆愚と化してしまいかねないことが暗示されているからだ。モンタギューは異なる声を貼り合わす詩法を用いて、ユニオニストによる教会非難のゆきすぎとカトリック信徒に潜在する弱点を、注意深く対置してみせているのだ。こうして、詩と詩の間を縫うように配置された雑多な引用からなるパッセージは、時代を隔てて呼応する経験のパターンをつなぐ環として、あるいは一方的な陳述を相対化する天秤として、または、詩行への補注として、機能している。

このようにさまざまな種類のテクストが綴り合わされ、配列されて語りが進行してゆく詩法は、アイルランドの伝統的な手法ではない。モンタギューは、多声によるタペストリーをおもわせる『荒蕪地』の包括的・統合的な詩法を、パウンドの『キャントーズ』(*The Cantos*, 1925-72)とウィリアムズの『パターソン』(*Paterson*, 1946-58)から学びとったと考えられる。モンタギューがいちはやく注目して愛読したパウンドやウィリアムズの膨大で奔放な長詩と比較すると、『荒蕪地』はすみずみまで計算がゆきとどいた堅実な作品にみえるほどだが、さまざまなジャンルの書き物や語られた声の記憶を貼り混ぜるようにしてつくる長詩作法は、あきらかにアメリカのモダニスト譲りなのだ。

マイケル・アンドレ・バーンスタインは、『キャントーズ』と『パターソン』を現代アメリカに叙事詩を蘇らせた作品であると位置づける。『部族の物語』と題した研究のなかでバーンスタインは、「部族の物語を書きたかったが長詩を書くことには逡巡していた」パウンドが、進行中の大作『キャントーズ』をしだいに叙事詩とみなすようになるプロセスについて、以下のようにまとめている——「一九三〇年代までにはパウンドは『キャントーズ』をためらいなく叙事詩《エピック》と呼び、一九三三年には『叙事詩とは歴史をふくむ詩である』という有名な定義をおこなった。以後、彼はこの定義に少々の手直しをくわえるのみで一生使い回すことになる。一九〇七年の逡巡と一九三〇年代の自信にあふれた定義とのあいだに、パウンドはたんなる「長詩」でなく、歴史——部族の物語——をその主たる関心事とするような長詩を書くことの必然性に目覚めた」[20]、と。西欧近代文学ではすでにすたれて久しかった叙事詩というジャンルにふたたび息を吹き込もうとするパウンドの野望に、盟友ウィリアムズの想像力が共振した結果、ニュージャージー州の都市パターソンそのものを主人公とするもうひとつの新しい叙事詩が生まれ、さらに歴史と地理を合わせて詩の起動力とするチャールズ・オルスン(Charles Olson, 1910-70)の叙事詩『マクシマス・ポエムズ』(*The Maximus Poems*, 1960-83)が書かれることになる。バーンスタインはさらに、現代アメリカにおいて叙事詩の伝統が継承されていくメカニズムをこう説明する。

歴史それ自体と同様、現代の叙事詩《エピック》もひとつの過程であり、ひとつの共同体的課題である。過程であるというのは、生きている文化の物語は決して完結することがないからである。共同体的課題であるという理由は、新しい詩人が発展途上の伝統に参加しようとするさい、その伝統にたいして彼の知覚と技量がもたらすことのできる貢献をどう定義したらよいかを、先輩詩人たちが遺した例から学ぶものだからである。パウンドからウィリアムズへ、そして、チャールズ・オルスンへと、明らかな芸術的意図が貫かれている。三つのきわめて異なるテクストをつなぐのは「家族ゆえの類似」とでもいうべきもので、おのおのの詩は、新しい「部族の物語」のためにふさわしい構造と態度を確立しようとする挑戦をおこなっている。オルスンはパウンドとウィリアムズを読むさい、つねに彼らの方法論に着目して「方法論とは『いかに』をめぐる科学である」と書く。というのも、叙事詩《エピック》の意義、その真の意味は、詩人が歴史を語る材料をどう整理するかに応じて決まる視点から、おおむね立ち上がってくるからである。[21]

アメリカ現代詩における叙事詩の伝統が、つねにみずからを再定義してゆく挑戦のつみかさねであるとしたら、オルスン同様、モンタギューも先輩詩人から「部族の物語」の伝統を継承しつつ、『荒蕪地』のために新しい叙事詩の器を考案したのだと言えるだろう。[22]

「部族の物語」を語る長編詩の伝統は、アメリカ詩の研究者たちによってさまざまに敷衍されている。たとえば新倉俊一は、『キャントーズ』と『パターソン』にくわえてハート・クレインの長詩『橋』（*The Bridge*, 1930）を「従来のどんなジャンルでも律することのできない、奇妙な混合の不定形の詩」[23]と呼び、これらの詩に「ホイットマンの遺伝」を嗅ぎ取って「包括の歌」と名付け、こう結論づける――「エマソンが言ったように新しい国アメリカはアイデンティティをもつために、依然として予言者を必要とするのだろう。ホイットマンはいうまでもなく、パウンドやハート・クレインやウィリアムズからギンズバーグにいたるまで、皆『アメリカ、アメリカ！』と歌い続けてきた。それが〝包括の歌〟の意義にほかならない。[24]「叙事詩《エピック》」にくわえて「包括の歌」という補助線をひけば、モンタギュー版「部族の物語」の位置はいっそうはっきりみえてくる。アメリカの詩は、ウォルト・ホイットマン（Walt Whitman, 1819-92）からウィリアムズにいたる想像力の系譜のなかで、アメリカ口語による独自の詩法を獲得しつつ、イギリス詩からゆるやかに独立していった。アメリカ詩のこうした先例を、若いアイルランド詩人は直感的にわがものとして、自分のケースにあてはめていったらしい。モンタギューはそうやってアメリカを歌う「叙事詩《エピック》」の伝統を換骨奪胎し、北アイルランドを歌う叙事詩へと転用したのだった。アメリカ的な賛美とはほど遠いトーンではあるが、「アルスター、アルスター！」と歌う叙事詩を書くことで、彼は国民《ネイション》としては古いけれど国家《ステイト》としては宙づりになったままの状態である北アイルランドの歴史を可視化し、そこに住む人間どうしをつなぐ文化的アイデンティティをつくりだそうとしたのではなかったか。

四　アイルランド伝統音楽の「発見」

『荒蕪地』は、さらに別のコンテクストからも叙事詩と位置づけることができる。エドマンド・スペンサー研究の立場からみると、『荒蕪地』は「王家の叙事詩《ダイナスティック・エピック》」と呼びうる詩であり、この時期のモンタギューは「過去へ開かれた遠近法のなかに置かれた歴史上近過去のできごとに形態ないし秩序をあたえようとする『欲望』から生まれる叙事詩ないし王家の詩」[25]の詩人であった。だが、モンタギューの詩をオニール一族の最後の吟唱詩人がやりのこした仕事を引き継いだものとみなせるにしても、もちろん彼は君主のために書いたわけではない。彼が器用仕事で器を転用した新大陸の詩人たち同様、民衆のための叙事詩人であるモンタギューの『荒蕪地』を構成するさまざまな声のなかには、共同体内部において口頭で伝承されたことわざや替え歌や伝承歌謡からの引用が散見する。そのことは、この作品が君主なき共同体のために書かれた叙事詩であることを印象づけている。七二年の朗読会ではベネディクト・カイリーのよく響く声で歌われたティローンのバラッド「グレンカルの岸」とモンタギューの詩が掛け合いのように進行する以下のパッセージでは、古き良き風景が開発によって破壊されていくありさまが、互いに好対照をなす詩の音楽の対置によって皮肉たっぷりにしめされている。この引用は「第七部新オマー街道賛美の歌」（VII Hymn to the New Omagh Road）から――

学校の裏の採石場からあらわれた
掘削機の甲殻類みたいなかぎ爪が
かきまわして土塊をひきずりだすさまは
まるで巨人のひと囓りで……

グレンカルの岸辺ゆくそぞろ歩きは楽しきもの
とりわけて若き自然の誇らかな春の宵など
花咲く土手や小暗き谷間をゆく君は
妖精かつて住まいたる魔法の国をゆくごとし

こぶのある触手のような
オーク、サンザシ、埋もれたヒッコリーの木の実、
いきものの形をした大地の表皮がまるで頭の皮みたいに

べろんと剥かれて

鱒は羽虫をめがけて跳ねる　子羊たちもまた跳ねる
美しき羽にて飾るウグイスはそれぞれに歌をうたいて
黒鳥やツグミの歌はこだましてふた声となり
グレンカルの川岸を妙なる調べで満たすなり

滑る砂
混じりの泥板岩、
圧縮された岩の血管、
古い土台、柔らかい混沌
みなすっかりミキサーに
呑み込まれ、かみくだかれて
吐き戻される。

From the quarry behind the school
the crustacean claws of the excavator
rummage to withdraw a payload,
a giant's bite . . .

‘Tis pleasant for to take a stroll by Glencull Waterside
On a lovely evening in spring (in nature’s early pride);
You pass by many a flowery bank and many a shady dell,
Like walking through enchanted land where fairies used to dwell

Tuberous tentacles
of oak, hawthorn, buried pignut,
the topsoil of a living shape
of earth lifts like a scalp
to lay open

The trout are rising to the fly ; the lambkins sport and play ;
The pretty feathered warblers are singing by the way ;
The black birds’ and the thrushes’ notes, by the echoes multiplied,
Do fill the vale with melody by Glencull waterside.

slipping sand
shale, compressed veins of rock,
old foundations, a soft chaos
to be swallowed wholesale,
masticated, regurgitated

by the mixer.（p. 60）

たったいま引用したパッセージの歌の部分は、生没年不詳のパトリック（パッツィー）・ファレル（Patrick《Patsy》Farrell）がつくったとされる新聞バラッドである。ティローン州内の一部以外ではその存在すら知られていなかったこの「地元の語り部詩人《ローカル・バード》」は、しかし、モンタギューにとっては重要な存在であった。ファレルは「まだ定義されるにいたらない共同体の圧力を背負っているゆえに語り手としての底力がある」(26)地元の無名の語り手のひとりであり、彼のような者たちが、「ロレンスの炭坑夫やジョイスのダブリン市民やオコーナーのジョージアのグロテスクな人物たち」の共同体の物語をいまに遺すきっかけとなっているからである。

モンタギューは早い時期から、民衆の記憶の貯蔵庫としての伝承文学の重要性に気づいていた。彼は一九六〇年、ギネス一族の若い御曹司で伝統文化に造詣の深いガレク・ブローン（Garech Browne, 1939- ）がアイルランド伝統音楽専門レーベル、クラダ・レコードを立ち上げるのを助け、みずからディレクターに就任した。モンタギュー自身の回想は、「アイルランド音楽保存に向けたわたしたちの十字軍は、後に影響をおよぼしたアメリカのジャズやブルースの初期録音と比較できるかもしれない」(27)、とプライドにあふれている。アメリカにおいては、二〇世紀前半からはじまったジャズやブルースの録音と埋もれたアーティストの「発掘」や「発見」が、ヴァナキュラーな音楽史の構築とハイブラウな文化の活性化を促すとともに、ポピュラー音楽の新しい展開に大きく寄与した。その先例を追いかけるように、クラダ・レコードはアイルランド伝統音楽を「発見」しようとするミッションをおびて出発した。クラダは六〇年代に、従来音楽産業からは見向きもされなかった伝統音楽演奏家たちのアルバムを多数出すとともに、パトリック・カヴァナ（Patrick Kavanagh, 1904-67）、オースチン・クラーク（Austin Clarke, 1896-1974）、リチャード・マーフィー（Richard Murphy, 1927- ）、キンセラなど、アイルランドの現代詩人たちの朗読レコードもリリースした。伝統音楽ルネサンスの旗手であったザ・チーフテンズの音楽と、詩人たちの声が共演した七三年の『荒蕪地』の朗読会は、クラダ・レコードの初期の活動の集大成だったのである。

『荒蕪地』を注意深く読んでいくと、六〇年代におけるアイルランド伝統音楽ルネサンスの空気を封じ込めたような詩がみつかる。モンタギューの親友で伝統音楽復興を理論と実践の両面から指導した作曲家・演奏家であるショーン・オー・リアダに捧げられた「第八部　愛国組曲」（'VIII　Patriotic　Suite'）に組み込まれた通称「マリンガーの包囲」（'The Siege of Mullingar'）と呼ばれている詩[28]がそれである。冒頭二連を引用する。

マリンガーの伝統音楽祭《フラー・キョール》では
二種類の音が聞こえてくる。グラスの割れる音と
その背景になっている音楽の鼓動。
若い娘たちが熱っぽい
顔をしてこの町の通りを
闊歩している。おとこ目当てに
ボトル片手に、歌までうたって。
ピューリタンみたいなアイルランドはもうおしまい。
オコーナーとオフェローンの神話よ、さようなら。

早朝、運河の両岸に寝そべった恋人たちがみんな

ソニーのトランジスタラジオに
聞き耳を立てている。
教皇ヨハネス聖下の病状は予断を許さない状況です——
だが、この死と復活の基礎低音の響きは
奇妙とも不敬ともおもわれなかった。
わたしたちは町を歩きながら歌った。
ピューリタンみたいなアイルランドはもうおしまい。
オコーナーとオフェローンの神話よ、さようなら。

At the Fleadh Cheoil in Mullingar
There were two sounds, the breaking
Of glass, and the background pulse
Of music. Young girls roamed
The streets with eager faces,
Shoving for men. Bottles in
Hand, they rowed out for a song :
Puritan Ireland's dead and gone,
A myth of O'Connor and O Faoláin.

In the early morning the lovers
Lay on both sides of the canal
Listening on Sony transistors
To the agony of Pope John.
Yet it didn't seem strange or blasphemous,
This ground bass of death and
Resurrection, as we strolled along :
Puritan Ireland's dead and gone,
A myth of O'Connor and O Faoláin. (pp. 68–69)

ここに描かれた音楽祭は一九六三年初夏、聖霊降臨祭の週末に、ふだんはこれといった魅力もない田舎町マリンガーを乗っ取るようにして開かれた。モンタギューは自伝のなかで、この詩への脚注として読むことが可能な回想を書いている。

徒歩やスクーターや轟音をたてるバイクでやってきた若者たちの多くは上半身裸だったが、彼らの「マット」――ガールフレンドたち――も負けずに髪を解き、タイト・ジーンズをはいていた。

若いアイルランドが快楽に向かって突き進んでいるのを見るのは爽快だったが、いっしょにいた年配の友人は気に染まぬようすで、「おお神よ、あの暴徒どもはいったいどこからやってきたのだろうね？」と言った。

最高の天候に恵まれ、音楽も最高だったから、わたしたちはみな蜜のような幸せにひたっていた。運河のほとりにマッシュルームのように立ち並んだ小型テントの群れのあたりを夜通りかかったわたしは、ブラックソーンのステッキを振りかざして隠れている恋人たちをどやしつけそうな地元の警官か、時代遅れの教区司祭ならかくもあらんかという口調を真似て、こう言った。「このあたりではキリスト教徒らしからぬ奇妙なおこないが繰り広げられておるようだが、諸君、祈りを忘れちゃいかん。」

するとそこいらのテントからいっせいに、こっちがホンモノではないのをわかっている調子の声で、「神父さん、消えろ!」の合唱が返ってきた。アイルランドの未来が到来したのである。(29)

このエッセイを読めば、W・B・イェイツ (William Butler Yeats, 1865-1939) の有名な詩「一九一三年九月」('September 1913') の詩句をもじった「ピューリタンみたいなアイルランドはもうおしまい」の含意は明らかであろう。折しも、カトリック教会の現代化をめざす第二回ヴァティカン公会議を招集した教皇ヨハネス二三世は死の床にあった。眠ったような運河の町マリンガーが、当時世界規模で広がりつつあった若者文化につながろうとするアイルランドの大勢の若者たちによって「包囲」されたのは、象徴的なできごとだった。一九六三年のアイルランド共和国ではまだ検閲制度が機能していたが、若者たちはじきにラジオにかじりついてザ・ビートルズやザ・ローリングストーンズを聞くようになる。アイルランド伝統音楽ルネサンスを代表するバンド、ザ・チーフテンズがザ・ローリングストーンズと共演するようになるのはまだずいぶん先の話だが、アイルランド伝統文化を若返らせ、文化的鎖国状態を打ち破る大変革の種が、この時期に蒔かれたのは間違いない。(30)

五　ハイブリッドでヴァナキュラーなアイルランド文学の創成

マリンガーを「包囲」した文化的ルネサンスの活況をよそに、北アイルランドではおそろしい歴史が動き始めていた。『荒蕪地』の第九部は皮肉にも「新しい包囲戦」（'A New Siege'）と題されている。一九七〇年にはじめてパンフレットとして出版されたこのパートは、デリー選出の英国下院議員で公民権運動の闘士バーナデット・デヴリン（Bernadette Devlin, 1947- ）に捧げられているが、「新しい包囲戦」というタイトルはあきらかに、一六八九年にデリーにたてこもったプロテスタントとそれを包囲したカトリックとのあいだに繰りひろげられた戦闘をふまえて、現代のデリーを舞台にした北アイルランド紛争の激化を重ね焼きにしたものである。一〇年間かけて練り上げた『荒蕪地』がようやくまとまって出版された七〇年代の初頭は、北アイルランド紛争が激化した時期と重なっている。六〇年代に共和国と北アイルランドにみられた楽観的な気分は、「北」ではこれ以後長期間にわたって封印されることになる。「新しい包囲戦」には、紛争の現況にたいする直接的な言及が、一六八九年の「古い」デリー包囲戦の描写とからみあわせたかたちで、数多くあらわれる。そして、詩集全体をここまで読み進んでくれば、リパブリカンに傾斜したモンタギューの政治姿勢をはっきり読み取ることができる。

だが、モンタギューの詩人としての功績は、みずからをとりまく政治・社会状況を詩にとりこんだジャーナリスティックな面にあるのではない。彼の手柄は、この詩集をまとめあげていくのとほぼ同時進行で、総体としてのアイルランド文学をイギリス文学のカノンに対抗させつつ定義していったところにある。彼はそもそも詩人として出発した時から、二〇世紀英語詩の伝統の分裂をするどく看取っていた。先述のエッセイ「アメリカ詩の天馬」に、彼はこう書いている。

六〇年代に向かっていく今日、今世紀前半に達成されたことがよりはっきり見えてきた。エリオットとパウンドを軸とする一般に認められた教科書的図式は、はやくも崩れてきているのだ。さまざまな先駆的アンソロジーや研究が築きあげた権威は消滅しつつあり、スティーブンズやウィリアムズやグレイヴズのような独立独歩の才人たちを許容する、より広く流動的な視野で状況をみることがはじまっている。アングロ・アメリカの文化のすべてを、歴史を覆う巨大な雨傘のようなただひとつの伝統にもとづいて解釈することは、もはや不可能である。ひとりひとりの詩人が、自分自身の背景に息づく諸要素のなかから自分だけの伝統を選びとり、つくりだすのである。そのことは、カリフォルニア出身であろうが、ボストンの出であろうが、アドマスの影響を受けたアメリカ人であろうが変わらない。詩人が十全な仕事を達成することができるかどうかは、彼自身の能力いかんにかかっている。それはちょうど、暗闇と騒音のなかでも水脈探知者《ディヴァイナー》ならどこに水が流れているかわかるのと同じことである。

いま述べてきたことは、アイルランドにおいてよりもアメリカにおいてはるかによく理解されている。だからこそ、ウィリアム・カーロス・ウィリアムズの名著『アメリカ気質』がアメリカの若い詩人たちのバイブルになったのだ。逆説に響くかもしれないが、アメリカの過去を探究していこうとするこの書物が仮定する伝統の視野は、アメリカにおけるプロテスタント的経験の範疇を超えている点で、エリオットの伝統観よりも幅広いと言える。コロンブス以前のアメリカ、インディアンのアメリカ、スペイン系アメリカ、短い間だがロシアのアメリカ（彼らの最南端の交易所はモントレーにあった）までもが、ここにふくまれる。移民たちの集団の数だけ伝統があるのだ。(31)

五〇年代末の時点で詩の伝統を論じるさいに、エリオットの正統論を捨ててウィリアムズの多元論に就いたところは、モンタギューの鋭い先見性を物語っている。じっさい、『アメリカ気質』(*In the American Grain*, 1925)を手本として、アメリカという土地に重層化した歴史を掘り起こしていくウィリアムズの姿勢に倣おうとした若いアイルランド詩人の覚悟は、個人的選択という以上の意義を秘めていた。モンタギューは、大西洋の東側では認知されていなかった「ウィリアムズの詩集をはじめてイギリスで出版させた」(32)ことを誇りにしているが、細々とではあるが着実におこなわれたアメリカの同時代詩とそれに付随した歴史観や伝統観の移入は、その後のアイルランド詩の方向づけに大きな影響をあたえることになる。

モンタギューは一九六七年ごろからアイルランド文学のアンソロジーをつくる準備をはじめていたが、その本は『フェイバー版アイルランド詩アンソロジー』(*The Faber Book of Irish Verse*, 1974)として、『荒蕪地』の直後に出版された。彼はそのアンソロジーの序論に、ウィリアムズの『アメリカ気質』に敬意を表して「アイルランド気質」('In the Irish Grain')というタイトルをつけた。このエッセイのなかで、彼はアイルランド詩の歴史を、アイルランド語から英語へと転換し、やがてアイルランド語文学の遺産を英語によって回復しながら現在にいたるプロセスとして把握した。この認識にもとづいて、モンタギューは、既存のイデオロギーや宗教観念から自由なアイルランド文学史を構想し、そのカノンの概要を一冊のアンソロジーの形で提示してみせたのだ。そこで示されたのは、二つの言語によって書かれてきた、ハイブリッドでありながらヴァナキュラーなアイルランド文学の姿であった。これと同様な文学カノンの再形成は、次にあげる二冊の詞華集においてキンセラも試みている。ダブリン出身のキンセラはモンタギューの親友で、やはりパウンドとウィリアムズの影響下でみずからの詩法を練り上げた詩人である。彼がショーン・オー・トゥアマ(Seán Ó Tuama, 1926-)とともに編集翻訳したアイルランド語による詩のアンソロジー、『詩の本——奪われた者たちの詩——一六〇〇年から一九〇〇年まで』(*An Duanaire: Poems of the Dispossessed 1600-1900*, 1981)と、キンセラの編集により二つの言語による歴代の詩を集め、アイルランド語の詩にはキンセラの英訳をつけた『新オックスフォード版アイルランド詩アンソロジー』(*The New Oxford Book of Irish Verse*, 1986) の二冊がそれである。

モンタギューやキンセラがアンソロジー編集というかたちでおこなった文学遺産の再編集、すなわちアイルランド文学カノンの再編成は、その後のアイルランド文学研究と受容の方向を決定づけたと言っても過言ではない。アイルランド文芸復興的な空想化とナショナリスト的な偏狭さの両方から自由で、なおかつ二言語の文学伝統に目配りをきかせた上述の先駆的なアンソロジー群は、『フィールドデイ・アンソロジー』(*The Field Day Anthology of Irish Writing*, 5 vols, 1991-2002) や『オックスフォード版アイルランド文学必携』(*The Oxford Companion to Irish Literature*) にはじまり、現在ますます盛んになっているアイルランド研究のためのアンソロジー編集、データベース、アーカイブ構築のための基礎を提供することになったからである。

こうして、モンタギューは『荒蕪地』を完成した七〇年代の前半までに、それまで自閉するか、東――イングランド――を向いていたアイルランド詩を解き放ち、西――アメリカ――を向かせることに貢献した。その結果、長いまどろみから目覚めたアイルランド詩は、もともと自分がもっていたものの価値と位置づけを新たに認識し、英語圏文学というそれ自体新しいコンテクストのなかで、アメリカの幹からアイルランドの土地に挿し木された現代詩として、新たに誕生することになった。モンタギューが産婆役を買って出たおかげで生まれなおしたアイルランド詩は、こうして英語圏のほかの地域の詩と同時代性を共有するようになった。ヒーニーの世代以後のアイルランド詩隆盛は、モンタギューの貢献なしには考えられない。彼は文字通り、アイルランド現代詩を創成したのである。

（1）John Montague, *An Ulster Epic : The Rough Field with Traditional Irish Music by The Chieftains* (Dublin : Claddagh Records, 2001), n. p.

（2）John Montague, *The Rough Field* (Oldcastle : The Gallery Press, 1989), p. vii.

（3）Dennis O'Driscoll, 'An Interview with John Montague,' *Irish University Review*, Vol. 19, No. 1, 1989, p. 65.

（4）Montague, *The Rough Field*, p. 13.　以後本書からの引用は本文中に頁数を示す。なお、引用三行目の伝統舞曲のタイトルは、先行詩集 *A Chosen Light* に初出したときには '*The Sailor's Bonnet* and *The Fowling Piece*' となっていたが、*The Rough Field* の連作に編入されるにあたって、ティローンにもっとゆかりの深い「オニールの哀歌」などと差し替えられた。

（5）ティローンにおけるモンタギューの少年時代、また彼の文学における「不在の父」のイメージについては、拙論「アイリッシュ・カウボーイと分裂した夢想のアメリカ――ジョン・モンタギューの『オクラホマ・キッド』を読む」（佐々木みよ子他編、『読み継がれるアメリカ』、南雲堂、二〇〇二年、二四五―二六四頁）において論じたことがある。

（6）John Montague, *Collected Poems* (Oldcastle : The Gallery Press, 1995), p. 286.

（7）John Montague, *Born in Brooklyn* (Fredonia, N.Y. : White Pine Press, 1991), p. 34.

（8）Montague, *Collected Poems*, p. 182.

（9）John Montague, *The Bag Apron or, The Poet and His Community : The Inaugural Lecture of the Ireland Chair of Poetry* (Belfast : Lagan Press, 1998), p. 20.

（10）*Ibid.*, pp. 20-21.

（11）北アイルランドばかりでなく、アイルランド共和国においても、英語教育は準植民地的な状態がながく続いた。モンタギューの盟友で同世代でもあるダブリン出身の詩人トマス・キンセラは、自分自身の学校教育をこんなふうに回顧している。「その（引用者注・準植民地的な）状態とは、学校教育のカリキュラムが、アイルランドにおける日々の生活の実質や事象とほとんど無関係に組み立てられていたということだ。若者が自分たちの置かれた環境を観察し、理解し、その価値を知る契機となったかもしれない同時代のアイルランド文学は少しも教えられなかった。」（アンドリュー・フイッツサイモンズ、「二分された精神―アイルランド文学におけるトマス・キンセラの位置」（『英語青年』、二〇〇三年六月号、二五頁）。

（12）John Montague, *The Figure in the Cave and Other Essays*（Dublin : The Lilliput Press, 1989）, pp. 8-9.

（13）Montague, *The Figure in the Cave*, p. 177.

（14）John Montague, *Company : A Chosen Life*（London : Duckworth, 2001）, p. 174 においてモンタギューは、一九五五年一〇月七日におこなわれた第一回の朗読会、ないしはそれに引き続いておこなわれた第二回の朗読会を聞いた、と回想している。

（15）Montague, *The Figure in the Cave*, p. 188.

（16）*Ibid.*, p. 219.

（17）*Ibid.*, p. 11.

（18）*Ibid.*, p. 13.

（19）*Ibid.*, p. 52.

（20）Michael André Bernstein, *The Tale of the Tribe : Ezra Pound and the Modern Verse Epic*（Princeton : Princeton U.P., 1980）, p. 19.

（21）*Ibid.*, pp. 234-235.

（22）『荒蕪地』のスタイルには、モンタギューと同世代のサンフランシスコ・ルネサンスの立役者たちの影響も見て取ることができる。たとえば、モンタギューはテクストをページ上にセンタリングしたり、一ページにテクストを二列並べて印刷したりしているが、こうした工夫は、マイケル・マクルーアのグラフィックな詩をおもわせる。また、連作詩を分冊形式で出版したところは、不定形の詩の連作を「ブック」としてまとめていったジャック・スパイサーの流儀の応用とみることが可能である。

（23）新倉俊一、「包括の歌―なぜ長編詩か」、『ユリイカ臨時増刊　アメリカの詩人たち―パウンドからプラスまで』（一九八〇年六月）、一一七頁。

（24）　同書、二二五頁。

（25）　David Gardiner, *"Befitting Emblems of Adversity" : A Modern View of Edmund Spenser from W. B. Yeats to the Present* (Omaha, Nebraska : Creighton U.P., 2001), p. 143.

（26）　Montague, *The Bag Apron*, p. 29.

（27）　Montague, *Company*, p. 95.

（28）　この詩は「愛国組曲」がパンフレットとして出版されたときには収録されておらず、七二年に『荒蕪地』の合本版が出たときにはじめて収録されたが、そのときにはタイトルはつけられていなかった。しかし、九六年の『全詩集』には「マリンガーの包囲」というタイトルがつけられて収録された。

（29）　Montague, *Company*, p. 95-96.

（30）　ザ・チーフテンズに焦点をあてて六〇年代以降のアイルランド伝統音楽ルネサンスを概観した本として、Bill Meek, *Paddy Moloney and the Chieftains* (Boston : Quinlan Press, 1987), John Glatt, *The Chieftains : The Official Biography* (New York : St. Martin's Press, 1997) などがある。また、後者の邦訳として、ジョン・グラット著、大島豊・茂木健訳『アイリッシュ・ハートビート―ザ・チーフタンズの軌跡』（音楽之友社、二〇〇一年）がある。

（31）　Montague, *The Figure in the Cave*, pp. 198-199.

（32）　*Ibid.*, p. x.

第三部

第九章　ディンシャナハスとアイデンティティ
――カーローの場合――

キアラン・マーレイ

「私は」とバーナード・ショー（George Bernard Shaw, 1856-1950）は語っている、「激しく理不尽なまでに、アイルランド人であることを誇りに思っている。」[1] 彼の言葉は、国家に対する帰属意識、アイデンティティを表現していると思われるかもしれないが、しかし、実はそれほど単純なことではない。もしアイルランド人が名刺を持ち歩く場合には、所属機関、部署、職務といったものではなく、帰属する地方、州、町を名刺に記載することであろう。特定の訛りがある場合には、紹介は余計なことであって、ダブリン、ベルファスト、コーク出身などであると言わずとも、訛りから出身地を見抜くことは難しくない。不確かな場合には、「どうぞ、よろしく」と言う代わりに、「ご出身は?」と尋ねることになる。パトリック・シーラン（Patrick Sheeran）は「我々のアイデンティティは土地と密接に結びついており、自分が何者であるかを明らかにするときには、どこの出身であるか告げるのである」[2] と述べている。この傾向は、「ディンシャナハス」と呼ばれる文学形式――位相的な民間伝承、ならびに古代の叙事文学、[3] さらには太古の異教的な聖性に対する意識にまで辿ることができる。エスティン・エバンズ（Estyn Evans）は「神々はあちこちの丘に棲み、土地の精はいたるところに存在した」[4] と語っている。

一　四位一体

私の出身地は、海馬のような形をしたレンスター地方の中部、カーロー州である。州の名称は、アイルランド語の「カハルロッホ」（‘Ceatharlach’）、「カハル」（‘Ceathar’）「四」、（‘Loch’）は「湖」という意味をもつ土地に由来している。[5] これは、二つの川が合流する地点を示しており、過去においては一層顕著であったのだが、川が洪水とともに拡張している地域である。[6]

この章では、しかしながら、そのような実際の土地ではなくて、土地が及ぼす精神意識への影響を論じることにしたいと思う。まずは、名前が喚起する象徴的な意味を探ってみよう。

「ロッホ」（‘loch’）というアイルランド語は、ラテン語の「ラカス」（‘lacus’）が語源であり、ギリシア語の「ラッコス」（‘lakkos’）と同じように、「ため池」「窪地」を示し、基本的には、「ラキュナ」（‘lacuna’）のように、「間隙」、「空間」を意味している。[7]

このことは、サンスクリット語の「ロカ」（‘loka’）が表す、二番目の語群を思い起こさせる。「この語は、もともとは日の光を目にすることができる、開けた空間（ジャングルの奥地のようなところ）を示している。「ロカ」に住むことは、物事をあるがままにはっきりと見わたすことができる空間に住むことを意味し、自分の居場所に落ち着くには、存在の混沌の中に「ロカス」を見つけることが必要である」[8] のだという。

どこであろうとも、出身地はこの意味で「ロカス」であろう。それは、陽光の射す場所を意味している。ここで、ドイツ語の「ロッホ」（‘loch’）が表すような三番目の語群にいきつく。[9]「ロッホ」は複合語「ヴォルケンロッホ」（‘Wolkenloch’）、「雲の隙間」「くぼみ」を意味するが、詩人オスカー・レルケ（Oskar Loerke, 1884–1941）の詩「海辺へ」（'Ans Meer'）では、その語は次のように現われる。

Der Nebel reißt, der albisch kroch
Aus meinem Blut zum Totenfeld :
Ein Morgen scheint im Wolkenloch
Hoch auf die Welt.

Das Leben kommt von Weitem her.
Und es geschieht, was einst geschah ?
Mit ihrer Wäsche fährt ans Meer
Nausikaa.

わたしの血から死者の野まで
おごそかな白をまとって這いまわっていた霧が裂ける。
雲のあいだにできた穴から朝の光が
世界に射してくる。

生命は遠くからやってくる
かつて起こったことが起こるのだろうか。

洗濯物をたずさえてナウシーカアは
海辺にやってくる。

'Albisch'は独特の単語である。一般的なドイツ語辞典にも出ていないし、私が出会ったドイツ語話者の誰一人としてその語の意味を知らなかった。私はそれを形容詞的語句、'Alb'、「悪夢」という意味に捉えている。ロバート・グレイヴス（Robert Graves, 1895–1985）は著書『白い女神』（*The White Goddess*, 1961）の中で、その言葉をラテン語の'alba'と結びつけている。「アルバ」は「白い」という意味を持ち、ブリテン、あるいはローマ人の建設した都市やエルベ川の古称に用いられ、その白い女神とは神秘的な「月」を暗示していると、グレイヴスは指摘している。(10) この詩では、悪夢の支配が朝日に取って代わる、まさにその瞬間を表現している。空の「間隙」('loch')から注ぐ陽光は遥か彼方からやって来る生命のイメージであり、空間的な隔たりは、同時に時の隔たりを示唆している。時間がまるで止まってしまったかのように、過去で起きたことが再び起きようとしている。これは、パイアケス（Phaeacia）島の浜に打ち上げられたオデュッセウス（Odysseus）を暗示している。彼は、海辺に洗濯に来たナウシカア王女（Nausicaa）に発見されることになるが、この物語はアイデンティティと起源、帰郷に関連している。助けられた晩、オデュッセウスは、その身分を明かすことなく、ナウシカアの父親の広間で、王室の詩人が奏でる曲に耳を傾けていたが、トロイ陥落とトロイ戦争でのオデュッセウスの活躍をうたうのを聞くに及んで、彼は泣き崩れ、彼の名前、彼の家族の姓を明かすのである。(11)

ヨーロッパ人にとって、古典文学の偉大な場面は永遠に消えることなく、私たちの時間感覚の一部になっている。従って、ドイツの詩人にとっても、この過去は詩人個人の夢と同じように、自らの起源に関わっているのである。

Ein Weg weist nach Byzanz und Rom,
Für mich betritt ihn der Barbar.
Im Stein verwittert schon am Dom
Sein Mund, sein Haar.

Doch wann bin ich? Der Morgen währt,
Ein Rauschen ruft, ein Meer ist nah-
Ans Meer mit ihrer Wäsche fährt
Nausikaa.[12]

道はビザンチンを、ローマを指す。
わたしからみれば、その道をゆくのは野蛮人だ。
大聖堂の石のなかで、彼の口も彼の髪も
風化している。

けれども、わたしはいつ存在するのか。朝は続いている。
潮のざわめきが呼び、海は近い。
海辺への洗濯物をたずさえて
ナウジーカアはやってくる。

レルケにとって、古典の過去は、別の起源、時に侵食されながらも大聖堂に残っている記憶――ゲルマン民族とラテン民族の歴史的な関係――をも呼び起こしている。古典の過去は時を超克した記憶としてばかりでなく、時代ごとに継承されて時代の一部となっている。

この詩の「ロッホ」(‘loch’)は、従って、「永遠」という映写機が「時」の画面に光を放つ開口部を暗示しており、暗闇の穴を通して空虚な「劇場」が意味を持った場所へと変容しているのである。それは、アイデンティティが紡がれる、あるいは形成される空間を暗示している。次に私の故郷の名前を構成するもう一方の部分について検討してみよう。

「カハル」(‘ceathar’)「四」は、サンスクリット語の‘catur’、ラテン語の‘quattuor’に語源を辿ることができる。英語の‘quarter’「四分の一」、‘quartet’「四重奏」、‘quarry’「採石場」はこの語から派生している。「採石場」では、石が四角に切り出されているが、‘square’「四角」そのものが、‘squadron’「軍隊の方陣」の変形であり(13)、それらすべては、空間感覚を定義している。しかしながら、この文脈でこの語はさらに別の意味を含んでいる。カーローという名前(‘Ceithiorlach’)は、‘Ceithir-Leabhar’「四書」「四福音書」と同じように構成されていると指摘されている(14)。つまり、一つの単位を形成する四の集合、‘quaternity’「四位一体」であり(15)、それは、ユングによると「完全性」のイデア、たとえば四方向、四季といった精神の四側面を表しており、性質上一つは他の三つと異なっている。四福音伝道者のうち、動物が三匹、人間が一人であり、ホルスの息子たちの挿話、聖母マリアと三位一体では、それぞれが女性一人、他が男性から構成されている。それは、ユングの指摘する、多かれ少なかれ意識されることのない精神の一側面を表している(16)。

私にとって、カーローという名前は、定義という概念、アイデンティティの可能性といった問題を喚起する。原則は普遍的なものでなくてはならないが、ここでは、さらに、一般論から個別の議論へと移行し、歴史という観点から、その土地を描写することにしたい。

二　カルマンの祝祭

カーローの居住の記録は、五〇〇〇年前にさかのぼる。巨大なドルメンが街を見下ろしているが、その記念碑が持つ荒々しい荘厳さ、機能的様式が醸し出す活力、ならびに典型的な低地地方の土地の魅力は、ロマン主義者たちを圧倒したと伝えられている。また、覆石がアイルランド最大の規模であったという事実は、建設者がこの豊かな土地の真価を認めていたことを示している。墓石は東の方向、新しい生命の方角に面し、それは彼らの信仰の一端を表現している。(17)

アイルランドの考古学、言語学、神話の記録は、その継続性を強調している。後続の到来者は彼ら以前の定住者たちと同化し、彼らの聖なる土地に対して畏怖の念を持った。ケルト語を話す人々の継続的な流入は、紀元前後半に頂点に達する。神話によると、彼らはフランスからやって来て、カーロー州ディン・リー（Dinn Ree）「王の要塞」と呼ばれる場所に首都を定めた。彼らは自らを「ラグン」（'Laighin'）と呼んでいたが、その名称は彼らの所持していた槍（'laighne'）から派生している。この言葉は、古代ノルウェイ語の 'stadr'「場所」という語と組み合わさり、「レンスター」（Leinster）という語になった。彼らの指導者は 'Labhraidh Loingserch' であると確認されている。'Loingseach' は「船の」という意味であり、それは、彼らが異邦人であることを示しており、一方、'Labhraidh' は「話す」という意味の動詞から派生した言葉である。彼の分身であるドルイドは 'Craiphtine'「稲妻」という名前で、それは「雷鳴」という語と関連しており、インド・ヨーロッパの大空の神々を表している。稲妻は神のきらめく槍とみなされていた。

しかしながら、神聖が忘却されるにつれ、神の名前に関する別の起源が見出された。彼はアイルランドで誕生したと伝えられており、家族が殺害されてしまったことで口をきくことができなくなってしまったと言われている（現在では、さしずめＰＴＳＤと呼ばれる症状であろう）。その後、フランスに渡り、そこで、恋人からの伝言がきっかけで、再び声を取り戻す（治癒に対する深い洞察である）。その後、海外の軍隊とともに帰郷し、復讐を果たし、王権を復活させたと言われている。この物語は、のちに言及するアイルランド史の重大な転換期を示している。後述する「ディン・リー」の別の話でも、やはり沈黙と発話というテーマが介在するのであるが、それはミダス王に関する古典神話の一つである。'Labhraidh'は、動物の耳を持っていて、それは、馬の耳であるのだが、話をすることができない。明らかに馬神としての王にまつわる禁忌が含まれており、馬は太陽と関連している。その秘密を知った者は、秘密を隠し切れず、柳に向かって告白するが、その木からドルイドはハープを作り、宮廷でそのハープが奏でられたとき、その秘密が暴露されるのである。今日、ディン・リーは、川沿いにある木々に囲まれた、感動的な大きさを誇る静謐な高台である。木々のうちには、柳も含まれている。[18]

紀元前初期、カーローはアレクサンドリアのプトレマイオスを通して古典世界に出会う。彼が'Dounos'と呼ぶ土地は、アイルランド語の'dún'「要塞」を表しており、ダン・リーと同義である。'Dounos'をめぐる川、'the Barrow'を、彼は'Birgos'と呼び、その川岸に住む人々を'Brigantes'と呼んだ。'Brigantes'と同じ民族はブリテン島にも住んでいたが、彼らの女神'Brigantia'、サンスクリット語の'brihati'「高貴なる者」と同じ起源である。それは、ギルデアの聖ブリジット、ロンドンの聖ブライドの名に名残をとどめている。[19]

幾世紀にもわたって、名前は変化し、それぞれの名に対して新たなる起源が発見された。一二世紀前後、地誌の伝統、ディンシャナハス（'Dinnsheanchas'）によると、川の名前は'Berba'、現代の'Bearbha'とされ、動詞の'berbaim'、現代の'beirbhighim'と関連し、「沸騰」、「蒸気」、「噴出」を意味している。[20]

興味深いことに、'the Barrow' の名前はこの起源に由来するものではないが、カーローに注ぎ込む支流は、どうやらこの名前に関連性があるようである。この川は、'the Burren' と呼ばれ、'burn' は英語の方言で「小川」という一般名詞であり、「湧き出る」あるいは「突然現われる」という意味の動詞から派生している。それは、'breed'「出産」における妊娠、'bread'「パン」のふくらみ、'brew'「醸造」の発酵、といった言葉に名残がみられる。この語はさらに温泉の泡立ちのようなものとも関連しており、温泉に関するケルトの神は 'Borvo' と呼ばれた。彼の名にちなんだ言葉は数多くあり、たとえばラテン語の 'Aquae Borvonis' であり、またフランス、スペインのブルボン王朝もその語から派生した名称である。温泉の蒸気から、さらに霊的な 'breeze'「微風」、'breathe'「そよ風」という語が派生し、なかでも最も霊的な語は、宇宙に広がるヒンズーの魂 'Brahman'「バラモン」である。(21)

もし川自体が聖なるものであるなら、その合流点も同様に聖なるものであろうが、(22) カーローは、まさにそのような地点に位置している。一世紀前、地誌の専門家であったエドマンド・ホーガン（Edmund Hogan）が、カーローは偉大なる祝祭「カルマン」（Carman）が行われた場所ではないかと指摘した。より最近の諸研究では、アルフレッド・スミス（Alfred Smith）が「興味深い証拠」と呼ぶ根拠にしばしば言及して、その説を肯定している。（一）祝祭の場所は、'Carman na cúan crôebach'（「分岐する停泊地であるカルマン」）と表現され、川の分岐点であったことが示唆されている。（二）それは 'the Barrow' の王が主宰しており、その川の一つがバーロー川であったということがわかる。（三）それは、その川とバーレン川の川岸、その土地に住む人々と関連していたため、もう一方の川がバレン川であることがわかる。（四）カーロー周辺を治めていた人々、イー・ドローナ（Uí Drôna）の歓待を受けたと記録されている。（五）オファリーとギルデア北部からダブリンにかけて大雑把に二分すると、南の境がミーズ王国、北の境が歴史あるレンスターとなる。カーローはちょうどその中心に位置しており、カーローを除いて、これらの基準を多少でも満たすアイルランドの土地は存在していない。[23]

この起源に関しては、三人の男たちと一人の女がアテネからやって来たこと（ここでも三と四という数が再び登場するのであるが）に由来すると言われている。三人の男は、「病」の息子、「暗闇」の息子、「死滅」の息子たちであり、それぞれ「暴力」、「暗黒」、「邪悪」という名前であり、女は彼らの母カルマンであった。男たちは破壊者であり、大地の恵みを根絶やしにした。彼らは、古代の人々に日と光と生命の神とみなされていたトゥアハ・デ・ダナーン（Tuatha Dé Danaan）によって追い立てられ、彼らの母を人質として残した。「母は囚われの身になったことを嘆き悲しみ死んだ。彼女は、トゥアハ・デ・ダナーンに彼女を埋葬した土地で祝祭を行うよう嘆願した。その祝祭と祝祭の場所には常に彼女の名前を冠することが必要であったが、その願いを守ることによって、レンスターの人々に農耕、牧畜、いずれにおいても恵みをあたえること――あらゆる実りが川からやって来る――が約束された。[24]」このように、カルマンは「破壊」と結びついている一方で、彼女の祝祭は豊饒を約束している。これは明らかに、破壊と創造という対立する性質を持ったケルトの女神を暗示している。プロインシアス・マッカーナ（Proinsias Mac Cana）によれば、彼女たちは「しばしば醜く、粗野で貧しい格好をしているが、神聖な王と交わり、突然輝くような女性に変容する[25]」のである。カルマンもまた然りであり、彼女の髪は美の輝きを放ち、その輝きは彼女の名声を増した。[26]

カルマンは光と闇の双方と結びついており、そのコントラストは、月の周期を表している。ロバート・グレイヴスが指摘するように、月の三段階は、ケルトの女神の三形態と一致している「新月は誕生と成長の「白い」女神、満月は愛と戦いの「赤い」女神、古月は死と予言の「黒い」女神である」[27]。この原型はのちに際立った形でアイルランドの文学作品で表現される。オスカー・ワイルド（Oscar Wilde, 1854-1900）の『サロメ』（*Salomé*, 1894）は月の支配を受けていると指摘されており、その月は、ヒロインのサロメと関連づけられている。舞台は月の光とともに始まり、サロメが変化するたびに、この光も変化する。無垢なサロメが登場するときには「白い」光、彼女が愛する者を殺すように命じるときには「赤い」光、サロメの生命がかき消されたときには「黒い」光となる。[28]この物語の別の版では、祝祭はメスカ（Mesca）の墓で行われることになっている。メスカは酩酊を暗示しており、グレイヴスによると、愛と戦いの「赤い」女神であるメイヴ（Medb）の名前とも関連している。[29]

ギリシアにおける彼女の起源に関しては、同じような祝祭がコリントスにあり、神聖な森で祝祭が行われていたという。一方、カルマンは「樫の木々の中で彼女の運命に気づいた」[30]と言われ、その関連がうかがえるが、しかし、ローマでの類似点は一層顕著である。ローマ人たちは、ギリシアからやって来た女神を「神話を授ける者」と崇めているが、その名前は偶然にも「カルメンタ」（Carmenta）といい、カルメンタリア（Carmentalia）と呼ばれる祝祭が行われていた。彼女の別名は、ニコスラーテ（Nicostrate）といい、「勝利を導く軍隊」を意味し、戦争の女神であると同時に、出産の女神でもある。[31]彼女の神託は韻文で表現され、その名前はラテン語のカルメン（Carmen）と結びついている。その語から派生した語に'cantor'「唱和者」、'chant'「聖歌」のほか、もとも と'incantation'「呪文」から派生した'enchantment'「魔術」も含まれる。また、古アイルランド語の'canaid'[32]も類似した意味を持っており、話を再びカーローのカルマンに戻すと、彼女の破壊的な力はこのような点からも明らかになる。「呪い、魔力、魔術」によって、彼女はすべての土地を荒廃させる、と言われている。[33]

カルマンの祝祭の舞台は、二八の小丘から成る墓地の中心に設置された。二八は陰暦で月の数であり、さらに重要なことに、その月に彼女は埋葬されたと伝えられている。埋葬所に関しては、いくつかの手がかりがある。現在、聖メアリ教会には、キリスト教の女神に近い神を祭っている。[34]その場所は、広大な埋葬地に囲まれていたが、[35]のちに同じ名前の修道院に代わり、次にはクロイン（Croine）と呼ばれる隠遁者の修道院独房に代わったとされている。彼の名前は、そのそばを走る小路にテンプルクローニ（Templecroney）[36]として残っている。Tempul、現代のTeampallは、異教の感覚では、「教会」、「寺院」を意味しており、隠遁者の物語はカルマンの運命が反響しているようである。彼女の息子たちが追放されたとき、彼らは彼女を狭い独房に生きたまま置き去りにしたと言われている。この一致は、Cróineの女性形Crónが、大地の闇と関連した、あまり知られていない女性であることに気づいたときに、その関連性にさらに驚かせられることになる。現代アイルランド語では、いまだにその語は「闇」と結びついている。'crónadh'は「日暮れの暗闇」を指し、crónachは「哀しみ」、crónaireは「哀悼者」を意味し、すべては黄泉の国を喚起している。同時に、この女神は、大地からもたらされる収穫の恵みとも関連している。奇妙なことに、crónの語根は「暗闇」（'dark'）と結びついているものの、「暗黒」（'black'）とは結びついていない。それは、陰鬱な色、乾いた血の色である赤色や茶色と結びついており、戦争の女神を暗示している。その推測は'cath crón'「血染めの戦争」[37]という慣用表現によって、さらに説得力を持つ。これらすべては、聖メアリの女神が、黄泉の国の暗闇、大地再生の眩惑、戦いの運命と結びついていることを示しており、カルマンの別バージョンであるという可能性を強く想起させるのである。ここでも、三位一体が、四番目の他者の介入により、四位一体が形成されている。この祝祭は、太陽の神、ルーナサ（Lughnasa）の祝日八月一日に、三年に一度行われる。大地と大空との神聖な婚姻の九ヶ月後は、メーデー、ベルテーン（'Bealtaine'）にあたっている。[38]

この祝祭は、キリスト教の儀式とともに終了する。おそらく、これは、この地域に早い段階でキリスト教が伝来したことを意味する。[39]カーローから川を越えると、スレーティ（Sleaty）と呼ばれる土地があり、その地は聖パトリックと結びつきがある。彼は、スレーティを訪れた折、ドルイドの重要な後継者を司教に指名したと伝えられている。彼はターラの王室の扉が閉ざされたとき、敬意を保って立っていた唯一の人物で、奇跡的に扉を通り抜けたと言われている。また、より物的な証としては、スレーティにはきわめて原始的な石の十字架がいまだに残っている。ドルイドの学問と文学の伝統がこの地に根づいた事実は、聖パトリックの初期の人生ならびに賛美歌が、この修道院と関連していることからも容易に想像される。[40]

三　入植者たち

九世紀に、この遺産はスカンジナビアからの襲撃者によって略奪された。私は、かつてコーンウォールの歴史家A・L・ローズ（A. L.Rowse）が所有していた本を手に入れたのだが、この襲撃の記述の脇に「とんでもないヴァイキング」（'bloody Vikings'）[41]という鉛筆の走り書きがあった。一〇世紀、バーロー川に現われたヴァイキングの艦隊は、敗北したレンスター王ならびに、キルシン大修道院院長であったレンスター司教を殺害した。このことは、スレーティの丘の上にあった修道院がいかに重要であったかを示唆している。オックスフォードの写本では、その地の学問伝統、ならびに山の小川、神秘的な淵にそったこの教会の洗練された彫刻を讃えている。[42]

一一世紀には、潮の流れがかわった。というのも、ヴァイキングは、スカンジナビア、アイルランド双方の歴史の中で、重要な転換期をもたらした戦いによって壊滅させられたのである。[43]不吉な運命の前兆に続き、戦士たちは、壁から躍り出た槍――鉄のくちばしをもったワタリガラス――によって攻撃され、血しぶきにまみれた。戦いの後、カルマンの祭は、再びレンスター王権を主張する者たちによって祝われた。[44]一二世紀に、しかしながら、ヴァイキングが別の経路で、舞い戻ってきた。ノルマンデイ（Normandy）と彼らにちなんで名づけられたフランスの一地域に定住した北方人を祖先とする、ブリテン島の子孫が到来したのである。それは、カーローに住んでいた、現在もその子孫が残るマックモロー家（MacMurrough）[45]の家長によってもたらされたのであった。

ダーモット・マックモロー（Dermot MacMurrough）は、「レンスターならびに異邦人の王」（'King of Leinster and the Foreigners'）と称した。彼の支配はダブリンのようなヴァイキングの都市にも及んだ。この称号は、伝統的には、「異邦人のダーモッド」（'Diarmaid na nGall'）と皮肉に略された。というのも、彼は王国を奪われたとき、領土を取り戻すために、アングロ・ノルマン人をアイルランドに導いたのであった。[46] しかしながら、それは、外国の軍隊の助けをかりて王国を回復した神話的な先人、Labhraidh Loingseach の影響を受けた策であった、とも言われている。この逸話は、ダーモットが所有し、たまたま彼が創設した修道院に残った書物、トリニテイ・カレッジ・ダブリンに所蔵されている写本『レンスターの書』（*The Book of Leinster*）に残されている。[47]

ダーモットは娘をノルマン人の指導者、ペンブルック伯（the Earl of Pembroke）ストロングボーに嫁がせた。のちに、彼の娘は、カーローの都市憲章を発行し、その城を所有していたウィリアム・マーシャル（William Marshal）と結婚した。マーシャルは平凡な出自であったものの、印象的な威厳ある佇まい、俊敏さから注目され、アイルランドで最も裕福な跡継ぎ娘を手に入れ、宮廷人としてペンブルック伯の地位を得た。彼はまた、英国史においても重要な役割を果たし、マグナカルタの危機に直面した王の調停役を務め、彼の後継者の摂政となった。彼は、シェイクスピアの『ジョン王』に登場するペンブルック伯である。エルサレムへの巡礼に行った後、彼はロンドンのテンプル騎士団の教会に埋葬され、昔からペンブルック伯とされる石造は威厳を持った人物として表現されている。[48]

城は、ノルマン人たちが、彼らの征服を確固とするための道具であった。巨大な建築物がもたらした印象は、「土地は城と異邦人で満ちている」というアイルランドの年代記編者の観察からうかがい知ることができる。一三世紀、カーロー城は、「有能で、高い収入を得て、厳密に規律を守る官公吏のネットワーク」と呼ばれた組織の中心地であった。彼らの責務、報酬、そして身に着けていたシルクやサテンの服にいたるまで、さまざまな記録が残っている。それは植民者の全盛期であり、彼らの貿易は強大な力を持ったイタリアの貴族の関与によって一層繁栄し、また、カーローの領主はルッカの商人たちの信望を得た。しかしながら、彼はもはや単なるマーシャル家の流れをくむものではなかった。遺産は、分割、分散し、後継者はイングランドに留まったため、その名は消滅してしまったのである。同じようなことがアイルランド各地で見られた。強大な君主の権力は分断され、アングロ・ノルマンの建築物は崩壊し、ゲールの制度が復活し、マックモローが再びレンスター王に就任するほどであった。侵入者はカーローのまさに都市の壁にまで迫り、人々に脅威をあたえた。(49)

一四世紀までには、植民者は追い詰められ、王に有能な領主を派遣するように懇願した。それに応えて、王は息子クラレンス公爵ライオネル（Lionel, Duke of Clarence）を送る。クラレンスは、城、都市の壁を再建したばかりでなく、政府の所在地を移した。そのため、当時の資料の中で「カーラック」（'Karlak'）と呼ばれる土地は、ダブリンよりも重要になり、三三年間アングロ・アイルランドの首都となった。

アイルランドにおけるクラレンスの存在は、興味深い可能性を示唆している。というのも、彼がアイルランドで過ごした時期に関して、彼に同行したはずの従者は、その人生の中で、ほとんど言及していない。この従者はジェフリー・チョーサー（Geoffrey Chaucer, c. 1343-1400）で、『カンタベリー物語』（*The Canterbury Tales*, c. 1387-1400）(50)の著者である。この名高い物語の一つは、アイルランド起源であると認められている。それは、ケルトの女神のように、交わることによって老女から若い乙女へと変容する女性の物語である。この物語には、その話者であるバースの女房の生活がこだまし、筋が展開している。火星と金星の影響の下に生まれた彼女は、兵士と愛人といった特徴を併せ持つ。それは、ちょうどカルマンの祭の際に、メスカとして祝われる女神メーヴと類似している。メーヴは、「彼女の男の背後には、別の男の影がある」女性と言われ、繰り返し男を葬る妻として表現されている。これは、女神の支配力の特徴であり、彼女は人間の王と次から次へと交わるのである。この力は、チョーサーの登場人物と、その人物が語る物語の登場人物、双方に描出されている。興味深い解釈として、バースの女房は、文脈に妥当性がないように思われる場面において、動物の耳を持ったミダス王の物語を語るのである。もし、チョーサーが彼のパトロンと同じようにカーローからキルケニーを旅したのであれば、おそらく似通った物語が伝えられているディン・リーを通過したことであろう。これは、状況証拠ではあるが、バースの女房に関連する三つの物語は、カーローの伝統を通して、一つに融合されるのである。(51)

しかしながら、チョーサーが、そのような伝統に直接触れていたかどうかは、特に問題ではない。彼の晩年、アイルランドにイングランド王室が訪れる折には、通訳はアングロ・ノルマンの貴族であり、彼らは自由に英語、フランス語、アイルランド語の精神土壌を行き来することができた。ノルマン出身の伯爵は、アイルランド語で謡う詩人たちだけを保護したわけではなかった。しかし、チョーサーのパトロンは、まさにこのような状況を終焉させようとしていた。だが、クラレンス公爵はうぬぼれが強いものの淡白で、残忍でありながら無能であり、キルケニー法において、アイルランドにおけるアングロ・ノルマン人とゲール人を分割する法律を制定しようとする彼の試みは失敗に帰した。(52)その後十年内に別に議会により、アイルランド人の楽師がイングランド人の間で居住することが許可され、イングランド人は彼らを家に住まわせていた。法律は、デイオニューソスの前ではどうやら無力のようである。

植民者にとって、前述した王室訪問は、おそらく、彼らにさらなる希望をもたらすものであったであろう。リチャード二世はアイルランドを訪問したが、彼のアイルランドに対する野望はシェイクスピアの史劇にうかがうことができる。彼は、フランスとの百年戦争のために召集したときと同じ軍隊を率いてアイルランドに上陸した。マックモローは、そのとき、カーローの森の中に身を隠し、木の葉が落ちるのを待って射手隊を送り出した。マックモローは王と折衝し、平和を維持するための費用を受け取っていた。しかしながら、実際には、彼は約束を履行せず、リチャードがアイルランドに戻ったときに、彼と取引することを拒絶し、自分自身をアイルランドの正式な王であると宣言したのであった。リチャードがそれに対して、何らかの対策を講じる以前に、彼は王権の剥奪に直面し、イングランドに呼び戻された。[53]

この統治体制は一五世紀中続き、マックモロー家の後継者が、犠牲を払って戦争と和平のあいだ時折領土としていた都市の狭い一部分を除き、カーロー全体を支配していた。彼らは、アングロ・アイリッシュの貴族たちと婚姻関係を結び続けた。それは当時アイルランド全体で起こっていたことを反映していた。ゲール人とアングロ・アイリッシュ人は和解し、そのため文芸復興では、まるでノルマン征服が起こらなかったかのようにみなされている。[54]

チューダー朝は、しかしながら、このようなことをすべて変更した。一六世紀には、アイルランド人とアングロ・アイリッシュ人を犠牲にして、イングランドの行政が拡大した。流動的な状況が管理されることになったが、カーローで起こった事柄はその現実を象徴的に示していた。カーローは、川で二分され、浅瀬は片側の大きな城から、もう一方の側にある小さい城「白い城」（'the White Castle'）へ続いていた。しかし、ついにイングランドの総督ヘンリー・シドニー（Henry Sidney）によって橋が架けられることになった。彼の息子フィリップは詩人として知られている。「私が当地に滞在していた時」彼は記している「大きなバーロー川にカーロー橋を架ける事業が着手され、重要な目的を果たすべく、ほどなく橋は完成した。」しかしながら、イングランドの支配は未だ完璧ではなかった。オバーン（O'Byrne）家はウイックローの丘から下り、彼のパイプ奏者は、'Follow Me Up to Carlow' として知られている曲を奏でたのであった。その曲はジェイムズ・ジョイス（James Joyce, 1882-1941）を魅了し、『フィネガンズ・ウエイク』（*Finnegans Wake*, 1939）では七回も言及されている。[55]

一七世紀、カーロー城は、クロムウェルの義理の息子によって包囲され、その要求に応じて降伏した。同じ世紀に、オレンジ公ウィリアムはボイン川の戦いに勝利し、その後カトリック教徒に対して刑罰諸法が施行された。しかし、量刑は一八世紀には軽減され、カーローにアイルランド初のカトリックのカレッジが開校された。一九世紀には、重大な会議が、カトリック解放を推進したカリスマ的な指導者ダニエル・オコンネル（Daniel O'Connell）によってカーローで開催され、その後に隣接した場所に聖堂が建設された。カーローからカトリックの歴史家アクトン卿（Lord Acton）が議会に選出された。彼は、しかしながら、リベラルな信念を持っており、教皇の要求には「権力は腐敗する傾向があり、ましてや絶対的な権力は絶対的に腐敗する」[56]という有名な言葉で応酬した。

一方で、大陸ではフランス革命が起こり、共和主義の理想はアイルランドにも波及した。カーローの街頭でも凄惨な戦いが起こり、アイルランド議会はイギリス議会に吸収された。このため、カトリックとプロテスタントはともに議会の復活を目指して活動を繰り広げた。これに関連して個人的な話がある。一九六〇年代に地方紙のジャーナリストとして、私は一八八〇年代に私の生まれた通りでパーネル（Charles Stewart Parnell）の演説を聴いたことがあるという八〇歳代の女性から話を聞いたことがある。当時五歳の子供であったメアリ・レイ（Mary Rea）は、父親が彼女を肩まで持ち上げ、「いいか、アイルランドで最も偉大な人物を見ているんだぞ」[57]と言ったことを語ってくれた。

同じ時期にカーローの二〇世紀を築いた人物に話をする機会を得た。彼は、ジェイムズ・フィッツモーリス（James Fitzmaurice）で、第一次世界大戦中、騎兵隊の任務についていた。彼の机の脇の壁には、鉄の鞭が掛けてあった。それは、一九一四年の特別なクリスマスに、彼の鞭と交換にプロイセンの士官から与えられたものであった。銃を発砲することなく、敵対する兵士は塹壕の間で友人として出会ったのであった。カーローに戻った後、市長フィッツモーリスは弁護士となり、彼の顧客の一人がジョージ・バーナード・ショーであった。ショーは、私の家族の家の向かいにある優雅なジョージアンの建物に加え、都市にある資産を相続した。浮浪者が地下に留まったとき、フィッツモーリスは彼を追い出すことができず、ショーを使って彼を脅そうとした。ショーがカーローを訪れたとき、フィッツモーリスは彼にその不法侵入者について話をした。ショーは両手をこすりあわせながら、「任せておけ」と言い放ち、地下室に下りていった。浮浪者が彼を目にしたとき、彼は麻袋の寝床から起き上がり、手を差し出し挨拶をして言った、「あぁ、運命を支配する人よ。」もちろん、これは、劇の題名で、その中でショーは自分自身をナポレオンとして、あるいは自分自身の代役としてナポレオンを描き出している。浮浪者は、戯曲家のうぬぼれを正しく推し量っていたようである。ショーは、含み笑いを浮かべ、依頼者のところに立ち返り言った、「奴をそのままおいてやれよ、フィッツモーリス、彼をそのままにしといてやれよ。[58]」

私の時代まで残った他の建築物は、英国軍の兵舎で、アイルランド独立前夜には、ドーマン-スミス（Dorman-Smith）と呼ばれる士官が住んでいた。フィッツモーリスと同じように、ドーマン-スミスは第一次世界大戦に従軍し、その勇敢さから叙勲された。戦争終結時に、彼は同じような勲章を得たアメリカ人に出会う。彼らはすぐさま友人となった。ドーマン-スミスのすばやく、簡潔で無頓着な戦争の話は、作家であったこのアメリカ人を魅了することになる。この友人に対して、彼はカーローから、「あまりに忙しすぎて、一緒にアルプスでスキーをすることができない」と書き送っている。その友人とは、アーネスト・ヘミングウェイ（Ernest Hemingway）であり、ドーマン-スミスは、彼の作品を通して引用され、引き合いに出されている人物である。アイルランドの独立後、彼はスミスという姓を先祖伝来のオゴワン（O'Gowan）に変えた。[59]

四　結　実

これまで言及したことから明らかなように、カーローの伝統は、ゲーリック・アイルランドとアングロ・アイルランド双方を含んでいる。[60] この二重の遺産は私の時代にもその反映が見られた。国の東部では、英語が日常の言語となっている一方、アイルランド語は授業の科目であった。西部のゲール語を生活言語とする地域においては、夏の時期一層そうであって、個人的な経験をいえば、アラン諸島（Aran Islands）のイニシーア（Inisheer）はその中でも最も記憶に残っている。そこでは、ゲール語に親しみやすく、英語よりもアイルランド語で書くことのほうが、より簡単で、また自然にさえ思われるのであった。

しかしながら、その二つの要素を統合する別の要素があったということを、併せて指摘しておかなければならないだろう。それは、ある意味で等しく身近にあったものなのであるが、今日では若干理解しがたいことかもしれない。もし英語が家庭での言語であったとするのであれば、アイルランド語は教育の言語であり、ラテン語は教会の言語であったのである。ラテン語による儀式的なレスポンス、中世の聖歌、賛美歌が存在しており、それによっておのずから古典文学の研究が生じたのであった。

一九六二年六月一二日、私の人生のある一日から、このことを例証したい。私は当時高校を卒業したばかりで、ローマに滞在していた。その日は宗教上の祝日で、私は朝、バロック様式の教会に立ち寄ったところ、司祭が聴衆にレスポンスを求めているところであった。今でもはっきり思い出すのであるが、それは美しいイタリアのラテン語で「我は神の祭壇に向かう」（Introibo ad altare Dei）と出だしの部分を吟唱した。当時世界中の誰もがそうしたであろうが、「我が青春を悦び給う神に」（Ad Deum qui laetificat juventutem meam）と私は応えた。その午後、テイヴォリの先にある古典詩人ホラティウスの邸宅を見学した。床には彼が敷きつめた白と黒の抽象的なモザイクがあり、それは精神を集中させるためのものであったと推測されている。雪に覆われた山は、彼が描き出した当時と同じように爽やかであり、その詩をのちに大学生のときに次のように翻訳した。

Soracte
gleaming
white, commanding
look

woodland
branches bending
piercing cold
locks the rivers:

この旅の途中に訪れた聖ペテロのバシリカで、私は教皇の「マフィア」英語を耳にした。数ヶ月のちに同じ建物でヴァチカン公会議が開かれた後、こういったすべてのことが終焉した。(61) ここで、私は、これまで私たちが継承してきた連続性の感覚、古典世界との絶えまない繋がりを強調しておきたいと思う。

アイルランドにおいて、ラテン語の伝統は、アイルランド語と英語両方と深く関係している。学生時代、私は地元のホテルで、のちのアイルランドの大司教となったトモース・オフィアッフ（Tomás Ó Fiaich）による講義に出席した。彼の講演のタイトルは、「大陸におけるアイルランドの聖地」というもので、彼の著書『遙かなるゲールの寺院』(*Gaelscrínte i gCéin*)を凝縮したものであった。それは、私たちの国アイルランドと大陸との関係が生み出した黄金時代、ならびにセドゥリウス・スコットゥス(Sedulius Scottus)やヨハネス・エリウゲナ(Johannes Eriugena)のような著述家がラテン語で書いた詩から思想にいたるアイルランド文学を扱っている。[62]

ラテン語は英語の伝統とも繋がっている。私が生まれ育った通りでは、堂々とした古典的な建築物が聳え立っていた。ある視点からみると、それは帝国支配の記念碑であるが、別の視点、より深い観点から考察すれば、それは、イデア「原型」の存在を暗示している。*Doch wann bin ich?*

それは、慎み深く、かつ愛らしく父親に暇乞いをして、海辺へ洗濯に出かけたナウシカアの話を思い起こさせる。そこで、彼女は難破したオデュッセウスに出会うことになるのである。彼らの出会いには、際立ってエロティックな場面がある。オデュッセウスが若い女性に、ナウシカアが年長の男性に魅かれているのは明らかである。しかしながら、さらに付け加えなければならないのは、彼らが別れるときに、彼女は、彼女が彼の生命を再生させたのだと気づかせ、それに対してオデュッセウスは彼女を女神と呼び応じているのである。ここで思い出さなければならないのは、彼女は知恵の神アテネの夢から彼に送られた者であり、彼女自身の名前は「船の燃焼室」を意味し、戦いを暗示している。ナウシカアは、彼女の天真爛漫さにもかかわらず、愛人、戦士、賢明な女性である女神を、はっきり表しており、彼女の住んでいる土地は、異界、不死の土地、アヴァロンを示唆している。しかしながら、彼女のこの物語での役割は、オデュッセウスを死から免れることのない人間の土地イサカに向かわせることにあるのである。[63]

オデュッセウスは、ギリシアの守護神に従い、異界よりもこの世界を選ぶが、一方、ローマのオデュッセウスの冒険は、賢明な理由から全くその反対である。話をカーローに戻すと、カーローの裁判所を通りすぎて行くと、優美なアーチがローマ・フォーラム（the Roman Forum）を彩っている。それは、市内ではなく、のどかな田舎にあり、一八世紀英国において、いかにヴェルギリウスのヴィジョンが再現されたのかを示している。

詳細に関しては、別のところで論じたので、ここでは単にヴェルギリウスの名前はケルトである、と言及することにとどめたいと思う。彼は、アルプスの南、ケルトの土地、ガリア・キサルピナ（Gallia Cisalpina）として知られているイタリアの一地方の出身であった。その土地は、当時ローマに征服されて間もなく、ケルトとローマ双方に対する曖昧な気持ちが、彼の作品に看取することができる。ヴェルギリウスは、きらめく聖堂と、鬱蒼とした森がともに存在する場所として街を描き出している。私には、ヴェルギリウスが古典的な聖堂の閉じた独房と、アルスターのデリーからアナトリアのドルネメトン（Drunemeton）まで、ケルト世界のどこにでも広がっていた聖なる森のイメージとを重ね合わせているように思われるのである。その組み合わせは、一八世紀の英国の庭園にきわめて意識的に再現されている。(64)

私の故郷カーローに住むことは、ケルト、アングロ・サクソン、ラテンが相互に影響し合っている精神的な空間に住むことであるということを、十分に示すことができたように思う。そして、このことは私たちを四つ目の要素に向かわせる。それは、イデアを完成させるものであるが、これまで見てきたように、他の三つの要素とは性質が異なっている。四つ目の要素、それは日本である。日本の自然主義的な庭園は、ヴェルギリウスのヴィジョンを表現するかのように、古典的な寺院と組み合わされている。京都の円通寺を訪れたとき、借景という概念に出くわしたことがあるが、冬の夕方オーク・パーク（Oak Park）に戻る途中、私は輝く湖の先にレンスターの山並みの稜線を目にし、これもまた借景であると思い、テンプル（William Temple）がカーローを見下ろして生活したのだということに後年気づいたのである。(65)それは、まるで、私の出身を理解するために世界を巡ってきたようなものであった。エリオット（Thomas Stearns Eliot）の言葉を借りると、

And the end of all our exploring
Will be to arrive where we started
And know the place for the first time.(66)

そしてあるゆる探求の終わりは
われらの発足の地に達し
その地を初めて見ることなのだ。

もしヴィジョンが場所によって形成されるのであるならば、場所もまたヴィジョンによって形成されるのであろう。アイデンティティは、単にどこからやって来たという場所を指すばかりでなく、途中で出会った人や物も含んでいる。イサカに上陸したオデュッセウスは、そこを去った者ともはや同じ人物ではなかった。

音楽のコーダのように、このテーマを要約し、この章の結びとしたい。私は著書『シャラワジ』(*Sharawadgi*)の中で、テンプルの秘書、スウィフト(Jonathan Swift)が日本に関する話を書き表し、またスウィフトの友人アディソン(Joseph Addison, 1672-1719)が日本庭園の自然主義をフランスの形式主義と対比し、すべての芸術の模範として取り上げ、同時に正式な韻文よりも俗謡にいかに価値があるかを論じた。この考え方は、ドイツではきわめて一般的であり、偉大なるロマン主義文学や音楽を生み出すにいたった。(67)

再びカーローに話を戻すと、レンスターの相続権を守った王たち、マックモロー家については前述したが、伝承によると、かつてレンスターの山の頂のはずれにあったクロムレン城(Clonmullen Castle)にアイリーン

(Eileen) と呼ばれる娘が住んでいた。彼女は、訪れた詩人に恋をし、詩人も彼女を愛した。しかし、彼が去って、再び戻ってこないように思われたため、政略結婚が彼女に用意された。婚礼の日、物語では、その詩人が放浪詩人に身をやつして現われ、彼女の愛が変わっていないかどうかを試した。彼は彼女を賞賛する歌をうたい、「彼女とともに世界のどこであろうと赴くことができる」と宣言し、続いて彼女が彼について来るかどうかを尋ねた。アイリーンは詩人の歌に加わり、彼についていくことを告白し、そのようにした。ゲール語の歌詞は、その劇的な対話形式を今に残している。

一八世紀には、その歌はスコットランドで知られていた。一九世紀初頭、スコットランドの出版社が当時の流行に便乗し、俗謡を蒐集し新たなる編曲をした。ロマン主義の美学とともに、荘厳さを伴った陰鬱さが加わり、「アイリーン・アルーン」('Eileen Aroon') は喪失と裏切りの悲劇へと変容した。エジンバラの出版社はウィーンの作曲家に委託し、カーローの歌はベートーヴェンによって作曲されることになったのである。[68]

(1) Hesketh Pearson, *G. B. S. : A Full Length Portrait* (New York : Harper, 1942), p. 235.
(2) Patrick Sheeran, '*Genius Fabulae* : The Irish Sense of Place', *Irish University Review*, XVIII (1988), pp. 191–206 (p. 191).
(3) Robert Welch, ed., *The Oxford Companion to Irish Literature* (Oxford : Clarendon Press, 1996), s.v. *dinnshenchas*.
(4) E. Estyn Evans, *The Personality of Ireland : Habitat, Heritage and History* (Cambridge : Cambridge University Press, 1973), pp. 66–67.
(5) Patrick S. Dinneen, *Foclóir Gaedhilge agus Béarla : An Irish-English Dictionary* (Dublin : Irish Texts Society, 1934), s.v. *ceathair*, *loch* ; P. W. Joyce, *The Origin and History of Irish Names of Places*, 3 vol. (London & Dublin : Longman & Gill, 1910–13), I, 448.

（6） John O'Donovan et al., *Letters containing Information relative to the Antiquities of the County of Carlow, Collected during the Progress of the Ordnance Survey in 1839*（Bray : typescript, 1934）, p. 19 ; Rob Vance, *Secret Sights : Unknown Celtic Ireland*（Dublin : Gill & Macmillan, 2003）, p. 110 ; Michael Purcell, *Carlow in Old Picture Postcards,* 3 vol.（Zaltbommel, Netherlands : European Library, 1994-2000）, I, 65 ; II, 58 ; III, 58 ; M. C. Douglas, *The Topography of Carlow Town*（undated typescript）, p. 4.

（7） Calvert Watkins, *The American Heritage Dictionary of Indo-European Roots*（Boston : Houghton Mifflin, 1985）, s.v. *laku-* ; Charlton T. Lewis, *An Elementary Latin Dictionary*（Oxford, Clarendon Press, 1891）, s.v. *lacus, lacûna ; A Lexicon, Abridged from Liddell and Scott's Greek-English Lexicon*（Oxford : Clarendon Press, 1871）, s.v. *lakkos* ; Carl Darling Buck, *A Dictionary of Selected Synonyms in the Principal Indo-European Languages : A Contribution to the History of Ideas*（Chicago & London : University of Chicago Press, 1949）, p. 38 ; T. G. Tucker, *Etymological Dictionary of Latin*（Chicago : Ares, 1985）, s.v. *lacûna, lacus.*

（8） William K. Mahony, *The Artful Universe : An Introduction to the Vedic Religious Imagination*（Albany, NY : State University of New York Press, 1998）, pp. 140-41, 267 ; Jan Gonda, *Loka : World and Heaven in the Veda*（Amsterdam : N. V. Noord-Hollandsche Uitgevers Maatschappij, 1966）, pp. 7-11, 42, 150.

（9） Buck, p. 909.

（10） Robert Graves, *The White Goddess : A Historical Grammar of Poetic Myth*（London : Faber, 1961）, pp. 67-70, 433-435.

（11） Ciaran Murray, *Sharawadgi : The Romantic Return to Nature*（Lanham, MD: Rowman & Littlefield, 1999）, p. 89.

（12） Oskar Loerke, 'Ans Meer', *Gedichte*（Frankfurt am Main : Suhrkamp, 1983）, pp. 341-342.　日本語訳は神品芳夫訳編『オスカー・レルケ詩集』（思潮社、一九六九）九七―九八頁。

（13） Buck, p. 904 ; Watkins, s.v. *k^{w}etwer-* ; Joseph T. Shipley, *The Origins of English Words : A Discursive Dictionary of English Roots*（Baltimore & London : Johns Hopkins University Press, 1984）, s.v. *kuetuer.*

(14) O'Donovan et al., p. 19 ; Dinneen, s.v. *Ceathair-leabhair ; Dictionary of the Irish Language : Based Mainly on Old and Middle Irish Materials* (Dublin : Royal Irish Academy, 1983), s.v. *cethair, cetharlitride, cetharaird, cethardúil.*

(15) C. G. Jung, *Collected Works,* 20 vol. (London & Henley : Routledge & Kegan Paul, 1953-1979), XI, 167.

(16) C. G. Jung, *Memories, Dreams, Reflections,* ed. Aniela Jaffé, tr. Richard & Clara Winton (London : Collins and Routledge & Kegan Paul, 1963), p. 354 ; et al., *Man and His Symbols* (New York : Doubleday, 1964), pp. 21, 226 ; J. Viaud, 'Egyptian Mythology', in *New Larousse Encyclopedia of Mythology* (London : Hamlyn, 1968), pp. 9-48 (p. 40).

(17) Anna Brindley & Annaba Kilfeather, *Archaeological Inventory of County Carlow* (Dublin : Stationery Office, 1993), pp. 1-2 ; Michael Herity & George Eogan, *Ireland in Prehistory* (London & New York : Routledge, 1989), pp. 80, 85-90 ; Jimmy O'Toole, *The Carlow Gentry* (Carlow : author, 1993), p. 49 ; Samuel Lewis, *A Topographical Dictionary of Ireland,* 2 vol., (Baltimore, MD : Genealogical Publishing, 1995), s.v. *Carlow ; Official Guide : Carlow* (Dublin : Bord Fáilte Éireann, n.d.), p. 12.

(18) Herity & Eogan, pp. 60, 91, 109-110, 132, 168, 179, 212-213, 249, 252-253 ; Vance, pp. 13-17, 112-113 ; Peter Berresford Ellis, *The Ancient World of the Celts* (New York : Barnes & Noble, 1999), pp. 20, 222-225 ; Myles Dillon & Nora Chadwick, *The Celtic Realms,* 2nd edn. (London : Weidenfeld & Nicolson, 1972), pp. 4-6, 241-242 ; Robert O'Driscoll, ed., *The Celtic Consciousness* (Mountrath & Edinburgh : Dolmen & Canongate, 1982), pp. 51-67 ; Myles Dillon, *The Cycles of the Kings* (London : Oxford University Press, 1946), pp. 4-10 ; Thomas F. O'Rahilly, *Early Irish History and Mythology* (Dublin : Institute for Advanced Studies, 1946), pp. 16-24, 58-62, 103-116 ; *Ceatharlach* (Dublin : Oifig an tSoláthair, 1941), pp. 14-17, 20-25 ; Francis John Byrne, *Irish Kings and High-Kings* (London : Batsford, 1973), pp. 132-133; Edward Gwynn, *The Metrical Dindshenchas,* 5 vol. (Dublin : Institute for Advanced Studies, 1991), pp. 50-53 ; Whitley Stokes, 'The Prose Tales in the Rennes Dindshenchas', *Revue Celtique,* XV, 1894, 272-336, 418-484 ; XVI, 1895, 31-83, 135-167, 269-312 : XV, 299-301 ; T. W. Rolleston, *Myths & Legends of the*

Celtic Race (London : Harrap, 1911), pp. 152–155 ; Ellis, *Mythology,* s.v. *Laighin, Mōen* ; Graves, *Greek Myths,* 2 vol. (Harmondsworth : Penguin, 1960), I, 282–484 ; Ovid, *Metamorphoses,* XI, 146–193 ; Jean Chevalier & Alain Gheerbrant, *A Dictionary of Symbols,* tr. John Buchanan-Brown (Harmondsworth : Penguin, 1996), s.v. *horse.*

(19) Claudius Ptolemy, *The Geography,* tr. Edward Luther Stevenson (New York : Dover, 1991), p. 48 ; Goddard H. Orpen, 'Ptolemy's Map of Ireland', *Journal of the Royal Society of Antiquaries of Ireland,* XXIV, 1894, 115–128 : pp. 123–125 ; O'Rahilly, pp. 13, 37–38 ; H. d'Arbois de Jubainville, *The Irish Mythological Cycle,* tr. Richard Irvine Best (Dublin : Hodges Figgis, 1903), pp. 82–83 ; Proinsias Mac Cana, *Celtic Mythology* (London : Hamlyn, 1970), p. 35 ; Ellis, *Ancient World,* pp. 174–177 ; *Irish Mythology,* s.v. *Brigid* ; Liam de Paor, *Saint Patrick's World : The Christian Culture of Ireland's Apostolic Age* (Blackrock: Four Courts Press, 1996), pp. 44, 47–48, 207–224 ; Vance, p. 71 ; Anne Ross, *Pagan Celtic Britain : Studies in Iconography and Tradition* (London : Sphere, 1974), pp. 452–456 ; *Historic Britain* (London : Nicholson, 1982), p. 120.

(20) Gwynn, II, 62–63 ; V, 3, 21–22 ; Stokes, XV, 272–273, 304–305 & n. ; *Ceatharlach,* p. 10 ; Julius Pokorny, *Indogermanisches Etymologisches Wörterbuch,* 2 vol. (Bern & Munich : Francke), 1959-1969, II, 144 ; Dinneen, s.v. *beirbhighim, beirbhiughadh.*

(21) Shipley, s.v. *bhereu ; OED,* s.v. *burn* ; Mac Cana, p. 32 ; Ian Robertson, *Blue Guide : France* (London : Benn, 1984), pp. 523, 524, 595 ; Lawrence J. Hatab, 'Plotinus and the *Upanishads*', in R. Baine Harris, ed., *Neoplatonism and Indian Thought,* (Norfolk, VA : International Society for Neoplatonic Studies, 1982), pp. 27–43 (p. 31) ; S. Radhakrishnan, ed., *The Principal Upanishads* (New Delhi : HarperCollins, 1994), pp. 52–3.

(22) Ross, pp. 46–48 ; Chevalier & Gheerbrant, s.v. *river, confluence.*

(23) Edmund Hogan, *Onomasticon Goedelicum Locorum et Tribuum Hiberniae et Scotiae* (Dublin : Four Courts Press, 2000), s.v. *carman ;* Alfred P. Smyth, *Celtic Leinster : Towards an Historical Geography of Early Irish Civilisation, A. D. 500–1600* (Blackrock : Irish Academic Press, 1982), pp. 34–35 ; T. W. Moody, F. X. Martin & F. J. Byrne, ed.,

A New History of Ireland : A Chronology of Irish History to 1976 (Oxford : Clarendon Press, 1982), p. 11 ; Gwynn, III, 2–25.

(24) Stokes, XV, 311–315 ; Ellis, *Mythology*, s.v. *Tuatha Dé Danaan* ; de Jubainville, pp. 9, 79–80.

(25) Mac Cana, p. 120.

(26) Gwynn, III, 5, 9.

(27) Graves, *White Goddess*, pp. 70–73, 386.

(28) Ciaran Murray, 'No Such Country : Oscar Wilde and Shades of Japan', *Éire*, XXIII (2003), 1–13 (p. 6) ; Oscar Wilde, 'Salomé', *Works* (London : Hamlyn, 1963), pp. 183–202 (pp. 183–187, 195–198, 202).

(29) Stokes, XV, 313–314 ; Dinneen, s.v. *meisce ; Dictionary of the Irish Language*, s.v. *medb, mesc, mescae ;* Ross, pp. 235, 262, 286, 300, 313 ; Mac Cana, pp. 85–95, 120–121 ; Gwynn, III, 23.

(30) Smyth, p. 35 ; Gwynn, III, 7.

(31) Graves, *White Goddess*, p. 232 ; *The Greek Myths*, 2 vol. (Harmondsworth : Penguin, 1960), I, 289–290 ; II, 137 ; Adrian Room, *NTC's Classical Dictionary : The Origins of the Names of Characters in Classical Mythology* (Lincolnwood, IL : National Textbook Company, 1990), s.v. *Carmenta, Nicostrate*, Paul Harvey, *The Oxford Companion to Classical Literature* (Oxford : Clarendon Press, 1955), s.v. *Carmentis.*

(32) Graves, *White Goddess*, p. 340 ; Room, s.v. *Carmenta ;* Shipley, s.v. *kan* ; Pokorny, II, 525–526 ; *Dictionary of the Irish Language*, s.v. *canaid* ; Stokes, XV, 313.

(33) Gwynn III, 24–25 ; *Dictionary of the Irish Language*, s.v. *termonn.*

(34) Jung, *Works*, XI, 398–399, 464–465.

(35) William Garner, *Carlow : Architectural Heritage* (Dublin : Foras Forbartha, 1980), pp. 8–9.

(36) Douglas, p. 3; Thomas King, *Carlow : The Manor and Town, 1674–1721* (Dublin : Irish Academic Press, 1997), pp. 49–50.

(37) *Dictionary of the Irish Language,* s.v. *tempul, crón*; Niall Ó Dónaill, ed., *Foclóir Gaeilge-Béarla* (Dublin : Oifig an tSoláthair, 1977), s.v. teampall ; Dinneen, s.v. *cróine, crón, crónach, crónadh, crónaire, crónán ; cróinseach* (dark person), *crónaim, crónuighim* (darken), *crónughadh* (darkening); Gwynn, III, 7 ; Michael Dames, *Mythic Ireland* (London : Thames & Hudson, 1992), pp. 35-36.

(38) Smyth, p. 35 ; Sigmund Eisner, *A Tale of Wonder : A Source Study of The Wife of Bath's Tale* (Wexford : English, 1957), pp. 29, 32-38.

(39) Gwynn, III, 23, 25.

(40) *Ceatharlach,* pp. 76-80 ; Pádraig G. Lane & William Nolan, ed., *Laois : History & Society* (Dublin : Geography Publications, 1999), p. 41 ; James F. Kenney, *The Sources for the Early History of Ireland : Ecclesiastical* (Dublin : Four Courts, 1997), pp. 328-329, 332-334, 340 ; Kathleen Hughes, *The Church in Early Irish Society* (London : Methuen, 1966), pp. 76 & n., 114-120 ; de Paor, *Saint Patrick's World,* pp. 42-43, 127, 174, 176, 185-186, 206 ; Ludwig Bieler, *The Life and Legend of St. Patrick : Problems of Modern Scholarship* (Dublin : Clonmore & Reynolds, 1949), pp. 42-46 ; J. B. Bury, *The Life of St. Patrick and His Place in History* (New York : Book-of-the-Month Club, 1999), pp. 115-116, 165, 255-266, 378n. ; Michael Comerford, 'Killeshin and Sletty', *Transactions of the Ossory Archaeological Society,* II (1882), 128-148 (pp. 135-136).

(41) Dillon & Chadwick, pp. 119, 120, 126.

(42) Comerford, pp. 128, 130 & n., 132, 135 ; *Ceatharlach,* pp. 1-2, 79 ; Welch, s.v. *Tóraigheacht Dhiarmada agus Ghráinne ; Book of Glendalough ;* Edel Bhreathnach, 'Killeshin: An Irish Monastery Surveyed', *Cambrian Medieval Celtic Studies,* XXVII, 1994, 33-47 (pp. 35, 38-39, 43-47); Lane & Nolan, ed., pp. 91, 93-97, 114 ; Henry S. Crawford, 'Carvings from the Doorway of Killeshin Church, near Carlow', *Journal of the Royal Society of Antiquaries of Ireland,* XLVIII, 1918, 183-184 ; & H. G. Leask, 'Killeshin Church and its Romanesque Ornament', *Journal of the Royal Society of Antiquaries of Ireland,* LV, 1925, 83-94 (pp. 90-94); Harold G. Leask, *Irish Churches and Monastic Build-*

ings, 3 vol. (Dundalk : Tempest, 1990–1996), I, 101–106.

(43) Lane & Nolan, pp. 144, 146–147, 159 ; Moody, Martin & Byrne, *Chronology,* pp. 38, 41 ; James Lydon, *The Making of Ireland : From Ancient Times to the Present* (London : Routledge, 1998), pp. 28–29, 35–36.

(44) Moody, Martin & Byrne, *Chronology,* pp. 49, 53.

(45) R. H. C. Davis, *The Normans and their Myth* (London : Thames & Hudson, 1976), pp. 12–13, 103–105 ; Edmund Curtis, *A History of Ireland* (London : Methuen, 1961), pp. 47–48 ; Peter Berresford Ellis, *Erin's Blood Royal : The Gaelic Noble Dynasties of Ireland* (London : Constable, 199, pp. 267–277 ; O'Toole, pp. 130–138 ; *The Architecture of Richard Morrison and William Vitruvius Morrison* (Dublin : Irish Architectural Archive, 1989), pp. 35–41.

(46) W. B. Yeats, 'The Dreaming of the Bones', *Collected Plays,* 2nd edn. (London: Macmillan, 1952), pp. 433–445 ; A. Norman Jeffares & A. S. Knowland, *A Commentary on the Collected Plays of W. B. Yeats* (London & Basingstoke : Macmillan, 1975), pp. 155–157 ; Goddard Henry Orpen, ed., *The Song of Dermot and the Earl* (Oxford : Clarendon Press, 1892), pp. vi, 3 ; Curtis, pp. 34–35, 42–43 ; Nicholas Furlong, *Dermot : King of Leinster and the Foreigners* (Tralee : Anvil, 1973), pp. 15–17, 20, 22, 78–83, 95, 180–181 ; Art Cosgrove, ed., *A New History of Ireland : Medieval Ireland, 1169–1534* (Oxford : Clarendon Press, 1993), pp. 46–63, 111, 126, 715–718 ; D. A. Chart, *The Story of Dublin* (London : Dent, 1907), pp. 57, 155 ; A.J. Otway-Ruthven, *A History of Medieval Ireland,* 2nd edn. (London : Benn, 1980), pp. 41–42.

(47) Curtis, p. 42 ; Furlong, pp. 89–90 ; O'Rahilly, pp. 116–117.

(48) Martin, pp. 65, 75–76, 117–118, 125, 137, 150–153 ; Harold G. Leask, *Irish Castles and Castellated Houses* (Dundalk : Dundalgan Press, 1964), pp. 47–49 ; Davis, pp. 110–111 ; Mike Salter, *The Castles of Leinster* (Malvern : Folly Publications, 2004), p. 25 ; John Ryan, *The History and Antiquities of the County of Carlow* (Dublin : Tims and Grant & Bolton, 1833), pp. 54, 60–63 ; Victor Hadden, *Come Capture Castles in County Carlow* (Carlow : Avril Hogan, 1994), p. 10 ; David Crouch, *William Marshal : Court, Career and Chivalry in the Angevin Empire, 1147-1219* (Harlow :

Longman, 1990), pp. 1, 23–24, 29, 35–37, 49, 51–52, 57, 61–65, 73–74, 93, 95, 98, 105, 110–112, 115–120, 130–132, 156–157, 170 ; DNB, s.v. Marshal, William.

(49) Davis, pp. 110–111 ; Curtis, p. 49 ; Martin, p. 118; W. F. Nugent, 'Carlow in the Middle Ages', *Journal of the Royal Society of Antiquaries of Ireland,* LXXXV, 1955, 62–76 (pp. 67–74) ; Cosgrove, pp. 237 ; 303, 369, 483–484 ; M. D. O' Sullivan, *Italian Merchant Bankers in Ireland in the Thirteenth Century* (Dublin : Figgis, 1962), p. 115.

(50) Otway-Ruthven, pp. 284–287, 291, 327 ; Geoffrey Chaucer, *Works,* ed. F. N. Robinson, 2nd edn, (Oxford : Oxford University Press, 1974), p. xx ; Brian Stone, *Chaucer* (Harmondsworth : Penguin, 1987), p. 17 ; Derek Pearsall, *The Life of Geoffrey Chaucer* (Oxford : Blackwell, 1992), pp. 34–42, 47–53).

(51) Chaucer, pp. 21, 76–88 ; Stone, pp. 86–91 ; Roger Sherman Loomis, ed., *Arthurian Literature in the Middle Ages : A Collaborative History* (Oxford : Clarendon Press, 1961), pp. 502–505 ; Welch, s.v. *Medb.*

(52) Otway-Ruthven, pp. 290–294 ; Edmund Curtis, 'The Viceroyalty of Lionel, Duke of Clarence, in Ireland, 1361–1367', *Journal of the Royal Society of Antiquaries of Ireland,* XLVII, 1917, 165–181 ; XLVIII, 1918, 65–73 (XLVII, 170–171 ; XLVIII, 73); John Gardner, *The Life and Times of Chaucer* (London : Cape, 1977), pp. 108–109 ; Pearsall, pp. 64–67.

(53) *Richard II,* II, i; Othway-Ruthven, pp. 302–303, 313, 326–333, 337–338, 380–381 ; Cosgrove, p. 318; James Lydon, *Ireland in the Later Middle Ages* (Dublin : Gill & Macmillan, 1973), pp. 122–123.

(54) Cosgrove, pp. 543–544, 571, 591–595, 635–636, 689–693); James Carney, ed., *Topographical Poems by Seaán Mór Ó Dubhagáin and Giolla-na-naomh Ó hUidhrín* (Dublin : Institute for Advanced Studies, 1943), p. x.

(55) Curtis, pp. 134, 190–191 ; T. W. Moody, F. X. Martin & F. J. Byrne, ed., *A New History of Ireland : Early Modern Ireland, 1534–1691* (Oxford : Clarendon Press, 1991), pp. xxxix–xli, 1, 7, 89 ; Lydon, *Making of Ireland,* pp. 144–162 ; Hadden, p. 91 ; Douglas, p. 4 : Sir Philip Sidney, *Poems,* ed. William A. Ringler (Oxford : Clarendon Press, 1971), pp. 180, 471 ; Ciaran Brady, ed., *A Viceroy's Vindication ? Sir Henry Sidney's Memoir of Service in Ireland,*

1556-1578 (Cork : Cork University Press, 2002), p. 109 ; Robert Gogan, *130 Great Irish Ballads,* 2nd edn. (Dublin : Music Ireland, 2002), pp. 66-67 ; James Joyce, *Letters,* 3 vol., ed. Stuart Gilbert & Richard Ellmann (New York & London : Viking Press and Faber & Faber, 1957-1966), III, 386-387 & n., 406, 408n., 427, 428-429 & nn. ; *Finnegans Wake,* 129.1-2, 214.30, 334.36, 379.10, 382.30, 466.2, 479.5-6.

(56) Curtis, p. 251 ; *D. N. B.,* s.v. Ireton, Henry; Hadden, pp. 89-91 ; Thomas Babington Lord Macaulay, *History of England,* 4 vol. (London & New York : Dent & Dutton, 1967-1972), III, 215-216 ; Henri & Barbara van der Zee, *William and Mary* (London & Basingstoke : Macmillan, 1973), pp. 319-320 ; Lydon, *Making of Ireland,* pp. 213-217, 283-289 ; Lewis, s.v. *Carlow*; Douglas, p. 2 ; Moody, Martin & Byrne, *Chronology,* pp. 287-288 ; William Edward Hartpole Lecky, *A History of England in the Eighteenth Century,* 8 vol. (London: Longmans Green, 1890-1891), VII, 126 ; Ryan, pp. 313-314 ; Garner, pp. 5-7, 17 ; Thomas McGrath, *Religious Renewal and Reform in the Pastoral Ministry of Bishop James Doyle of Kildare and Leighlin, 1786-1834* (Dublin : Four Courts, 1999), pp. 12-17, 57-64, 209 ; *Politics, Interdenominational Relations and Education in the Public Ministry of Bishop James Doyle of Kildare and Leighlin, 1786-1834* (Dublin : Four Courts, 1999), pp. 1-76; Curtis, pp. 359-361 ; Jeremy Williams, *A Companion Guide to Architecture in Ireland, 1837-1921* (Blackrock : Irish Academic Press, 1994), p. 37 ; Hugh Trevor-Roper, Introduction to Lord Acton, *Lectures on Modern History* (London & Glasgow : Collins, 1960), pp. 10-13 ; Robert Schuettinger, *Lord Acton : Historian of Liberty* (La Salle, IL : Open Court, 1976), pp. 72-88.

(57) William Farrell, *Carlow in '98,* ed. Roger McHugh (Dublin : Browne & Nolan, 1949), pp. 86-93 ; Lydon, pp. 266-278, 291-296, 313-317 ; author's notes, 1st March 1968.

(58) A. J. P. Taylor, *The First World War : An Illustrated History* (Harmondsworth : Penguin, 1966), pp. 64-65 ; Michael Holroyd, *Bernard Shaw,* 4 vol. (London & New York : Chatto & Windus and Random House, 1988-1992), I, 29-30, 93, 451 ; II, 8, 384 ; IV, 35-38 ; author's notes, 17th February 1969 ; Bernard Shaw, 'The Man of Destiny', *Plays Pleasant* (Harmondsworth : Penguin, 1946), pp. 161-208.

(59) Hadden, p. 116 ; Purcell, III, 68 ; Lavinia Greacen, *Chink : A Biography* (London : Macmillan, 1989), pp. 12, 28, 33, 37, 43–44, 53–70, 84–90, 110, 295, 300, 325–326 ; *The Irish Times,* 16th–18th & 21st–24th March 1983, all p. 10 ; Carlos Baker, *Ernest Hemingway : A Life Story* (Harmondsworth: Penguin Books, 1972), p. 128 ; *The Writer as Artist* (Princeton, NJ : Princeton University Press, 1972), p. 2 ; Jeffrey Meyers, *Hemingway : A Biography* (New York : Harper & Row, 1986), p. 42 ; Moody, Martin & Byrne, *Chronology,* pp. 400–402 ; Ernest Hemingway, *Selected Letters,* ed. Carlos Baker (New York : Scribner, 1981), pp. 692, 844 ; *in our time* (Paris : Three Mountains Press, 1924), pp. 7, 12–13.

(60) McGrath, *Religious Renewal,* pp. 176, 288.

(61) Gilbert Highet, *Poets in a Landscape* (Harmondsworth : Penguin, 1959), pp. 140–144 ; C. H. Hallam, *Horace at Tibur and the Sabine Farm,* 2nd edn. (Harrow: Moore, 1927), pp. 11–16; Horace, *Odes,* I, ix ; *Fiat,* 1st February 1966.

(62) Tomás Ó Fiaich, *Gaelscrínte i gCéin* (Dublin : FÁS, n.d.), pp. 29–34 ; Ludwig Bieler, *Ireland : Harbinger of the Middle Ages* (London : Oxford University Press, 1963), pp. 1–2, 10, 13–14, 41–44, 91–92, 102–104, 118–134, 137–141 ; W. B. Stanford, *Ireland and the Classical Tradition* (Dublin & Totowa, NJ : Figgis and Rowman & Littlefield, 1977), pp. 4–12, 73–89.

(63) *Odyssey,* VI, 1–40, 110–210, 223–246 ; VII, 112–126 ; VIII, 454–468 ; IX, 19–28.

(64) Ciaran Murray, 'Japan as Celtic Otherworld', *Eigo-Eibei-Bungaku* (Chuo University), XLII, 2002, 89–100 : pp. 89–95.

(65) Ciaran Murray, 'Towards the Japanese Sunrise : A Celtic Pilgrimage', *Éire,* XVII (1997), 90–101 (pp. 90–91, 96).

(66) T.S. Eliot, *Four Quartets* (London : Faber, 1959): 'Little Gidding', lines 240–242. 日本語訳は二宮尊道訳著『T・S・エリオット：四つの四重奏』（南雲堂、一九六六）八七頁。

(67) Murray, *Sharawadgi*, pp. 10–15, 32–38, 42, 66–69, 72–73, 112, 131, 148 ; 'Art for Art's Sake: France and Germany', *Eigo-Eibei Bungaku* (Chuo University), XLIV (2004), 33–44 (pp. 39–41).

(68) Hadden, pp. 20–24, 127 ; Ryan, pp. 333, 383 ; O'Donovan et al., pp. 120–121 ; Matthew Weld Hartstonge, *Minstrelsy of Erin, or, Poems, Lyrical, Pastoral, and Descriptive* (Edinburgh: Ballantyne, 1812), pp. 168–169 ; Ciaran Murray, 'Kyoto's Temples to Tara's Halls', *Éire,* XX (2000), 103–115 (pp. 106–107); Barry Cooper, *Beethoven's Folksong Settings : Chronology, Sources, Style* (Oxford : Clarendon Press, 1994), pp. 1–2, 24, 60, 102 ; Ludwig van Beethoven, *12 Lieder Verschiedener Völker,* WoO 157 : 7, 'Robin Adair'.

第十章　語られる「ケルト」

――「ケルト懐疑」の語りをめぐって――

三好　みゆき

一九九九年に英国の考古学者サイモン・ジェイムズ（Simon James）が、『アトランティック・ケルト――古代からの民族か、近代以降に創出された民族か――』（*The Atlantic Celts: Ancient People or Modern Invention?*, 1999）[1]という刺激的な本を出版して、大きな論議を巻き起こした。

この本の要旨を簡潔にまとめると、「一七〇〇年より前にブリテンやアイルランドでは誰も自分たちのことを『ケルト』と呼ばなかった」のであり、「ウェールズ人やスコットランド人やアイルランド人やその他の諸民族が自分たちと祖先のことをケルトだと言うようになったのは一八世紀以降にすぎない」のだから、「島嶼ケルトという概念は、過去のケルトにせよ現在のケルトにせよ、近現代における一つの解釈であり、借用された『民族名《エスノニム》』である」[2]ということから、また「大規模な移動の形跡はなく」、「鉄器時代の考古学から主としてわかるのは、大陸とのつながりではなく、地域内でのその前の青銅器時代からの連続性である」[3]ということから、「『ケルト』という名称は、鉄器時代、ローマ時代、いやそれどころか中世においても、ブリテン諸島に住んでいた人々をさす民族通称としては捨てなければならない」[4]というように要約できるだろう。

この本に対して、著者のかねてからの論敵であるオーストラリアの考古学者は、「この本には『ケルト・マニアとニューエイジの信奉者は読まないでください』という健康上の注意書きをつける必要が絶対にある」[5]と憤慨した。また、あるケルト学者は「物議をかもしているサイモン・ジェイムズの『アトランティック・ケルト』を今まさに読了して、私は相反する感情……で圧倒されんばかりの気持である。私は彼の結論に強く同意するとともに強く反対もする」[6]と、この厄介な書物を読んだあとの複雑な胸中を吐露している。

「ケルト」がやかましく語られている。「ケルト」をめぐって相反する様々な言説がおびただしく語られている。ケルト学者のパトリック・シムズ＝ウィリアムズ（Patrick Sims-Williams）は、「『ケルト』や『ケルト的』という言葉が戦場になっている」と述べ、この「ケルト」をめぐる学術論争を、「ケルト狂（Celtomania）」と「ケルト懐疑（Celtoscepticism）」のせめぎ合いとして整理した。[7] 本章では、鉄器時代とローマ時代を専門とする若手考古学者サイモン・ジェイムズの『アトランティック・ケルト』という、スコットランド議会とウェールズ議会が創設された年に出版され、[8]「ケルト懐疑」（著者の言葉によると「ポスト・ケルティシズム（post-Celticism）」）の学説を一般読者に鮮烈に認知させた本において、「従来の島嶼ケルトの歴史の脱構築」がいかに語られているかを批判的に読み解き、こうした「ケルト懐疑」の言説の背景をさぐりたい。

一　発見／創出／捏造《インヴェンション》

サイモン・ジェイムズが、ブリテン諸島の諸民族についての従来の「標準的な歴史」にかわる「新しい歴史」を提示するこの本を書いた動機は、考古学者のあいだでは方法論に革命的な転換が起こって「島嶼ケルト」についての定説が大きく揺らいでいるのにもかかわらず、一般の人々はあいかわらずローマ以前のブリテン諸島は「ケルト」社会であったと信じ続けていることを憂えて、両者のあいだで広がりつつある認識の隔たりに橋を架けるためであった。[9] したがって、この全部で一六〇頁のペーパーバックには一般読者の蒙を啓くという姿勢が貫かれている。この本とよく対比して言及されるパトリック・シムズ＝ウィリアムズの「ケルト狂とケルト懐疑」という全部で三五頁の論文が、一四五もの脚注がつき、それが各頁のかなりの部分を占め、複雑微妙な問題を精緻に論じる専門家を対象とした学術論文であるのとはまったくちがって、注釈は一切つけず、大きな複雑な問題をばっさり切ってわかりやすく料理して読者に提示している。一九九〇年代前半に大英博物館で啓蒙活動にたずさわった著者の経験が生かされていると言えよう。そして強烈なインパクトによって世間の注目を集め、学界内の研究動向をひろく一般社会に知らしめ、そしてブリテンやアイルランドの人々（および海外の「離散したケルト」）の抱いている自分たちの過去についての認識に揺さぶりをかけるという狙いは十二分に達成された。「考古学者や歴史家なら知らなかったということはほとんど含まれていなかった」[10] というこの本に、世間一般は初めて耳にする話に衝撃を受けたとしても、専門家が憤慨したり複雑な心境を告白したりするのはなぜだろうか。

私はジェイムズが主張していることの多くの部分の内容についてはほとんど異論はない。もしかすると私を悩ませているのは、その述べ方だけなのかもしれない。……［主として一般読者向けに書かれているために］この本には、ここ一〇年以上にわたってこの論争を追いかけてきた私たちが馴染んでいる、慎重な言及やかすかにほのめかすような主張はこの本にはおおいに欠けている。ジェイムズは自分の著作が鉄器時代のケルトに関する決定的な説明であると読者に信じてもらいたがっているようである。しかしながらそうではないのだ。[11]

一般向けの本という要素を差し引いても、『アトランティック・ケルト』の中で著者が主張を展開する仕方には、確かにいくつか気になる点がある。考古学的な内容については私は判断できる立場にはないが、現代の人文・社会科学に大きな影響を与えた「理論」にもとづいて著者が解釈の枠組みを述べているところはおおむね頷けるのに、それが「ケルト」に適用されて語られるところに大きな違和感を覚えてしまうというのが、やはり最も気になるところである。心情的「ケルト」びいきの先入観のせいなのだろうか。

この本を繙く前にまず、その裏表紙に記されたセンセーショナルな宣伝文句を見ておく必要があるだろう。これは著者自身の言葉ではないにせよ、読者のこの本に対する第一印象を大きく左右しているはずであるし、また売り出す側の意図が反映されていることだろうから。その文章はこの本の概要を説明したあと、こう結ばれている。「著者はブリテン諸島の『ケルト性』がロマンティックな空想なのか、さらにはケルト地域の自治権移譲《ディヴォルーション》や自治をめぐる現在の議論に関連する政治的に危険な歴史の偽造なのかを考える」[12]、と。「ロマンティックな空想」はまだしも「ケルト地域の自治権移譲や自治をめぐる現在の議論に関連する政治的に危険な歴史の偽造」のくだりには、露骨な党派性が感じられてしまう。著者はイングランドのナショナリストに違いない、という予断をもってしまう。それともこの言葉は売り上げ増を狙って時事問題とからめた過激なキャッチ・フレーズにすぎないのだろうか。

この部分に対応すると思われる著者自身の言葉を見ておかなければならない。すると確かに序章で、「この諸島の古代ケルトはロマンティックな空想（romantic fantasy）にすぎないのか。そしてそれゆえに、現代のケルトはにせもの（fake）、いやそれどころか分離主義者たちの手に握られた危険な政治的『ペテン（con）』でさえあるのだろうか」[13]と、著者は自問するのである。この問いに対する答えはその場で明言されてはいないけれども、「島嶼ケルト」という考えは「古代に由来しはしない。つまりこれは近現代における一つの解釈であり、明白な歴史的事実ではないのである」[14]とすでに断言されているのだから、読者はこの二つの問いの答えはともに「イエス」であると予想することだろう。

答え合わせのために結論部分を読んでみよう。

> 古代のブリテンとアイルランドにケルトという人種というか民族というか民族集団《エスニック・グループ》がいたという考えは、実は近代以降に創出されたものである。それは決して存在しなかった民族を一八世紀から一九世紀にかけて「物象化」したものであり、空間や時間が広範囲にわたる様々な社会から取り出してきた断片的な証拠から組み立てた疑似事実（事実に見せかけた理論上の構築物）である。こうして物象化されたものは、いろいろな文化的期待や熱望や政治路線に役立ってきた――そして今でもそうである。しかしながら過去を理解するモデルとしては、これは入手できる証拠、とりわけ島嶼の鉄器時代を解明するための豊富な考古学的証拠を十分に説明することはできない。[15]

「この諸島の古代ケルトはロマンティックな空想にすぎないのか」という問いに「イエス」という展開を予想したことは正しかったようであるが、言葉遣いが「ロマンティックな空想」ではなく「創出（invention）」、「物象化（reification）」、「疑似事実（factoid）」という専門用語に変わり、「危険な政治的『ペテン』」という強烈な批判をこめた言い回しは、「いろいろな文化的期待や熱望や政治路線に役立ってきた」というような中立的な表現に置き換えられて語られている。専門用語をちりばめた学術的な語りのスタイルによって主張の信憑性が高められるとともに、問いの形で語られたときの罵倒の響きは読者の耳に残るのである。

では「現代のケルトはにせものか」という問いの答えも、「イエス」でよいのだろうか。

古代ケルトの歴史的起源は偽物らしいので、現代のケルトもまたいんちき（bogus）に違いないということにならないだろうか。逆説的になるが、その答えは「ノー」である。島嶼の古代ケルトを疑うからといって、現代のケルトを欺瞞だとすることにはならない。というのも、我々が今用いることのできる、エスニック・アイデンティティの性質についてのより高度な了解事項によると――これによって古代ケルトが近代以降の構築物であることが明らかになるのだが――現代のケルトは完全に本物で正当な「民族集団《エスニック・グループ》」をなしていることもまた示唆されるからである。……現代のケルトは、数千年にわたって絶えることなく存在してきた民族の現在の後継者ではなくて、近代初期のヨーロッパにおける「民族集団の形成」――エスニック・アイデンティティの誕生――の正真正銘の事例にあたるのである。(16)

おおかたの読者の予想に反して、現代のケルトは「いんちき」ではないというが、この御託宣を聞いて胸をなでおろす「ケルト」や「ケルト・マニア」はさほど多くないだろう。現に裏表紙の惹句では、偽物と本物という大きな違いのあるはずの「古代ケルト」と現代の「ケルト」を、「ケルト性」として一括しているし、それにまた、いささか衒学的にかつ少々しつこく、エスニック・アイデンティティに関する理論によると現代の「ケルト」は本物で正当だと述べる語りは、一般読者の耳に、起源を偽っている新しい民族はやはりいんちきだという印象を与えるかもしれない。現代の「ケルト」に関して疑問文の中で用いられた「いんちき」だとか、否定文の中で用いられた「欺瞞」という言葉が、打ち消されながらもまとわりついているように感じられる。これらの言葉がいわば残響として聞き取れるように思われるのだ。

「ケルト」にかかわる否定的な言葉を打ち消しつつも余韻を響かせる語りはこれだけでない。

島嶼古代ケルトは存在しなかったのなら、それを創造した人々は、過去をのぞき込んで、見るつもりのものだけしか――彼ら自身の気づかないでいる期待や先入観にかない、新たに創造（「再発見」）されたアイデンティティを歴史によって正当化したいという熱望にかなう世界だけしか――見なかったがゆえに、自己欺瞞に陥った愚か者だったのだろうか。それとも彼らは、自分たち自身の政治路線を推し進めるプロパガンダとして利用しようとして、過去をわざと偽って述べ、歪曲した歴史を故意に作り出すならず者だったのだろうか。彼らがこうした真実味に欠ける戯画のいずれかであると結論づける理由はないように私には見える。(17)

「島嶼古代ケルト」を創造した人々は、「愚か者」だったのか、それとも「ならず者」だったのか、という自問に対して、著者はただちにそうした表現を「真実味に欠ける戯画」であると形容し、「いずれかであると結論づける理由はないように私には見える」と回りくどい言い方で打ち消してはいる。しかし数行下に「ケルトをめぐる言説は、とくに個人のアイデンティティがかかっていることから、無意識の先入観や願望充足の範囲を超えて、しばしば故意の文化路線や政治路線を伴ってきた」と述べられるから、結局のところ、無意識的な「愚か者」のみならず、故意の「ならず者」であると了解されかねない。一般読者を楽しませる生きのいい語り口にすぎないのかもしれないが、きわめて巧妙な語りのレトリックでもあるだろう。

彼の「従来の島嶼ケルトの歴史の脱構築」の語りを聞いていて違和感を覚えないではいられないのは――彼の言う「脱構築」とは定説を解体するというくらいの意味であり、「ケルト」と「サクソン」という優劣の関係にある二項対立そのものを崩そうとしているわけではないようだが――それは理論的枠組みの部分と「ケルト」に適用されたところの語り口との落差、とりわけ民族性《エスニシティ》や歴史について現代の理論をもとに一般論を述べている(18)部分では本物／偽物という単純な二項対立を超えた問題として語られていたはずなのに、過去を語る「ケルト」

に適用されたとたんに、（表面上は打ち消されているにしても）真／偽、正／邪の言葉遣いで語られてしまうことである。

「想像の共同体」という言葉が本文中でたびたび言及されるが、ベネディクト・アンダーソン（Benedict Anderson）は、「ネーションとは想像された政治的共同体である」という自らの定義を説明しているところで、この定義とゲルナーの「ナショナリズムとはネーションを自覚へと目覚めさせることではない。存在していないところにネーションを創出することなのだ」という規定はよく似た主張であると言ったあと、後者についてこう述べる。

しかしながらこの記述の欠点は、ゲルナーがナショナリズムは偽りの見せかけで仮装すると言いたいあまり、「創出（invention）」を、「想像（imagining）」と「創造（creation）」よりも、「作り事（fabrication）」と「虚偽（falsity）」になぞらえたことである。そうすることで彼は、ネーションと都合よく並置できる「本物の」共同体が存在すると暗示することになる。しかし実際には、顔を合わせる付き合いをしている根源的村落よりも大きいすべての共同体は（もしかするとそうした村落ですら）想像されたものである。共同体は、それが虚偽か真正かによってではなく、それが想像される仕方によって区別されるべきである。(19)

現代人がイメージするような「島嶼ケルト」が「誕生」したのは近代以降のことであるという主張に私は躊躇なく賛成するが、「島嶼ケルト」や、一七〇七年（もしくは一六〇三年）以降に創出された英国人《ブリティッシュ》はもとより、アイルランド人、イングランド人、ウェールズ人、スコットランド人、またその他のどの民族にしても、歴史的に形成されたものであり、そのアイデンティティは変化し続けている。虚偽でない真正な民族がいるという話ではないし、「ネーションは歴史家の目には客観的に近代以降のものに見えるのに、ナショナリストの目には主観的に古代からのものに見える」[20]という逆説はすべての民族に当てはまるはずである。マシュー・アーノルド（Matthew Arnold, 1822-1888）の『ケルト文学の研究』（*On the Study of Celtic Literature*, 1867）に大きな影響を与えたエッセイ「ケルト民族の詩」（La poêsie des races celtiques, 1854）を書いたエルネスト・ルナン（Ernest Renan, 1823-1892）は、「ネーションとは何か」（Qu'est-ce qu'une nation?, 1882）という講演の中で、「ネーションの本質とは、それを構成するすべての個人が多くのことを共有していること、そしてまたそのすべての個人が多くのことを忘却していることである」[21]という有名な言葉を残したが、ネーションにまつわるある種のうさんくささは「ケルト」に限ったことではないであろう。そしてこんなことなどジェイムズは当然わかっている。

したがってなぜ「ケルト」だけが攻撃されるのか、なぜ「ケルト」の「創出《インヴェンション》」だけが「捏造《インヴェンション》」の語彙をちりばめて語られるのか、というのが気になってならない点である。「ケルト」が語った／騙った、栄光と悲哀にみちた自民族の過去の物語が偽造・改竄にもとづくとしたら、あるいは大きな害や深刻な問題をもたらしてきたとしたら、激しく非難されてしかるべきであろうが、実際には言語の類似性の「発見《インヴェンション》」に端を発する「島嶼古代ケルト」の物語の形成とその影響はそのようなものではなかっただろうから。また「島嶼古代ケルト」をめぐる物語は、「ケルト」の側だけが語ってきたわけではなく、「サクソン」もそれを利用してきたのだから。

二　ポストケルティシズム

ジェイムズが「島嶼古代ケルト」の存在を否定する根拠と、そのもとになっている理論的枠組みを見ておかなければならない。否定の根拠の一つは、ガリアとの接触はあったものの「大規模な移動の形跡はなく」、「鉄器時代の考古学から主としてわかるのは、大陸とのつながりではなく、地域内でのその前の青銅器時代からの連続性である」ということであった。著者の説明によると、従来の考えでは物質文化と民族とが同一視されており、ラ・テーヌ様式の工芸品が西へ広がるのは「ケルト」民族の移動を示すものだと想定されていたという。

それにかわる可能性は——伝えられていたのは文化的な特徴や流行や習慣であって、「民族」全体が移動していたのではないという可能性は——こうした文化の伝播は当時のヨーロッパのありふれた経験であったにもかかわらず、考慮に入れられなかった。この主たる理由は、「未開」民族は重要な「進歩」ができないから、こうした刷新は移動を意味するに違いないと考えられていたからである。[22]

ジェイムズは、従来の「ケルト」侵略説の背景にあったのは、「未開」社会は永遠不変であり自ら刷新することはないので、変化があるとすれば外部からの移動や侵略に違いないという思い込みであったと指摘する。確かに、「ケルト」にまつわる「大きな物語」には、エドワード・サイード（Edward Said, 1935-2003）の批判する「オリエンタリズム」に相当するような要素がまちがいなく含まれているだろう（とはいえ、『アトランティック・ケルト』は『オリエンタリズム』（*Orientalism*, 1978）とは視点や力点の置き所が大きく異なるが）。そしてジェイムズの語るところによる「ケルト懐疑」というか「ポスト・ケルティシズム」が、従来の（帝国主義的とも言えるような）解釈の枠組みから脱却しようとするパラダイム転換の要素を含んでいることは否定できない。

「島嶼古代ケルト」の概念への異議申し立てのもう一つの根拠である「一七〇〇年より前にブリテンやアイルランドでは誰も自分たちのことを『ケルト』と呼ばなかった」という指摘の背景にある考え方を見ておこう。

現在、「民族集団《エスニック・グループ》」という概念が、人間のグループ分けを記述するのに使われていたもっと偏った言葉にかわる容認できる言葉として採用されている。つまり我々は「人種」や「文化」といった言葉はひどく評判が悪くなっているとわかったのである。主要な変化は、いまやこうした集団の定義は、人類学者のような部外者ではなく、当該集団による自己規定にもとづくということである。これは、自らのアイデンティティや所属についての他者自身の考えが重要視されるべきだとの認識を示している。この定義にもとづくと、真の民族集団《エスニック・グループ》は「民族名《エスノニム》」つまり自己名を持たなければならないのであり、部外者から押しつけられた名前は、そのレッテルをはられた人々によって採用されないかぎり、重要ではないのである。……したがって、もし自分はケルトだと知らないとしたら、その人はケルトだろうか。この見方によると、そう呼ぶことはできない。[23]

「文化」はいざしらず、確かに一九世紀を風靡した「人種」の概念はナチス・ドイツに利用されておおいに評判を落とした。それにかわるこの「民族集団」の概念は確かに当事者の自己決定や主観性を重んじる一見リベラルな態度のようであり、自分のことを「ケルト」と呼ばなかった人々を「ケルト」と呼ばないという「ケルト懐疑」は、一面においては「政治的に正しい」[24]態度であると言えなくもないかもしれないが、物語ってきた過去を奪われる人々にとっては、これはいらだたしい理屈だと受け取られるだろう。

著者は結論として、「『ケルト』という名称は、鉄器時代、ローマ時代、いやそれどころか中世においても、島嶼の人々をさす民族通称としては捨てなければならない」と提唱する。その理由は、「ケルト」が彼ら自身の民族名《エスノニム》ではなかったというだけでなく、彼らは多種多様であったのに、「ケルト」という言葉を使うと「アイルランドとブリテンの鉄器時代の人々が文化的に『実際に』みな同じ種類の人々であり、またみな本質的に大陸のケルトと同じであったということを暗に意味してしまう」からだという。そして「ケルト」だけでなく「ケルト的」という形容詞についても、「あまりにもたくさんのお荷物を、あまりにも多くのまぎらわしい意味や連想をため込んできたので、あまりに不評で、こうした時代の文化をさすもっと一般的なレッテルとしてさえ有益でない」と述べる。

当該の諸民族は多種多様なやり方で自らを組織し、多くの様々な仕方で物質文化を作って使用し、そしてどうやら、すべての人が互いに理解しあえたわけではない種々の言語や地方語を話した。これらの民族のあいだに見られる疑う余地のない類似点や関係は、ほんの少し前のただ一つの共通の起源から四方八方に広がったというよりも、親しく接触していた多くの社会が同じように発展したという観点から説明するのが最もよい。彼らに、「ケルト」であれほかの何であれ、ただ一つの共通の名称を与えることはふさわしいことではないし、もし彼らがそもそも明瞭なグループ・アイデンティティを持っていたとしても、それらは多面的で変化し続けるものであった。「それでは古代のブリテンとアイルランドの諸民族をどう呼ぶべきか」という問いに対しては、その答えは「ブリテンとアイルランドの諸民族」、まさしくこうでなければならない。(25)

「みな同じ」でなかったから、古代（および中世の）ブリテン諸島の人々を「ケルト」と称するべきではないというのは、言葉の使用法についてのずいぶん厳しい基準であるように思われる。多民族・多文化の現代の英国社会はいうまでもなく、これまで一枚岩のように思われてきた社会も実は多様性や異種混交性をはらんでいただろうということは当然考えられることであるし、そこに着目して、あったはずの多様性を見えにくくしていた要因を指摘するのも現代の研究者としてごく当たり前の営みであるけれども、なぜ「ケルト」の過去だけが、かつて外部から押しつけられたものであっても今ではプラスの意味あいを持つようになった名称を剝奪されたうえ、「ブリテンとアイルランドの諸民族」という、ぎこちないうえに別の問題をはらんでいる名称を押しつけられるのだろうか、と不思議に思われる。従来の学説へのアンチテーゼである以上、「旧来の態度や想定をはっきりと力強く拒否すること」が必要不可欠であり、著者自身がこれまでの学問的立場からの転向を経験したあとだから、「認識した過ちから遠ざかろうと過度に努力すること」があるのは考慮しなければならないにしても。(26)

どうして「ケルト」だけを狙い撃ちするのかという読者としては当然の疑問に対して、彼は「島嶼古代ケルトの概念は特別に攻撃しようとして選び出されているわけではない」し、「ケルト性」(27)の精査はその他の「諸民族」についても同様の批判が進行していることの一つの側面にすぎないと述べている。とはいえ、「アングロ・サクソン」の侵略というもう一つの「神話」に関しては、この本の中では、「いんちき」や「ならず者」という系列の語彙をまじえずに淡々と語られ、「ケルト」と比べてあまりにもバランスが悪い。

ゲルマン系のアングロ・サクソンの大規模な軍事侵略の猛攻撃にローマン・ブリテンは屈したという、いまだに広く流布している「兵火と殺戮」のイメージは、その千年前にあったとされるケルトの侵略と同じくらい疑わしい。……今では「ゲルマンの侵略」は、「ケルト」のそれと同じように……後の世代の必要にあうように過去を遡及的に改作（recasting）した結果であるように見える。(28)

彼は自らの提示した過去についての概念もまた、「二〇世紀末のポストコロニアルの多文化的な世界という、ある特定の文化的・政治的なコンテクストの中に同様に位置づけられている。そういうものであるから、これもまた過去をのぞき込んで自らの鏡像を見ているにすぎないという非難を免れない」(29)と、自らの語る物語の限界を謙虚に認めているけれども、彼が過去の中に投射しているのは、彼が明言している「ポストコロニアルの多文化的な世界」の思想や価値観だけでなく、彼自身が自覚していないかもしれない「ケルト」への先入観というか、ふだん歴史やアイデンティティを意識しないでもすむ、彼のこの本の中で「我々」と呼ばれる人々が、「ケルト」にいだいている感情や態度というものも投射されているのではないか、ことによると利害関係にもとづく政治的な動機も埋め込まれているのではないか、と思わないではいられない語りではある。

三　背景、動機、応酬

ジェイムズは『アトランティック・ケルト』の出版より六年前に、『ケルトの世界をさぐる』(*Exploring the World of the Celts*, 1993) という、図版が豊富に入った「ケルト・マニア」向けの美麗本を出している。この本では彼は「ケルト」を「ケルト語族の諸言語を話す諸民族」と定義し、従来どおりの「ケルト」理解を基本線にして、それに『アトランティック・ケルト』で述べられているような新しい見解も盛り込むという姿勢をとっており、結びでは「ケルトの言葉は今もゆっくりと衰微しつつあるかもしれないが、ケルト語を話す諸民族がヨーロッパと世界の歴史になした寄与に対する認識は高まりつつあるし、またヨーロッパ人の大半はその先祖にケルト語を話した人がおそらくいるだろうということも明らかになっている。ケルトの伝統は我々のまわりにあるだけではない。我々の多くにとってそれは我々の血の中にもあるのだ」と謳いあげている。[30] 彼にこうした姿勢と訣別させ、一般の人々が思い込んでいるような「島嶼古代ケルト」をきっぱり否定する態度をとらせたのは、しかもこれほど偶像破壊的に語らせるようにしたのは、いったい何だろうか。

彼に研究上の方向転換をもたらしたものとして『アトランティック・ケルト』の序章で言及されているのは、

考古学者のJ・D・ヒル（J.D. Hill）、社会人類学者のマルカム・チャップマン（Malcolm Chapman）、考古学者のジョン・コリス（John Collis）らの仕事との出会いである。著者は、古代「ケルト」社会についてのこれまで標準とされてきた理解を覆したのは、新しい考古学的な証拠がおびただしく発掘されるとともに、とりわけ人類学の研究の影響を受けて、そうしたデータを解釈するまったく別のアプローチが展開したことであると述べているので、この三人のうちから、ブルターニュやスコットランドのハイランド地方と島嶼部でフィールドワークを行なった英国の社会人類学者マルカム・チャップマンの『ケルト――ある神話の構築――』（*The Celts: The Construction of a Myth*, 1992）を取りあげて見ておこう。

チャップマンは、「ケルト」を血肉をそなえた存在というよりも言説の構造によって作り上げられたもの、強大な力を持ち記録を書き記す「中心」に位置するギリシア・ローマの古典世界やその後のゲルマン人の世界によって、その「周縁」にいる「他者」、「我々のようではない者たち」として定義され構築されたカテゴリーである、という鮮烈な視点を切り拓く。それゆえ「鉄器時代のケルトと初期中世ヨーロッパのケルトと現代のケルトとのあいだの連続性というのは、遺伝学的な血統だとか、文化や人種や言語だとかが単純に連続しているということではない。むしろそれは中心にある定義をくだす力とそれ自身の周縁部分との象徴的な対立が連続しているということである」[31]となるし、さらには「ケルトにとっての問題は外国の軍隊に圧倒されたことではない。むしろそれはここ何世紀にもわたって外来のカテゴリーに圧倒されてきたことであり、ほかの誰かの誤解を通して自分たち自身を表現するよう求められてきたことである」[32]とまで断言する。そして「ケルト」文化と言われるものについては、文化とは「中心」から「周縁」へとたえまないさざ波のように広がっていくものであり、「中心」はたえず新しい流行を生み出して「周縁」との差異化を図ろうとし、「周縁」はそれを見習おうとするが、それに成功したときにはすでに流行遅れになっているという図式によって、「ケルト的」だと見なされるようになっているものは「流行遅れ」にすぎないのであり、そして究極の「周縁」である「ケルト」地域に住む人々は、とっくの昔に「中心」が捨て去ってしまった古い伝統の最後の砦と見なされ、言語をはじめとする文化遺産の保存の責務を押しつけられるが、彼らにとっては迷惑なことだと主張する。(33)

チャップマンの『ケルト——ある神話の構築——』は、中心と周縁の図式があまりにも硬直的であるにしても、外部から押しつけられた「ケルト」イメージを解きほぐすさいの理論的枠組みとして興味深い要素が含まれているのはまちがいない。しかし彼の視点は揺るぐことなく「中心」の側の利害に立脚しており、「ケルト」地域が語り伝えてきた抑圧の歴史の物語や政治的要求については大変辛辣な語りを繰り広げる。

グレイト・ブリテンとケルト周縁地域との関係は、ここ二、三世紀のうちほとんどはずっと平和で安定していた。まさしくこうした特徴があったからこそ、外から変化や抑圧を押しつけられたという変わることのない言説が展開できるような安定した枠組みが与えられたのである。このように安定していたからこそ、ケルト周縁地域は……何世紀も前にさかのぼる連続した一方向的な抑圧の歴史を想像することができるのである。……こうしたこと［ハイランドのクリアランスやカロデンの戦いやジャガイモ飢饉］を軽視する必要はないが、現実主義的な比較の枠組みの中に位置づけることが、倫理的にも知的にもまことに必要である。さらにまたこの必要性は、こうした事柄においてケルトの優先権を過剰に受け入れやすい、ブリテンの知識階級全体にわたって広く適用される。(34)

彼はまた「ケルト」的なるものを礼賛する風潮についても辛口である。かつて「ケルト」は「中心と周縁」、「文明と未開」、「自己と他者」という二項対立の構造の中で姿を現し、「ルール、秩序、文化、人間、抑制のきいた、遵法、きれい、理性、知性、志操堅固、現代的、進歩的」を自負する「自己」の側から、それと対立する「ルール不在、無秩序、自然、動物、抑制されない、無法、汚い、不合理、感情、気まぐれ、遅れた、後退的」という属性を付与されていたのに、ロマン主義および一九六〇年代の風潮の中で反対側の項に価値が移り、たとえば「ルール／ルール不在」という対立項が「束縛／自由」へ、「秩序／無秩序」が「予測できる／意外性のある」へ、「文化／自然」が「都会／田園」へ、「人間／動物」が「人工／自然」へ、「遵法／無法」が「因習的／創造的」へ、「きれい／汚い」が「不毛／豊饒」へ、「理性／不合理」が「計算／想像力」へ、「志操堅固／気まぐれ」が「退屈／刺激的」へとずらされてしまったと言う。(35)

彼がこの本の随所にみせる憤慨には、「ケルト」でない人間（ことにいわゆる左翼知識人）が「ケルト」を政治的・文化的に利用することに対する義憤だけでなく、かつては構造上劣位を運命づけられていた「ケルト」が憧れや政治的・文化的共感の対象になることで、イングランドや「アングロ・サクソン」の安泰が揺らいできたことへの危機意識、焦燥感、不快感のようなものが感じられてならない。たとえば次のような言葉に。

海外の多くの知識人は、とりわけ（私自身の経験では）教育のあるフランス人は、様々な種類の真の連帯意識と「イングランド」に対する真の政治的・文化的対抗とをほのめかすために、「ケルト的」という形容詞を使う傾向がある。……したがってイングランドとそこに住む者は、一種の非難の的となる人種、今の世代の自称「ケルト」が過去のことでよくないと思うようなすべてのことの責任が集中するところとなる。(36)

アングロ・サクソンは……工業や都会や汚染や資本主義や貪欲がその顔貌に投げかけるありとあらゆるいぼや腫れものによって醜くされた、残忍で魂のこもっていない人物のように見えるといっても過言ではない。それとは対照的にケルトは、現世の手の及ばぬところにいる神秘的な人物、吟遊詩人、戦士、魔法使いであり、理性の冷たい光に照らされて物質的なものの中を彷徨する定めの者たちにとって愛とあこがれの対象である。(37)

オーストラリアの考古学者ヴィンセント・メーガウとルース・メーガウ（Vincent & Ruth Megaw）は、一九九四年にスロヴェニアで開かれた学会での報告の中で、「中心」が「周縁」の「他者」を誤解し「ケルト」と名付けたからといって、「ケルト」が虚偽であるという証拠にはならないと述べてマルカム・チャップマンの研究を批判し、(38)そして一九八〇年代以降の英国の考古学者のあいだでの「ケルト」否定の動きの背景にはイングランドのナショナリストの「不安」があるとみた。その「不安」の原因として、帝国の時代が終わったあとのイングランドは旧植民地から移民を受け入れることによって、多民族、多文化、多宗教の社会になったこと、「スコットランドとウェールズにおける分離主義の高まりだけでなく、北アイルランドにおける二五年間の武力紛争をと通して、連合王国の統治権には内部から異議申し立てがなされてきた」こと、「連合王国が遅れて渋々と加盟したヨーロッパ連合は、イングランドにおいては、好機としてではなく政治的脅威としてしばしば見られてきた」ことをあげ、それゆえ「イングランドの高等教育制度の産物が、いかに無意識的であれ、こうした不安を反映しないとしたら実に妙なことだろう」と述べる。(39)そして、イングランドでは「ケルト」は「分解」や「外部からの支配」の「象徴になりうるもの」と見られているがゆえに、「島嶼ケルト」の存在に関する通説が疑問視されるのかもしれないと述べてから、近隣のボスニアで激しい内戦が続くさなかに開かれた学会での報告の結びに、「有史以前のケルトを完全に否定しようとする人々」に対する警戒を、ジェノサイドを想起させる強烈な言葉遣いで呼びかけた。「我々はまた現代の民族浄化に対して警戒する必要があるのみならず、それとさほど劣らぬくらい破壊的な、過去にあったかもしれない民族性を否定することに対しても警戒する必要がある」、と。[40]

「ケルト懐疑」の動きに対する彼らの批判に対し、サイモン・ジェイムズは反論を発表し、英国の考古学界における理論的発展を民族浄化にたとえた彼らの見識を疑うと述べたあと、旧来の「ケルト」パラダイムに満足していない考古学者はイングランド人だけに限らず、またこうした立場をとる研究者に影響を与えているのはナショナリズムではなく、「『ポスト・ケルティシズム』的な見方の大部分はポストコロニアルの言説の産物である（もっともこのことは公然と表明されないのが普通だけれども）。こうした見方は外から一般論を押しつけることに疑問を呈し、北米の『インディアン』や『古代ケルト』のような押しつけられた構造を構成している諸集団のさまざまな経験を識別する」と論駁した。[41]そして、「ケルティシズムを疑問視することは、たとえば、ウェールズとスコットランドにおける自治をめざす動きに対する反動ではない。むしろそれを反映し、それと平行する現象である」と思いがけないことを言い出し、そして「皮肉なことに、パン・ケルト的パラダイムに対する現今の異議申し立ての主要な理由はまさしく、ケルトという枠組みの中に押し込められた多くの民族のあいだでの重要で興味深い差異やおそらくは様々なアイデンティティを、パン・ケルト的パラダイムは否定している、少なくとも見えにくくしている、と思われるからなのである」と述べる。[42]

「ケルト」にとって、その誇らしい起源であると見なされてきた「島嶼古代ケルト」の存在を疑う研究動向は、ジェイムズがここで述べるように、自分たちのアイデンティティの基盤を破壊するものではなく、むしろ外部から押しつけられた抑圧的な一般化から解放し、自分たちのそれぞれのアイデンティティを自分たちのことばで語ることができるようにするものなのだろうか。そして複数の多様な集団が過去に残した様々な語りの痕跡をもっとよく聞きわけることができるようにするものなのだろうか。その可能性の萌芽はまちがいなく含まれているとは思う。しかし「ケルティシズム」は外部から押しつけられた一般論だけでなく、その押しつけられた言説を利用して「ケルト」内部から自分たちのために作り上げてきた部分もあり、『アトランティック・ケルト』の中で攻撃されているのは主として後者の言説であることや、またこの本の売り出され方（ことに裏表紙の宣伝文句）や、そうした惹句を引き出してしまうような本文の語り口を見るかぎりでは、連呼される「ポストコロニアル」という謳い文句に解放の響きよりも旧植民地の苦悩が聞こえてならない。「ケルト懐疑」をめぐる学術論争そのものはイングランドのナショナリスト対「ケルト」という構図におさまるものではないし、また「ケルト懐疑」の言説にしてもその内容と語りは様々であるから、それぞれの主張とその文脈をさらによく見極めることが必要であろう。

　正直なところ、ケネス・ジャクソンが「『ケルト』とそのなすことすべてに対する、古くからの、根強く抜きがたく、ほとんどまったくと言っていいほど意識されていない、イングランド人の偏見」と呼んだものが、マルカム・チャップマンなどの研究の根底にある要素であったということは――経験した人を信ぜよ――ありそうである。しかしながら、ケルト懐疑の流れはケルト系の言語を話す国々にもともと認められる。こうした流れは連合主義《ユニオニズム》やフランス共和主義のせいだけにすることはできない。それ以外の重要な要因としては、ケルト内部での外国人嫌い（とりわけウェールズとスコットランドにおけるアイルランド人嫌い）と、ゲール語の話者どうし、ブリトン語の話者どうしを分断する宗教的な境界線、それに加えて、パン・ケルト主義とは連合王国《ユニオン》やフランス共和国に負けず劣らず外来の産物だという常識的な疑いもある。[43]

「島嶼古代ケルト」に関しては考古学や歴史学の研究の進展を冷静に見守っていく必要があるだろう。また「ケルト」地域の人々のあいだで反目や宗派による隔たりが歴然としてあり、「ケルト」どうしの連帯が信じられているわけでもないから、現代のアイルランドやスコットランドやウェールズやブルターニュに生きる人々とその過去を「ケルト」として語るさいには、慎重でなければならないだろう。それとともに民族の「物語」は、たとえ学術研究であっても、政治的・文化的な利害を離れて完全に中立的な位置から語ることはできないようだということも肝に銘じておかなければならないだろう。(44)

ブルターニュ出身のエルネスト・ルナンがエッセイ「ケルト民族の詩」を書いたとき、その背景には地域的な違いや民族性の違いを破壊してしまう現代文明の喧噪によって、天性の宗教性にとんだ「ケルト」の声が消え去りそうになっていることへの危機意識があった。ルナンの描いた「ケルト」像を引き継いで、マシュー・アーノルドが『ケルト文学の研究』の中で「オリエンタリズム」的な「ケルト」のイメージを確立したとき、同質的な現代文明の侵略を悲しむルナンとはちがって、「現代文明は現実の正当な力である」とみなし、「ブリテン諸島に住むすべての人々を英語を話す一つの同質的な統一体へと融合すること、我々のあいだにある障壁を打破すること、別々の地方的な民族性をなくすこと」は、「現代文明と呼ばれるものの必然である」という立場に立っていた。(45)こうしたアーノルドがブリテン諸島の「ケルト性」を論じるのは、「ケルト」が現実の政治や社会に関する面では無力だと烙印を押したうえで、（今では悪名高い一九世紀的な民族性の考えにのっとって）「ゲルマン」の要素によるとされたイングランドの中流階級に見られる俗物根性を「ケルト」の要素によって是正し、「アイルランド問題」を懐柔策によって解決へと導き、イングランド人における「ゲルマン」と「ケルト」と「ラテン」の要素の融合を強みとして自覚させようという戦略にもとづくものであった。アーノルドから一世紀以上の時を経て、ジェイムズによるブリテン諸島の諸民族の物語は、「ケルト」（および「アングロ・サクソン」）をめぐる神話からの解放になるのだろうか。それとも新たなる神話の構築の始まりなのだろうか。

では、「ケルト」や「ケルト的」という言葉をどう扱うべきなのだろうか。これらの言葉をめぐる激しい学術論争を整理したパトリック・シムズ＝ウィリアムズが提示する見解を――「ケルト懐疑」の動向に大きな影響を受けた論文を書いている[46]「ケルト」学者の見解を――最後に見ておこう。

彼によると、「ケルト的」という言葉が有益かどうかをめぐる意見の相違は、ある程度まで、言語学、歴史学、考古学などの様々な学問分野の性質の違いを反映しているといい[47]、こうした様々な学問分野が互いに関連しながらも相反することもある「ケルト性」の概念を作り上げてきたことをふまえて、こう結論づける。

こうした「ケルト的」という言葉の使い方にはすべてなにがしかの歴史的な妥当性があり、あまりに有益だから捨て去ることなどできない。問題が生じるのは、コーヒーテーブルに飾るような本やテレビのドキュメンタリー番組の中でこうした用法を総合しようとするときである。……もっと寛容になって、「ケルト的」という言葉を――当然すべき用心はすべてしたうえで――それぞれの学問分野にとって適切な使い方で用いることが望ましい。「ケルト的」という概念を、一つの学問分野から別の学問分野への、一つの地域から別の地域への、一つの千年期から次の千年期への、手っ取り早い近道として軽率に使うことをしないかぎり問題はない[48]。

ウェールズ大学アバリストゥイス校のケルト学教授としての就任講義をもとにしたこの論文は、これからのケルト研究の進むべき道としてこう決意表明して結ばれる――「進路はケルト狂とケルト懐疑のあいだを取らなければならない」。きわめて平凡で常識的な判断であるが、まちがいなくそれが最上の道であろう。「ケルト的」という言葉で括ることで差異や変化などが見えなくなってしまうかもしれないし、また「ケルト的」という概念に魅せられて根拠のない想定をしてしまうかもしれないが、しかし「ケルト的」という言葉を捨てしまっては見えなくなるものもあるだろう。また一八世紀、一九世紀のみならず、二〇世紀から二一世紀への転換期においてもなお「ケルト」をめぐる言説は様々なコンテクストがからみついた、熱をおびた語りであることを十分意識しつつ、「何でも入り、またほとんど何でも出てくる魔法の袋」(49)のような「ケルト的」というきわめて厄介でありかつ豊饒でもある言葉を、「神々の黄昏ではなくむしろ理性の黄昏である、とてつもないケルトの黄昏の中では、どんなことでもあり得るのだ」(50)と揶揄されないようよく気をつけながら、慎重に使い続けるのがよいのだろう。

（1）Simon James, *The Atlantic Celts: Ancient People or Modern Invention?* (Madison, Wisconsin : The University of Wisconsin Press, 1999).「アトランティック・ケルト」という名称は、二〇〇〇年以上前にヨーロッパ全域からトルコに至るまで広がっていたと考えられている「ケルト」と称される一群の消滅した諸民族とは区別して、ヨーロッパの大西洋《アトランティック》に面した部分、つまりブリテン諸島の西側やブルターニュに住む現代の「ケルト」諸民族のことをさしているが、それとともに、大西洋の向こうのアメリカ合衆国、カナダ、南米にいる「離散したケルト《ケルティック・ディアスポラ》」のことも意識している（同書一九頁）。

（2）*Ibid.*, p. 17. 考古学者のバリー・カンリフは、「一七〇〇年より前にブリテンやアイルランドでは誰も自分たちのことを『ケルト』と呼んだという記録はない」と解釈するという但し書きをつければ、この部分は状況を正しく示していると述べた。Barry Cunliffe, *The Celts: A Very Short Introduction* (Oxford : Oxford University Press, 2003), p. 5.

（3）Simon James, *op. cit.*, p. 40.

（4）*Ibid.*, p. 136.

（5）Ruth & Vincent Megaw, *Antiquity*, Vol. 73 (1999), p. 961.

（6）Amy Hale, *Folklore*, Vol. 111 (2000), p. 150.

（7）Patrick Sims-Williams, "Celtomania and Celtoscepticism," *Cambrian Medieval Celtic Studies*, No. 36 (1998), pp.

1-2.

（8） 著者の主張はこの本の出版以前にも、学術雑誌のほかインターネットなどで一般に公開されていた。

（9） Simon James, *op. cit.*, pp. 9-10.

（10） Barry Cunliffe, *op. cit.*, p. 4. ちなみに、ヨーロッパ大陸の古代「ケルト」と現在の「島嶼ケルト」の連続／非連続をめぐる問題そのものは、古典作家による言及および人種と言語という観点から一九世紀末にもしきりに論じられていた。たとえば *The Encyclopaedia Britannica*, 11th ed.（1911）や *A New English Dictionary on Historical Principles*（1884-1928）の“Celt”の項目、および『ケルト復興』（中央大学出版部、二〇〇一年）所収の拙論「イングランドにおける『ケルト』像」を参照。

（11） Amy Hale, *op. cit.*, p. 151. 傍点引用者。

（12） この本は大英博物館出版部とウィスコンシン大学出版部の両方から出版されたが、この裏表紙の言葉は同一のものである。

（13） Simon James, *op. cit.*, p. 11.

（14） *Ibid.*, p. 10.

（15） *Ibid.*, p. 136.

（16） *Ibid.*, p. 137.

（17） *Ibid.*, p. 139.

（18） 「民族や国民のアイデンティティは『自然なもの』、ほとんど永遠で変わることのないものだと感じられる。それはその民族の『魂』、共同体内部での結びつき、特に過去との結びつきの面から考えられている。だがアイデンティティは実際は連続と刷新の混合物の様相を示している」（*Ibid.*, p. 75）や、「歴史とは過去の社会の残存する断片的な破片から、現代の人間によって構築された、（完全に想像上のものではもちろんないが）想像された過去である」（*Ibid.*, p. 33）、など。

（19） Benedict Anderson, *Imagined Communities : Reflections on the Origin and Spread of Nationalism*, Revised Edition

(London : Verso, 1991), p. 6.　なお、「創出（invention）」という語のもともとの意味は「発見」「見つけ出すこと」であった（今ではこの意味は完全に廃れたか、もしくは古風であるとされるが）。

(20) *Ibid.*, p. 5.

(21) Ernest Renan, "What Is a Nation?" in *Poetry of the Celtic Races, and Other Essays*, trans. William G. Hutchison ([S. l.] : Walter Scott, [1896?]), p. 67.

(22) Simon James, *op. cit.*, p. 57.　社会人類学者のマルカム・チャップマンが、パンクやコカコーラを喩えにあげて、「確かに時間と空間の中で何かが移動したのであるが、移動したのは人間そのものではなくて、むしろ自己規定、自己同定であった。……地図上を移動していたものは名称や流行であって、人間ではまったくなかったという可能性を考慮に入れることは絶対に必要である」と述べたことをふまえている。Malcolm Chapman, *The Celts : The Construction of a Myth* (Basingstoke, Hampshire : The Macmillan Press, 1992), pp. 43–44.

(23) Simon James, *op. cit.*, p. 67.

(24) Barry Cunliffe, *The Ancient Celts* (1997; London : Penguin Books, 1999), pp. 19, 276 および Patrick Sims-Williams, *op. cit.*, p. 2 を参照。

(25) Simon James, *op. cit.*, pp. 136–137.

(26) Simon James, "Celts, Politics and Motivation in Archaeology," *Antiquity*, Vol. 72 (1998), p. 204.

(27) *The Atlantic Celts*, p. 142.

(28) *Ibid.*, p. 109.

(29) *Ibid.*, p. 140.

(30) Simon James, *Exploring the World of the Celts* (London : Thames & Hudson, 1993), pp. 8–9, 181.

(31) Malcolm Chapman, *op. cit.*, p. 69.

(32) *Ibid.*, p. 164.　傍点引用者。

(33) *Ibid.*, pp. 94–119.

（34） *Ibid.*, pp. 257–258.

（35） *Ibid.*, pp. 208–224.

（36） *Ibid.*, p. 239.

（37） *Ibid.*, p. 253.

（38） J. V. S. Megaw & M. R. Megaw, "Ancient Celts and Modern Ethnicity," *Antiquity*, Vol. 70（1996）, p. 177.

（39） *Ibid.*, p. 179.

（40） *Ibid.*, p. 180.

（41） Simon James, "Celts, Politics and Motivation in Archaeology," *op. cit.*, pp. 201–204.

（42） *Ibid.*, pp. 204–205.

（43） Patrick Sims-Williams, *op. cit.*, p. 5.

（44） ジョン・コリスはメーガウによる古代「ケルト」の定義を激しく批判して、「美術と言語と古代の民族集団との相互関係は単純ではない。不適当な同一視にもとづく方法論は危険である——領土拡大を求めるナチのプロパガンダ的な主張の根底にあったものと同じように。土地返還要求や領土に対する権利において考古学が悪用されうる状態にしておくことは、当時も間違っていたし、今も間違っている——バルカン半島やオーストラリアや北米やコーカサスや近東やノルウェイで最近明らかになったように」と述べた。John Collis, "Celtic Myths," *Antiquity*, Vol. 71（1997）, p. 199.「ケルト懐疑」の言説は、土地をめぐるポストコロニアルの時代の政治状況とも無関係ではないようだ。

（45） Matthew Arnold, "On the Study of Celtic Literature," *The Complete Prose Works of Matthew Arnold*, ed. R. H. Super, vol. 3（Ann Arbor : The University of Michigan Press, 1962）, pp. 296–297.

（46） "The Visionary Celt : The Construction of an Ethnic Preconception," *Cambridge Medieval Celtic Studies*, No. 11（1986）, pp. 71–96 および "The Invention of Celtic Nature Poetry" in *Celticism*, ed. Terence Brown（Amsterdam : Rodopi, 1996）, pp. 97–124 など、「幻想的なケルト」や「ケルトの自然詩」といった概念の歴史的な「構築」や「創出」を検証する仕事がある。

（47） Patrick Sims-Williams, "Celtomania and Celtoscepticism," *op. cit.*, p. 4.
（48） *Ibid.*, p. 33.
（49） J. R. R. Tolkien, "English and Welsh" in *Angles and Britons : O'Donnell Lectures* (Cardiff : University of Wales Press, 1963), p. 29. ここと次の箇所はチャップマンが序文に掲げている。
（50） *Ibid.*, p. 30.

第十一章　ノンコンフォーミズムの語り（1）

鈴木哲也

一　ウェールズの近代

ウェールズはブリテン島の西部に位置し、面積はおよそ二万平方キロメートルである。日本でいえば四国よりもやや広く、地形は起伏に富んでいる。そこに教会を中心とした村が点在し、その村々は、商品交換の場となるマーケットタウンによって結ばれていた。そこには、風土と融和しながらゆるやかな社会システムをそなえた共同体が成立していた。

一五三六年の合同法によって、ウェールズはイングランドに統合された。法廷その他の公的な場でウェールズ語を使うことはできなくなったが、一般民衆の日常生活はさしたる影響をこうむらなかった。

だが、社会一般の近代化にともない、とりわけ、一七五六年に始まる七年戦争を契機として、近代兵器の生産に必要な資源、ウェールズの、スズ、鉄鋼石、石炭などの天然資源の重要性が高まり、ウェールズは大英帝国の国家体制のなかに強固に組み込まれてゆく。風土と融和した人々の暮らしとその風景のなかに、一八世紀半ばから近代的な道路網がひろがりはじめ、人や物や情報の流通経路が確保された。一八〇四年には、世界で最初の蒸気機関車の試験運転がペナダレンで、その後まもなく、世界で最初の客車の運行がスゥオンジーとオイスターマウスのあいだでおこなわれるようになった。(2)

その後、大英帝国の近代化は急速にすすみ、一八五一年にはロンドンで第一回の万国博覧会が開催された。一八七〇年には初等教育法が制定、施行され、イングランドおよびウェールズにおける初等教育は英語でおこなわなければならないと規定された。こうしたプロセスをとおして、大英帝国は経済・産業システムをはじめとして、精神の領域にまで国家的統制を一貫させてゆくことになる。ウェールズ近代の歴史は「土地を奪われ、資源を奪われ、若い人を奪われた」歴史であった。(3)

このイギリス社会の近代化と並行して、一八世紀の半ばから一九世紀にかけて、ウェールズの、いわゆるノンコンフォーミスト、非国教会系の説教師たちが、独特の様式をそなえた「説教」という語りのジャンルを形成していった。この語りをとおして、説教師たちはウェールズの民衆の信仰を導くだけではなく、ウェールズの文化や社会を形成する原動力になった。そして、早い時期からイングランドの支配をうけながら、容易に滅びることのないウェールズの言語的・文化的アイデンティティを築いた。本章では、一八世紀半ばの宗教の復興期から、キリスト教の衰退があきらかになる一九世紀半ばにいたる時代において、説教師たちがどのような言語文化を形成したか、また、それがウェールズ社会にどのような影響を及ぼしたかを考察する。

二　ノンコンフォーミスト以前

中世ウェールズは、いわゆる、『マビノギオン』(*The Mabinogion*)に代表される吟遊詩人(バード)たちの時代であった。だが、中世的な社会体制が崩壊するとともに彼らは姿を消す。それにかわって、ウェールズの言語文化をささえたのがキリスト教であった。イングランドでは同じ時期、エドマンド・スペンサーらが、ソネットなどの新しい詩形を発展させ、同時に、演劇が発展し、シェイクスピアのような劇作家があらわれ、文芸ジャンルの近代化がすすんでゆく。ウェールズには残念ながら、そうした作家はあらわれなかった。

ウェールズにも、人文主義者と呼ばれるルネサンスを象徴する一群の文筆家たちがいた。吟遊詩人の伝統を新時代に適したものに改革し、新しい言語文化を創造すべきだ主張した。吟遊詩人たちは、伝統的な韻律法にもとづく独自の作詩法をもっていた。だが彼らにとって、これは、いわば、師から弟子へと伝承されるべきものであり、それを公開することは、自己の創作技法を他にあきらかにし、吟遊詩人としての地位を危くすることにほかならなかった。そのため、彼らは新しい時代の要求に応じることができず、彼らの庇護者であったジェントリー階級の経済力が低下するとともに、歴史から姿を消してゆく。この伝統の断絶は、ウェールズの言語文化にとってきわめて大きな打撃であった。真の意味でウェールズが固有の言語文化を復活させるのは、近代になってからであった。[4]

ウェールズ語が、活力のある言葉として、民衆のあいだに存在感を回復するのは、一八世紀初頭から活動を始める、英国国教会の牧師、グリフィス・ジョーンズ（Griffith Jones, 1682-1761）によってである。ジョーンズは牧師としての通常の業務のほかに、民衆の識字教育に尽力した。その献身によって生まれた識字層が、後に発展するウェールズの出版文化をささえたといわれている。

だが、国教会にとって、ジョーンズは厄介な存在であった。国教会の規定により、牧師は赴任した教区で活動をおこない、ほかの教区に出向くことは通常なかった。だが、ジョーンズはこの方針に従わなかった。識字教育をおこなう場合にも説教をおこなう場合にも、彼はウェールズ全域を巡回し、民衆の要望があればどこにでも出向いていった。国教会の秩序を乱しているという批判をうけても、ほとんど彼は意に介さなかった。(5)

ジョーンズは、後のウェールズの説教師たちの原型であった。彼は若いメソディストたちに様々な助言をあたえ、いわば、彼らのメントールになった。彼らの共通性は、まず、国教会の規定に反して、教区の境をまったく意に介さなかったこと、そして、表現力豊かな説教である。一八、一九世紀におけるウェールズの説教は、「演劇的」であるといわれるが、その先駆的存在がグリフィス・ジョーンズであった。ジョーンズの説教は身振り手振りをまじえ緩急自在であり、会衆に強い感動をあたえていたという。

三　ノンコンフォーミストの活動

グリフィス・ジョーンズや、その後のノンコンフォーミストによる宗教的活動が始まる以前、ウェールズは英国国教会によって等閑視された地域であった。たとえば、一七一五年から一八七〇年まで、ウェールズ出身者が主教に任命されることはなかった。また、ウェールズ語を知らない牧師が赴任したために、会衆が礼拝をおこなえなくなるなどの、不都合が生じていた。また、牧師に任命された人物に対して「飲酒癖がある」、「不道徳である」などの様々な批判がなされたこともあるという。(6)こうした停滞した状況のなかで、一七三〇年代に、アメリカやヨーロッパに広がってゆく福音主義と連動しながら、ウェールズにも情熱的に活動をおこなう宗教家があらわれた。その中心はメソディストであった。

ウェールズにおけるノンコンフォーミズムとして分類される宗派としては、メソディズム、独立派、クゥエイカー、洗礼派、ユニテリアンなどがあげられる。これから考察してゆくウェールズの説教師たちは、主としてメソディスト派に属していた。メソディズムはジョン・ウェスレイ（John Wesley, 1703-1791）の名とともに知られており、実際、ウェスレイはウェールズに四十数回説教に訪れている。だが、ウェールズにおいて一般的にメソディスト派と呼ばれる宗派は、もともと、ウェスレイらの活動とは独立して活動を始めている。ウェスレイが改宗するのは一七三八年であるが、ウェールズのメソディストの先導者であったダニエル・ローランド（Daniel Rowland, 1713-1790）やハウエル・ハリス（Howell Harris, 1714-1773）の改宗は一七三五年であった。(7)

また、メソディズムは英国国教会内部の自己刷新運動として始まっており、後に分離することになるものの初期においては、ウェールズのメソディストは英国国教会の規定に反することのないよう最大限の注意をはらい、自分たちを国教会の一部であると位置づけていた。(8)だが、それにもかかわらず、彼らの活動は、終始、英国国教会から直接的な、あるいは、間接的な妨害を受けた。

国教会側から見ると、ノンコンフォーミストの活動には二つの大きな問題があった。まず、教区を無視した彼らの活動が問題になった。

グリフィス・ジョーンズ同様、彼らは国教会の教区というものをまったく意に介さずに宗教的活動をおこなっていた。国教会の牧師たちには、それぞれ担当すべき教区が決められていて、その教区に住む信者たちから「十分の一税」などの収入をえていた。ところが、ノンコンフォーミストたちは、教区を無視してウェールズ全域を馬の背に揺られながら回り、いたるところで説教をしていた。そのために、彼らは'Itinerant Preachers'などと呼ばれた。この言葉を日本語に訳す場合、「巡回説教師」とでも訳せば穏当だろうが、明らかにこれは蔑称であり、「ドサ回りの説教師」と訳すべきニュアンスがこもっている。だが、彼らは国教会の牧師たちから非難をあび蔑視されたが、民衆からは圧倒的な支持をうけていた。これが、既存のシステムのなかで権益を獲得していた牧師たちの脅威となった。

次に、この運動をおしすすめていたリーダーたちの資格が問題になった。メソディストは一二人をひとつのグループとして日常的な活動をおこない、それらのグループにはひとりのリーダーがいた。そして、有力な説教師たちがこのリーダーたちを統括するというシステムになっていた。この組織と活動の形態は国教会にとっては容認しがたいものであった。まず、この活動は「礼拝」にあたるかどうか、次に、もしそれが礼拝であるならば、それを主催するリーダーは牧師でなければならず、身分規定からみて正当な者がその行為をおこなっているかどうか、その点が問題になった。このリーダーたちは、「唱導者」'exhorter'と呼ばれ、メソディズム派を組織するうえで大変重要な役割を演じていた。だが、彼らはみな、国教会の規定に照らせば宗教的活動を指導する資格を何ももたない一般人であった。したがって、メソディストの活動が拡大してゆくことを黙認すれば、国教会の人事システムを根本からくつがえすことにつながりかねなかった。

このように、英国国教会の制度・組織的な問題をはらむために、ノンコンフォーミストには正式な牧師としての資格があたえられなかった。一七三〇年代にウェールズの信仰復活運動を先導した代表的なメソディスト派の説教師として、ダニエル・ローランド、ハウエル・ハリス、パンティケランのウィリアム・ウィリアムズ（William Williams, Pantycelyn 1717-1791）の名前をあげることができる。ハウエル・ハリスはオックスフォードの医学生であったが、ダニエル・ローランドの説教に感動し、説教師になった。彼は牧師になる資格をもっていたにもかかわらず、教区を越えて説教をしていたために、最後まで牧師になることはできなかった。同様にウィリアム・ウィリアムズも一七四〇年に「執事」'deacon'の資格をえていたにもかかわらず、教区を無視した活動をおこなったという理由から、それ以上の地位をえることができなかった。ダニエル・ローランドは正式に牧師の資格をあたえられていたが、教区を無視した活動をおこなっていたために教会を使用する権利を奪われた。

また、説教師たちは、たびたび暴漢に襲われている。ジョン・ウェスレイの日記には、同じ宿で二度にわたって暴漢に襲われたという記述がある。(9)ほかの説教師たちも同様であり、ダニエル・ローランドは説教をする予定の場所に火薬を仕掛けられたことがあった。(10)だが、彼らは、信者たちが資金を調達して建築した「集会所」をはじめ、街頭、牧草地など、可能であればどんな場所でも説教をおこなっていた。

四　ウェールズの説教

ウェールズの説教師たちは二世代にわけて考えるとよい。まず、第一世代に属するのは、先ほど名前をあげたダニエル・ローランド、ハウエル・ハリス、ウィリアム・ウィリアムズである。また、ここにウェールズのノンコンフォーミストに影響をあたえ、みずからもウェールズで説教をおこなったジョン・ウェスレイを加えることもできるだろう。

ローランドは、ウェールズにおける宗教再生の運動を先導した。闘将という名を冠したいほどに、強く激しい使命感をもっていた。対照的に、ウィリアムズは芸術家肌の説教師で、今日でも歌い続けられている賛美歌を多く作曲した。きわめて物静かであったという。ハリスは国教会とウェールズのノンコンフォーミズムのあいだに立ち、組織間の調整に尽力した。だが、あまりにも強烈な個性であったために、ほかのノンコンフォーミストたちとは決別することになった。

第二世代の代表者としては、クリスマス・エバンス（Christmas Evance 1766–1838）とジョン・エリアス（John Elias 1774–1841）があげられる。この二人において、ウェールズの説教が語りのジャンルとして成熟し、とりわけ、エバンスの語りは独特な演劇的様式をそなえていった。

さて、ウェールズの説教を論じるにあたって、中心となる論点を三つあげておきたい。「演劇性」、「娯楽性」そして聴衆の「身体的反応」、これらが以下の論述の焦点になる。とくに重要なのが「演劇性」という特質であり、ウェールズの説教を論じる者が必ず強調する点である。次の引用を見ていただきたい。

……説教壇はオーケストラであり、舞台であり、演壇であった。ここで、音楽、絵画、演劇の魅力が説教師のなかに探し求められたのである。……ごく最近までウェールズの説教壇は、民衆が感動と教育と娯楽をえることができる唯一の場所であった。

パクストン・フッド（Paxton Hood）、一八八一年[11]

説教師たちは当時の寓話の巨匠たちであった。彼らは神学者であり哲学者でもあった。彼らの説教は演劇であった。説教師たちは劇作家であり、俳優であり、彼らは劇場の雰囲気をチャペルにもちこんだのである。

アンソニー・ジョーンズ（Anthony Jones）、一九八四年[12]

あえて、引用をふたつ連ねたのは、一九世紀の末から二〇世紀の後半まで、一貫して「演劇性」が重要視されていることをしめしたかったからである。

ウェールズでノンコンフォーミストが個性的な説教をおこなっていた時期、イングランドにおいては、すでにシェイクスピアが登場し演劇は目覚しい発展をとげていた。また、小説という様式も開花し、一七四〇年の『パミラ』（*Pamela, or Virtue Rewarded*, 1740）の出版をはじめとして、『ジョセフ・アンドリューズ』（*Joseph Andrews*, 1742）、『ロデリック・ランダム』（*Roderick Random*, 1748）、『クラリッサ・ハーロー』（*Clarissa Harlowe*, 1748）など、小説史の初期を飾る重要な作品が、一〇年間のうちに次々と出版されていた。だが、そうした新しいジャンルの発達が遅れたウェールズでは、言葉を通して質の高いよろこびをえられる場所は才能豊かな説教師たちの説教壇のほかにはなかったのである。そうした意味でウェールズのノンコンフォーミズムの説教は、文学とほぼ同じ社会的機能を果たしていた。

この演劇的で娯楽性を備えた説教はウェールズの民衆を熱狂させる。民衆の熱狂は、時として、激しい身体的反応となってあらわれるのであるが、それは一般的なキリスト教の礼拝というものがもつ、厳粛、静謐といったイメージにはまったくそぐわないものだった。

キリスト教の「説教」の一般的なパターンは次のようなものである。まず、説教をおこなうものが聖書のある章句を提示し、それに対する自分自身の解釈をほどこし、それを論証してゆく。その際、例証として、聖書の他の場所の言葉があげられてゆく。いわば、聖書の言葉の真理を聖書の言葉に即して説きあかしてゆくというように論理が展開してゆく。ウェールズのノンコンフォーミストたちの説教も目的は同じであった。だが、その説教が生みだす効果がまったく異なっていた。

また、通常、説教は単独ではなく、聖書の朗読や賛美歌の合唱などと組みあわされて日曜の礼拝などでおこなわれる。一回の礼拝のすすみかたは、おおよそ以下のようなものである。最初の祈りが捧げられた後、賛美歌の合唱がおこなわれる。賛美歌を歌う前に、説教師がその一節を朗読し簡単な解説をくわえることがある。それに続いて、詩篇その他の聖書テキストの朗読があり、再び賛美歌の合唱、さらに聖書の朗読や暗唱がおこなわれ、三回目の賛美歌合唱がおこなわれる。そして、いよいよ説教師が説教をおこない、つづいて賛美歌の合唱があり、最後に祈りを捧げ、礼拝を終える。場合によって、歌われる賛美歌の数や誰が何を朗読するかなどは変わってくるが、おおむね、以上のように礼拝はすすむ。もちろん賛美歌や朗読されるテキスト、そして説教には、テーマ的な関連性があり、全体としてひとつの統一的な内容を会衆に伝えることが目指される。さらに、国教会の教会には通常「聖歌隊」が所属していたが、非国教会系のチャペルにはなかった。したがって、賛美歌などはすべて会衆自身が歌っていた。

だが、ノンコンフォーミストの説教師たちは、チャペルや礼拝という場を離れ、説教だけを単独でおこなうことが多かった。また、前にもいったように、彼らは街頭や草原など人が集まりやすい場所であれば、どこででも説教をおこない、民衆の心をつかんでいった。

さて、当時の一般的な説教は「通常、理性的かつ倫理的な内容であり、注意がはらわれたのが、穏当で控え目で滑らかな語り口であること」だったという。また、説教は「真面目にとりあげるべきトピックではなく、虚構であり、あざけりの対象」であり、とても熱狂の対象ではありえなかったと、ある国教会の司教が語っている[13]。そうした状況のなかで聴く者を激しく感動させるウェールズの説教は、英国国教会とイングランド政府から危険視されていた。確かに、会衆が説教に感動している情景の記録には驚嘆させられる。

次の引用は、『ニュー・ウィークリー・ミセラニー』（*The New Weekly Miscellany*）紙に寄稿された匿名のレポートである。この一節はウェールズのノンコンフォーミストを攻撃する格好の材料にされた[14]。

一人が祈っているときに、もう一人は笑っている。わめき声をあげながら手をたたいている者がいるかと思うと、泣きながらうめいている者もいる。失神する者も何人かおり、彼らは地面に様々な格好でころがっている。また、突然笑い出し、そのまま十数分間笑い続ける者もいる。……手がつけられないほどに暴れる者もいて、そばにいた者がロープで縛りつける。服を燃やす者たちもいる。そして、この混乱と絶望のなか

で、正気に戻る前に死んでしまう者さえいるのである。　　　一七四一年

この時期、説教を聴きながら会衆が涙を流した、あるいは、失神したという例は、ウェールズ以外の場所でも見られたようである。たとえば、引用の描写と同じように、説教を聴いていた会衆が、わめきだしたり笑い続けたりといった、いわば、ヒステリックな状態に陥った例が、イングランドやオランダの教会から報告されている。(15) したがって、この新聞記事は、福音主義によるキリスト教再生運動がおびていた熱気のある一面を知る例になるかもしれない。だが、もちろん、この記事はウェールズのノンコンフォーミズムを悪意によって誇張し戯画化しており、大多数の者はそうした、いわば、ヒステリックな状態には陥らなかったと考えたほうが適切である。

実際に、メソディズムがウェールズに定着し信者の信仰が成熟するにつれて、この引用に見られるような激しい興奮状態は起こらなくなってゆく。また、現代でも、ある種のシャーマニックな宗教においては、シャーマンが太鼓をたたきながらダンスを踊り、トランス状態に入ってゆくことがある。したがって、宗教的陶酔によって、日常的感覚からすれば特異な心理的・身体的状態に陥ること自体は、ありえないことではない。ただ、キリスト教の礼拝というものがもつ一般的なイメージを念頭におけば、そうした状況は異様であると感じられたかもしれない。

ウェールズの民衆が、ある種の熱狂とともにノンコンフォーミズムの説教師たちを迎えたこと、そして、その喜びは並々ならぬものだったことは確かである。そして、その喜びは激しい身体的表現をとる。その「表現」に関する報告をふたつ引用する。

ここ「ウェールズ」では、ノンコンフォーミストのあいだに「宗教の大改革」と呼ばれる事態が起きている。だが、真実のところは次のようなものだ。彼らは公式の礼拝において、宗教的であると称するダンスを踊る。それは聖櫃の前で踊るダビデを模したものだと彼らはいうが、実に粗野なダンスである。「ホサナ！」と叫びながら、服を脱ぎすててしまう者もいる。

一七六三年(16)

説教師たちがわめき散らしているあいだ、会衆は様々な雑音をさしはさむ。それが終わると賛美歌が歌われる。ところが、この賛美歌が歌われている最中に、彼らによれば「集まった者たちの一部」が「三、四人の小さなグループになって、こぶしを突き上げたり、胸をたたいたり、恐ろしい身振りをしながらジャンプを繰りかえす」のである。

一七九九年(17)

説教が終わった後で、興奮した会衆が何人かで輪をつくり、お気に入りの賛美歌をジャンプしながら延々と歌い続けるこの行動は、「ウェルシュ・ジャンプ」と呼ばれていた。これについては、ほかの場所に同じような行動が見られたという報告がなく、ウェールズ独特のものであると考えられる。この、いわば、奇矯な行動は好奇の目にさらされ、イングランドから多くの人々が、説教を聴くのではなく、このジャンプを見物するためにおしかけていたという。また、ウェールズのノンコンフォーミストに対する蔑称として、「ジャンパー」という言葉が使われていたほどであった。(18)ある種の宗教的陶酔の表現であるこのウェルシュ・ジャンプは、それを引き起こす説教を行った説教師自身でさえ当惑を感じていたようである。ジョン・ウェスレイも日記のなかで、この行動に言及し当惑を隠していない。(19)面白いことに、なぜ、このような行動が起きるのかと今日の研究者たちに尋ねても、理由ははっきりしないという答えが、やや、当惑気味に帰ってくるだけである。もちろん、ウェールズの文化や宗教にとって、ウェルシュ・ジャンプが本質的な問題を提起しているなどとは私も考えていない。だが、当時のウェールズ文化において「宗教」がどのような機能を果たしていたかを考えるうえで、大変、興味深い行動だと思う。

この「ウェルシュ・ジャンプ」と呼ばれる行動は、ウェールズ民衆の「歌」の享受形態を連想させるもののように、私には思われる。

一八世紀のウェールズでは、賛美歌とは異なった「ハルシング」'the halsing' と呼ばれる宗教歌が多くつくられていた。これは、教理問答などの内容を歌にしたもので、宗教的な教えを民衆に浸透させることを目的としてつくられた[20]。ウェールズの説教師たちは数多くのハルシングを作曲している。だが、このハルシングは、たんに教義の普及に有効だったわけではない。日曜の礼拝が終わった後など、若者たちがその場に残りハルシングを歌って楽しんでいる様子がしばしば見られたという。そのような時、若者たちは輪になって声をそろえて歌ったり、あるいは数人程度のいくつかのグループにわかれ、輪唱の形で楽しんだりしていたという。このハルシングの享受形態が、熱狂をともなって「ウェルシュ・ジャンプ」を引きおこしたのではないかと私には思われる。

ウェールズの民衆は歌をとりわけ好んでいた。たとえば、ジョン・ウェスレイが日記に次のような一説を残している。

ハバフォード・ウェストに馬で到着。予告はしてなかったので、私が来るということを町の誰も知らなかった。だが、少々、休憩をとり、城に歩いて行き賛美歌を歌い始めた。すると、人々が町中から一緒に

なって駆け寄ってきた。　一七六四年八月三〇日[21]

まるで、吸い寄せられるように人々が集まってくる情景が目に浮かんでくるようである。当時、ロンドンではヘンデル（George F. Handel 1685-1759）の『メサイア』（*Messiah*, 1741）が大掛かりな舞台で演じられていた。それを観たウェスレイは、いわば新時代のパフォーマンスを目にして、自分たちの説教は太刀打ちできるのだろうかと、不安を日記にしるしている。[22]だが、当時のウェールズではそうしたパフォーマンスを目にするチャンスはなく、一般の民衆には本格的な音楽を聴く機会はほとんどなかっただろうと思われる。また、テレビもラジオもCDプレイヤーも、もちろん、なかった。それゆえ、説教で鍛えられたウェスレイの声によって歌いあげられる賛美歌は、今日では想像もできないほどの力強さで民衆をひきつけただろう。

ウェールズのノンコンフォーミストにとって、信仰の核はもちろん「聖書」である。だが、賛美歌やハルシングは聖書の内容を親しみやすい形で民衆に提供した。識字能力がゆきわたっているとはいえない状況で、それは、きわめて効果的な教義普及の手段であった。だが、それ以上に、それらは、「歌」として民衆に愛唱されていたのである。

ウェルシュ・ジャンプほどに激しい動作はともわないが、礼拝の後、連れだって家に帰る人々が、道々、賛美歌を歌っている、というような姿もしばしば見られたという。もちろん、そうした人々は礼拝に感動しているのであり、同時にその感動を共有しているのである。今日、ウェールズのチャペルの礼拝に参加しても、説教師が熱のこもった説教をした後は、会衆の歌う賛美歌が普段にもまして力強くなる。説教師の情熱が会衆につたわり感動を生み、その感動が歌声によって会衆のあいだに共有されてゆくのである。高度に様式化されてはいるものの、礼拝はまぎれもないコミュニケーションである。

ウェルシュ・ジャンプはその延長として考えられるだろう。今日の私たちであれば、芝居や音楽に感激したならば、どこかの飲み屋にでもはいって、仲間とそれぞれの批評を話しあい感動を共有し余韻にひたるだろう。単純化していえば、言語化によって感動の共有がはかられる。だが、一八世紀半ばから一九世紀にかけてのウェールズの民衆には、説教の論理を分析し神学的な概念を議論するための言葉がなかった。それは、当時のウェールズにおける教育が宗教組織によって運営された日曜学校が主たるもので、しかもその内容が聖書を読むための識字教育であったことを考えれば、当然のことである。だから、彼らは自分たちの感動を表現し共有するために、輪になって賛美歌を歌ったのではないか。そして、感動が激しければ、ジャンプやその他の激しい身体の動作をともなったのだろう。おそらく、他に表現のしようがなかったのだ。

そうした、ウェールズ民衆の感動と興奮の表現は、ごく一般的なキリスト教の礼拝のイメージを念頭におけば確かに異様である。だが、今日であれば、ある種のロックコンサートにゆけば、アーティストの演奏に興奮してＴシャツを脱ぎすて、曲にあわせてジャンプを繰りかえす聴衆など、いくらでも目にすることができる。また、興奮で衣服を脱ぐというのであれば、最近はあまり目にしないが、得点を挙げたサッカー選手も同じことをすることがある。ただ、それを、キリスト教の説教を聴いた会衆がおこなうという点に驚きを禁じえないのである。だが、かつて、教会やそこでおこなわれていた礼拝は、強い美的感動の場であったのではないだろうか。分厚い石の壁の向こう側に流れているのは荘重なオルガンの響きであり、壁面のやや上方からステンドグラスを通して射す日光は日常とは別の美しさをたたえている。輝く金色や、深く鮮やかな青色を使った祭壇画は実に美しい。また、テレビもラジオもＣＤもなく本格的な音楽を聴く機会がほとんどなかった時代であれば、聖歌隊や会衆自身が声をそろえて歌う歌声は、今日では想像もできないほどの迫力をもっただろう。もちろん、会衆のひとりひとりが声を出しているのだが、その声は教会に響く合唱の声にすいこまれ、あたかも、非日常的な大きな存在のなかに自分自身が吸収され、自分がその一部になったかのような感覚をもったかもしれない。教会という薄暗がりの空間につくりだされたこの美の世界のなかで、生と死の葛藤、善と悪の闘争、死と再生、イエス・キリストの勝利、神の祝福、そうした物語が語られる。一週間の労働に疲れた人々は説教を聴きながら強いカタルシスをあじわっていたにちがいない。

だが、ここでひとつ強調しておかなければならないのは、今、論じているウェールズの説教師たちは、ステンドグラスや祭壇画によって飾られた教会のなかで説教をおこなっていたわけではない、という事実である。前にもふれたように、ウェールズのノンコンフォーミズムは英国国教会の規定を逸脱した活動をおこなっていたために、教会を使うことができなかった。初期には信者たちが寄付をして、農家の納屋を改装した建物を自分たちの信仰の拠点としていた。もちろんこの建物を英国国教会は正式な教会、つまり「チャーチ」とは認めなかった。そのため、ノンコンフォーミストたちはこの建物を「チャペル」と呼んでいた。ステンドグラスも祭壇もないこの建物は、当時のイングランドの人々からは「無趣味」であるといって嘲笑されていた。[23] だが、ウェールズの民衆には、少しも、悔しくなかっただろう。なぜなら、たんなる形式的儀式に堕してしまった彼らの礼拝に対して、自分たちはこのチャペルでまぎれもない感動をあじわえたからだ。

さきほど、「説教壇はオーケストラであり、舞台であり、演壇であった。ここで、音楽、絵画、演劇の魅力が説教師のなかに探し求められたのである」というパクスター・フッドの言葉を引用した。これは大げさな表現ではなく、事実そのままなのである。ショニード・デイビーズ（Sioned Davies）の言葉を借りれば、「礼拝に色彩とドラマをもたらした」のは説教師とその説教であった。[24] ウェールズの説教師たちの記録を読んでいて、驚嘆ということである。

賛嘆の念を抱かずにいられなくなるのは、かつて、言葉だけでそれだけのことができた人々と時代が存在したと

五　ダニエル・ローランドの声

ラパポート（Roy A. Rappaport）は、宗教的儀式におけるダンスや歌は「呼吸や心臓の鼓動のリズムを宿し」ており、「個々ばらばらであった会衆を、ひとつのより大きな生きた存在に変える」のだという。[25] さきほどいった、礼拝の場に成立する暗黙のコミュニケーションがより緊密になり参加者の一体化がすすめば、そうした状況が生まれるだろう。だが、ダンスや歌のようにはっきりした動作や発声をともなわなくとも、言葉を聞くだけで同じような効果が生まれることをダニエル・ローランドがおこなった礼拝が明らかにしている。

次の引用はローランドが一七三七年ごろにおこなった礼拝のエピソードである。

ある日曜の礼拝で朗読をおこなっていたときのことであった。彼の心は常にもまして祈りに集中していた。「イエスよ、あなたの苦悶と血の汗、あなたの十字架と受難、あなたの尊い死と埋葬、あなたの栄光の再生と昇天、そしてまた精霊の訪れによって」という章句を唱えているとき、圧倒的な力が彼の魂をおそった。……この言葉を唱えていたとき、突然、驚くべき力が彼のからだをとらえたのである。そして、この力が彼をとらえるのとほとんど同時に、まるで感電の衝撃が走るかのように、この力が教会にいたすべての者を貫き、多くの会衆がその場に倒れてしまった。当時、その教会には信徒席が設置されていなかったのである。[26]

祈りの言葉には、一定のリズムがある。ローランドがそのリズムを彼の身体で感じているのはもちろんだが、彼の言葉を聴いている会衆もまたこのリズムを感じている。そのため、かすかではあれ、ローランドの祈りの言葉は会衆の身体にも影響を及ぼし、説教師を含めた礼拝の参加者のあいだには自然に心身のリズムの一致がうまれてくるだろう。こうして、礼拝の参加者は、ラパポートのいうように、「ひとつのより大きな、生きた存在に変」わってゆく。

そしてまた、精神と身体をともにまきこんだ一体性を生みだした朗読は、声というきわめて微妙な媒体をとおして共有される。声は概念的内容を認知可能な伝達形態に変換すると同時に、震え、上ずり、力強さなどで、声を発する者の心理と身体の状況を聴覚器官をとおして聴く者につたえる。声は、理性に訴えかけるとともに身体感覚にも直接に訴えかける、中間的な、あるいは心身相関的なコミュニケーションの媒体であるといえるだろう。

いったいローランドはどのような声だったのだろうか。クリスマス・エバンスによれば、彼の説教にこもる力は「雷鳴のようでもあり、朝露のようでもあった」という。また、会堂に轟くように声を響かせることがあるかと思うと、実に甘美な声で祝福を口にするのだともいう。[27] 説教の展開にともなって、自在に声のトーンを変化させていたのだろう。

ローランドの説教は、「簡潔さと力強さ」が特徴であるといわれる。ある説教のほんの一部分を引用する。

イエスのもとに信仰の翼をひろげて飛んでゆきなさい。飛べなければ、走りなさい。走れないのなら、歩いてゆきなさい。歩けないのなら、手とひざを使って這ってゆきなさい。放埒な者が遠くから駆け寄ってゆくとき、神が目をむけ、悔悛者をその柔らかな胸に迎え入れようと、両腕を広げてくださいますように。

アーメン、アーメン。(28)

訳では再現できないが、きびきびとした文体で読んだだけでも力強いリズムが感じられる。どこか戦闘的な勇壮ささえ感じさせる一節である。日本語訳で「……ならば」と仮定として訳出した部分では、英語の‘if’にあたる‘os’が繰り返され、力強いリズムが生まれている。その部分は「雷鳴」を思わせる力強い声で語られたのかもしれない。そして、「アーメン」という言葉には「朝露」のように繊細で甘美な響きがこもっていたかもしれない。だが、どのように想像をめぐらしても、文字テキストを読んだだけではどうにも確証できないことである。

クリスマス・エバンスの記録によれば、ローランドの説教は次のようにすすむ。ローランドはいきなり説教壇に姿をあらわす。そして、まず、賛美歌の一節を朗読する。会衆はそれに応えて夢中で賛美歌を歌う。それが終わるとローランドは立ちあがり、はっきりとした声で聖書の引用をおこない、説教にはいる。ローランドは一回の説教に数回の山場をつくったという。聞くものに強烈な印象をあたえ、会衆の顔には歓喜の微笑が浮かび、感動のあまり涙を流している者も多かったという。説教は圧倒的な力強さをもった言葉で結ばれ、最後に会衆を祝福すると、姿をあらわしたときと同じようにさっと姿を消した。説教壇をおりるころには、ローランドは汗だくであったという。説教壇にあがると、ローランドの声、顔つき、姿は普段のものとは一変し、興奮をにじませたという。だが、それが下品になることはなく、威厳をそなえ、不動の信念を感じさせる説教をおこなっていたという。(29)

前の節で見たウェルシュ・ジャンプやこうした証言を見ていると、この時期のウェールズの民衆は、心を静めるためではなく、強い感動や精神的昂揚を味わうためにチャペルに行っているかのようにさえ思えてくる。ローランドの説教を聴くために、ウェールズ全体から数千もの人々が集まったという記録があり、その熱狂ぶりは興奮を求めて集まってくる現代のサッカーの観客やロック・コンサートの聴衆を思わせる。また、説教そのものも、今日の礼拝のイメージを壊す、力強さと激しさを感じさせる。

少なくとも、この時期のウェールズにおけるノンコンフォーミズムの説教は、神の真理が聖職者という媒介をとうして民衆に伝えられてゆくという、一方向的な言葉の伝達ではなかった。そこには、声に出すか出さないかは別にして、説教師と会衆とのあいだに呼応が成立していて、共同作業のように語りの場が形成されてゆくのである。ローランドの説教においては、それは無言のうちになされる。だが、後年、クリスマス・エバンスの説教においては、まるで、ロック・コンサートでのステージとアリーナの掛け合いのように、説教の言葉の切れめに会衆が感動の声をさしはさむまでになってゆく。

六　クリスマス・エバンスの演劇性

ウェールズの宗教的語りにおける演劇性は、まず、語りそのものが、いわば、モラリティー・プレイの一人芝居といった様相をしめし、文字通り演劇に近いかたちになる場合と、語りそのものは思弁性がまさったものであるが、語り手が効果を高めるために、表情、身振り、手振りなどを緻密に計算し、意図的にドラマティックな効果を生みだす場合とがある。どちらの場合にせよ、聴くものを激しい感動へと導く情熱的なものであった。そして、前者の意味における演劇的語りの代表としては、クリスマス・エバンスがあげられる。

エバンスは貧しい農民の子供だった。一七歳のときにノンコンフォーミズムの説教師の家に寄宿するようになり、はじめて文字を覚えた。ウェールズ語と英語の文字の使い方を覚えると、その後、ギリシア語とヘブライ語を習得した。身長は一八〇センチあまりであったという。同じ説教師のところに寄宿していた友人たちと、自分たちで定めた戒律を誰がいちばん守れるかをきそい、戒律に反した者を鞭で罰するということをした。そして、あるとき、友人がふるった鞭が目にあたり右目を失明してしまった。民衆のあいだに圧倒的な人気があり、死の一週間前まで説教をおこなっていたという。

エバンスにかぎらず、一八世紀や一九世紀の説教を考察するときに最大の障害となるのが、何よりも、その説教を実際に聞くことができないということである。有名な説教は印刷されているが、語りの魅力と迫力は、文字では再現できない声、表情、身振り、手振りなどによって生まれてくる。また、その場に充満していたはずの熱気も、文字にすれば消えてしまう。

また、有名な説教は野外でおこなわれていることが多い。当時、ウェールズでは一年に一回、主な説教師が集まって説教の大会をおこなっており、多いときには二万人ほどの聴衆が集まったという。当然、会場は野外である。そうした大会を撮影した一九世紀の写真を見ると、傾斜のある牧草地を利用して、低い場所に野外ステージをつくり、自然の地形を利用した円形劇場のように会場が設営されている。現代でいえば、ちょうどグラストンベリーで行われるロックフェスティバルの野外ステージのようである。広々とした場所で、拡声器もなしに、どうやって、説教師たちは声を届かせたのだろうかと驚嘆する。

さいわい、エバンスに関しては、彼の説教を再現したという録音が残っていて、ある程度、実際の説教の様子を想像することができる。残念ながら私はその録音の一部分しか聞くことができなかった。だが、その短い部分のなかでも彼の説教は変幻自在に変化している。いわゆる説教調の語りがあるかと思うと、一人芝居のように演劇的な語りになる、そして、途中から歌にさえ変わってゆく、というようにジャンルを自在に横断し聴衆の熱狂を誘うのである。

そのとき、観客はたんにエバンスの語りに、受身の状態で耳を傾けているわけではない。録音された説教の再現を見てみよう。次の引用は、説教の最後の部分である。

A dyma Drugaredd yn neidio
[And now Mercy jumps up]

ac yn cofleidio'r carcharor
[and embraces the prisoner]

ac yntau'n taflu'i hunan wrth draed y Gwr Ieuanc
[who throws himself at the feet of the Young Man]

ac yn gweiddi, 'Diolch!　Diolch!
[and shouts, 'Thank you!　Thank you!]

Ga'i aros gyda chi,

[May I stay with you,]
treulio 'mywyd, f'unig fywyd er dy glod'.
[Spend my life, my only life in your honour'.][30]

引用文中、一行目、二行目、四行目の'a' 'ac' は英語の'and' にあたり、三行目の'ac' は関係代名詞である。それぞれもとの形は'a' であるが、後に'yn' が続いたことによって'ac' と変化した。六行目までの行頭の音韻を記述するならば、おおむね、／a dɪma…／ak ɪn…／ak ɪntaɪn…／ak ɪn…／gaɪ…／trelɪɔ mʌnd…］になる。音の繰り返しによってリズムが生まれる。

これが説教であるということを、もう一度、強調しておきたい。ここでは、発話のまとまりごとに行わけをして記述してあるが、通常の印刷された説教集におさめるとすればつなげて記述するのが当然で、たった一つの文になる。一回の説教は、およそ三〇分ほどであり、全体を印刷すれば延々と続いたひとつの説教のなかの、最後の段落のひとつの文に過ぎない。だが、このように行わけをすると、あたかも頭韻を踏んだ詩のようである。

さらに、語り手はひとつの発話から別の発話へと移る際に間をおいている。すると、聴衆のなかから、'Gogoniad!' [Glory]、'Bendigedig!' [Blessed] というような掛け声が、あるときには感動を押し殺したかのようなくぐもった声で、また、あるときには感に堪えずにもれた嘆息のような声であがるのである。そこには、神の言葉を聖職者が民衆に伝える、という雰囲気はない。むしろ、語り手と聞き手が共同で、ひとつの語りの場を構成しようとしているように思える。聴衆はただ受身であるだけでなく、みずからも感嘆の言葉を語りのリズムに乗せて発する。その言葉は、語り手と聴衆のあいだの、また、聴衆相互の、ある種のコミュニケーションになりえているだろう。そうして、会場全体が一体化し、感動の爆発にむけて昂揚が高まってゆくのである。

前に引用した、会衆の姿を揶揄する三つめの引用の冒頭部分を思いだしていただきたい。引用文の筆者は「説教師たちがわめき散らしているあいだ、会衆は様々な雑音をさしはさむ」、といっている。これは、あきらかに、このクリスマス・エバンスの説教に見られる、説教師と会衆の掛け合いである。このレポートを書いている筆者にはウェールズ語が理解できないので、情熱的に語る説教師がたんに「わめき散らして」いるようにしか思えず、また、説教に感動してあがる会衆の声が「雑音」にしか聞こえないのである。

こうした、聞き手の感動と反応を生みだすことを、当時のウェールズ語では'hwyl'がおとずれると表現していた。'hwyl'には「帆」の意味もある。語りによって生みだされた感動が掛け声になり、聞き手の感動を感じて語りがさらに迫力をまし、説教が行われるその場に、風を一杯にはらんだ帆のように感動が充満してゆく、そのようなニュアンスを'hwyl'はそなえている。音によってリズムを生みだし、そのリズムに聞き手が呼応し、会場に充満した感動は、説教の終わりとともにさきほど見たような爆発的な身体的表現になるのである。

さて、残念ながら、再現された説教はその一部分しか聞くことができなかったので、エバンスの説教が全体として、どのように構成されているかを、彼の説教のなかでもきわめて評価が高い『ゲサラの悪魔つき』(*The Demoniac of Garada*)に即して見てゆこう。[31] まず、彼が引用するテキストは、「ルカによる福音書」八：三九、「自分の家に帰りなさい。そして、神があなたになさったことをことごとく話して聞かせなさい。[32]」である。これは、「悪霊に取りつかれたゲラサの人をいやす」というタイトルの挿話の一節である。聖書に書かれているストーリーは次のようなものだ。

イエス一行がゲラサに着くと、悪霊にとりつかれた男が近寄ってきた。男は、服も身につけずに墓場に住んでいた。イエスは男から離れるようにと悪霊に命じた。すると、悪霊は自分を苦しめないでくれと懇願した。奈落の底に戻りたくなかったのである。イエスは近くで放牧されていた豚の群れに乗り移ることを許した。すると、悪霊は豚の群れに乗り移り、湖にとびこんでしまった。豚飼いが、この出来事を町にいって人々に知らせると、恐れを抱いた人々はイエスに町から出ていってくれと申し入れる。イエスが船にのって出ていこうとしたとき、悪霊から解放された男が供として連れていってほしいと願い出た。だが、イエスは「自分の家に帰りなさい。そして、神があなたになさったことをことごとく話して聞かせなさい」と命じた。

エバンスの語りは、基本的には、以上のような聖書のストーリーに忠実である。だが、聖書に即しながらも想像力を自由にはたらかせている。例えば、豚の群れが湖にとびこむのを見た後の豚飼いたちの行動は、聖書では実に簡潔に記述されている。

この出来事を見た豚飼いたちは逃げ出し、町や村にこのことを知らせた。
「ルカによる福音書」四：三四

豚飼いたちは逃げ出し、町や村にこのことを知らせた。
「マルコによる福音書」五：一四

豚飼いたちは逃げ出し、町に行って、悪霊に取りつかれた者のことなど一切を知らせた。
「マタイによる福音書」八：三三

これだけである。この部分をエバンスは次のような対話劇に仕立てている。牧童ふたりが豚の群れが湖にとびこむ様子を見た直後の場面である。

一人の男が、こう言います。「全部、沈んだ！」

「まさか。みんな湖にとびこんだのか。本当か？」

「本当だ。全部だ。黒豚から何から、全部おぼれちまった！　悪霊が乗り移ったんだ！……どうする？ご主人様に、なんて報告する？」

「なんて報告するって？」もう一人が言います。「本当のことをいわなきゃ仕方がないだろう、起きたことを何もかも。できるだけのことはした、俺たちにできることは。ほかに何ができたっていうんだ。」

つづいて、町に戻った牧童とその主人の会話が以下のようにつづく。

「ジョン、どこへゆくんだ？」と豚飼いの主人が尋ねました。

「あの悪魔憑きのこと、ご主人様ご存知ですか？　あの墓場の……。」

「墓に住んでいる、あの悪魔つきだろ！　それより、豚はどうしたんだ？」

「あの気違いが、ご主人様……」

「あの気違いがどうしたというんだ！　それより、お前、一人で何をやってるんだ？　豚をほったらかして？」

「あの、野蛮で乱暴な男でございます、ご主人様、お嬢様方が怖がってらっしゃる……」

「ジョン、どうしたんだ。簡単なことをきいているんだ……。どうして、答えないんだ？　豚はどうしたんだ？」

「悪霊がとり憑いたあの男でございます、旦那様！」

「どうしたんだ、もういい。お前の頭がおかしくなったんだろう！　そんなに興奮して。話してみろ、できるだけ、あったとおりに。」

「イエス・キリストでございます。ご主人様。イエスが悪霊を男から追い出したのでございます。悪霊が豚に乗り移ったのです。そうしたら、豚はみんな湖にとびこんで溺れてしまったのです。最後の豚の尻尾が沈んでゆくのを、この目ではっきり見たのです！」


どこかユーモラスだと感じるのは、この語りが二〇〇年近く前のものだからだろうか。もしかすると、仕事をほったらかして、町で顔見知りと雑談しているところを主人に見つかり、こっぴどくしかられた牧童がいたのかもしれないと思う。もしそうだとすれば、エバンスの説教を聴きながらにやりとした聴衆がいたかもしれない。そのように余計な想像をめぐらすのは、エバンスは説教の際に聴衆を笑わせることがあったという記録があるからである。(33)

当時、礼拝その他の宗教的な場面で笑いが起きることは、不敬だと考えられていたという。だが、エバンスには、まず、会衆を笑わせ説教にひきつけ、その後、強い感動に導いていったことがあったといわれている。もし、会衆を巧みに笑いからサスペンスへ、サスペンスから神の賛美へと導いていけるのであれば、エバンスが喜劇的な要素を彼の創作部分に加えたとしてもおかしくはないだろう。また、エバンスは説教の際に、声を変えて人物を演じ分けていたという。(34)したがって、引用部分では、恐怖にかられ度を失った牧童とその主人を、はっきりと演じ分けていたはずである。

エバンスの聴衆のほとんどは、本格的な演劇を見たことなどなかった。そうした民衆にとって、エバンスの説教はたんに宗教的な教えを学ぶためのものではなく、ストーリーの展開を胸躍らせながらたどり、そこに登場する人物に親しみや反発をおぼえながら楽しむべき「娯楽」であったということができる。クリスマス・エバンスの説教のなかでは、イエス・キリストは正義や幸福や愛をもたらすヒーローであったかもしれない。

エバンスの目的は、聖書の解説をすることではない。戒律を守るよう会衆を説得することでもない。聖書のストーリーをリアルなドラマとして彼らの生きている日常的な場面におきなおし、聖書の言葉を民衆の生きた言葉として、あらためて、語りなおすことにあった。ティム・シェントン（Tim Shenton）によれば、エバンスは説教の冒頭で、この「ゲラサ」という町は、「そこにあるターンパイクからそう遠くない場所にある」といいながら、近隣で建設が進められていた道路の方向を指差しながら説教を始めたという。[35] これも、聖書の物語を可能なかぎり民衆の生活に近づけようとする、ひとつの工夫である。

さて、訳出した一連の対話が終わると、聖書の記述に即して説明的な語りがおこなわれる。つづいて、悪霊を追いはらってもらった男が町に戻り自分の身におきた一連の出来事を語る場面になる。その部分では、男の心理描写がなされ、男の独白としてキリスト賛美の言葉がはさまれる。その後、町の人々が仕事をほうりだしてその男のところに集まってくるという情景描写がつづく。

それが終わると男が家に帰る場面になる。この部分はルカ、マルコ、マタイ福音書いずれにも記述がない。だが、エバンスは、悪霊から解放された男、その妻、子供たちを登場人物として設定し、それぞれに台詞をあたえ劇にしたてている。

悪霊にとりつかれた男は、以前、妻に暴力をふるったことがある。そこで、男は妻に詫び許しを請う。妻や子供たちは男を信用することができずドアを閉じたまま男を家の中に入れようとしない。だが、冷静に事情を説明する男を次第に信用し始め、ついに家族は和解する。そのようなストーリーを語り、最後は悪霊から解放された男の信仰告白と神への賛美で終わる。

「……イエス様が私の魂を地獄から救い出してくださったのだ。イエス様は私を燃える罪の炎の中から救い出してくださったのだ。私をぬかるんだ沼から、恐ろしい穴から引き出してくださった。イエス様は私の足を固い岩の上におき、進むべき道を示し、私の口に神を讃える歌をくださった！　イエス様に永遠の栄光を！　天におられる神に栄光を！　神に永遠の栄光を！」。妻にはこの言葉がどれだけ嬉しかったでしょうか。どれほどの喜びをあじわったことでしょうか？

この家族の喜びは、最高の想像力をもった者にも想像することはできないでしょう。難破船から救い出された水夫の喜び、燃える家から救い出された者の喜び、無実が証明された者の喜び、恩赦を施された罪人の喜び、解放された捕虜の喜び。どれもこの男の喜び、イエス・キリストによって永遠の破滅がまつ地獄に落ちずにすんだ、この男の喜びには及ばないでしょう。なぜなら、それは言葉にしがたく、また、栄光に満ちた喜びだからです。(36)

最後の部分に見られる、「喜び」という言葉を繰り返す一連の句の連なりは、行わけして書きとられたさきほどの引用と同じように、適切な間をおいて語られただろう。そして、聴衆のあいだからは感動の言葉が、エバンスの語りのリズムに乗りながら発せられていたことだろう。

そして、最後の言葉が終わるとともに、感動と賞賛の激しい表現が見られただろう。それは、感動的な演技が終わるとともにわき上がるスタンディング・オベイションや、アンコール演奏を求めて繰りかえされる手拍子と同じものである。

七　ジョン・エリアスの身体

演劇的な語りはエバンスだけがおこなっていたわけではない。エバンス自身、ロバート・ロバーツ（Robert Roberts, 1762–1802）という説教師の演劇的な語りの影響を受けながら、自分の語りのスタイルをつくりあげた。エバンスと同じ時期に活動していた、ジョン・エリアスもまた演劇的な説教をおこなっていた。エリアスの説教には、エバンスと同じような戯曲的構成をそなえている部分ももちろんある。だが、ここで注目したいのは、彼の説教が明らかにしている語りにおける身体の重要性である。

ジョン・エリアスの祖父は国教会派の牧師であった。そのため、エリアスは幼少期から、いわば、説教師としての英才教育をうけている。非公式ではあるが、信徒を前にしてはじめて説教をおこなったのは、十二歳のときであったという。(37)

エリアスの説教は雄弁であると同時に、流麗なスタイルによって高い評価をうけていた。だが、雄弁なエリアスが、説教の途中で言葉につまることがあったという。一連の情景が次のように描写されている。

時として、彼の雄弁な言葉の奔流が急に途切れてしまうことがあった。それは、まるで、深淵な感情が彼の舌を拘束してしまったかのようであった。どもっているわけではない。完全に黙ってしまうのだ。……だが、この沈黙はいかなる熱烈な雄弁よりも効果的だった。……そのような時、彼は頬と口をすぼめ、唇を固く結び、あたりを支配している沈黙の中で、誰かを探すかのように会衆に視線を泳がせるのだった。すると、彼の腕がのび、長い人差し指が動き始める。まるで、彼の腕や身体とは別の命をそなえているかのように。そして、突然、言葉がまた彼の口唇から噴きだし、観客は緊張から解放されるのだった。

一八四四年に出版されたエリアスの同時代人による伝記の一節である。[38] 訳文では再現できないが、聴衆の息づまるような緊張感がつたわってくる描写である。筆者のモーガン（Edward Morgan）は、この沈黙は技巧的なものではなく、エリアスは本当に言葉につまったのだといっている。[39] だが、それは事実ではないかもしれない。というのも、エリアスは鏡の前で説教の姿勢を入念に点検し、その際に、どのような角度で指を上げるのが最も適切であるかということまで仔細に点検していたということが、他の伝記作者によって報告されているからである。[40] また、エリアスは説教の途中で、「だが、待ってください！　静かに！」といって、意図的に沈黙を説教に組み入れていたという記録もある。[41] エリアスは説教があまりにも流麗になることを嫌っていたのだろう。あまりにも語りがスムーズであると、かえって強い印象を残せないことがあるからだ。それゆえ、意図的に会衆を不安な状態におとしいれ、いわば、サスペンスの効果を出そうとしたのだろう。

そこにうまれた静寂は、たとえば、オーケストラの指揮者が指揮台にあがりタクトを振り上げ、次の第一音が生まれるまでの一瞬の静寂に似ていたのではないだろうか。聴衆や演奏家が緊張をほぐし息を整える楽章と楽章のあいだではない。指揮者がタクトを振り上げ、オーケストラも聴衆も次に奏でられる第一音にむけて緊張をつのらせる瞬間、音楽のすべてがそこから溢れ出てくるあの一瞬の静寂に似ていたのではないかと思う。

モーガンが目にしたエリアスの沈黙は意図せずに生まれたものだったかもしれない。自分が陥った一瞬の失語状態が聴衆のあいだに生みだした効果に、エリアス自身が驚いたかもしれない。そして、その後、いわば、演出としてその沈黙を利用したとしても何ら責められるべきことではないだろう。また、もし、かりに演技だったとしても、その動作はきわめて自然で、演技であることを感じさせないものだったのだろう。

実は、鏡の前で説教の姿勢を点検していたという部分を読んだとき、私は思わず笑いだしてしまった。ひどく自己陶酔的であるように感じたからだ。だが、そう考えてはいけないだろう。エリアスが鏡の前に立つのは、自分の体の動きや表情を鏡でチェックする舞踊家や俳優と同じことである。彼は自分の身体と言葉で、いかに神の世界を民衆につたえるかに腐心していたのであり、自分自身はそのための媒体に過ぎなかった。もちろん、エリアスやエバンスは天才的な説教師であり、自己の才能に対する自負は十分もっていただろう。ふたりとも、説教壇に立ったときの至福について語っている。だが、それは信仰という自己の存在をはるかに超えた伝統に奉仕する至福であり、いわゆる「自己表現」ではない。自分自身を見せているのではない、自分を通して描いてみせている。ここには、決定的な違いがある。

エリアスの身振りは、おそらく、歌舞伎の「見得」のように聴衆によって楽しまれたのではないだろうか。エリアスがどんな説教でもこの身振りをしたとは思えない。テーマと、語りの調子におうじて、サスペンスを生みだす演出としてこの身振りを利用したはずである。ウェールズの説教師たちは同じ説教を何回も繰りかえし演じている。説教師たちにはそれぞれ人気の演題があり、人々は自分の好きな演題が語られるときには何マイルもの、時には数十マイルもの道を荷馬車に乗って聴きにいったという。エリアスのこの身振りが見たくて説教を聴きにいった者がいたとしても不思議ではない。

少なくとも、エリアスに説教を「演じる」という意識が強くあったことは確実であり、それは当時のウェールズの説教師たちに共通のものだった。この時期、会衆と説教師がともに涙を流していることがしばしばあったという。エリアスにも、人の罪深さを説きながら会衆とともに涙を流すことがあったという。だが、そのような時、エリアスはしばらく会衆とともに涙を流しうつむいているのだが、次の瞬間には歓喜の表情を浮かべながら顔をあげ、神による救済の語りへと移っていったという。つまり、演技なのである。

ウェールズの説教師たちは、すぐれた語りの技量を身につけていた。そして、語りを構成するのは、言葉だけではなく、声、表情、身振り、手振りなど、語り手の全身、いわば、語り手の存在全体であった。エリアスの説教を聴いたある詩人は「彼の目、口、腕、指、さらには彼の頭部と胴体、それらすべてが同時に語って」いて、聴衆はその「言葉にしがたい様式と美」によって説教に魅惑されるのだといっている。[42]

語りの魅力とはそのようなものだろう。内容に魅力がなければならないのはいうまでもない。だが、語りのパフォーマンスは、身体を含んだ語り手の存在全体によってなされるのである。腕を伸ばし、人差し指を動かすエリアスの動作は、まるで、自分が語るべき天上の言葉のありかを探知しているかのようだ。聴衆の視線は、説教壇に立つエリアスに釘づけになっただろう。天上を指さしつつ言葉を失ったままのエリアスの姿は、聴衆に地上と天上の隔たりを感覚的に理解させたかもしれない。

ここで忘れてはならないのは、エリアスが聴衆の緊張や昂揚を肌で感じながら説教をおこなっていただろうということだ。エリアスとその聴衆は、ひとつの語りの場を共有した者として、ともにその場をつくりあげていたに違いない。もちろん、クリスマス・エバンスの語りと同じように、エリアスの説教にも'hwyl'が訪れたことだろう。そして、語り手と聞き手の緊密な関係が形成され最高度の感動が訪れた時に、エリアスや聴衆は天上の神の存在を感じていたのかもしれない。というのも、エリアスにかぎらず、感動的な説教をおこなっている説教師の様子を形容する際に、しばしば、説教師が「神のものになった」'possessed' 'owned'という表現が使われるからである。また、説教師たちは、聴衆や自分自身の感動を表現するときに「溶ける」'melt'という言葉を使う。これは、まず、聴衆が涙を流していることをしめしているのだが、ひとつの場を共有し他者と感動をともにしている際の、自我の溶解感覚も表現しているだろう。

八　娯楽としての説教

「ごく最近までウェールズの説教壇は、民衆が感動と教育と娯楽をえることができる唯一の場所であった」というパクスター・フッドの言葉を前に引用した。ウェールズの民衆が、どれだけ激しく宗教的語りに「感動」したかについては、すでに明らかであると思う。宗教的語りが聞く者に感動をあたえ、教育的機能を果たすということには、とりわけ、不思議はない。だが、それが同時に「娯楽」であるということはどういうことなのか、その点をもうしばらく検討してゆきたいと思う。

フッドがここで言っている「娯楽」は、エリック・ハブロック（Erik A. Havelock）がホメロスの叙事詩の機能として語る「娯楽」を連想させる。エリック・ハブロックはホメロスの叙事詩やギリシア悲劇は、「娯楽」であると同時に、伝統と社会秩序維持のための教育的機能もそなえていたという。

ハブロックは、ホメロスの時代はもとより、およそアイスキュロスの時代まで、民衆レベルでは識字能力が広がっていなかったという。ハブロックの言葉を引用すれば、その時代のギリシアは「専門的識字能力」（craft-literacy）が広まっていた程度か、あるいは「半識字化」（semi-literate）の状態であり、ギリシアの歴史をはじめとして、法や倫理、さらには造船その他の技術的情報までもが、ホメロスの叙事詩の朗唱によって伝えられていたという。そこでは、「詩」は美的鑑賞の対象であるよりは、むしろ、社会体制維持のために不可欠な表現様式であった。ギリシアにおいて、情報が主として文字によって伝達されるようになったのは、おおよそ、プラトンの時代であったという。[43] ホメロスの叙事詩は、ギリシャの民衆に彼らの共同体の起源と歴史を神話の世界から説きおこし、その世界像のなかにギリシア社会の維持に必要な情報を統合して提示した。その朗唱は、感動と陶酔を生むとともに、きわめて実践的な価値のあるものだった。そうした意味で、ホメロスの詩において「教育」と「娯楽」は別のものではなかった。ハブロックの主張は、おおよそ以上のようなものである。

同じようなことが、本章で扱っているウェールズのノンコンフォーミズムの説教についてもいえる。ウェールズに近代的教育制度が普及するのは、一八七〇年にイングランドとウェールズに共通の初等教育法が制定された後のことであり、ウェールズの説教師たちが活躍する一八世紀中葉から一九世紀半ばにかけての教育制度は、きわめてお粗末なものだった。デイビッド・デイビーズ（David Davies）の回想録の一節が、その格好の例を提供している。[44] 彼が通っていた学校は英国国教会が設立した学校でイングランド政府からの財政支援を受けていた。だが、教育内容は「教理問答」の暗唱のようなものに過ぎず、また同時に、そこで教えられる国教会の教義自体が、ノンコンフォーミストの子供たちにはしばしば滑稽に思えたという。そのため、自分が属する宗派がひらいていた日曜学校などでテキストとして使われていた『聖書』が、一段と「心地よい解放感」'a sweet relief'をあたえてくれたという。

デイビーズは一八四九年の生まれであり、この回想録がつたえているのは、おおよそ、一八六〇年前後の状況だと考えられる。英国政府が本格的にウェールズの教育に関与し始めたのは、一八四七年のことだった。この年、国会に設置された調査委員会がウェールズの文化・社会・教育に関する包括的な報告書を提出し、それを基本的資料としてウェールズに対する教育政策が策定されてゆく。一八七〇年の教育法はその一連の政策のひとつである。したがって、一八六〇年前後、デイビーズが通った学校のように国家の財政支援を受けた学校が数多くあったわけではない。ノンコンフォーミズムの説教師たちが活躍した一八世紀半ばから一九世紀半ばにかけて、ウェールズでは民衆教育の場はキリスト教各宗派が運営した巡回学校や日曜学校以外にはほとんどなかった。そして、その教育内容は聖書を読むための識字教育だった。つまり、当時のウェールズには、教会制度をのぞいては社会秩序と伝統維持のための制度的基盤はなかったといえる。そして、もう一度強調したいのが、ウェールズにおいては民衆レベルでその基盤をささえていたのがノンコンフォーミズムの説教師たちであり、彼らは説教によって民衆の心をひきつけ、民衆に大きな喜びをあたえていた。そのような意味で、彼らの説教は「教育」であり、同時に、感動を生む「娯楽」でもあったということができる。

だが、いうまでもなく、ホメロスの時代のギリシアとは異なって、当時のウェールズには近代的な印刷技術が存在しており印刷物も流通していた。評価が高い説教は印刷され、一般に出回っていた。また、そもそも、説教というもの自体が『聖書』という書物にもとづく語りである。したがって、ハブロックが論じている古典ギリシアの口承文化が、ウェールズにも見られたというわけではない。だが、共同体の統合が、主として、語りによってなされたという点で、当時のウェールズのノンコンフォーミズムの語りはハブロックが描くギリシアを連想させるのである。

ウェールズにも宗教的語りとは異なる、民衆の口承文化が存在していた。最も重要なのは農閑期に人々が楽しんだ語りである。

農作物の収穫が一段落し家のなかでの労働が中心になると、人々は同時に語りも楽しんでいたという。屋内での労働としては、灯心草の繊維をほぐし灯りをつくる作業、女性たちには靴下を編むなどの作業があった。こうした労働は共同作業として、ある一軒の家に集まっておこなわれた。そうした際には、語りの芸人が家々を訪れてユーモラスな民話を語ったり、老人たちがウェールズの有名人の話をしていたのだという。これが、農民たちの冬の大きな楽しみのひとつであった。

また、前にウェールズの民衆が歌を好んだということを書いたが、歌もまた共同労働をおこなう際の娯楽のひとつであった。作業をおこなう家に集まった者たちが、即興で歌をつくって出来ばえを競いあい、また、その即興の歌を全員で歌う、そのように民衆は歌を楽しんでいたという(45)。

だが、そうした語りは、通常、他愛のないユーモラスな話や、離れた村の住人のゴシップ程度のものに過ぎなかった。また、歌も洗練された美をそなえたものとはいえなかった。もちろん、寒い冬の単調な仕事に従事する人々の心をなごませ愉快な気分にさせたという意味では、そうした語りや歌も娯楽としての機能を十分に果たしている。だが、説教師たちの語りが民衆に提供した娯楽とは質が違っていた。

後年、説教師になったある人物が、初めてダニエル・ローランドの説教を聴いて感激したときのことをこう回想している。

　あの日、私は、私が喜びとともに生きるべき新しい大空と、新しい大地を見つけることができたのです。あの日私が経験したのは、生まれて初めて視力を与えられた盲人でさえ経験できない変化でした(46)。

大げさな表現ではないだろう。後年、説教師になる青年の目には、ローランドの説教を聴くことで、周囲の自然、自己や社会が、それまでとはまったく違ったものに見えたのだろう。いいかえれば、この青年はローランドの語りによって世界について語る新しい言葉とビジョンを獲得したのである。そしてまた、それは、世界について彼が自分自身で新しい思考を展開する言葉を獲得したことにほかならなかっただろう。だから、それはたんなる視力の獲得以上の、知的で精神的な喜びだったのだ。

詳述する余裕はないが、先ほど名前を挙げたパンティケランのウィリアム・ウィリアムズの賛美歌についても同じことがいえる。ウィリアムズは八〇〇以上もの賛美歌を作曲したが、そのモチーフは狭義の信仰に限定されるものではなく、生と死、愛、その他、人間の様々な喜びや悲しみを言葉にしたものであった。民衆はウィリアムズの賛美歌によって、自分たちの生を歌う言葉を獲得したのである。

使い古された言葉であるが、ウェールズの民衆は、説教師たちの語りや歌によって世界を説明する「物語」を獲得したのである。民間伝承やフォークローレはそうした物語にはなりえなかっただろう。彼らにとっては、説教師たちがつくりだす言葉の文化が、世界や人間の生死について語る物語にほかならなかった。説教は宗教的教義を説くだけのものではなかった。

また、説教師たちは説教壇に立つばかりでなく、町に出て従来から続いていた様々な因習を廃止させるなど、いわば、社会運動家としての役割も果たした。ジョン・エリアスの例をあげることにする。

当時のウェールズには、精霊降臨日に崖にあるカラスの巣に火をつけ、カラスの雛を焼いてしまうという習俗があったという。カラスが家禽類を餌食にしてしまうのでカラスを退治することが必要だったからである。このカラス退治がおこなわれる日には近隣から群衆が集まり、崖の上から火のついた木の枝の束を鎖で巣に向かって下ろし、カラスの雛を焼き殺していたという。この行事は群衆を異様に興奮させた。燃えさかる木の枝の束がカラスの巣にあたり、火の粉があがるたびに群衆は大歓声をあげていたという。カラスを退治した後も群衆の興奮はおさまらず、群集どうしの喧嘩が始まり、多くの負傷者をだしなかには骨折する者もいたという。エリアスは

この習俗を廃止させた。(47)

このエリアスの行動をどう評価すればいいだろうか。一面から見れば、興奮を自分達でコントロールすることができず暴力的な行動に駆られる民衆に、良識的な社会性を広めようとした、啓蒙的ないしは教育的な実践的活動だと考えることができるだろう。しかし、カラスの雛を焼き殺すこの習俗は、生態系を守るための、長い経験にもとづいて生まれた民衆の知恵であったはずだ。エリアスはそうした民衆の知恵を信仰にもとづく彼の倫理観にしたがって否定したのである。彼の行動は、ある意味で、社会改良といえる。だが、逆に独善的だったと非難することもできる。

エリアスにかぎらず、ウェールズの慣習や伝統文化に対して説教師たちがなしたことは、功罪相半ばしているといわざるをえない。エリアスのエピソード以上に極端な例として、ウェールズ固有のダンスやフォークソングのほとんどが、説教師たちの影響によって消滅してしまったという事実をあげることができる。(48)そうしたダンスや音楽は民衆に身体的な喜びをあたえる。したがって、説教師たちは、信仰に反する望ましくないものだとみなし、そうしたダンスや音楽を敵視し抑圧したのである。彼らの説教に感動した民衆が、その身体によって激しく感動を表現したことを考えると、実に、皮肉であった。

これらの事実をもとに、説教師たちが独善的であったということは容易である。だが、彼ら同様に、私たちも私たちの時代に特有の独善性をまぬがれてはいないはずであり、説教師たちがおこなったことを今日の価値観にしたがって批判してもほとんど意味はない。忘れてはならないのは、説教師たちが提供した新しい文化や価値観を民衆自身が受けいれなければそのようなことが起こるはずはないということである。

実際に、ウェールズ土着のダンスやフォークソングにかわって、賛美歌が民衆の歌として定着していった。そして、一九世紀の後半には賛美歌の歌唱祭をはじめとして、様々な音楽祭がウェールズでおこなわれるようになってゆく。[49] 説教師たちが提供した新しい歌が、民衆の文化として根づき育ち開花したのである。

一八世紀の半ばから一九世紀の半ばにかけて、ノンコンフォーミズムの説教師たちはウェールズの民衆に対して驚くほどの影響力をもっていた。また、彼らの活動は驚くほど多面的であった。彼らは、宗教的な指導者というだけではなく、劇作家であり俳優であり、ポピュラーミュージックの作者であり、教育者であり民衆のための娯楽のプロデューサーであり、社会改良運動の活動家でさえあった。逆に、当時のウェールズという共同体が、説教師の存在を媒介としていかにノンコンフォーミズムに強く結びつけられていたかということもわかる。陳腐ないいかたになるが、彼らの共同体には有機的な一体性が成立していた。ノンコンフォーミズムがいかにウェールズという共同体の中心であったかをしめす例を、もう少しあげたい。

ノンコンフォーミズムの説教師たちが活動の拠点としたチャペルは、いわば、地域の文化センターであった。当時、チャペルは礼拝などの狭義の宗教的行事だけではなく、民衆の様々な活動の場として使われていた。例えば、聖書の勉強会や一般的な識字教育の場として、あるいは、節酒のための集まりの場として使われていた。「節酒」と書くと、ひどく古臭く道学者的に響くかもしれないが、今日的にいえば「ライフ・スタイル」改善のための集まりであると考えられる。また、日曜の礼拝の際には、人々は軽い昼食とお茶を準備し、近隣の人々との交流を楽しんでいた。

ウェールズのノンコンフォーミズムは、徹底して民衆のための宗教であった。そのことは、ウェールズのエリート層が、ほぼ、英国国教会に属していて、ノンコンフォーミズム諸宗派に属する人々が、いわゆる、中流以下の社会階層に属する人々であったという事実が端的にしめしているであろうし、また、説教師たちの身分のありかたからもうかがえる。英国国教会の牧師とは異なり、ノンコンフォーミズムの説教師の地位は制度的に保障されたものではなく、説教師の中には生計を立てるために副業をもっていた者さえいた。
何人かの説教師は、時代の寵児になった。例えば、クリスマス・エバンスのような説教師は、民衆の人気を集めマスコット人形までつくられていた。彼は、当時のウェールズにおける「セレブリティ」であったと形容することができるかもしれない。だが、もし、彼らのうちの何人かが「セレブリティ」であったとしても、それは民衆のなかから生まれたのだということを忘れてはならないだろう。また、逆に、彼らには「庶民派」を気どる必要もなかった。彼らは、その気になれば日常の生活ぶりがうかがえる近い距離でともに生きている民衆の一人に過ぎなかった。だが、それでも、彼らはウェールズ民衆の文化的・社会的リーダーであり、また、ウェールズという共同体のアイデンティティを構成する核であった。

ウェールズの説教師たちがおこなう説教は、人々が村から村へと移動する機会をつくりだした。今日的にいえば、これは地域の活性化であり、ウェールズにひとつの共同体としての意識を生みだすことにもなった。たとえば、一八五〇年ごろの地方の町の状況を描写した次の引用を見てほしい(50)。

これといった出来事がほとんど起きなかった当時の村の生活のなかで、唯一ささやかな波紋を立てたのは、土曜日にカーマーセンとのあいだを往復する農民たち、ウェールズの北部から、あるいは、カーディガンやペンブロークなど隣り合った地域から、石切り場に向かう荷車、そして、休みの日、とくに特別な礼拝や集会が村のチャペルで催される時に近隣地域から荷馬車に乗ってやってくる人々だった。

それらの宗教的な催しは、間接的ではあったが、村の外観や衛生状態を改善することに役立った。というのは、村人はその催しにやってくる人々を歓迎するために、宗派に関係なく家の外壁に白い漆喰を塗りなおし、家の中を片付け掃除をして、村を催しにふさわしいものにしたからだ。

引用部分だけではっきりしないかもしれないが単調な生活が続く村を、あわただしい、また同時に、華やいだ雰囲気が包んでいる、そうした情景が想像できる一節である。このようにして、ノンコンフォーミズムの各宗派やその説教師たちは、ウェールズの言語文化を維持発展させながら村々を結びつけ、ウェールズという共同体を構成するための中心的な役割を果たしたのであった。そこには「想像の共同体」（ベネディクト・アンダーソン）以前の、民衆の生活に根ざした文化をもつ真の共同体の名残りが色こく残っているのではないかと思う。

九　ノンコンフォーミズム以後

ウェールズという共同体の核であったノンコンフォーミズムの語りが力を失ってゆくのは、一九世紀の半ばであった。一八四九年にも宗教復興があったといわれる。だが、それは一九世紀半ばの天然痘の流行が生みだした一過性の現象であった[51]。民衆の文化を創造する活力に満ちたノンコンフォーミズムの語りは、一九世紀の半ばにその黄金時代の幕を閉じたと私は考える。

マルクスとエンゲルスの『共産党宣言』が発表されるのが一八四八年、『資本論』の出版が一八六七年である。資本主義的経済システムのなかで、説教師たちの言葉は民衆に世界を説明する力を次第に失っていった。一八三〇年代になると、ジョン・エリアスは手紙のなかでしきりに会衆の変化を語り、信者数が減っているというロンドンからの報告を嘆くようになる。

ウェールズ民衆の一体化は、キリスト教ではなく労働運動によっておしすすめられた。新しい時代を語り、民衆に自己や社会を説明する言葉をあたえたのは、新聞や小説であった。

一八世紀から一九世紀半ばにかけてのウェールズを見て驚嘆せざるをえないのは、その文化的統一性である。文化の中心にはキリスト教があり、その中心に、いつもノンコンフォーミズムの説教師たちがいた。彼らは宗教家であっただけではなく、ポピュラー・ソングの作家であり、悪しき因習を廃止した社会活動家であった。宗教家であり、音楽家であり、劇作家であった。

私は、意図的に、ロックコンサートやサッカーの試合を引き合いにだした。だが、これは、もちろん、ウェールズのノンコンフォーミズムが民衆にあたえたカタルシスと、今日、ロックミュージックやスポーツがあたえるそれとが、同質のものだというためではない。ある程度の類似性は認められるものの、両者のあいだには決定的な相違がある。

ウェールズの文化には『聖書』という原典があった。絶えず典拠としなければならないひとつのテキストがあり、人々の行為はかならずそのテキストに照らして正当性を問われた。日常的なモラルから民衆の歌までもが、ひとつの精神的・倫理的な核から生まれ、人々をその核に結びつけるのである。だが、現代的なイベントに、そうした核を見出すことはできない。娯楽は、ともするとあくどい刺激を追求することに終止し、精神性を失う。逆に教育からは喜びが失われがちである。まるで、精神的領域にまで「分業」がゆきとどいたかのようだ。

また、個々の説教師についても同じことがいえる。彼らは聖書を理解し、それについて語ることに生涯を費やした。彼らは聖書研究をおこたらなかった。エリアスは膨大な聖書研究のノートを残しているという。だが、多くのウェールズの説教師たちは説教の「原稿」というものを書かなかった。本章で触れた説教師についていえば、ダニエル・ローランドは説教壇に覚え書きをもって登ったというが、クリスマス・エバンスやジョン・エリアスは説教の下書きをしなかったという。エリアスは文字にしてしまうと、説教の生命が失われると語っていたという。[52] クリスマス・エバンスは、説教の構想を練るとき、椅子に腰をおろし、目を閉じて、説教が映像として自然に完成された姿で自分の目に映ってくるまで、何時間もそのままだったという。

今日の私たちには、ひとつの原典とこのような関係をもつことは、なかなか困難である。だが、ウェールズの説教師たちにとってさえ、次第に、それは難しくなってゆく。本章では触れることができなかったが、一九世紀末から二〇世紀初頭のウェールズの説教は、残念ながら、ドラマティックとは形容できないものになっている。あえて一言で要約するならば、アカデミックである。当時の説教師たちは、聖書そのものの信憑性をあきらかにすることを求められ、歴史学や考古学の知見に言及するようになった。したがって、彼らの説教は、好むと好まざるとに関わらず、アカデミックなスタイルをとるようになっていったのである。

エバンスやエリアスは、自分の思索や経験をひとつの聖典に立ち返って検証しつづけることができた。それに対して、後年の説教師たちは、新しい情報にもとづいて、聖典そのものの正当性を常に批判的に検証しなおさなければならなかった。彼らの文化、あるいは「知」というもののありかたが、どこかで根本的に変わったのである。その変化は資本主義的な生産・消費メカニズム、そして自然科学の発達によってもたらされたものだ。そして、そう考えると、ウェールズの説教師たちがぶつかった文化や社会の変化と現代の日本に生きる私たちの言語文化の問題とが地続きのものに見えてくる。

私は活字文化よりも口承文化のほうがいいなどとはまったく思っていない。活字があったからこそ、私はウェールズの説教師たちの声までも想像することができるのであるし、そもそも、私たちの時代には、声も活字もあふれかえっている。社会の変化をつたえるおびただしい量の情報が絶えず流通し、私たちは時代の変化に対応するために、少しでも新しい情報を手に入れようと腐心している。あからさまな進歩主義は、さすがに、もうはやらない。だが、どこかで「新しい」ことは「より良い」ことだと感じている。ひとつの原典に立ち返り思索を深めるのではなく、新しい状況に対応するための「ノウ・ハウ」をえようとする。

こうした状況において「成熟」ということはありうるのだろうか。エバンスやエリアスには成熟がありえただろう。長年にわたって積み重ねられた聖書の研究と語りの実践とが彼らに経験の厚みをあたえ、キリスト教を核とした文化・社会のなかで、彼らの積み上げられた経験は「成熟」ということの実質をなしていただろう。だが、今日においては、技術革新によって「経験」そのものが時として役立たなくなることがある。さらに、もしかりに「新しい」ことと「より良い」こととが等しいとしたら、新しい情報をえられないことは、より良い社会で生きる可能性が低くなるということになってしまう。つまり、年齢を重ねるということは、より良い社会で生きる可能性が低くなることをしか意味しなくなるのであり、要するに、衰弱を意味するだけになってしまう。

一九世紀の最後の四半世紀になると新聞が各家庭に普及し始め、個人による情報処理の手法として「スクラップブック」が作成されるようになる。様々な情報がこのスクラップブックに集積されただろう。だが、個人によって集積されたこの情報が世界を全体として具現したことはなかっただろう。むしろ、ある個人が、その個人特有の興味と関心にしたがって収集したという意味で、それは個人のアイデンティティの投影である。

今日、私たちは、この「スクラップブック」という手法の延長として、コンピュータのディスプレイ上における「カット・アンド・ペースト」を知っている。あるいはここに、「検索」という手法を加えることができるかもしれない。これらの手法は私たちの時代の言語と文化を象徴するものだろうか。もしそうであるならば、それは何を意味しているのだろうか。

（1）本章は、二〇〇四年四月から二〇〇五年三月にかけ、イギリスのカーディフ大学、ウェールズ語・文化学部に滞在したおりに執筆した。客員研究員として私を快く受けいれ、様々な助言と助力をしてくれた、カーディフ大学のショニード・デイヴィーズ教授、当時、博士課程に在学中であったエレリ・ジェイムズ氏には心から感謝している。
現在、同大学同学部において、一九世紀ウェールズのノンコンフォーミズムの説教師に関する、データベースが構築されている。完成すれば、ノンコンフォーミズムのみならず、一九世紀のウェールズおよびイギリス社会の研究に、きわめて有益な情報が提供されるだろう。完成を心待ちにしている。

（2）Morgan P., 2001, "Engine of empire," in *History of Wales*, ed. by Prys Morgan, Tempus, 2001, p. 185.

（3）ゲラインスA・ジョーンズ氏の言葉。同氏はウェールズ出身で、現在はフランスのブルターニュで農業を営んでいる。本章執筆時点で、同氏の年齢は三十台半ば。英語、ウェールズ語、フランス語、ブルトン語を自由に操る。「イギリスは、現在、経済的にも好調であり、国際社会においても相応の敬意を払われている。なぜ、ウェールズの人たちはイギリスの一部であることに不満を感じるのか」という趣旨の私の意地の悪い質問に答えてくれたときの言葉。ゲラインス氏は「土地を奪われ、資源を奪われ、若い人を奪われた、その歴史が問題なのだ」と答えてくれた。
ちなみに、同氏によればウェールズ語とブルトン語は、語彙と音韻レベルでは差異があるものの、他はほとんど同一とみなしてよい言語であるという。近代的「国土」の創出とともに、なぜ、これら二つの地域が、それぞれ別の国家に属さなければならなかったか。それもまた、きわめて興味深い問題である。

また、歴史的事実の記述は、Davies J., *A History of Wales*, Penguin Books, 1990, pp. 326, 383 にしたがった。

（4）Gruffydd G. ed., *A Guide to Welsh Literatue 1530–1570*, University of Wales Press 1997, および、Jones D. G., "Literary Welsh," in *The Use of Welsh*, ed. by Ball M. J., Multilingual Matters, 1988.

（5）Cavenagh F. A., *The Life and Work of Griffith Jones of Llanddowror*, Cardiff : University of Wales Press Board, 1930, pp. 12–13.

（6）Morgan P., *op. cit.*, p. 200.

（7）*Ibid.*, p. 200.

(8) Evans E., *Daniel Rowland,* The Banner of Truth Trust, 1985, p. 125.
(9) Williams A. H. ed., *John Wesley in Wales 1739–1790 Cardiff University Press, 1971,* pp. 45–47.
(10) Evans E., *op. cit.,* p. 162.
(11) Hood P., *Christmas Evans,* Hodder & Stoughton, 1881, p. 5.
(12) Jones A., *Welsh Chapel,* Angueddfa Genedlaethol Cymru, 1984, p. 16.
(13) Evans E., *op. cit.,* p. 13.
(14) *Ibid.,* p. 158.
(15) *Ibid.,* p. 315.
(16) *Ibid.,* p. 316.
(17) *Ibid.,* p. 159.
(18) ローランドはジャンパーという蔑称に対し、英国国教会は眠りこけている「スリーパー」ではないかとやり返したという。
(19) Williams A.H., *op. cit.,* pp. 66–67.
(20) Stephens M. ed., *The New companion to the literature of Wales,* Cardiff : University of Wales Press, 1998.
(21) Williams A. H., *op. cit.,* p. 65.
(22) *Ibid.,* pp. 56–57.
(23) Williams A. H., *op. cit.,* p. 70.
(24) Davies S., *op. cit.,* p. 124.
(25) Rappaport R. A., *Ritual and Religion in the Making of Humanity,* Cambridge University Press, 1999, p. 227.
(26) Evans E., *op. cit.,* p. 51.
(27) Hood P., *op. cit.,* p. 26.
(28) Rowland D., *Tair Pregeith,* Cardiff, ca. 1772, p. 44.

(29) Shenton T., *Christmas Evans : the life and times of the one-eyed preacher of Wales*, Evangelical Press, 2001, pp. 453–5.

(30) Davies S., *op. cit.*, p 140.

(31) 典拠としたテキストは、Evans C., *The Demoniac : a sermon,* Chester, printed by E. Bellis, ca. 1850. である。エバンスのウェールズ語による著作集には、明らかにこの説教を印刷したと見られるものがあったが、印刷出版用に大幅に書き直されているようである。たとえば、最終部分の、繰り返しなどはカットされ、かわりに詩が挿入されるなど、明らかに「読むためのテキスト」として構成されている。したがって、通常、伝記作者たちがエバンスの説教の情景を描写する際に依拠していると思われる英語版を典拠とした。

(32) 聖書の引用は、以下、すべて日本聖書教会、一九八八年出版の『聖書』からおこなった。

(33) Hood P., *op. cit.*, p. 323.

(34) *Ibid.*, p. 285.

(35) Shenton T., *op. cit.* p. 35.

(36) Evans C., *op. cit.*, p. 7.

(37) Hood P., *op. cit.*, p. 191.

(38) Morgan E., *John Elias : life, letters and essays,* Banner of Truth Trust, 1973, p. 114.

(39) *Ibid.*, p. 115.

(40) Davies S., *op. cit.*, pp. 127–128.

(41) Hood P., *op. cit.*, p. 189.

(42) Morgan E., *op. cit.*, p. 120.

(43) Haverock E. A., *Preface to Plato*, Blackwell, 1963.

(44) Davies D., *Reminiscence of My Country and People*, William Lewis Limited, 1925, p. 66.

(45) Owen T. M., *The Customs and Tradition of Wales*, University of Wales Press, 1991, p. 38.

(46) Hood P., *op. cit.*, p. 227.

(47) *Ibid.*, p. 192.

(48) Morgan P., *op. cit.*, p. 179.

(49) Morgan, P., *op. cit.*, p. 203. なお、ノンコンフォーミズムの説教師たちが否定した「世俗的文化」は、いわゆる「アイステッズボッド」'Eisteddfod'、ウェールズ国民文化祭を中心として維持発展がはかられてゆく。ノンコンフォーミズムの説教師たちは、初めこの文化祭と敵対したが、後に、その正当性を承認する。この文化形成のダイナミズムも興味深い問題であるが、本章では扱えなかった。

(50) Davies D., *op. cit.*, pp. 13–14.

(51) Morgan P., *op. cit.*, p. 203.

(52) Davies S., *op. cit.*, p. 129.

第十二章　ラフカディオ・ハーンにおける口承文化の受容と継承

小泉　凡

パトリック・ラフカディオ・ハーン（Patrick Lafcadio Hearn, 1850–1904）こと小泉八雲の没後百年にあたる二〇〇四年には、東京、西宮、松江、熊本など各地で開催された国際シンポジウムや記念行事で、現代の文脈からハーンの今日的意味が再評価された。中でもハーンの命日にあたる九月二六日に早稲田大学で行われたシンポジウムでは、口承性と身体性の重視を唱える齋藤孝やケルト美術研究の鶴岡真弓もパネリストとして出席し、日本文化を耳で知覚したハーン独特の身体性、精神性について、また作品「日本海の浜辺で」（By the Japanese Sea, 1894）や「ろくろ首」のイラストにあらわれたハーンのケルト性についての見解などが提示された。(1) さらに、松江ではハーンの研ぎ澄まされた聴覚を追体験し、身体感覚で松江の街を感じとろうという子ども向けの催し「子ども塾―スーパーへるんさん講座」を開催し、日常生活における耳の文化を再認識する実践を行った。このようにハーンと口承文化の関わりが現代の文脈で注目される昨今である。

本章では、まず、ギリシャのレフカダで生まれアイルランドで育まれたハーンがどのように口承文化を受容したかについて、アイルランド時代の乳母キャサリン・コステロ（Catharine Costello）の存在に注目して考えてみる。さらに来日後のハーンが日本のフォークロアの再話に力を注ぎ、父親として長男一雄に個人授業の形式で行った口承文化継承の実践について紹介した上で、なぜハーンが口承文化の継承を重視したかを考察しようとするものである。

なお、本章で用いる「口承文化」という言葉の概念は、ハーンという再話文学を得意とする作家を扱う関係上、文字通り「口づてに伝承された文化」に限らず、文字化されたものであっても内容が口承性の強い著作物等も含めた広義の意でこの言葉を使用していきたい。

一　語り部の系譜——口承文化の受容

1　ギリシャの母とケルトの記憶

ハーンの最も古い口承文化体験の記憶は、ギリシャ人の母ローザ・カシマチ（Rosa Antonia Cassimati, 1823-1882）が語る昔話だったとされている。それは、熊本時代のハーンが開港場長崎から宇土半島の三角に戻り、浦島屋という宿で夢のような時を過ごした体験を綴りながら、浦島の再話や口承文化への思いにも言及した作品「夏の日の夢」（The Dream of a Summer Day, 1894）の中に描かれている。

私はある場所とある不思議な時を覚えている。その頃は日も月も今よりもっと明るく大きかった。それがこの世のことであったか、もっと前の世のことであったかは定かでない。（中略）更にまた私は思い出す、一日一日がこの頃よりずっと長かったことを。また、毎日毎日が私には新しい驚きと新しい歓びの連続だったことを。そしてその国と時間とをやさしく統べる人がいて、その人はひたすら私の幸福だけを願っていた。時には私は幸福になるのを拒むことがあった。すると決まってその人は心を痛めた。聖なる人であったのに――。それで私は努めて後悔の色を示そうとしたことを覚えている。昼が過ぎて月が出る前のたそがれ時、大いなる静寂が大地を領すると、その人はいろいろなお話をきかせてくれた、頭のてっぺんから足の爪先まで嬉しさでぞくぞくするようなお話を。それからたくさん物語を聞く機会があったが、それも皆美しさにおいて、その人のお話の半ばにも及ばない。嬉しさがこらえ切れなくなると、その人は不思議な短い歌を歌ってくれた。それが決まって眠りへ誘う歌だった。(2)

ここに描かれた「ある場所とある不思議な時」は、ハーンがダブリンに移る前のギリシャで母と共に過ごした至福の時をさしているともとれるし、アイルランド時代を含めたハーンの理想化された場所と時の記憶ともとれる。ここに登場するハーンにお話を語った「やさしく統べる人」はハーンが生涯愛惜の念を抱いた母ローザであるのか、アイルランドで幼いハーンに物語を聞かせた乳母、または西部メイヨー州コングに住み、ハーンにとりわけやさしく接した伯母キャサリン・エルウッド（Catherine Frances Elwood）のことなのか。想像は尽きないが、ここではハーンの幼年時代に関わった女性たち、もっと端的にいえば、前述した三人の女性が渾然となって理想化された「語り部像」ととらえる方が妥当ではないのか。

ローザはレフカダからダブリンに移った後、地中海と北西ヨーロッパの気候の違い、ギリシャ語と英語、ギリシャ正教とプロテスタントやカトリック、そういった異文化のギャップの犠牲となって一人帰郷した。ハーンもまたそういう母に終生愛惜の念を抱いていた。後に自分の良い分子はすべてギリシャ人の魂に由来していると弟に書き送ったほどギリシャ(母)とアイルランド(父)を対比させ、いつもギリシャに味方していたのは事実だった。しかし、来日後、松江に住んで山陰地方のフォークロアを訪ね歩くうちに、ケルトと日本あるいは山陰地方が、多神教世界、アニミズム的世界という共通点において、ハーンの頭の中で連携を開始した。さらにギリシャもアイルランドもキリスト教以前の多神教世界、あるいは文字文化より口承文化と結びついて存在するという共通点を意識するようになっていくのだった。しかし、平川祐弘が説くように、ハーンが共感した前キリスト教的なものに含まれるケルト的なものとは、ハーンが幼児体験として自己の内面にもち合わせたもので、来日後においてもそれが父方のアイルランドに由来すると思いたくなかったのは事実であろう。(3) そのような種々の事情を勘案すると、やはり「やさしく統べる人」はギリシャ・アイルランド双方の口承文化の担い手である、ハーンが理想とする語り部像の複合体と考えるべきなのだろう。

2　キャサリン・コステロとケルト口承文化

軍医である父チャールズはほとんど家をあけていた。そんな中でダブリンで孤立を深めるハーンと母ローザを支えたのは、プロテスタントのハーン家で唯一カトリックへ改宗していた、祖母エリザベス（Elizabeth）の妹の大叔母サラ・ブレナン（Sarah Holmes Brenane, 1793-1871）だった。裕福なサラの庇護を受けて暮らすようになるが、前述の理由でいかにしてもダブリンの生活に馴染めなかったローザは一八五四年の初夏の頃、ギリシャへ帰った。ハーンにとってこれが母との永遠の別れとなった。その後まもなく、ハーンの子守役として雇われたのがコナハト（Connacht）出身のキャサリン・コステロ（Catharine Costello）だった。(4) この女性については、従来、O・Wフロストの言及によってケイト・ローナン（Kate Ronane）という名の乳母と考えられていたが、(5) 近年、中田賢次がバージニア大学バレット文庫に収蔵されるハーンの乳母に関する手記を紹介したことから、ハーンの乳母はケイト（本名はキャサリン）とは別人のキャサリンであることが判明し、その全貌についてもおぼろげながら明らかになってきた。まず、ハーンの手記を引かせていただく。

私の乳母の名はキャサリン・コステロ、――コナハト出身の背の高い女性だった。家の中には、もうひとりキャサリンという名の女中がいた。――優しくつつましい褐色の瞳をもった女性で、皆、彼女のことを「ケイト」と呼んだ。誰も私の乳母をあえて「ケイト」と呼ぼうとはしない。彼女の肌は真っ白で髪は黒、眉は黒く彼女の瞳はグリーンだった。緑がかった青でもグレーがかった青でもなく、――純粋な草色、エメラルドグリーンだった。そして長い陰をつくるまつげにもかかわらず、両の眼は人々を怖がらせた。彼女はしたいように振る舞い、時に「権力者たち」[6]に従うこともきっぱりと拒否した。そして彼らは、彼女が意思をもち、自分を激しく不愉快にさせる能力をもつことを学んだ。キャサリンの体つきはほっそりとしていたが、男のような腕の筋肉をもつとても逞しい女性だった。彼女は　キャサリンはきれいではないが、――醜くもない。仮に彼女の顔にある種の冷淡さがなければ、ほぼ美しいといえるだろう。私はキャサリンがとても怖い、ほとんど嫌いだといってもいい。だからといって心から嫌うことはできない――なぜなら彼女とトラブルを起こした時はいつも彼女が正しく、私は絶望的に間違っているからだ。彼女を愛することはできないが、いつも彼女が正しいことを――骨の髄まで正しいことを知っている。私はすごい想像力をもっており、多くの人たちの悪事を想像できる。しかしキャサリンが何か悪いことをいったり、したり、一瞬でも悪事を考えるということさえ想像することができなかった。私は権力者たちがキャサリンについて同じ評価であることに気づいていた。誰にとってもキャサリンの悪口をいうことは有用ではない――単に彼らを笑わせるような思いつきに過ぎない。私自身、キャサリンの悪口をいおうとしたが、悲しい結果を招くことを学んだ。キャサリンは時に横柄で頑固で、人々を、むち紐で切られるようなシャープな響きをもつアイルランド語のおかしな名前で呼んだ。でもキャサリンの正しさは、真実を重視するいかなる人間からも疑われることはない。

キャサリンのルーツは定かではないが、コステロ姓はスペインからウェールズを経て一三世紀にアイルランド・ミーズ州へ、さらにメイヨー州に移った一族と推定されるようだ。[7] そして引用文からは黒髪の女性だったことがわかるので、その点では母ローザのイメージとも重複する。この手記を信じる限り、ハーンにとってキャサリンは甘えられるような存在ではなかったが、筋の通った畏怖の念さえ抱かせるような女性で、幼いハーンの身近にあって情操面で相当の影響力をもっていたことが想像される。

海が好きな大叔母サラは、夏にはハーンを連れてウォーターフォード州のトラモアやハーンの伯母キャサリン・エルウッドが住むメイヨー州コング、北ウェールズのバンゴーなどをしばしば訪れた。ハーンはことにバンゴーから程近いカナーヴォン城のイーグルタワーに登り眼下の海を行く船を眺めるのが大好きだった。カナーヴォンでは乳母キャサリンと二人だけで中国航路の船乗りのコテージに滞在し、数々の東洋の奇妙な品々に囲まれて幸せな日々を送ったこともあった。ハーンはその時の思い出を一八九四年八月二一日付けでB・H・チェンバレン（Basil Hall Chamberlain, 1850–1935）に認め、そこでのキャサリンについて「私の乳母はコナハト出身だったが、地元の人たちが話すのを理解することができた」と回想している。[8] となれば、同じゲール語でも大きな差異があるとされるウェールズ語とアイルランド語双方の言葉を理解できたということであり、それは前述したキャサリンの先祖の足跡と関係があるのだろう。そしてキャサリンの翻訳を介してハーンに伝えられたウェールズの異文化が、同書簡にある「なんと幸せな時だったのだろう」というハーンの回想を生み出したことになろう。

サラは厳格なカトリック教徒でハーンを神父にしようと考えていた。ゆえにサラの前で妖精譚、怪談、ケルト神話など多神教の世界を披露することは厳しく禁じられていた。しかし、夏場にキャサリンとふたりだけで避暑地に滞在した時にはハーンにとってケルトの口承文化を受容する絶好のチャンスとなった。周辺の環境からいっても、トラモア、コング、カナーヴォンがいずれもゲールタハトすなわち日常的にゲール語が話されるケルト文化が濃厚な地域あるいはその地域に隣接していたということが、ハーンとケルト口承文化の絆を深めたといえよう。一九〇一年九月二四日、東京からW・B・イェイツ（William Butler Yeats, 1865–1939）に宛てた書簡には次のような告白がみられる。

しかし四五年前、私は「心にひと筋のひびも入っていない」やんちゃな少年でした。ダブリンのアッパーリーソン通りに住み、私には妖精譚や怪談を教えてくれたコナハト出身の乳母がいました。だから私はアイルランドのものを愛すべきだし、またじっさい愛しているのです。(9)

家族にも語らなかったアイルランドへの愛情をイェイツにだけ告白したハーンの複雑な心情も想像できるが、その愛情の理由がキャサリンの語るケルト口承文化であったと吐露したことは注目すべきであろう。実は、小泉家にもキャサリンがハーンに伝えたアイルランド民話と思われる二つの話が口伝されている。今や、確実な証拠をあげることはできないが、ハーンが長男一雄へ、一雄が一人息子の時へ、時が筆者へ伝えたものである。ハーンの孫の時は、この二話が「一雄がハーンから聞いたアイルランドの民話として語ってくれた」という幽かな記憶があり、後述するハーンが一雄に買い与えた昔話の本にも収録されていない非常に口承性の強い民話であることは事実である。以下に二話の要旨を紹介する。

（一）　よく喧嘩をするがまじめな夫婦があった。クリスマス前に神が現れ、三つの願いを叶えるという。夫はソーセージが食べたいという。するとソーセージが現われる。妻はそんなものより、金貨が欲しいというべきだったと夫をなじる。夫婦喧嘩が始まり、夫が「おまえの鼻にソーセージをつけてやる」と怒鳴ったとたん、妻の鼻にソーセージがくっついてしまった。泣く泣くそれをはずしてもらうことで三つの願いは終ってしまう。

(二)　年に一度、猫の王様が現れ、猫たちがそこに集まってくる。ある正直者の男が湧き水を飲んだところ、草むらの中にいる猫たちのしゃべり声が聞こえるようになった。あそこを掘れば金貨があるのになぜ人間は知らないのか、などという話が聞こえた。その場所を掘ってみると、じっさい金貨がみつかりその男は大金持ちになった。それを聞いた欲張り者の男が、翌年の猫の集会に合わせて湧き水を飲み、気づかれないようにそっと木の上でそれを見守っていた。すると王様は去年は人間のスパイが紛れていてまんまとわされたので、今年はまず人間がいないかどうか皆で探せという命令を出した。欲張り者の男はすぐにみつかり、猫たちに引っかかれて殺されてしまった。

いずれも、世界の民話を分類した定本A・アールネとS・トムソンの『民話の型』(The Types of the Folktale)に記載されている民話で、(一)は「三つの願い」(AT750A,『民話の型』における分類番号)、(二)はアイルランドでは「小マッカーシーと大マッカーシー」、世界的には「二人の旅人」(AT613)として知られる話で、日本では「聴耳」(AT670, 671)の後半部に瘤取爺(AT503)を加えたような話である。[10] また「三つの願い」は、先般、アカデミー賞候補作として話題にのぼった、アメリカンドリームを追ってアイルランドからニューヨークへと移民した家族の光と影を描いた映画「イン・アメリカ」では、ストーリー展開に際してキーワードの役を果たしていた。姉のクリスティーが願いごとをするたびにストーリーが新たな局面を迎え、新しい命の誕生という三つ目の願い事が叶うことで結末に至る。映画を見ながら、ハーンによって小泉家に伝承された「三つの願い」を思い出し、口承と深く関わるアイルランド的家庭のひとこまを連想せざるを得なかった。

とにかく、（一）（二）とも、アイルランドに類話が多く、三宅忠明によれば（一）は一四四話、（二）は三〇七話が採集されているという。[11] ケルトの口承文化の伝承者であるキャサリンがハーンに語ったとしても決して不思議ではない物語である。もしそうだとすれば、キャサリンが幼いハーンに語った民話が極東に場所を移して一五〇年後の今も生き残っていることになる。そこには語り部としての乳母の影響力とハーンの口承文化継承への意欲を汲み取ることができる。

3　その後の語り部たち

いつしかサラの信頼を得るようになった遠戚のヘンリー・モリヌー（Henry Hearn Molyneux, 1837-1906）が事業に失敗したため、サラの財産は消滅する。厄介者となったハーンにはアメリカ移民の道しか残されていなかった。一九歳の時、モリヌーの妹フランシス・アン（Francis Anne）夫妻を頼ってシンシナティに行ったものの相手にされず、不器用で繊細なハーンには長続きするような仕事はみつからなかった。ヘンリー・ワトキン（Henry Watkin, 1824-1908）という老印刷工との出会いが彼をホームレス同然の生活から救い、ついにその文筆力がシンシナティ・エンクワイアラー社の主筆ジョン・A・コッカレルに評価され、ジャーナリストの道を歩むようになる。

そんな中で、ハーンは自分が身をおいていた下宿屋で料理人をしていた混血女性アルシア・フォリー（Alethea Foley, 1854-1913，通称マティー）に魅かれるようになる。お互いに白人至上主義的な文明社会で冷遇された不幸な体験と、ある意味で混血という立場も共有していた。ハーンはマティーの野性的な美しさと超自然的世界に精通した語り部という資質に魅力を感じ、一八七四年、ふたりは黒人の牧師に依頼して法律で認められない結婚に踏み切った。マティーはケンタッキー州メイビル付近で白人農園主と奴隷女との間に生まれ、農園主の娘が結婚する際に贈り物としてその娘に与えられたという過去をもつ。そういった農場に伝わる幽霊譚の伝承者であるマティーは、語り部としてハーンに貢献した。一八七五年九月二六日付けでシンシナティ・コマーシャル紙に掲載されたハーンの記事「奇妙な体験」(Some Strange Experience) には、マティーが語るケンタッキーの農園に出没する亡霊の話が豊富に紹介されている。そこに登場する語り手の娘(マティー)について、ハーンは「読み書きを習ったことは一度もなかったが、語るに際しての素晴しく豊かな描写力、普通以上に優れた記憶力、そして、イタリアの即興詩人をも魅了するであろう座談の才などに生来恵まれていた」(12)と描写し、語り部としてのマティーの魅力を端的に伝えている。しかしふたりの結婚生活は周囲の中傷もあって破綻する。ハーンはニューオリンズへマティーは故郷へと離別することになった。

ニューオリンズで約一〇年間、ジャーナリストとしてとくにクレオール文化への関心を深めたハーンは、一八八七年七月、紀行文執筆のためカリブ海にあるフランス領の島マルティニークへ向かった。ここでも身近にいてハーンの世話をした女性、シリリア (Cyrillia) はそんな語り部の一人だった。シリリアの資質についてハーンはこう述べている。

　彼女は妖術師とか、魔女、ゾンビの力で、私の身に何か起こりはしないかと、それを大いに心配している。シリリアのゾンビに対する信仰は、議論の余地なんかないほど堅いものがある。この信仰は彼女の内性の一部であり、——ある意味では遺伝的なもの、人種的なものである。(13)

マルティニークはアイルランドと同じく口承文化に恵まれた島で、今日でもコンターと呼ばれる語り部が活躍している。かつては一日の労働を終えて日が暮れると、コンターの語りを聞くのが労働者たちの何よりの楽しみだったという。ハーンもかつて白人農園主の子どもを養育した乳母の多くが語り部だったことを小説「ユーマ」（Youma）の中でこう説明する。

白人の子供を預かる乳母《ダー》は誰もがストーリーテラーだったからで、そうして育った子供たちが、最初に空想力をはぐくまれるのは、乳母のお伽噺を通してだったからである。こうして白人の子供の空想力は一旦アフリカナイズされた。それは年長になってから受ける公教育をもってしても完全に除去できないほどの深い感化であった。(14)

ハーンの心中では、「アフリカナイズ」を「ケルトナイズ」に置き換えて自らの体験に重ねることが可能だったのかもしれない。そして口承文化が子どもの情操教育にとって非常に重要であるという価値観をこの一文から垣間見ることもできる。それは想像力の育成という点に関して抱いていたハーンの信念と強く関わるものであろう。ハーンには想像力こそ人間が生きるために最も大切なものと考える傾向がみられた。一八七八年一二月六日付けのディリー・シティー・アイテム紙掲載の記事「教育における想像力」（The Imagination in Educational Training）では「今日の最良の作者、最良の教師とは無味乾燥な事実を想像のスパイスで味付けする人だ」(15)と述べ、来日後の島根県教育会における講演でも「生徒ハ何ノ事ヤラ訳カワカラス只六ヶ敷規則ヲ暗記セント勉ムルノテアリマス而シテ如此教授法ノ原因ハ何ニヤリト問ハヽ則チ記憶力ハ少シモ想像力ヲ借ラスシテ養成シ得可シトノ古代妄想《ママ》ノ影響ヲ蒙ムルニ外ナリマセン」(16)と述べ、日本の記憶力偏重の教育を批判した。東大の講義でも、偉大な詩人たちは起きていながら夢をみる子どもの想像力と同じものをもっている、そしてそういう子どもたちを、愚かな教師は殴ったり厳しい言葉で戒めるが、これは「想像力があらゆる現実を支配しているに過ぎない」(17)と、その価値を学生に説いている。ハーンは、少なくとも口承文化が人間の想像力を育む役割を担うという点において、重大な価値を認めていたと思われるが、それについては次節で、ハーンの長男一雄への個人授業の例を引いて述べることにしたい。

松江時代に、勤務先である島根県尋常中学校の西田千太郎教頭（一八六三―一八九七）や滞在先旅館の女中お信の紹介でハーンの世話係となったのが小泉セツ（一八六八―一九三二）だった。ふたりは一八九〇年の夏、出雲大社で結婚の儀式を行い、一八九六年にハーンが小泉セツに入夫縁組、帰化という法的な手続きをするに至った。ハーンは妻となったセツに対して、家事よりもむしろ語り部としての役目に期待を寄せた。それはセツがマティーと同様に語り部としての資質をそなえていたからにほかならない。

セツの実母小泉チエ（一八三七―一九一二）は能筆家、読書家で江戸時代の小説類はほとんど読んでおり、曲亭馬琴の作品は諳んじている部分も多かったという。セツの読書好き、物語好きは家庭環境からくるものが大きな要因になったと思われる。セツはお七夜の晩に小泉家の遠戚にあたる稲垣家に養女に出され、成人するまで同家で育まれた。セツの養母稲垣トミ（一八四三―一九一二）も口承文化の伝承者で、とくに庶民の間で伝承された世間話、つまり狐に化かされた話の類を豊富に記憶する語り部だった。セツは後年、長男一雄の嫁の喜久恵に、ハーンが浴場に向かうたびにみせる忍び足について、「あれをみると夫はやはり狐が化けているのではないかと疑った。それが結婚してから何より怖かったことだ」と、真剣に告白したというエピソードを筆者が聞いているという事実からも、口承文化の中で育まれたセツの素性が理解できる。また、ハーンはセツのこういったナイーブでプリミティブな部分に魅かれるのだった。

ハーンとセツの新婚旅行は一八九一年八月、鳥取県の浜村温泉への人力車の旅だった。浜村温泉ではちょうど盆の晩を迎え、その夜、ハーンは不思議な夢を見たことを「日本海の浜辺で」に記している。寺の境内のようなところで出雲の女がケルトの子守歌のような嘆きの歌を歌い、女の髪が渦を巻きながら海に溶け込んでいくという夢である。鶴岡真弓、吉津成久等、先学の指摘があるように[18]、この夢の中の渦を巻く女の髪はケルト人が千年にわたって刻み続けた渦巻き模様のシンボリズムかもしれない。山陰の盆の晩にケルト的な習俗と出雲の習俗が重なり、輪廻転生の死生観にハーンが共鳴していく心中を表しているともいえよう。実際、その後のハーンの作品には、来日前には影を潜めていたアイルランド時代についての言及が現れ、一八九二年六月一五日付けの遺書にはニューオリンズ時代以降、決して使わなかった“Patrick”というファーストネームをミドルネームとして記している。また小泉家でみつかった一九〇三年一二月一四日付けの横浜クローフォード社の伝票からは、ハーンが人生最後のクリスマスにアイルランドやイギリスのクリスマスには欠かせぬクリスマス・プディングを一五円四八銭というまとまった額を支払って二〇ポンドも注文したことがわかる。ハーンにとって出雲の語り部セツとの新婚旅行は、自らの中にあるケルト性、アイルランド性を再発見する契機になったといえるのではないだろうか。

松江を離れて熊本・神戸・東京と移り住む中で、ハーンの作風はルポルタージュ紀行から、日本の民話とくに怪異譚を原話とする再話文学へと変化してゆく。したがって、インフォーマントや語り部の役目は一段と重みを増していくが、セツがその役を十分に果たしてくれたことに対しハーンは最大級の敬意を表していた。「日本海の浜辺で」に収められた「鳥取の布団」という怪談をセツが語った時、ハーンは「あなたは、私の手傳い出來る仁です」[19]と喜び、以来、セツに語り部役を期待するようになった。時にセツが「妾が女子大学でも出て学問のある女だったら」とハーンに言うと、ハーンはセツの手をとって書架の前に行き、これはあなたのお蔭できた本だと讃えたエピソードはよく知られている。[20] これはネガティブな慰めの心から出た言動ではなく、口承文化の担い手たちに求める理想像をセツに見出したという、ポジティブなハーンの思いを汲むべきだろう。

本節で言及したローザ・キャサリン・マティー・シリリア・小泉セツは、立場の違いは別としても、いずれもハーンの身近にいて口承文化を語った語り部の系譜に位置づけることができ、ハーンの体内に口承文化体験を血肉化させた人々であった。その意味では柳田國男が「女性と民間伝承」で示唆したような、女性のもつ口承性、男性のもつ文字性といった性的分業の感覚をハーンも基層にもっていたと思われる。[21]

二　口承文化の継承と教育

1　蔵書に見る口承文化の傾向

語り部たちによるオーラルな環境を持続しつつも、読書を通じて文字化された口承文化の受容についてもハーンは積極的だった。現在富山大学附属図書館にあるハーンの蔵書二、四三五冊のうち、洋書の二、〇七一冊の中でFolkloreやMythologyなどいわゆる「口承文化」に分類されている書籍が、英語版三三冊、フランス語版で七三冊ある。[22] さらにLiteratureに分類された蔵書の中にも口承文化に関する書籍が散見されるので、実際にはもう少し数が多い。その内容を俯瞰すると、大雑把ではあるが、次のような特色が指摘できる。

（一）　地域的には西洋に偏らず、イスラム・インド・日本・西インド諸島など広範な地域の口承文化の資料が含まれていること。

（二）　神話・童話・伝承童謡《ナーサリー・ライム》・詩など、口承文化のジャンルが多岐にわたること。

（三）　一九世紀後半に出版された主な民俗学・人類学・伝承文学に関する著書が含まれていること。たとえば、ラング『習慣と神話』（Lang, Andrew, *Custom and Myth*, 1884）、タイラー『原始文化』（Tylor, E. B., *Primitive Culture*, 1891）、ハル『アイルランド文学におけるクーフリンの英雄譚』（Hull, Eleanor, *The Cuchullin Saga in Irish Literature*, 1898）、フレーザー『金枝篇』（Frazer, J.G. *The Golden Bough*, 1900）、『国民文学全集』（*Les Literature Populaires de tous les nation*, 1881-1888）などをあげることができる。

自分の蔵書とはいえ、むやみと書き込むことをしなかったハーンだが、この口承文化に関する大半の本には読んだ形跡を示すチェックや多少の書き込みを見ることができるので、目を通していたことは明らかだといえよう。

また、和漢書三六四冊のうち大半は近世末から明治期にかけての怪奇物語集であり、これらについては『怪談』（*Kwaidan*, 1904）はじめ、後年の再話文学に生かされた原話が収録されている図書である。

そういった蔵書の傾向から、ハーンは来日後も世界の多岐にわたる口承文化のジャンルに関心をもち続け、また民俗学の基本的な考え方や知識についても了解していたと推察することができる。

2　再話文学の実践

ハーンが蔵書や語り部たちを介して口承文化の素材を集め、「再話」という手法を用いて英語に翻訳し、世にとうたことはよく知られている。ハーンは生涯で約三〇冊の単行本を上梓しているが、その作品形態を大別すると、①翻訳　②ルポルタージュ紀行　③物語文学の三つに分類することができる。中でも、物語文学、もっと端的にいえば再話文学の占めるウェイトが高く、一二冊についてはその大半を再話文学が占めている。ハーンの再話文学とは、原話の骨を借りてそれをもとに膨らませ、文学的魂を吹き込んで再創造した短編文学といった定義が妥当であろう。一般に再話文学の定義を「文字に書かれた原典にもとづいて」という条件を加える場合も多いが、ハーンの場合は、「雪女」（Yuki-Onna, 1904）など青梅出身の出入りの女中またはその父が小泉家に伝えた伝承が原話であり、文字に書かれた原典にもとづいていない場合も少なくない。また、今日、口承文芸の世界で「再話」というと、ひとつは昔話を現代的にわかりやすく書き直すこと、もうひとつは、原話のモチーフや精神を素材とみなし、自由に大胆に物語化したものに対して使われ、とくに後者を「再創造」として区別する向きがある。[23]その点では、ハーンの場合は両者の要素を含む再話であるが、後者に近い意味での再話文学であった。

ハーンの再話作品は、『飛花落葉集』（Stray Leaves from Strange Literature, 1884）や『中国怪談集』（Some Chinese Ghosts, 1887）にみられる初期の試作的なものと、来日後七、八年して再開した、すなわち『霊の日本』（In Ghostly Japan, 1899）、『影』（Shadowings, 1900）、『日本雑記』（A Japanes Miscellany, 1901）、『骨董』（Kotto, 1902）、そして『怪談』（Kwaidan, 1904）で頂点を極めた後期の作品群とに大別できる。布村弘の分析によれば、原拠が明らかなハーンの再話文学作品の数は以下の通りである。[24]

● 『飛花落葉集』　二七編
● 『中国怪談集』　六編
● 『霊の日本』　四編
● 『影』　六編
● 『日本雑記』　五編
● 『骨董』　七編
● 『怪談』　一一編
● 『天の川縁起』（The Romance of the Milky Way and Other Studies and Stories, 1905）　二編

合計で六八編となるが、原拠の定かでないものも加えれば、もう少し数が多くなる。このようにハーンが積極

的に再話文学の執筆に取り組んだ理由は、口承文化を継承しようとする意図の発現にほかならないのではないか。確かにハーンの文筆家としての人生において再話文学の空白期間がある。それは主としてカリブ海のマルティニークと松江滞在時で、両地域とも多神教的色彩が顕著な環境だったことから、この期間はフィールドワークを精力的に行い、民族誌的な紀行文の執筆に熱中していた時期だった。むしろその時期には民俗学者・人類学者的態度で民話の蒐集を行っていた。しかし、この期間を経て再び、主として書物に文字化された口承文芸の再話を手がけるようになったのは、熊本・神戸・東京と移り住む中で、日本の大都市でのフィールドワークの魅力が半減したという理由もあろうが、[25]語り部が身近にいる環境を継続したことに加え、口承文化をポジティブに継承しようとする意思が再燃したといえるのではないか。

以下に、ハーンの日本の民話を原話とした再話作品のうち、アイルランドやケルトの口承文化の影響の可能性が感じられるもの、すなわちアイルランドで過ごした子ども時代のケルト口承文化の影響を留めていると考えられる作品について言及しておきたい。

ハーンの再話文学の特徴として因果話や再生譚が多いという特徴が指摘できる。まず来日第一作目の『知られぬ日本の面影』(Glimpses of Unfamiliar Japan, 1894)の「日本海の浜辺で」に収められた「持田浦の子殺しの話」をあげることができる。この話は、民話の話型としては「あんな晩」に属する口承文芸で、盆の晩に鳥取県浜村温泉の旅館で女中から聞いたことになっている。[26]いずれにしても原話が特定されていないので再話の特色がわからないが、漱石の「夢十夜」にも影響を与えたと考える研究者も多い。その要旨は、持田浦で、六人の子を間引きしてきた百姓が、七人目の子どもを育て、その子が五ヶ月になったある月夜の晩、子どもを抱いて庭先を歩いていると、突然その子が「おれを川へ流したのも今夜のような月夜だったね」と前世を語り、百姓は僧になったという話だ。

ハーンはその後も、「勝五郎再生記」(The Rebirth of Katsugoro, 1897)や「力ばか」(Riki-Baka, 1904)といった再生譚を再話していく。前者は、武州中野村の百姓源蔵の次男勝五郎が姉に向かって、自分は武州小宮領程久保村の百姓久兵衛のせがれで、六歳の時疱瘡で病死したという前世を告げ、調べてみると実際その通りだったという話。後者は、知的障害をもつ「力」という青年がある時、急死した。その時、哀れに思った母親が力の左の手のひらに「力ばか」と書き、今度生まれてくる時にはもっと幸せな境遇に生まれるように祈念した。三ヶ月ほどして麹町のあるお屋敷に赤ちゃんが誕生したが、左手に「力ばか」という文字が浮かんでいた。大騒ぎの末、力の母親を探し、力の墓土をとって屋敷にもち帰り、それで左手をこすると、その文字が消えたという話である。

とくに前者はひろく知られた再生譚であり、後世、複数の再話者の手にかかっている。ハーンが原典としたのは、「冠山老公筆記　ほどくぼ小僧前世話」であることは、染村絢子によって明らかにされた。[27] そしてハーンは、「勝五郎再生記」の中で、この再話の意図を、大乗仏教のような高等なものではなく、前世とか再生とかいうものに対して当時の庶民が抱いていた一般通念を回顧することにより、古い時代の信仰を探求することにあるとしている。一方、同じく「勝五郎再生記」の再話者の一人井上円了は、主著『妖怪学講義』でこの物語を紹介し、「愚俗の一般に認めて再生の証拠とするものなり。(中略)輪廻説を証するに、此の如き事実を以ってすることの妄なる所以を述べんとす」[28]とかなり厳しい口調でこの再生譚を罵倒している。ハーンにとっては、円了のいう「愚俗」すなわち「再生」や「因果」に代表される「民衆の一般通念」こそが最大級の価値をもつ関心事だったのである。

再生の原理はハーン自らの文化背景でもあるアイルランドに残るケルト文化の基盤をなすものでもあった。ウィリアム・バトラー・イェイツが、戯曲『復活』の序文で「あらゆる古代の国々は魂の再生を信じていた。そしておそらくラフカディオ・ハーンが日本人の中で見出したような実際の証拠をもっていた」[29]と語っている。実際の証拠とは、いうまでもなくここに提示した三つの再生譚を含んでいる。「持田の子殺しの話」は作品の中では、前述した浜村温泉で奇妙な夢を見る晩に語られた話である。再生をモチーフとする口承文芸とケルトの渦巻き、そして輪廻の思想が重なってゆく。さらに、この旅の帰路、ハーンは美保関からチェンバレンに次のように書き送っている。

輪廻の教義（クリード）は――その来世におけるいくたびもの誕生の約束と、――冥土への旅立ちに関して恐怖を抱かぬことをもって、人生にどんなに美しい影響を与えていることでしょう。人はほんの一滴二滴の涙を流すだけで、あたかも外国への長い旅、といっても、いつもよりはいくらか長いだけの西か南への航海に出かけるように、その冥土への旅に出るのです。[30]

魂祭りの晩に見た奇妙な夢は、ケルトの子守唄を呼び覚まし、輪廻思想への共感を導いたといえよう。輪廻の思想は前田專學が指摘するように仏教の心でありケルトの心でもある。[31] いうまでもなくケルト神話の中には、ドルイド的世界観が顕著にみられ、転生・変身などに彩られた物語も多い。ハーンは『アイルランド文学におけるクーフリンの英雄譚』（Hull, Eleanor, *The Cuchullin Saga in Irish Literature*, 1898）、『マビノギオン』（*The Mabinogion*, from the Welsh of the Llyfr Coch O Hergest in the Library of Jesus College, 1877）などを所蔵しており、ひととおりケルト神話に通じていたと思われる。その点も、日本の再生譚への共感を助長したといえるのかもしれない。

さらに、ハーンの再話文学の中で傑出した作品といわれる「耳なし芳一の話」（The Story of Mimi-Nashi-Hōïchi, 1903）もギリシャ神話にあるオルフェウスの物語だけでなく、ケルトの口承文化とも無縁ではないと考えられる。それとよく似た「魔法のフィドル」（The Magic Fiddle）という話がアイルランドに伝えられている。それは、悪魔に頼んでフィドル（バイオリン）の妙技を身につけた男が評判となりフランス王の宮廷で二〇年間も毎晩フィドルを弾き続け、宮廷の人々を魅了した。ある真夜中に、突然の大音響で皆が目を覚ました。探してみると、男は息を絶え、フィドルはばらばらに壊れていたという。ケヴィン・ダナハーによれば、妖精から偉大な演奏技術を付与されるという話がアイルランド中にあるという。[32]

この話と「耳なし芳一の話」の間には、主人公が弦楽器の演奏者であることや高貴な人々の前に呼び出されて演奏したこと、そして主人公は超自然的なものにとり憑かれ、異界と現世との間に体の一部や生命をも引き裂かれたという共通点がある。[33]ハーンが「魔法のフィドル」を知っていたとすれば、セツが『怪談』の初めにある芳一の話は大層ヘルンの気に入った話でございます」[34]と回想する理由のひとつになるのだろう。これに関連して柳田國男は、一九三四年五月一七日付けの小泉一雄宛て葉書で「『怪談』の耳切法一のことはすでに幾度も利用致しおり候」と書いており、じっさい「鹿の耳」には「つまり小泉八雲氏の心を牽いた耳無し法一の神異談は、彼が父母の国に於いてもなお珍重せられるいわゆる逃竄説話と異郷遊寓譚の結びついたものの末の形に他ならぬのであった」[35]と述べている。逃竄説話とは鬼・山姥・亡霊などのいる場所に行き、何らかの方法で生還するというモチーフの話型、また異郷遊寓譚はその名の通り浦島太郎に代表される話型であるが、それらがハーンの「父母の国」すなわちギリシャやアイルランドあるいはヨーロッパに分布することを認識し、ハーンの心を動かした因果関係を示唆するかのような一文である。

ほかに、ハーンが松江で出会った怪談「小豆とぎ橋の怪」は、橋という境界に祀られる女神が、決められたタブーを犯した通行人に仕打ちをするいわゆる橋姫伝説で、一八九一年五月二六日に伝承地である普門院の住職を招いて聞いた話と推定されるが、アイルランドに伝承される「かぎタバコの箱」（The Snuff Box）と多くの共通点があり、ケヴィン・ダナハーはこの話についても類話が多いことを指摘している。(36) またハーンが日本の民話の中で最も愛し、「夏の日の夢」に再話した「浦島」がアイルランドの「アシーン」と重なることはいうまでもない。もちろん共通の話型をもつ口承文芸が世界中に分布するケースは少なくないが、ハーンが好んで再話した日本民話は、そのモチーフや文化背景となる精神性がケルト神話やアイルランド民話のそれと共通するものが多いことに気づく。現存するハーンの蔵書にその原話に相当するものが含まれているわけではないので、ただちに両者の因果関係を証明することはできないが、両者の関わりを否定することはより困難である。乳母キャサリンによって語られたケルト口承文化の影響が浜村で見た夢を契機に再燃し、後年の再話作品の原話の選定や再話に、何らかの影を落としたと考える方が自然であろう。

3　口承文化と教育

ハーンは作家として口承文化を再話し、文字化して継承しただけでなく、息子の教育に口承文化を生かす実践を行った。一八九七年、長男一雄が五歳になる少し前から、ハーンは毎日家庭で英語を中心とした勉強を教えていく。その個人授業は一雄の回想によればこのようにして始まった。

　或る朝、母に連れられて父の書斎へ「何か叱られるのじゃなかろうか？」と案じつつ行きました。地味な飛白の単衣を着ていた父は私にまず起立を命じました。私が足を揃えて立つと父は私の爪先を外側へ開かせ顎を引いて頭を高く保ち胸を張り姿勢を正すことを教え、いずれの国の軍人も皆こうして立つと申しました。本を読み字を書くのに姿勢が悪いと身体が虚弱になったり眼を患ったりするから姿勢を正すことは肝要だと申すのです。それからこれは今も尚私は用いていますが、ラック塗りの粗末な机（当時芝の勧工場で買っ

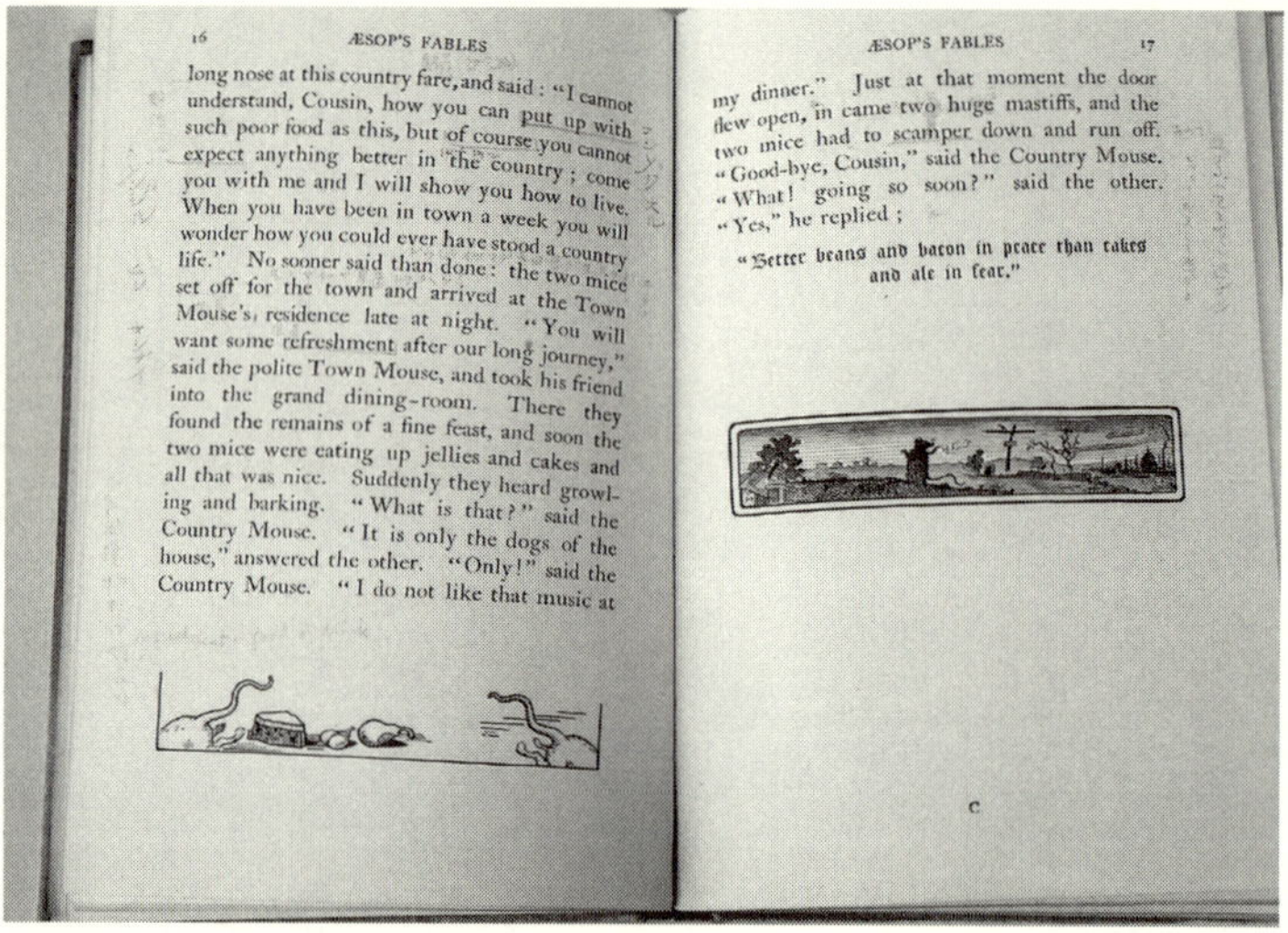
16 ÆSOP'S FABLES

long nose at this country fare, and said: "I cannot understand, Cousin, how you can put up with such poor food as this, but of course you cannot expect anything better in the country; come you with me and I will show you how to live. When you have been in town a week you will wonder how you could ever have stood a country life." No sooner said than done: the two mice set off for the town and arrived at the Town Mouse's residence late at night. "You will want some refreshment after our long journey," said the polite Town Mouse, and took his friend into the grand dining-room. There they found the remains of a fine feast, and soon the two mice were eating up jellies and cakes and all that was nice. Suddenly they heard growling and barking. "What is that?" said the Country Mouse. "It is only the dogs of the house," answered the other. "Only!" said the Country Mouse. "I do not like that music at

ÆSOP'S FABLES 17

my dinner." Just at that moment the door flew open, in came two huge mastiffs, and the two mice had to scamper down and run off. "Good-bye, Cousin," said the Country Mouse. "What! going so soon?" said the other. "Yes," he replied;

"Better beans and bacon in peace than cakes and ale in fear."

c

Jacobs, Joseph, The Fables of Æsop, (1901) に記されたハーン父子による書き込み

た品）に向かって端座させ、A ass. B bear. などと記された絵入沢山の仮名単語式の本によってアルファベットから教え始めました。妙に口を開けたり、舌を廻したりして恥ずかしい音を出さねばならぬ英語……それが明瞭にいえないと、たちまち叱られるし、勉強中は姿勢を崩しても叱られる窮屈なものだと思いました。(37)

その後、七歳になる頃には、毎日、午前、午後九〇分ずつの授業が、盆も正月も休まず極めて厳しく行われた。「私、大学で幾百人の書生に教えるよりも、ただ一人の一雄に教える方、何ぼう難しいです」(38)というハーンの言葉からも明らかなように、当時、講義と執筆に多忙を極めていたハーンにとって一日三時間に及ぶ息子への授業は決して楽なことではなかった。そこまでして一雄への個人授業を実践したのは、一雄が虚弱体質だったという消極的理由ばかりでなく、前述したように想像力を最重視した教育を実践しようとしたからにほかならない。それは、自らがテキストを選定し、個人授業という方法

によってのみ実現が可能になると考えたのだ。実際、ハーンは将来、一雄をアメリカの中学校に行かせる計画をあたためていた。

　では、どのようなテキストを使用して想像力を育もうとしたのか。授業で使用されたテキストのほとんどは昔話の本で、その大半にあたる二九冊が今も小泉家に残されている。[39] 内容は四五二頁の一覧表の通りで、アンデルセンやグリムの昔話集やイギリスの民俗学者アンドルー・ラングが編集した昔話集、イソップの寓話集など一般に知られた本が多く含まれている。筆者はかつて、このリストをもとに「昔話教育」という点で論じたことがあるが、本章では「口承文化の継承」という観点から、ジェイコブス（Joseph Jacobs, 1854-1916）の『イソップ寓話集』の書き込みを取り上げて考察してみたい。

　この本は本文一九四頁からなるが、そのうち四五頁にわたってハーンによるカタカナの書き込みがみられる。また、目次が三頁にわたって八二話のタイトルが記載されているが、そのうち三二話にダッシュのようなチェックの後がある。しかし必ずしも目次にチェックがあれば本文にも書き込みがあるというわけではない。

　さて、この『イソップ寓話集』の書き込みの特色は、ハーンのカタカナによる書き込みと一雄の日本語が混在しているという点にある。ハーンの書き込みは自らが英和辞典をひきながら予習をした時、あるいは一雄への授業の最中に書かれたものと想像されるが、重要な単語や熟語の意味の日本語訳がほとんどである。たとえば、by accident フトシタ（一二頁）、put up with マンゾクスル（一六頁）、of course モチヨ《ママ》ン（一六頁）、were frightened オソロ《ママ》カサレマシタ（三一頁）、decided オモイキリマシタ（七二頁）、to punish ツミスルノタメ（一二七頁）などである。ブロークン・ジャパニーズによる誤った読み方や日本語そのものへの誤解もないわけではないが、覚書としては十分であり、一雄にもセツにもこういった「ヘルン言葉」といわれるピジン的言語で十分意思疎通ができていた。ハーンの日本語能力は決して高くはなかったが、辞書で探し当てた日本語を一雄に教えても

一雄が秘蔵した、ハーン父子個人授業のテキスト一覧

1．Andersen, H. C., *Wonder Stories told for Children*, Houghton Mifflin and Company　教材使用箇所11話にチェックあり。書き込み多数。
2．Andersen, H. C., *Stories and Tales*, Houghton Mifflin and Company　教材使用箇所1話にチェックあり。（"The Story of a Mother"）
3．Andersen, H. C., *The Improvisatore*, Houghton Mifflin and Company, Translated by Mary Howitt（1894）
4．Andersen, H. C., *The Story of My Life*, Houghton Mifflin and Company
5．*Hans Andersen's Stories Part 1*（1891）　書き込み多数。
6．*Hans Andersen's Stories Part 2*（1891）
7．Beesly, *Stories from the History of Rome*, Macmillan Company（1899）　書き込み。
8．Jacobs, Joseph, *The Fables of Æsop*, Macmillan Company（1901）　32話にチェックあり。書き込み多数。一雄の書き込みもあり。
9．Keary, E. & A., *Heroes of Asgard: Tales from Scandinavian Mythology*, The Macmillan Company（1900）　※書き込み少々。
10．Stevenson, Robert, *A Child's Garden of Verses*, Charles Scribner's Sons（1895）　書き込み多数、分類記号。
11．Lang A., *The Nursery Rhyme Book*, Frederick Warne and Company（1897）　書き込み多数、分類記号。一雄の書き込みもあり。
12．Lang A., *The Blue Fairy Book*, Longmans, Green & Co.（1897）　書き込み少々、分類記号。
13．Lang A., *The Red Fairy Book*, Longmans, Green & Co.（1898）　分類記号。
14．Lang A., *The Green Fairy Book*, Longmans, Green & Co.（1895）　書き込み少々、分類記号。
15．Lang A., *The Yellow Fairy Book*, Longmans, Green & Co.（1897）　分類記号。
16．Lang A., *The Pink Fairy Book*, Longmans, Green & Co.（1898）　分類記号。
17．Lang A., *My Own Fairy Book*, Longmans, Green & Co.（1895）　分類記号。
18．Longfellow, H. W., *Tales of a Wayside Inn*, Riverside Literature Series 35, Houghton Mifflin and Company（1888）　書き込み。
19．Macaulay, T. B., *Lays of Ancient Rome*, Riverside Literature Series 45, Houghton Mifflin and Company（1890）　書き込み多数。
20．*The National Rhymes of the Nursery*（1895）　書き込み少々。
21．*The Rime of the Ancient Mariner*, Riverside Literature Series 80, Houghton Mifflin and Company（1895）
22．Scudder, H. E., *Fables and Folk Stories*, Part 1, Riverside Literature Series 47, Houghton Mifflin and Company（1890）　書き込み。
23．Scudder, H. E., *Fables and Folk Stories*, Part 2, Riverside Literature Series 48, Houghton Mifflin and Company（1890）　書き込み多数。
24．*A Selection from Child Life in Poetry*, Riverside Literature Series 70, Houghton Mifflin and Company（1894）　書き込み少々。
25．*Verse and Prose for Beginners in Reading*, Riverside Literature Series 59, Houghton Mifflin and Company（1893）　書き込み少々。
26．*Hans Andersen's Stories*, Newly Translated, Part 1, Riverside Literature Series 49, Houghton Mifflin and Company（1891）　書き込み多数。
27．*Hans Andersen's Stories*, Newly Translated, Part 2, Riverside Literature Series 50, Houghton Mifflin and Company（1891）
28．Palgrave, F. T., *The Children's Treasury of English Song, First Part*, Macmillan and Co.（1890）　書き込み多数。
29．Palgrave, F. T., *The Children's Treasury of English Song, Second Part*, Macmillan and Co.（1889）

この一覧表は、拙稿「家庭における昔話教育の意味―小泉八雲の場合―」（『昔話―研究と資料』26号、三弥井書店、平成10年）に掲載したリストをもとに大幅に修正したものである。

なお、「チェック」とは、一、v、「分類記号」とはハーン自身によって創作されたと思われる種々の独特の記号、「書き込み」とは主としてハーンによるカタカナの書き込みをさす。いずれも鉛筆書きによるものである。

一雄が理解しなかった時など、すぐにセツを呼び、この場合はどんな言葉が最も適切かを問うなど、つねに言葉の選び方については妥協を許さなかったという。ところで、前述したようにハーンの書き込みに混じって散見される漢字・カタカナ混じりの日本語の筆跡がある。しかも明らかに大人の筆跡である。写真では、「期待スル」「云フヤイナヤ早速トリカ、ツタ」「住居」などがそれにあたる。当初、筆者はセツによる書き込みかと早合点したが、一雄の長男時によれば明らかに父一雄の筆跡に間違いないという。とすれば、一雄の書き込みは父子の授業の際に書かれたものではなく、何らかの理由で、後年、書き込まれたということになる。一雄は一九三九年から一九四六年まで東京の旧制八雲高等女学校、共栄女子商業、京北実業で教鞭をとり、国語と英語を教えていたことがあるが、この期間にイソップ寓話をテキストとして使用したか、あるいは語って聞かせるようなことがあったのではないかという推測が成り立つ。実際、小泉時も、とくに八雲高女で教えていた頃の一雄が、ハーンから教わったやさしい物語を紐解いていたという記憶をもっている。つまり、一雄が父の死後四〇年近くを経て、当時の東京の高校生に向けて自分が習った口承文化を継承していたということである。

口承文化を題材にしたハーンの授業は、五四歳で他界する直前まで行われた。中でも、午後に行われた書取り(dictation)の授業では、ハーンが原話をもとに再話、再創造したもの、あるいはハーンの創作と思われる昔話を語り、書き取らせた。一雄はその内容について著書『リ・エコー』(Re-Echo, 1957)に回想しており、それによれば、この授業で語られた話は全部で四〇話を超え、その原典は『イソップ寓話集』『グリム童話集』、ギリシャ神話、北欧神話、インドや中国の昔話などであった[40]。

ハーンはディクテーションの際にはテキストを見ることなく、それぞれの物語を再話または創作に近い形に改変して語り聞かせていた。たとえば、『グリム童話集』にある「漁師とその妻」(The Fisherman and his Wife)を語った時には、「カレイ」を「美しい魚」、漁師が皇帝になるところでは「二重橋」という言葉を挿入するなど、日本人である息子が理解しやすいように心がけていたことがわかる。こういった再話の意図は、いっそうやさしい英語に言い換えようという目的のほかに、匿名性が強くテキストの伸縮が自由な口承文化本来の特色を重視していたからだと思われる。それは、ハーンが妻セツから昔話を聞く時、「本を見るいけません。ただあなたの話、あなたの言葉、あなたの考えでなければいけません」[41]と忠告していたことからも察することができる。語り手としてのハーンは、昔話をわかりやすく語ることと、文学的魅力を付加することで、聞き手の感動がより大きくなると考えていたようだ。講読（reading）の授業では、一雄のリクエストにより、ハーンの著書『怪談』をテキストに使用したこともあった。その際、ハーンは「私少し恥じる」と微笑みながら授業し、一雄のできはいつになくよかったという。

こういった昔話をテキストとした個人授業は一雄に強い影響を与えた。後に早稲田大学に進学した一雄は卒業論文のテーマに「アンデルセン」を取り上げた。さらに、レオポルド・ヘルンというペンネームで一九二五年には『支那童話集』を著している。その中には、父ハーンの『中国怪談集』にある「大鐘の霊」（The Soul of the Great Bell）の類話「命の釣鐘」や、『若返りの泉』（*The Fountain of Youth*, 1922）の類話である「長生きの泉」が収録されており、ハーンの再話の影響を受け、自らも再話という文学的営みを実践したことがうかがえる。また、同書の中にある「提灯祭」という話は、主人公苑が異界の仙人たちのもとで棗の実を食べ、半時ほど過ごしたつもりが一五〇年もたっていたという話で、ハーンが愛した浦島と共通するモチーフをもつ異界探訪譚であり、ハーンが一雄に語った可能性も否定できない。さらに「三つの難題」には、ハーンが一雄に語った北欧神話で一雄が大いに共感したトール神が三つの難題にいどむ物語の影響がみられる。一雄の「提灯祭」は唐亜明の再話により、『ちょうちんまつり』という絵本として一九九四年に福音館から、さらに二〇〇三年には宮崎県の木城えほんの郷から再版され、今日まで読み継がれている。ここにも口承文化の文字を介した継承の事例を見ることができる。以上の点から、ハーンにおける口承文化継承の形は次の三つに分類できる。

①　再話文学により文字化して継承

②　家族への口伝により継承

③　長男一雄へ教育を通じて継承し、一雄がさらに類話を再話して継承

一雄は家庭でも長男時に昔話を語ることがあったがその語り口は非常に魅力的だったという。八雲高女時代の一雄の教え子のひとりは「先生は『ムジナの話』『耳なし芳一』『雪女』などを何かの折に話されました。不断は優しい先生が、眉を少し下げ、恐い顔をして、ぎょろっと目を出す。低目の声を発し、真に迫る。間の取り方が圧巻で、溜めておいて、クライマックスで生徒にキャーと言わせる。ハンカチで顔を隠してから、のっぺらぼーうと言う姿に凄みを感じたものです」(42)とその語り部としての技術を讃えている。これも口承の世界に親しんだハーンとセツが一雄に継承した技であったのかもしれない。

ハーンの口承文化を題材にした教育は、想像力の育成ばかりか記憶力をも育む結果を生んだ。一〇歳の時にハーンを亡くした一雄は、後年、父についての思い出を一〇年間の記憶から三冊の単行本として上梓している。それを読むと、ハーンはじめ家族や女中のその刹那における会話の端々まで克明に記されており、記憶力の確かさには驚嘆する。筆者自身も父時から一雄のすぐれた記憶力について聞かされている。ところで、ハーン自身も想像力ばかりではなく確かな記憶力をもっていたことは、島根県尋常中学校時代の教え子で、後に松江市長になった高橋節雄の証言からうかがうことができる。

先生がDictationの稽古をして下さる時には、本など持っていらっしゃらない、原稿も持っていらっしゃらない、両手を上衣のポケットに挟んで、教室内を緩歩しながら、ゆっくりゆっくり御話をして下さる、そ

れを生徒各々が書取るのである、次の日に又その同じ文章をレピートして下さる、そうするとその文章が、一字の相違もなく全く同じであるので、一年坊主全く唯驚くの他なかった。(43)

古来、口承文化の伝承者たちが、優れた記憶力をそなえていたことはいうまでもないが、ハーンにも、ハーンから口承文化を語り継いだ一雄にもそういった一面がみられたのである。

三　口承文化の中の「真理」――ハーンの口承文化観

では、ハーンは口承文化についてどう考えていたのか。最後にそれを探ることで、自己の文学的営みや息子への教育を通じて口承文化の継承をはかったその真意にアプローチすることにしたい。紙幅の関係から総合的なアプローチはできないが、ハーン自身がそのことについて言及した書簡、作品、講義録を取り上げ、時系列にみていくことにする。

一八九三年四月五日付けで熊本からチェンバレンに送った手紙には、次のような言及がある。

古い話題に戻りますが、私は宗教の有用性に比べた迷信の有用性について、ひとつの考えを育みつつあります。実際、宗教は迷信を精巧にしたものに過ぎない、そして両者の根底には真理があるということです。(44)日本における迷信は、永遠の価値あるものを説明する際に一種の速記録の価値をもつということです。

迷信という口承性の強い伝承について、進化論的見地にたって宗教と比較した場合、両者に真理（truth）が認められるというハーンの見解である。同じ熊本で執筆した「夏の日の夢」にも口承文化に底流する真理について語るハーンの姿勢が現れている。

物質不変の法則のなかにあっては、塵のうごきよりも、心情のうごきの方が大きな結果を生むのであろうか？　そう考えたら、なんだかわたくしは妙な気がした。すると、たちまち、わたくしのなかにある父祖伝来の道義感が、目をむいておどろいた。わたくしは自分に言いきかせた。――とにかく千年という長い月日を生きつづけてきた伝説だ。しかも、その伝説が、むかしからそれぞれの世につれて、ますます新しい魅力を加えてきた説話であってみれば、なにかしらそのなかに真理を含んでいればこそ、長く生命を保ってこられたわけなのではないか、と。しかし、それならば、いったいその真理は何なのか？　この疑問にたいして、わたくしはその時、ややしばらく答えをみいだすことができなかった[45]。

千年も生き続けた伝説（story）とは、浦島の話を受けて述べられたものである。ハーンはどんな真理（truth）があるかわからないとしているが、同じ章の冒頭で浦島の物語について「あの伝説が、一民族の想像力の上に大きな影響をあたえたことを物語っている[46]」と述べている。つまり、そこには人間の想像力を生み出す根源的な力を浦島が代表する口承文化は有している、という思いが込められているのではないか。それこそハーンが想像するところの「口承文化にある真理」なのではないだろうか。

さらに、後年、「小説における超自然的なものの価値」（The Value of the Supernatural in Fiction）という東大での講義で再びそのことについてふれたハーンは、学生たちに次のような結論を冒頭に述べ、講義を始めた。

あえて言わせてもらうと、超自然の物語が純文学においてはすでに時代遅れであるなどと考えるのは、間違いである。それどころか、逆に詩でも散文でも、純文学が生み出されるかぎり、そこに超自然の要素が息づいているのが、はっきりと見てとれるはずである。(47)

そしてその理由を後段で次のように明かすのだった。

どんなに知識が増えようと、世界は依然として、超自然をテーマとした文学に歓びを見出す。この先何百年たとうがそれは変わらないだろう。霊的なものには必ず一面の真理が現われている。だからいわゆる幽霊の存在がいくら信じられないとしても、それが表す真理にたいする人間の関心まで、小さくなったりはけっしてしないのである。(48)

迷信（superstition）や物語（story）や超自然な物語（stories of the supernatural）、ひと括りでいえば、そういったフォークロア（民間伝承）に認められる真理（truth）にハーンはこだわった。その「真理」とは、いわばハーンが人間にとって最も大切だと考える想像力の源泉となり得る普遍的な力を含むものであり、だからこそ継承することに心血を注いだのではないか。その意味でアンドルー・ラング（Andrew Lang, 1844–1912）の口承文化に対する考え方といくばくかの接点が認められる。ラングは『習慣と神話』（*Custom and Myth*, 1884）の中で、神話は原始的な文化段階において信仰や習慣を反映して発生したと論じ、(49)習俗と伝承文学との密接な関係を説いた。ハーンは詩人としてのラングを高く評価することはなかったが、自ら『習慣と神話』（Custom and Myth, Harper & Brothers, 1885）を所蔵し、同書に分類記号のような書き込みをしていることからも熟読した形跡がうかがえる。そしてラングもまたハーン同様、スコットランドのセルカークで老年の乳母から昔話を聞いて育った経験をもっていたという。[50]民間伝承に真理を見出していたハーンは、そのようなラングの考え方に共感し、一雄に七冊ものラングの再話によるフェアリーブック（一覧表参照）を与えたのかもしれない。

実際、ハーンの著作の中でいわゆる小説と呼べるものは、二作を数えるのみである。その二作ともアメリカ時代に書かれたもので、来日後は小説家としての活動は休止し、再開することなく世を去った。松村恒は「小泉八雲の再話手法」という論文で「ハーンは創作作家でなく再話作家であるとのレッテルを貼られることも多いが、本人は先人の文化を享受・継承してゆくことにむしろ誇りを感じていた」[51]という適切な指摘をしている。まさにハーンはこのような価値観に基づいて来日後の日々を送っていたのだった。

ハーンはハンス・クリスチャン・アンデルセンに私淑していた。「この男の芸術は何と偉大なんだ！　ほとばしる想像力、魔法のような単純さ、仰天するような凝縮力！（中略）私はそれを飲んで滋養を得たい。」[52]と、チェンバレン宛書簡で絶賛した。一雄への授業のテキストとして八冊のアンデルセンの著作を使用し（一覧表参照）、自らも *Fairy Tales from Hans Christian Andersen*（Translated by Mrs. Lucas, London, J. M. Dent & Co. 1899）を所有していた。ハーン自身が日本でアンデルセンのような仕事をしたいという願望を抱いていたことが推測される。前述したように、一雄がアンデルセンの研究を早稲田大学の卒業論文のテーマに選らんだことは、父の意思を継ぎ、その恩恵に報いることでもあった。このような口承文化の継承を重視するハーンの価値観は、一六歳の時に起こった事故による左眼失明で一段と助長されたことは否めないが、その基層的な部分は幼い頃からの口承文化体験によって自然と育まれたものだったといえよう。

そして、ハーンの口承文化体験は日本文化全体の理解の方法にも影響を及ぼしたといえる。なぜなら、西成彦が指摘するように、[53]ハーンは雑音を排除せずにあらゆる日本のオーラルな文化を耳を開放して受容し、身体感覚で理解するという方法を、一四年間の日本時代を通して実践し続けていたからだ。

（1）『International symposium on Lafcadio Hearn, 混淆文化の国クレオール日本』早稲田大学国際言語文化研究所、二〇〇五年、一五－四二頁。
（2）仙北谷晃一訳、小泉八雲『日本の心』（小泉八雲名作選集）講談社学術文庫、一九九〇年、二四－二五頁。
（3）平川祐弘『ラフカディオ・ハーン―植民地化・キリスト教化・文明開化』、ミネルヴァ書房、二〇〇四年、一八五頁。
（4）Frost, O. W., *Young Hearn*, The Hokuseido Press, 1958, p. 47.
（5）中田賢次「『バレット文庫』に見る自伝的草稿の判読文」（『へるん』三九号、二〇〇二年）一二九－一三〇頁。
（6）原文は the Powers. 大叔母サラを含むハーン家の権力者たちといった比喩的な意味で使用した言葉だと考えられる。なお、引用文は拙訳であり、引用者がその文責を負っている。
（7）盛節子氏のご教示による。
（8）Hearn, *Japanese Letters*（*The Writings of Lafcadio Hearn* vol. 16）, Houghton Mifflin Co., 1922, pp. 247–248.
（9）Murray, P., *A Fantastic Journey, The Life and Literature of Lafcadio Hearn, Japan Library*, 1993, p. 47. この書簡は一〇枚に及ぶ長文であるが、引用文はその文末に記されている。「心にひと筋のひびも入っていない」の部分はイェイツの詩 "The Meditation of the Old Fisherman" にリフレーンとして登場する "When I was a boy with never a crack in my heart" の引用と思われる。
（10）日本の類話のAT番号の付与については、『日本昔話事典』（弘文堂、一九七七年）、『日本昔話大成』（角川書店、一九七九年）の関係項目を参考にした。
（11）三宅忠明『アイルランドの民話と伝説』大修館書店、一九七八年、二四一頁。
（12）『ラフカディオ・ハーン著作集』第一巻、恒文社、一九八〇年、六六頁。
（13）Hearn, Ma Bonne. 引用は平井呈一訳「わが家の女中」（『仏領西インドの二年間』下）、恒文社、一九七六年、八四頁によった。
（14）ラフカディオ・ハーン、平川祐弘訳『カリブの女』、河出書房新社、一九九九年、一五八頁。
（15）『ラフカディオ・ハーン著作集』第四巻、恒文社、一九八七年、三〇〇頁。引用部分は千石英世訳。

(16) ラフカヂオ、ヘルン演説、中村鉄太郎翻訳「想像力の価値」(『嶋根縣私立教育會雑誌』第七〇号、一八九一年) 二頁。この講演については、原文 (英文) が失われ、邦訳のみが現存する。
(17) 『ラフカディオ・ハーン著作集』第七巻、恒文社、一九八五年、一九頁。引用部分は中里壽明訳。
(18) 西成彦、鶴岡真弓 (徹底討論)「ケルトの西、シンシナティの南」(『ユリイカ』一九九五年四月号)、また吉津成久「ラフカディオ・ハーンから小泉八雲へ─極西愛蘭 (アイルランド) と極東日本の接点をめぐって─」(『異文化との遭遇』笠間書院、一九九七年) などに言及がある。
(19) 小泉一雄『父小泉八雲』小山書店、一九五〇年、一一七頁。
(20) 長谷川洋二『小泉八雲の妻』松江今井書店、一九八八年、九六─九七頁。
(21) この点に関して、西成彦は柳田國男の「口承文芸」対「文字文芸」を「女性」対「男性」に重ねあわせようとする二元論的思考を指摘した上で、ハーンは「女性に対してはひたすら『語り部』たることを要求し、いつまでも女性インフォーマントの有り難味に浴」していたが、性的分業については、「セツというひとりの日本女性を前にしながらひそかに実践に移した先駆的存在」という見方も成り立つと指摘している。(『耳の悦楽』紀伊國屋書店、二〇〇四年、三二─四二頁)
(22) 富山大学ヘルン文庫は、旧制富山高等学校の南日恒太郎校長や馬場はる氏の尽力により、一九二四年、小泉家に残された八雲の蔵書を譲り受け開設された。蔵書内容は *Catalogue of the Lafcadio Hearn Library in the Toyama High School*, Toyama High School, 1927 に網羅されている。
(23) 『日本昔話事典』弘文堂、一九七七年、三七三─三七四頁。
(24) 『小泉八雲事典』恒文社、二〇〇〇年、二四八─二四九頁。布村弘氏による「再話文学」の項目。
(25) 西成彦の次の指摘は興味深い。「松江時代には書斎にこもりきるよりはフットワークのよさを発揮したハーンだが、熊本から神戸、そして東京へ至るにつれて、彼は職場と自宅を往復するだけのサラリーマンと化した。この点では民俗学者として彼はどんどん堕落していったのである。」(『ラフカディオ・ハーンの耳』岩波書店、一九九三年、一九一頁)
(26) 実際には、妻セツが語ったものと推察される。

(27) 染村絢子「『勝五郎再生記』の原典『ほどくぼ小僧前世話』」(『へるん』三三号)七六頁。
(28) 『妖怪學講義』合本第五冊、哲学館、一八九六年、一六四－一六五頁。
(29) W・B・イェイツ編 *Explorations*, Macmillan, 1962, p. 396. ジョージ・ヒューズ著、杉山直子訳「ラフカディオ・ハーン—世紀末のパフォーマー」(『異文化を生きた人々』中央公論社、一九九三年、四二八頁)より引用。
(30) 八月二七日付け、チェンバレン宛書簡。『ラフカディオ・ハーン著作集』第一四巻、恒文社、一九八三年、四四四頁。
(31) 前田專學「小泉八雲は仏教徒であったか?」(『在家佛教』二〇〇五年三月号)四二－四三頁。
(32) Danaher, Kevin, *Folktales form the Irish Countryside*, Mercier Press, 1998, p. 126.
(33) 伊藤亮輔は「怪談『耳なし芳一のはなし』の源泉をアイルランドに求めて」(『へるん』二三号、一九八六年)で、ハーンの「耳なし芳一」と The Magic Fiddle の比較を行っている。
(34) 小泉節子「思い出の記」(『小泉八雲』)恒文社、一九八四年、二三頁。
(35) 『定本柳田國男集』第五巻、筑摩書房、一九八〇年、二〇七頁。
(36) Danaher, Kevin, *Folktales form the Irish Countryside*, Mercier Press, 1998, p. 127.
(37) 小泉一雄「父八雲を憶う」(『小泉八雲』)恒文社、一九八四年、二一四頁。
(38) 前掲書 二一七頁。
(39) ハーンの蔵書は基本的にはすべて富山大学に所蔵されているが、一雄への個人授業に使用されたテキストは、一雄の強い意思によって小泉一雄の蔵書と位置づけ、小泉家に残された。
(40) Koizumi, Kazuo Hearn, *Re-Echo*, Edited by Nancy Jane Fellers, The Caxton Printers, Ltd. 1957. この書名は、ハーンが家族に向かってしばしば「私の作品は原話のこだまに過ぎない」と語っていたことから、「こだま」を書く父から聞かされた昔話ということで「こだまがえし」すなわち「リ・エコー」となったのである。
(41) 小泉節子「思い出の記」(『小泉八雲』)恒文社、一九八四年、二二頁。
(42) 丹澤栄一「教育者・小泉一雄 (Lafcadio Hearn 長男) の活動について」(『英語英文学叢誌』第二七号、一九九七年)一〇〇頁。

（43）高橋節雄「松江時代のヘルン先生の授業ぶり」（『へるん』一号、一九六五年）一頁。

（44）Hearn, *Life and Letters Vol. 3 and Japanese Letters*（*The Writings of Lafcadio Hearn vol. 15*）Houghton Mifflin Company, 1922, pp. 390-391.

（45）平井呈一訳「夏の日の夢」（『東の国から・心』恒文社、一九七五年）二二一―二二三頁。

（46）前掲書　二二一頁。

（47）『ラフカディオ・ハーン著作集』第七巻、恒文社、一九八五年、一〇一頁。引用部分は立野正裕訳。

（48）前掲書　一〇三頁。

（49）ハーンは東大講義でヴィクトリア時代の詩について述べた時、「軽い詩」（Light Verse）の項目でラングを取り上げ、多作家ゆえに高水準を維持できていないという辛口のコメントを寄せている。

（50）ラング、川端康成・野上彰訳『みどりいろの童話集』（ラング世界童話全集第一巻）の藤田圭雄による解説。偕成社文庫、一九九九年、二八五―二八六頁。

（51）『プリンス通信・Beiheft』五五号、二〇〇四年、一九頁。

（52）Hearn, *The Life and Letters vol. 2*, Houghton Mifflin Company, 1906, p. 251.

（53）西成彦は、一貫して聴覚を開いて日本を理解しようとしたハーンの研究姿勢について次のように述べている。「ひとびとが雑音として抑圧してしまった音に、敢えて耳を傾け、耳本来の受動性にすべてをゆだねること。ラフカディオ・ハーンの耳が、明治中期の日本で十四年かけておこなったフィールドワークの中で最もかけがえのない部分は、この聴覚を介した作業であった」（『ラフカディオ・ハーンの耳』岩波書店、一九九一年、一九一頁）。

第十三章　口承から口誦へ

――詩歌における言葉の様態について――

小菅奎申

本章は、詩歌における言葉の様態に関する理論的考察であり、特に「口ずさむ」という行為、口誦の意味についての研究である。このテーマ設定自体は普遍的なものであるが、筆者が一貫して念頭に置いているのはゲール語文化圏（ゲールダム）、とりわけゲール語の詩歌である。基本が理論的考察であるから、例示らしい例示は行っていない。必要に応じて、ゲールダム以外のことがらにも言及してはいる。しかし、筆者の狙いは、あくまでもゲールダムにおける詩歌、とりわけ一八世紀以後の民衆詩歌への適切なアクセスを準備しようということにあって、それ以上ではない。無論、こうして日本語を使って書いているからには、そのアクセスなるものは、先ずは私たち日本人にとってのアクセスにほかならず、したがって以下の議論は、ゲールダムに著しい口誦性を私たちの言葉の理解に接続しようという試みでもある。

本叢書に関わっている研究会は「ケルト口承文化研究」である。いったい、口承と口誦とはどういう関係にあるのか――本章はこの問いをめぐる考察でもある。筆者の基本的な立場は、言葉は口承そのものであると考えられ、口誦はそこから生じる形式の一つであると言える、ということになるが、実はこれが上記の「アクセス」である。本章は、この口承ということを捉え直す作業（一）と、口ずさまれるものである限りの詩歌についての考察（二）という、二つの部分で構成されることになる。

歌はともかくとして、詩を口ずさむものと決めてかかるのはいかがなものか、と違和感を覚える向きがあるかもしれない。本論に先立ち、あらかじめこの点について一言しておく。

筆者には、音楽は聴くもの、絵は見るものであるように、詩も歌も口ずさむものとしか思えず、スコットランド・ゲール語の詩にしても、人々に口ずさまれることを当たり前の前提としているのである。そのような前提とは無縁に見える、いや、ときには拒否してさえいるように見える詩でも、詩として処遇されることがあるし、批評家や学者に注目され、高い評価を受けることだってあるだろう。これは事実として認めなければならない。特殊な、あるいは閉じた圏内でのみ話題になるような〝芸術的〟な詩、詩人自身がそれを望んでいるかどうかは別として、とどのつまり解読されるべき文字テクストとして扱われている（分析・考察・研究される）ような詩でも、排除してはならないだろう。批評家や研究者は仕事上理屈も言っているというだけで、実は一般の人々と同様に、先ずは口ずさんで楽しんでいるのかもしれないし、やがては、彼らの占有から解き放たれた詩歌が、時の経過と共に人々の口端に上るようになるかもしれないからである。したがって、ここでは、詩歌とは口ずさまれて初めて詩歌らしい詩歌となるという緩やかな見方に立って論じたいと思う。

なお、以下で「口ずさむ」あるいは「愛唱」「愛吟」という場合、基本的にはそのような行為類型を意味し、いつどこで、誰が口ずさんでいたのかという問いに答えられるような、事実上の意味で言っているのではない。仮に事実であるかのごとく書いている場合でも、傍証による理論的推定である。

一　言葉と口承性

1　口承性の概観

「口承性」とは、とりあえずは、読んで字のごとく、口伝えに伝えられていくこと、口頭伝承という特性のことである。通常は、共時的伝播、あるいは〝横〟方向への伝達ではなく、通時的継承、即ち時代・世代を貫いて伝えられる、いわば〝縦〟方向への伝達のことであると解されている。そして、「口承文学」などという言い方に現れているように、口承の対象としては伝説や物語などの言説形式を念頭にしていると思われる。「ケルト口承文化研究」という場合も、ほぼこの線に沿った理解である。

しかし、この理解は、口承性の何たるかを却ってわかりにくくしているのではないだろうか。先ず、〝縦〟方向の伝承というが、これは、異なった世代の人間が同時代を生きており、その同時代的な広がり、つまり〝横〟への伝播がなければ到底あり得ないことである。言うまでもなく、声は発せられた途端に消えてしまうのだ。その声を聞き取れる者が近くにいなければ、口伝えも何もあり得ない。〝縦〟とは、何十年、何百年という時間の経過を見た結果として初めて云々できる観点である。そして、〝以前〟と〝現在〟、あるいは過去のある時点とその（たとえば）二〇〇年後を比較して、何かしら〝同じもの〟が伝わっているというのだ。しかし、口伝えそのものは、たとえば〝二〇〇年後〟とか〝次の時代〟に向かってなされるわけではない。つまり口承ということを、いかにもそれらしく、何かを口伝えに伝えることと見なすならば、同時代を生きている人間同士の、それも、その都度近傍にいる人間同士の間で起こることであるとしか考えられないのである。ゲールダムは豊かな口承文化を伝えている、などと言うが、口承の場面を考えれば、家族の間かケーリー（ceilidh）か、あるいは共同労働の場面ぐらいのものなのだ。では、それは〝横〟への伝播ということなのかというと、これも違うように思う。繰り返すが、口伝えはその都度近傍にいる人間同士の間でしか起こり得ないのだ。ある時間の経過をみれば、結果として、いつの間にか遠方まで及ぶということはあるだろう。しかし、口承性とはまさしくそのことを指すのかと問われれば、それは明らかに違う。

どうやら、口承性を考えるのに、〝縦〟とか〝横〟とか云々するのは無用のことであるらしく思える。耳にした言葉が口にする言葉を誘発するということ——これだけでいいのではないだろうか。実際、これが本章の立場である。このように解することで、ある程度、時代の違いを超えて口承性を語ることができるようになる。電話やテレビなどのメディアが発達・普及している時代にも、そのようなメディアなど想像もできなかった時代にも、同じ意味で口承性を論じることができるだろう。また、噂や世間話などと「口承文学」と称されているものとを同じ地平で論じることが可能になる。のみならず、たとえばゲール語と日本語といった言葉の違いを違いとしたままで、口承そのものは途切れることなく連続するものとして捉えられるだろう。

また、口伝えという表現に引かされてか、受け取った言葉そのままを口頭で伝えることが口承であると考えがちであるが、これも口承性の理解としてはあまりにも窮屈である。仮にそうであるにせよ、口承はけっしてテクストではなく、行為であり、パフォーマンスであるから、その都度、誰かしらによって、具体的な状況において行われ、したがってズレを生ずるのは避け難い。伝令ゲームを考えてみればいい。現に、民話や伝説には数多くの異型が存し、口承性を適切に理解していれば、「本来の」「正しい」ヴァージョンはどれか、などという関心の持ち方はしないはずである。やはり、口承ということには、聞いた通りの言葉で、という含意はなさそうに思う。そのような含意があるかに思いなすのは、書き言葉を基にした不適切な理解である。つまり、「採集」という、極めて特殊な、また偶然と恣意に左右されやすい営為と、採集したものの文字化・印刷に依存していることとを都合よく忘れて、テクスト化した伝説や物語などの言説形式には、あたかも、「元来」ひとまとまりの特権的なヴァージョンが存在するかのごとくにみなすのは、甚だ迂闊な態度であると言わざるを得ない。実際、あらゆることが口承を経るごとに変容するという基本を立て、変容しない、あるいは変容が極めて小さい場合には何か特殊な事情が関与しているだろうと考えるほうが、実情に即した姿勢なのである。

さて、ややもすると、言葉そのものは口承性を担う媒体で、口承の対象とは別物であるかのように理解しがちであるが、無論それは錯覚である。ここで、便宜上、「口承の対象」という表現を用いてはいるが、口承されるものと離れて言葉があるのではない。口承は言葉以外の要素をも含む（次項、「口承の成立条件」を参照）が、言葉は口承の外側にはない。言葉は口承性の核心である。このことはゲールダムの、広くはケルト文化における「口承文学」を考えるときに決定的な意味をもつ。もちろん、ゲールダムの場合に限ってそうだと言うのではない。たとえば日本において、東北地方では口承文化の伝統が生きているというなら、それは東北各地方の言葉の在り方総体を言っているのである。ただ、私たち日本人がゲールダムを考えるとき、それが「イギリスの中にある」ことをもって、英語を経由していることを当然視し、実は英語に接しているのにゲール語文化に接していると思いなしてしまう。口承とその言葉は一体のものだと考えるなら、このような錯覚は起こらないはずである。なるほど言語学者は言語それ自体を、たとえばコードの体系のごときものと見なして研究し、語学教員は言語そのものを教えるであろうが、研究や教育のための便宜を実態と取り違えてはなるまい。挨拶や呼びかけ、依願や打診や命令とそれらへの返答、感情表現、世間話や噂等々といった口承の下地があり、そこに織り込まれるようにして、放送や広報、講演・講義や質疑応答、取引や相談等々があり、更には諺や成句、なぞなぞや小咄、伝説や物語や神話等々、およそありとあらゆる言説形式が言葉と共に伝えられ、言葉が伝えられるときには抽象的に言葉だけが伝えられるのではなく、必ず何らかの具体的な口承ないし言説の形式をとっているのである。

言葉はときに文字になる。文字は口承とどう関わるのか？ 直ちに思い浮かぶのは、口承を記録するという関係である。これはゲールダムに限らず、古今東西行われていることであって、例示するまでもないだろう。上述のような「テクスト化」の問題はあるが、記録の恩恵は明らかである。しかし、口承との関係如何は見かけよりも遥かに複雑な問題である。以下、本節の2で声についてふれるが、口承の基礎である声が既に限りなく豊かな差異性に満ちているのだ。いったい口承の何が記録されるというのだろうか？ そもそも口承は文字に依らないからこそ口承なのであるから、記録し保存することによって口承ではなくなるのではないか？ ある言説形式、たとえば物語というものを記録して一つのテクストに変換したとき、私たちは口承としての物語とこのテクストとの間にある種の同型性が保たれていると思っている。だが、同語反覆に陥らずに、その同型性なるものを証明することはできるのであろうか？ ——採集や記録以外にも、詩を「書く」、あるいは「読む」、物語を「読んで聞かせる」などということも、文字と口承の関係という観点から考えなければならない問題である。

こうした疑問に正面から取り組むのは、本章の課題からいって荷が重過ぎる。かといって、素通りもできない。そこで、文字の問題をめぐる筆者の考え方だけ素描しておこう。それは、口承の途切れを一時的に繋ぐもの、ということだ。つまり、文字は口承の流れが何らかの事情でせき止められた場面に現れ、口承のうちの言葉の部分のみを何らかの形で保存し、したがって、文字は、そこから口承の流れが再開されるべきものとして用いられる。文字に先立って口承があり、文字に後続して口承がある。文字を要求するのは、口承の途切れを回避しようとする必要である。

若干補足する。そもそも文字とは、一つ一つの、個々ばらばらの字形ではない。そういう次元を問題にすることは可能であり、特殊な学問的関心から研究されることもあるとはいえ、現実の在りようから言えば、文字とは書き連ねられるもの、意味のある繋がりとして綴られるものである。それは他でもない、何かを伝えるために書いているからである。書くという行為は、文字でも伝えられるという大前提があって初めて試行され、また可能になるのである。その「伝えられる」の意味は何なのか？　音価のない文字はあり得ないし、でたらめに文字を並べて何かを伝えていると考える人もいない。詩を考えてみれば、これは直ちに明らかである。読み手によって、たとえ脳裏で発せられるだけであるにせよ、最終的には何らかの音声に分節化され、文字列が読み手の何らかの文脈の中に収められて、初めて「伝えられる」と言えるのではないか？　その音声や文脈はどこからやってきたのか？　口承以外にあり得まい。人間が文字を使いこなせるのは、先ず言葉を聞いており、次いで話すことを身につけているからである。この順序は本質的なものであると考える。口承を記録する場合にしても、口承が伝えようしていた何かを口承に代わって伝えようとすることであり、そのような企てが成り立つと考えること自体、口承性を基盤にして初めて可能なのだということは言えそうに思われる。

言い添えておくが、これは口承との関係で見た文字の話であり、「文字の本質」などということではない。見られるように、文字は口承が再開されれば用済みである。文字自体が美しいからとか、思い出にしたいからとかという理由でとっておくのは、さしあたり口承とは関わりがない。また、口承が再開されたときに、必ずしも口承が途切れたところから再開されるとは限らない。文字で記録・保存されるのは言葉でしかないので、口承の途切れの事情如何によっては、大なり小なり異なった様相の口承が再開される可能性もある。

口承の特徴をよく示すものに噂話や世間話がある。「人の口に戸は立てられない」「悪事千里を走る」などというが、ある出来事の語りがあり、その伝播があり、伝播と共に変容がある。口承とは、あたかも個々の人間を一時的なプール（その形状も容量も一様ではない）として、ひっきりなしにそこに流れ込んでくる水が、またひっきりなしに溢れ、様々な方向に流れ出ていくようなものである。この制御し難い自在さと勢いは、時に社会を甚だしい混乱に陥れもするが（関東大震災直後の流言蜚語、ウォール街の株価大暴落による金融恐慌の前後における数々の噂など、枚挙にいとまがない）、それも含めて世論形成上で重要な役割を果たすため、為政者は神経を擦り減らす。また、擦り減らして当然なのである。民衆は、時に権威・権力に従うが、時にはこれに逆らう。その鍵は口承が握っているからである。

そこで、いったい口承とはどのようにして成り立っているのか、という問題をあらためて考えてみよう。

2　口承の成立条件

口承が成り立つためには必須と思える条件が三つある。(音)声、文脈、それに、声を発する者（一人とは限らない）とそれを聞く者（一人とは限らない）とがいるということである。これらについて検討しよう。なお、ここで筆者が念頭にしているのは、口承の最も基本的な場面、つまり日常生活の会話である。

（一）　声とはむろん人間の声である。人間が発する声がつねに言葉であるとは限らないし、言葉がつねに声であるわけでもない。しかし、口承性の条件としての人間の声とは、限りなく言葉と重なるであろう。一人の人間の成長過程を考えた場合、発語・発話以前に発声があるということからすれば、声は言葉に先立つことになるが、発声の前には周囲から発せられる言葉に浸されている状態があり、発声は言葉に向かって〝自己形成〟していくと考えると、言葉が声に先立つと言えるであろう。これは、明らかに、決着のつけようがない問題であり、また、決着がつかなくても何ら不都合はない問題であるから、ここでは、両面があるということで拋っておこう。

声は呼気である。正確には有声と無声の呼気の組み合わせであり、その持続である。有声音は声帯を振動させる分だけ呼気のエネルギーが使われ、無声音は舌や歯や唇などによる摩擦を経て吐き出される呼気であるから、有声音よりは小さいにせよ、単なる呼気に比べれば、やはりエネルギーを必要とする。つまり、声とはエネルギーを消費する呼気であり、その負荷部分だけ呼気（ないし呼吸）という単なる生命活動から区別され、いわば制御された呼気ということになるのであろう。呼気には何らかの持続があり、したがって声にも何らかの持続がある。この持続の長さも制御が可能であるが、ある限度内にとどまる。この吸気の必要は生命活動のほうに原因がある。ある長さの持続を持った声が止むまでが、（歌ならば）一つのフレーズを構成する。そして沈黙があり、間となる。この沈黙の間にも呼吸は続いていいわけであるが、制御された声とその持続に意味があるからこそ、沈黙や間にも意味があるのである。

単なる声というものはない。声には必ず何らかの音色があり、音色の変容がある。ピッチや強弱や抑揚の差異があり、変化がある。持続と持続の終わり方もいろいろであり得る。そして、なかんずく、声が言葉となることによって、シラブル等による分節化を受け、それら諸々の差異や変化・変容はほとんど窮め難いほど豊かになるのである。この豊かさがそのまま声の、とりわけ言葉となった声の意味なのである。そして、この豊かさは、一瞬空気を振動させて、聴く者に届けられると、反響・残響を残して消えてゆく。ここに声の真骨頂がある。つまり、差異や変容の窮め難い豊かさとは、前段で「制御」と呼んだものの中身であり、心身の直接的な表現であって、それが聞く者に届けられると消えてゆくことで、声は己を完遂するのだ。これは言葉となった声の、無比の自由であるとも言えるであろう。しかも、単なる声というものがないのと同じく、単なる言葉というものも存在しない。それはたとえばゲール語であり、日本語である。あるいは、ゲール語や日本語それぞれのローカルな音声である、といった具合なのだ。

(二)　次に、順序を換えて、今しがた言及した「聞く者」、それに、これまで暗黙のうちにその立場で述べてきた「（言葉となった声を）発する者」について一言する。口承という以上、異なった二者を考え、それらが声の届く範囲にいて、声を発する者が聴く者に向かって何かを伝えるということなのであるから、これは口承の説明であって、条件に数えるのはおかしいと思われるかもしれない。なるほど、これまで述べてきたところは、異なった二者が互いに声の届く範囲にいて、一方が他方に向かって声を発しているという状況を、とりあえずモデルにしてはいる。しかし、先に筆者は口承性を解して、単に「耳にした言葉が口にする言葉を誘発する」とだけ言った。声を発する者と聞く者がいるということを条件とするとは、これを受けているのである。モデルにしてきた状況は、「異なった（二者）」という部分が自明のこととしてつけ加えられているのである。無論それで口承は成り立ち得るだろうが、そうでなければ成り立たないというわけではないのだ。単に、発する者がいて聞く者がいる、ということを条件とすると言っているので、これは「口承」の語義ではなく、あらためて定義づけを試みようということなのである。

声（言葉となった声、以下特に断らない限り同様に解されたい）は、そうしようと思えば、独りで発することもできる。たとえば独り言は、言うまでもなく、発している本人にも聞こえている。しかし、これはどういうことであろうか？　自分が発した声は、別に独り言ではなくても、つまり相手がいる場合でも、やはり聞こえるのだ。そして、自分が発している声、あるいは発してしまった声を、聞いている自分がいわば独自に評価している（たとえば「なかなかうまく言えている」「今のは言い過ぎだった」等々）というようなことは、誰もが一再ならず経験しているだろう。この事情は、相手がいなくても、つまり独り言でも、変わらないはずである。声を発する者がいて、聞く者がいる、ということなのだ。とすれば、これは口承の一形態、ただし、偶々身体的には同一人物であるということで、一つの極限的な形態と考えることができるだろう。この極限において、「聞いている私」は確かに私であるが、「言葉を発している私」には、言葉が私だけのものではないがゆえに、私以外の何かがそこに共在していると考える余地がある。ともあれ、このことから、「異なった二者」でなければならないわけではないと言っていいだろう。

理屈から言って、独り言は本人以外には知られないはずであるが、今、これが立ち聞きされたとしよう。その立ち聞きした者は自分に向けられた言葉ではないがゆえに、聞いてしまった言葉をどこにも持っていきようがない。しかし、それでも、ここには発する者と聞く者とがあって、意図せざる口承が成り立っていると考えられる。更に、立ち聞きした者が第三者にそれを話すとすれば、道徳上の問題はさて置いて、口承は立ち聞きした者とその第三者の間に成り立っているだけでなく、間接的に、独白者と第三者の間にも成り立っているのである。つまり、「(一方から他方に)向かって」声を発したのではなくても、口承ではあり得るのだ。

この立ち聞きの状況を緩やかに解して、声を発している者たちとその声が聞こえている者たちとが居合わせており、したがって発している者は聞かれているかもしれないことを承知している、といった状況を考えてみると、これはほとんど日常ありふれた光景になる。ここでも、依然として、一方が他方に「向かって」何かを伝えているわけではない。しかも、これが口承性の一つの典型であることは明らかである。

もう一つ、独り言と似て非なる場合がある。独りで詩歌などを口ずさむとき、あるいは手紙か何かを読み上げるときである。後者は、手紙の言葉の送り手がその場にいないので、その不在の送り手を代行する行為であると考えられる。前者は無論本章の主たるテーマであり、後段で詳しく検討することになるので、ここでは、独り言と「似て」いる側面、即ち、口ずさむという行為も、声を発する者とそれを聞く者がいるという口承性の(必要)条件を構成していることが確認されれば事足りる。

以上では、たとえば日常会話のように互いに言葉を交わし合っている場面を始め、親が子どもに〝説教〟や小言を言っている場面、会議や宴席におけるスピーチないし発言の場面、更には先生と生徒、呼び込みと通行人、車内アナウンスと乗客の関係等々には敢えて言及しなかった。それは、一つには、それらが本項目を考える上でほとんど自明と思われるからでもあるが、基本的には、本章が詩歌の口誦ということを標的としているからである。

（三）　最後に、文脈について考えてみる。言葉となった声があり、それを発する者と聞く者がいても、なお口承性は十全には成立しない。聞き取られた言葉が、聞いた者の〝心〟の裡を経由し、聞いた者自身の言葉を誘発しなければ、口承とは言えないのである。さぞかし複雑であろうこの消息を、ここでは「文脈」（以下では「コンテクスト」と言うときもある）の一言で括ることにしたい。口承がほぼ不可避的に変容を引き起こすのは、偏に文脈のゆえである。たとえば、電車の中で、誰かが「最近は大学も生き残りをかけて大変らしい」と言ったのを聞いた人が、そばにいる友人に小声で、「生き残りか――。おおかたの教員にはピンと来ないよね」などともらしたとする。前者即ち耳にした言葉から、後者即ち口を突いて出た言葉までの間にあったであろうことを「文脈」と呼ぼうというのであるが、このように文脈によって様相が変わっていくのが口承なのである。

通常この語は、言語コミュニケーションの成立要因の一つとして、メッセージの受け手がそのメッセージを解読ないし解釈するために参照することができることがらのことであって（ただし共有コードは除かれる）、「ことばの形をとっているか、言語化され得るものである」（ロマーン・ヤーコブソン）。このような「文脈」理解は、一つには、メッセージの受け手のところで言葉の流れがいわば飲み込まれ、円環が閉じて、静止してしまう点に難がある。コミュニケーションのモデルにはなり得ても、口承性のモデルとしては不適切である。これはもう一つの難点と関連している。つまり、この場合の「文脈」は、暗に受け手の「外部」にあって、共通の参照枠あるいは共同主観的な情報のようなものとして想定されているように思えるのだ。しかし、文脈とは基本的にメッセージの受け手、即ち言葉を聞く者の側の問題なのではないだろうか。それも、単に、（敢えて言えば、中立的で〝客観的〟な）読解・解釈に関わるというのではなく、それと同時に、その受け手特有のアクセントや方向性を持った読解・解釈にしてしまうものではないかと思う。同じ話を聞いても、聞き手の受け止め方には相当なバラつきがある。聞いた話が、仮に十分に短くて、聞いた人が全員反復できるとすれば、聞いた人全員が同じ文を口にするだろう。前者の読解・解釈だけならば、受け手はメッセージを「了解」して一件落着であろう。しかし、同時に後者の読解・解釈をも導くとすれば、そこに何らかのズレが生じ、これが受け手をして自分なりの言葉を発するように仕向けるのではないか。無論実際に、どのような言葉をどのように発するかは、その時その時の状況次第で、一概には言えないだろう。上の例は、本人もそばにいる友人も大学関係者であるという想定に立っているが、もしその友人が会社員であれば、たとえば、「今頃になって生き残りをかけるだなんて、ずいぶん大学も甘いものだと思っているだろう？」などという言葉が出てくるかもしれない。

聞き取った言葉を反復して、そのまま他に伝えることも口承ではあるが、それはかなり特殊な場合である。口承を一般的に捉えるとすれば、聞いて話す者の文脈が必ず関与しているから、聞いたものと大なり小なり異なるのが通常で、特段の理由づけを要しないが、復唱して口伝えにする行為のほうは、そのように誘発される文脈を明示しなければならないだろう。

以上から、口承とは、声を発する者がいること、発せられた声を聞く者がいること、聞く者は文脈の中で聞き、自ら声を発するように誘われることの三つで成り立っているということができるだろう。これが日常生活における言葉の在りようではないだろうか、というのが筆者の言い分である。

3　口承の定型

以上の一般論をふまえて、口承のいくつかの定型について考えてみたい。「定型」とは、無論日常生活における言葉のやりとりが無定型であるのに対して言う。よって、含蓄として、定型には何らかの意味で非日常的な特性が付随している。取り上げられるのは語り、唱えごと、詩、歌の四つで、これら自体は説明を要するようなものではない。以下に行われるのは、口承の定型という観点からの再検討と意味づけといった程度のことである。これらが選ばれるのは、本章の狙いが「口ずさむ」「口誦」にあるので、それに関わりのありそうなものを拾っているからという直接の理由の他に、「ケルト口承文化」という本叢書全体に関わる研究テーマを考慮しているからでもある。口承の定型という以上、いずれについても、語る、唱える、口ずさむ、歌うという行為を基礎として考察することにしたい。行論の便宜上、語りと唱えごと、詩と歌というふうに組み合わせ、ここでは語りと唱えごとだけを取り上げ、本章の主題に関わる詩と歌については、節を改めて論じたいと思う。後の二者を前二者と分かつ絶対的な一線はなさそうだが、多くの場合、口ずさむかどうかで、また言葉に韻律があるかどうかで区別されるだろう。

先ず、語り（storytelling, narrative）と唱えごと（saying, incantation）について考えよう。私たちは大学の将来を語り、夢や抱負を語る。また、事の次第、顛末、一部始終を語り、故郷を語り、父や母の思い出を語る。更に、戦記物を語り、浪花節を語り、義太夫を語る、という。この最後のグループなどは、韻律を含み、口ずさまれもしよう。それだけ詩や歌の要素が入っていると言える。他方、私たちは願いごとを唱え、祈りを唱える。まじないや呪いの言葉を唱えもする。また、スローガンや万歳を唱える。更に、これは仏教の僧侶が行うものだが、お経を唱え、声明を唱える。キリスト教方面では、司祭が典礼の言葉を唱える。これらの延長に、たとえば和讃や賛美歌を考えれば、ここでも詩歌との境は曖昧になる。語りと唱えごとの特徴を考えるには、何はさておき、それぞれの最後に挙げたような事例を除いておくほうがよかろう。

いったい「語る」という場合には、単に「話す」(これは「語る」も「言う」も含めて一般的な意味でも用いられるが、ここは「喋る」に近い、狭い意味である)、あるいは「言う」というのではなく、つまり、何か言葉を発することに重点が置かれたり、発せられた言葉自体に力点が置かれたりするのではなく、発話・発言の内容とそれを(誰かに)伝えるということにポイントがあるように思われる。「彼は何か話していた」という場合、特に話される内容に力点はなく、単に黙っていなかったということだろう。「彼は何か言っていた」という場合は、いわば引用符の内側にあたる部分に関心が向く。どちらも、あるいは誰かに向かって話し、また言っていたのかもしれないが、この点も第一義的な関心事とはならない。しかし、「彼は何か語っていた」と言えば、語られている内容に何かしら曰く因縁を感じ、構造や筋道や順序があるだろうと想像するだけでなく、誰かに向かって語っていただろう、聞き入っている者がいただろうと思うだろう。話し合いはそれぞれが何かを喋り、誰かがとにもかくにも喋っている以上はこれを聴く、ということで成り立つ。場合によっては、それぞれが自分の言い分ばかり言い立てて、言い合いにもなる。このように発話、発言は個人レベルの行為としても考えられるので、一人で(ないし独りで)喋っている、独り言を言っている、という表現に違和感はない。しかし、語り合いとなると、ある内容の話を相手に伝え合うのであるから、言い合いになることはないし、語り手は聴き手と共にしか考えられない。独りで語っているという表現はあるが、これは〝手前に〟語り聞かされている者が必ずいることを暗示している。人はゆえなくしては語らない。語られることがらは、語られてみれば、語られるべくして語られたというふうに聴き手は思うだろう。そこには語られる内容の共有・伝達というモメントが伏在している。それだけではない。人は語りの中に語り手の様々な思いを、また語り手が是とし、または非としている価値観、人間観、世界観を同時に感じ取るのである。

語りの場面はいたるところで現出しており、それ自体としてありふれたものと言っていい。しかし、それなら日常性の一齣にすぎないかというと、どうも違うように思える。語り手が語り、聴き手がこれに耳を傾ける――これは一枚のタブローになぞらえることができるだろう。即ち、語りの場面は、その全体が、いっさいの日常茶飯事・行住坐臥とは一線を画した一枚の絵のように、生活の流れの中に嵌め込まれているように思われる。語りは、日常生活のどのような個別的局面とも結びつかず、いかなる意味でも企画・取り決め・生産・事務処理等の仕事と連結していない。損得や利害とは無縁であり、政治的行動とも直接的な関係をもたない。それは、特定の感情によって動機づけられるものではなく、また強制されるものでもない。語りは、こうしてみると、日常というよりは非日常の営みであると言えるだろう。そして、語り手の存在は聴き手に、聴き手の存在は語り手に、それぞれ鮮明に意識されているだろうが、いずれにおいても「私」という意識は限りなく後景に退き、希薄になっているように思われる。その限りで語りは、遊び、あるいは芸術作品の創造ないし享受と同質の営みと考えることができる。実際、どのような語りにも、日常の中に挿入された非日常の趣があって、たとえば日々メディアをにぎわせているニュース報道が必ずしも語りと言えないのは、ここに理由があるだろう。ニュースを見たり聞いたりするとき、私たちは報道されている「出来事」を日常世界ないしそれの延長に照らして意味づけ、利害等々との関連で取捨選択している。しかし、「同じ」出来事を語る人がいて、私(たち)がそれに聴き入るとすれば、その場面全体がおもむろにタブローと化し、時空を超え、「私」が希薄になっていくだろう。

以上、語りについて共同性と非日常性の二点を考えてみた。これだけでも、たとえば太平洋戦争について語ることと「出来事」としてデータを集積することが、いかに異なった種類の営みであるか了解されるだろう。後者は、一見そのようには見えないが、日常性の延長なのである。人々はそれぞれの関心や利害等に従って適宜「事実」の断片を切り取り、個々に対応するだけなのだ。そこには日常性(と、もしかしたら、研究)はあるかもしれないが、歴史はない。歴史は上述のタブローに現前するものなのである。また、以上から次のようなことも了解されるだろう。即ち、語りによって人々が日常の細々したことがらを超えて何らかの共同性を確認していることは、昔からよく知られていることであるからこそ、しばしば「政治」がそこに介入して〝大きな物語〟を作り、そこに人々の間に行われている諸々の共同性を回収しようとするのだ、ということである。報道なるものに警戒を怠ってはならないのは、語りではないかのようなふうをして、実は語っているかもしれないからだ。客観的な語りなどというものは存在しないのである。

他方、「唱える」という場合には、とりあえず、既定の事実、現実や現状、予定や見込み、計画や抱負などは唱える対象にはならず、起こってほしいこと（あるいは起こってほしくないこと）が唱えられるのだ、と言ってよかろう。しかし、起こってほしいことは、たとえば「明日雨が降ることを願っている」とも言えるわけで、これでは誰かに向かって話しているのと同じであるから、通常の会話の一環にはなり得ても、唱えていることにはならない。やはり、「雨よ、降れ」あるいは「どうか明日雨が降りますように」という具合に、言表の様式そのものが違っていなければなるまい。印欧語系の文法用語に言う直説法ではなく命令法、接続法ないし仮定法である。（無論、命令法や仮定法で言えばすべて唱えごとになるわけではない。）直説法の場合、私なら私がそのように願っているかいないか、いわば真偽を問うことができる。しかし、「どうか明日雨が降りますように」では、今は非現実であり、かといっていずれ現実になるかどうかもわからないので、そもそも真偽など問えないのである。そして、非現実を現実にしてくれるであろう何者かに向かって、訴えの内容を預けてしまっているように思われる。つまり、確かに唱えているのは私であっても、起こってほしいことの成就はまったく私に依らないという意味で、私と起こってほしいこととの間には断絶がある。だから、唱えごとが向かうのは、言葉として口にされるかどうかはともかく、その成就に関わる何者かである、ということになるだろう。しかも、その何者かに訴えのすべてを預け、成就を願うなら、ひたすらその者の意を迎えるのでなければならない。上記の例ではそのあたりがはっきりしないようだが、それでも、誰か（人間）に向かって発せられた言葉でないことは明らかである。もっとも、これは典型的な場合を考えているからであって、たとえば「おやすみなさい」、“Good night”などという言葉は、向かうところは人間である。また、スローガンやシュプレヒコールとなると、同じ唱えるとはいっても、中身は要求や意思を決まり文句を唱和するということであるから、命令法や接続法でなくても構わない。口承の形態から見れば、典礼や和讃などに近いと言える。しかし、「おやすみなさい」にしてもスローガンにしても、それが単なる掛け声ではなく、語の連なりであるからには、そこに「かくあれかし」との祈願・希求のモメントは失われていないはずで、そのことの成就という観点からみると、唱えごとの痕跡は残っているように思える。

聞いている者、あるいは発せられている言葉が何に向けられているかということを考えてみると、さしあたり、語りの場合はともかくも人間ではあるのに対し、唱えごとの場合は人間を超えた存在である、と言えるだろう。つまり、語りは、これに聞き入り、これを継承し得る人間がいるという意味で共同性の口承であるが、唱えごとは、敢えて言うならば、超越性の口承である。アレグザンダー・カーマイケル（Alexander Carmichael, 1832-1912）が収集し、（一部を）編訳出版した『ゲール詞華集』（*Carmina Gadelica* 6 vols, 1900, 1940, 1954）は、ゲール民衆の間で生きていた唱えごとの集大成であるが、ここに収録された唱えたごとは、提供者本人が基本的に単独で聖なる存在に向かって唱えたものである。聖なる存在とは一括した言い方であって、実際にそういう抽象観念に呼びかけるわけではない。神以外はすべてその名前で呼びかけられているのである。姿形は見えないが、〝そこにいる〟のだ。見えざる存在に向かって願いを届けるとき、人は声を発する。名号や念仏・題目等と同じく、文書にするとか文字を目で追うとかすれば済むのではなく、自らの声で空間を振るわせ、その一瞬一瞬の声の振動の中に身を置くこと、それが唱えるということなのである。

二　詩歌の言葉

1　口承の定型としての詩歌

詩（verses）と歌（songs）について、本章では「詩歌」という一括した捉え方を基本にしているが、とりあえず両者を分けて論じることにする。普通の見方からすれば、詩人即ち音楽家ではないし、詩の朗読会に声楽家が登場することを期待する人もいないだろう。しかし、口承の観点からすると、詩について述べることはおおむね歌についてもあてはまるので、形としては、歌の言葉についてあらかじめ別に論じておくという扱い方に近い。

詩は、言葉となった声の最も優れた形式であり、言葉というモメントが極点に達した口承の定型である。「最も優れた」とは、言葉が持っている音色と韻律とが、言葉であることを失わずに、最大限に発揮され、発見され、創造されている、ということである。語りや唱えごとにおいて、語りの言葉、ないし唱えられ言葉は、語られ唱えられることがらと共に、聴き手に、あるいは超越的存在に届けられる。それは、敢えて言えば、ある役目や機能を帯びているものである。しかし、詩の言葉は、それ自体口ずさまれることが目指されるのであって、言葉そのものだけで完結している。詩を口ずさむ者がいれば、それだけで、詩のいっさいがそこに現出していると言える。この完結性ゆえに、詩は〝事物〟に見立てられることがある。これは口ずさむことを度外視しているように思われる。事物というよりは、むしろ口ずさむ人間に起こる〝出来事〟と言うべきだろう。〝在るモノ〟というよりは、〝身に起こるコト〟なのだ。詩の言葉とは、それを口ずさむことで一つの〝世界〟が身をもって経験されるような具合に選ばれ、連なっているのであるが、詩が詩になるのはその経験、身に起こるコトのほうであって、語の連なりや配列ではないのである。

無論一篇の詩における語の連なりは、任意に入れ換えたり、別の語で置き換えてもいいわけではない。「言葉であることを失わずに」とは、ある限度を超えなければこの入れ替えや置き換えを施しても〝意味は通じる〟、ということを言っているのではなく、音律が最大限に求められるところに従って、なお一つの〝可能な意味〟を伝えてもいるような、ギリギリの語の配列になっている、ということである。〝可能な意味〟とはどういうことであるか。それは、何よりも、この詩が初めて伝え、かつこの詩の他にはそれを伝えるものがない何かである。それは、この詩によって存在し始めた何かなのであるが、しかし、同時に、なるほどこの詩によって初めて開示されたにせよ、それ以前にも潜在的にはあったはずだ、というふうに思われる何かである。もってまわったような言い方をしたが、これは、詩の〝後〟から見れば、比較的平明な人間的事実に基づいている。つまり、言葉というものは、ここで考えている定型以外にも、ありとあらゆる形の口承として人々の間に行き渡っており、その「何か」にも、誰か（単数とは限らない）が、いつか（一回とは限らない）、どこかで（一ヶ所とは限らない）出会っているはずなのである。ところが、ほとんどの場合、口承は、それぞれの文脈に従って変容されていく言葉の連なりであるから、言葉そのものに留まるということがない。しかし、詩は言葉に留まる。誰かが、いつか、どこかで出会っているかもしれない言葉を、あたかも岩石の中から貴金属を掘り起こすようにして、取り出して見せるのだ。それが詩人によって「作られた」としても、詩人がしたことは、この段階では、むしろ発掘であり、発見である。岩石は人々の経験の集積であり、貴金属はその経験の集積によって結晶化した言葉の連なりである。詩のどの部分をとっても、そのようになっている。

しかし、これは、詩の言葉にはこのようなところがあるということを言っているのであって、その逆を言っているのではない。つまり、前段のような言葉があったとして、それをどうしても詩と呼ばなくてはならない理由はないだろう。〝珠玉の言葉〟、(芝居等の)〝名セリフ〟、味わい深い文章等であっても構わない。もしかしたら箴言や警句等ともさして変わらないかもしれない。そもそも詩の言葉が結晶で終わってしまっては、死んでいるも同然なのだ。詩を詩にしているのは、言うまでもなく、そのような言葉の連なり総体に与えられている音色や韻律である。これは、全体を通して口ずさんでみなければ、到底わからないことである。この全体ということが肝要なところで、上記の「一つの世界」というのも同じことを言っている。詩の長さなどは問題にならない。最初から最後まで口ずさむことで、初めて音色、韻律の効果が現れ、結晶のような一語一語にいわば生命が与えられるのである。おそらく詩人の才能とはこの面で発揮されるものであろう。

他方、音色や韻律の面だけで詩になるかと言えば、それはなるだろう。ただ、今しがた述べたような意味で「生命が与えられる」一語一語があるわけではないから、敢えて言えば、音色・韻律そのものが、ある種無定形な生命感を感じさせるということになろうか。それだけで一つの世界を現出すべき言葉が不在とあっては、口ずさんでみても完結した世界を経験しているとは言い難いだろう。そこまで極端にいかなくても、音色や韻律に比重を置いた詩があり、また詩の解釈があることは周知の通りである。実際、どういう音色、韻律を快く感じるかは、ある程度までは、一つの言語文化に、あるいは時代に共通しているだろう。しかし、それは、本章の関心からすれば、本質的な問題ではない。

一つ注意しなければならないのは、口誦、つまり口ずさむということからすれば、「原詩」でなければ味わえないとか、「翻訳」では伝わらないとかの問題自体が生じない、ということである。そのようなことを言う人は、根本的な思い違いをしていると言わなければならない。ゲール語詩の日本語訳を口ずさんだ者が、日本語にはゲール語の音色や韻律がないからといって不満を言うだろうか。日本語で口ずさむときは、日本語としての音色や韻律を楽しむのであって、それ以外ではない。楽しめないとすれば、それはどこまでも日本語の問題である。口承の定型として詩を捉えるとき、翻訳にまつわる問題は雲散霧消すると言っていいだろう。

次に歌について考えてみる。ここで「歌」という場合、特に断らない限り、「歌うこと」の謂である。即ち、歌は言葉以前に呼気であり、声である。口承の定型の中で、なかんずく歌において、声のもつ特性が最も鮮やかに現前することになる。音源としての呼気と声帯、共鳴体としての体腔など身体のはたらきは、語りや唱えごとでは表面化していない。詩は、口ずさまれる言葉だけで完結しており、身に起こるコトであると言ったが、ここで身体性がいくらか前面に出てきているということだ。しかし、歌において身体性は全面的に現前する。詩に言葉以前などという次元はない。ある風景が一篇の詩である、などという言い方が無意味であるとは思わないが、風景は断じて詩の言葉に「なる」前段階の何物かではない。歌の場合には、たとえばヴォカリーズ（母音唱法）であっても、れっきとした歌であり得るわけで、これは言葉以前の声である。

歌は、沈黙の中から呼気として、声として出現する。それは、一息のフレーズと休止の交替（リズム）として、交替の一定の繰り返しとして現前し、再び沈黙に返る。休止は沈黙ではない。直前の声がまだ共鳴体や空間を震わせており、その振動の中に直後の声が参入してくるのであるから、歌の一部なのである。ここに「空間」というのは、身体性の全面的な現前によって震え、波立ち、特化した空間である。特化した空間が持続している間だけ歌がある、とも言えるだろう。歌は、歌い終わった途端に終わるのではなく、空間の振動が終わったときに終わるのだ。フレーズと休止の交替は、歌う者の、また歌を聴く者の身体にはたらきかける。分節化され、概念化された思考以前の、つまり、そうした思考が向かうかもしれない「対象」としての身体の変容状態をつくりだす。これは、他に適当な表現がないので困るのだが、感情の純化・増幅、情緒や気分の高揚や鎮静などといったものである。

語りや唱えごと、あるいは詩において、息や呼気や声は言葉のもつ音節等で「区切られて」いたが、歌においてその自在さを完全に回復する。たとえば母音は歌の内在的要求に従って伸ばせるだけ伸ばしてもよいのだ。あるいは、語りなどにあっては潜在的な、副次的な効果しか発揮できなかった要素、即ち声のもつ高低（ピッチ）やその連続的変化、メロディとかテューン（tune）というものが際立ってくる。抑揚や強弱も格段と振幅の度を増す。これらはすべて、歌において声が本来のエレメントに立ち返っている、水を得た魚の状態になっているということを意味する。

言葉はどこに「ある」のか。むろん歌詞としてフレーズになっているのだ。フレーズになっている言葉とは即ち詩である。歌詞もまた口ずさまれることで完結しており、音色と韻律が備わっている。歌となった声が既に身体の変容を引き起こすのであるから、その声が同時に言葉でもあれば、更に豊かな心身の変容をもたらすであろう。ここで一つ注意したいのは、その歌詞が詩として優れているかどうかではないということである。また、それを言うなら、歌についても、歌として優れているかどうかなどは当初から問題になっていない。専ら口承の定型という観点から論じられているだけである。確かに現代においては、詩は詩であり、歌は歌である、と考える人が多いだろう。そして、元来詩として作られたものと、もともと歌詞として作られたものを比較すると、前者のほうが〝本当の〟詩であって、後者は一段価値が低いものと見なされているだろう。しかし、これは何となくそう思われているに過ぎない。口承の定型として見ることのメリットの一つは、この「何となく」などという区分を立てる必要がないことにある。

歌うとはどういうことなのだろうか。先ずそれは、詩を口ずさむことと同様、一つの完結した言葉の世界の経験である。同時にそれは心身に起こる変容である。この変容は、なるほど歌う者、聴く者の心身に起こることではあるが、けっして私的という意味での個人的なものではない。私的なものでないように仕向けるのは身体であり、空間である。歌う者、聴く者に起こる〝出来事〟として、それはいわば非個人的な経験である。感情等が純化されたり高揚したりするのは、この出来事において、その感情等にまといついている私的な要素が払い落とされていくということの別の表現に他なるまい。このことはまた、歌う者にせよ、聴く者にせよ、特定の人間が歌をその人だけのものに回収してしまうことを不可能にしている。特定の人が別の特定の人に「向かって」歌うにしても、そうした個別的状況における関係の中で歌が解消されることはあり得ない。たとえ二人しかいなくても、否、一人で歌っていても、そこで起こっていることは非個人的である。かくして、歌には語りや唱えごととは次元を異にした共同性ないし超越性というモメントが含まれていてもおかしくはないわけで、先には義太夫を「語る」と言い、司祭が典礼の言葉を「唱える」と言ったが、これらは口承の定型としては「歌う」と言ってもいいのである。更に、歌には非日常性というモメントも含まれている。非日常性とは、何もハレとか儀式とか〝異界〟の話だけを言うのではない。駅前でストリート・ミュージシャンの歌に一瞬耳を傾けるのも非日常であり、辛い労働に従事する女たちが声を合わせて歌うウォーキング・ソング（waulking songs）も非日常である。それらの場面で、聴く者・歌う者の「私」は一瞬希薄化し、場面全体はタブローと化すのだ。「癒し」とは、非個人性や非日常性の別名であろう。

以上、要するに、歌は口承の定型の一つであるという以上に、口承の典型なのである。ここで一つの見立てを添えるなら、歌と詩の歴史を遡っていけばいくほど、両者の距離は小さくなるに違いない。そして言葉の文化を発生的に見ると、おそらくは最初に歌があり、そこから分化して詩が「独立」していったのであろう。また、歌の歴史を遡れば遡るほど、（共同性などという抽象的な話ではなく、文字通り）共同体の根幹に関わる度合いが大きくなり、呪術性も高まっていくことであろう。本章のテーマではないが、歌は舞踊とも深く結びついていたに違いない。

2　詩歌の口誦と評価

以上の議論を受けて、あらためて「口ずさむ」ということの意味を考えてみたい。

今日でも、詩人は自らの詩が人々に口ずさまれ、暗誦され、愛誦されることを願っているのであろうが、現実はどうであろうか。少なくとも私の周辺には、好きな詩人の詩を愛唱、愛吟している人など、いても数人、圧倒的少数派である。この状況は今に始まったことではなく、こと私に関しては、思い出せる限り昔からこうだったように思う。しかし、書店に行けば、詩集はいくらでも出ているのだ。本になった詩集は買うことができる。もちろん、詩集を買うことと詩を愛唱・愛吟することとは別の事態である。他方で、多くの人々は、テクストなしでも歌の三つや四つは口ずさむことができる。筆者などの世代であれば、童謡、「文部省唱歌」、いわゆるラジオ歌謡のたぐいである。もっと年長の世代であれば、童謡や「文部省唱歌」（尋常小学校唱歌）は共通だが、ラジオ歌謡ではなく民謡や小唄などの中に広く口ずさまれる歌があっただろう。もっと若い世代だとどうか。コマーシャルソング、アニメーション番組のテーマソングなどが主流だろうか。いずれにせよ、ジャンルは違っても、歌が口ずさまれるものであることに変わりはない。いかに詩歌一体などと言ってみたとて、実際にはだいぶ違った扱いを受けているわけである。歌はよしとしよう。問題は詩である。現代の詩人たちは、流行歌が口ずさまれるように、自ら作るところの詩も人々に広く愛唱されることを願っていないのだろうか。

こうした観察の適否はともかくとして、考えてみたい問題はこういうことである――いったい一篇の詩が、愛唱・愛吟されることがなくても、〝それ自体として価値がある〟という場合、それは何を意味するか？　また、ある詩が、どれほど愛唱・愛吟されていても、〝それ自体として価値がある〟詩ではない、という場合、これは何を意味するだろうか？　詩人が、もっぱらテクストとしての詩を作っているという場合、これは何を意味するか？　また、詩人が、どういう人々に向かって、どういう人々に愛唱してほしくて詩作しているかを意識している場合、これは何を意味するか？

最初の二つの問いは、愛唱・愛吟という「事実」の重みと、〟詩それ自体〟の価値が別物であるとの前提に立てば、各々偶々そうなったというだけのこと、問うべき意味はさしあたりあまりないだろう。同じことは、詩人の側に視点を移した後の二つの問いについても言えるだろう。歌手に歌唱力なるものがあるとして、その歌唱力と人気とは別物であると広く観念されているならば、ある歌手が歌唱力はないけれども人気はある、別の歌手は歌唱力があるのに人気はない、ということに疑問を感じる人があろうとは思えない。しかし両者が別物であるのではなく、元来一致していてしかるべきであるとすれば、そのように乖離して現れるのは大いに問題であって、「歌唱力」と「人気」の双方を問い直さなければなるまい。無論本章の立場は、詩歌とは口ずさまれてこそ詩歌であるということにあるから、これら二組の問いは大いに吟味に値すると言わなければならない。

先ず、人々の間で愛唱されるかどうかには関わりなく、詩はそれ自体としての価値をもつ、という理解が問われなければなるまい。詩はそれ自体で一つの完結した言葉の世界である、と上で述べた。これに照らせば、詩がそれ自体の価値をもっているのはいかにも当然と思われる。そこで、問わなければならない——それ自体の価値をもっている詩の「存在」をどのようにして知るのか？　現実には、そもそもこのような問いに関わりをもちそうな人であれば、そのような詩の一つや二つ（たとえばシェイクスピアのソネット）が「在る」ことを既に知っていると思っているだろうから、その知識に災いされて、この問い自体が、その詩が優れている所以は何か、という別の問いにすり替わってしまうかもしれない。そういう人には、更にこう問いかけよう——それは偶々そのように教わったことである、世界のどこかに、それ自体の価値をもつ詩が「在る」として、それをどのようにして知ることができるかが問題なのだ、と。

さて、しかし、これに答えられる人などいるだろうか。皆無だろう。「それ自体の価値をもつ詩が存在する」

と〝言う〟ことはできる。しかし、たとえば、日本語をまったく知らない人に「日本にもそういう詩がある」と言われたとしても、これをありがたがるような日本人は一人もいないだろう。もしかしたら、こう皮肉られるかもしれない、「それ自体の価値をもっているから、日本語を知らないあなたにもそういうことが言える、ということか——」と。あるいは、更にこうつけ加えるかもしれない、「まさか詩とはすべからくそういうものだと言っているのではないだろうから、いったいどの詩がそれなのか、教えてもらいたい。それにしても、日本語を知らないあなたにそれがわかって、私にわからないとしたら、本当にそれ自体の価値と言えるのか？」と。日本語をゲール語に置き換えても同じことである。その「存在」を誰も知ることができないようなものに煩わされるのはやめよう。そして、一篇の詩はそれだけで完結した言葉の世界であるとは、その詩の全体を口ずさむ者に経験されることなのだということを繰り返しておこう。

上記の四つの問いのうち、最初の二つには、「愛唱・愛吟されなくても」という条件がつけてあった。これは、一篇の詩についての最大・最高の評価はそれが人々の間で愛唱・愛吟されることである、という筆者の考えに出たものである。今しがた、「それ自体のもつ価値」という言い方について決着をつけた。が、これだけでは十分ではない。詩に関して「最も適切な（正しい）評価」というものがあるとして、それをいったい誰が下せるのか、その判定は誰がするのだろうかということを考えなければならない。これまた、かなり荒唐無稽な話であるが、検討しないわけにはいかない。出版業界は先ず度外視してよかろう。また、一般の愛好家もはずしていいだろう。この人たちの基本的なスタンスはパーソナルであって、「私はこの詩が好きだ」、「この詩によって励まされた」、「この詩には思い出がある」などと言うのである。人に薦める場合も、やはりパーソナルである。間違っても、自分は最も適切な評価をしているなどとは考えないだろう。では、誰なのか。おそらく批評家、研究者たちであろう。言うまでもなく、いるとすれば批評家や研究者の中だろうという意味である。この問題については別に論じたことがあるので、詳しくはそちらを参照していただくとして、ここでは次の一点だけ指摘しておきたい。批評家や研究者（以下、「批評家」に統一する）が、一篇の詩歌を、一般の人々の評価とは関わりなく独自に判定し得ると考える（――ここまでは当然だろう）だけでは満足せず、自分が下す判定こそ「最も適切な」（あるいは「正しい」）である、と言い立てるとしよう。すると、批評家は、そのように言い立てる前に、「詩歌は先ず何よりも、そして本来的にテクストである」という命題を証明しなければならなくなる、ということだ。なぜなら、その証明を欠いては、いったい何について「最も適切な」評価であると言われているのかが、人によって区々である可能性を排除できないからだ。人によって違っているかもしれない何かについて、「最も適切な」評価を下せると考えること自体、ばかげた見当違いである。

もしも、「詩歌にはテクストという一面もある」という程度のことであれば、批評家たちは批評家たちで詮索を楽しんでいるというだけの構図になり、格別のことでもない。上の例で言えば、歌手としてか歌の愛好家としてかは問わず、歌を楽しむ人々がいるかたわらで、歌を論じたり研究したりすることが楽しいという人たちもおり、それぞれで〝棲み分けて〟いるということになるだろう。この事態を好ましいと思うかどうかはともかくとして、理論的には何ら問題はない。詩歌に文字（テクスト）という一面があることは、詩歌は口ずさまれてこそ詩歌であるということと何ら矛盾しないのだ。しかし、批評家たちが下す判定こそが「最も適切である」となると、口ずさまれなくても詩歌であり得るという含意が生じる。

では、詩歌は「本来」テクストなのだということを示すとして、いったい誰に向かって示すのか。一般の人々に向かって、であろうか。もちろん、そうであるに違いない。しかし、そんなことを敢えてする批評家はいないだろう。一般の愛好家とて興味をもたないだろう。むろん批評家たちの〝内部〟では、わざわざそういうことに煩わされる必要がない。「最も適切な」、「正しい」判定あるいは解釈をめぐって果てしない議論を繰り広げている世界だから、詩歌が本来テクストであることなど当然視されているからである。のみならず、その果てしなさゆえに、汲めども尽きぬテクストの豊かさが確認される、という点ではたぶん意見が一致するという世界なのだ。この「最も適切な（あるいは正しい）」判定・評価ということを、「それぞれにとって」（最も適切な云々）というふうに緩めてみても、事態は何一つ変わらない。というよりも、それでは緩めたことになっていないのだ。最初から「それぞれにとって」であるからこそ、いつまでも議論できるわけであり、〃一国一城の主〃であり続けられるのだからである。これは、「最も適切な」ということが、この人たちの間では、何の意味もなくなっているということでなくて何であろうか。

それなら一般の人々の愛唱・愛吟をも同列に受け容れたらよさそうなものだが、普通はそのようなことにはならない。批評家たちは、批評家たちだけで構成されているギルドのような世界に生きているので、「一般」などを入れようとすれば、その世界が一丸となって拒むことだろう。ひとたび詩歌の口承性を承認したら、批評家たちの仕事はその口承を追っていくぐらいしかなくなってしまう。したがって、詩歌が「本来」テクストであるとの証明は、批評家たちの側からなされることはないだろう。大局的な視点より見れば、批評家たちがその証明を省き、それぞれにとって「最も適切な」評価・解釈をめぐって議論することは、この人たちの自己義認・自己主張（self-validation）の行為であると見なすことができよう。ここまでくると、詩歌や文学の問題がそのまま経済や政治やイデオロギーの問題でもあり得ることが鮮明に〃見えている〃が、それは本章の枠内ではふれることができない。以上、要するに、ことのありようは、一般の愛好家と批評家とが事実上の「棲み分け」をしているのと何ら変わりはない、ということである。半ばこの自己義認の輩に入ってもいる筆者は、本章冒頭で述べたように、批評家たちのしていることも容認はしている。しかし、批評家たちの側から、愛唱の事実という評価を超えるほどのものは期待できないことも明らかである。

今や、詩は口ずさまれてこそ詩であるだけでなく、愛唱されることが最大の評価である、ということを安んじて主張できそうに思える。本項初めに掲げた四つの問いのうち最初の二つに戻って言えば、それらは何よりも、詩の愛唱・愛吟ということが、口誦（口ずさむこと）を経て、言葉の口承性に基づいた、その意味で自然な評価であるということを捉えそこなっているのである。口承から口誦へという流れが詩の正道なのだ。そしてこれが、ゲールダムにおける詩歌への最良のアクセスでもあると考える。この点がおさえられれば、後の二つの問い、つまり詩人の詩作に関する問いの意味もおのずから明らかである。

詩人がテクストとして詩作しているのであれば、それは先ずもって出版社と批評家に向けて詩作しているのだ。これは、テクストとしての詩を中心として、詩人と出版社と批評家とが一つの閉じた圏域を形成しているという構造である。事実としては、幸いにして、おおかたの詩人はそのように振舞っていないように思う。一般の人々に詩を提供しており、人々に理解され、愛好される、口ずさまれるような詩を作っているのではないかと思う。しかし、見かけがそうであるだけで、詩人自身は、一般の人々に口ずさまれ、愛唱・愛吟されるべく詩作しているわけではない、と考えているとしたら、その詩人の側に何か瞞着があるとしなければなるまい。相手に「これはお前のためにあるものではない」と言いながら売り渡しているようなもので、そこには一般の人々に対する愚弄がある。おそらくそれは、今や古めかしい響きを感じさせる「芸術至上主義」という瞞着である。これは批評家の「批評至上主義」、研究者の「研究至上主義」、さらには出版業界の「売れ筋企画至上主義」などという〝協力〟がなければ成り立たないものである。閉じた圏域にはなっていないものの、この部分だけとれば、構造としては閉じており、言葉の口承性は生きていないと言わねばならないだろう。無論、だからといって、詩の分析や研究はあっても、まるごとの、身に起こるコトとしての詩の経験はない、などと考えているわけではない。詩が一般に提供され流布しているならば、愛唱する人々は、そうした「主義」など気にも留めず、知ることもなく、したがって愚弄など何の問題でもないだろう。単に提供された詩のうちの気に入ったものを口ずさんでいることだろう。こちらには、上で歌について述べたこと、とりわけ「歌うとはどういうことなのだろうか」で始まる段落のすべてがあてはまるような、一つのタブローになっているだろう。そして、このように詩を愛唱・愛吟することこそが詩の評価なのである。

ゲールダムの詩歌は、幸いにして、批評家・研究者たちの「媒介」によって、あてどもなく変遷・迷走を繰り返す弊を免れている。それは、語りや唱えごとと地続きの口誦を通じて、直接に口承という言葉のエレメントに根ざした評価を受けていると言える。そうであればこそ、詩歌はゲールダムのアイデンティティと力の源にもなっているのである。

〈注記〉本章は、本文冒頭で述べたように、ゲールダムの詩歌、とりわけ一八世紀以後の民衆詩歌を、筆者なりに評価するための理論的準備作業、より正確には、その前段として提示された筆者の見立ての粗描である。素材としては、プロジェクト・チーム「ケルト口承文化研究」の定例研究会において筆者が行った研究発表のメモが、また研究会において研究仲間より忝くした様々の論評があるばかりである。それゆえ、ここではいわゆる「注」なるものをまったく全く欠いている。引用としては唯一つ、ロマーン・ヤーコブソン『一般言語学』（田村すゞ子、村崎恭子、長嶋善郎、八幡屋直子共訳、みすず書房、一九七三年、一八八頁）から引いているだけである。また、二の2については、筆者が『人文研紀要』第五〇号（二〇〇四年）に寄稿した「詩歌の愛唱ということ」という論文が類似の主題を扱っているが、本章の議論はそれとは別に新たに説き起こしたものである。なお、本章の議論の例示ということではないが、筆者が本章執筆中たえず念頭にしていた詩歌の実例としては、本学人文科学研究所編、研究叢書二五『ケルト復興』所収の拙稿、「『ゲールの土地』という観念について――一八八〇年代前半のスカイ島事情を中心に――」を参照して頂きたい。

索　　引

人名索引

カ

キ

ク

ケ

コ

サ

シ

ス

事項索引

ス

セ

ソ

タ

チ

ツ

テ

ト

ナ

ニ

執筆者紹介（執筆順）

松《まつ》村《むら》 賢《けん》一《いち》　研究員，中央大学商学部教授

盛《もり》 節《せつ》子《こ》　客員研究員，マッケルウェイン記念アイルランド研究所主任

木《き》村《むら》 正《まさ》俊《とし》　客員研究員，神奈川県立外語短期大学教授

渡《わた》邉《なべ》 浩《こう》司《じ》　研究員，中央大学経済学部教授

松《まつ》井《い》 優《ゆう》子《こ》　客員研究員，駿河台大学現代文化学部教授

北《きた》 文《ふ》美《み》子《こ》　客員研究員，法政大学経営学部助教授

真《ま》鍋《なべ》 晶《あき》子《こ》　客員研究員，滋賀大学経済学部助教授

栩《とち》木《ぎ》 伸《のぶ》明《あき》　客員研究員，早稲田大学文学学術院教授

マーレイ，キアラン　研究員，中央大学商学部教授

三《み》好《よし》 みゆき　研究員，中央大学法学部教授

鈴《すず》木《き》 哲《てつ》也《や》　客員研究員，明治大学法学部助教授

小《こ》泉《いずみ》 凡《ぼん》　客員研究員，島根県立島根女子短期大学助教授

小《こ》菅《すげ》 奎《けい》申《しん》　研究員，中央大学法学部教授

ケルト　口承文化の水脈

中央大学人文科学研究所研究叢書　38

2006年3月3日　第1刷発行

編　者　中央大学人文科学研究所

発行者　中央大学出版部

代表者　中津靖夫

〒192-0393　東京都八王子市東中野742-1

発行所　中央大学出版部

電話 0426（74）2351　FAX 0426（74）2354

http://www.2.chuo-u.ac.jp/up/

奥村印刷㈱

ISBN4-8057-5327-7

36　現代中国文化の軌跡

A５判 344頁
定価 3,990円

文学や語学といった単一の領域にとどまらず，時間的にも領域的にも相互に隣接する複数の視点から，変貌著しい現代中国文化の混沌とした諸相を捉える．

37　アジア史における社会と国家

A５判 354頁
定価 3,990円

国家とは何か？　社会とは何か？　人間の活動を「国家」と「社会」という形で表現させてゆく史的システムの構造を，アジアを対象に分析．

29　ツァロートの道

ユダヤ歴史・文化研究

A５判　496頁
定価　5,985円

18世紀ユダヤ解放令以降，ユダヤ人社会は西欧への同化と伝統の保持の間で動揺する．その葛藤の諸相を思想や歴史，文学や芸術の中に追究する．

30　埋もれた風景たちの発見

ヴィクトリア朝の文芸と文化

A５判　660頁
定価　7,665円

ヴィクトリア朝の時代に大きな役割と影響力をもちながら，その後顧みられることの少なくなった文学作品と芸術思潮を掘り起こし，新たな照明を当てる．

31　近代作家論

A５判　432頁
定価　4,935円

鴎外・茂吉・『荒地』等，近代日本文学を代表する作家や詩人，文学集団といった多彩な対象を懇到に検討，その実相に迫る．

32　ハプスブルク帝国のビーダーマイヤー

A５判　448頁
定価　5,250円

ハプスブルク神話の核であるビーダーマイヤー文化を多方面からあぶり出し，そこに生きたウィーン市民の日常生活を通して，彼らのしたたかな生き様に迫る．

33　芸術のイノヴェーション

モード，アイロニー，パロディ

A５判　528頁
定価　6,090円

技術革新が芸術におよぼす影響を，産業革命時代から現代まで，文学，絵画，音楽など，さまざまな角度から研究・追求している．

34　剣と愛と

中世ロマニアの文学

A５判　288頁
定価　3,255円

12世紀，南仏に叙情詩，十字軍から叙情詩，ケルトの森からロマンスが誕生．ヨーロッパ文学の揺籃期をロマニアという視点から再構築する．

35　民国後期中国国民党政権の研究

A５判　656頁
定価　7,350円

中華民国後期（1928-49）に中国を統治した国民党政権の支配構造，統治理念，国民統合，地域社会の対応，そして対外関係・辺疆問題を実証的に解明する．

22　ウィーン　その知られざる諸相
もうひとつのオーストリア

A５判 424頁
定価 5,040円

20世紀全般に亙るウィーン文化に，文学，哲学，民俗音楽，映画，歴史など多彩な面から新たな光を照射し,世紀末ウィーンと全く異質の文化世界を開示する.

23　アジア史における法と国家

A５判 444頁
定価 5,355円

中国・朝鮮・チベット・インド・イスラム等アジア各地域における古代から近代に至る政治・法律・軍事などの諸制度を多角的に分析し,「国家」システムを検証解明した共同研究の成果.

24　イデオロギーとアメリカン・テクスト

A５判 320頁
定価 3,885円

アメリカン・イデオロギーないしその方法を剔抉，検証，批判することによって，多様なアメリカン・テクストに新しい読みを与える試み.

25　ケルト復興

A５判 576頁
定価 6,930円

19世紀後半から20世紀前半にかけての「ケルト復興」に社会史的観点と文学史的観点の双方からメスを入れ，その複雑多様な実相と歴史的な意味を考察する.

26　近代劇の変貌
「モダン」から「ポストモダン」へ

A５判 424頁
定価 4,935円

ポストモダンの演劇とは？ その関心と表現法は？ 英米，ドイツ，ロシア，中国の近代劇の成立を論じた論者たちが，再度，近代劇以降の演劇状況を鋭く論じる.

27　喪失と覚醒
19世紀後半から20世紀への英文学

A５判 480頁
定価 5,565円

伝統的価値の喪失を真摯に受けとめ，新たな価値の創造に目覚めた，文学活動の軌跡を探る.

28　民族問題とアイデンティティ

A５判 348頁
定価 4,410円

冷戦の終結，ソ連社会主義体制の解体後に，再び歴史の表舞台に登場した民族の問題を，歴史・理論・現象等さまざまな側面から考察する.

15　現代ヨーロッパ文学の動向　中心と周縁　　Ａ５判 396頁　定価 4,200円

際立って変貌しようとする20世紀末ヨーロッパ文学は，中心と周縁という視座を据えることで，特色が鮮明に浮かび上がってくる．

16　ケルト　生と死の変容　　Ａ５判 368頁　定価 3,885円

ケルトの死生観を，アイルランド古代／中世の航海・冒険譚や修道院文化，またウェールズの『マビノーギ』などから浮び上がらせる．

17　ヴィジョンと現実　十九世紀英国の詩と批評　　Ａ５判 688頁　定価 7,140円

ロマン派詩人たちによって創出された生のヴィジョンはヴィクトリア時代の文化の中で多様な変貌を遂げる．英国19世紀文学精神の全体像に迫る試み．

18　英国ルネサンスの演劇と文化　　Ａ５判 466頁　定価 5,250円

演劇を中心とする英国ルネサンスの豊饒な文化を，当時の思想・宗教・政治・市民生活その他の諸相において多角的に捉えた論文集．

19　ツェラーン研究の現在　詩集『息の転回』　第１部注釈　　Ａ５判 448頁　定価 4,935円

20世紀ヨーロッパを代表する詩人の一人パウル・ツェラーンの詩の，最新の研究成果に基づいた注釈の試み，研究史，研究・書簡紹介，年譜を含む．

20　近代ヨーロッパ芸術思想　　Ａ５判 320頁　定価 3,990円

価値転換の荒波にさらされた近代ヨーロッパの社会現象を文化・芸術面から読み解き，その内的構造を様々なカテゴリーへのアプローチを通して，多面的に解明．

21　民国前期中国と東アジアの変動　　Ａ５判 600頁　定価 6,930円

近代国家形成への様々な模索が展開された中華民国前期(1912～28)を，日・中・台・韓の専門家が，未発掘の資料を駆使し検討した国際共同研究の成果．

8　ケルト　伝統と民俗の想像力　　A５判 496頁　定価 4,200円

古代のドイツから現代のシングにいたるまで，ケルト文化とその稟質を，文学・宗教・芸術などのさまざまな視野から説き語る.

9　近代日本の形成と宗教問題〔改訂版〕　　A５判 330頁　定価 3,150円

外圧の中で，国家の統一と独立を目指して西欧化をはかる近代日本と，宗教とのかかわりを，多方面から模索し，問題を提示する.

10　日中戦争　日本・中国・アメリカ　　A５判 488頁　定価 4,410円

日中戦争の真実を上海事変・三光作戦・毒ガス・七三一細菌部隊・占領地経済・国民党訓政・パナイ号撃沈事件などについて検討する.

11　陽気な黙示録　オーストリア文化研究　　A５判 596頁　定価 5,985円

世紀転換期の華麗なるウイーン文化を中心に20世紀末までのオーストリア文化の根底に新たな光を照射し，その特質を探る．巻末に詳細な文化史年表を付す.

12　批評理論とアメリカ文学　検証と読解　　A５判 288頁　定価 3,045円

1970年代以降の批評理論の隆盛を踏まえた方法・問題意識によって，アメリカ文学のテキストと批評理論を多彩に読み解き，かつ犀利に検証する.

13　風習喜劇の変容　王政復古期からジェイン・オースティンまで　　A５判 268頁　定価 2,835円

王政復古期のイギリス風習喜劇の発生から，18世紀感傷喜劇との相克を経て，ジェイン・オースティンの小説に一つの集約を見る，もう一つのイギリス文学史.

14　演劇の「近代」　近代劇の成立と展開　　A５判 536頁　定価 5,670円

イプセンから始まる近代劇は世界各国でどのように受容展開されていったか，イプセン，チェーホフの近代性を論じ，仏，独，英米，中国，日本の近代劇を検討する.

中央大学人文科学研究所研究叢書

1　五・四運動史像の再検討　　A 5 判 564頁（品切）

2　希望と幻滅の軌跡　　A 5 判 434頁　定価 3,675円

反ファシズム文化運動

様々な軌跡を描き，歴史の壁に刻み込まれた抵抗運動の中から新たな抵抗と創造の可能性を探る．

3　英国十八世紀の詩人と文化　　A 5 判 368頁（品切）

4　イギリス・ルネサンスの諸相　　A 5 判 514頁（品切）

演劇・文化・思想の展開

5　民衆文化の構成と展開　　A 5 判 434頁　定価 3,670円

遠野物語から民衆的イベントへ

全国にわたって民衆社会のイベントを分析し，その源流を辿って遠野に至る．巻末に子息が語る柳田國男像を紹介．

6　二〇世紀後半のヨーロッパ文学　　A 5 判 478頁　定価 3,990円

第二次大戦直後から80年代に至る現代ヨーロッパ文学の個別作家と作品を論考しつつ，その全体像を探り今後の動向をも展望する．

7　近代日本文学論　大正から昭和へ　　A 5 判 360頁　定価 2,940円

時代の潮流の中でわが国の文学はいかに変容したか，詩歌論・作品論・作家論の視点から近代文学の実相に迫る．